本书受到2013年北京市财政专项资助　　21世纪大学俄语系列教材

19世纪俄罗斯经典文学作品选读

主　　编　张变革
俄文校对　О. Масягина

北京大学出版社
PEKING UNIVERSITY PRESS

图书在版编目(CIP)数据

19世纪俄罗斯经典文学作品选读 / 张变革主编. —北京：北京大学出版社，2015.12
(21世纪大学俄语系列教材)
ISBN 978-7-301-26494-2

Ⅰ. ①1… Ⅱ. ①张… Ⅲ. ①俄罗斯文学 – 文学欣赏 – 19世纪 – 高等学校 – 教材　Ⅳ. ①I512.06

中国版本图书馆CIP数据核字(2015)第263036号

书　　　名	19世纪俄罗斯经典文学作品选读
著作责任者	张变革　主编
责任编辑	李　哲
标准书号	ISBN 978-7-301-26494-2
出版发行	北京大学出版社
地　　　址	北京市海淀区成府路205号　100871
网　　　址	http://www.pup.cn　新浪微博:@北京大学出版社
电子信箱	pup_russian@163.com
电　　　话	邮购部 62752015　发行部 62750672　编辑部 62759634
印　刷　者	北京溢漾印刷有限公司
经　销　者	新华书店
	720毫米×1020毫米　16开本　25.75印张　430千字
	2015年12月第1版　2015年12月第1次印刷
定　　　价	59.00元

未经许可，不得以任何方式复制或抄袭本书之部分或全部内容。
版权所有，侵权必究
举报电话：010-62752024　电子信箱：fd@pup.pku.edu.cn
图书如有印装质量问题，请与出版部联系，电话：010-62756370

前　言

　　《19世纪俄罗斯经典文学作品选读》是供俄语专业本科生及研究生使用的文学课教材。本教材是在参考国内外俄罗斯文学教学研究资料的基础上，结合编者长期教学的经验体会编写而成。同目前国内俄罗斯文学作品选读教材相比，本教材在选材内容、教学理念以及编排版式上都有创新之处。

　　教材内容的编排兼顾文学史和文学理论。教材内容按文学类别分成诗歌、小说和戏剧三部分，每部分由理论导读、作家简介和原文作品组成。各部分所选作品遵循文学史发展规律，基本以作家出现的先后顺序排序，个别除外，如将托尔斯泰放在陀思妥耶夫斯基之前，是考虑到作家的创作风格及其对后来文学的影响。为了使学生将注意力集中于原文作品，理论导读和作家简介以中文写成，术语和作品标出俄文，个别俄罗斯文学独有的概念以俄文写成。

　　选材内容突出经典性和实用性。教材主体由19世纪俄罗斯经典作家作品组成，选取在文学史上具有重要意义并最能体现作家创作思想和创作风格的作品和片段，保证教材内容具有经典性。同时，选编内容充分考虑学生的接受能力，选材长度适中，以学生能接受、能完成的量为标准，保证了教材的实用性。

　　教材添加了文学理论导入。在诗歌、小说、戏剧部分都加入了文学理论导读，简明扼要地介绍相关的文学理论知识，使学生可以掌握必要的理论方法，借助文学学科的解码工具分析作品。如果是叙事文本，就要读出故事中的情节结构、人物形象体系、叙事模式等；如果是诗歌，则要读出其中的意象、隐喻、象征，以及诗歌的深层结构；如果是戏剧文本，就要从冲突、动作、台词等戏剧因素入手，读出作品的戏剧性。各部分都以实例说明，例子均出于所选文本，使学生可以对照阅读加深理解。只有这样，才能真正掌握文学的阐释方法，实现文学性阅读。

　　教材贯穿"问题教学"的理念。文学文本的意义是在层级进深的追问中呈现出来的。本教材小说部分的重要作品前都给出了导读，以问题的形式启发学生思考。诗歌部分和戏剧部分作品结构模式相近，统一给出理论导读，除个别作品外不再在每部作品单独写出导读。每个作品后都针对作品的创作主题及艺术手法设置了问题，问题设置突出文学理论意识。在充分参考此前教材的基础上，以动态的课程资源观为指导，将最新研究成果融入到问题中，由浅入深地完成对作品的思考。这既是对教学理论的有机应用，也突显了文学学科的特点，即不是将对文学作品的理解以答案的方式直接提供给学生，而是设置一种问题情境，激发学生独立思考和探究，使其自行得出结论。这也是将发现教学法运用于文学教学实践的做法。

　　本教材对全部文本都做了生词注释。阅读外文是一个复杂的文字符号解码过程，词汇量不足造成的解码困难会给阅读者造成心理焦虑，直接影响阅读兴趣，干扰并降低阅读的非智力因素。生词注释能够缓解学生阅读的焦虑感,实现原文阅读,使学生将注意力从查阅生词的低级智力活动阶段转向获取信息并进行思考的高级智力阶段。需要说明的是,这里的生词标注以完成阅读为目的,只标出文中语义,而不再增加详细注释,不要求学生记忆和掌握。

为方便浏览阅读,教材编排版式上以表格形式列出,表格的一边为正文,另一边为生词注释,基本上做到一一对应,保证了阅读过程中的视觉流畅性。

本教材自2010年起,以自编讲义的形式在本专业的俄罗斯文学课上试用,并在几年的时间内多方咨询专家和同行,听取学生意见,不断筛选、加工和完善。在此,感谢北京大学的顾蕴璞教授、北京外国语大学的张建华教授、俄罗斯国立莫斯科大学的阿·米·博古恰瓦(А.М. Бокучава)老师、天津师范大学曾思艺教授等,他们都对本教材的编写给予了宝贵建议。特别感谢曾思艺教授,他直接参与了诗歌部分的选材和诗人简介的编写,并对理论导读作出具体指导。感谢俄罗斯年轻的汉学家奥·马霞吉娜(О.Масягина)对俄文问题进行的校对。感谢北京第二外国语学院俄语专业选修文学课的本科生和研究生,他们都不同程度地参与了教材的生词注释工作,我的研究生郭小诗、姚晔、刘越超、韩宇琪、郭和熙、加晨玮、代金菊、谢欣、周晓晓等都参与了校对工作,并在使用中不断提出修改意见,使教材日臻完善。教材最终付梓之际,要感谢北京第二外国语学院教务处及北京大学出版社的支持,使教材顺利出版。

由于编者经验不足,教材中难免存在很多缺点和问题,希望读者在使用过程中给予指正,以利于今后修订完善。

ЗАГЛАВИЕ
目　录

ПОЭЗИЯ　诗歌理论导读 ·· 1

Александр Сергеевич Пушкин ··· **6**
　К Чаадаеву ··· 6
　К А.П.Керн ··· 8
　На холмах Грузии лежит ночная мгла… ·· 9
　Если жизнь тебя обманет… ··· 10
　Я вас любил… ·· 10
　Элегия ··· 11
　Памятник ··· 12
　Евгений Онегин (отрывки) ··· 13

Юрий Михайлович Лермонтов ·· **22**
　Нет, я не Байрон, я другой… ··· 22
　Парус ··· 23
　Русалка ·· 24
　И скучно и грустно ··· 25
　Тучи ··· 26
　Прощай, немытая Россия ·· 26
　Родина ··· 27
　Демон (отрывки) ··· 28

Фёдор Иванович Тютчев ··· **37**
　Весенние воды ··· 37
　Silentium! * ··· 38
　Не то, что мните вы, природа ··· 39
　Святая ночь на небосклон взошла… ··· 40
　Не раз ты слышала признанье… ··· 41
　Последняя любовь ·· 42
　Эти бедные селенья… ·· 43
　О вещая душа моя!.. ··· 44
　Умом Россию не понять… ·· 44

Афанасий Афанасьевич Шеншин-Фет ··· **45**
　Шёпот, робкое дыханье… ·· 45
　Чудная картина ·· 46
　Ещё майская ночь ··· 47

Вечер	47
Певице	48

Николай Алексеевич Некрасов — **50**
Несжатая полоса	50
На Волге (отрывки)	52
Мороз, красный нос (отрывки)	53
Элегия	56

Иван Сергеевич Тургенев — **57**
Воробей	57
Роза	59
Посещение	60
Порог	62
Русский язык	63

ПРОЗА 小说理论导读 — **64**

Александр Сергеевич Пушкин — **66**
Станционный смотритель	66

Юрий Михайлович Лермонтов — **80**
Герой нашего времени (отрывки)	80

Николай Васильевич Гоголь — **98**
Повесть о том как посорился Иван Иванович с Иваном Никифоровичем (отрывки)	98
Мертвые души (отрывки)	105

Иван Сергеевич Тургенев — **124**
Дворянское гнездо (отрывки)	124

Иван Александрович Гончаров — **143**
Обломов (отрывки)	143

Николай Гаврилович Чернышевский — **156**
Что делать? (отрывки)	156

Михаил Евграфович Салтыков-Щедрин — **175**
Премудрый пискарь	175

Лев Николаевич Толстой — **183**
Анна Каренина (отрывки)	183
Смерть Ивана Ильича (отрывки)	196

Федор Михайлович Достоевский — **226**
Преступление и наказание (отрывки)	226
Сон смешного человека (отрывки)	261

Антон Павлович Чехов — **285**
Крыжовник	285

ДРАМА   戏剧理论导读 **298**

Николай Васильевич Гоголь ························· **302**
   Ревизор (отрывки)··· 302

Александр Николаевич Островский ················ **328**
   Гроза (отрывки)··· 328

Антон Павлович Чехов ····································· **362**
   Чайка (отрывки)··· 362

ПОЭЗИЯ

诗歌理论导读

  诗歌是语言的艺术。文学语言不同于日常语言,后者以传达信息为目的,追求单一明确的意义。文学语言在传达信息外还追求多重意义,再现人生经验,激发人的想象和回忆,唤起视觉、听觉等多种感觉,抒发快乐或悲伤的情感,表现深浅不同的思想等。诗歌语言调动语言的多重维度,启动语言的诸多语义,在文学语言中又以集中凝练、富有音乐性著称。诗歌可以从意象修辞层面、意蕴层面以及语音韵律层面等三个层面进行分析。

  一、意象修辞层面
  这是诗歌的核心语义层。在这个层面,读者理解诗歌的语义,感受诗歌的画面和色彩,了解诗歌的情感和思想,这些是通过诗歌的意象及诸多修辞手段完成的。
  1. 诗歌的意象(образ):意象是以图像为载体的情感和理性的复合体,即承载了诗人情感、思想等主观感受的艺术形象。不同于逻辑推理的抽象性,诗歌的思考是借助具体形象(即意象)完成的。意象更多地暗示内心的图景,内视的画面,所以,视觉意象是最常见的意象,如色彩、形状等构成画面的要素,如:«Шóпот, рóбкое дыхáнье» 诗中夜莺(соловей)、朦胧的小溪(сонный ручей)、琥珀的光泽(блеск янтаря)等都唤起人对画面的感受;同时,意象也可以传达声音,如:夜莺的啼鸣(трели соловья);传达气味、触觉,如冷、热、软、硬的感觉,例如灼热的泪(жаркие слёзы);或内心体验,如欢快(рáдость)、痛苦(страдáние)等。
  诗歌的意象是唤起感性经验的有效手段。
  2. 俄语诗歌中经常使用的修辞手段有:
  1) 比喻
  ① 比喻(сравнéние):比喻的方法比直接陈述更加有力生动,也能够表达更多的语义。比喻也称明喻,有表示比喻的词汇"как"(如)。
  如:Исчéзли юные забáвы, //Как сон, как ýтренний тумáн;<...>
  ② 暗喻(метáфора):不用表示比喻的词汇"как"(如),但从字里行间可以感受出来。
  如:Бýрь порыв мятéжный // Рассéял прéжние мечты, <...>
  ③ 换喻、借代(метонúмия,也称为提喻синéкдоха):是以部分表示整体的比喻。
    如:И вы, мундúры голубые, <...>
  ④ 拟人(олицетворéние):拟人是比喻的一种,它赋予事物以人的感受。
  如:Белéет пáрус одинóкой // В тумáне мóря голубóм!..// Что úщет он в странé далёкой? // Что кúнул он в краю роднóм?..
  2) 张力与悖论
  张力(tension)是指对立而相互联系的力量、冲动或意义。悖论(парадóкс)是一种表面上自相矛盾或荒谬的,但结果证明有意义的陈述。诗歌借助矛盾、悖论的语言及形象产生张力,造成紧张的戏剧效果。如:«Парус» Лермонтова:

Что и́щет он в стране́ далёкой?
Что ки́нул он в краю́ родно́м?..
<...>
А он, мяте́жный, про́сит бу́ри,
Как бу́дто в бу́рях есть поко́й!

诗中"遥远的异邦"(в стране́ далёкой)与"故乡"(в краю́ родно́м)、"寻找幸福"(и́щет сча́стье)与"逃离幸福"(от сча́стья бежи́т)等两极对立的表述中充满张力,产生痛苦的撕扯感,将诗歌的内在悲剧感受呈现出来。

3) 通感(синесте́зия, межчу́вственная ассоциа́ция)是诗歌中经常使用的方法,借助这种手法,诗人将视觉、听觉、触觉、嗅觉、味觉等感官感受相互转换,将一种感官感受转换为另一种感官感受,如:«Певице» Фета:

Уноси́ моё се́рдце в звеня́щую да́ль,
Где как ме́сяц за ро́щей печа́ль;
В э́тих зву́ках на жа́ркие слёзы твои́
Кро́тко све́тит улы́бка любви́.

诗歌中将诗人对听觉(即歌唱家的歌声)感受转化为视觉形象(звеня́щая даль);在听觉中(В э́тих зву́ках)见到视觉形象(слёзы твои́, улы́бка любви́);将内心感受(печа́ль)比喻为具体形象(как ме́сяц за ро́щей)。在这个过程中,人体验到与世界的多重联系,想象空间被极大地拓展,审美愉悦大大加强。

4) 重复(повто́р):通过重复可以突出强调要表现的内容,或造成延绵不断的感觉。重复的主要表现方法有:头语重复(разнови́дности повто́ров: ана́фора)、诗末尾重复(эпи́фора)、渐强渐弱(града́ция)。

① 头韵、头语重复(ана́фора):

如:**Кляну́сь** я пе́рвым днём творе́нья, // **Кляну́сь** его́ после́дним днём, // **Кляну́сь** позо́ром преступле́нья

② 诗末尾重复(эпи́фора):

如:Печа́ль моя́ полна́ **тобо́ю**, // **Тобо́й**, одно́й **тобо́й**...

③ 渐强渐弱(града́ция):

如:Душе́ наста́ло пробужде́нье <...> // И се́рдце бьётся в упое́нье <...> // И для него́ воскре́сли вновь <...>

5) 对照与平行

① 对照、对偶(анти́теза):

如:Страна́ рабо́в, страна́ госпо́д

② 平行(параллели́зм):

如:И вы, мунди́ры голубы́е, // И ты, им пре́данный наро́д.

6) 诗歌的象征(си́мвол):简单地说,就是某种事物的意义大于它本身,或者是在事物之外可以联想出很多意义。象征可以使抽象的事物被暗示出来,使之具体可感。象征有助于揭示深奥而难以言明的生命体验。生命存在具有整体性和体验性,难以言说,借助象征的方式可以暗示出来。如：«Святая ночь на небосклон взошла» Тютчева，人内心深处的渊薮是神秘抽象而又难以把握的，诗人以夜晚宇宙苍穹的意象将其象征出来，使人可以意会和领悟。

二、意蕴层面

诗歌的意蕴层面是诗歌的深层结构，大致分为审美意蕴和哲理意蕴，可以从语言的概括性、诗歌的时空及生命形而上的体验等方面进行阐释。

1. 诗歌语言往往是对日常生活的浓缩和提炼，略去了具体细节，抽象出情感体验和思想感悟。如：«Я помню чудное мгновение» Пушкина：

Я по́мню чу́дное мгнове́нье：

Передо мно́й яви́лась ты́,

Как мимолётное виде́нье,

Как ге́ний чи́стой красоты́.

诗中将日常生活细节浓缩并省略，将之提炼为"美好的瞬间"（чудное мгновенье），并将内容集中于情感的体验。

2. 诗歌往往借助形象的对比和联想，以同一性的思维规律激发人的生命共感，如：«Тучки» Лермонтова：

Ту́чки небе́сные, ве́чные стра́нники!

Сте́пью лазу́рною, це́пью жемчу́жною

Мчи́тесь вы, бу́дто как я же, изгна́нники

С ми́лого се́вера в сто́рону ю́жную.

诗中天上的行云（Тучки небесные）之飘泊（странники）与主人公被放逐的命运（будто как я же, изгнанники）具有同一性，形成同构，使人能够在这种相似的对照中更深领悟诗人的漂泊感。

3. 诗歌往往通过形象或者以修辞手段将内在的时间和空间形象释放出来，激发人对时空的联系，让人的思维得到拓展，如：«Памятник» Пушкина：

Слух обо мне пройдёт по всей Руси́ вели́кой,

И назовёт меня́ всяк су́щий в ней язы́к,

И го́рдый внук славя́н, и финн, и ны́не дико́й

Тунгу́с, и друг степе́й калмы́к.

诗人对自己的诗歌将要在不同时代、不同民族中（по всей Руси, всяк сущий язык, гордый внук славян, финн, дикой тунгус, калмык）传诵的前景充满信心，通过这些形象的排列使诗歌对时间和空间的想象得到拓展。

4. 诗歌往往通过隐喻、象征等修辞手段，使具体的形象进入到诗歌的深层语境结构，指向社会文化以及生存境遇的生命体验，使诗歌获得哲理意蕴。如：«О ве́щая душа́ моя́!» Тютчева：

О ве́щая душа́ моя́!

О, се́рдце, по́лное трево́ги,

О, как ты бьёшься на поро́ге

Как бы двойно́го бытия́!..

<...>
Пуска́й страда́льческую грудь
Волну́ют стра́сти роковы́е —
Душа́ гото́ва, как Мари́я,
К нога́м Христа́ наве́к прильну́ть.

  诗歌借助两个意象"内心"(сердце)和"灵魂"(душа),以其矛盾对立性存在揭示了人类精神双重存在(двойное бытие)的本质特征,即人存在于可见现实与不可见的精神现实之间的状态,从而将诗歌提升到生命体验的形而上层面,揭示出精神存在的多种可能性。
  同时,这首诗歌中两个意象"玛利亚"(Мария)"基督"(Христос)又指向俄罗斯文化中的东正教传统,借圣经中玛利亚俯伏在基督脚前的画面,以隐喻的方式暗示出灵魂获救的可能。这样,文化内涵与生命体验在深层结构中达到契合,使诗歌意蕴得到纵向立体的延展。

  三、语音韵律层面
  这是诗歌的最外层,是诗歌作为韵文区别与日常语言的形式特点。诗歌首先是歌唱的艺术,是歌曲,即诗歌富有音乐性,这是通过诗歌的节奏、韵律体现出来的。诗歌的表层节奏韵律不仅仅是形式,它要传达出诗歌的内在情绪。
  俄语诗歌语音的主要组成因素有节奏(ритм)、诗格(разме́р)和韵脚(ри́фма)等,我们做些简单说明。
  1. 节奏(ритм),是指诗歌语音长短不同的有规律的变化。构成俄语诗歌节奏的主要形式因素还有音步,诗步(стопа́),即一个重音音节加上一个或几个非重音音节组成一个音步;诗行(стих)是几个音步组成的一行诗,有四音步、五音步以及更多音步的诗行;诗节(строфа́)是几个诗行组成的一个段落,通常有四行诗组成一个诗节,但也有两行诗组成一个诗节,或者更多诗行组成一个诗节,如十四行诗,等等。好的诗歌的节奏总是符合读者心理预期的节奏。
  2. 诗格(размеры),即诗歌的格律,是可以用拍子数出来的节奏。俄语诗歌属于重音音节体,以轻重音交替的诗格 (размеры) 写成,诗格的基础单位是诗步,或称音步(стопа́)。根据重音落在音步的不同位置,分为不同的诗格,常见的有以下几种:
  ①Ямб: Двухсложный стихотворный размер. Ударение приходится на четные слоги. 抑扬格(每两个音节中,重音落在第二个音节,如Любви́, наде́жды, ти́хой сла́вы)
  ②Хоре́й: Двухсложный стихотворный размер. Ударение приходится на нечетные слоги. 扬抑格(每两个音节中,重音落在第一个音节,如Е́сли жизнь тебя́ обма́нет)
  ③Да́ктиль: Ударение приходится на первый из трех слогов. 扬抑抑格(每三个音节中,第一个音节带重音,如Ту́чки небе́сные, ве́чные стра́нники)
  ④Амфибра́хий: Стихотворный размер, трехсложная стопа с ударением на втором слоге. 抑扬抑格(每三个音节中第二个音节带重音,如Руса́лка плыла́ по реке́ голубо́й)
  ⑤Ана́пест: Стихотворный размер, трехсложная стопа с ударением на третьем

слоге. 抑抑扬格（每三个音节中，最后一个音节带重音，如Озаря́ема по́лной луно́й）

此外，还有四个、五个音步组成的诗格，这里就不一一列举了。诗歌格律可以产生抑扬顿挫的音响效果，再现生活事物自然优美的音乐性形象。

3. 韵脚（рифма），是指一个诗节内部诗歌的押韵，使诗节成为一个韵律整体，造成统一的音响效果。俄语诗歌常见的韵脚有：

1) Перекрестная рифма (абаб)（交叉韵），如：

　　Любви́, наде́жды, ти́хой сла́вы
　　Недо́лго не́жил нас обма́н,
　　Исче́зли ю́ные заба́вы,
　　Как со́н, как у́тренний тума́н;

2) Кольцевая рифма (абба)（抱韵），如：

　　Но в нас гори́т ещё жела́нье,
　　Под гнётом вла́сти роково́й
　　Нетерпели́вою душо́й
　　Отчи́зны вне́млем призыва́нье.

3) Смежная, парная (аа)（邻韵），如：

　　Безу́мных лет уга́сшее весе́лье
　　Мне тяжело́, как сму́тное похме́лье.

韵脚根据诗行末尾音节的重音分为阳韵 (мужская рифма)——重音落在最后一个音节上（产生铿锵有力的感觉），和阴韵 (женская рифма)——重音落在倒数第二个音节上（产生相对柔和的效果）。

① мужская рифма 阳韵，如：

　　Молчи́, скрыва́йся и таи́
　　И чу́вства и мечты́ свои́

② женская рифма 阴韵，如：

　　Вы зри́те лист и цвет на дре́ве:
　　Иль их садо́вник прикле́ил?

节奏、诗格、韵脚共同组成诗歌的旋律，营造出诗歌的音乐效果，再现生活中事物的音乐性，唤起人内在的乐感，辅助诗歌传达出内在的思想情感。

总之，诗歌通过具体鲜明的意象，借助比喻、象征等修辞手法，以生动贴切的节奏韵律，再现人的生活经验，激发人的想象，引发多维度的思考，从而使人在愉悦的审美过程中，加深对生活的理解。

Александр Сергеевич Пушкин

亚历山大·谢尔盖耶维奇·普希金（Александр Сергеевич Пушкин, 1799—1837）：俄罗斯著名诗人、作家，生于莫斯科贵族家庭，很早表露出诗歌才华，少年时在著名的贵族学校皇村中学学习，结识很多贵族精英。1817年皇村中学毕业后到外交部任职。1820年起，由于创作《自由颂》（Вольность）等政治思想激进的诗歌，先后被流放到南方和米哈伊洛夫斯克村，其间到高加索等地旅行。1830年，普希金到波尔金诺父亲领地，遇到霍乱蔓延，整个秋天被困在领地内，创作了大量作品，即文学史上著名的"波尔金诺之秋"。1831年与娜塔莉娅·冈察洛娃结婚后，进入不平静的家庭生活，并最终死于决斗。诗人一生写了800多首抒情诗，14篇长诗，多部小说和悲剧。其著名抒情诗有《致恰达耶夫》（К Чаадаеву）、《致凯恩》（К А.П. Керн...）、《纪念碑》（Памятник）等，长诗有《高加索俘虏》（Кавказский пленник）、《青铜骑士》（Медный всадник）等，诗歌体小说有《叶甫盖尼·奥涅金》（Евгений Онегин），此外还有历史悲剧《鲍里斯·戈东诺夫》（Борис Годунов），小说《别尔金小说集》（Повести Белкина）、《黑桃皇后》（Пиковая дама）、《上尉的女儿》（Капитанская дочка）等。诗人创作主题丰富，不仅有对自由、爱情的歌颂，还有对历史、人生的思考，也有对诗人使命的沉思。其诗歌语言凝练，富有哲理，充满凯旋式旋律，洋溢着昂扬向上的精神。小说创作中充满人文关怀，思考知识分子"多余人"以及社会下层"小人物"的命运，对人道、宽恕等主题有深入的探讨。普希金的创作是俄语语言的典范，对浪漫主义、现实主义文学发展起到重要作用，被称为"俄罗斯近代文学之父"。

К Чаадаеву

не́жить [未]使愉悦
заба́ва 消遣，娱乐
горе́ть [未]燃烧
гнёт 压迫
роково́й 注定不幸的；令人痛苦的
внима́ть//вня́ть 听从
отчи́зна<雅>故乡，祖国

Любви́, наде́жды, ти́хой сла́вы
Недо́лго **не́жил** нас обма́н,
Исче́зли ю́ные **заба́вы**,
Как со́н, как у́тренний тума́н;
Но в нас **гори́т** ещё жела́нье,
Под **гнётом** вла́сти **роково́й**
Нетерпели́вою душо́й
Отчи́зны внемлем призыва́нье.

Мы ждём с **томле́ньем упова́нья**
Мину́ты **во́льности святóй**,
Как ждёт любо́вник молодо́й
Мину́ты ве́рного свида́нья.
Пока́ свобо́дою гори́м,
Пока́ сердца́ для че́сти жи́вы,
Мой дру́г, отчи́зне **посвяти́м**
Души́ прекра́сные **поры́вы**!
Това́рищ, ве́рь: **взойдёт** она́,
Звезда́ **плени́тельного** сча́стья,
Росси́я **вспря́нет** ото сна́,
И на **обло́мках самовла́стья**
Напи́шут на́ши имена́.

1818

томле́ние 折磨
упова́ние 期待
во́льность 自由
свято́й 神圣的
посвяща́ть//посвяти́ть 献给……
поры́в 激情, 冲动
всходи́ть//взойти́ 升起
плени́тельный 迷人的
вспря́дывать//вспря́нуть 振奋起来
обло́мка 碎片, 废墟
самовла́стие 专横, 独裁

 Наводящие вопросы:

1. Стихотворение написано четырехстопным ямбом. Какую эмоцию придает такой размер стихосложения?
2. Это стихотворение по жанру — послание. Как поэт соединил гражданственный пафос с личными переживаниями лирического героя?
3. С чем сравнивает поэт ожидание вольности для своей отчизны? Чем отличается такое сравнение?
4. В стихотворении звучит тема вольности и борьбы с самодержавием. Как это выражено?

К А.П.Керн

мгнове́нье 瞬间 мимолётный 转瞬即逝的 виде́нье 幻象，梦幻 ге́ний 化身	Я по́мню чу́дное **мгнове́нье**: Передо мно́й яви́лась ты́, Как **мимолётное виде́нье**, Как **ге́ний** чи́стой красоты́.
грусть 忧伤 трево́га 忧虑，烦恼 суета́ 忙乱 звуча́ть [未]发出声音	В томле́ньях **гру́сти** безнадёжной, В **трево́гах** шу́мной **суеты́**, **Звуча́л** мне до́лго го́лос не́жный, И сни́лись ми́лые черты́.
бу́ря 风暴；激昂 мяте́жный 躁动不安的 рассе́ивать//рассе́ять 驱散；消除 небе́сный 天上的 глушь 穷乡僻壤 мрак 黑暗 заточе́ние 监禁，流放的生活 вдохнове́ние 灵感	Шли го́ды. **Бурь поры́в мяте́жный** **Рассе́ял** пре́жние мечты́, И я забы́л твой го́лос не́жный, Твои́ **небе́сные** черты́. В **глуши́**, во **мра́ке заточе́нья** Тяну́лись ти́хо дни мои́ Без божества́, без **вдохнове́нья**, Без слёз, без жи́зни, без любви́.
пробужде́ние 激起，唤起	Душе́ наста́ло **пробужде́нье**: И вот опя́ть яви́лась ты, Как мимолётное ви́денье, Как ге́ний чи́стой красоты́.
упое́нье 狂喜，陶醉 воскреса́ть//воскре́снуть 复活	И се́рдце бьётся в **упое́нье**, И для него́ **воскре́сли** вновь И божество́, и вдохнове́нье, И жизнь, и слёзы, и любо́вь.

1825

Наводящие вопросы:

1. В стихотворении нет описания внешности героини, но известен ее духовный образ, который дал поэту вдохновенье. Чем они выражены?
2. Какую духовную силу дает лирическому герою его две встречи с героиней?
3. Обращайте внимание на контраст противоположных переживаний поэта с явлением героини и без неё. Чем они отличаются?
4. В стихотворении можно выделить анафору (头语重复), например, на первой строфе: «Как мимолётное виденье,// Как гений чистой красоты», на второй строфе: «В томлениях грусти безнадёжной,// В тревогах шумной суеты». Найдите подобные выражения и скажите, какие внутренние ритмы они передают? Какой эффект они производят на читателей?
5. В данном стихотворении присутствует градация: «И божество, и вдохновенье, И жизнь, и слёзы, и любовь». Какую внутреннюю динамику она передает?

На холмах Грузии лежит ночная мгла...

На хо́лмах Гру́зии лежи́т ночна́я мгла
Шуми́т Ара́гва пре́до мно́ю.
Мне гру́стно и легко́; печа́ль моя́ светла́
Печа́ль моя́ полна́ тобо́ю,
Тобо́й, одно́й тобо́й... Уны́нья моего́
Ничто́ не му́чит, не трево́жит,
И се́рдце вновь гори́т и лю́бит — оттого́,
Что не люби́ть оно́ не мо́жет.

1829

холм 山岗
Гру́зия 格鲁吉亚
мгла 黑暗
Ара́гва 阿拉格维河
предо 同перед
уны́ние 忧郁, 愁闷
му́чить//заму́чить 折磨
трево́жить//встрево́жить 使担忧, 使不安

 Наводящие вопросы:

1. Обращайте внимание на музыкальность этого стихотворения и объясните, чем это передано?
2. Какое поэтическое состояние передает совмещение противоположных чувств в выражении «Мне грустно и легко; печаль моя светла...» ?
3. Читайте последние строки стихотворения и скажите, чем отличается пушкинская концепция любви? Отчего любовь возникает?

Если жизнь тебя обманет...

смиря́ться//смири́ться
平静,顺从
весе́лье 乐观的心情
настава́ть//наста́ть 来到
уны́лый 沮丧的,忧郁的

Если жизнь тебя́ обма́нет,
Не печа́лься, не серди́сь!
В день уны́ния **смири́сь**:
День **весе́лья**, верь, **наста́нет**.

Се́рдце в бу́дущем живёт
Настоя́щее **уны́ло**:
Всё мгнове́нно, всё пройдёт
Что пройдёт, то бу́дет ми́ло.

1825

 Наводящие вопросы:

1. В этом стихотворении много афористических выражений. Найдите их и скажите, как поэт относится к жизни?
2. Какие состояния человека выражены в контрастных фразах: «Сердце в будущем живет// Настоящее уныло»?
3. Какую мудрость дает последние выражение «Всё мгновенно, всё пройдёт// Что пройдёт, то будет мило»?

Я вас любил...

угаса́ть//уга́снуть 熄灭,消失
печа́лить//опеча́лить 使悲伤
безмо́лвно 默默地
ро́бость 胆怯,羞怯
ре́вность 嫉妒
томи́ть//истоми́ть 折磨
и́скренно 真诚地
не́жно 含情脉脉地,温柔地

Я вас люби́л: любо́вь ещё, быть мо́жет,
В душе́ мое́й **уга́сла** не совсе́м
Но пусть она́ вас бо́льше не трево́жит
Я не хочу́ **печа́лить** вас ниче́м.
Я вас люби́л **безмо́лвно**, безнадежно,
То **ро́бостью**, то **ре́вностью томи́м**
Я вас люби́л так **и́скренно**, так **не́жно**,
Как дай вам бог люби́мой быть други́м.

1829

Наводящие вопросы:

1. Как лирический герой относится к бывшей возлюбленной?
2. Какие душевные переживания передают слова «безмолвно, безнадежно, искренно, нежно»?
3. Какое чувство передано в выражений «Как дай вам бог любимой быть другим»? Чем отличается эта любовь?

Элегия

Безу́мных лет **уга́сшее** весе́лье
Мне тяжело́, как **сму́тное похме́лье**.
Но, как вино́ — печа́ль **мину́вших** дней
В мое́й душе́ чем ста́ре, тем сильне́й.
Мой путь **уны́л**. **Сули́т** мне труд и го́ре
Гряду́щего волну́емое мо́ре.

Но не хочу́, о дру́ги, умира́ть
Я жить хочу́, чтоб мы́слить и страда́ть
И **ве́даю**, мне бу́дут наслажде́нья
Меж го́рестей, забо́т и **треволне́нья**:
Поро́й опя́ть гармо́нией **упью́сь**,
Над **вы́мыслом** слеза́ми **оболью́сь**
И мо́жет быть — на мой зака́т печа́льный
Блеснёт любо́вь улы́бкою проща́льной.

уга́сший 暗淡的
сму́тний 昏沉的；惊恐的
похме́лье 醉酒，头痛
мину́вший 往昔的
унывать//уныть 灰心, 沮丧
сули́ть [未] 预言, 预示
гряду́щий 未来的
ве́дать [未] 预见
меж 同 ме́жду
го́ресть 悲伤, 忧愁
треволне́ние 不安；焦急
поро́й 有时
упива́ться//упи́ться 陶醉
вы́мысел 幻想
облива́ться//обли́ться 泪如雨下
блесте́ть//блесну́ть 闪现

1830

 Наводящие вопросы:

1. С чем сравнивает поэт свое прошедшее время и будущее жизни?
2. Как поэт понимает смысл жизни в выражении «Я жить хочу, чтоб мыслить и страдать»?
3. Все стихотворение пронизывает мысль о неизбежности и неотвратимости изменений жизни человека. Как это выражено?
4. Обращайте внимание на звуковую особенность стихотворения: оно написано пятистопным ямбом — размером, который в отличие от четырехстопного ямба обладает большей плавностью, каким-то замедленным течением. Такая форма отвечает требованиям философской лирики.

Памятник

воздвига́ть // воздви́гнуть 竖立, 建造	
зараста́ть // зарасти́ 长满青草	
тропа́ 小路	
возноси́ться // возни́стись 耸立	
непоко́рный 不顺从的	
столп 柱子	
заве́тный 珍藏的	
ли́ра 竖琴	
прах 骨灰	
тле́нье 腐朽	
доко́ль 直到……时为止	
пии́т <雅> 诗人	
всяк 每一个	
су́щий 现存的	
финн 芬兰人	
тунгу́с 通古斯人	
калмы́к 卡尔梅克人	
любе́зный 亲切的	
пробужда́ть // пробуди́ть 唤起	
восславля́ть // воссла́вить 歌颂, 赞美	
призыва́ть // призва́ть 召唤, 祈求	
веле́нье 旨意	
оби́да 欺负, 侮辱	
вене́ц 皇冠	
хвала́ 赞美	
клевета́ 污蔑, 诽谤	
оспа́ривать // оспо́рить 争论	
глупе́ц 蠢人, 糊涂人	

Я па́мятник себе́ **воздви́г** нерукотво́рный,
К нему́ не **зарастёт** наро́дная **тропа́**,
Вознёсся вы́ше он главо́ю **непоко́рной**
Александри́йского **столпа́**.

Нет, весь я не умру́ — душа́ в **заве́тной ли́ре**
Мой **прах** переживёт и **тле́нья** убежи́т —
И сла́вен бу́ду я, **доко́ль** в подлу́нном ми́ре
Жив бу́дет хоть оди́н **пии́т**.

Слух обо мне пройдёт по всей Руси́ вели́кой,
И назовёт меня́ **всяк су́щий** в ней язы́к,
И го́рдый внук славя́н, и **финн**, и ны́не ди́кой
Тунгу́с, и друг степе́й **калмы́к**.

И до́лго бу́ду тем **любе́зен** я наро́ду,
Что чу́вства до́брые я ли́рой **пробужда́л**,
Что в мой жесто́кий век **воссла́вил** я свобо́ду
И ми́лость к па́дшим **призыва́л**.

Веле́нью бо́жию, о му́за, будь послу́шна,
Оби́ды не страша́сь, не тре́буя **венца́**,
Хвалу́ и клевету́ прие́мли равноду́шно
И не **оспо́ривай глупца́**.

1836

ПОЭЗИЯ

 Наводящие вопросы:

1. Сравнивая памятника с Александрийским столпом в первой строфе, что хочет поэт выразить?
2. Каким образом поэт преодолеет смерть? Как поэт расширяет время и пространство своего творчества?
3. В чём поэт видит свою заслугу как поэта перед народом?
4. Почему поэт обращается к музе в последней строфе? Как он оценивает свою миссию как поэта?
5. В.В.Виноградов определил «Памятник» как «одновременно исповедь, самооценку, манифест и завещание великого поэта». Согласны ли вы с этим мнением?

Евгений Онегин (отрывки)

导 读

Онегинская строфа (奥涅金诗节) — строфа, которой был написан роман в стихах «**Евгений Онегин**», 14 строк четырёхстопного ямба. Строфы романа одинаковы по числу строк и по их рифмовке. В основу строфы был положен сонет (十四行诗) — 14-строчное стихотворение с определённой рифменной схемой. Система рифмовки: в первом катрене она перекрёстная (交叉韵), во втором — парная (邻韵), в третьем — опоясывающая (抱韵). Рифменная схема онегинской строфы выглядит так: **AbAb CCdd EffE gg** (прописными буквами традиционно обозначается женская рифма, строчными — мужская 大写字母通常为阴韵，小写字母则为阳韵).

   Глава вторая
     XXV
Итак, она звалась Татьяной.
Ни красотой сестры своей,
Ни свежестью её **румяной**
Не привлекла б она очей.
Дика, печальна, молчалива,
Как **лань** лесная **боязлива**,
Она в семье своей родной
Казалась девочкой чужой.
Она **ласкаться** не умела
К отцу, ни к матери своей
Дитя сама, в толпе детей
Играть и **прыгать** не хотела

румяный 面色绯红的，绯红色的

дикий 未开化的；害羞的
печальный 忧愁悲伤的
лань 鹿，扁角鹿
боязливый 怯懦的
ласкаться 表示亲热

дитя 小孩儿
прыгать//прыгнуть 跳跃

13

	И ча́сто це́лый день одна́ Сиде́ла мо́лча у окна́.
	VII
спле́тни 流言蜚语 отра́да 开心,欢快	Татья́на слу́шала с доса́дой Таки́е **спле́тни**; но тайко́м С неизъясни́мою **отра́дой** Нево́льно ду́мала о то́м; И в се́рдце ду́ма зарони́лась; Пора́ пришла́, она́ влюби́лась. Так в зе́млю па́дшее зерно́ Весны́ огнём оживлено́.
не́га 温存 алка́ть<文,旧> [未] 饥饿, 渴慕 младо́й=молодо́й	Давно́ её воображе́нье, Сгора́я **не́гой** и тоско́й, **Алка́ло** пи́щи роково́й; Давно́ серде́чное томле́нье Тесни́ло ей **младу́ю** грудь; Душа́ ждала́... кого́-нибудь,
	VIII
	И дождала́сь... Откры́лись о́чи; Она́ сказа́ла: это он! Увы́! тепе́рь и дни и но́чи, И жа́ркий одино́кий сон,
без у́молку 不住地 доку́чный 令人厌烦的	Всё полно им; все де́ве ми́лой Без **у́молку** волше́бной си́лой Тверди́т о нём. **Доку́чны** ей И зву́ки ла́сковых рече́й,
прислу́га 女仆 уны́ние 沮丧,苦闷	И взор забо́тливой **прислу́ги**. В **уны́ние** погружена́, Госте́й не слу́шает она́
проклина́ть//прокля́сть 咒诅 присе́ст 稍坐一会儿	И **проклина́ет** их досу́ги, Их неожи́данный прие́зд И продолжи́тельный **присе́ст**.
	Глава́ тре́тья **XXXI**
	Письмо́ Татья́ны к Оне́гину
бо́ле <旧,方>同бо́лее	Я к вам пишу́ — чего́ же **бо́ле**? Что я могу́ еще сказа́ть? Тепе́рь, я зна́ю, в ва́шей во́ле Меня́ презре́ньем наказа́ть. Но вы, к мое́й несча́стной до́ле

ПОЭЗИЯ

Хоть каплю жалости храня,
Вы не оставите меня.
Сначала я молчать хотела;
Поверьте: моего стыда
Вы не узнали б никогда,
Когда б надежду я имела
Хоть редко, хоть в неделю раз
В деревне нашей видеть вас,
Чтоб только слышать ваши речи,
Вам слово **молвить**, и потом
Все думать, думать об одном
И день и ночь до новой встречи.
Но, говорят, вы **нелюдим**;
В **глуши**, в деревне все вам скучно,
А мы... ничем мы не **блестим**,
Хоть вам и рады **простодушно**.

Зачем вы посетили нас?
В глуши **забытого** селенья
Я никогда не знала б вас,
Не знала б горького **мученья**.
Души неопытной волненья
Смирив со временем (как знать?),
По сердцу я нашла бы друга,
Была бы верная супруга
И **добродетельная** мать.

Другой!.. Нет, никому на свете
Не отдала бы сердца я!
То в вышнем суждено совете...
То воля неба: я твоя;
Вся жизнь моя была **залогом**
Свиданья верного с тобой;
Я знаю, ты мне **послан** богом,
До **гроба** ты хранитель мой...
Ты в сновиденьях мне являлся
Незримый, ты мне был уж мил,
Твой чудный взгляд меня **томил**,
В душе твой голос **раздавался**
Давно... нет, это был не сон!
Ты чуть вошёл, я вмиг узнала,
Вся **обомлела, запылала**

молвить[完,未] 说出

нелюдим 孤僻的人
глушь 荒凉偏僻的地方
блестеть//блеснуть 闪光;表现出色的才华
простодушный 朴直的

забытый 被遗忘的,无人关注的
мученье 折磨

смирять//смирить 克制,平息

добродетельный 有美德的

залог 保证

посланный 被派来的
гроб 棺材

томить 折磨
раздаваться//раздаться 响起
обомлевать//обомлеть <口>昏迷,发慌
запылать [完] 燃烧起来

мо́лвить[完,未]<旧>说出	И в мы́слях мо́лвила: вот он!
	Не пра́вда ль? я тебя́ слы́хала:
	Ты говори́л со мной в тиши́,
	Когда́ я бе́дным помога́ла
услажда́ть//услади́ть 使愉快	Или моли́твой услажда́ла
	Тоску́ волну́емой души́?
прозра́чный 透明的	И в э́то са́мое мгнове́нье
мелька́ть//мелькну́ть 闪现	Не ты ли, ми́лое виде́нье,
	В прозра́чной темноте́ мелькну́л,
изголо́вье 床头	Приникну́л ти́хо к изголо́вью?
отра́да 欢快	Не ты ль, с отра́дой и любо́вью,
кова́рный 口蜜腹剑的	Слова́ наде́жды мне шепну́л?
искуси́тель 诱惑者, (圣经传说中) 诱惑夏娃偷吃禁果的魔鬼	Кто ты, мой а́нгел ли храни́тель,
	Или кова́рный искуси́тель:
	Мои́ сомне́нья разреши́.
отны́не <旧,雅>从今以后	Быть мо́жет, э́то все пусто́е,
лить//слить <口>不停地流淌	Обма́н нео́пытной души́!
	И суждено́ совсе́м ино́е...
умоля́ть//умоли́ть 恳求	Но так и быть! Судьбу́ мою́
вообража́ть//вообрази́ть 想象	Отны́не я тебе́ вруча́ю,
	Пе́ред тобо́ю слёзы лью,
рассу́док 理性	Твое́й защи́ты умоля́ю...
изнемога́ть//изнемо́чь 精疲力竭	Вообрази́: я здесь одна́,
	Никто́ меня́ не понима́ет,
оживля́ть//оживи́ть 使死而复生	Рассу́док мой изнемога́ет,
	И мо́лча ги́бнуть я должна́.
перерыва́ть//перерва́ть 扯断,撕破	Я жду тебя́: еди́ным взо́ром
	Наде́жды се́рдца оживи́
заслу́женный 理应受的	Иль сон тяжёлый перерви́,
уко́р 责备	Увы́, заслу́женным уко́ром!
замира́ть//замере́ть 停止	
пору́ка 保证	Конча́ю! Стра́шно перече́сть...
вверя́ть//вве́рить 托付	Стыдо́м и стра́хом замира́ю...
о́хнуть//о́хать 唉声叹气	Но мне пору́кой ва́ша честь,
обла́тка 封缄纸(可用来贴信封或粘纸)	И сме́ло ей себя́ вверя́ю...
	XXXII
со́хнуть [未]变干	Татья́на то вздохнёт, то о́хнет;
воспалённый 炽热的	Письмо́ дрожи́т в ее руке́;
склоня́ться//склони́ться 下垂	Обла́тка ро́зовая со́хнет
	На воспалённом языке́.
соро́чка (女式) 衬衣	К плечу́ голову́шкой склони́лась,
	Соро́чка лёгкая спусти́лась

С ее **прелестного** плеча...
Но вот уж лунного луча
Сиянье **гаснет**. Там **долина**
Сквозь **пар** яснеет. Там поток
Засеребрился; там рожок
Пастуший будит **селянина**.
Вот утро: встали все давно,
Моей Татьяне все равно.
<...>

прелестный 美好可爱的
гаснуть [未] 逐渐熄灭
долина 谷地
пар 水汽, 雾气
засеребриться [完] 泛出银白色
рожок 号角声
селянин 庄稼人

ГЛАВА ЧЕТВЕРТАЯ

La morale est dans la nature des choses.

Necker. [1]

VII

Чем меньше женщину мы любим,
Тем легче нравимся мы ей
И тем ее вернее **губим**
Средь **обольстительных** сетей.
Разврат, бывало, **хладнокровный**
Наукой славился любовной,
Сам о себе везде **трубя**
И **наслаждаясь** не любя.
Но эта важная **забава**
Достойна старых обезьян
Хвалёных дедовских времян:
Ловласов обветшала слава
Со славой красных **каблуков**
И величавых **париков**.

губить//погубить 危害, 损害
обольстительный 迷人的, 诱惑的
разврат 贪淫好色
хладнокровный 冷血的
трубить//протрубить 吹嘘
наслаждаться//насладиться 享受
забава 消遣, 开心
хвалёный <讽> 大受吹捧的
дедовский 古老的
Ловласов 洛夫莱斯, 英国小说家塞·理查森小说中的色鬼
обветшалый 陈腐的
каблук 鞋后跟
парик 假发

IX

Так точно думал мой Евгений.
Он в первой юности своей
Был жертвой бурных **заблуждений**
И **необузданных** страстей.
Привычкой жизни **избалован**,
Одним на время **очарован**,
Разочарованный другим,
Желаньем медленно томим,
Томим и **ветреным** успехом,
Внимая в шуме и в тиши
Роптанье вечное души,

заблуждение 迷惑; 罪过
необузданный 放纵不羁的
избалованный 娇生惯养的
очарованный 迷醉的
разочарованный 失望的

ветреный 轻浮的
внимать//внять 倾听
роптанье 低声抱怨声
зевота 打哈欠, 无聊

---

1 Нравственность в природе вещей. *Неккер (франц.).*

подавля́ть //подави́ть 压制 утра́чивать//утра́тить 失去	**Зево́ту подавля́я** сме́хом: Вот как уби́л он во́семь лет, **Утра́тя** жи́зни лу́чший цвет.

X

В краса́виц он уж не влюбля́лся,
А **волочи́лся** как-нибудь;
Отка́жут — **ми́гом утеша́лся**;
Изменя́т — рад был отдохну́ть.
Он их иска́л без **упое́нья**,
А оставля́л без сожале́нья,
Чуть по́мня их любо́вь и злость.
Так то́чно равноду́шный гость
На **вист** вече́рний приезжа́ет,
Сади́тся; ко́нчилась игра́:
Он уезжа́ет со двора́,
Споко́йно до́ма засыпа́ет
И сам не зна́ет поутру́,
Куда́ пое́дет вве́черу.

волочи́ться[未]<俗>轻浮地追逐(女人)
ми́гом 转瞬间
утеша́ться//уте́шиться 不再悲伤
упое́ние 欣喜

вист 惠斯特(类似桥牌的一种纸牌戏)

XI

Но, получи́в посла́нье Та́ни,
Оне́гин жи́во тро́нут был:
Язы́к **деви́ческих** мечта́ний
В нем ду́мы **ро́ем возмути́л**;
И вспо́мнил он Татья́ны ми́лой
И бле́дный цвет и вид **уны́лый**;
И в сла́достный, **безгре́шный** сон
Душо́ю погрузи́лся он.
Быть мо́жет, чу́вствий **пыл стари́нный**
Им на мину́ту овладе́л;
Но обману́ть он не хоте́л
Дове́рчивость души́ неви́нной.
Тепе́рь мы в сад перелети́м,
Где встре́тилась Татья́на с ним.

деви́ческий 少女的
рой <转>许多
возмуща́ть//возмути́ть 引起(内心的)纷扰
уны́лый 忧郁的
безгре́шный 纯洁无瑕的
пыл<转>热情
стари́нный 一向有的

дове́рчивость <旧>信任

XII

Мину́ты две они́ молча́ли,
Но к ней Оне́гин подошёл
И мо́лвил: «Вы ко мне писа́ли,
Не **отпира́йтесь**. Я прочёл
Души́ **дове́рчивой** призна́нья,
Любви́ неви́нной **излия́нья**;
Мне ва́ша и́скренность ми́ла;

отпира́ться //отпере́ться <口>不承认
дове́рчивый 容易信任人的
излия́ние 吐露

Она в волненье привела
Давно умолкнувшие чувства;
Но вас хвалить я не хочу;
Я за нее вам **отплачу́**
Признаньем также без искусства;
Примите **исповедь** мою:
Себя на суд вам отдаю.

XIII
Когда бы жизнь домашним кругом
Я ограничить захотел;
Когда б мне быть отцом, супругом
Приятный **жребий повелел**;
Когда б семейственной картиной
Пленился я хоть миг единый, —
То, верно б, кроме вас одной
Невесты не искал иной.
Скажу без блёсток **мадригальных**:
Нашед мой прежний идеал,
Я, верно б, вас одну избрал
В подруги дней моих печальных,
Всего прекрасного в залог,
И был бы счастлив... сколько мог!

XIV
Но я не создан для **блаженства**;
Ему чужда душа моя;
Напрасны ваши совершенства:
Их вовсе недостоин я.
Поверьте (совесть в том **порукой**),
Супружество нам будет мукой.
Я, сколько ни любил бы вас,
Привыкнув, разлюблю тотчас;
Начнёте плакать: ваши слёзы
Не тронут сердца моего,
А будут лишь **бесить** его.
Судите ж вы, какие розы
Нам заготовит **Гименей**
И, может быть, на много дней.

XV
Что может быть на свете хуже
Семьи, где бедная жена
Грустит о недостойном муже,

отплачивать//отплатить 回报

исповедь 忏悔；自白

жребий <转>命运
повелевать//повелеть 吩咐
пленяться//плениться 沉醉于
мадригальный 赞美的, 奉承的

блаженство 幸福；怡然

напрасный 枉然的

супружество 婚姻
порука 担保, 保证

бесить//взбесить 使大怒

Гименей 许墨奈俄斯(婚姻之神)

грустить[未]忧愁

проклина́ть//прокля́сть <口>咒骂	И днём и ве́чером одна́; Где ску́чный муж, ей цену́ зна́я (Судьбу́, одна́ко ж, **проклина́я**),
нахму́ренный 愁眉不展的 ревни́вый 妒忌的 пла́менный 炽热的	Всегда́ **нахму́рен**, молчали́в, Серди́т и хо́лодно-**ревни́в**! Тако́в я. И того́ ль иска́ли Вы чи́стой, **пла́менной** душо́й, Когда́ с тако́ю простото́й, С таки́м умо́м ко мне писа́ли?
назна́ченный 预定的	Уже́ли жре́бий вам тако́й **Назна́чен** стро́гою судьбо́й?
	XVI
обновля́ть//обнови́ть 使复苏	Мечта́м и го́дам нет возвра́та; Не **обновлю́** души́ мое́й... Я вас люблю́ любо́вью бра́та И, мо́жет быть, еще не́жней.
де́ва <旧,诗>姑娘	Послу́шайте ж меня́ без гне́ва: Сме́нит не раз млада́я **де́ва**
деревцо́ 小树	Мечта́ми лёгкие мечты́; Так **деревцо́** свои́ листы́ Меня́ет с ка́ждою весно́ю. Так ви́дно не́бом суждено́. Полюби́те вы сно́ва: но...
вла́ствовать <雅>控制	Учи́тесь **вла́ствовать** собо́ю; Не вся́кий вас, как я, поймёт; К беде́ нео́пытность ведёт».
	XVII
	Так пропове́довал Евге́ний. Сквозь слез не ви́дя ничего́, Едва́ дыша́, без возраже́ний, Татья́на слу́шала его́.
машина́льно 机械地 опира́ться//опере́ться 靠着 то́мный 无精打采的	Он по́дал ру́ку ей. Печа́льно (Как говори́тся, **машина́льно**) Татья́на молча́ **оперла́сь**, Голо́вкой **то́мною** склоня́сь; Пошли́ домо́й вкруг огоро́да; Яви́лись вме́сте, и никто́
пеня́ть//попеня́ть 埋怨	Не взду́мал им **пеня́ть** на то. Име́ет се́льская свобо́да

Свои́ счастли́вые пра́ва,
Как и **надме́нная** Москва́.
<…>

надме́нный 目空一切的

1823-1831

 Наводящие вопросы:

1. *Выберите любую строфу и прочитайте, обращая внимание на особенность онегинской строфы.*
2. *Какой душевный мир раскрывает письмо Татьяной?*
3. *Какая реакция у Онегина на искренность в любви Татьяной?*
4. *В каком мире живет Татьяна?*
5. *Почему Онегин ответил отказом на любовь Татьяной? Какое миропонимание Онегина выражено в его отказе?*

Юрий Михайлович Лермонтов

尤里·米哈伊洛维奇·莱蒙托夫(Юрий Михайлович Лермонтов, 1814—1841)：俄国著名诗人，作家，生于莫斯科贵族家庭，自幼丧母，被出身名门的外祖母抚养长大，形成敏感忧郁的性格，很早就开始写诗。1830—1832年间在莫斯科大学文学系学习，后转入士官学校，深受自由思想和法国大革命精神影响。1834年毕业后被派到彼得堡近卫军骠骑兵团服役。1837年普希金去世后，莱蒙托夫创作诗歌《诗人之死》(Смерть поэта)，谴责沙皇政府为杀害诗人的凶手，因言辞激烈而被流放到高加索。1838年回到莫斯科，在《祖国纪事》上发表作品。1840年因决斗被再次流放到南方，1841年死于决斗。在27年的短暂生命中，诗人创作了400多首抒情诗、20多部长诗以及戏剧、小说等。著名诗歌有《帆》(Парус)、《云》(Тучи)等，长诗《恶魔》(Демон)、《童僧》(Мцыри)等，戏剧《假面舞会》(Маскарад)，小说《当代英雄》(Герой нашего времени)等。莱蒙托夫被誉为俄罗斯第一浪漫主义诗人，其诗歌中充满强烈的自我意识和对自由的渴望。不同于普希金的乐观明亮，孤独和忧郁成为莱蒙托夫创作的主旋律，现实与理想的冲突是诗人创作的重要主题。莱蒙托夫同时也是现实主义作家，对人内心世界的深刻洞察和心理剖析，使其小说在勾勒社会时代整体风貌的同时，具有人性探索的深度。

Нет, я не Байрон, я другой...

Байрон 英国诗人拜伦
неве́домый 不为人知的
избра́нник <雅>天才
гони́мый 被放逐的
ране = раньше

разби́тый 破碎的
груз 重物，重负
угрю́мый 阴郁的，沉闷的
толпа́ 人群，芸芸众生

Нет, я не **Ба́йрон**, я друго́й,
Ещё **неве́домый избра́нник**,
Как он, **гони́мый** ми́ром стра́нник,
Но то́лько с ру́сскою душо́й.
Я ра́ньше на́чал, ко́нчу **ра́не**,
Мой ум немно́го соверши́т;
В душе́ мое́й, как в океа́не,
Наде́жд **разби́тых гру́з** лежи́т.
Кто мо́жет, океа́н **угрю́мый**,
Твои́ изве́дать та́йны? Кто
Толпе́ мои́ расска́жет ду́мы?
Я — и́ли бо́г — и́ли никто́!

1832

ПОЭЗИЯ

Наводящие вопросы:

1. Почему поэт сравнивает свою судьбу с судьбой английского романиста Байрона? В чем их сходство?
2. В чем судьба поэта трагичнее судьбы Байрона?
3. Можно ли сказать, что в последней строчке мы видим проявление гордыни?
4. Какие особенности стиля романтизм вы можете выделить в этом стихотворении?

Парус

Белеет парус одинокой
В тумане моря голубом!..
Что ищет он в стране далёкой?
Что кинул он в краю родном?..

Играют волны — ветер свищет,
И мачта гнётся и скрыпит...
Увы! он счастия не ищет
И не от счастия бежит!

Под ним струя светлей лазури,
Над ним луч солнца золотой...
А он, мятежный, просит бури,
Как будто в бурях есть покой!

1832

белеть//побелеть 发白

кидать//кинуть 抛；扔

свистать [未] 呼啸
мачта 桅杆
гнуться//погнуться 弯曲
скрыпеть <旧> 嘎嘎作响

струя 细流
лазурь 蔚蓝色，碧空
мятежный 躁动不安的

Наводящие вопросы:

1. Обратите внимание на то как динамично описание в этом стихотворении. Какие контрастные образы используются? Какие краски и звуки описаны?
2. Мы ощущаем в этом стихотворении игру волн, свист ветра и скрип мачты как борьбу со стихией. Считает ли сам автор, что в буре можно найти покой?
3. Литературный термин «tention» означает напряжение. Каким образом передано это напряженное настроение в стихотворении? Проанализируйте каким еще образом автор передает противоречивое душевное состояние лирического героя: «он не ищет счастья и не бежит от счастья».
4. Что символизирует образ паруса? Какова тема данного стихотворения?

Русалка

озаря́ть//озари́ть 照亮	Руса́лка плыла́ по реке́ голубо́й,
доплёскивать// доплесну́ть 把水等溅到（某处）	**Озаря́ема** по́лной луно́й;
пе́на 泡沫	И стара́лась она́ **доплесну́ть** до луны́,
шуме́ть [未] 发出响声	Серебри́стую **пе́ну** волны́.
	И **шумя́** и крутя́сь колеба́ла река́
	Отражённые в ней облака́;
круто́й 陡峭的	И пе́ла руса́лка — и зву́к её слов
	Долета́л до **круты́х** берего́в.
дно 海、河、湖等的底	И пе́ла руса́лка: «На **дне** у меня́
мерца́ние 闪烁	Игра́ет **мерца́ние** дня;
ста́до 群	Там ры́бок златы́е гуля́ют **стада́**,
хруста́льный 水晶玻璃的	Там **хруста́льные** есть города́;
поду́шка 枕头	И там на **поду́шке** из я́рких песко́в,
тростни́к 芦苇	Под те́нью густы́х **тростнико́в**,
ви́тязь <旧,诗> 勇士	Спит **ви́тязь**, добы́ча **ревни́вой** волны́,
ревни́вый <旧> 嫉妒的	Спит ви́тязь чужо́й стороны́...
расчёсывать//расчеса́ть 梳理	**Расчёсывать** ко́льца шелко́вых **кудре́й**
	Мы лю́бим во **мра́ке** ноче́й,
ку́дри 卷发	И в **чело́** и в уста́ мы, в **полу́денный** час,
мрак 黑暗	Целова́ли краса́вца не раз.
чело́ 额头	
полу́денный 中午的	Но к стра́стным **лобза́ньям**, не зна́ю заче́м,
лобза́ние <旧,诗> 吻	Остаётся он хла́ден и нем;
пе́рси 胸	Он спит, — и, склони́вшись на пе́рси ко мне,
шепта́ть [未] 低语	Он не ды́шит, не **ше́пчет** во сне».
	Так пе́ла руса́лка над си́ней реко́й,
	Полна́ непоня́тной тоско́й;
	И шу́мно катя́сь, колеба́ла река́
	Отражённые в ней облака́.

 Наводящие вопросы:

1. Обрати́те внима́ние на звукову́ю осо́бенность э́того стихотворе́ния. Оно́ напи́сано амфибра́хием (抑扬抑): «Руса́лка плыла́ по реке́ голубо́й»

и анапестом (抑抑扬): «Озаряема полной луной». Какие картины написаны каким размером?
2. Русалка в славянской фольклоре и легендах является образом жертвы несчастной любви и соблазнительницей мужчин. Какое новое значение придает этот образ стихотворению?
3. Существует ли граница для русалки между живыми и мертвыми? Почему?
4. В этом стихотворении полно внешними и внутренними контрастами. Например, звук песни русалки долетал до крутых берегов, но не может донести до витязя, который лежит рядом с ней. Какое глубокое значение имеет такой контраст?

И скучно и грустно

И скучно и грустно, и некому руку подать
В минуту душевной **невзгоды**...
Желанья!.. что пользы **напрасно** и вечно желать?..
А годы проходят — всё лучшие годы!

Любить... но кого же?.. на время — не стоит труда,
А вечно любить невозможно.
В себя ли заглянешь? — там прошлого нет и следа:
И радость, и муки, и всё там **ничтожно**...

Что страсти? — ведь рано иль поздно их сладкий **недуг**
Исчезнет при слове рассудка;
И жизнь, как посмотришь с холодным вниманьем вокруг —
Такая пустая и глупая шутка...

невзгода 不幸, 痛苦
напрасно 白白地, 徒然

ничтожный 毫无价值的; 空虚的

недуг 疾病
рассудок 理智, 理性

1840

 Наводящие вопросы:

1. Какова тема данного стихотворения?
2. В этом стихотворении философские думы и психологический анализ отличаются от раннего романтического стихотворения «Парус». В чем это выражается?
3. Каким образом поэт передает чувства одиночества, усталости и скуки лирического героя?
4. Как лирический герой смотрит на жизнь и к какому выводу он приходит?

Тучи

странник 漂泊者

изгнанник 流放的犯人

зависть 嫉妒心
злоба 仇恨，愤恨
клевета 污蔑，诽谤
ядовитый 恶毒的
нива 田地，庄稼地

Тучки небесные, вечные **странники**!
Степью лазурною, цепью жемчужною
Мчитесь вы, будто как я же, **изгнанники**
С милого севера в сторону южную.
Кто же вас гонит: судьбы ли решение?
Зависть ли тайная? **злоба** ль открытая?
Или на вас тяготит преступление?
Или друзей **клевета ядовитая**?
Нет, вам наскучили **нивы** бесплодные...
Чужды вам страсти и чужды страдания;
Вечно холодные, вечно свободные,
Нет у вас родины, нет вам изгнания.

1840

Наводящие вопросы:

1. Общая судьба скитания объединяет образы «тучек» и лирического героя, каким образом это выражено в стихотворении?
2. Какие свои переживания лирический герой вложил в образ «тучек»?
3. Что лирический герой хочет выразить в стихе «Чужды вам страсти и чужды страдания»?
4. Какие темы затронуты в этом стихотворении?

Прощай, немытая Россия

немытый 未洗的，脏的
раб 奴隶，农奴
господин 主人，老爷
мундир 制服，礼服

укрываться//укрыться
躲藏
паша <史>巴夏，旧土耳其等伊斯兰国家高级文武官员的称号
всевидящий 能看见一切的
всеслышащий 能听见一切的

Прощай, **немытая** Россия,
Страна **рабов**, страна **господ**,
И вы, **мундиры** голубые,
И ты, им преданный народ.

Быть может, за стеной Кавказа
Укроюсь от твоих **пашей**,
От их **всевидящего** глаза,
От их **всеслышащих** ушей.

1841

ПОЭЗИЯ

 Наводящие вопросы:

1. С чьей точки зрения поэт смотрит на свою родину, называя ее «страной рабов и господ»? Какую идею он хочет передать в этих строчках?
2. Проанализируй стихотворение, какие языковые средства: фонетические, лексические, и синтаксические, — употреблены?
3. В чем пафосность данного стихотворения?

Родина

Люблю **отчи́зну** я, но стра́нною любо́вью!
Не победи́т ее **рассу́док** мой.
Ни сла́ва, ку́пленная кро́вью,
Ни по́лный го́рдого дове́рия поко́й,
Ни тёмной **старины́ заве́тные** преда́нья
Не **шевеля́т** во мне **отра́дного** мечта́нья.

Но я люблю́ — за что, не зна́ю сам —
Ее степе́й холо́дное молча́нье,
Ее лесо́в **безбре́жных** колыха́нье,
Разли́вы рек ее подо́бные моря́м;
Просёлочным путём люблю́ скака́ть в **теле́ге**
И, взо́ром ме́дленным **пронза́я** но́чи тень,
Встреча́ть по сторона́м, **вздыха́я** о **ночле́ге**,
Дрожа́щие огни́ печа́льных дереве́нь.

Люблю́ дымо́к спалённой **жни́вы**,
В степи́ ночу́ющий **обо́з**,
И на **холме́** средь жёлтой **ни́вы**
Чету́ беле́ющих берёз.
С отра́дой мно́гим незнако́мой
Я ви́жу по́лное **гумно́**,
Избу́, покры́тую **соло́мой**,
С резны́ми **ста́внями** окно́;
И в пра́здник, ве́чером **роси́стым**,
Смотре́ть до по́лночи гото́в
На пля́ску с **то́паньем** и **сви́стом**
Под го́вор пья́ных мужичко́в.

1841

отчи́зна <诗,雅>祖国
рассу́док 理性

старина́ 遥远的过去
заве́тный 珍贵的
шевели́ть//расшевели́ть 激发,使振奋
отра́дный 愉快的
безбре́жный 无边的
разли́в (河、湖等)泛滥
просёлочный 乡间的
теле́га (马拉四轮)大车
пронза́ть//пронзи́ть (目光)穿透
вздыха́ть [未]思念
ночле́г 寄宿处
жни́ва <方>麦茬
обо́з 大车队
холм 小山
ни́ва 田地
чета́ 一对
гумно́ 谷仓
соло́ма 茎,秆
ста́вень 护窗板
роси́ть [未]下细雨
то́панье 脚步声
свист 口哨

Наводящие вопросы:

1. В первых двух стихах противопоставление чувства и рассудка поэта. Что, как вы думаете, хотел передать автор данным противопоставлением?
2. Каким образом поэт передаёт в первой части стихотворения свою антипатию к «официальной» части своей родины, которой обычно люди гордятся?
3. Во второй части поэт образно изображает природу и жизнь народа своей страны, как контраст к первой части. Каково отношение автора к этой «стороне» его родины?

Демон (отрывки)

导 读

莱蒙托夫的长诗《恶魔》被称为俄罗斯浪漫主义文学的颠覆之作。长诗中瑰丽的意象、丰富的修辞以及华丽的词语铺陈都使诗歌中充沛的激情得到酣畅淋漓的表达，这使这首长诗永葆浪漫主义文学经典的魅力。请从浪漫主义文学的特点入手，分析这部长诗的主题和创作手法。

Часть II
X

Тамара:
О! кто ты? речь твоя опасна!
Тебя послал мне **ад** иль рай?
Чего ты хочешь?..

ад 地狱

Демон:
Ты прекрасна!

Тамара:
Но **молви**, кто ты? отвечай...

молвить[未,完]说，说出

Демон:
Я тот, которому **внимала**
Ты в полуночной тишине,
Чья мысль душе твоей **шептала**,
Чью грусть ты **смутно отгадала**,
Чей образ видела во сне.
Я тот, чей взор надежду **губит**,

внимать// внять 听, 倾听
шептать[未] 耳语, 低语
смутный 模糊不清的
отгадывать//отгадать
　猜中
губить//погубить 毁坏

ПОЭЗИЯ

Я тот, кого никто не любит,
Я **бич** рабов моих земных,
Я царь познанья и свободы,
Я враг **небес**, я зло природы,
И, видишь, — я у ног твоих!
Тебе принёс я в **умиленьи**
Молитву тихую любви,
Земное первое **мученье**
И слёзы первые мои.
О! выслушай — из сожаленья!
Меня добру и небесам
Ты возвратить могла бы словом.
Твоей любви святым **покровом**
Одетый, я предстал бы там,
Как новый ангел, в блеске новом;
О! только выслушай, **молю**, —
Я раб твой, — я тебя люблю!
Лишь только я тебя увидел —
И тайно вдруг **возненавидел**
Бессмертие и власть мою.
Я **позавидовал** невольно
Неполной радости земной;
Не жить, как ты, мне стало больно,
И страшно — **розно** жить с тобой.
В **бескровном** сердце луч нежданный
Опять затеплился живей,
И грусть на дне старинной раны
Зашевелилася, как змей.
Что без тебя мне эта вечность?
Моих владений бесконечность?
Пустые звучные слова,
Обширный храм — без божества!

Тамара:
Оставь меня, о дух **лукавый**!
Молчи, не верю я врагу...
Творец... Увы! я не могу
Молиться... **гибельной отравой**
Мой ум слабеющий **объят**!
Послушай, ты меня погубишь;
Твои слова — огонь и **яд**...
Скажи, зачем меня ты любишь!

бич 长鞭子

небо, небеса <文> 上苍, 诸天

умиленье = умиление 深受感动
молитва 祈祷
мученье = мучение 痛苦

покров <旧> 覆盖物, 盖布

молить [未] <旧> 恳求

возненавидеть [完] 痛恨

позавидовать [完] 羡慕

розно <旧> 分开
бескровный <旧> 无栖身之处的

зашевелиться [完] 微微活动起来

лукавый 诡诈的

творец 造物主
гибельный 致命的
отрава 毒药
обнимать//объять <文> 抱住
яд 毒药

	Демон:
	Зачем, красавица? Увы,
	Не знаю!.. Полон жизни новой,
	С моей преступной головы
терновный венец <文> 荆冠 (蒙难、苦难的象征, 源出《圣经》)	Я гордо снял **венец терновый**,
	Я всё былое бросил в **прах**:
прах 灰尘, 尘埃	Мой рай, мой ад в твоих очах.
нездешний 非人间的	Люблю тебя **нездешней** страстью,
	Как полюбить не можешь ты:
упоение 陶醉, 狂热	Всем **упоением**, всей властью
	Бессмертной мысли и мечты.
	В душе моей, с начала мира,
	Твой образ был напечатлён,
	Передо мной носился он
эфир 太空	В пустынях вечного **эфира**.
	Давно тревожа мысль мою,
	Мне имя сладкое звучало;
блаженство 极乐, 逍遥	Во дни **блаженства** мне в раю
	Одной тебя недоставало.
	О! если б ты могла понять,
томление 折磨	Какое горькое **томленье**
	Всю жизнь, века без разделенья
	И наслаждаться и страдать,
	За зло похвал не ожидать,
вознагражденье = вознаграждение 酬劳	Ни за добро **вознагражденья**;
	Жить для себя, скучать собой
	И этой вечною борьбой
	Без торжества, без примиренья!
	Всегда жалеть, и не желать,
	Всё знать, всё чувствовать, всё видеть,
	Стараться всё возненавидеть
примиренье = примирение 和解, 讲和	И всё на свете **презирать**!..
презирать [未] 鄙视, 蔑视	Лишь только божие **проклятье**
проклятье = проклятие 诅咒的话	Исполнилось, с того же дня
	Природы жаркие **объятья**
объятье = объятие 拥抱, 怀抱	Навек остыли для меня;
	Синело предо мной пространство;
синеть [未] 发蓝	Я видел брачное **убранство**
убранство 服饰	Светил, знакомых мне давно...
злато <民诗> 金饰物	Они текли в венцах из **злата**;
собрат <旧> 同行	Но что же? — прежнего **собрата**
	Не узнавало ни одно.

ПОЭЗИЯ

Изгнанников, себе подобных,
Я звать в отчаянии стал,
Но слов и лиц и взоров злобных,
Увы! я сам не узнавал.
И в страхе я, **взмахнув** крылами,
Помчался — но куда? зачем?
Не знаю... прежними друзьями
Я был **отвергнут;** как **эдем,**
Мир для меня стал глух и нем.
По вольной **прихоти** теченья
Так **повреждённая ладья**
Без парусов и без руля
Плывёт, не зная назначенья;
Так ранней утренней порой
Отрывок тучи громовой,
В **лазурной** вышине чернея,
Один, нигде пристать не смея,
Летит без цели и **следа,**
Бог весть откуда и куда!
И я людьми недолго правил.
Греху недолго их учил,
Всё благородное **бесславил,**
И всё прекрасное **хулил;**
Не долго... **пламень** чистой веры
Легко навек я **залил** в них...
А стоили ль трудов моих
Одни глупцы да лицемеры?
И скрылся я в **ущельях** гор;
И стал **бродить,** как **метеор,**
Во **мраке** полночи глубокой...
И мчался путник одинокой,
Обманут близким огоньком,
И в **бездну** падая с конём,
Напрасно звал я и след кровавый
За ним вился по **крутизне**...
Но злобы **мрачные** забавы
Недолго нравилися мне!
В борьбе с могучим **ураганом,**
Как часто, подымая **прах,**
Одетый молньей и туманом,
Я шумно мчался в облаках,
Чтобы в толпе стихий мятежной

изгнанник 流放的犯人

взмахивать//взмахнуть 挥动

отвергать//отвергнуть 拒绝
эдем 天堂
прихоть 苛求
повреждённый 摧毀
ладья 帆船

лазурный 蔚蓝色的

след 痕迹

бесславить [未] <文> 使受辱
хулить//охулить 辱骂
пламень <诗> 火
заливать//залить 浇灭

ущелье 峡谷
бродить [未] 游荡, 徘徊
метеор 流星
мрак 黑暗

бездна 深渊

виться [未] 爬蔓, 缠绕
крутизна 峭壁
мрачный 黑暗的, 阴郁的
ураган 飓风
прах <诗> 灰尘, 尘土

ро́пот 怨言	Серде́чный **ро́пот заглуши́ть**,
заглуша́ть//заглуши́ть 抑制，减轻	Спасти́сь от **ду́мы** неизбе́жной
ду́ма 沉思	И **незабве́нное** забы́ть!
незабве́нный 难忘的	Что по́весть **тя́гостных лише́ний**,
тя́гостный 沉重的	Трудо́в и бед толпы́ людско́й,
лише́ния [复] 困苦	Гряду́щих, про́шлых поколе́ний,
	Пе́ред мину́тою одно́й
	Мои́х непри́знанных муче́ний?
	Что лю́ди? что их жизнь и труд?
	Они́ прошли́, они́ пройду́т...
	Наде́жда есть — ждёт пра́вый суд:
	Прости́ть он мо́жет, хоть осу́дит!
бессме́нный 连续不停的	Моя́ ж печа́ль **бессме́нно** тут,
	И ей конца́, как мне, не бу́дет;
вздремну́ть [完]<口>睡一会儿	И не **вздремну́ть** в моги́ле ей!
	Она́ то ла́стится, как змей,
жечь [未] 焚烧	То **жжёт** и **пле́щет**, бу́дто пла́мень,
плеска́ть [未] 泼溅	То да́вит мысль мою́, как ка́мень —
	Наде́жд поги́бших и страсте́й
несокруши́мый 不能摧毁的	**Несокруши́мый** мавзоле́й!..
	Тама́ра:
	Заче́м мне знать твои́ печа́ли,
	Заче́м ты жа́луешься мне?
греши́ть//согреши́ть 犯罪	Ты **согреши́л**...
	Де́мон:
	Про́тив тебя́ ли?
	Тама́ра:
	Нас мо́гут слы́шать!..
	Де́мон:
	Мы одне́.
	Тама́ра:
	А бог!
кида́ть//ки́нуть 把目光投向	Де́мон:
	На нас не **ки́нет** взгля́да:
	Он за́нят не́бом, не землёй!

Тама́ра:
А наказа́нье, му́ки а́да?

Де́мон:
Так что ж? Ты бу́дешь там со мной!

Тама́ра:
Кто б ни был ты, мой друг случа́йный, —
Поко́й **наве́ки погубя́**,
Нево́льно я с отра́дой та́йной,
Страда́лец, слу́шаю тебя́.
Но е́сли речь твоя́ лука́ва,
Но е́сли ты, обма́н **тая́**...
О! **пощади́**! Кака́я сла́ва?
На что душа́ тебе́ моя́?
Ужё́ли не́бу я доро́же
Всех, не заме́ченных тобо́й?
Они́, увы́! прекра́сны то́же;
Как здесь, их **де́вственное ло́же**
Не **смя́то** сме́ртною руко́й...
Нет! дай мне **кля́тву** роковую...
Скажи́, — ты ви́дишь: я тоску́ю;
Ты ви́дишь же́нские мечты́!
Нево́льно страх в душе́ ласка́ешь...
Но ты всё по́нял, ты всё зна́ешь —
И **сжа́лишься**, коне́чно, ты!
Кляни́ся мне... от злых стяжа́ний
Отре́чься ны́не дай обе́т.
Уже́ль ни клятв, ни обеща́ний
Ненаруши́мых бо́льше нет?..

Де́мон:
Кляну́сь я пе́рвым днём творе́нья,
Кляну́сь его́ после́дним днём,
Кляну́сь **позо́ром** преступле́нья
И ве́чной пра́вды торжество́м;
Кляну́сь паде́нья го́рькой му́кой,
Побе́ды кра́ткою мечто́й;
Кляну́сь свида́нием с тобо́й
И вновь грозя́щею **разлу́кой**;
Кляну́ся **со́нмищем** ду́хов,
Судьбо́ю бра́тий мне подвла́стных,

губи́ть//погуби́ть 摧毁
наве́ки 永远
страда́лец 饱受苦难者

таи́ть [未] 隐瞒
щади́ть//пощади́ть 饶恕

де́вственный 处女的
ло́же 床榻
смя́тый 揉皱的
кля́тва 誓言

сжа́литься [完] 怜惜
кля́сться//покля́сться 宣誓,起誓
отрека́ться//отре́чься 摈弃
обе́т (多指宗教的)誓言
уже́ль = неужели

позо́р 耻辱

разлу́ка 分手,离别
со́нмище <口> 很多

бесстра́стный 冷漠的 недре́млющий 警觉的	Меча́ми а́нгелов **бесстра́стных**, Мои́х **недре́млющих** враго́в; Кляну́ся не́бом я и а́дом, Земно́й святы́ней и тобо́й, Кляну́сь твои́м после́дним взгля́дом, Твое́ю пе́рвою слезо́й,
незло́бный 善良的 ку́дри 鬈发	**Незло́бных** уст твои́х дыха́ньем, Волно́ю шёлковых **кудре́й**, Кляну́сь блаже́нством и страда́ньем, Кляну́сь любо́вию мое́й: Я отрёкся от ста́рой ме́сти, Я отрёкся от го́рдых дум;
кова́рный 阴险的 лесть 阿谀奉承 примири́ться [完] 忍容,顺从	Отны́не яд **кова́рной ле́сти** Ниче́й уж не встрево́жит ум; Хочу́ я с не́бом примири́ться, Хочу́ люби́ть, хочу́ моли́ться, Хочу́ я ве́ровать добру́.
раска́янье = раска́яние 悔过 стира́ть//стере́ть 擦去 чело́ 前额 неве́денье = неве́дение 不知道	Слезо́й **раска́янья сотру́** Я на **челе́**, тебя́ досто́йном, Следы́ небе́сного огня́ — И мир в **неве́денье** споко́йном Пусть доцвета́ет без меня́! О! верь мне: я оди́н поны́не Тебя́ пости́г и оцени́л; Избра́в тебя́ мое́й святы́ней, Я власть у ног твои́х сложи́л.
миг 瞬间, 刹那	Твое́й любви́ я жду, как да́ра, И ве́чность дам тебе́ за **миг**; В любви́, как в зло́бе, верь, Тама́ра, Я неизме́нен и вели́к. Тебя́ я, во́льный сын эфи́ра, Возьму́ в надзвёздные края́; И бу́дешь ты цари́цей ми́ра, Подру́га пе́рвая моя́; Без сожале́нья, без уча́стья Смотре́ть на зе́млю ста́нешь ты, Где нет ни и́стинного сча́стья, Ни долгове́чной красоты́, Где преступле́нья лишь да ка́зни, Где стра́сти ме́лкой то́лько жить; Где не уме́ют без боя́зни Ни ненави́деть, ни люби́ть.

ПОЭЗИЯ

Иль ты не зна́ешь, что тако́е
Люде́й мину́тная любо́вь? —
Волне́нье кро́ви молодо́е. —
Но дни бегу́т, и сты́нет кровь!
Кто устои́т про́тив разлу́ки,
Собла́зна но́вой красоты́,
Про́тив уста́лости и ску́ки
И **своенра́вия** мечты́?
Нет! не тебе́, мое́й подру́ге,
Узна́й, назна́чено судьбо́й
Увя́нуть мо́лча в те́сном кру́ге
Ревни́вой гру́бости рабо́й,
Средь малоду́шных и холо́дных,
Друзе́й **притво́рных** и враго́в,
Боя́зней и наде́жд беспло́дных,
Пусты́х и тя́гостных трудо́в!
Печа́льно за стено́й высо́кой
Ты не **уга́снешь** без страсте́й,
Среди́ моли́тв, равно́ далёко
От божества́ и от люде́й.
О нет, прекра́сное созда́нье,
К ино́му ты **присужде́на**;
Тебя́ ино́е ждёт страда́нье,
Ины́х восто́ргов глубина́;
Оста́вь же пре́жние жела́нья
И жа́лкий свет его́ судьбе́:
Пучи́ну го́рдого позна́нья
Взаме́н откро́ю я тебе́.
Толпу́ ду́хов мои́х служе́бных
Я приведу́ к твои́м **стопа́м**;
Прислу́жниц лёгких и волше́бных
Тебе́, краса́вица, я дам;
И для тебя́ с звезды́ восто́чной
Сорву́ вене́ц я золото́й;
Возьму́ с цвето́в **росы́** полно́чной,
Его́ **усы́плю** той росо́й;
Лучо́м **румя́ного зака́та**
Твой **стан**, как **ле́нтой**, **обовью́**;
Дыха́ньем чи́стым арома́та
Окре́стный во́здух напою́;
Всеча́сно ди́вною игро́ю
Твой слух **леле́ять** бу́ду я;

соблазня́ть//соблазни́ть 引诱
своенра́вие 固执, 任性

вя́нуть//увя́нуть 枯萎, 衰老
ревни́вый 嫉妒的
притво́рный 假装的

угаса́ть//уга́снуть 衰弱, 消逝

присужда́ть//присуди́ть 审判

пучи́на 深渊

стопа́ 脚
прислу́жница <旧> 仆人, 听差

роса́ 露水
усыпа́ть//усы́пать 洒满
румя́ный 绯红色的
зака́т 晚霞
стан 身材
ле́нта 带子
обвива́ть//обви́ть 缠, 绕
окре́стный 周围的
леле́ять [未] 爱护

чертóг <民>宫殿
бирюзá 绿松石
янтáрь 琥珀

трепéщущий 颤动的，内心激动的
мольбá 恳求，哀求

кинжáл 匕首

смертéльный 致命的
лобзáние 接吻

Чертóги пы́шные постро́ю
Из **бирюзы́** и **янтаря́**;
Я опущу́сь на дно морско́е,
Я полечу́ за облака́,
Я дам тебе́ всё, всё земно́е —
Люби́ меня́!..

XI

И он слегка́
Косну́лся жа́ркими уста́ми
Ее **трепе́щущим** губа́м;
Собла́зна по́лными реча́ми
Он отвеча́л её **мольба́м**.
Могу́чий взор смотре́л ей в о́чи!
Он жёг её. Во мра́ке но́чи
Над не́ю пря́мо он сверка́л,
Неотрази́мый, как **кинжа́л**.
Увы́! злой дух торжествова́л!
Смерте́льный яд его́ **лобза́нья**
Мгнове́нно в грудь её прони́к.
Мучи́тельный, ужа́сный крик
Ночно́е возмути́л молча́нье.
В нём бы́ло всё: любо́вь, страда́нье,
Упрёк с после́днею мольбо́й,
И безнадёжное проща́нье —
Проща́нье с жи́знью молодо́й...

1829-1839

Наводящие вопросы:

1. Как и почему демон сильно страдает? Какие противоречия в его пожелании к жизни?
2. Обращайте внимание на клятву демона. Какими образами он клялся? Какой пафос выражается в его клятве?
3. Почему любовь демана причинил Тамаре смерть? О чем это говорит?

Фёдор Иванович Тютчев

费多尔·伊万诺维奇·丘特切夫（Фёдор Иванович Тютчев, 1803—1873），俄国著名诗人，出生于奥尔洛夫省一个贵族家庭。1822年从莫斯科大学毕业后，成为俄国驻巴伐利亚慕尼黑的外交人员，在国外生活了22年，结识了著名哲学家谢林、诗人海涅，诗歌创作深受他们的影响。1843年回国后，担任外国书刊审查委员会主席等职。1850年，与24岁的杰尼西耶娃开始了长达14年的婚外热恋，因此创作了22首世界爱情诗的瑰宝——"杰尼西耶娃组诗"。一生流传下来近400首诗，最突出的是自然诗与爱情诗。丘特切夫是一位具有相当思想深度的诗人，他的诗歌探索人与自然的关系、心灵和生命的奥秘、人在宇宙中的位置、个体（含个性）在社会中的命运等本质性的问题，达到了哲学终极关怀的高度。因此，他被称为哲学诗人或思想家诗人，他的诗歌被称为哲学抒情诗（философская лирика，我国一般译为哲理抒情诗）。他的诗歌在普希金之外，另辟蹊径，把深邃的哲理、独特的形象（自然）、瞬间的境界、丰富的情感完美地融为一体，达到了相当的纯度和艺术水平，对俄国诗歌的发展产生了较大的影响，对俄国象征派和"悄声细语派"影响尤大，被俄国象征派尊为鼻祖。

Весенние воды

Ещё в поля́х **беле́ет** снег,
А во́ды уж весно́й шумя́т —
Бегу́т и бу́дят со́нный **брег**,
Бегу́т, и **бле́щут**, и **глася́т**...

Они́ глася́т **во все концы́**:
«Весна́ идёт, весна́ идёт,
Мы молодо́й весны́ **гонцы́**,
Она́ нас вы́слала вперёд!

Весна́ идёт, весна́ идёт,
И ти́хих, тёплых **ма́йских** дне́й
Румя́ный, све́тлый **хорово́д**
Толпи́тся ве́село за ней!..»

1830

беле́ть//побеле́ть 泛白
брег〈旧〉=берег
блесте́ть=блиста́ть [未] 闪光，闪烁
гласи́ть [未] 〈诗〉宣告
во все концы́ 往各处，往各地
гоне́ц 信使

ма́йский 五月的
румя́нный 胭脂的
хорово́д 环舞

Наводящие вопросы:

1. Обращайте внимание на выражения «шумят» «бегут» «будят» «блещут» «гласят» и их градацию. Какое действие эти глаголы выражают? Какое настроение передаётся ими?
2. Сколько раз повторяется выражение «Весна идёт» и как оно раскрывается?
3. Какой образ изображён в третьей строфе? С каким действием сравнивает поэт картину майских дней?
4. Согласны ли вы с тем, что описание природы у Тютчева богата не столько красками, сколько движением. Каким образом такая особенность проникнута во все детали стихотворения?

Silentium! *

таи́ть//утаи́ть 隐藏

Молчи́, скрыва́йся и **таи́**
И чу́вства и мечты́ свои́ —
Пуска́й в душе́вной глубине́
Встаю́т и захо́дят оне́

безмо́лвно 默不作声

Безмо́лвно, как звёзды в ночи́, —
Любу́йся и́ми — и молчи́.

Как се́рдцу вы́сказать себя́?
Друго́му как поня́ть тебя́?
Поймёт ли он, чем ты живёшь?
Мысль **изречённая** есть ложь.

изрека́ть//изре́чь <旧, 诗>说出
взрыва́ть//взры́ть 掘起
ключ 泉
возмуща́ть//возмути́ть <旧>搅浑

Взрыва́я, возмути́шь ключи́, —
Пита́йся и́ми — и молчи́.

Лишь жить в себе́ само́м уме́й —
Есть це́лый мир в душе́ твое́й
Таи́нственно-волше́бных дум;
Их **оглуши́т нару́жный** шум,
Дневны́е **разгоня́т** лучи́, —
Внима́й их пе́нью — и молчи́!..

оглуша́ть//оглуши́ть 震得发聋
нару́жный 外面的
разгоня́ть//разогна́ть 驱散

1830

*Молча́ние! (лат.).

ПОЭЗИЯ

 Наводящие вопросы:

1. Это стихотворение написано мужской рифмой, что и придает им суровость. С каким пафосом и смыслом соотносится такая форма?
2. Сколько раз повторяется выражение «молчи» во всем стихотворении? Какие мысли лежат между этими выражениями и как они развиваются?
3. Выражения в первой строфе «встают» и «заходят» противопоставляют друг другу, одновременно и охватывают целый процесс движения внутреннего мира. Есть ли ещё другие контрастные выражения в этом стихотворении?
4. Что символизируют образы «звезды» и «ключи»? А «дневные лучи»?
5. Почему чувства и мечты должны таиться в глубине души? Как поэт раскрывает эту мысль?
6. Слова должны выразить мысли, но «мысль изречённая есть ложь». Значит, существует разрыв между ними. О таком парадоксе говорит три строфы стихотворения. Какие глубокие философские мысли о существовании человека переданы в нем?

Не то, что мните вы, природа

Не то́, что **мни́те** вы, приро́да:
Не **сле́пок**, не безду́шный ли́к —
В ней есть душа́, в ней есть свобо́да,
В ней есть любо́вь, в ней есть язы́к...

... *

Вы **зри́те** лист и цвет на **дре́ве**:
Иль их садо́вник **прикле́ил**?
Иль зре́ет плод в **роди́мом чре́ве**
Игро́ю вне́шних, чу́ждых сил?..

... *

Они не ви́дят и не слы́шат,
Живу́т в сем ми́ре, как **в потьма́х**,
Для них и со́лнцы, знать, не ды́шат,
И жи́зни нет в морски́х волна́х.

*原文在发表时被书报检查机关删除。

мни́ть [未]认为
сле́пок 模塑品

зреть [未] <文语,旧>观看,望
дре́во <旧,诗>同дерево
прикле́ить[完] 粘上
роди́мый <旧,诗> = родной
чре́во <旧,诗> 腹

в потьма́х 在黑暗中

39

нема́ <方>没有	Лучи́ к ним в ду́шу не сходи́ли, Весна́ в груди́ их не цвела́, При них леса́ не говори́ли, И ночь в звезда́х **нема́** была́! И языка́ми неземны́ми, Волну́я ре́ки и леса́, В ночи́ не совеща́лась с ни́ми В бесе́де дру́жеской гроза́!
коль 同 коли <旧, 俗>假如, 要是 глухонемо́й 聋哑的 трево́жить//встрево́жить 惊动, 触动	Не их вина́: пойми́, **коль** мо́жет, Орга́на жизнь **глухонемо́й**! Души́ его, ах! не **встрево́жит** И го́лос ма́тери само́й!.. 1836

Наводя́щие вопро́сы:

1. Это стихотворе́ние в фо́рме обраще́ния. К каки́м лю́дям оно обращено́?
2. Обраща́йте внима́ние на две строки́: «В ней есть душа́, в ней есть свобо́да, // В ней есть любо́вь, в ней есть язы́к...». Что означа́ет для поэ́та приро́да?
3. Приро́да безду́шна лишь для тех, кто «Живу́т в сем ми́ре, как впотьма́х». Как опи́сывает поэ́т черты́ э́тих люде́й?
4. Убежде́ние во всео́бщей одухотворённости приро́ды я́рко вы́ражено в э́том стихотворе́нии, за что и его́ счита́ют манифе́стом натурфилосо́фской (自然哲学的) поэ́зии Тю́тчева. Как вы смо́трите на э́то?

Свята́я ночь на небоскло́н взошла́...

отра́дный 愉快的 любе́зный 令人愉快的 покро́в 幕 свива́ть//свить 卷起 наки́дывать//наки́нуть 盖上, 披上 бе́здна 深渊 не́мощный 虚弱的 го́лый 赤裸的 про́пасть 深渊	Свята́я ночь на небоскло́н взошла́, И день **отра́дный**, день **любе́зный**, Как золото́й **покро́в** она́ **свила́**, Покро́в, **наки́нутый** над **бе́здной**. И, как виде́нье, вне́шний мир ушёл... И челове́к, как сирота́ бездо́мный, Стои́т тепе́рь и **не́мощен** и гол, Лицо́м к лицу́ пред **про́пастью** тёмной. На са́мого себя́ поки́нут он —

Упразднён ум, и мысль **осиротéла** —
В душé своéй, как в бéздне, погружён,
И нет извнé **опóры**, ни предéла...
И **чýдится** давнó **минýвшим** сном
Емý тепéрь всё свéтлое, живóе...
И в чýждом, **неразгáданном** ночнóм
Он узнаéт наслéдье родовóе.

1848 — 1850

упразднять//
　упразднить 废除
сиротеть//осиротеть 成为孤儿
опора 支撑
чудиться [未]<口>像幻觉
минувший 过去的
неразгаданный 神秘莫测的

Наводящие вопросы:

1. Описывая динамичную картину наступления ночи, с чем сравнивает поэт этот процесс?
2. Образ «ночь» и святой и как бездна в стихотворении. Какое философское значение этот образ имеет? Какой эпитет поэт употребляет для образа «день»?
3. Какие трагические чувства испытывает человек перед ночной бездной?
4. Какая глубокая мысль скрывается под выражением «На самого себя покинут он»?
5. Для раскрытия стихии человеческой души, поэт обращается к образу «ночь». Сопоставляя «ночную пропасть» с бездной души человека, какое символическое значение поэт выражает?

Не раз ты слышала признанье...

Не раз ты слы́шала **признáнье**:
«Не стóю я любви́ твоéй».
Пускáй моё онá создáнье —
Но как я бéден пéред ней...

Пéред любóвию твоéю
Мне бóльно вспóмнить о себé —
Стою́, молчý, **благоговéю**
И **поклоня́юся** тебé...

Когдá **порóй** так **умилённо**,
С такóю вéрой и **мольбóй**
Невóльно **клóнишь** ты колéно
Пред **колыбéлью** дорогóй,

Где спит онá — твоё **рождéнье** —

признание 坦白, 表白

пускай 即使, 尽管

благоговеть [未]<雅>敬虔
поклоняться [未]崇拜, 景仰
порой 有时
умилённый 深受感动的
мольба <旧>祈祷
клонить [未]弯下
колыбель 摇篮

рождение 孩子

безымя́нный 无名的
херуви́м<旧>天使

Твой **безымя́нный херуви́м**, —
Пойми́ ж и ты моё смире́нье
Пред се́рдцем лю́бящим твои́м.

1851

 Наводя́щие вопро́сы:

1. Эта любо́вная ли́рика отлича́ется психологи́ческой дра́мы. Каки́е сце́ны пе́реданы в ней?
2. В стихотворе́нии сопоста́влены о́браз «я» и «твоя́ любо́вь». Како́е чу́вство передаю́т глаго́лы с отте́нком града́ции «стою́» «молчу́» «благогове́ю» «поклоня́юся»?
3. Како́е чу́вство герои́ня испы́тывает пе́ред колыбе́лей?
4. Обраща́йте внима́ние на переклика́ние сце́ны, передаю́щей чу́вство лири́ческого геро́я, со сце́ной, выража́ющей любо́вь герои́ни к «безымя́нному херуви́му». Како́е схо́дство и несхо́дство в о́бщем благогове́нии?
5. Како́е чу́вство поэ́та пе́редано в э́том стихотворе́нии?

Последняя любовь

на скло́не лет 暮年
суеве́рный 迷信的
сия́ть [未] 放光
заря́ 霞光

О, как **на скло́не** на́ших **лет**
Нежне́й мы лю́бим и **суеве́рней**...
Сия́й, сия́й, проща́льный свет
Любви́ после́дней, **зари́** вече́рней!

обхва́тывать//обхвати́ть 罩住
броди́ть [未] 慢走
сия́нье 光辉
дли́ться//продли́ться 持续, 延长
очарова́нье 魅力
скуде́ть//оскуде́ть 变少
жи́ла <口>血管
блаже́нство 无上幸福

По́лнеба **обхвати́ла** тень,
Лишь там, на за́паде, **бро́дит сия́нье**, —
Поме́дли, поме́дли, вече́рний день,
Продли́сь, продли́сь, **очарова́нье**.

Пуска́й **скуде́ет** в **жи́лах** кровь,
Но в се́рдце не скуде́ет не́жность...
О ты, после́дняя любо́вь!
Ты и **блаже́нство** и безнадёжность.

между 1851 и 1854

Наводящие вопросы:

1. Обращайте внимание на то, что ритм в этом стихотворении нервный, местами негармонический. С каким чувством совпадает такой ритм?
2. С чем сравнивает поэт последнюю любовь?
3. Какую существенную черту характера последней любви поэт описывает при выражении «Ты и блаженство и безнадёжность»?

Эти бедные селенья...

Эти бе́дные селе́нья,
Эта **ску́дная** приро́да —
Край родно́й долготерпе́нья,
Край ты ру́сского наро́да!

Не поймёт и не заме́тит
Го́рдый **взор иноплеме́нный**
Что **сквози́т** и тайно све́тит
В **наготе́** твоей **смире́нной**.

Удручённый но́шей кре́стной,
Всю тебя, земля́ родна́я,
В ра́бском ви́де царь небе́сный
Исходи́л, **благословля́я**.

1855

селе́нье 同 селе́ние 村庄
ску́дный 贫乏的

взор 目光
иноплеме́нный <旧> 异族人
сквози́ть [未] 吹过, 透过
нагота́ 赤裸
смире́нный <旧> 恭顺的
удручённый 抑郁的
но́ша 负担
благословля́ть // благослови́ть <旧> 祝福

 Наводящие вопросы:

1. Какая картина передана в первой строфе стихотворении? Какое настроение усиливают анафорические(头韵) повторы?
2. Обращайте внимание на контраст во второй и в третьей строфах. Какие чувства передаются при противопоставлении родины и иноплеменной?
3. Чем отличается образ «царя небесного»?
4. Как выражены в этом стихотворении мотивы страдающей России?
5. В чем надежда и благословение родной земли?

О вещая душа моя!..

вéщий <雅> 未卜先知的

тревóга 焦虑
порóг 门槛
двойнóй 双重的

стрáстный 充满激情的
пророческий 预言的
откровéние <旧> 神的启示

страдáльческий 受难者的
роковóй 厄运的
навéк 永远
прильнýть 依偎在……上

О вéщая душá моя́!
О, сéрдце, пóлное **тревóги**,
О, как ты бьёшься на **порóге**
Как бы **двойнóго** бытия́!..

Так, ты — жили́ца двух миров,
Твой день — болéзненный и **стрáстный**,
Твой сон — **пророчески**-нея́сный,
Как **откровéние** духóв...

Пускáй **страдáльческую** грудь
Волнýют стрáсти **роковы́е** —
Душá готóва, как Мари́я,
К ногáм Христá **навéк прильнýть**.

1855

 Наводящие вопросы:

1. В первой строфе определяется двойственность человеческого бытия. Как это выражено?
2. Как поэт раскрывает природу этой двойственности во второй строфе?
3. Какие мотивы поэт раскрывает религиозными образами Марии и Христа?

Умом Россию не понять...

аршин 俄尺
стать <转,旧> 性格, 气质

Умóм Рóссию не поня́ть,
Арши́ном óбщим не измéрить:
У ней осóбенная **стать** —
В Рóссию мóжно тóлько вéрить.

1866

 Наводящие вопросы:

1. Обращайте внимание на поверхностные противоречия первых двух строк. Какое глубокое значение скрывается в них?
2. Россия отказывается от логического анализа. Каким образом можно постигнуть ее?
3. Какая тема выражена в этом стихотворении?

Афанасий Афанасьевич Шеншин-Фет

阿法纳西·阿法纳西耶维奇·申欣—费特(Афанасий Афанасьевич Шеншин-Фет, 1820—1892), 俄国诗人, 是纯艺术派(又称"唯美派", Школа «Чистого искусства» или Школа «Искусства для искусства» или Школа «Искусства ради искусства»)的最典型的代表。出生于俄罗斯中部的"诗人之乡"奥尔洛夫省一个贵族家庭, 母亲是德国人。1844年毕业于莫斯科大学, 后在军队供职11年。1848年与玛丽娅·拉兹契相爱。1850年, 拉兹契死于一场火灾(一说系自焚)。诗人认定是自己酿成了拉兹契的悲剧, 因此悔恨交加, 为她创作了许多爱情诗。费特认为, 对艺术家来说最珍贵的是美, 美与和谐是自然及整个宇宙最根本的特征, 因此, 他在诗歌中竭力表现美, 赞颂美与和谐。一生创作诗歌800余首, 包括自然诗、爱情诗、哲理诗、谈美赏艺诗等永恒题材的诗歌。在艺术上, 诗人把情景交融、化景为情、意象并置、画面组接与词性活用、通感手法等融为一体, 诗歌极具印象主义特色, 又有象征主义意蕴。因此, 俄国象征派兴起后, 把费特和丘特切夫奉为自己的先驱, 苏联时期著名的"悄声细语派"诗歌, 更是深受其影响。

Шёпот, робкое дыханье...

Шёпот, ро́бкое дыха́нье.
Тре́ли соловья́,
Серебро́ и колыха́нье
Со́нного ручья́.

Свет ночно́й, ночны́е те́ни,
Те́ни без конца́,
Ряд волше́бных измене́ний
Ми́лого лица́,

В ды́мных ту́чках пу́рпур ро́зы,
О́тблеск янтаря́,
И лобза́ния, и слёзы,
И заря́, заря́!..

шёпот 低语, 喃喃
ро́бкий 胆怯的, 羞怯的
трель 啼转
солове́й 夜莺
колыха́нье 摇动, 晃动
руче́й 小溪

пу́рпур 紫红色
о́тблеск 反光
янта́рь 琥珀
лобза́ние <旧, 诗>吻

1850

Наводящие вопросы:

1. В этом стихотворении нет ни одного глагола, но оно исполнено динамизма и в изменении природы и в душевном состоянии человека. Каков сюжет данного стихотворения?
2. Это стихотворение построено на образах. Но не сами предметы, а вызванные ими впечатления стоят в центре внимания. Какие ощущения у вас вызывают эти образы?
3. В этом стихотворении слуховое восприятие мира («шепот», «дыханье», «трели соловья») сменяется зрительным («серебро сонного ручья», «свет ночной»). Как они слиты с душевным состоянием?
4. Как образы окружающей природы передают внутренний мир «рассказчика», его настроение и состояние в этот момент?
5. Какое эстетическое стремление Фета изображено в этом стихотворении?

Чудная картина

Чу́дная карти́на,
Как ты мне родна́:
Бе́лая равни́на,
По́лная луна́,
Свет небе́с высо́ких,
И блестя́щий снег,
И са́ней далёких
Одино́кий бег

1842

са́ни 雪橇

 Наводящие вопросы:

1. Какие образы поэт выбрал для передавания внутреннего восхищения зимним пейзажем?
2. Как движется пространство в этом стихотворение при выражении «равнина», «высоких», «далёких»? Какое настроение передано таким динамизмом?
3. Какое ощущение передает выражение «одинокий бег»?
4. Как сочетается живописность и музыкальность в этом стихотворении?

Ещё майская ночь

Какая ночь! На всём какая **нега**!
Благодарю, родной **полночный** край!
Из царства льдов, из царства **вьюг** и снега
Как свеж и чист твой вылетает май!

Какая ночь! Все звёзды до единой
Тепло и **кротко** в душу смотрят вновь,
И в воздухе за песнью **соловьиной**
Разносится тревога и любовь.

Берёзы ждут. Их лист **полупрозрачный**
Застенчиво **манит** и тешит взор.
Они дрожат. Так деве **новобрачной**
И радостен и чужд её **убор**.

Нет, никогда нежней и **бестелесней**
Твой лик, о ночь, не мог меня **томить**!
Опять к тебе иду с невольной песней,
Невольной — и последней, может быть.

1857

нега 静谧, 安逸
полночный 半夜的
вьюга 暴风雪

кротко 温柔地
соловьиный 夜莺的

полупрозрачный 半透明的
манить [未] 招呼; 吸引
новобрачный 新婚的
убор 装饰
бестелесный 轻盈的, 无形的
томить [未] 使陶醉

Наводящие вопросы:

1. Какое чувство передает повторное выражение «Какая ночь!» в первой и второй строфе?
2. В стихотворении полно диалогов между «ночи» и лирическим героем. Как это выражено?
3. Во всем стихотворении царим атмосфера «тревоги и любви». Можете ли вы найти подобные выражения?
4. Какие переживания лирический герой испытывает на себе в последних строках?

Вечер

Прозвучало над ясной рекою,
Прозвенело в **померкшем** лугу,
Прокатилось над рощей **немою**,
Засветилось на том берегу.

прозвенеть [未] 叮铃铃响一会儿
меркнуть // померкнуть 变暗
прокатываться // прокатиться 滚过
немой 喑哑的

лук 弓，这里是如弓般弯曲 гореть//погореть 燃烧 кайма 花边	Далеко́, в полумра́ке, **лука́ми** Убега́ет на за́пад река́. **Погоре́в** золоты́ми **кайма́ми**, Разлете́лись, как дым, облака́.
приго́рок 小丘 вздо́хи 叹息声 зарни́ца（夜晚远处的）闪光 те́плиться [未] 微微发光	На **приго́рке** то сы́ро, то жа́рко, **Вздо́хи** дня есть в дыха́нье ночно́м, — Но **зарни́ца** уж **те́плится** я́рко Голубы́м и зелёным огнём. 1855

 Наводящие вопросы:

1. Пейзаж вечера в этом стихотворении описан очень конкретно и детально. Какие образы изображены?
2. Какая картина создается с помощью глаголов «прозвучало», «прозвенело», «прокатилось», «засветилось» в первой строфе?
3. Как звуки и краски передаются в этом стихотворении?
4. Обращайте внимание на строки «Вздо́хи дня есть в дыха́нье ночно́м». Как время перехода описывается в этой метафоре? Какое ощущение оно может вызвать?

Певице

звеня́щий 清脆嘹亮的 ро́ща 小树林	Уноси́ моё се́рдце в **звеня́щую** да́ль, Где как ме́сяц за **ро́щей** печа́ль; В э́тих зву́ках на жа́ркие слёзы твои́ Кро́тко све́тит улы́бка любви́.
незри́мый 看不见的 зыбь 涟漪 ша́ткий 摇晃的 крыло́ 翅膀	О дитя́! как легко́ средь **незри́мых зыбе́й** Доверя́ться мне пе́сне твое́й: Вы́ше, вы́ше плыву́ серебри́стым путём, Бу́дто **ша́ткая** тень за **крыло́м**...
вдалеке́ 在远处 замира́ть//замере́ть 　静下来 гря́нуть [未] 轰隆一声 прили́в 涨潮,涌来	**Вдалеке́ замира́ет** твой голос, горя́, Сло́вно за мо́рем но́чью заря́, — И отку́да-то вдруг, я поня́ть не могу́, **Гря́нет** зво́нкий **прили́в** жемчугу́.
	Уноси́ ж моё се́рдце в звеня́щую даль, Где кротка́, как улы́бка, печа́ль,

И всё выше **помчусь** серебристым путём
Я, как **шаткая** тень за крылом.

помчаться [完] 飞驰
шаткий 摇摆的, 蹒跚的

1857

Наводящие вопросы:

1. Обращайте внимание на эпитет в первой строке «звенящую даль». «Звенящий» как звуковой образ превращается в зримый образ «даль». Также во второй строке «Где как месяц за рощей печаль», невидимое ощущение «печаль» подобно видимому «месяцу» поднимается за рощей. Где ещё подобные выражения? Какое впечатление они дают?
2. Как поэт описывает звуковой образ песни разными зримыми образами в этом стихотворении?
3. Обращайте внимание на повторные выражения «Выше, выше плыву серебристым путём» во второй строфе и «И всё выше помчусь серебристым путём» в четвертой строфе. Какая метафора здесь есть?
4. Как гармонично сочетаются в этом стихотворении разные чувства органа?

Николай Алексеевич Некрасов

尼古拉·阿列克谢耶维奇·涅克拉索夫（Николай Алексеевич Некрасов, 1821—1878），19世纪中期俄罗斯著名诗人，评论家，出版家。生于外省，父亲性格专横暴戾，母亲温顺善良。中学开始文学创作。1838年来到彼得堡，1840年出版第一本诗集。1842年结识别林斯基，此后编辑出版多部文集，主要有《彼得堡文集》(Петербургский Сборник)等。1847年起先后在《现代人》(Современник)和《祖国纪事》(Отечественные записки)等民主激进的杂志做编辑。早期创作关注公民主题和乡村生活，代表作品有《诗人与公民》(Поэт и гражданин)、《缪斯》(Муза)、《被遗忘的乡村》(Забытая деревня)、《大门前的沉思》(Размышления у парадного подъезда)等以及长诗《伏尔加河上》(На Волге)、《严寒，通红的鼻子》(Мороз, Красный нос)、《俄罗斯妇女》(Русские женщины)、《谁在俄罗斯能过好日子》(Кому на Руси жить хорошо)等。涅克拉索夫作为诗人的意义在于他的忧患意识，对普通人，特别是小人物命运的关注。他开拓了诗歌表现的领域，在广阔的社会背景下探索俄罗斯思想和公民意识，反对专制暴政，呼吁民主正义，有很强的社会使命感。他使用民间文学的创作手法，将民间口语、民歌等吸纳到作品中，形成质朴的风格，拓宽了诗歌表现手段。涅克拉索夫被称作"公民诗人"，是19世纪下半叶俄国最伟大的诗人之一。

Несжатая полоса

несжа́тая полоса́ [未]收割的田野
грач 白嘴鸦
обнажа́ться//
    обнажи́ться 裸露，树叶落光
сжа́тый 已收割的
поло́ска <表小> 地带
ду́ма 思想，想法，沉思
ко́лос 穗
вью́га 暴风雪
ту́чный 饱满的

По́здняя о́сень. **Грачи́** улете́ли,
Лес **обнажи́лся**, поля́ опусте́ли,

То́лько не **сжа́та поло́ска** одна́...
Гру́стную **ду́му** наво́дит она́.

Ка́жется, шёпчут **коло́сья** друг дру́гу:
"Ску́чно нам слу́шать осе́ннюю **вью́гу**,

Ску́чно склоня́ться до са́мой земли́,
Ту́чные зёрна купа́я в пыли́!

Нас, что ни ночь, **разоряют станицы**
Всякой пролётной **прожорливой** птицы,

Заяц нас топчет, и **буря** нас бьёт...
Где же наш **пахарь**? чего ещё ждёт?

Или мы хуже других **уродились**?
Или не дружно цвели-**колосились**?

Нет! мы не хуже других — и давно
В нас налилось и **созрело** зерно.

Не для того же пахал он и сеял,
Чтобы нас ветер осенний **развеял**? .."

Ветер несёт им печальный ответ:
"Вашему пахарю **моченьки** нет.

Знал, для чего и пахал он и сеял,
Да не по силам работу **затеял**.

Плохо **бедняге** — не ест и не пьёт,
Червь ему сердце больное сосёт,

Руки, что вывели **борозды** эти,
Высохли в щепку, повисли как плети,

Очи **потускли**, и голос пропал,
Что **заунывную** песню певал,

Как, на **соху** налегая рукою,
Пахарь **задумчиво** шёл полосою"

разорять//разорить 捣毁,毁坏
станица 群,队(多指候鸟)
прожорливый 贪吃的
буря 暴风雨
пахарь 耕地者,庄稼人
уродиться [完] 长成,长熟
колоситься//
выколоситься (禾木科植物)抽穗,秀穗
созревать//созреть 成熟

развеивать//развеять (风)吹散,吹开

моченька <表小> <俗> 劲儿,力气

затевать//затеять <口> 开始,着手(做某事)
бедняга <口> 可怜的人
червь 虫豸,下贱的人

борозда 犁沟,垄沟
сохнуть//высохнуть <转,口> 憔悴,消瘦
тускнуть//потускнуть 暗淡下去
заунывный 凄凉,忧郁的
соха 木犁
задумчиво 沉思地

1854

Наводящие вопросы:

1. Какая печальная картина изображена в этом стихотворении?
2. Какая история у бедных крестьян?
3. Как поэт выражает гуманное чувство в описании пейзажа?

На Волге (отрывки)

3

О Волга! после многих лет
Я вновь принёс тебе привет.
Уж я не тот, но ты светла
И величава, как была.
Кругом всё та же даль и **ширь**,
Всё тот же виден монастырь
На острову, среди **песков**,
И даже **трепет** прежних дней
Я ощутил в душе моей,
Заслыша звон колоколов.
Все то же, то же... только нет
Убитых сил, прожитых лет...

<...>

О Волга!.. **колыбель** моя!
Любил ли кто тебя, как я?
Один, по утренним зарям,
Когда ещё всё в мире спит
И **алый блеск** едва скользит
По темно-голубым волнам,
Я убегал к родной реке.
Иду на помощь к рыбакам,
Катаюсь с ними в **челноке**,
Брожу с ружьём по островам.
То, как играющий **зверок**.
С высокой **кручи** на песок
Скачусь, то берегом реки
Бегу, бросая камешки,
И песню громкую пою
Про **удаль** раннюю мою...
Тогда я думать был готов,
Что не уйду я никогда
С песчаных этих берегов.
И не ушёл бы никуда —
Когда б, о Волга! над тобой
Не раздавался этот вой!

<...>

О, горько, горько я **рыдал**,

ширь 广阔空间, 旷野

пески 粗矿石
трепет 颤动, 战栗

колыбель 摇篮

алый 鲜红色的
блеск 光辉

челнок 小船

зверок <表小> 小动物
круча 陡坡, 峭壁
скатываться//скатиться 滚下, 滑下

удаль 勇猛, 剽悍

рыдать [未] 痛哭

ПОЭЗИЯ

Когда́ в то у́тро я стоя́л
На берегу́ родно́й реки́, —
И в пе́рвый раз её назва́л
Реко́ю ра́бства и тоски́!..

Что я в ту по́ру замышля́л,
Созва́в това́рищей дете́й,
Каки́е **кля́твы** я дава́л —
Пуска́й умрёт в душе́ мое́й,
Чтоб кто-нибу́дь не осмея́л!

Но е́сли вы — наи́вный **бред**,
Обе́ты ю́ношеских лет,
Заче́м же вам забве́нья нет?
И ва́ми вы́званный **упрёк**
Так **сокруши́тельно** жесто́к?..

1860

кля́тва 宣誓, 誓言

бред 呓语, 梦话
обе́т 誓言, 誓愿
упрёк 责备, 指责
сокруши́тельно 强有力地, 震撼人心地

Наводящие вопросы:

1. Какое чувство передается в выражении «О Во́лга!.. колыбе́ль моя́!// Люби́л ли кто тебя́, как я?»
2. Почему поэт называет Волгу «реко́ю ра́бства и тоски́»?
3. Что означает для поэта Волга?

Мороз, красный нос (отрывки)

4

<...>
Есть же́нщины в ру́сских селе́ньях
С споко́йною **ва́жностью** лиц,
С краси́вою си́лой в движе́ньях,
С **похо́дкой**, со взгля́дом **цари́ц**, —

Их ра́зве **слепо́й** не заме́тит,
А **зря́чий** о них говори́т:
«Пройдёт — сло́вно со́лнце освети́т!
Посмо́трит — рублём подари́т!»

Иду́т они́ той же доро́гой,
Како́й весь наро́д наш идёт,

селе́нье 村庄, 村落
ва́жность 严肃, 庄重
похо́дка 步态
цари́ца 皇后

слепо́й 瞎子
зря́чий 能看见的

грязь 泥土, 污垢	Но **грязь** обстановки **убогой**
убо́гий 贫穷的	К ним сло́вно не **ли́пнет**. Цвете́т
ли́пнуть [未]粘上, 纠缠	
ди́во 怪事	Краса́вица, ми́ру на **ди́во**,
румя́ный 脸色绯红	**Румя́на**, стройна́, высока́,
	Во вся́кой оде́жде краси́ва,
ло́вкий 灵巧的	Ко вся́кой рабо́те **ловка́**.

И го́лод, и хо́лод выно́сит,
Всегда́ терпели́ва, ровна́...
Я ви́дывал, как она́ **ко́сит**:
Что **взмах** — то гото́ва **копна́**!

коси́ть//покоси́ть 割草	
взмах 挥舞, 挥动	
копна́ 草垛	
сбива́ться//сби́ться 碰歪	Плато́к у ней на́ ухо **сби́лся**,
коса́ 辫子	Того́ гляди́ **ко́сы** паду́т.
па́дать 披下, 垂落	Како́й-то парнёк **изловчи́лся**
изловча́ться//	И кве́рху **подбро́сил** их, **шут**!
изловчи́ться 灵巧地做	
подбра́сывать//	Тяжёлые **ру́сые** ко́сы
подбро́сить 向上抛	Упа́ли на **сму́глую** грудь,
шут 逗笑者	Покры́ли ей **но́женьки бо́сы**,
ру́сый 淡褐色的	Меша́ют крестья́нке взгляну́ть.
сму́глый 黝黑的	
но́женька <口>нога 的指	Она́ отвела́ их рука́ми,
小表爱	На па́рня серди́то гляди́т.
босо́й 赤足的, 光脚的	Лицо́ **велича́во**, как в ра́ме,
велича́вый 傲慢的	Смуще́ньем и **гне́вом** гори́т...
гнев 愤怒	
бу́дни 日常工作日	По **бу́дням** не лю́бит безде́лья.
	Зато́ вам её не узна́ть,
сгоня́ть//согна́ть 驱散,	Как **сго́нит** улы́бка весе́лья
消除	С лица́ трудову́ю печа́ть.

пля́ска 跳舞, 转圈	Тако́го серде́чного сме́ха,
уте́ха 快乐, 安慰	И пе́сни, и **пля́ски** тако́й
тверди́ть [未]反复说	За де́ньги не ку́пишь. «**Уте́ха**!» —
мужи́к 农夫	**Твердя́т мужики́** меж собо́й.
ко́нный 骑手	
лови́ть//пойма́ть 抓住	В игре́ её **ко́нный** не **ло́вит**,
робе́ть//сробе́ть 胆怯	В беде́ не **сробе́ет** — спасёт:
на скаку́ 在疾驰中	Коня́ **на скаку́** остано́вит,
горя́щий 着火的	В **горя́щую** избу́ войдёт!

Красивые, ровные зубы,
Что крупные **перлы** у ней,
Но строго румяные губы
Хранят их красу от людей —

Она улыбается редко...
Ей некогда **лясы точить**,
У ней не решится соседка
Ухвата, **горшка** попросить;

перл <古>珍珠

лясы 闲聊
точить [未]<旧>闲扯瞎话
ухват 炉叉子
горшок 砂锅,瓦罐
нищий 乞丐
вольно 谁让自己……
дельность 能干的

Не жалок ей **нищий** убогой —
Вольно ж без работы гулять!
Лежит на ней **дельности** строгой
И внутренней силы печать.

В ней ясно и крепко сознанье,
Что всё их спасенье в труде,
И труд ей несёт **воздаянье**:
Семейство не **бьётся** в **нужде**,

Всегда у них тёплая **хата**,
Хлеб выпечен, вкусен **квасок**,
Здоровы и сыты ребята,
На праздник есть лишний **кусок**.

Идёт эта **баба** к **обедни**
Пред всею семьёй впереди:
Сидит, как на стуле, двухлетний
Ребёнок у ней на груди,

воздаянье<旧,雅>报答,奖赏
нужда 贫困,贫穷
биться [未](因贫困而)挣扎
хата 乡村农舍
квасок 格瓦斯
кусок 一份(吃的东西)
баба <旧>农妇,村妇
обедня 早晨或午前做的祷告

Рядком шестилетнего сына
Нарядная матка ведёт...
И по сердцу эта картина
Всем **любящим** русский народ!

рядком 同 рядом
нарядный 漂亮的
матка <俗>妈妈
любящий 充满爱的

1863

Наводящие вопросы:

1. В этом отрывке стихотворения «Мороз, красный нос» выражен образ «русская женщина». Через какие ситуации крестьянской жизни раскрыт данный образ? Чем она отличается?

2. Какое отношение поэта к «русской женщине»? Какая народная идея выражена в этом образе?
3. Как вы понимаете выражение Некрасова «Я посвятил свою лиру народу»?

Элегия

элéгия (文学) 哀歌, 哀诗	
измéнчивый 变化无常的	Пускáй нам говори́т **измéнчивая** мóда, Что тéма стáрая "страдáния нарóда" И что поэ́зия забы́ть её должнá. Не вéрьте, ю́ноши! не старéет онá.
стáрить // состáрить 使变老, 使显老	О, éсли бы её могли́ **состáрить** гóды! Процвёл бы **бóжий** мир!... Увы́! покá нарóды
бóжий <旧> 上帝创造的, 属于上帝的	Влачáтся в **нищетé**, покóрствуя **бичáм**, Как тóщие **стадá** по **скóшенным** лугáм,
нищетá 赤贫	Оплáкивать их **рок**, служи́ть им бýдет мýза, И в ми́ре нет прочнéй, прекрáснее сою́за!...
бич 长鞭子	Толпé напоминáть, что бéдствует нарóд,
стáдо 畜群	В то врéмя, как онá **ликýет** и поёт,
скóшенный 切下的	К нарóду возбуждáть внимáнье си́льных ми́ра —
рок <雅> 命运, 厄运	Чемý достóйнее служи́ть моглá бы **ли́ра**?...
ликовáть [未] 欢跃, 欢腾	
ли́ра <转, 旧, 诗> 诗, 诗兴, 诗才	Я ли́ру **посвяти́л** нарóду своемý. Быть мóжет, я умрý **невéдомый** емý,
посвящáть // посвяти́ть 贡献, 献给	Но я емý служи́л — и сéрдцем я спокóен... Пускáй нанóсит вред врагý не кáждый вóин,
невéдомый 人所不知的	Но кáждый в бой иди́! А бой реши́т судьбá... Я ви́дел крáсный день: в Росси́и нет рабá! И слёзы слáдкие я проли́л в умилéнье... "Довóльно ликовáть в наи́вном увлечéнье, —
Мýза 缪斯 (古希腊神话中九位司科学和文艺的女神的通称)	Шепнýла **Мýза** мне. — Порá идти́ вперёд: Нарóд освобождён, но счáстлив ли нарóд?.. <...>

1874

Наводящие вопросы:

1. Как вы понимаете выражение Н. Некрасова «Я свою лиру посвятил своему народу»?
2. Проанализируйте стилистическую особенность поэзии Н. Некрасова и подумайте, к чему это ведет?

Иван Сергеевич Тургенев

伊万·谢尔盖耶维奇·屠格涅夫(Иван Сергеевич Тургенев, 1818—1883)：俄罗斯小说家、诗人和剧作家。作家生于奥廖尔贵族家庭，自幼目睹农奴主母亲的专横与残暴，深切同情农奴的不幸。他曾先后在莫斯科大学、圣彼得堡大学和柏林大学求学，他在欧洲接受了进步思想，主张废除农奴制，是俄罗斯思想界"西欧派"的代表人物。早期代表作为《猎人笔记》(*Записки охотника*)，讴歌俄罗斯大自然，并反映俄国农奴不幸的生活境遇。1850年代著名长篇小说有《罗亭》(*Рудин*)、《贵族之家》(*Дворянское гнездо*)、《前夜》(*Накануне*)、《父与子》(*Отцы и дети*)等。1860年代后的作品有《烟》(*Дым*)、《春潮》(*Вешние воды*)、《处女地》(*Новь*)等。作家晚年写有大量精美的散文诗。其小说语言优雅精致，擅长隐蔽的心理描写，并在作品中呈现了所处时代重大的社会生活事件。屠格涅夫的作品小说叙事简洁，情节单纯清晰，人物形象鲜明。其小说中塑造了热情改造社会而又缺乏行动勇气的知识分子"多余人"形象；而小说中的女性则执着爱情和理想，富有献身精神，被称为"屠格涅夫式的少女"。屠格涅夫长居国外，向西欧介绍俄罗斯文学，为俄罗斯文学在世界的传播做出了巨大的贡献。

导读

屠格涅夫的散文诗是作家晚年创作的精品，是作家创作生涯的结晶之作，凝聚着作家对生命、青春和爱情等永恒主题的哲理思考。

Воробей

Я возвраща́лся с охо́ты и шёл по алле́е са́да. Соба́ка бежа́ла впереди́ меня́.

Вдруг она́ уме́ньшила свои́ шаги́ и начала́ **кра́сться**, как бы **зачу́яв** пе́ред собо́ю **дичь**.

Я гля́нул **вдоль** алле́и и уви́дел молодо́го воробья́ с **желтизно́й** о́коло **клю́ва** и пу́хом на голове́. Он упа́л из гнезда́ (ве́тер си́льно кача́л берёзы алле́и) и сиде́л неподви́жно, беспо́мощно **растопы́рив** едва́ прораста́вшие кры́лышки.

Моя́ соба́ка ме́дленно приближа́лась к нему́, как вдруг, сорва́вшись с бли́зкого де́рева, ста́рый

кра́сться <旧，口>悄悄地走近

зачу́ять [完]<口>(动物)嗅到

дичь 野禽，野兽

вдоль 顺着，沿着

желтизна́ 黄色的斑点

клюв 鸟嘴，喙

растопы́ривать// растопы́рить <口>(笨拙地)张开

черногру́дый 黑胸的（禽鸟）
мо́рда (兽的)嘴脸
взъеро́шенный 蓬乱的
искажённый 歪曲的
писк 尖叫声，吱吱声
пасть (兽，鱼的)嘴
ри́нуться [完] 猛扑，猛冲
заслоня́ть//заслони́ть 挡住，遮住
трепета́ть [未] 颤抖
грома́дный 庞大的，高大的
усиде́ть [完] 坐稳

трезо́р <俚，贬> 监视者
попя́титься [完] 向后退
отзыва́ть//отозва́ть 叫回
смущённый 窘迫不安的
удаля́ться//удали́ться 离开
благогове́ть [未] 景仰
поры́в (突发的)激情

черногру́дый воробе́й ка́мнем упа́л пе́ред са́мой её мо́рдой — и весь взъеро́шенный, искажённый, с отча́янным и жа́лким пи́ском пры́гнул ра́за два в направле́нии зуба́стой раскры́той па́сти.

Он ри́нулся спаса́ть, он заслони́л собо́ю своё дети́ще... но всё его́ ма́ленькое те́ло трепета́ло от у́жаса, голосо́к одича́л и охри́п, он замира́л, он же́ртвовал собо́ю!

Каки́м грома́дным чудо́вищем должна́ была́ ему́ каза́ться соба́ка! И всё-таки он не мог усиде́ть на свое́й высо́кой, безопа́сной ве́тке... Си́ла, сильне́е его́ во́ли, сбро́сила его́ отту́да.

Мой Трезо́р останови́лся, попя́тился... Ви́дно, и он призна́л э́ту си́лу.

Я поспеши́л отозва́ть смущённого пса — и удали́лся, благогове́я.

Да; не сме́йтесь. Я благогове́л пе́ред той ма́ленькой герои́ческой пти́цей, пе́ред любо́вным её поры́вом.

Любо́вь, ду́мал я, сильне́е сме́рти и стра́ха сме́рти. То́лько е́ю, то́лько любо́вью де́ржится и дви́жется жизнь.

Апрель, 1878

 Наводящие вопросы:

1. Какую духовную силу показала мать-воробей перед громадной для нее собакой в действии спасения своего ребёнка? Как эта сила действовала на собаку?
2. Согласны ли вы с тем, что самоотверженная любовь приобретает всепобеждающую силу?

Роза

Последние дни августа... Осень уже наступала.

Солнце садилось. Внезапный **порывистый** ливень, без грому и без молний, только что **промчался** над нашей широкой равниной.

Сад перед домом горел и дымился, весь **залитый** пожаром зари и потом дождя.

Она сидела за столом в гостиной и с упорной **задумчивостью** глядела в сад сквозь **полураскрытую** дверь.

Я знал, что **свершалось** тогда в её душе; я знал, что после недолгой, хоть и мучительной, борьбы она в этот самый миг **отдавалась** чувству, с которым уже не могла более сладить.

Вдруг она поднялась, проворно вышла в сад и скрылась.

Пробил час...пробил другой; она не возвращалась.

Тогда я встал и, выйдя из дому, отправился по аллее, по которой — я в том не сомневался — пошла и она.

Всё потемнело вокруг; ночь уже **надвигалась**. Но на **сыром** песку дорожки, ярко алее даже сквозь **разлитую** мглу, виднелся кругловатый предмет.

Я наклонился... То была молодая, чуть **распустившаяся** роза. Два часа тому назад я видел эту самую розу на её груди.

Я бережно поднял упавший в грязь цветок и, вернувшись в гостиную, положил его на стол, перед её креслом.

Вот и она вернулась наконец — и, лёгкими шагами пройдя всю комнату, села за стол.

Её лицо и побледнело и **ожило**; быстро, с весёлым смущеньем бегал и по сторонам опущенные, как бы уменьшенные глаза.

Она увидела розу, схватила её, взглянула на её **измятые**, **запачканные** лепестки, взглянула на меня — и глаза её, внезапно остановившись, **засияли** слезами.

— О чём вы плачете? — спросил я.

— Да вот об этой розе. Посмотрите, что с ней

порывистый 一阵阵的
промчаться[完]疾驰而过

залитый 浇注的；着色的

задумчивость 深思, 沉思
полураскрытый 半开的
свершаться//
 свершиться <雅> 同 совершиться
отдаться//отдаваться 服从, 顺从

надвигнуться//
 надвигаться 临近, 迫近
сырой 潮湿的
разлитый 铸成的

распускаться//
 распуститься 绽放

оживать//ожить 恢复活力, 振作起来

измятый 皱的, 蔫了的
запачканный 弄脏的
засиять 闪闪发光

глубокомы́слие 洞察力
промо́лвить [完]说,说出

ками́н 壁炉

у́даль 勇猛,大胆
де́рзостно <旧>同дерзко 粗鲁无礼的,放肆的

занима́ться//заня́ться 露出曙光
броди́ть [未]徘徊
безмо́лвно 寂静无声
чу́яться//почу́яться 感觉到
пореде́ть [完]变稀薄
сы́рость 潮湿
позва́нивать [完]发出轻微的叮铃声
шурша́ть [未]沙沙作响
вздра́гивать//вздро́гнуть 战栗起来
перламу́тровый 珍珠母色的
але́ть [未]变成红色

ста́лось.

Тут я взду́мал вы́казать **глубокомы́слие**.

— Ва́ши слёзы смо́ют э́ту грязь, — **промо́лвил** я с значи́тельным выраже́нием.

— Слёзы не мо́ют, слёзы жгут, — отве́тила она и, оберну́вшись к **ками́ну**, бро́сила цвето́к в умира́вшее пла́мя.

— Ого́нь сожжёт ещё лу́чше слёз, — воскли́кнула она́ не без **у́дали**, — и прекра́сные глаза́, ещё блесте́вшие от слёз, засмея́лись **де́рзостно** и сча́стливо.

Я по́нял, что и она была́ сожжена́.

Апре́ль, 1878

 Наводя́щие вопро́сы:

1. Что символизи́рует о́браз внеза́пного порывистого ли́вня, промча́вшегося над широ́кой равни́ной?
2. В чём перекли́кается судьба́ смя́той ро́зы с судьбо́й герои́ни?

Посеще́ние

Я сиде́л у раскры́того окна́…у́тром, ра́нним у́тром пе́рвого ма́я.

Заря́ ещё не **занима́лась**; но уже́ бледне́ла, уже́ холоде́ла тёмная тёплая ночь.

Тума́н не встава́л, не **броди́л** ветеро́к, всё бы́ло одноцве́тно и **безмо́лвно**… но **чу́ялась** бли́зость пробужде́ния — и в **пореде́вшем** во́здухе па́хло жёсткой **сы́ростью** росы́.

Вдруг в мою́ ко́мнату, сквозь раскры́тое окно́, легко́ **позва́нивая** и шурша́, влете́ла больша́я пти́ца.

Я **вздро́гнул**, вгляде́лся… То была́ не пти́ца, то была́ крыла́тая ма́ленькая же́нщина, оде́тая в те́сное, дли́нное, кни́зу волни́стое пла́тье.

Вся она была́ се́рая, **перламу́трового** цве́та; одна́ лишь вну́тренняя сторона́ её кры́лышек **але́ла** не́жной а́лостью распуска́ющейся ро́зы;

венок из **ландышей** охватывал разбросанные **кудри** круглой головки — и, подобные **усикам** бабочки, два **павлиньих** пера **забавно** колебались над красивым, **выпуклым лобиком**.

Она **пронеслась** раза два под потолком; её **крошечное** лицо смеялось; смеялись также огромные, чёрные, светлые глаза.

Весёлая **резвость прихотливого** полёта **дробила** их **алмазные** лучи.

Она держала в руке длинный **стебель** степного цветка: «царским жезлом» зовут его русские люди, — он и то похож на **скипетр**.

Стремительно пролетая надо мною, коснулась она моей головы тем цветком.

Я **рванулся** к ней. Но она уже **выпорхнула** из окна — и **умчалась**.

В саду, в **глуши сиреневых** кустов, **горлинка** встретила её первым **воркованьем** — а там, где она скрылась, молочно-белое небо тихонько закраснелось.

Я узнал тебя, богиня фантазии! Ты посетила меня случайно — ты полетела к молодым поэтам.

О поэзия! Молодость! Женская, девственная красота! Вы только на миг можете **блеснуть** передо мною — ранним утром ранней весны!

Май 1878

алость 鲜红色
ландыш 铃兰
кудри 卷发
усик 触角
павлиний 孔雀的
забавно 有趣地
выпуклый 突出的
лобик 小脑门
проноситься //
 пронестись 迅速飞过
крошечный 很小的
резвость 欢快；机灵
прихотливый 任性的
дробить // раздробить 弄碎
алмазный 钻石似的
стебель 茎
жезл 手杖
скипетр (帝王的)权杖
рвануться [未] 猛地一冲
выпархивать //
 выпорхнуть 轻快地飞出
умчаться [完] 迅速飞离
глушь 密林深处
сиреневый 丁香的
горлинка 亲爱的
воркованье 咕咕声
блестеть // блеснуть 闪现

 Наводящие вопросы:

1. На каком фоне появилась птица-женщина, олицетворяющая богиню фантазии?
2. Какие особенности приобретает богиня фантазии и какое значение она имеет в жизни автора?

Порог

грома́дный 高大的	
на́стежь [副]完全敞开，大开	
угрю́мый 阴郁的	
мгла 大雾	
непрогля́дный 漆黑的	
леденя́щий 冰冷的	
струя́ 细流	
насме́шка 嘲笑	
презре́ние 轻视	
отчужде́ние 疏远	
безымя́нный 无名的	
почти́ть [完]表示尊敬，致敬	
возобновля́ть//возобнови́ть 重新开始	
разуверя́ться//разуве́риться 不再相信；放弃信念	
заве́са 幕，帐幕	
проскрежета́ть [完]咬着牙说	

Я ви́жу **грома́дное** зда́ние.

В пере́дней стене́ у́зкая дверь раскры́та **на́стежь**; за две́рью — **угрю́мая мгла**. Пе́ред высо́ким поро́гом стои́т де́вушка... Ру́сская де́вушка.

Моро́зом ды́шит та **непрогля́дная** мгла; и вме́сте с **леденя́щей струёй** выно́сится из глубины́ зда́ния медли́тельный, глухо́й го́лос.

— О ты, что жела́ешь переступи́ть э́тот поро́г, — зна́ешь ли ты, что тебя́ ожида́ет?

— Зна́ю, — отвеча́ет де́вушка.

— Хо́лод, го́лод, не́нависть, **насме́шка, презре́ние**, оби́да, тюрьма́, боле́знь и са́мая смерть?

— Зна́ю.

— **Отчужде́ние** по́лное, одино́чество?

— Зна́ю. Я гото́ва. Я перенесу́ все страда́ния, все уда́ры.

— Не то́лько от враго́в — но и от родны́х, от друзе́й?

— Да...и от них.

— Хорошо́. Ты гото́ва на же́ртву?

— Да.

— На **безымя́нную** же́ртву? Ты поги́бнешь — и никто́...никто́ не бу́дет да́же знать, чью па́мять **почти́ть**!

— Мне не ну́жно ни благода́рности, ни сожале́ния. Мне не ну́жно и́мени.

— Гото́ва ли ты на преступле́ние?

Де́вушка поту́пила го́лову...

— И на преступле́ние гото́ва.

Го́лос не то́тчас **возобнови́л** свои́ вопро́сы.

— Зна́ешь ли ты, — заговори́л он наконе́ц, — что ты мо́жешь **разуве́риться** в том, чему́ ве́ришь тепе́рь, мо́жешь поня́ть, что обману́лась и да́ром погуби́ла свою́ молоду́ю жизнь?

— Зна́ю и э́то. И всё-таки я хочу́ войти́.

— Войди́!

Де́вушка перешагну́ла поро́г — и тяжёлая **заве́са** упа́ла за не́ю.

— Ду́ра! — **проскрежета́л** кто-то сза́ди.

— Свята́я! — принесло́сь отку́да-то в отве́т.

Май, 1878

 Наводящие вопросы:

1. Какие духовные силы проявляет героиня в действии переступании порога?
2. Что символизирует порог в жизни девушки и вообще в жизни человека?

Русский язык

Во дни́ сомне́ний, во дни́ **тя́гостных разду́мий** о судьба́х мое́й ро́дины, — ты оди́н мне подде́ржка и **опо́ра**, о вели́кий, могу́чий, правди́вый и свобо́дный ру́сский язы́к! Не будь тебя́ — как не впасть в отча́яние при ви́де всего́, что соверша́ется до́ма? Но нельзя́ ве́рить, что́бы тако́й язы́к не был дан вели́кому наро́ду!

тя́гостный 沉重的, 艰难的
разду́мье 沉思, 思绪
опо́ра 支撑, 依托

Июнь, 1882

 Наводящие вопросы:

1. На каком форе ярче показан образ «русского языка»?
2. С чем связан образ «русского языка»?
3. Какую функцию выполняет для автора русский язык?

ПРОЗА

小说理论导读

俄语文学传统上将所有非韵文称为проза (小说,散文),泛指小说,与由韵文写成的поэзия (诗歌) 在形式上相对。

从大的类别上划分,根据表达方式,小说属于叙事文学 (эпос),与诗歌所属的抒情文学 (лирика) 以及戏剧 (драма) 相对。

小说根据篇幅长短可以分成:长篇小说 (роман)、中篇小说 (повесть)和短篇小说 (рассказ)。

阅读小说大致可以从两个层面入手,即叙事层和故事层,或者称为叙事形式和叙事内容。

故事层面是大家最熟悉的,也就是小说的叙事内容。这个层面主要有主题 (тема)、情节 (сюжет)、人物 (персонаж)、时间 (время)、空间 (пространство) 等基本要素:

1. 与主题相关的要素:母题、主题、问题。

母题 (мотив)是主题的基础和最小单位,表达人类生活中不断重复的精神现象,如《驿站长》中"浪子回家"的母题、陀思妥耶夫斯基作品中的基督教母题等。

主题 (тема)指作品思想内容的核心,作者要表达的主要思想。主题又有一类永恒主题,如生与死、善与恶、爱与恨的主题等,在任何时代都具有表现人类精神生活的持久生命力。

问题 (проблема, проблематика)指向主题的疆域和内在本质。如农奴制的主题内在地包含人的不自由、农奴主与农奴之间畸形的关系以及社会不公等问题。

2. 情节(сюжет)指小说中按照一定时间顺序组织起来的一系列事件,用于展示人物性格和表现作品主题,包括开始 (завязка действие)、发展 (развитие действия)、高潮 (кульминация)、结局 (развязка)。与情节相关的概念是本事(фабула)——指尚未进入到小说的生活事件,是情节的前身。这两个概念是形式主义文论中提出的。

3. 人物(персонаж)指故事的人物,人物的核心要素是性格,是人物的本质特点。

小说人物应具有现实真实感,即要概括人物所处时代的社会文化特点,又要体现人类精神生活的普通特征。现实生活中的政治、经济、历史、地理、文化因素成为人物性格形成的外在因素,人物本身具有的天然禀赋、情感倾向和欲望追求构成人的内在因素。内在与外在因素不同决定了人物的现实特征。小说借助人物形象塑造反映社会生活,思考人类精神现象。如,俄罗斯经典文学中塑造了塔吉亚娜(Татьяна из романа «Евгений Онегин»)、丽莎 (Лиза из романа «Дворянское гнездо»)、毕巧林 (Печорин из романа «Герой нашего времени»)、奥勃洛莫夫 (Обломов из романа «Обломов»)、安娜·卡列尼娜(Анна Каренина из романа «Анна Каренина»)等鲜明的人物形象。

4. 时间与空间(время и пространство)指故事发生的时间和空间以及二者的关系。

小说时间与空间的不同组合造成了或舒缓或紧张的效果,如托尔斯泰的小说中,时空平移地推移,史诗性画面的展开,给人以平移的舒缓印象。陀思妥耶夫斯基的小说中,有限的时空中容纳了绸密的事件,给人以紧张、浓缩的感受。

从叙事层面上讲,小说中有叙事人、叙事方式、叙事结构等要素:

1. 叙述人 (повествователь):小说中讲述故事的人。叙事人属于虚构的文本世界,与现实生活中的作者不同。

2. 叙事方式 (повествование):19世纪文学中常见的有第一人称和第三人称叙事。

3. 叙事结构 (композиция):结构指对小说人物、情节、题材等内容要素的安排与设计,即如何叙述故事中的事件,从而表达作者的创作意图。其美学意义在于在组织编排中生成意义,使形式成为内容的有机组成部分。

以往的文学理论往往只强调故事层面的意义,不重视对叙事层面的分析和研究,而当代叙事理论发现,叙事层面对于小说有根本意义,决定着作品的文学性。所以,同时将故事层和叙事层纳入阅读视野,才能真正领会作家的创作意图,理解小说的意义,也才能获得全面的审美感受。

Александр Сергеевич Пушкин

亚历山大·谢尔盖耶维奇·普希金（Александр Сергеевич Пушкин, 1799—1837），俄罗斯著名诗人、作家，生于莫斯科贵族家庭，很早表露出诗歌才华，少年时在著名的贵族学校皇村中学学习，结识很多贵族精英。1817年皇村中学毕业后到外交部任职。1820年起，由于创作《自由颂》(Вольность)等政治思想激进的诗歌，先后被流放到南方和米哈伊洛夫斯克村，期间到高加索等地旅行。1830年，普希金到波尔金诺父亲领地，遇到霍乱蔓延，整个秋天被困在领地内，创作了大量作品，即文学史上著名的"波尔金诺之秋"。1831年与娜塔莉娅·冈察洛娃结婚后，进入不平静的家庭生活，并最终死于决斗。诗人一生写了800多首抒情诗、14篇长诗、多部小说和悲剧。其著名抒情诗有《致恰达耶夫》(К Чаадаеву)、《致凯恩》(К А.П. Керн...)、《纪念碑》(Памятник)等，长诗有《高加索俘虏》(Кавказский пленник)、《青铜骑士》(Медный всадник)等，还有诗歌体小说《叶甫盖尼·奥涅金》(Евгений Онегин)，历史悲剧《鲍里斯·戈东诺夫》(Борис Годунов)，小说《别尔金小说集》(Повести Белкина)、《黑桃皇后》(Пиковая дама)、《上尉的女儿》(Капитанская дочка)等。诗人创作主题丰富，不仅有对自由、爱情的歌颂，还有对历史、人生的思考，也有对诗人使命的沉思。其诗歌语言凝练，富有哲理，充满凯旋式旋律，洋溢着昂扬向上的精神。他的小说创作中充满人文关怀，思考知识分子"多余人"以及社会下层"小人物"的命运，对人道、宽恕等主题有深入的探讨。普希金的创作是俄语语言的典范，对浪漫主义、现实主义文学发展起到重要作用，被称为"俄罗斯近代文学之父"。

Станционный смотритель

导 读

一、故事层：

主题与母题(тема и мотив)："浪子"的寓言故事 (притча о блудном сыне) 取自圣经，是欧洲文学的重要母题。请思考，这篇小说是如何展现这一母题的？它与小说故事情节及主题有何联系？

二、叙事层：

叙事人 (повествователь)：这篇小说选自《别尔金小说集》(«Повести покойного Ивана Петровича Белкина»)，小说是由别尔金所讲的五个故事组成，每个故事中又各自有一个叙事人，如在本篇小说的叙事人为到访驿站的"我"。请思考，故事是怎样被叙述出来的？多重叙事人对故事的讲述起到什么作用？

ПРОЗА

Колле́жский регистра́тор,
Почтово́й станции дикта́тор
Князь Вяземский

Кто не **проклина́л** станционных смотрителей, кто с ними не **бра́нивался**? Кто, в минуту гнева, не требовал от них **роково́й** книги, **дабы́** вписать в **о́ную** свою бесполезную жалобу на **притесне́ние**, грубость и **неиспра́вность**? Кто не почитает их **и́звергами** человеческого рода, равными покойным **подья́чим** или по крайней мере **му́ромским разбо́йникам**? Будем, однако, справедливы, постараемся войти в их положение и, может быть, станем судить о них гораздо **снисходи́тельнее**. Что такое станционный смотритель? **Су́щий** мученик четырнадцатого класса, ограждённый своим **чи́ном то́кмо** от **побо́ев**, и то не всегда (**ссыла́юсь** на совесть моих читателей). Какова должность сего диктатора, как называет его шутливо князь Вяземский? Не настоящая ли **ка́торга**? Покою ни днём, ни ночью. Всю досаду, накопленную во время скучной езды, путешественник **вымеща́ет** на смотрителе. Погода **несно́сная**, дорога **скве́рная**, **ямщи́к** упрямый, лошади не везут — а виноват смотритель. Входя в бедное его жилище, проезжающий смотрит на него как на врага; хорошо, если удастся ему скоро избавиться от непрошеного гостя; но если не случится лошадей?.. Боже! какие ругательства, какие угрозы **посы́плются** на его голову! В дождь и **сля́коть** принуждён он бегать по дворам; в бурю, в крещенский мороз уходит он в **се́ни**, чтоб только на минуту отдохнуть от крика и толчков раздражённого **постоя́льца**. Приезжает генерал; **дрожа́щий** смотритель отдаёт ему две последние тройки, в том числе **курье́рскую**. Генерал едет, не сказав ему спасибо. Чрез пять минут — **колоко́льчик**!.. и **фельдъе́герь** бросает ему на стол свою подорожную!... **Вни́кнем** во все это хорошенько, и вместо **негодова́ния** сердце наше исполнится искренним состраданием. Еще несколько

колле́жский регистра́тор 十四品文员
дикта́тор 独裁者, 专制者
проклина́ть//прокля́сть 诅咒
брани́ваться [未] 吵嘴, 骂架
роково́й 要命的, 该死的
дабы́ <旧> 为了
о́ный <旧> 那个
притесне́ние 欺压, 欺辱
неиспра́вность 漫不经心
и́зверг 恶人
подья́чий <旧> 小官吏
му́ромский 穆罗姆人
разбо́йник 强盗
снисходи́тельны 宽容的
су́щий <口> 真正的
чи́н 官级
то́кмо <旧, 俗> 同 только
побо́и 殴打
ссыла́ться 以……为借口
ка́торга 苦役
вымеща́ть//вы́местить 向……泄愤
несно́сный 难以忍受的
скве́рный <口> 糟糕的
ямщи́к <口> 车夫

посы́паться [未] 纷纷而来
сля́коть 泥泞
се́ни 穿堂, 门厅

постоя́лец 房客, 租户
дрожа́ть [未] 哆嗦, 发抖
курье́р 信差
колоко́льчик 铃声
фельдъе́герь 机要信使
вника́ть//вни́кнуть 领会
негодова́ние 愤怒

тракт 驿道	
покамест 同пока	
сословие<口,谑>阶层	
оклеветать [完]诽谤,诋毁	
склонный 有……的倾向	
притязание 贪图,追求	
сребролюбивый 贪财的	
пренебрегать// пренебречь 轻视,蔑视	
почерпать//почерпнуть 汲取,获得	
почтенный 可敬的	
драгоценный 珍贵的	
тракт 大道,大路	
перекладной 驿车	
прогон 地段	
церемониться// перецеремониться 客气地对待	
вспыльчивый 暴躁的	
негодовать [未]生气	
низость 卑鄙勾当	
малодушие 缺乏勇气,怯弱	
коляска 四轮马车	
разборчивый 势利的	
холоп 奴仆	
обносить//обнести 请吃喝时漏掉某人	

слов: в течение двадцати лет сряду изъездил я Россию по всем направлениям; почти все почтовые **тракты** мне известны; несколько поколений ямщиков мне знакомы; редкого смотрителя не знаю я в лицо, с редким не имел я дела; любопытный запас путевых моих наблюдений надеюсь издать в непродолжительном времени; **покамест** скажу только, что **сословие** станционных смотрителей представлено общему мнению в самом ложном виде. Сии столь **оклеветанные** смотрители вообще суть люди мирные, от природы услужливые, **склонные** к общежитию, скромные в **притязаниях** на почести и не слишком **сребролюбивые.** Из их разговоров (коими некстати **пренебрегают** господа проезжающие) можно **почерпнуть** много любопытного и поучительного. Что касается до меня, то, признаюсь, я предпочитаю их беседу речам какого-нибудь чиновника 6-го класса, следующего по казенной надобности.

Легко можно догадаться, что есть у меня приятели из **почтенного** сословия смотрителей. В самом деле, память одного из них мне **драгоценна.** Обстоятельства некогда сблизили нас, и об нем-то намерен я теперь побеседовать с любезными читателями.

В 1816 году, в мае месяце, случилось мне проезжать через***скую губернию, по **тракту**, ныне уничтоженному. Находился я в мелком чине, ехал на **перекладных** и платил **прогоны** за две лошади. Вследствие сего смотрители со мною не **церемонились**, и часто бирал я с бою то, что, во мнении моём, следовало мне по праву. Будучи молод и **вспыльчив**, я **негодовал** на **низость** и **малодушие** смотрителя, когда сей последний отдавал приготовленную мне тройку под **коляску** чиновного барина. Столь же долго не мог я привыкнуть и к тому, чтоб **разборчивый холоп обносил** меня блюдом на губернаторском обеде. Ныне то и другое кажется мне в порядке вещей. В самом деле, что было бы с нами, если бы вместо общеудобного правила: чин чина почитай, ввелось в употребление другое, например: ум ума почитай? Какие возникли бы споры! и слуги с кого бы начинали кушанье подавать? Но обращаюсь к моей повести.

    День был жаркий. В трех верстах от станции *** стало **накрапывать**, и через минуту проливной дождь вымочил меня до последней нитки. По приезде на станцию, первая забота была поскорее переодеться, вторая спросить себе чаю. «Эй Дуня! — закричал смотритель, «поставь самовар да сходи за **сливками**». При сих словах вышла из-за **перегородки** девочка лет четырнадцати, и побежала в сени. Красота её меня поразила. «Это твоя дочка?» — спросил я смотрителя. — «Дочка-с — отвечал он с видом довольного самолюбия, — да такая разумная, такая **проворная**, вся в покойницу мать». Тут он принялся переписывать мою **подорожную**, а я занялся рассмотрением картинок, украшавших его **смиренную**, но **опрятную обитель**. Они изображали историю блудного сына: В первой **почтенный** старик в **колпаке** и **шлафорке** отпускает беспокойного юношу, который поспешно принимает его благословение и мешок с деньгами. В другой яркими чертами изображено **развратное** поведение молодого человека: он сидит за столом, окруженный ложными друзьями и бесстыдными женщинами. Далее, **промотавшийся** юноша, в **рубище** и в треугольной шляпе, **пасёт** свиней и разделяет с ними **трапезу**; в его лице изображены глубокая печаль и **раскаяние**. Наконец представлено возвращение его к отцу; добрый старик в том же колпаке и шлафорке выбегает к нему навстречу: блудный сын стоит на коленах; в перспективе повар убивает упитанного **тельца**, и старший брат вопрошает слуг о причине таковой радости. Под каждой картинкой прочел я приличные немецкие стихи. Всё это доныне сохранилось в моей памяти, также как и **горшки с бальзамином**, и кровать с **пёстрой занавескою**, и прочие предметы, меня в то время окружавшие. Вижу, как теперь, самого хозяина, человека лет пятидесяти, свежего и бодрого, и его длинный зеленый сертук с тремя медалями на **полинялых**

накрапывать [未] 疏疏落落地下 (雨)

сливки 奶皮, 乳脂
перегородка 隔板

проворный 敏捷的, 灵巧的
подорожная 驿马使用证

смиренный <旧> 简陋的
опрятный 整洁的
обитель <旧, 诗> 居处
почтенный 可敬的
колпак 尖顶帽
шлафор <旧> 长衫, 睡袍
развратный 堕落的
проматывать //
  промотать 挥霍掉 (钱财)
рубище 破衣烂衫
пасти [未] 放牧
трапеза 饭食
раскаяние 悔过

телец <旧> 牛犊

горшок 花盆
бальзамин 凤仙花
пёстрый 杂色的
занавеска 帷幔

полинялый 褪了色的

ле́нта 绶带

коке́тка 卖弄风情的女人

потупля́ть//поту́пить 垂下
ро́бость 腼腆
пу́нш 果酒

теле́га 四轮大车

ве́тхость 破旧
небреже́ние 衰败
тулу́п 皮袄
пока́мест 同 пока
седина́ 白发，白胡子
морщи́на 皱纹
небри́тый 没有刮脸的
сго́рбленный 驼背的
надиви́ться [完] 吃惊
хи́лый 虚弱的，衰弱的

ле́нтах.

Не успел я расплатиться со старым моим ямщиком, как Дуня возвратилась с самоваром. Маленькая **коке́тка** со второго взгляда заметила впечатление, произведенное ею на меня; она **поту́пила** большие голубые глаза; я стал с нею разговаривать, она отвечала мне безо всякой **ро́бости**, как девушка, видевшая свет. Я предложил отцу её стакан **пу́ншу**; Дуне подал я чашку чаю, и мы втроем начали беседовать, как будто век были знакомы.

Лошади были давно готовы, а мне всё не хотелось расстаться с смотрителем и его дочкой. Наконец я с ними простился; отец пожелал мне доброго пути, а дочь проводила до **теле́ги**. В сеня́х я остановился и просил у ней позволения её поцеловать; Дуня согласилась... Много могу я насчитать поцелуев, с тех пор, как этим занимаюсь, но ни один не оставил во мне столь долгого, столь приятного воспоминания.

Прошло несколько лет, и обстоятельства привели меня на тот самый тракт, в те самые места. Я вспомнил дочь старого смотрителя и обрадовался при мысли, что увижу её снова. Но, подумал я, старый смотритель, может быть, уже сменен; вероятно, Дуня уже замужем. Мысль о смерти того или другого также мелькнула в моём уме, и я приближался к станции *** с печальным предчувствием.

Лошади стали у почтового домика. Вошёл в комнату, я тотчас узнал картинки, изображающие историю блудного сына; стол и кровать стояли на прежних местах; но на окнах уже не было цветов, и всё кругом показывало **ве́тхость** и **небреже́ние**. Смотритель спал под **тулу́пом**; мой приезд разбудил его; он привстал... Это был точно Самсон Вырин; но как он постарел! **Пока́мест** собирался он переписать мою подорожную, я смотрел на его **седину́**, на глубокие **морщи́ны** давно **небри́того** лица, на **сго́рбленную** спину — и не мог **надиви́ться**, как три или четыре года могли превратить бодрого мужчину в **хи́лого** старика. «Узнал ли ты меня? — спросил я его, — мы с тобою старые знакомые». — «Может статься, — отвечал он **угрюмо**, — здесь дорога большая; много проезжих у меня перебывало». — «Здорова ли твоя Дуня?» — продолжал я. Старик **нахмурился**. «А бог её знает», — отвечал он. «Так, видно, она замужем?» — сказал я. Старик **притворился**, будто бы не слыхал моего вопроса, и продолжал **пошептом** читать мою подорожную. Я прекратил свои вопросы и велел поставить чайник. Любопытство начинало меня беспокоить, и я надеялся, что пунш разрешит язык моего старого знакомца.

Я не ошибся: старик не отказался от предлагаемого стакана. Я заметил, что **ром прояснил** его угрюмость. На втором стакане сделался он разговорчив; вспомнил или показал вид, будто бы вспомнил меня, и я узнал от него повесть, которая в то время сильно меня заняла и тронула.

«Так вы знали мою Дуню? —начал он. —«Кто же и не знал её? Ах, Дуня, Дуня! Что за девка то была! Бывало, кто ни проедет, всякий похвалит, никто не осудит. Барыни дарили её, та платочком, та **серёжками**. Господа проезжие **нарочно** останавливались, будто бы пообедать, **аль отужинать**, а в самом деле только чтоб на неё подолее поглядеть. Бывало барин, какой бы сердитый ни был, при ней утихает и милостиво со мною разговаривает. Поверите ль, **сударь**: курьеры, фельдъегеря с нею по получасу заговаривались. Ею дом держался: что прибрать, что приготовить, за всем успевала. А я-то, старый дурак, не **нагляжусь**, бывало, не нарадуюсь; уж я ли не любил моей Дуни, я ль не **лелеял** моего дитяти; уж ей ли не было житьё? Да нет, от беды не **отбожишься**; что суждено, тому не **миновать**.» Тут он стал подробно рассказывать мне свое горе. Три года тому назад, однажды, в зимний вечер, когда смотритель **разлиновывал** новую книгу, а дочь его за перегородкой шила себе платье, тройка подъехала, и проезжий в черкесской шапке, в военной шинели, **окутанный шалью**, вошел в комнату, требуя лошадей. Лошади

угрюмо 忧郁地

хмуриваться//
　нахмуриться 皱眉头
притворяться//
　притвориться 假装
пошепт 低语

ром 朗姆酒；糖蜜酒
прояснять//прояснить
　使……舒畅，和悦

серёжка 耳环
нарочно 故意地
аль <旧,俗> 同 или
отужинать [完] 吃晚饭

сударь <旧> 先生，老爷

наглядеться [完] 看够
нарадоваться [完] 喜欢够
лелеять [未] 爱护，珍视
отбожиться [完] <俗> 向上帝
　发誓以证明自己无辜
миновать [未,完] 绕过
разлиновывать//
　разлиновать 画上线
окутывать//окутать 包严，
　裹起来
шаль 披巾

в разго́не	都派出去了
нага́йка	短皮鞭，马鞭子
косма́тый	乱蓬蓬的
отпу́тывать//отпу́тать	<口>解开,解下来
сдёргивать//сдёрнуть	拉下，拽下
гуса́р	骠骑兵
запряга́ть//запря́чь	套在车上
киби́тка	带篷旅行马车
ла́вка	长凳，板铺
ле́карь	<旧，俗>医生
нама́чивать//намочи́ть	把……浸湿
у́ксус	醋
шитьё	针线活
о́хнуть//о́хать	<口>呻吟
кру́жка	杯子
лимона́д	柠檬水
обма́кивать//обмакну́ть	浸一下
пощу́пать	[完]摸几下

все были **в разго́не**. При сем известии путешественник возвысил было голос и **нага́йку**; но Дуня, привыкшая к таковым сценам, выбежала из-за перегородки и ласково обратилась к проезжему с вопросом: не угодно ли будет ему чего-нибудь покушать? Появление Дуни произвело обыкновенное свое действие. Гнев проезжего прошел; он согласился ждать лошадей и заказал себе ужин. Сняв мокрую, **косма́тую** шапку, **отпу́тав** шаль и **сдёрнув** шинель, проезжий явился молодым, стройным **гуса́ром** с чёрными усиками. Он расположился у смотрителя, начал весело разговаривать с ним и с его дочерью. Подали ужинать. Между тем лошади пришли, и смотритель приказал, чтоб тотчас, не кормя, **запряга́ли** их в **киби́тку** проезжего; но, возвратясь, нашел он молодого человека почти без памяти лежащего на **ла́вке**: ему сделалось дурно, голова разболелась, невозможно было ехать... Как быть! смотритель уступил ему свою кровать, и положено было, если больному не будет легче, на другой день утром послать в С *** за **ле́карем**.

На другой день гусару стало хуже. Человек его поехал верхом в город за лекарем. Дуня обвязала ему голову платком, **намо́ченным у́ксусом**, и села с своим **шитьём** у его кровати. Больной при смотрителе о́хал и не говорил почти ни слова, однако ж выпил две чашки кофе и охая, заказал себе обед. Дуня от него не отходила. Он поминутно просил пить, и Дуня подносила ему **кру́жку** ею заготовленного **лимона́да**. Больной **обма́кивал** губы и всякий раз, возвращая кружку, в знак благодарности слабою своей рукою пожимал Дунюшкину руку. К обеду приехал лекарь. Он **пощу́пал** пульс больного, поговорил с ним по-немецки и по-русски объявил, что ему нужно одно спокойствие и что дни через два ему можно будет отправиться в дорогу. Гусар вручил ему двадцать пять рублей за визит, пригласил его отобедать; лекарь согласился; оба ели с большим аппетитом, выпили бутылку вина и расстались очень довольны друг другом.

ПРОЗА

Прошел еще день, и гусар совсем оправился. Он был чрезвычайно весел, **без умолку** шутил то с Дунею, то с смотрителем; **насвистывал** песни, разговаривал с проезжими, вписывал их подорожные в почтовую книгу, и так полюбился доброму смотрителю, что на третье утро жаль было ему расстаться с любезным своим **постояльцем**. День был воскресный; Дуня собиралась к **обедне**. Гусару подали **кибитку**. Он простился с смотрителем, щедро наградив его за **постой** и угощение; простился и с Дунею и вызвался довезти её до церкви, которая находилась на краю деревни. Дуня стояла в недоумении... «Чего же ты боишься?» сказал ей отец, —ведь его высокоблагородие не волк и тебя не съест: **прокатись**-ка до церкви». Дуня села в кибитку подле гусара, слуга вскочил на **облучок**, ямщик свистнул и лошади **поскакали**.

Бедный смотритель не понимал, каким образом мог он сам позволить своей Дуне ехать вместе с гусаром, как нашло на него **ослепление**, и что тогда было с его разумом. Не прошло и получаса, как сердце его начало **ныть**, ныть, и беспокойство овладело им до такой степени, что он не утерпел и пошел сам к обедне. Подходя к церкви, увидел он, что народ уже расходился, но Дуни не было ни в **ограде**, ни на **паперти**. Он поспешно вошел в церковь; священник выходил из **алтаря**; **дьячок гасил** свечи, две старушки молились еще в углу; но Дуни в церкви не было. Бедный отец насилу решился спросить у дьячка, была ли она у обедни. Дьячок отвечал, что не бывала. Смотритель пошел домой ни жив, ни мертв. Одна оставалась ему надежда: Дуня по **ветрености** молодых лет вздумала, может быть, **прокатиться** до следующей станции, где жила её **крестная мать**. В мучительном волнении ожидал он возвращения тройки, на которой он отпустил её. Ямщик не возвращался. Наконец к вечеру приехал он один и **хмелён**, с убийственным известием: «Дуня с той станции отправилась далее с гусаром».

Старик не снес своего несчастья; он тут же

без умолку 不住嘴地
насвистывать//
 насвитеть 吹口哨

постоялец 住户
обедня 日祷, 弥撒
кибитка 带蓬马车
постой 住宿

прокатываться//
 прокатиться 驶过
облучок 赶车人座位
поскакать [完]疾驰起来

ослепление 迷惑, 丧失判断力
ныть [未]疼痛; 酸痛

ограда <旧>教堂的院子
паперть 教堂门前的台阶
алтарь <旧>教堂
дьячок 执事; 诵经员
гасить 熄火

ветреность 轻浮, 轻佻
прокатиться 兜风游玩
крестная мать 教母

хмельной 喝醉了的

притво́рный 假装的 занемога́ть//занемо́чь <旧> 患病	
хва́статься// похва́статься 吹嘘	
утеша́ть//уте́шить 安慰	
почтме́йстер 邮政局长	
ро́тмистр 骑兵大尉	
ове́чка овца́ 的指小表爱, 绵羊	
у́нтер-офице́р 军官	
тракти́р <旧> 带饭馆的旅店	
пере́дняя 前厅	
докла́дывать// доложи́ть 通报(客人来访)	
высокоблагоро́дие 大人 (旧俄对六等至八等文官、上尉至上校及其夫人的尊称)	
коло́дка 鞋楦, 楦头	
почива́ть [未] 安寝, 睡觉	
вспы́хивать//вспы́хнуть 脸红	

слег в ту самую постель, где накануне лежал молодой обманщик. Теперь смотритель, соображая все обстоятельства, догадывался, что болезнь была **притво́рная**. Бедняк **занемо́г** сильной горячкою; его свезли в С*** и на его место определили на время другого. Тот же лекарь, который приезжал к гусару, лечил и его. Он уверил смотрителя, что молодой человек был совсем здоров и что тогда еще догадывался он о его злобном намерении, но молчал, опасаясь его нагайки. Правду ли говорил немец, или только желал **похва́статься** дальновидностью, но он ни мало тем не **уте́шил** бедного больного. Едва оправясь от болезни, смотритель выпросил у С*** **почтме́йстера** отпуск на два месяца, и не сказав никому ни слова о своем намерении, пешком отправился за своею дочерью. Из подорожной знал он, что **ро́тмистр** Минский ехал из Смоленска в Петербург. Ямщик, который вез его, сказывал, что всю дорогу Дуня плакала, хотя, казалось, ехала по своей охоте. «Авось, — думал смотритель, — приведу я домой заблудшую **ове́чку** мою». С этой мыслию прибыл он в Петербург, остановился в Измайловском полку, в доме отставного **у́нтер-офице́ра**, своего старого сослуживца, и начал свои поиски. Вскоре узнал он, что ротмистр Минский в Петербурге и живет в Демутовом **тракти́ре**. Смотритель решился к нему явиться.

Рано утром пришел он в его **пере́днюю**, и просил **доложи́ть** его **высокоблагоро́дию**, что старый солдат просит с ним увидеться. Военный лакей, чистя сапог на **коло́дке** объявил, что барин **почива́ет** и что прежде одиннадцати часов не принимает никого. Смотритель ушел и возвратился в назначенное время. Минский вышел сам к нему в халате, в красной скуфье. «Что, брат, тебе надобно?» — спросил он его. Сердце старика закипело, слёзы навернулись на глазах, и он дрожащим голосом произнес только: «Ваше высокоблагородие!.. сделайте такую божескую милость!..» Минский взглянул на него быстро, **вспы́хнул**, взял его за руку, повел в кабинет и запер за собою дверь. «Ваше высокоблагородие! — продолжал старик — что **с возу упало, то пропало**; отдайте мне, по крайней мере, бедную мою Дуню. Ведь вы **натешились** ею; не **погубите** ж её по напрасну». — «Что сделано, того не воротишь», — сказал молодой человек в крайнем **замешательстве**, — виноват перед тобою, и рад просить у тебя прощения; но не думай, чтоб я Дуню мог покинуть: она будет счастлива, даю тебе честное слово. Зачем тебе её? Она меня любит; она отвыкла от прежнего своего состояния. Ни ты, ни она — вы не забудете того, что случилось». Потом, **сунув** ему что-то за рукав, он отворил дверь, и смотритель, сам не помня как, **очутился** на улице.

Долго стоял он неподвижно, наконец увидел за **обшлагом** своего рукава **свёрток** бумаг; он вынул их и развернул несколько пяти- и десятирублевых **смятых ассигнаций**. Слезы опять навернулись на глазах его, слезы негодования! Он сжал бумажки в **комок**, бросил их наземь, притоптал **каблуком** и пошел... Отошед несколько шагов, он остановился, подумал... и воротился... но ассигнаций уже не было. Хорошо одетый молодой человек, увидя его, подбежал к **извозчику**, сел поспешно и закричал: «Пошел!..» Смотритель за ним не погнался. Он решился отправиться домой на свою станцию, но прежде хотел хоть раз еще увидеть бедную свою Дуню. Для сего дни через два воротился он к Минскому; но военный лакей сказал ему **сурово**, что барин никого не принимает, грудью вытеснил его из передней и хлопнул двери ему под нос. Смотритель постоял, постоял — да и пошел.

В этот самый день, вечером, шел он по Литейной, **отслужив молебен** у Всех Скорбящих. Вдруг **промчались** перед ним **щегольские дрожки**, и смотритель узнал Минского. Дрожки остановились перед трехэтажным домом, у самого подъезда, и гусар вбежал на крыльцо. Счастливая мысль мелькнула в голове смотрителя. Он воротился и, **поравнявшись** с кучером: «Чья,

с возу упало, то пропало 覆水难收
натешиться [完]<口>玩够
губить//погубить 毁坏, 摧毁
замешательство 局促不安, 慌张

совать//сунуть 塞进, 放入
очутиться [完] 不知不觉走到(某处)
обшлаг 翻袖口
свёрток 一叠
смятый 揉皱的
ассигнация (俄国1769—1849年间的)纸币
комок 一团
каблук 鞋后跟

извозчик 马车夫

сурово 严酷地

отслуживать//отслужить 举行
молебен 祈祷, 祷告
промчаться [完] 疾驰
щегольской 极考究的
дрожки 轻便敞篷马车

брат, лошадь? — спросил он, — не Минского ли?» — «Точно так, — отвечал кучер, — а что тебе?» — «Да вот что: барин твой приказал мне отнести к его Дуне записочку, а я и позабудь, где Дуня-то его живет». — «Да вот здесь, во втором этаже. Опоздал ты, брат, с твоей запиской; теперь уж он сам у неё». — «Нужды нет, — возразил смотритель с неизъяснимым движением сердца, — спасибо, что **надоумил**, а я свое дело сделаю». И с этим словом пошел он по лестнице.

Двери были заперты; он позвонил, прошло несколько секунд;... в **тягостном** для него ожидании. Ключ **загремел**, ему отворили. «Здесь стоит Авдотья Самсоновна?» — спросил он. «Здесь» отвечала молодая служанка; «за чем тебе её надобно?» Смотритель,—не отвечая, вошел в залу. «Нельзя, нельзя! — закричала вслед ему служанка, —у Авдотьи Самсоновны гости». Но смотритель, не слушая, шел далее. Две первые комнаты были темны, в третьей был огонь. Он подошел к растворенной двери и остановился. В комнате, прекрасно-убранной, Минский сидел в задумчивости. Дуня, одетая со всею роскошью моды, сидела на ручке его кресел, как **наездница** на своем английском **седле**. Она с нежностью смотрела на Минского, **наматывая** черные его **кудри** на свои сверкающие пальцы. Бедный смотритель! Никогда дочь его не казалась ему столь прекрасною; он поневоле ею любовался. «Кто там?» —спросила она, не подымая головы. Он всё молчал. Не получая ответа, Дуня подняла голову... и с криком упала на **ковёр**. Испуганный Минский кинулся её подымать и, вдруг увидя в дверях старого смотрителя, оставил Дуню и подошел к нему, дрожа от гнева. «Чего тебе надобно?» сказал он ему, стиснув зубы, — что ты за мною всюду **крадёшься**, как **разбойник**? или хочешь меня **зарезать**? Пошел вон!» — и, сильной рукою схватив старика за ворот, вытолкнул его на лестницу.

Старик пришел к себе на квартиру. Приятель его советовал ему **жаловаться**; но смотритель подумал, махнул рукой и решился **отступиться**. Через два дни отправился он из Петербурга обратно на свою станцию и опять принялся за свою должность. «Вот уже третий год — заключил он — как живу я без Дуни, и как об ней нет ни слуху, ни духу. Жива ли, нет ли, бог её **ведает**. Всяко случается. Не её первую, не её последнюю **сманил** проезжий **повеса**, а там подержал, да и бросил. Много их в Петербурге, молоденьких дур, сегодня в **атласе** да **бархате**, а завтра, поглядишь, метут улицу вместе с **голью кабацкою**. Как подумаешь порою, что и Дуня, может быть, тут же пропадает, так поневоле **согрешишь** да пожелаешь ей могилы...»

Таков был рассказ приятеля моего, старого смотрителя, рассказ неоднократно прерываемый слезами, которые живописно **отирал** он своею **полою**, как **усердный** Терентьич в прекрасной **балладе** Дмитриева. Слезы сии отчасти возбуждаемы были пуншем, коего вытянул он пять стаканов в продолжении своего повествования; но как бы то ни было они сильно тронули моё сердце. С ним расставшись, долго не мог я забыть старого смотрителя, долго думал я о бедной Дуне...

Недавно еще, проезжая через местечко ***, вспомнил я о моём приятеле; я узнал, что станция, над которой он начальствовал, уже уничтожена. На вопрос мой: «Жив ли старый смотритель?» — никто не мог дать мне удовлетворительного ответа. Я решился посетить знакомую сторону, взял вольных лошадей и пустился в село Н.

Это случилось осенью.Серенькие тучи покрывали небо; холодный ветер дул с пожатых полей, унося красные и желтые листья со встречных деревьев. Я приехал в село при закате солнца и остановился у почтового домика. В сени (где некогда поцеловала меня бедная Дуня) вышла толстая баба и на вопросы мои отвечала, что старый смотритель с год как помер, что в доме его поселился **пивовар**, а что она жена пивоварова. Мне стало жаль моей напрасной поездки и семи рублей, **издержанных** даром. «От чего ж он умер?» — спросил я пивоварову

отступаться// отступиться 放弃

ведать [未]<旧>知道
сманивать//сманить 引诱
повеса<旧>浪荡公子
атлас 缎子
бархат 天鹅绒
голь<旧>穷人
кабацкий<转>粗野的
грешить//согрешить 犯罪,作孽

отирать//отереть 擦掉
пола 前襟
усердный<旧>忠心的
баллада 叙事谣曲

пивовар 酿酒师傅

издерживать// издержать 花掉

око́лица 周围地区	жену. «Спился, батюшка», — отвечала она. «А где его похоронили?» — «За **око́лицей**, подле покойной хозяйки его». — «Нельзя ли довести меня до его могилы?» — «Почему же нельзя. Эй, Ванька! полно тебе с кошкою возиться. Проводи-ка барина на кладбище да укажи ему смотрителеву могилу».
обо́рванный 衣衫破烂的 криво́й<口>独眼的	При сих словах **обо́рванный** мальчик, рыжий и **криво́й**, выбежал ко мне и тотчас повел меня за околицу.
	— Знал ты покойника? — спросил я его дорогой.
ду́дочка ду́дка 的指小表爱, 木笛 каба́к<旧>小酒馆 оре́шек орех 的指小表爱, 小核桃状点心	— Как не знать! Он выучил меня **ду́дочки** вырезывать. Бывало (царство ему небесное!), идет из **кабака́**, а мы-то за ним: «Дедушка, дедушка! **оре́шков**!» — а он нас орешками и наделяет. Всё, бывало, с нами возится.
	— А проезжие вспоминают ли его?
но́не<旧>同 ныне заседа́тель 代表, 陪审员 заверну́ть//завёртывать <口>顺便到(某处)	— Да **но́не** мало проезжих; разве **заседа́тель завернёт**, да тому не до мертвых. Вот летом проезжала барыня, так та спрашивала о старом смотрителе и ходила к нему на могилу.
	— Какая барыня? — спросил я с любопытством.
корми́лица 奶妈 мо́ська<口>莫普斯狗 сми́рно 听话地, 不淘气地	— Прекрасная барыня, — отвечал мальчишка; — ехала она в карете в шесть лошадей, с тремя маленькими барчатами и с **корми́лицей**, и с черной **мо́ською**; и как ей сказали, что старый смотритель умер, так она заплакала и сказала детям: «Сидите **сми́рно**, а я схожу на кладбище». А я было вызвался довести её. А барыня сказала: «Я сама дорогу знаю». И дала мне пяток серебром — такая добрая барыня!..
усе́ивать//усе́ять 种满 осеня́ть//осени́ть 遮蔽 о́троду 有生以来(从不)	Мы пришли на кладбище, голое место, ничем не ограждённое, **усе́янное** деревянными крестами, не **осенёнными** ни единым деревцом. **О́троду** не видал я такого печального кладбища.
гру́да 一大堆 песо́к 沙子 врыва́ть//врыть 埋入	— Вот могила старого смотрителя, — сказал мне мальчик, вспрыгнув на **гру́ду песку́**, в которую **врыт** был черный крест с медным образом.
	— И барыня приходила сюда? — спросил я.
	— Приходила, — отвечал Ванька, — я смотрел

на неё издали. Она легла здесь и лежала долго. А там барыня пошла в село и призвала попа, дала ему денег и поехала, а мне дала пятак серебром — славная барыня!

И я дал мальчишке пятачок и не жалел уже ни о поездке, ни о семи рублях, мною истраченных.

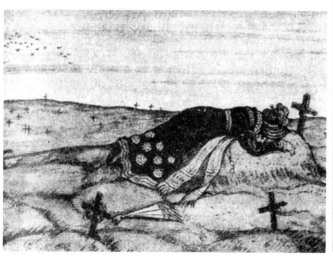

 Наводящие вопросы:

1. От чьего лица ведётся рассказ станционного смотрителя? А рассказ Дуни?
2. Почему два раза упомянута библейская притча о блудном сыне, которая представлена в картинках на стене в доме станционного смотрителя? Какое значение сюжет этой притчи имеет для понимания реального рассказа о смотрителе и его дочери Дуни?
3. Как вы оцениваете поведение Дуни в начале и в конце рассказа? Как повествователь оценивает Дуню? Каким образом это выражается?
4. Что за человек станционный смотритель? В чём его трагедия?
5. Какое значение имеет последняя сцена на кладбище?
6. Какие темы выражены в этом рассказе?
7. Какое значение имеет выражение в эпиграфе для раскрывания смысла текста?
8. Как тема смирения и прощания выражена в повести?
9. Что за человек повествователь в повестях Белкина? Какую характеристику даёт такого типа повествование?

Юрий Михайлович Лермонтов

尤里·米哈伊洛维奇·莱蒙托夫(Юрий Михайлович Лермонтов, 1814—1841),俄国著名诗人,作家,生于莫斯科贵族家庭,自幼丧母,被出身名门的外祖母抚养长大,形成敏感忧郁的性格,很早就开始写诗。1830—1832年间在莫斯科大学文学系学习,后转入士官学校,深受自由思想和法国大革命精神影响。1834年毕业后被派到彼得堡近卫军骠骑兵团服役。1837年普希金去世后,莱蒙托夫创作诗歌《诗人之死》(Смерть поэта),谴责沙皇政府为杀害诗人的凶手,因言辞激烈而被流放到高加索。1838年回到莫斯科,在《祖国纪事》上发表作品。1840年因决斗被再次流放到南方,1841年死于决斗。在27年的短暂生命中,诗人创作了  400多首抒情诗、20多部长诗以及戏剧、小说等。著名诗歌有《帆》(Парус)、《云》(Тучи)等,长诗《恶魔》(Демон)、《童僧》(Мцыри)等,戏剧《假面舞会》(Маскарад),小说《当代英雄》(Герой нашего времени)等。莱蒙托夫被誉为俄罗斯第一浪漫主义诗人,其诗歌中充满强烈的自我意识和对自由的渴望。不同于普希金的乐观明亮,孤独和忧郁成为莱蒙托夫创作的主旋律,现实与理想的冲突是诗人创作的重要主题。莱蒙托夫同时也是现实主义作家,对人内心世界的深刻洞察和心理剖析,使其小说在勾勒社会时代整体风貌的同时,具有人性探索的深度。

Герой нашего времени (отрывки)

导 读

一、故事层:

浪漫主义与现实主义文学精神:主人公强烈的自我意识及其所招致的命运契合了浪漫主义文学传统,同时也与时代整体的精神风貌相契合,具有现实主义特点,小说因此被称为"社会心理小说"(социальный психологический роман)。

二、叙事层:

小说中的情节(сюжет)与本事(фабула)的区别:《当代英雄》是由5个中篇小说组成的长篇小说,小说的叙事时序(小说编排的故事次序)是:《贝拉》—《马克西姆·马克西莫维奇》—《毕巧林日记(序言)》—《塔曼》—《梅丽公爵小姐》—《宿命论者》(«Бэла», «Максим Максимыч», «Предисловие к журналу Печорина», «Тамань», «Княжна Мери», «Фаталист»),这样的事件就是情节;但故事时序(就是按照事件发生的前后顺序)是:《塔曼》—《梅丽公爵小姐》—《宿命论者》—《贝拉》—《马克西姆·马克西莫维奇》—《毕巧林日记(序言)》,这样的原始事件就是"本事"。请思考,本事和情节的区别在小说中有何意义？

Княжна Мэри

11-го мая.

<...>

— Эта **княжна** Мери прехорошенькая, — сказал я ему. — У нее такие **бархатные** глаза — именно бархатные: я тебе советую **присвоить** это выражение, говоря об ее глазах; нижние и верхние **ресницы** так длинны, что лучи солнца не отражаются в ее **зрачках**. Я люблю эти глаза без **блеска**: они так мягки, они будто бы тебя гладят... Впрочем, кажется, в ее лице только и есть хорошего... А что, у нее зубы белы? Это очень важно! жаль, что она не улыбнулась на твою **пышную фразу**.

— Ты говоришь об хорошенькой женщине, как об английской лошади, — сказал Грушницкий с **негодованием**.

— **Mon cher**, — отвечал я ему, стараясь **подделаться** под его тон, — je méprise les femmes pour ne pas les aimer, car autrement la vie serait un mélodrame trop ridicule. (*фр.:* Милый мой, я презираю женщин, чтобы не любить их, потому что иначе жизнь была бы слишком **нелепой** мелодрамой.)

Я повернулся и пошел от него **прочь**. С полчаса гулял я по виноградным **аллеям**, по **известчатым скалам** и висящим между них **кустарникам**. Становилось жарко, и я поспешил домой. Проходя мимо кислосерного источника, я остановился у **крытой** галереи, чтоб **вздохнуть** под ее тенью, это доставило мне случай быть свидетелем довольно любопытной сцены. Действующие лица находились вот в каком положении. **Княгиня** с московским **франтом** сидела на лавке в крытой галерее, и оба были заняты, кажется, серьезным разговором. Княжна, вероятно допив уж последний стакан, **прохаживалась задумчиво** у **колодца**. Грушницкий стоял у самого колодца; больше на площадке никого не было.

Я подошел ближе и **спрятался** за угол галереи. В эту минуту Грушницкий **уронил** свой

княжна 公爵小姐
бархатный 天鹅绒般的
присваивать//присвоить 据为己有
ресницы 睫毛
зрачок 瞳孔
блеск 光辉，闪耀

пышная фраза 漂亮话

негодование 愤慨
Mon cher 亲爱的
подделываться//подделаться 模仿

нелепый 可笑的

прочь 离开
аллея 林荫路
известчатый 石灰石的
скала 山岩
кустарник 灌木丛
крытый 有顶的
вздыхать//вздохнуть 歇一下
княгиня 公爵夫人
франт 穿戴讲究的人
прохаживаться//пройтись 走一走
задумчиво 若有所思地
колодец 井
прятаться//спрятаться 躲藏
ронять//уронить 掉下

нагибáться//нагнýться	弯腰
ухитря́ться//ухитри́ться	设法(做某事)
опирáться//опере́ться	靠……支撑
косты́ль	拐杖
напрáсно	徒劳地
подскáкивать//подскочи́ть	一下子跳近
пре́лесть	魅力
чи́нный	庄重的,矜持的
ли́пка	小椴树
бульвáр	林荫道
мелькáть//мелькнýть	闪现,闪过
раскла́ниваться//раскла́няться	行礼告别
ю́нкер	士官生
пожимáть//пожáть	握
простодýшие	天真无邪
стóрож	守卫
гримáса	神情,脸色
простре́ливать//прострели́ть	打穿
сия́ть	[未]发光
побеси́ть	[完]惹……发火

стакан на песок и усиливался **нагнýться**, чтоб его поднять: больная нога ему мешала. Бежняжка! как он **ухитря́лся**, **опирáясь** на **косты́ль**, и все **напрáсно**. Выразительное лицо его в самом деле изображало страдание.

Княжна Мери видела все это лучше меня.

Легче птички она к нему **подскочи́ла**, нагнулась, подняла стакан и подала ему с телодвижением, исполненным невыразимой **пре́лести**; потом ужасно покраснела, оглянулась на галерею и, убедившись, что ее маменька ничего не видала, кажется, тотчас же успокоилась. Когда Грушницкий открыл рот, чтоб поблагодарить ее, она была уже далеко. Через минуту она вышла из галереи с матерью и франтом, но, проходя мимо Грушницкого, приняла вид такой **чи́нный** и важный — даже не обернулась, даже не заметила его страстного взгляда, которым он долго ее провожал, пока, спустившись с горы, она не скрылась за **ли́пками бульвáра**... Но вот ее шляпка **мелькнýла** через улицу; она вбежала в ворота одного из лучших домов Пятигорска. За нею прошла княгиня и у ворот **раскла́нялась** с Раевичем.

Только тогда бедный **ю́нкер** заметил мое присутствие.

— Ты видел? — сказал он, крепко **пожимáя** мне руку, — это просто ангел!

— Отчего? — спросил я с видом чистейшего **простодýшия**.

— Разве ты не видал?

— Нет, видел: она подняла твой стакан. Если б был тут **стóрож**, то он сделал бы то же самое, и еще поспешнее, надеясь получить на водку. Впрочем, очень понятно, что ей стало тебя жалко: ты сделал такую ужасную **гримáсу**, когда ступил на **простре́ленную** ногу...

— И ты не был нисколько тронут, глядя на нее в эту минуту, когда душа **сия́ла** на лице ее?..

— Нет.

Я лгал; но мне хотелось его **побеси́ть**. У меня врожденная страсть противоречить; целая моя жизнь была только цепь грустных и неудачных противоречий сердцу или **рассу́дку**. Присутствие **энтузиа́ста обдаёт** меня **креще́нским** холодом, и, я думаю, частые **сноше́ния с вя́лым флегма́тиком** сделали бы из меня страстного мечтателя. Признаюсь еще, чувство неприятное, но знакомое пробежало слегка в это мгновение по моему сердцу; это чувство — было зависть; я говорю смело «зависть», потому что привык себе во всем признаваться; и вряд ли найдется молодой человек, который, встретив хорошенькую женщину, **прикова́вшую** его праздное внимание и вдруг явно при нем **отличи́вшую** другого, ей равно незнакомого, вряд ли, говорю, найдется такой молодой человек (разумеется, живший в **большо́м све́те** и привыкший **балова́ть** своё самолюбие), который бы не был этим поражен неприятно.

<...>

16-го мая.

<...>

На́добно заметить, что Грушницкий из тех людей, которые, говоря о женщине, с которой они едва знакомы, называют ее моя Мери, моя Sophie, если она имела счастье им понравиться.

Я принял серьезный вид и отвечал ему:

— Да, она недурна... Только **береги́сь**, Грушницкий! Русские барышни большею частью питаются только **платони́ческою** любовью, не **приме́шивая** к ней мысли о замужестве; а платоническая любовь самая беспокойная. Княжна, кажется, из тех женщин, которые хотят, чтоб их **забавля́ли**; если две минуты **сря́ду** ей будет возле тебя скучно, ты погиб **невозвра́тно**: твое молчание должно **возбужда́ть** ее любопытство, твой разговор — никогда не удовлетворять его вполне; ты должен ее тревожить ежеминутно; она десять раз публично для тебя **пренебрежёт** мнением и назовет это жертвой и, чтоб **вознагради́ть** себя за это, станет тебя мучить, а потом просто скажет, что она тебя терпеть не может. Если ты над нею не приобретешь власти, то даже ее первый поцелуй не даст тебе права на второй; она с тобой

рассу́док 理智, 良知
энтузиа́ст 热情的人
обдава́ть//обда́ть 使突然感受到
креще́нский 洗礼般的
сноше́ние 打交道
вя́лый 死气沉沉的
флегма́тик 冷漠的人

прико́вывать//прикова́ть 吸引住
отлича́ть//отличи́ть 垂青于, 奖赏
большо́й свет 上流社会
балова́ть [未] 放纵, 溺爱

на́добно 同 на́до

бере́чься//побере́чься 提防, 防备
платони́ческий 柏拉图式的, 精神上的
приме́шивать//примеша́ть 掺杂
забавля́ть [未] 使开心
сря́ду 连续
невозвра́тный 一去不复返的; 无法弥补的
возбужда́ть//возбуди́ть 引起, 激起
пренебрега́ть//пренебре́чь 蔑视
вознагражда́ть//вознагради́ть 奖赏

накоке́тничаться [完]尽情卖弄风情	
вдо́воль 尽情地	
уро́д 丑陋的人	
поко́рность 顺从，听话	

мохна́тый 毛茸茸的	
Машу́к 玛苏克山	
дыми́ться [未]冒烟；(雾,蒸气)升腾	
гаси́ть//загаси́ть 熄灭	
фа́кел 火炬，火把	
ви́ться [未]蜿蜒，曲折	
клочо́к 一小片	
зацепля́ть//зацепи́ть 挂住	
колю́чий 扎人的，刺人的	
грот 岩洞	
ро́динка 痣，胎记	

свод 拱门	
скамья́ 长椅	
соло́менная 草编的	
оку́тывать//оку́тать 紧紧裹住	
ша́ль 披巾	

вздра́гивать//вздро́гнуть 战栗一下	

тре́пет 颤抖，战栗	
жи́ла 血管	

упрёк 责备

накоке́тничается вдо́воль, а года через два выйдет замуж за **уро́да**, из **поко́рности** к маменьке, и станет себя уверять, что она несчастна, что она одного только человека и любила, то есть тебя, но что небо не хотело соединить ее с ним, потому что на нем была солдатская шинель, хотя под этой толстой серой шинелью билось сердце страстное и благородное...

<...>

Сегодня я встал поздно; прихожу к колодцу — никого уже нет. Становилось жарко; белые **мохна́тые** тучки быстро бежали от снеговых гор, обещая грозу; голова **Машу́ка дыми́лась**, как **загашенный фа́кел**; кругом него **вили́сь** и ползали, как змеи, серые **клочки́** облаков, задержанные в своем стремлении и будто **зацепи́вшиеся** за **колю́чий** его кустарник. Воздух был напоен электричеством. Я углубился в виноградную аллею, ведущую в **грот**; мне было грустно. Я думал о той молодой женщине с **ро́динкой** на щеке, про которую говорил мне доктор... Зачем она здесь? И она ли? И почему я думаю, что это она? и почему я даже так в этом уверен? Мало ли женщин с родинками на щеках? Размышляя таким образом, я подошел к самому гроту. Смотрю: в прохладной тени его **сво́да**, на каменной **скамье́** сидит женщина, в **соло́менной** шляпке, **оку́танная** черной **ша́лью**, опустив голову на грудь; шляпка закрывала ее лицо. Я хотел уже вернуться, чтоб не нарушить ее мечтаний, когда она на меня взглянула.

— Вера! — вскрикнул я невольно.

Она **вздро́гнула** и побледнела.

— Я знала, что вы здесь, — сказала она. Я сел возле нее и взял ее за руку. Давно забытый **тре́пет** пробежал по моим **жи́лам** при звуке этого милого голоса; она посмотрела мне в глаза своими глубокими и спокойными глазами: в них выражалась недоверчивость и что-то похожее на **упрёк**.

— Мы давно не видались, — сказал я.

— Давно, и переменились оба во многом!

— Стало быть, уж ты меня не любишь?..

— Я замужем! — сказала она.

— Опять? Однако несколько лет тому назад эта причина также существовала, но **между тем**...

Она выдернула свою руку из моей, и щеки ее **запылали**.

— Может быть, ты любишь своего второго мужа?..

Она не отвечала и отвернулась.

— Или он очень **ревнив**?

Молчание.

— Что ж? Он молод, хорош, особенно, верно, богат. И ты боишься... — Я взглянул на нее и испугался; ее лицо выражало глубокое отчаяние, на глазах **сверкали** слезы.

— Скажи мне, — наконец прошептала она, — тебе очень весело меня мучить? Я бы тебя должна ненавидеть. С тех пор как мы знаем друг друга, ты ничего мне не дал, кроме страданий... — Ее голос **задрожал**, она склонилась ко мне и опустила голову на грудь мою.

«Может быть, — подумал я, — ты **оттого-то** именно меня и любила: радости забываются, а печали никогда...»

Я ее крепко обнял, и так мы оставались долго. Наконец губы наши сблизились и **слились** в жаркий, **упоительный** поцелуй, ее руки были холодны как лед, голова горела. Тут между нами начался один из тех разговоров, которые на бумаге не имеют смысла, которых повторить нельзя и нельзя даже запомнить: значение звуков заменяет и дополняет значение слов, как в итальянской опере.

Она решительно не хочет, чтоб я познакомился с ее мужем — тем **хромым** старичком, которого я видел **мельком** на бульваре! она вышла за него для сына. Он богат и страдает **ревматизмами**. Я не позволил себе над ним ни одной насмешки: она его уважает, как отца, — и будет обманывать, как мужа... Странная вещь сердце человеческое вообще, и женское в особенности!

<...>

между тем 实际上，然而
запылать [完]涨红(脸)

ревнивый 爱吃醋的

сверкать//сверкнуть 闪烁

задрожать [完]开始颤抖

оттого-то 出于某种原因

сливаться//слиться 融合
упоительный 令人陶醉的

хромой 跛脚的
мельком 匆匆
ревматизм 风湿病

беспе́чность 粗心大意 разлуча́ться// разлучи́ться 分离 гроб 棺材 неприкоснове́нный 不可侵犯的	Гроза застала нас в гроте и удержала лишних полчаса. Она не заставляла меня клясться в верности, не спрашивала, любил ли я других с тех пор, как мы расстались... Она вверилась мне снова с прежней **беспе́чностью**, — и я ее не обману: она единственная женщина в мире, которую я не в силах был бы обмануть. Я знаю, мы скоро **разлу́чимся** опять и, может быть, навеки: оба пойдем разными путями до **гро́ба**; но воспоминание о ней останется **неприкоснове́нным** в душе моей; я ей это повторял всегда, и она мне верит, хотя говорит противное.
сжима́ться//сжа́ться 瑟缩,蜷缩 благотво́рный 富有生命力的	Наконец мы расстались; я долго следил за нею взором, пока ее шляпка не скрылась за кустарниками и скалами. Сердце мое болезненно **сжа́лось**, как после первого расставания. О, как я обрадовался этому чувству! Уж не молодость ли с своими **благотво́рными** бурями хочет вернуться ко мне опять, или это только ее прощальный взгляд, последний подарок — на память?.. А
чле́ны 四肢 ви́ться [未]蜷曲,打卷 кипе́ть [未]沸腾	смешно подумать, что на вид я еще мальчик: лицо хотя бледно, но еще свежо; **чле́ны** гибки и стройны; густые кудри **вью́тся**, глаза горят, кровь **кипи́т**...
	<...>
восто́рг 欣喜 блиста́ть [未]闪现出	23-го мая. Около семи часов вечера я гулял на бульваре. Грушницкий, увидев меня издали, подошел ко мне: какой-то смешной **восто́рг блиста́л** в его глазах. Он крепко пожал мне руку и сказал трагическим голосом: — Благодарю тебя, Печорин... Ты понимаешь меня?..
благодея́ние 善行	— Нет; но, во всяком случае, не стоит благодарности, — отвечал я, не имея точно на совести никакого **благодея́ния**. — Как? а вчера? ты разве забыл?.. Мери мне все рассказала...
ны́нче<口>现在	— А что? разве у вас уж **ны́нче** все общее? и благодарность?.. — Послушай, — сказал Грушницкий очень

важно, — пожалуйста, не подшучивай над моей любовью, если хочешь остаться моим приятелем... Видишь: я ее люблю до безумия... и я думаю, я надеюсь, она также меня любит... У меня есть до тебя просьба: ты будешь нынче у них вечером; обещай мне замечать все: я знаю, ты опытен в этих вещах, ты лучше меня знаешь женщин... Женщины! женщины! кто их поймет? Их улыбки противоречат их взорам, их слова обещают и **манят**, а звук их голоса **отталкивает**... То они в минуту **постигают** и угадывают самую **потаённую** нашу мысль, то не понимают самых ясных намёков... Вот хоть княжна: вчера ее глаза **пылали** страстью, останавливаясь на мне, нынче они **тусклы** и холодны...

— Это, может быть, следствие действия вод, — отвечал я.

— Ты во всем видишь худую сторону... **материалист!** — прибавил он **презрительно**.

<...>

29-го мая.

Все эти дни я ни разу не **отступил от** своей системы. Княжне начинает нравиться мой разговор; я рассказал ей некоторые из странных случаев моей жизни, и она начинает видеть во мне человека необыкновенного. Я смеюсь над всем на свете, особенно над чувствами: это начинает ее пугать. Она при мне не смеет **пускаться** с Грушницким в **сентиментальные прения** и уже несколько раз отвечала на его **выходки** насмешливой улыбкой, но я всякий раз, как Грушницкий подходит к ней, принимаю **смиренный** вид и оставляю их вдвоём; в первый раз была она этому рада или старалась показать; во второй — рассердилась на меня; в третий — на Грушницкого.

— У вас очень мало самолюбия! — сказала она мне вчера. — Отчего вы думаете, что мне веселее с Грушницким?

Я отвечал, что жертвую счастию приятеля своим удовольствием...

пристально 聚精会神地	— И моим, — прибавила она.
	Я **пристально** посмотрел на нее и принял серьезный вид. Потом целый день не говорил с ней ни слова... Вечером она была задумчива, нынче поутру у колодца еще задумчивее. Когда я подошел к ней, она **рассеянно** слушала Грушницкого, который, кажется, восхищался природой, но только что завидела меня, она стала **хохотать** (очень **некстати**), показывая, будто меня не **примечает**. Я отошел подальше и **украдкой** стал наблюдать за ней: она отвернулась от своего собеседника и **зевнула** два раза. Решительно, Грушницкий ей надоел. Еще два дня не буду с ней говорить.
рассеянно 心不在焉地	
хохотать//хохотнуть 哈哈大笑	
некстати 不合时宜	
примечать//приметить <口>注意到	
украдкой 偷偷地	
зевать//зевнуть 打哈欠	
	3-го июня.
	Я часто себя спрашиваю, зачем я так упорно добиваюсь любви молоденькой девочки, которую **обольстить** я не хочу и на которой никогда не женюсь? К чему это женское **кокетство**? Вера меня любит больше, чем княжна Мери будет любить когда-нибудь; если б она мне казалась непобедимой красавицей, то, может быть, я бы **завлёкся** трудностью предприятия...
обольщать//обольстить 迷惑,引诱	
кокетство 卖弄风情	
завлекаться//завлечься 着迷	Но ничуть не бывало! **Следовательно**, это не та беспокойная потребность любви, которая нас мучит в первые годы молодости, бросает нас от одной женщины к другой, пока мы найдем такую, которая нас терпеть не может: тут начинается наше **постоянство** — истинная бесконечная страсть, которую математически можно выразить линией, падающей из точки в пространство; секрет этой бесконечности — только в невозможности достигнуть цели, то есть конца.
следовательно 可见	
постоянство 永恒,忠贞	
хлопотать//похлопотать 忙碌,奔波	Из чего же я **хлопочу**? Из зависти к Грушницкому? Бедняжка! он вовсе ее не **заслуживает**. Или это следствие того **скверного**, но непобедимого чувства, которое заставляет нас **уничтожать** сладкие заблуждения ближнего, чтоб иметь мелкое удовольствие сказать ему, когда он в отчаянии будет спрашивать, чему он должен верить: «Мой друг, со мною было то же
заслуживать//заслужить 配得上	
скверный 令人厌恶的	
уничтожать//уничтожить 消灭	

самое, и ты видишь, однако, я обедаю, ужинаю и сплю преспокойно и, надеюсь, сумею умереть без крика и слез!»

А ведь есть **необъятное** наслаждение в **обладании** молодой, едва распустившейся души! Она как цветок, которого лучший аромат **испаряется** навстречу первому лучу солнца; его надо сорвать в эту минуту и, подышав им **досыта**, бросить на дороге: **авось** кто-нибудь поднимет! Я чувствую в себе эту ненасытную жадность, **поглощавшую** все, что встречается на пути; я смотрю на страдания и радости других только в отношении к себе, как на пищу, поддерживающую мои душевные силы. Сам я больше не способен **безумствовать** под влиянием страсти; **честолюбие** у меня **подавлено** обстоятельствами, но оно проявилось в другом виде, ибо честолюбие есть не что иное, как жажда власти, а первое мое удовольствие — подчинять моей воле все, что меня окружает; возбуждать к себе чувство любви, преданности и страха — не есть ли первый признак и величайшее торжество власти? Быть для кого-нибудь причиною страданий и радостей, не имея на то никакого положительного права, — не самая ли это сладкая пища нашей гордости? А что такое счастье? **Насыщенная** гордость. Если б я почитал себя лучше, могущественнее всех на свете, я был бы счастлив; если б все меня любили, я в себе нашел бы бесконечные источники любви. Зло порождает зло; первое страдание дает понятие о удовольствии мучить другого; идея зла не может войти в голову человека без того, чтоб он не захотел приложить ее к действительности: идеи — создания **органические**, сказал кто-то: их рождение дает уже им форму, и эта форма есть действие; тот, в чьей голове родилось больше идей, тот больше других действует; от этого гений, **прикованный** к чиновническому столу, должен умереть или сойти с ума, точно так же, как человек с могучим телосложением, при сидячей жизни и скромном поведении, умирает от **апоплексического** удара.

необъятное 极大的,无限的
обладание 占有
испаряться//испариться 蒸发
досыта 够
авось 也许,说不定
поглощать//поглотить 吞没
безумствовать [未]做疯狂的事
честолюбие 虚荣心
подавлять//подавить 压制,遏制

насыщенный 充实的

органический 有机的

приковывать// приковать 钉住,束缚

апоплексический 中风的

Страсти не что иное, как идеи при первом своем развитии: они принадлежность юности сердца, и глупец тот, кто думает целую жизнь ими волноваться: многие спокойные реки начинаются шумными водопадами, а ни одна не **скачет** и не **пенится** до самого моря. Но это спокойствие часто признак великой, хотя скрытой силы; полнота и глубина чувств и мыслей не допускает **бешеных порывов**: душа, страдая и наслаждаясь, дает во всем себе строгий отчёт и убеждается в том, что так должно; она знает, что без гроз постоянный **зной** солнца ее **иссушит**; она **проникается** своей собственной жизнью, — лелеет и наказывает себя, как любимого ребенка. Только в этом высшем состоянии самопознания человек может оценить **правосудие** божие.

<...>

Я задумался на минуту и потом сказал, приняв глубоко тронутый вид:

— Да, такова была моя **участь** с самого детства! Все читали на моем лице признаки дурных свойств, которых не было, но их предполагали — и они родились. Я был скромен — меня обвиняли в **лукавстве**, я стал скрытен. Я глубоко чувствовал добро и зло; никто меня не ласкал, все оскорбляли: я стал **злопамятен**; я был **угрюм**, — другие дети веселы и **болтливы**; я чувствовал себя выше их, — меня ставили ниже. Я сделался завистлив. Я был готов любить весь мир, — меня никто не понял: и я выучился ненавидеть. Моя бесцветная молодость протекла в борьбе с собой и светом; лучшие мои чувства, боясь насмешки, я хоронил в глубине сердца: они там и умерли. Я говорил правду — мне не верили: я начал обманывать; узнав хорошо свет и **пружины** общества, я стал **искусен** в науке жизни и видел, как другие без искусства счастливы, пользуясь даром теми выгодами, которых я так неутомимо добивался. И тогда в груди моей родилось отчаяние — не то отчаяние, которое лечат **дулом пистолета**, но холодное, бессильное отчаяние, **прикрытое** любезностью и добродушной улыбкой.

Я сделался нравственным **калекой**; одна половина души моей не существовала, она **высохла**, **испарилась**, умерла, я ее отрезал и бросил, — тогда как другая **шевелилась** и жила к услугам каждого, и этого никто не заметил, потому что никто не знал о существовании погибшей ее половины; но вы теперь во мне разбудили воспоминание о ней, и я вам прочел ее **эпитафию**. Многим все вообще эпитафии кажутся смешными, но мне нет, особенно когда вспомню о том, что под ними покоится. Впрочем, я не прошу вас разделять мое мнение: если моя выходка вам кажется смешна — пожалуйста, смейтесь: предупреждаю вас, что это меня не **огорчит** нимало.

В эту минуту я встретил ее глаза: в них бегали слезы; рука ее, опираясь на мою, дрожала; щеки **пылали**; ей было жаль меня! Сострадание — чувство, которому **покоряются** так легко все женщины, впустило свои **когти** в ее неопытное сердце. Во все время прогулки она была рассеянна, ни с кем не кокетничала, — а это великий признак!

<...>

5-го июня.

<...>

За большим столом ужинала молодежь, и между ними Грушницкий. Когда я вошел, все замолчали: видно, говорили обо мне. Многие с прошедшего бала на меня **дуются**, особенно драгунский капитан, а теперь, кажется, решительно составляется против меня **враждебная шайка** под командой Грушницкого. У него такой гордый и храбрый вид...

Очень рад; я люблю врагов, хотя не по-христиански. Они меня **забавляют**, волнуют мне кровь, Быть всегда **настороже**, ловить каждый взгляд, значение каждого слова, угадывать намерения, разрушать заговоры, **притворяться** обманутым, и вдруг одним **толчком опрокинуть** все огромное и многотрудное здание из хитростей и **замыслов**, — вот что я называю жизнью.

калека残疾人
высыхать//высохнуть变干,憔悴
испаряться//испариться离去,失踪
шевелиться [未]晃动,抖动
эпитафия墓志铭

огорчать//огорчить 使伤心,使难过

пылать [未]发红,发热
покоряться//покориться 顺从
когти爪状物; 魔爪

дуться [未]生气
враждебный 敌对的
шайка 团伙

забавлять [未]使开心
настороже 警惕着
притворяться//притвориться 假装
толчок 一冲, 一跃
опрокидывать//опрокинуть推倒,粉碎
замысел计谋

<...>

12-го июня.

Сегодняшний вечер был **обилен** происшествиями. Верстах в трех от Кисловодска, в **ущелье**, где протекает Подкумок, есть скала, называемая Кольцом; это — ворота, образованные природой; они **подымаются** на высоком **холме**, и заходящее солнце сквозь них бросает на мир свой последний **пламенный** взгляд. Многочисленная **кавалькада** отправилась туда посмотреть на закат солнца сквозь каменное **окошко**. Никто из нас, по правде сказать, не думал о солнце. Я ехал возле княжны; возвращаясь домой, надо было переезжать Подкумок **вброд**. Горные речки, самые мелкие, опасны, особенно тем, что дно их — совершенный **калейдоскоп**: каждый день от **напора** волн оно изменяется; где был вчера камень, там нынче **яма**. Я взял **под уздцы** лошадь княжны и свел ее в воду, которая не была выше колен; мы тихонько стали подвигаться **наискось** против течения. Известно, что, переезжая быстрые речки, не должно смотреть на воду, ибо тотчас голова закружится. Я забыл об этом предварить княжну Мери.

Мы были уже на средине, в самой быстрине, когда она вдруг на **седле покачнулась**. «Мне **дурно**!» — проговорила она слабым голосом... Я быстро **наклонился** к ней, **обвил** рукою ее гибкую **талию**. «Смотрите наверх! — шепнул я ей, — это ничего, только не бойтесь; я с вами».

Ей стало лучше; она хотела освободиться от моей руки, но я еще крепче обвил ее нежный, мягкий **стан**; моя щека почти касалась ее щеки; от нее веяло пламенем.

— Что вы со мною делаете?.. Боже мой!..

(Я не обращал внимание на ее **трепет** и **смущение**, и губы мои коснулись ее нежной щечки; она вздрогнула, но ничего не сказала; мы ехали **сзади**: никто не видал. Когда мы выбрались на берег, то все **пустились рысью**. Княжна удержала свою лошадь; я остался возле нее; видно было, что ее беспокоило мое молчание, но я поклялся не говорить ни слова — из любопытства. Мне хотелось видеть, как она выпутается из этого **затруднительного** положения.

— Или вы меня **презираете**, или очень любите! — сказала она наконец голосом, в котором были слезы. — Может быть, вы хотите посмеяться надо мной, **возмутить** мою душу и потом оставить... Это было бы так **подло**, так низко, что одно **предположение**... О нет! не правда ли, — прибавила она голосом нежной доверенности, — не правда ли, во мне нет ничего такого, чтобы исключало уважение? Ваш **дерзкий** поступок... я должна, я должна вам его простить, потому что позволила... Отвечайте, говорите же, я хочу слышать ваш голос!.. — В последних словах было такое женское нетерпение, что я невольно улыбнулся; к счастью, начинало **смеркаться**... Я ничего не отвечал.

— Вы молчите? — продолжала она, — вы, может быть, хотите, чтоб я первая вам сказала, что я вас люблю?..

Я молчал...

— Хотите ли этого? — продолжала она, быстро обратясь ко мне... В решительности ее взора и голоса было что-то страшное...

— Зачем? — отвечал я, пожав плечами.

Она **ударила хлыстом** свою лошадь и пустилась во весь дух по узкой, опасной дороге; это произошло так скоро, что я едва мог ее догнать, и то, когда уж она присоединилась к остальному обществу. До самого дома она говорила и смеялась **поминутно**. В ее движениях было что-то **лихорадочное**; на меня не взглянула ни разу. Все заметили эту необыкновенную веселость. И княгиня внутренно радовалась, глядя на свою дочку; а у дочки просто **нервический припадок**: она проведет ночь без сна и будет плакать. Эта мысль мне доставляет необъятное наслаждение: есть минуты, когда я понимаю **Вампира**... А еще **слыву** добрым малым и добиваюсь этого названия!

затруднительный 尴尬的

презирать//презреть 藐视

возмущать//возмутить 激起, 扰动

подлый 下流的, 卑鄙的

предположение 推测

дерзкий 放肆的

смеркаться//смеркнуться 暗下来

ударять//ударить 打
хлыст 短皮鞭

поминутно 不停地
лихорадочное 狂热的

нервический 神经的
припадок 发作
вампир 吸血鬼
слыть [未] 以……出名

son coeur et sa fortune 自己的心和自己的前途

ка́рта 纸牌

безотчётно 不由自主的
пау́к 蜘蛛
тарака́н 蟑螂

отвраще́ние 憎恶
сбыва́ться//сбы́ться 成为现实

прома́хиваться//
промахну́ться 没有命中
мистифика́ция 骗局
оты́скивать//отыска́ть 找到

<...>

14-го июня.

Я иногда себя презираю... не оттого ли я презираю и других?.. Я стал не способен к благородным порывам; я боюсь показаться смешным самому себе. Другой бы на моем месте предложил княжне **son coeur et sa fortune**; но надо мною слово жениться имеет какую-то волшебную власть: как бы страстно я ни любил женщину, если она мне даст только почувствовать, что я должен на ней жениться, — прости любовь! мое сердце превращается в камень, и ничто его не разогреет снова. Я готов на все жертвы, кроме этой; двадцать раз жизнь свою, даже честь поставлю на **ка́рту**... но свободы моей не продам. Отчего я так дорожу ею? что мне в ней? куда я себя готовлю? чего я жду от будущего?.. Право, ровно ничего. Это какой-то врожденный страх, неизъяснимое предчувствие... Ведь есть люди, которые **безотчётно** боятся **пауко́в**, **тарака́нов**, мышей... Признаться ли?.. Когда я был еще ребенком, одна старуха гадала про меня моей матери; она предсказала мне смерть от злой жены; это меня тогда глубоко поразило; в душе моей родилось непреодолимое **отвраще́ние** к женитьбе... Между тем что-то мне говорит, что ее предсказание **сбу́дется**; по крайней мере буду стараться, чтоб оно сбылось как можно позже.

16-го июня.

<...>

Два часа ночи... не спится... А надо бы заснуть, чтоб завтра рука не дрожала. Впрочем, на шести шагах **промахну́ться** трудно. А! господин Грушницкий! ваша **мистифика́ция** вам не удастся... мы поменяемся ролями: теперь мне придется **отыска́ть** на вашем бледном лице признаки тайного страха. Зачем вы сами назначили эти роковые шесть шагов? Вы думаете, что я вам без спора подставлю свой лоб... но мы бросим **жребий**!.. и тогда... тогда... что, если его счастье **перетянет**? если моя звезда наконец мне изменит?.. И не **мудрено**: она так долго служила верно моим **прихотям**; на небесах не более постоянства, чем на земле.

Что ж? умереть так умереть! потеря для мира небольшая; да и мне самому порядочно уж скучно. Я — как человек, зевающий на бале, который не едет спать только потому, что еще нет его **кареты**. Но карета готова... прощайте!..

Пробегаю в памяти все мое прошедшее и спрашиваю себя невольно: зачем я жил? для какой цели я родился?.. А, верно, она существовала, и, верно, было мне назначение высокое, потому что я чувствую в душе моей силы необъятные... Но я не угадал этого назначения, я увлекся **приманками** страстей пустых и неблагодарных; из **горнила** их я вышел тверд и холоден как железо, но **утратил** навеки **пыл** благородных стремлений — лучший цвет жизни. И с той поры сколько раз уже я играл роль топора в руках судьбы! Как орудие казни, я упадал на голову **обречённых** жертв, часто без злобы, всегда без сожаления... Моя любовь никому не принесла счастья, потому что я ничем не жертвовал для тех, кого любил: я любил для себя, для собственного удовольствия; я только удовлетворял странную потребность сердца, с жадностью **поглощая** их чувства, их нежность, их радости и страданья — и никогда не мог **насытиться**. Так, томимый голодом в **изнеможении** засыпает и видит пред собою роскошные кушанья и **шипучие** вина; он **пожирает** с восторгом воздушные дары воображения, и ему кажется легче; но только проснулся — мечта исчезает... остается удвоенный голод и отчаяние!

<...>

«Я пишу к тебе в полной уверенности, что мы никогда более не увидимся. Несколько лет тому назад, расставаясь с тобою, я думала то же самое;

жребий 阄, 签
перетягивать// перетянуть 拉拢
мудрено 奇怪
прихоть 任性的要求

карета 四轮轿式马车

приманка 诱惑
горнило 锻炼, 考验
утрачивать//утратить 丧失
пыл 热情, 激情
обречённый 注定死亡的

поглощать//поглотить 吸收
насыщаться// насытиться 满足
изнеможение 疲惫, 困急
шипучий 起泡的
пожирать//пожрать 贪婪地吃, 吞食

вторИчно 再次地	но небу было угодно испытать меня **вторИчно**; я не вынесла этого испытания, мое слабое сердце покорилось снова знакомому голосу... ты не будешь презирать меня за это, не правда ли? Это письмо будет вместе прощаньем и **Исповедью**: я обязана сказать тебе все, что накопилось на моем сердце с тех пор, как оно тебя любит. Я не стану обвинять тебя — ты поступил со мною, как поступил бы всякий другой мужчина: ты любил меня как собственность, как источник радостей, тревог и печалей, сменявшихся взаимно, без которых жизнь скучна и однообразна. Я это поняла сначала... Но ты был несчастлив, и я пожертвовала собою, надеясь, что когда-нибудь ты оценишь мою жертву, что когда-нибудь ты поймешь мою глубокую нежность, не зависящую ни от каких условий. Прошло с тех пор много времени: я проникла во все тайны души твоей... и убедилась, что то была надежда напрасная. Горько мне было! Но моя любовь **срослАсь** с душой моей! она потемнела, но не угасла.
Исповедь 自白	
срастАться//срастИсь 合为一体	
истощАть//истощИть 耗尽	Мы расстаемся навеки; однако ты можешь быть уверен, что я никогда не буду любить другого: моя душа **истощИла** на тебя все свои **сокрОвища**, свои слезы и надежды. Любившая раз тебя не может смотреть без некоторого презрения на прочих мужчин, не потому, чтоб ты был лучше их, о нет! но в твоей природе есть что-то особенное, тебе одному свойственное, что-то гордое и таинственное; в твоем голосе, что бы ты ни говорил, есть власть непобедимая; никто не умеет так постоянно хотеть быть любимым; ни в ком зло не бывает так привлекательно; ничей взор не обещает столько **блажЕнства**; никто не умеет лучше пользоваться своими преимуществами и никто не может быть так истинно несчастлив, как ты, потому что никто столько не старается уверить себя в противном.
сокрОвище 珍宝	
блажЕнство 快乐;惬意	

Наводящие вопросы:

1. Как в разговоре с Грушницким Печорин характеризует свое отношение к женщинам? Считаете ли Вы, что Печорин в этом разговоре полностью искренен? Какие душевные качества Печорина раскрываются в этом диалоге двух героев?
2. Какой план составил Печорин для того, чтобы покорить Княжну Мэри? Каковы мотивы его поступка?
3. Почему Печорин страстно относится к любви, но избегает женитьбы?
4. Как Печорин понимает счастье? Почему он глубоко несчастен?
5. Как главный герой объясняет свое падение? Кто, по его мнению, виноват в становлении его мнительного характера? Согласны ли вы с этим?
6. Каковы особенности описания чувств, эмоций, переживаний героев в данном произведении?
7. Каким образом составлена композиция произведения «Герой нашего времени»? Почему, на ваш взгляд, автор построил свое произведение именно таким образом?

Николай Васильевич Гоголь

尼古拉·瓦西里耶维奇·果戈理（Николай Васильевич Гоголь, 1809—1852），俄罗斯19世纪著名作家、剧作家和思想家，生于乌克兰外省地主家，父亲热爱戏剧创作，母亲是虔诚的东正教徒。果戈理中学毕业后来到彼得堡，先后做过公务员和彼得堡大学教师。1831—1832年间发表《狄康卡近乡夜话》（Вечера на хуторе близ Диканьки）后成名，结识普希金等作家，开始致力于文学创作。1836年由于喜剧《钦差大臣》（Ревизор）演出受到误解而出国，先后在欧洲旅行12年，期间，作家经历了巨大的精神危机，最终焚毁《死魂灵》第二部手稿。作家早期代表作有中短篇小说集《彼得堡故事集》（Петербургские повести）和《密尔戈罗德》（Миргород）等，中期作品有喜剧《钦差大臣》（Ревизор）等，后期有被作家称为长诗的长篇小说《死魂灵》（Мёртвые души）以及《与友人书简选》（Выбранные места из переписки с друзьями）等。果戈理的创作被别林斯基归入"自然派"——现实主义文学，然而，作家的创作风格多样，富有怪诞和夸张的想象，兼具浪漫主义和现实主义特点。作家以讽刺的手法揭露生活的庸俗，并因人的精神麻木而痛苦，他的嘲讽是"含泪的笑"，是从其宗教道德观点出发看到的世界。其创作对现代文学具有很深的影响。

Повесть о том как посорился Иван Иванович с Иваном Никифоровичем (отрывки)

导　读

1. 讽刺（ирония）：小说修辞手法之一，表层意思与深层语义不吻合或者构成矛盾，主要标志是将词汇意义用于反义，使之与表层意思完全背离，背离的程度越高，讽刺效果越明显。

2. 反逻辑（алогизм）：故意破坏判断中的逻辑规则。

3. 双关语（каламбур）：通过同形异义的词汇或发音相近的词汇进行的文字游戏。

4. 怪诞（гротеск）：将滑稽与恐惧、卑下与崇高以及现实与非现实因素相结合，从而揭示现实荒诞的修辞手段。

请思考，讽刺手法在文本中是如何运用的？作家如何刻画两个伊凡的性格？对他们持何种态度？表达了作者怎样的价值观？

Глава первая
Иван Иванович и Иван Никифорович

Славная **бекеша** у Ивана Ивановича! отличнейшая! А какие **смушки**! Фу ты **пропасть**, какие смушки! **сизые** с морозом! Я ставлю бог знает что, если у кого-либо найдутся такие! Взгляните ради бога на них, особенно если он станет с кем-нибудь говорить, взгляните **сбоку**: что это за **объядение**. Описать нельзя: **бархат**! серебро! огонь! Господи боже мой! Николай Чудотворец, **угодник** божий! Отчего же у меня нет такой бекеши! Он сшил её тогда ещё, когда Агафия Федосеевна не ездила в Киев. Вы знаете Агафию Федосеевну? та самая, что **откусила** ухо у **заседателя**.

Прекрасный человек Иван Иванович! Какой у него дом в Миргороде! Вокруг него со всех сторон **навес** на дубовых столбах, под навесом везде скамейки. Иван Иванович, когда сделается слишком жарко, **скинет** с себя и бекешу и **исподнее**, сам останется в одной рубашке и отдыхает под навесом и глядит, что делается во дворе и на улице. Какие у него **яблони** и груши под самыми окнами! **Отворите** только окно — так ветви и **врываются** в комнату. Это всё перед домом; а посмотрели бы, что у него в саду! Чего там нет! **Сливы**, вишни, **черешни**, **огородина** всякая, **подсолнечники**, огурцы, **дыни**, **стручья**, даже **гумно** и **кузница**.

Прекрасный человек Иван Иванович! Он очень любит дыни. Это его любимое кушанье. Как только **отобедает** и выйдет в одной рубашке под навес, сейчас приказывает Гапке принести две дыни. И уже сам разрежет, соберёт **семена** в особую бумажку, и начнёт кушать. Потом велит Гапке принести **чернильницу** и сам, собственною рукою, сделает надпись над бумажкою с семенами: «Сия дыня съедена такого-то числа». Если при этом был какой-нибудь гость, то: «участвовал такой-то».

Покойный судья миргородский всегда любовался,

бекеша 旧式男大衣
смушка 羔皮
пропасть<口>糟糕, 该死
сизый 灰蓝色的

сбоку 从旁边, 从侧面
объядение<旧>太好啦
бархат 天鹅绒
угодник 上帝的侍者

откусывать//откусить 咬掉
заседатель 陪审员

навес 棚, 遮阳
скидывать//скинуть 脱掉
исподнее 贴身衣服
яблоня 苹果树
отворять//отворить 打开
врываться//врыться 钻入
слива 李树, 李子
черешня 欧洲甜樱桃
огородина 蔬菜
подсолнечник 向日葵
дыня 香瓜
стручок 荚果
гумно 粮仓
кузница 铁匠铺
отобедать [完] 吃完午饭

семя 种子

чернильница 墨水缸

сéни 穿堂，门厅

гýбка губá的指小表爱，木耳
нарастáть//нарастú 生长
очерéт 芦苇
облокáчиваться//
　облокотúться 靠着
раскúдистый 向四面八方伸展的
промéж＜旧＞同между
мелькáть [完]闪现
стáвня 百叶窗
комиссáр 专员
протопóп 大司祭

овдовéть [完]丧偶
бýблик 环形小面包
камóра 储藏室
пóгреб 地窖
сундýк 箱子
камóра 储藏室
запáска 裙子
úкры 小腿肚
богомóльный 虔诚的
расклáниваться//
　расклáняться 鞠躬，行礼
крылос＜旧＞唱诗班歌手席位
подтя́гивать//
　подтянýть 伴唱
бас 男低音
слýжба 做礼拜，祈祷

глядя на дом Ивана Ивановича. Да, домишко очень недурен. Мне нравится, что к нему со всех сторон пристроены **сéни** и сенички, так что если взглянуть на него издали, то видны одни только крыши, посаженные одна на другую, что весьма походит на тарелку, наполненную блинами, а ещё лучше на **гýбки**, **нарастáющие** на дереве. Впрочем, крыши все крыты **очерéтом**; ива, дуб и две яблони **облокотúлись** на них своими **раскúдистыми** ветвями. **Промéж** дерев **мелькáют** и выбегают даже на улицу небольшие окошки с резными выбеленными **стáвнями**.

Прекрасный человек Иван Иванович! Его знает и **комиссáр** полтавский! Дорош Тарасович Пухивочка, когда едет из Хорола, то всегда заезжает к нему. А **протопóп** отец Петр, что живёт в Колиберде, когда соберётся у него человек пяток гостей, всегда говорит, что он никого не знает, кто бы так исполнял долг христианский и умел жить, как Иван Иванович.

Боже, как летит время! уже тогда прошло более десяти лет, как он **овдовéл**. Детей у него не было. У Гапки есть дети и бегают часто по двору. Иван Иванович всегда даёт каждому из них или по **бýблику**, или по кусочку дыни, или грушу. Гапка у него носит ключи от **камóр** и **погребóв**; от большого же **сундукá**, что стоит в его спальне, и от средней **камóры** ключ Иван Иванович держит у себя и не любит никого туда пускать. Гапка, девка здоровая, ходит в **запáске**, с свежими **úкрами** и щеками.

А какой **богомóльный** человек Иван Иванович! Каждый воскресный день надевает он бекешу и идёт в церковь. Взошедши в неё, Иван Иванович, **расклáнявшись** на все стороны, обыкновенно помещается на **крылосе** и очень хорошо **подтя́гивает бáсом**. Когда же окончится **слýжба**, Иван Иванович никак не утерпит, чтоб не обойти всех нищих. Он бы, может быть, и не хотел заняться таким скучным делом, если бы не побуждала его к тому природная доброта.

— Здорово, небого! — обыкновенно говорил

он, **отыска́вши** самую **искале́ченную** бабу, в **изо́дранном**, сшитом из **запла́т** платье. — Откуда ты, бедная?

— Я, **па́ночку**, из хутора пришла: третий день, как не пила, не ела, выгнали меня собственные дети.

— Бедная **голову́шка**, чего ж ты пришла сюда?

— А так, паночку, **ми́лостыни** просить, не даст ли кто-нибудь хоть на хлеб.

— Гм! что ж, тебе разве хочется хлеба? — обыкновенно спрашивал Иван Иванович.

— Как не хотеть! голодна, как собака.

— Гм! — отвечал обыкновенно Иван Иванович.

— Так тебе, может, и мяса хочется?

— Да всё, что **ми́лость ва́ша** даст, всем буду довольна.

— Гм! разве мясо лучше хлеба?

— Где уж голодному разбирать. Всё, что пожалуете, всё хорошо.

При этом старуха обыкновенно **протя́гивала** руку.

— Ну, **ступа́й** же с богом, — говорил Иван Иванович. — Чего ж ты стоишь? ведь я тебя не бью! — и, обратившись с такими расспросами к другому, к третьему, наконец возвращается домой или заходит выпить рюмку водки к соседу Ивану Никифоровичу, или к судье, или к **городни́чему**.

Иван Иванович очень любит, если ему кто-нибудь сделает подарок или **гости́нец**. Это ему очень нравится.

Очень хороший также человек Иван Никифорович. Его двор возле двора Ивана Ивановича. Они такие между собою приятели, каких свет не производил. Антон Прокофьевич Пупопуз, который до сих пор ещё ходит в коричневом **сюртуке́** с голубыми рукавами и обедает по воскресным дням у судьи, обыкновенно говорил, что Ивана Никифоровича и Ива́на Ивановича сам чёрт связал **верёвочкой**. Куда один, туда и другой **плетётся**.

Иван Никифорович никогда не был женат.

оты́скивать//отыска́ть 找到

искале́ченный 残废的

изо́дранный 破烂的

запла́та 补丁

па́ночка 老爷

голову́шка <俗> 人

ми́лостыня 施舍物

ва́ша ми́лость <旧> 大人

протя́гивать// протяну́ть 伸出

ступа́ть//ступи́ть 走

городни́чий (19世纪中叶以前的) 市长

гости́нец 小礼物

сюрту́к 长礼服

верёвочка верёвка 的指小表爱, 绳子

плести́сь [未] 交缠在一起

101

спле́тня 谣言
проноси́ть//пронести́ [完]<旧>散布
вы́думка 谣言,谎言
неле́пый 荒诞的
гну́сный 卑鄙的
почита́ть//поче́сть<旧> 认为
опроверга́ть//опрове́ргнуть 反驳
ве́дьма 妖精
не́жели 比,较之
прия́знь 友谊,友情

пя́тка 脚后跟
влепи́ть словцо́ 说上一两句
отбрива́ть//отбри́ть 剃掉,刮掉
бри́тва 剃刀

ре́дька 萝卜

пе́репел 鹌鹑
крыльце́<方>背的上部,肩胛部
взду́маться [完] 忽然想到

быва́ло 有过

Хотя проговаривали, что он женился, но это совершенная ложь. Я очень хорошо знаю Ивана Никифоровича и могу сказать, что он даже не имел наме́рения жениться. Откуда выходят все эти **спле́тни**? Так, как **пронесли́** было, что Иван Никифорович родился с хвостом назади. Но эта **вы́думка** так **неле́па** и вместе **гну́сна** и неприлична, что я даже не **почита́ю** нужным **опроверга́ть** пред просвещёнными читателями, которым без всякого сомнения известно, что у одних только **ве́дьм**, и то у весьма немногих, есть назади хвост, которые, впрочем, принадлежат более к женскому полу, **не́жели** к мужескому.

Несмотря на большую **прия́знь**, эти редкие друзья не совсем были сходны между собою. Лучше всего можно узнать характеры их из сравнения: Иван Иванович имеет необыкновенный дар говорить чрезвычайно приятно. Господи, как он говорит! Это ощущение можно сравнить только с тем, когда у вас ищут в голове или потихоньку проводят пальцем по вашей **пя́тке**. Слушаешь, слушаешь — и голову повесишь. Приятно! чрезвычайно приятно! Как сон после купанья. Иван Никифорович, напротив; больше молчит, но зато если **влепи́т словцо́**, то держись только: **отбре́ет** лучше всякой **бри́твы**. Иван Иванович худощав и высокого роста; Иван Никифорович немного ниже, но зато распространяется в толщину. Голова у Ивана Ивановича похожа на **ре́дьку** хвостом вниз; голова Ивана Никифоровича на редьку хвостом вверх. Иван Иванович только после обеда лежит в одной рубашке под навесом; ввечеру же надевает бекешу и идёт куда-нибудь — или к городовому магазину, куда он поставляет муку, или в поле ловить **пе́репело́в**. Иван Никифорович лежит весь день на **крыльце́**; если не слишком жаркий день, то обыкновенно выставив спину на солнце, и никуда не хочет идти. Если **взду́мается** утром, то пройдёт по двору, осмотрит хозяйство, и опять на покой. В прежние времена зайдёт, **быва́ло**, к Ивану Ивановичу. Иван Иванович чрезвычайно тонкий человек и в порядочном разговоре никогда не скажет неприличного слова и тотчас обидится, если услышит его. Иван Никифорович иногда не **обережётся**; тогда обыкновенно Иван Иванович встаёт с места и говорит: «Довольно, довольно, Иван Никифорович; лучше скорее на солнце, чем говорить такие богопротивные слова». Иван Иванович очень сердится, если ему попадётся в борщ **муха**: он тогда выходит из себя — и тарелку кинет, и хозяину **достанется**. Иван Никифорович чрезвычайно любит купаться и, когда сядет по горло в воду, велит поставить также в воду стол и самовар, и очень любит пить чай в такой прохладе. Иван Иванович **бреет** бороду в неделю два раза; Иван Никифорович один раз. Иван Иванович чрезвычайно любопытен. Боже сохрани, если что-нибудь начнёшь ему рассказывать, да не доскажешь! Если ж чём бывает недоволен, то тотчас даёт заметить это. По виду Ивана Никифоровича чрезвычайно трудно узнать, доволен ли он, или сердит; хоть и обрадуется чему-нибудь, то не покажет. Иван Иванович несколько **боязливого** характера. У Ивана Никифоровича, напротив того, **шаровары** в таких широких **складках**, что если бы раздуть их, то в них можно бы поместить весь двор с **амбарами** и строением. У Ивана Ивановича большие выразительные глаза **табачного** цвета и рот несколько похож на букву **ижицу**; у Ивана Никифоровича глаза маленькие, **желтоватые**, совершенно пропадающие между густых бровей и **пухлых** щёк, и нос в виде **спелой** сливы. Иван Иванович если **попотчивает** вас **табаком**, то всегда наперёд **лизнёт** языком крышку **табакерки**, потом **щёлкнет** по ней пальцем и, поднесши, скажет, если вы с ним знакомы: «Смею ли просить, государь мой, об **одолжении**?»; если же незнакомы, то: «Смею ли просить, государь мой, не имея чести знать чина, имени и отечества, об одолжении?» Иван же Никифорович даёт вам прямо в руки **рожок** свой и прибавит только: «**Одолжайтесь**». Как Иван Иванович, так и Иван

оберегаться//оберечься 保护自己,防备

муха 苍蝇
доставаться//достаться <口>受到(责备或惩罚)

брить//побрить 剃,刮

боязливый 胆小的,胆怯的
шаровары 肥大的裤子
складка 褶子
амбар 粮仓,仓库
табачный 淡褐色的
ижица 教会斯拉夫语与古俄语中最后一个字母V（读и）
желтоватый 淡黄色的
пухлый 胖乎乎的
спелый 成熟的
потчевать//попотчевать 请客,敬客
табак 鼻烟
табакерка 烟丝盒
лизать//лизнуть 舔一下
щёлкать//щёлкнуть 弹一下
одолжение 帮助
рожок 角形鼻烟匣
одолжайтесь<口,旧>请用吧

блоха́ 跳蚤
жид <旧,蔑> 犹太人
эликси́р 药剂
ба́ночка 小罐子,小瓶子
насеко́мые 昆虫
брани́ть // вы́бранить 责骂
испове́довать [未] 信仰

Никифорович очень не любят **блох**; и оттого ни Иван Иванович, ни Иван Никифорович никак не пропустят **жида́** с товарами, чтобы не купить у него **эликси́ра** в разных **ба́ночках** против этих **насеко́мых**, **вы́бранив** наперед его хорошенько за то, что он **испове́дует** еврейскую веру.

Впрочем, несмотря на некоторые несходства, как Иван Иванович, так и Иван Никифорович прекрасные люди.

 Наводящие вопросы:

1. Каким описанием начинается повесть? О чем оно нам говорит? Какой оттенок придают несколько восклицательных предложений в первом абзаце?
2. Несколько обзацов начинается словами «прекрасный человек Иван Иванович», но как дальше раскрывается в тексте эта мысль?
3. Какие характерные черты Ивана Ивановича раскрываются в беседе его с нищей? Как это связано с выражением «Иван Иванович богомольный человек»?
4. Какой оттенок придает сочетание «прекрасный человек Иван Иванович» с выражением «он очень любит дыню»?
5. Чем отличается описание внешности Ивана Ивановича и Ивана Никифоровича?
6. Прочитав текст, сможете ли вы прийти к выводу «как Иван Иванович, так и Иван Никихорович прекрасные люди»?

Мертвые души (отрывки)

导读

这部小说的体裁被作家界定为"史诗"(поэма),借此表明作家对俄罗斯人精神生活的思考。小说以投机商人乞乞科夫造访地主购买"死魂灵"为线索,呈现了五个地主的生活图景。

请思考:五个地主分别有哪些性格特点?呈现出何种精神特质?五个地主的叙述顺序有何深层寓意?"死魂灵"的象征意义何在?

Глава вторая

<...>

— Павел Иванович! — вскричал он наконец, когда Чичиков вылезал из **брички**. — Насилу вы таки нас вспомнили!

бричка 四轮马车

Оба приятеля очень крепко поцеловались, и Манилов увёл своего гостя в комнату. Хотя время, в продолжение которого они будут проходить **сени**, **переднюю** и столовую, несколько коротковато, но попробуем, не успеем ли как-нибудь им воспользоваться и сказать кое-что о хозяине дома. Но тут автор должен признаться, что подобное предприятие очень трудно. Гораздо легче изображать характеры большого размера; там просто бросай краски со всей руки на **полотно**, чёрные **палящие** глаза, нависшие брови, перерезанный морщиною лоб, перекинутый через плечо чёрный или **алый**, как огонь, плащ — и портрет готов; но вот эти все господа, которых много на свете, которые с вида очень похожи между собою, а между тем как **приглядишься**, увидишь много самых **неуловимых** особенностей, — эти господа страшно трудны для портретов. Тут придётся сильно **напрягать** внимание, пока заставишь перед собою выступить все тонкие, почти невидимые черты, и вообще далеко придётся углублять уже **изощрённый** в науке **выпытывания** взгляд.

сень <旧> 穿堂,走廊
передняя 前厅

полотно 画布
палящий 热的、灼人的
алый 鲜红色的

приглядываться // приглядеться <口> 迷恋地看,出神地看
неуловимый 难以觉察,辨别不清的
напрягать // напрячь 集中(目光、注意力等)
изощрённый 非常敏锐的
выпытывание <旧> 观察

Один Бог разве мог сказать, какой был характер Манилова. Есть род людей, известных

заи́скивающий 巴结的，阿谀奉承的
зама́нчиво [副] 诱人地
белоку́р 浅色头发的人

зано́счивый 傲慢的，自大的
задира́ющий 寻衅的
задо́р 激情
бо́рзый <旧，民诗> 轻捷的
ли́хо [副] <口> 急地

фли́гель-адъюта́нт 侍从武官
напока́з [副] 供人观看
сверхъесте́ственный 神奇的
бубно́вый (扑克牌) 方块的
туз (扑克牌) 爱司
подобира́ться // подобра́ться 悄悄走近

под именем: люди так себе, ни то ни се, ни в городе Богдан, ни в селе Селифан, по словам пословицы. Может быть, к ним следует примкнуть и Манилова. На взгляд он был человек видный; черты лица его были не лишены приятности, но в эту приятность, казалось, чересчур было передано сахару; в приемах и оборотах его было что-то **заи́скивающее** расположения и знакомства. Он улыбался **зама́нчиво**, был **белоку́р**, с голубыми глазами. В первую минуту разговора с ним не можешь не сказать: «Какой приятный и добрый человек!» В следующую за тем минуту ничего не скажешь, а в третью скажешь: «Черт знает что такое!» — и отойдешь подальше; если ж не отойдешь, почувствуешь скуку смертельную. От него не дождешься никакого живого или хоть даже **зано́счивого** слова, какое можешь услышать почти от всякого, если коснешься **задира́ющего** его предмета. У всякого есть свой **задо́р**: у одного задор обратился на **бо́рзых** собак; другому кажется, что он сильный любитель музыки и удивительно чувствует все глубокие места в ней; третий мастер **ли́хо** пообедать; четвертый сыграть роль хоть одним вершком повыше той, которая ему назначена; пятый, с желанием более ограниченным, спит и грезит о том, как бы пройтиться на гулянье с **фли́гель-адъюта́нтом**, **напока́з** своим приятелям, знакомым и даже незнакомым; шестой уже одарен такою рукою, которая чувствует желание **сверхъесте́ственное** заломить угол какому-нибудь **бубно́вому тузу́** или двойке, тогда как рука седьмого так и лезет произвести где-нибудь порядок, **подобра́ться** поближе к личности станционного смотрителя или ямщиков, — словом, у всякого есть свое, но у Манилова ничего не было. Дома он говорил очень мало и большею частию размышлял и думал, но о чем он думал, тоже разве Богу было известно. Хозяйством нельзя сказать чтобы он занимался, он даже никогда не ездил на поля, хозяйство шло как-то само собою. Когда приказчик говорил:

ПРОЗА

«Хорошо бы, барин, то и то сделать», — «Да, недурно», — отвечал он обыкновенно, куря **трубку**, которую курить сделал привычку, когда еще служил в армии, где считался скромнейшим, деликатнейшим и образованнейшим офицером. «Да, именно недурно», — повторял он. Когда приходил к нему **мужик** и, почесавши рукою затылок, говорил: «Барин, позволь **отлучиться** на работу, подать заработать», — «Ступай», — говорил он, куря трубку, и ему даже в голову не приходило, что мужик шел **пьянствовать**. Иногда, глядя с крыльца на двор и на пруд, говорил он о том, как бы хорошо было, если бы вдруг от дома провести подземный ход или чрез пруд выстроить каменный мост, на котором бы были по обеим сторонам лавки, и чтобы в них сидели купцы и продавали разные мелкие товары, нужные для крестьян. При этом глаза его делались чрезвычайно сладкими и лицо принимало самое довольное выражение, впрочем, все эти прожекты так и оканчивались только одними словами. В его кабинете всегда лежала какая-то книжка, заложенная закладкою на четырнадцатой странице, которую он постоянно читал уже два года. В доме его чего-нибудь вечно недоставало: в гостиной стояла прекрасная мебель, обтянутая **щегольской** шелковой материей, которая, верно, стоила весьма недешево; но на два кресла ее недостало, и кресла стояли обтянуты просто **рогожею**; впрочем, хозяин в продолжение нескольких лет всякий раз **предостерегал** своего гостя словами: «Не садитесь на эти кресла, они еще не готовы». В иной комнате и вовсе не было мебели, хотя и было говорено в первые дни после женитьбы: «Душенька, нужно будет завтра **похлопотать**, чтобы в эту комнату хоть на время поставить мебель». Ввечеру подавался на стол очень щегольской **подсвечник** из темной **бронзы** с тремя античными **грациями**, с **перламутровым** щегольским **щитом**, и рядом с ним ставился какой-то просто медный **инвалид**, хромой,

труба́ 烟斗

мужи́к <旧> 农夫
отлуча́ться//отлучи́ться 离开一些时候

пья́нствовать [未] 酗酒

щегольско́й 考究的
рого́жа 粗席纹布
предостерега́ть// предостере́чь 提醒
похлопота́ть [完] 张罗一阵
подсве́чник 烛台
бро́нза 青铜
гра́ции 美惠三女神(罗马神话中象征美丽、优雅和欢乐的三位女神)
перламу́тровый 珍珠母色的
щит 烛托
инвали́д <转> 残缺不全的东西

107

свернувшийся на сторону и весь в сале, хотя этого не замечал ни хозяин, ни хозяйка, ни слуги. Жена его... впрочем, они были совершенно довольны друг другом. Несмотря на то что минуло более восьми лет их супружеству, из них все еще каждый приносил другому или кусочек яблочка, или конфетку, или орешек и говорил трогательно-нежным голосом, выражавшим совершенную любовь: «Разинь, душенька, свой **ротик**, я тебе положу этот кусочек». Само собою разумеется, что ротик раскрывался при этом случае очень **грациозно**. Ко дню рождения приготовляемы были **сюрпризы**: какой-нибудь **бисерный** чехольчик на зубочистку. И весьма часто, сидя на диване, вдруг, совершенно неизвестно из каких причин, один, оставивши свою трубку, а другая работу, если только она держалась на ту пору в руках, они напечатлевали друг другу такой томный и длинный поцелуй, что в продолжение его можно бы легко выкурить маленькую соломенную сигарку. Словом, они были, то что говорится, счастливы. Конечно, можно бы заметить, что в доме есть много других занятий, кроме продолжительных поцелуев и сюрпризов, и много бы можно сделать разных запросов. Зачем, например, глупо и без толку готовится на кухне? зачем довольно пусто в **кладовой**? зачем воровка ключница? зачем нечистоплотны и пьяницы слуги? зачем вся дворня спит **немилосердным** образом и **повесничает** все остальное время? Но все это предметы низкие, а Манилова воспитана хорошо. А хорошее воспитание, как известно, получается в **пансионах**. А в пансионах, как известно, три главные предмета составляют основу человеческих добродетелей: французский язык, необходимый для счастия семейственной жизни, фортепьяно, для доставления приятных минут супругу, и, наконец, собственно хозяйственная часть: вязание кошельков и других сюрпризов. Впрочем, бывают разные усовершенствования и изменения в методах, особенно в нынешнее время; все это более зависит от **благоразумия** и способностей самих содержательниц пансиона. В других пансионах бывает таким образом, что прежде фортепьяно, потом французский язык, а там уже хозяйственная часть. А иногда бывает и так, что прежде хозяйственная часть, то есть вязание сюрпризов, потом французский язык, а там уже фортепьяно. Разные бывают мето́ды. Не мешает сделать еще замечание, что Манилова... но, признаюсь, о дамах я очень боюсь говорить, да притом мне пора возвратиться к нашим героям, которые стояли уже несколько минут перед дверями гостиной, взаимно упрашивая друг друга пройти вперед.

— Сделайте милость, не беспокойтесь так для меня, я пройду после, — говорил Чичиков.

— Нет, Павел Иванович, нет, вы гость, — говорил Манилов, показывая ему рукою на дверь.

—Не затрудняйтесь, пожалуйста, не затрудняйтесь. Пожалуйста, проходите, — говорил Чичиков.

— Нет уж извините, не допущу пройти позади такому приятному, образованному гостю.

— Почему ж образованному?.. Пожалуйста, проходите.

— Ну да уж **изво́льте** проходить вы.

— Да отчего ж?

— Ну да уж оттого! — сказал с приятною улыбкою Манилов.

Наконец оба приятеля вошли в дверь боком и несколько притиснули друг друга.

<...>

Глава третья

<...>

<...>Минуту спустя вошла хозяйка, женщина пожилых лет, в каком-то спальном **чепце́**, надетом наскоро, с фланелью на шее, одна из тех матушек, небольших **поме́щиц**, которые плачутся на неурожаи, убытки и держат голову несколько **на́бок**, а между тем набирают понемногу деньжонок в **пестрядёвые** мешочки, размещенные по

благоразу́мие (言行) 有理智, 慎重

изво́лить <旧> 用作恭敬用语

чепе́ц 包发帽

поме́щица 女地主

на́бок 歪着

пестрядёвые 花粗布的

комо́д	抽屉
целко́вик = целковый <旧>	一卢布
полти́нничик <旧>	半卢布
четверта́чок	四分之一卢布
ко́фточка =кофта	女上衣
распо́ротый	缝线绽开的
сало́п	斗篷
поистере́ться[完] <口>	磨破一点
дубинноголо́вый <口>	傻头傻脑的
прокля́тый	该死的,可恶的
отска́кивать//отскочи́ть	弹回
наро́чно	故意,有意
ассигна́ция	(俄国1769-1849年间的)纸币
сыска́ть[完] <口>	找到,寻获

ящикам **комо́дов**. В один мешочек отбирают всё **целко́вики**, в другой **полти́нничики**, в третий **четверта́чки**, хотя с виду и кажется, будто бы в комо́де ничего нет, кроме белья, да ночных **ко́фточек**, да нитяных моточков, да **распо́ротого сало́па**, имеющего потом обратиться в платье, если старое как-нибудь прогорит во время печения праздничных лепешек со всякими пряженцами или **поизотрётся** само собою. Но не сгорит платье и не изотрется само собою; бережлива старушка, и салопу суждено пролежать долго в распоротом виде, а потом достаться по духовному завещанию племяннице внучатой сестры вместе со всяким другим хламом.

<...>

«Эк ее, **дубинноголо́вая** какая! — сказал про себя Чичиков, уже начиная выходить из терпения. — Пойди ты сладь с нею! в пот бросила, **прокля́тая** старуха!» Тут он, вынувши из кармана платок, начал отирать пот, в самом деле выступивший на лбу. Впрочем, Чичиков напрасно сердился: иной и почтенный, и государственный даже человек, а на деле выходит совершенная Коробочка. Как зарубил что себе в голову, то уж ничем его не пересилишь; сколько ни представляй ему доводов, ясных как день, все отскакивает от него, как резинный мяч **отска́кивает** от стены. Отерши пот, Чичиков решился попробовать, нельзя ли ее навести на путь какою-нибудь иною стороною.

— Вы, матушка, — сказал он, — или не хотите понимать слов моих, или так **наро́чно** говорите, лишь бы что-нибудь говорить... Я вам даю деньги: пятнадцать рублей **ассигна́циями**. Понимаете ли? Ведь это деньги. Вы их не **сы́щете** на улице. Ну признайтесь, почем продали мед?

— По двенадцати рублей пуд.

— Хватили немножко греха на душу, матушка. По двенадцати не продали.

— Ей-Богу, продала.

— Ну видите ль? Так зато это мед. Вы собирали его, может быть, около года, с заботами, со старанием, **хлопотами**; ездили, **морили** пчел, кормили их в погребе целую зиму; а мертвые души дело не от мира сего. Тут вы с своей стороны никакого не прилагали старания, на то была воля Божия, чтоб они оставили мир сей, нанеся ущерб вашему хозяйству. Там вы получили за труд, за старание двенадцать рублей, а тут вы берете ни за что, даром, да и не двенадцать, а пятнадцать, да и не серебром, а всё синими ассигнациями. — После таких сильных убеждений Чичиков почти уже не сомневался, что старуха наконец подастся.

— Право, — отвечала помещица, — мое такое неопытное вдовье дело! лучше ж я маненько повремлю, авось понаедут купцы, да применюсь к ценам.

— **Страм**, страм, матушка! просто страм! Ну что вы это говорите, подумайте сами! Кто же станет покупать их? Ну какое употребление он может из них сделать?

— А может, в хозяйстве-то как-нибудь под случай понадобятся... — возразила старуха, да и не кончила речи, открыла рот и смотрела на него почти со страхом, желая знать, что он на это скажет.

— Мертвые в хозяйстве? Эк куда хватили! Воробьев разве пугать по ночам в вашем **огороде**, что ли?

— С нами крестная сила! Какие ты страсти говоришь! — проговорила старуха, **крестясь**.

— Куда ж еще вы их хотели пристроить? Да, впрочем, ведь кости и могилы — все вам остается, перевод только на бумаге. Ну, так что же? Как же? отвечайте по крайней мере.

Старуха вновь задумалась.

— О чем же вы думаете, Настасья Петровна?

— Право, я все не приберу, как мне быть; лучше я вам **пеньку** продам.

— Да что ж пенька? **Помилуйте**, я вас прошу совсем о другом, а вы мне пеньку **суете**! Пенька пенькою, в другой раз приеду, заберу и пеньку. Так как же, Настасья Петровна?

| совать//сунуть 硬卖给

— Ей-Богу, товар такой странный, совсем небывалый!

Здесь Чичиков вышел совершенно из границ всякого терпения, хватил в сердцах стулом об пол и посулил ей черта.

Черта помещица испугалась необыкновенно.

— Ох, не припоминай его, Бог с ним! — вскрикнула она, вся побледнев. — Еще третьего дня всю ночь мне снился окаянный. Вздумала было на ночь загадать на картах после молитвы, да, видно, в наказание-то Бог и наслал его. Такой **гадкий** привиделся; а рога-то длиннее **бычачьих**.

гадкий 讨厌的，可恶的
бычачий 像牛一样的

— Я дивлюсь, как они вам десятками не снятся. Из одного христианского человеколюбия хотел: вижу, бедная вдова убивается, терпит нужду... да пропади и **околей** со всей вашей деревней!..

околевать//околеть <粗俗> 人死
забранка<旧、俗> 骂人话

— Ах, какие ты **забранки** пригинаешь! — сказала старуха, глядя на него со страхом.

— Да не найдешь слов с вами! Право, словно какая-нибудь, не говоря дурного слова, **дворняжка**, что лежит на сене: и сама не ест сена, и другим не дает. Я хотел было закупить у вас хозяйственные продукты разные, потому что я и **казённые** подряды тоже веду... — Здесь он прилгнул, хоть и вскользь и без всякого дальнейшего размышления, но неожиданно удачно. Казенные подряды подействовали сильно на Настасью Петровну, по крайней мере, она произнесла уже почти просительным голосом:

дворняжка<口> 杂种

казённый 国家的，公家的

— Да чего ж ты рассердился так горячо? Знай я прежде, что ты такой сердитый, да я бы совсем тебе и не **прекословила**.

прекословить [未] 反驳，顶撞

— Есть из чего сердиться! Дело яйца выеденного не стоит, а я стану из-за него сердиться!

— Ну, да **изволь**, я готова отдать за пятнадцать ассигнаций! Только смотри, отец мой, насчет подрядов-то: если случится муки брать **ржаной**, или гречневой, или **круп**, или **скотины** битой, так уж, пожалуйста, не обидь меня.

— Нет, матушка, не обижу, — говорил он, а

изволь <口> 好吧就这样吧；给您，请拿吧
ржаной 黑麦的
крупа 米；粒粮
скотина 牲畜

между тем отирал рукою пот, который в три ручья катился по лицу его. Он расспросил ее, не имеет ли она в городе какого-нибудь поверенного или знакомого, которого бы могла **уполномочить** на совершение крепости и всего, что следует.

— Как же, протопопа, отца Кирила, сын служит в палате, — сказала Коробочка.

Чичиков попросил ее написать к нему доверенное письмо и, чтобы избавить от лишних затруднений, сам даже взялся сочинить.

<...>

Глава четвертая

<...>

Лицо Ноздрева верно уже сколько-нибудь знакомо читателю. Таких людей приходилось всякому встречать немало. Они называются разбитными малыми, **слывут** еще в детстве и в школе за хороших товарищей и при всем том бывают весьма больно **околачиваемы**. В их лицах всегда видно что-то открытое, прямое, **удалое**. Они скоро знакомятся, и не успеешь оглянуться, как уже говорят тебе «ты». Дружбу заведут, кажется, навек: но всегда почти так случается, что подружившийся подерется с ними того же вечера на дружеской **пирушке**. Они всегда говоруны, **кутилы**, **лихачи**, народ видный. Ноздрев в тридцать пять лет был таков же совершенно, каким был в осьмнадцать и двадцать: охотник погулять. Женитьба его ничуть не переменила, тем более что жена скоро отправилась на тот свет, оставивши двух ребятишек, которые решительно ему были не нужны. За детьми, однако ж, присматривала **смазливая** нянька. Дома он больше дня никак не мог усидеть. Чуткий нос его слышал за несколько десятков вёрст, где была ярмарка со всякими съездами и балами; он уж в одно мгновенье ока был там, спорил и заводил **сумятицу** за зеленым столом, ибо имел, подобно всем таковым, страстишку к **картишкам**. В картишки, как мы

уполномочивать//
 уполномочить 授权, 委托

слыть//прослыть 存在, 有

околачивать [未]<口>
 发抖, 打战
удалой 勇敢的, 豪放的

пирушка <口> 聚餐, 酒宴
кутила 纵酒作乐
лихач 勇士, 好汉

смазливый 好看的

верста 俄里
сумятица 混乱
картишки <口, 藐> 扑克

бакенба́рд 络腮胡子	
жи́дкий 稀疏的	
сотвори́ть [完] 创造	
тузи́ть//оттузи́ть <俗> 用拳头打	
жанда́рм 宪兵	
нареза́ться [未,完] 喝醉	
провра́ться <俗> 说漏嘴	
со́вестно 害羞	
чепуха́ <口> 胡说八道	
пу́ля 子弹	
нага́дить [完] 危害	
чи́н 军衔,官阶	
га́дить//нага́дить 危害;捣蛋	

уже видели из первой главы, играл он не совсем безгрешно и чисто, зная много разных передержек и других тонкостей, и потому игра весьма часто оканчивалась другою игрою: или поколачивали его сапогами, или же задавали передержку его густым и очень хорошим **бакенба́рдам**, так что возвращался домой он иногда с одной только бакенбардой, и то довольно **жи́дкой**. Но здоровые и полные щеки его так хорошо были **сотворе́ны** и вмещали в себе столько растительной силы, что бакенбарды скоро вырастали вновь, еще даже лучше прежних. И что всего страннее, что может только на одной Руси случиться, он чрез несколько времени уже встречался опять с теми приятелями, которые его **тузи́ли**, и встречался как ни в чем не бывало, и он, как говорится, ничего, и они ничего.

Ноздрёв был в некотором отношении исторический человек. Ни на одном собрании, где он был, не обходилось без истории. Какая-нибудь история непременно происходила: или выведут его под руки из зала **жанда́рмы**, или принуждены бывают вытолкать свои же приятели. Если же этого не случится, то все-таки что-нибудь да будет такое, чего с другим никак не будет: или **нарежётся** в буфете таким образом, что только смеется, или **проврётся** самым жестоким образом, так что наконец самому сделается **со́вестно**. И наврет совершенно без всякой нужды: вдруг расскажет, что у него была лошадь какой-нибудь голубой или розовой шерсти, и тому подобную **чепуху́**, так что слушающие наконец все отходят, произнесши: «Ну, брат, ты, кажется, уже начал **пу́ли** лить». Есть люди, имеющие страстишку **нага́дить** ближнему, иногда вовсе без всякой причины. Иной, например, даже человек в **чи́нах**, с благородною наружностью, со звездой на груди, будет вам жать руку, разговорится с вами о предметах глубоких, вызывающих на размышления, а потом, смотришь, тут же, пред вашими глазами, и **нага́дит** вам. И нагадит так, как простой коллежский **регистра́тор**, а вовсе не так, как человек со звездой на груди, разговаривающий о предметах, вызывающих на размышление, так что стоишь только да **диви́шься**, пожимая плечами, да и ничего более. Такую же странную страсть имел и Ноздрёв. Чем кто ближе с ним сходился, тому он скорее всех **наса́ливал**: распускал небылицу, глупее которой трудно выдумать, расстраивал свадьбу, торговую сделку и вовсе не почитал себя вашим неприятелем; напротив, если случай приводил его опять встретиться с вами, он обходился вновь по-дружески и даже говорил: «Ведь ты такой **подле́ц**, никогда ко мне не заедешь». Ноздрёв во многих отношениях был многосторонний человек, то есть человек на все руки. В ту же минуту он предлагал вам ехать куда угодно, хоть на край света, войти в какое хотите предприятие, менять все что ни есть на все, что хотите. Ружье, собака, лошадь — все было предметом мены, но вовсе не с тем, чтобы выиграть: это происходило просто от какой-то неугомонной **ю́ркости** и бойкости характера. Если ему на ярмарке **посчастли́вилось** напасть на **проста́ка** и обыграть его, он накупал кучу всего, что прежде попадалось ему на глаза в лавках: хомутов, курительных **свечек**, платков для няньки, **жеребца́**, изюму, серебряный рукомойник, голландского **хо́лста**, крупичатой муки, **табаку́**, **пистоле́тов**, **селе́док**, картин, точильный инструмент, **горшко́в**, сапогов, фаянсовую посуду — насколько хватало денег. Впрочем, редко случалось, чтобы это было довезено домой; почти в тот же день спускалось оно все другому, счастливейшему игроку, иногда даже прибавлялась собственная трубка с кисетом и **мундштуко́м,** а в другой раз и вся четверня со всем: с **коля́ской** и **ку́чером**, так что сам хозяин отправлялся в коротеньком **сюрту́чке** или **архалу́ке** искать какого-нибудь приятеля, чтобы попользоваться его **экипа́жем**. Вот какой был Ноздрёв! Может быть, назовут его характером

регистра́тор 记录员，登记员

диви́ться//подиви́ться 惊讶

наса́ливать//насали́ть 给……抹油脂

подле́ц 下流货

ю́ркость 机灵
посчастли́виться [完] 侥幸
проста́к <口>老实人
свечка 蜡烛
жеребе́ц <转，俗> 大老爷们儿
хо́лст 粗麻布，油画底布
таба́к 烟草，烟丝
пистоле́т 手枪
селёдка 鲱鱼
горшо́к 瓦盆，尿盆

мундшту́к 烟嘴
коля́ска 马车
ку́чер 车夫
сюрту́чка 小礼服
архалу́к 男短外衣
экипа́ж 便捷式马车

избитым, станут говорить, что теперь нет уже Ноздрёва. Увы! несправедливы будут те, которые станут говорить так. Ноздрёв долго еще не выведется из мира. Он везде между нами и, может быть, только ходит в другом кафтане; но легкомысленно-непроницательны люди, и человек в другом кафтане кажется им другим человеком.

<...>

Глава пятая собакевич

<...>

Когда Чичиков взглянул **искоса** на Собакевича, он ему на этот раз показался весьма похожим на средней величины́ медведя. Для довершения сходства **фрак** на нем был совершенно медвежьего цвета, рукава длинны, **панталоны** длинны, ступнями ступал он и **вкривь** и вкось и наступал беспрестанно на чужие ноги. Цвет лица имел **калёный**, горячий, какой бывает на медном пятаке. Известно, что есть много на свете таких лиц, над **отделкою** которых натура недолго мудрила, не употребляла никаких мелких инструментов, как-то: **напильников**, **буравчиков** и прочего, но просто рубила со всего плеча: хватила **топором** раз — вышел нос, хватила в другой — вышли губы, большим сверлом **ковырнула** глаза и, не **обскобливши**, пустила на свет, сказавши: «Живет!» Такой же самый крепкий и на диво стаченный образ был у Собакевича: держал он его более вниз, чем вверх, шеей не **ворочал** вовсе и в силу такого неповорота редко глядел на того, с которым говорил, но всегда или на угол печки, или на дверь. Чичиков еще раз взглянул на него искоса, когда проходили они столовую: медведь! **Совершенный** медведь! Нужно же такое странное сближение: его даже звали Михайлом Семеновичем. Зная привычку его наступать на ноги, он очень осторожно передвигал своими и давал ему дорогу вперед. Хозяин, казалось, сам чувствовал за собою этот грех и тот же час спросил: «Не побеспокоил ли я вас?» Но Чичиков поблагодарил, сказав, что еще не произошло никакого беспокойства.

Вошед в гостиную, Собакевич показал на кресла, сказавши опять: «Прошу!» Садясь, Чичиков взглянул на стены и на висевшие на них картины. На картинах всё были молодцы, всё греческие **полководцы**, гравированные во весь рост: Маврокордато в красных панталонах и **мундире**, с очками на носу, Миаули, Канари. Все эти герои были с такими толстыми ляжками и неслыханными усами, что **дрожь** проходила по телу. Между крепкими греками, неизвестно каким образом и для чего, поместился Багратион, тощий, худенький, с маленькими знаменами и пушками внизу и в самых узеньких рамках. Потом опять следовала героиня греческая Бобелина, которой одна нога казалась больше всего туловища тех щеголей, которые наполняют нынешние гостиные. Хозяин, будучи сам человек здоровый и крепкий, казалось, хотел, чтобы и комнату его украшали тоже люди крепкие и здоровые. Возле Бобелины, у самого окна, висела **клетка**, из которой глядел дрозд темного цвета с белыми крапинками, очень похожий тоже на Собакевича. Гость и хозяин не успели помолчать двух минут, как дверь в гостиной отворилась, и вошла хозяйка, дама весьма высокая, в чепце с лентами, перекрашенными домашнею краскою. Вошла она степенно, держа голову прямо, как **пальма**.

— Это моя Феодулия Ивановна! — сказал Собакевич.

Чичиков подошел к ручке Феодулии Ивановны, которую она почти впихнула ему в губы, причем он имел случай заметить, что руки были вымыты огуречным рассолом.

— Душенька, **рекомендую** тебе, — продолжал Собакевич, — Павел Иванович Чичиков! У **губернатора** и почтмейстера имел честь познакомиться.

полково́дец 统帅

мунди́р 制服

дро́жь 颤抖, 打战

кле́тка 笼子

па́льма 棕榈

рекомендова́ть [完, 未] 介绍, 推荐

губерна́тор 省长

короле́ва 女王

Феоду́лия Ива́новна попроси́ла сади́ться, сказа́вши то́же: «Прошу́!» — и сде́лав движе́ние голово́ю, подо́бно актри́сам, представля́ющим **короле́в**. Зате́м она́ усе́лась на дива́не, накры́лась свои́м мериносовым платком и уже́ не дви́гнула бо́лее ни гла́зом, ни бро́вью.

Чи́чиков опя́ть подня́л глаза́ вверх и опя́ть уви́дел Кана́ри с то́лстыми ля́жками и нескончаемыми уса́ми, Бобелину и дрозда́ в кле́тке.

оки́дывать//оки́нуть 打量, 扫视

Почти́ в тече́ние це́лых пяти́ мину́т все храни́ли молча́ние; раздава́лся то́лько стук, производи́мый но́сом дрозда́ о де́рево деревя́нной кле́тки, на дне кото́рой уди́л он хле́бные зёрнышки. Чи́чиков ещё раз **оки́нул** ко́мнату, и всё, что в ней ни́ бы́ло, — всё бы́ло про́чно, неуклю́же в высоча́йшей сте́пени и име́ло како́е-то стра́нное схо́дство с сами́м хозя́ином до́ма; в углу́ гости́ной стоя́ло **пуза́тое** оре́ховое бюро́ на пренеле́пых четырёх нога́х, соверше́нный медве́дь. Стол, кре́сла, сту́лья — всё бы́ло са́мого тяжёлого и беспоко́йного сво́йства, — сло́вом, ка́ждый предме́т, ка́ждый стул, каза́лось, говори́л: «И я то́же Соба́кевич!» и́ли: «И я то́же о́чень похо́ж на Соба́кевича!»

пуза́тый 大肚的 (指器具等)

<...>

Глава шестая плюшкин

<...>

очути́ться [完] 陷入某种境地
плеснь 霉
амба́р 粮仓
по́греб 地窖

Сде́лав оди́н и́ли два поворо́та, геро́й наш **очути́лся** наконе́ц перед са́мым до́мом, кото́рый показа́лся тепе́рь ещё печа́льнее. Зелёная **плеснь** уже́ покры́ла ве́тхое де́рево на огра́де и воро́тах. Толпа́ строе́ний: людски́х, **амба́ров**, **по́гребов**, ви́димо ветша́вших, — наполня́ла двор; во́зле них напра́во и нале́во видны́ бы́ли воро́та в други́е дворы́. Всё говори́ло, что здесь когда́-то хозя́йство текло́ в обши́рном разме́ре, и всё гляде́ло ны́не **па́смурно**. Ничего́ не заме́тно бы́ло оживля́ющего карти́ну: ни отворя́вшихся двере́й, ни выходи́вших отку́да-нибу́дь люде́й, никаки́х живы́х хлопо́т и

па́смурно 阴沉, 忧郁

забот дома! Только одни главные ворота были растворены, и то потому, что въехал мужик с нагруженною **телегою**, покрытою **рогожею**, показавшийся как бы нарочно для оживления сего вымершего места; в другое время и они были заперты **наглухо**, ибо в железной петле висел замок-исполин. У одного из строений Чичиков скоро заметил какую-то фигуру, которая начала **вздорить** с мужиком, приехавшим на телеге. Долго он не мог **распознать**, какого пола была фигура: баба или мужик. Платье на ней было совершенно неопределенное, похожее очень на женский **капот**, на голове колпак, какой носят деревенские дворовые бабы, только один голос показался ему несколько сиплым для женщины. «Ой, баба! — подумал он про себя и тут же прибавил: — Ой, нет!» — «Конечно, баба!» — наконец сказал он, рассмотрев попристальнее. Фигура с своей стороны глядела на него тоже пристально. Казалось, гость был для нее в **диковинку**, потому что она обсмотрела не только его, но и Селифана, и лошадей, начиная с хвоста и до морды. По висевшим у ней за поясом ключам и по тому, что она **бранила** мужика довольно **поносными** словами, Чичиков заключил, что это, верно, ключница.

— Послушай, матушка, — сказал он, выходя из брички, — что барин?..

— Нет дома, — прервала ключница, не дожидаясь окончания вопроса, и потом, спустя минуту, прибавила: — А что вам нужно?

— Есть дело!

— Идите в комнаты! — сказала ключница, отворотившись и показав ему спину, запачканную мукою, с большой прорехою пониже.

Он вступил в темные широкие **сени**, от которых подуло холодом, как из погреба. Из сеней он попал в комнату, тоже темную, чуть-чуть озаренную светом, выводившим из-под широкой щели, находившейся внизу двери. Отворивши эту дверь, он наконец очутился в свету и был поражен представшим беспорядком. Казалось, как будто в

телега (运货用的) 四轮大车
рогожа 精席
наглухо 紧紧地

вздорить//повздорить 口角，吵
распознавать//распознать 识别，认出
капот <旧>(妇女在家穿的)宽大上衣

диковинка 奇怪的现象

бранить//выбранить 责骂，斥责
поносный <古>辱骂人的

сень 走廊

нагроможда́ть// нагромозди́ть	堆积
прила́живать// прила́дить	安顿, 安置
фарфо́р	瓷器
моза́ика	<转>五花八门 什么都有的杂烩
всякая вся́чина	五花八门
обре́з	截面
сургу́чик	火漆
па́чкать//запа́чкать	弄脏
высыха́ть//вы́сохнуть	枯干, 干涸
чахо́тка	<旧>肺痨
убра́нство	摆设
подборо́док	下巴
скребни́ца	(刷马用的)篦子

доме происходило мытье полов и сюда на время **нагроможди́ли** всю мебель. На одном столе стоял даже сломанный стул, и рядом с ним часы с остановившимся маятником, к которому паук уже **прила́дил** паутину. Тут же стоял прислоненный боком к стене шкаф с старинным серебром, графинчиками и китайским **фарфо́ром**. На бюре, выложенном перламутною **моза́икой**, которая местами уже выпала и оставила после себя одни желтенькие желобки, наполненные клеем, лежало множество **всякой вся́чины**: куча исписанных мелко бумажек, накрытых мраморным позеленевшим прессом с яичком наверху, какая-то старинная книга в кожаном переплете с красным **обре́зом**, лимон, весь высохший, ростом не более лесного ореха, отломленная ручка кресел, рюмка с какою-то жидкостью и тремя мухами, накрытая письмом, кусочек **сургу́чика**, кусочек где-то поднятой тряпки, два пера, **запа́чканные** чернилами, **вы́сохшие**, как в **чахо́тке**, зубочистка, совершенно пожелтевшая, которою хозяин, может быть, ковырял в зубах своих еще до нашествия на Москву французов.

<...> Пока он рассматривал все странное **убра́нство**, отворилась боковая дверь и взошла та же самая ключница, которую встретил он на дворе. Но тут увидел он, что это был скорее ключник, чем ключница: ключница по крайней мере не бреет бороды, а этот, напротив того, брил, и, казалось, довольно редко, потому что весь **подборо́док** с нижней частью щеки походил у него на **скребни́цу** из железной проволоки, какою чистят на конюшне лошадей. Чичиков, давши вопросительное выражение лицу своему, ожидал с нетерпеньем, что хочет сказать ему ключник. Ключник тоже с своей стороны ожидал, что хочет ему сказать Чичиков. Наконец последний, удивленный таким странным недоумением, решился спросить:

— Что ж барин? у себя, что ли?

— Здесь хозяин, — сказал ключник.

— Где же? — повторил Чичиков.

— Что, батюшка, слепы-то, что ли? — сказал

ключник. — Эхва! А вить хозяин-то я!

Здесь герой наш **поневоле** отступил назад и поглядел на него пристально. Ему случалось видеть немало всякого рода людей, даже таких, каких нам с читателем, может быть, никогда не придется увидать; но такого он еще не **видывал**. Лицо его не представляло ничего особенного; оно было почти такое же, как у многих худощавых стариков, один подбородок только выступал очень далеко вперед, так что он должен был всякий раз закрывать его платком, чтобы не **заплевать**; маленькие глазки еще не **потухнули** и бегали из-под высоко выросших бровей, как мыши, когда, **высунувши** из темных нор остренькие морды, насторожа уши и моргая усом, они высматривают, не затаился ли где кот или шалун мальчишка, и **нюхает** подозрительно самый воздух. Гораздо замечательнее был наряд его: никакими средствами и стараньями нельзя бы **докопаться**, из чего состряпан был его халат: рукава и верхние полы до того **засалились** и **залоснились**, что походили на юфть, какая идет на сапоги; назади вместо двух болталось четыре полы, из которых **охлопьями** лезла хлопчатая бумага. На шее у него тоже было повязано что-то такое, которого нельзя было разобрать: чулок ли, подвязка ли, или набрюшник, только никак не галстук. Словом, если бы Чичиков встретил его, так принаряженного, где-нибудь у церковных дверей, то, вероятно, дал бы ему медный грош. Ибо к чести героя нашего нужно сказать, что сердце у него было сострадательно и он не мог никак удержаться, чтобы не подать бедному человеку медного гроша. Но пред ним стоял не нищий, пред ним стоял помещик. У этого помещика была тысяча с лишком душ, и попробовал бы кто найти у кого другого столько хлеба зерном, мукою и просто в кладях, у кого бы кладовые, амбары и сушилы загромождены были таким множеством холстов, **сукон**, **овчин** выделанных и сыромятных, высушенными рыбами и всякой овощью, или губиной. Заглянул

поневоле 不得不

видывать [未] 看见

заплёвывать//заплевать 唾脏
потухать//потухнуть 变得无神
高совывать//высунуть 伸出, 探出
нюхать//понюхать 闻, 嗅
докапываться//докопаться 探听出
засаливаться//засалиться 弄上油污
залосниться [完] (衣服等穿、磨蹭或弄上油污) 发亮
охлопье <专> 碎毛, 碎棉

сукно 呢绒
овчина 熟羊皮

ушáт 双耳木桶
рыльце <旧>（器皿的）嘴儿

глúняный 黏土制的

шпóра 马刺
мúгом 瞬息间
зазёвываться//
  зазевáться <口> 不注意
утáскивать//утащúть 拿走，拿开
уличáть//уличúть 揭发，告发

подымáть//подъя́ть 捡起

бы кто-нибудь к нему на рабочий двор, где наготовлено было на запас всякого дерева и посуды, никогда не употреблявшейся, — ему бы показалось, уж не попал ли он как-нибудь в Москву на щепной двор, куда ежедневно отправляются расторопные тещи и свекрухи, с кухарками позади, делать свои хозяйственные запасы и где горами белеет всякое дерево — шитое, точеное, лаженое и плетеное: бочки, пересеки, **уша́ты**, лагуны́, жбаны с **ры́льцами** и без рылец, побратимы, лукошки, мыкольники, куда бабы кладут свои мочки и прочий дрязг, коробья́ из тонкой гнутой осины, бураки из плетеной берестки и много всего, что идет на потребу богатой и бедной Руси. На что бы, казалось, нужна была Плюшкину такая гибель подобных изделий? во всю жизнь не пришлось бы их употребить даже на два таких имения, какие были у него, — но ему и этого казалось мало. Не довольствуясь сим, он ходил еще каждый день по улицам своей деревни, заглядывал под мостики, под перекладины и все, что ни попадалось ему: старая подошва, бабья тряпка, железный гвоздь, **глúняный** черепок, — все тащил к себе и складывал в ту кучу, которую Чичиков заметил в углу комнаты. «Вон уже рыболов пошел на охоту!» — говорили мужики, когда видели его, идущего на добычу. И в самом деле, после него незачем было мести улицу: случилось проезжавшему офицеру потерять шпору, **шпо́ра** эта **ми́гом** отправилась в известную кучу; если баба, как-нибудь **зазева́вшись** у колодца, позабывала ведро, он **ута́скивал** и ведро. Впрочем, когда приметивший мужик **улича́л** его тут же, он не спорил и отдавал похищенную вещь; но если только она попадала в кучу, тогда все кончено: он божился, что вещь его, куплена им тогда-то, у того-то или досталась от деда. В комнате своей он **подыма́л** с пола все, что ни видел: сургучик, лоскуток бумажки, перышко, и все это клал на бюро или на окошко.

<...>

<...>Одинокая жизнь дала сытную пищу скупости, которая, как известно, имеет волчий голод и чем более пожирает, тем становится ненасытнее; человеческие чувства, которые и без того не были в нем глубоки, мелели ежеминутно, и каждый день что-нибудь утрачивалось в этой **изно́шенной разва́лине**. <...>

изно́шенный <转, 口> 早衰的.

разва́лина (因病、老) 骨头架子, 身体衰弱的人

 Наводящие вопросы:

1. Описание внешности Манилова совпадает с его характером: «черты лица его были не лишены приятности, но в эту приятность, казалось, чересчур было передано сахару», зато такой человек через минуты вызывает у другого «смертельную скуку». Проанализируйте характер Манилова и скажите, к какому духовному недостатку ведет его бездельничество и мечтательность?
2. В чём выражается расчетливость Коробочки? Найдите конкретные примеры в тексте и проанализируйте их.
3. Раздражение Чичикова, вызванное неисправимым упрямством «дубинноголовой» Коробочки, сопровождается авторским суждением: «иной и почтенный, и государственный даже человек, а на деле выходит совершенная Коробочка». Почему автор сравнивает Коробочку и почтенного государственного человека? В чём их сходство? Согласны ли вы с таким мнением?
4. В чём выражается безудержная натура Ноздрёва? Будут ли какие-нибудь нравственные преграды для него в совершении сделки с мертвыми душами его по авантюрной натуре?
5. Чем отличается внешность Собакевича? Как его окружающие вещи ассоциируется с его медвежьими чертами характера? Какую духовную сторону раскрывает такое описание?
6. Плюшкин занимает последнее и самое видное место в галерее помещиков. Он олицетворение скряжничества, достиг предела духовного распада человеческой личности. Духовное омертвение пронизывает все детали его жизни. Какое глубокое значение имеет этот образ?
7. Познакомившись с галереей помещиков, узнав их способности, черты характера, сможете ли вы прийти к выводу, что они действительно мертвые души?

Иван Сергеевич Тургенев

伊万·谢尔盖耶维奇·屠格涅夫（Иван Сергеевич Тургенев, 1818—1883），俄罗斯小说家、诗人和剧作家。作家生于奥廖尔贵族家庭，自幼目睹农奴主母亲的专横与残暴，深切同情农奴的不幸；曾先后在莫斯科大学、圣彼得堡大学和柏林大学求学。他在欧洲接受了进步思想，主张废除农奴制，是俄罗斯思想界"西欧派"的代表人物。早期代表作为《猎人笔记》(Записки охотника)，讴歌俄罗斯大自然，并反映俄国农奴不幸的生活境遇。1850年代著名长篇小说有《罗亭》(Рудин)、《贵族之家》(Дворянское гнездо)、《前夜》(Накануне)、《父与子》(Отцы и дети)等。1860年代后的作品有《烟》(Дым)、《春潮》(Вешние воды)、《处女地》(Новь)等。作家晚年写有大量精美的散文诗。其小说语言优雅精致，擅长隐蔽的心理描写，并在作品中呈现了所处时代重大的社会生活事件。屠格涅夫的作品小说叙事简洁，情节单纯清晰，人物形象鲜明。其小说中塑造了热情改造社会而又缺乏行动勇气的知识分子"多余人"形象；其小说中的女性则执着爱情和理想，富有献身精神，被称为"屠格涅夫式的少女"。屠格涅夫长居国外，向西欧介绍俄罗斯文学，为俄罗斯文学在世界的传播做出了巨大的贡献。

Дворянское гнездо (отрывки)

导 读

一、故事层：

1. 主题——俄罗斯思想中西欧派与斯拉夫派思想在小说中体现为人物不同的价值取向。

2. 形象——追求精神理想而感情纯粹是屠格涅夫式的少女的典型特点。请思考，这篇小说中如何表现理想少女的形象以及令人难忘的爱情？

二、叙事层：

1. 隐蔽的心理描写（скрытый психологизм）：心理描写是深入细致地揭示人物内心世界的描写，展示人物的思想、愿望和内心体验。隐蔽的心理描写是通过动作、对话以及作者对人物话语的解释，通过人物肖像和外部风景描写，将人物的内心生活和性格揭示出来。

2. 格式塔心理学原理（принципы гештальта）：格式塔心理学强调研究心理对象的整体性。整体性思想的核心是有机体或整体构成的全体要大于各部分单纯相加之和。具体到屠格涅夫的作品中，心理描写是含蓄的，即作家只写出心理活动的一部分，或以隐蔽的形式写出，在作品中有意造成空白。而读者的格式塔心理效应驱使读者进一步"整合完形"，用自己的想象将之填满，从而使作品得到言有尽而意无穷的美学效果。

XXXIV

Лиза не вымолвила ни одного слова в течение спора между Лаврецким и Паншиным, но внимательно следила за ним и вся была на стороне Лаврецкого. Политика ее занимала очень мало; но **самонадеянный** тон светского чиновника (он никогда ещё так не высказывался) ее отталкивал; его презрение к России ее **оскорбило**. Лизе и в голову не приходило, что она **патриотка**; но ей было по душе с русскими; русский склад ума ее радовал; она, не **чинясь**, по целым часам беседовала с **старостой** материнского имения, когда он приезжал в город, и беседовала с ним, как с ровней, без всякого **барского снисхождения**. Лаврецкий всё это чувствовал: он бы не стал **возражать** одному Паншину; он говорил только для Лизы. Друг другу они ничего не сказали, даже глаза их редко встречались; но оба они поняли, что тесно **сошлись** в этот вечер, поняли, что и любят и не любят одно и то же. В одном только они **расходились**; но Лиза втайне надеялась привести его к богу. Они сидели возле Марфы Тимофеевны и, казалось, следили за ее игрой; да они и действительно за ней следили, — а между тем у каждого из них сердце росло в груди, и ничего для них не пропадало: для них пел **соловей**, и звёзды горели, и деревья тихо **шептали**, **убаюканные** и сном, и **негой** лета, и теплом. Лаврецкий **отдавался** весь увлекавшей его волне — и радовался; но слово не выразит того, что происходило в чистой душе девушки: оно было тайной для нее самой; пусть же оно останется и для всех тайной. Никто не знает, никто не видел и не увидит никогда, как, **призванное** к жизни и расцветанию, **наливается** и **зреет зерно** в **лоне** земли.

Пробило десять часов. Марфа Тимофеевна отправилась к себе наверх с Настасьей Карповной; Лаврецкий и Лиза прошлись по комнате, остановились перед раскрытой дверью сада, взглянули в тёмную **даль**, потом друг на

самонадеянный 过于自信的
оскорблять//оскорбить 侮辱
патриотка 爱国者
чиниться [未] 过分客气
староста 村长，庄头

барский 老爷式的
снисхождение 故作姿态
возражать//возрозить 反驳

сходиться//сойтись 接近
расходиться [完] 不一致

соловей 夜莺
шептать [未] 耳语
убаюканный 昏昏欲睡的
нега 静谧，安逸
отдаваться//отдаться 陶醉于
призванный 被呼召的
наливаться//налиться 灌浆，丰满
зреть//узреть 成熟
зерно 萌芽
лоно 子宫；怀抱

даль 远方

нагова́риваться//
  наговори́ться 畅谈
до́сыта 够
пике́т 皮克牌
кряхте́ть [未] 叹气
обкла́дывать//обложи́ть
  放在周围
поду́шка 靠垫

раскла́няться [完] 行礼告别
ду́ться [未] 生起气来
удаля́ться//удали́ться
  离开
вслед 跟随
ку́чер 马车夫
дро́жки 轻便敞篷马车

роси́стый 沾满露水的
тропи́нка 小路
забо́р 围墙
кали́тка 小门
скрипе́ть//скры́пнуть
  嘎吱作响
отворя́ться//отвори́ться
  敞开
прикоснове́ние 触摸
очути́ться [完] 不知不觉
  走到
ли́повый 椴树
изумле́ние 惊讶
пятно́ 光斑
оре́ховый куст 坚果树
гляде́ть//гляну́ть [完]
  看一眼
фас 正面
мерца́ть [未] 闪烁, 闪光
за́навес 帘, 帷幔
тепли́ться [未] 燃着微火
лампа́да 圣像前的灯
сия́ние 光, 光辉
на́стежь 敞开

друга — и улыбнулись; так, кажется, взялись бы они за руки, **наговори́лись** бы **до́сыта**. Они вернулись к Марье Дмитриевне и к Паншину, у которых **пике́т** затянулся. Последний «король» кончился наконец, и хозяйка встала, **кряхтя́** и охая, с **обло́женного поду́шками** кресла; Паншин взял шляпу, поцеловал у Марьи Дмитриевны руку, заметил, что иным счастливцам теперь ничто не мешает спать или наслаждаться ночью, а ему придётся до утра просидеть над глупыми бумагами, холодно **раскла́нялся** с Лизой (он не ожидал, что в ответ на его предложение она попросит подождать, — и потому **ду́лся** на нее) — и **удали́лся**. Лаврецкий отправился **вслед** за ним. У ворот они расстались; Паншин разбудил своего **ку́чера**, толкнув его концом палки в шею, сел на **дро́жки** и покатил. Лаврецкому не хотелось идти домой: он вышел из города в поле. Ночь была тиха и светла, хотя луны не было; Лаврецкий долго бродил по **роси́стой** траве; узкая **тропи́нка** попалась ему; он пошёл по ней. Она привела его к длинному **забо́ру**, к **кали́тке**; он попытался, сам не зная зачем, толкнуть ее: она слабо **скры́пнула** и **отвори́лась**, словно ждала **прикоснове́ния** его руки. Лаврецкий **очути́лся** в саду, сделал несколько шагов по **ли́повой** аллее и вдруг остановился в **изумле́нии**: он узнал сад Калитиных.

Он тотчас же вошёл в черное **пятно́** тени, падавшей от густого **оре́хового куста́**, и долго стоял неподвижно, дивясь и пожимая плечами.

«Это недаром», — подумал он.

Всё было тихо кругом; со стороны дома не приносилось никакого звука. Он осторожно пошёл вперёд. Вот, на повороте аллеи, весь дом вдруг **гля́нул** на него своим тёмным **фа́сом**; в двух только окнах наверху **мерца́л** свет: у Лизы горела свеча за белым **за́навесом**, да у Марфы Тимофеевны в спальне перед образом **тепли́лась** красным огоньком **лампа́дка**, отражаясь ровным **сия́нием** на золоте оклада; внизу дверь на балкон широко зевала, раскрытая **на́стежь**. Лаврецкий сел на деревянную скамейку, подперся рукою и стал глядеть на эту дверь да на окно Лизы. В городе пробило полночь; в доме маленькие часики тонко прозвенели двенадцать; сторож дробно **поколотил** по доске. Лаврецкий ничего не думал, ничего не ждал; ему приятно было чувствовать себя **вблизи** Лизы, сидеть в ее саду на скамейке, где и она сидела не однажды... Свет исчез в Лизиной комнате.

«Спокойной ночи, моя милая девушка», — **прошептал** Лаврецкий, продолжая сидеть неподвижно и не сводя взора с потемневшего окна.

Вдруг свет появился в одном из окон нижнего этажа, перешёл в другое, в третье... Кто-то шел со свечкой по комнатам. «Неужели Лиза? Не может быть!..» Лаврецкий приподнялся... Мелькнул знакомый **облик**, и в гостиной появилась Лиза. В белом платье, с **нерасплетёнными косами** по плечам, она тихонько подошла к столу, **нагнулась** над ним, поставила свечку и чего-то поискала; потом, обернувшись лицом к саду, она приблизилась к раскрытой двери и, вся белая, лёгкая, стройная, остановилась на пороге. Трепет пробежал по членам Лаврецкого.

— Лиза! — **сорвалось** едва внятно с его губ.

Она вздрогнула и начала всматриваться в темноту.

— Лиза! — повторил Лаврецкий громче и вышел из тени аллеи.

Лиза с испугом вытянула голову и **пошатнулась** назад: она узнала его. Он назвал ее в третий раз и протянул к ней руки. Она отделилась от двери и вступила в сад.

— Вы? — проговорила она. — Вы здесь?

— Я... я... **выслушайте** меня, — прошептал Лаврецкий и, схватив ее руку, повёл ее к скамейке.

Она шла за ним без **сопротивления**; ее бледное лицо, неподвижные глаза, все ее движения выражали несказанное изумление. Лаврецкий посадил ее на скамейку и сам стал перед ней.

— Я не думал прийти сюда, — начал он, —

невольный 不由自主的

слегка 轻轻
прижиматься//
   прижаться 紧贴,紧靠
промолвить [完]说,说出
рыдание 哭声
захолонуть [完]突然收缩

подле 在近旁,紧挨着

жалить//ужалить 叮,咬

запертой 上了锁的
принуждённый 不得不
перепрыгивать//
   перепрыгнуть 跳过

меня привело... Я... я... я люблю вас, — произнёс он с **невольным** ужасом.

Лиза медленно взглянула на него; казалось, она только в это мгновение поняла, где она и что с нею. Она хотела подняться, не могла и закрыла лицо руками.

— Лиза, — произнёс Лаврецкий, — Лиза, — повторил он и склонился к ее ногам...

Ее плечи начали **слегка** вздрагивать, пальцы бледных рук крепче **прижались** к лицу.

— Что с вами? — **промолвил** Лаврецкий и услышал тихое **рыдание**. Сердце его **захолонуло**... Он понял, что значили эти слёзы. — Неужели вы меня любите? — прошептал он и коснулся ее коленей.

— Встаньте, — послышался ее голос, — встаньте, Федор Иваныч. Что мы это делаем с вами?

Он встал и сел **подле** неё на скамейку. Она уже не плакала и внимательно глядела на него своими влажными глазами.

— Мне страшно; что это мы делаем? — повторила она.

— Я вас люблю, — проговорил он снова, — я готов отдать вам всю жизнь мою.

Она опять вздрогнула, как будто ее что-то **ужалило**, и подняла взоры к небу.

— Это всё в божьей власти, — промолвила она.

— Но вы меня любите, Лиза? Мы будем счастливы?

Она опустила глаза; он тихо привлёк ее к себе, и голова ее упала к нему на плечо... Он отклонил немного свою голову и коснулся ее бледных губ.

* * *

Полчаса спустя Лаврецкий стоял уже перед калиткой сада. Он нашел ее **запертою** и **принуждён** был **перепрыгнуть** через забор. Он вернулся в город и пошел по заснувшим улицам. Чувство неожиданной, великой радости наполняло его душу; все сомнения в нем **замерли**. «Исчезни, прошедшее, тёмный **призрак**, — думал он, — она меня любит, она будет моя». Вдруг ему почудилось, что в воздухе над его головою **разлились** какие-то **дивные**, **торжествующие** звуки; он остановился: звуки **загремели** еще **великолепней**; **певучим**, сильным **потоком струились** они, — и в них, казалось, говорило и пело все его счастье. Он оглянулся: звуки неслись из двух верхних окон небольшого дома.

— Лемм! — вскрикнул Лаврецкий и побежал к дому. — Лемм! Лемм! — повторил он громко.

Звуки замерли, и фигура старика в **шлафроке**, с раскрытой грудью и **растрёпанными** волосами, показалась в окне.

— Ага! — проговорил он с **достоинством**, — это вы?

— Христофор Фёдорыч, что это за чудная музыка! Ради бога, впустите меня.

Старик, ни слова не говоря, величественным движением руки кинул из окна ключ от двери на улицу. Лаврецкий **проворно** вбежал наверх, вошёл в комнату и хотел было броситься к Лемму; но тот **повелительно** указал ему на стул, отрывисто сказал по-русски: «Садитесь и слушить»; сам сел за **фортепьяно**, гордо и строго взглянул кругом и заиграл. Давно Лаврецкий не слышал ничего подобного: сладкая, страстная мелодия с первого звука охватывала сердце; она вся сияла, вся **томилась вдохновением**, счастьем, красотою, она росла и **таяла**; она касалась всего, что есть на земле дорогого, тайного, святого; она дышала бессмертной **грустью** и уходила умирать в небеса. Лаврецкий **выпрямился** и стоял, похолоделый и бледный от восторга. Эти звуки так и **впивались** в его душу, только что потрясенную счастьем любви; они сами **пылали** любовью. «Повторите», — прошептал он, как только раздался последний **аккорд**. Старик бросил на него **орлиный** взор, постучал рукой по груди и, проговорив, не спеша, на родном своём языке: «Это я сделал, ибо я великий

замирать//замереть 消失
призрак 幻影
разливаться//разлиться 溢出
дивный 奇怪的
торжествующий 欢腾的
загреметь [完]开始轰鸣
великолепный 壮丽的
певучий 音调和谐的
поток 流
струиться [未]流淌

шлафрок 长衫
растрёпаннай 凌乱的

достоинство 庄严

проворно 急忙地

повелительно 命令地

фортепьяно 钢琴

томиться [未]陶醉
вдохновение 灵感
таять [未]消逝

грусть 忧愁
выпрямиться [完]伸直腰
впиваться//впиться 抓住,刺入
пылать [未]燃烧

аккорд 和弦
орлиный 锐利的

компози́ция 曲子	
ко́со 斜地	
зво́нко 响亮地，清脆地	
святи́лище 圣殿	
полутьма́ 昏暗	
отклоня́ть//отклони́ть 推开	
шевели́ться// пошевельну́ться 颤抖	
мыча́ть//промыча́ть 嘟囔着说	
преобража́ться// преобрази́ться 改变样子	
всхли́пывать// всли́пнуть 啜泣	
смуще́ние 窘迫，惊讶	
моли́ться//помоли́ться 祈祷，祷告	
горшо́к 花盆	
го́рка 小山；一小堆	
распя́тие 带有耶稣受难像的十字架	
прозыва́ться// прозва́ться 名字叫做	
пыль 灰尘，尘土	
ле́нточка 带子	
полива́ть//поли́ть 浇水	
умилённый 深受感动的	

музыкант», — снова сыграл свою чудную **компози́цию**. В комнате не было свечей; свет поднявшейся луны **ко́со** падал в окна; **зво́нко** трепетал чуткий воздух; маленькая, бедная комнатка казалась **святи́лищем**, и высоко, и вдохновенно поднималась в серебристой **полутьме́** голова старика. Лаврецкий подошёл к нему и обнял его. Сперва Лемм не отвечал на его объятие, даже **отклони́л** его локтем; долго, не **шевеля́сь** ни одним членом, глядел он всё так же строго, почти грубо, и только раза два **промыча́л**: «ага!» Наконец его **преобрази́вшееся** лицо успокоилось, опустилось, и он, в ответ на горячие поздравления Лаврецкого, сперва улыбнулся немного, потом заплакал, слабо **всхли́пывая**, как дитя.

— Это удивительно, — сказал он, — что вы именно теперь пришли; но я знаю, всё знаю.

— Вы всё знаете? — произнёс с **смуще́нием** Лаврецкий.

— Вы меня слышали, — возразил Лемм, — разве вы не поняли, что я всё знаю?

Лаврецкий до утра не мог заснуть; он всю ночь просидел на постели. И Лиза не спала: она **моли́лась**.

XLV

У Лизы была особая, небольшая комнатка во втором этаже дома её матери, чистая, светлая, с белой кроваткой, с **горшка́ми** цветов по углам и перед окнами, с маленьким письменным столиком, **го́ркою** книг и **распя́тием** на стене. Комнатка эта **прозыва́лась** детской; Лиза родилась в ней. Вернувшись из церкви, где её видел Лаврецкий, она тщательнее обыкновенного привела всё у себя в порядок, отовсюду смела **пыль**, пересмотрела и перевязала **ле́нточками** все свои тетради и письма прия́тельниц, заперла все ящики, **поли́ла** цветы и коснулась рукою каждого цветка. Всё это она делала не спеша, без шума, с какой-то **умилённой** и тихой заботливостью на лице. Она остановилась,

ПРОЗА

наконец, посреди комнаты, медленно оглянулась и, подойдя к столу, над которым висело распятие, опустилась на **колени**, положила голову на **стиснутые** руки и осталась неподвижной.

Марфа Тимофеевна вошла и застала её в этом положении. Лиза не заметила её прихода. Старушка вышла **на цыпочках** за дверь и несколько раз громко **кашлянула**. Лиза **проворно** поднялась и **отёрла** глаза, на которых сияли светлые, непролившиеся слёзы.

— А ты, я вижу, опять **прибирала** свою **келейку**, — **промолвила** Марфа Тимофеевна, низко наклоняясь к горшку с молодым розаном. — Как славно пахнет!

Лиза задумчиво посмотрела на свою тётку.

— Какое вы это произнесли слово! — **прошептала** она.

— Какое слово, какое? — с **живостью** подхватила старушка. — Что ты хочешь сказать? Это ужасно, — заговорила она, вдруг сбросив **чепец** и присевши на Лизиной кроватке, — это сверх сил моих: четвёртый день сегодня, как я словно **в котле киплю**; я не могу больше **притворяться**, что ничего не замечаю, не могу видеть, как ты бледнеешь, **сохнешь**, плачешь, не могу, не могу.

— Да что с вами, тётушка? — промолвила Лиза, — я ничего...

— Ничего? — воскликнула Марфа Тимофеевна, — это ты другим говори, а не мне! Ничего! А кто сейчас стоял на коленях? у кого **ресницы** ещё **мокры** от слёз? Ничего! Да ты посмотри на себя, что ты сделала с своим лицом, куда глаза свои **девала**? — Ничего! разве я не всё знаю?

— Это пройдёт, **тётушка**; дайте срок.

— Пройдёт, да когда? Господи боже мой, **владыко**! неужели ты так его полюбила? да ведь он старик, Лизочка. Ну, я не спорю, он хороший человек, не **кусается**; да ведь что ж такое? Все мы хорошие люди; **земля не клином сошлась**, этого добра всегда будет много.

— Я вам говорю, всё это пройдёт, всё это уже

колено 膝盖
стиснутый 紧攥的

на цыпочках 踮着脚尖
кашлянуть[完]咳嗽
проворно 敏捷地
отирать//отереть 擦掉
прибирать//прибрать 收拾
келейка<表小>单人小室
промолвить[完]说出

прошептать[完]小声说，悄悄说
живость 敏捷，灵活

чепец 包发帽
(как) в котле кипеть 忙得不可开交
притворяться//притвориться 假装
сохнуть[未]变干,消瘦

ресница 眼睫毛
мокрый 潮湿的
девать//деть 把……放在，搁到
тётушка 姑奶奶

владыко 上帝

кусаться[未]咬人
земля не клином сошлась 天无绝人之路

уса́живать//усади́ть	让……坐好
поправля́ть//попра́вить	梳理
косы́нка	三角头巾
сгоряча́	一时冲动
пособля́ть//пособи́ть	摆脱
подда́ться [完]<口>	屈从
ди́ву да́ться	感到惊异
завостря́ться//завостри́ться	变尖
одушевле́ние	精神振奋
перекрести́ться [完]	画十字
опомина́ться//опо́мниться	清醒过来
пролепета́ть [完]	含糊不清地说
голу́бушка <表爱>	亲爱的
промо́лвить [完]	说出
моли́ться//помоли́ться	祈祷
щеми́ть [未]	使沮丧

прошло.

— Слушай, Лизочка, что я тебе скажу, — промолвила вдруг Марфа Тимофеевна, **уса́живая** Лизу подле себя на кровати и **поправля́я** то её волосы, то **косы́нку**. — Это тебе только так, **сгоряча́** кажется, что горю твоему **пособи́ть** нельзя. Эх, душа моя, на одну смерть лекарства нет! Ты только вот скажи себе: «Не **подда́мся**, мол, я, ну его!» — и сама потом как **ди́ву дашься**, как оно скоро, хорошо проходит. Ты только потерпи.

— Тётушка, — возразила Лиза, — оно уже прошло, всё прошло.

— Прошло! какое прошло! Вот у тебя носик даже **завостри́лся**, а ты говоришь: прошло. Хорошо «прошло!»

— Да, прошло, тётушка, если вы только захотите мне помочь, — произнесла с внеза́пным **одушевле́нием** Лиза и бросилась на шею Марфе Тимофеевне. — Милая тётушка, будьте мне другом, помогите мне, не сердитесь, пойми́те меня...

— Да что такое, что такое, мать моя? Не пугай меня, пожалуйста; я сейчас закричу, не гляди так на меня; говори скорее, что такое!

— Я... я хочу... — Лиза спрятала свое лицо на груди Марфы Тимофеевны... — Я хочу идти в монастырь, — проговорила она глухо.

Старушка так и подпрыгнула на кровати.

— **Перекрести́сь**, мать моя, Лизочка, **опо́мнись**, что ты это, бог с тобою, — **пролепета́ла** она наконец, — ляг, **голу́бушка**, усни немножко; это всё у тебя от бессонницы, душа моя.

Лиза подняла голову, щёки её пылали.

— Нет, тётушка, — **промо́лвила** она, — не говорите так; я решилась, я **моли́лась**, я просила совета у бога; всё кончено, кончена моя жизнь с вами. Такой урок недаром; да я уж не в первый раз об этом думаю. Счастье ко мне не шло; даже когда у меня были надежды на счастье, сердце у меня всё **щеми́ло**. Я всё знаю, и свои грехи, и чужие, и

ПРОЗА

как папенька богатство наше нажил; я знаю всё. Всё это отмолить, **отмолить** надо. Вас мне жаль, жаль мамаши, Леночки; но делать нечего; чувствую я, что мне не житьё здесь; я уже со всем простилась, всему в доме поклонилась в последний раз; **отзывает** меня что-то; **тошно** мне, хочется мне **запереться** навек. Не удерживайте меня, не **отговаривайте**, помогите мне, не то я одна уйду…

Марфа Тимофеевна с ужасом слушала свою племянницу.

«Она больна, **бредит**, — думала она, — надо послать за доктором, да за каким? Гедеоновский **намедни** хвалил какого-то; он всё врёт — а может быть, на этот раз и правду сказал». Но когда она убедилась, что Лиза небольна и не бредит, когда на все её возраженья Лиза постоянно отвечала одним и тем же, Марфа Тимофеевна испугалась и **опечалилась** не на шутку.

— Да ведь ты не знаешь, голубушка ты моя, — начала она её уговаривать, — какова жизнь-то в монастырях! Ведь тебя, мою родную, маслищем **конопляным** зелёным кормить станут, **бельище** на тебя наденут толстое-претолстое; по холоду ходить заставят; ведь ты всего этого не перенесёшь, Лизочка. Это всё в тебе Агашины следы; это она тебя **с толку сбила**. Да ведь она начала с того, что пожила, и в своё удовольствие пожила; поживи и ты. Дай мне по крайней мере умереть спокойно, а там делай что хочешь. И кто ж это видывал, чтоб из-за эдакой из-за козьей бороды, прости господи, из-за мужчины в монастырь идти? Ну, коли тебе так тошно, съезди, помолись **угоднику**, **молебен отслужи**, да не надевай ты чёрного **шлыка** на свою голову, батюшка ты мой, матушка ты моя…

И Марфа Тимофеевна горько заплакала.

Лиза утешала её, отирала её слёзы, сама плакала, но осталась **непреклонной**. С отчаянья Марфа Тимофеевна попыталась пустить в ход угрозу: всё сказать матери… но и это не помогло. Только вследствие усиленных просьб старушки

отмаливать//отмолить 祷告祈求(赎罪)

отзывать//отовать 召唤
тошно <口语>苦闷
запираться//запереться 闭门不出
отговаривать//отговорить 劝阻
бредить [未]说胡话

намедни 不久以前

опечаливаться//опечалиться [完]忧伤

конопляный 用大麻子做成的
бельище 粗布衣

с толку сбить 让人糊涂

угодник 上帝的侍者
молебен <宗,旧>祈祷
отслуживать//отслужить 举行(宗教仪式)
шлык 包头巾
непреклонный 坚强的

выхлопа́тывать// вы́хлопотать 谋求到	Лиза согласилась отложить исполнение своего намерения на полгода; зато Марфа Тимофеевна должна была дать ей слово, что сама поможет ей и **вы́хлопочет** согласие Марьи Дмитриевны, если через шесть месяцев она не изменит своего решения.

* * *

зарыва́ться//зары́ться (将自身) 埋入 глу́ши 密林深处 запаса́ться//запасти́сь 储备 расположе́ние 倾心 порабоща́ть// поработи́ть 奴役；征服 весть 消息,音信 пострига́ться// постри́чься 接受剃度 эпило́г 尾声 г-жа госпожа́ 女士，太太 стра́нствование 流浪 надзира́тель 监督 казённый 公立的 обожа́ть [未] 崇拜 передра́знивать// передразни́ть (滑稽地)模仿 подвига́ться// подви́нуться 晋升 ме́тить [未] 盯着（某职位） сгиба́ться//согну́ться 驼背 жа́ловать//пожа́ловать 赏给	С наступившими первыми холодами Варвара Павловна, несмотря на своё обещание **зары́ться** в **глу́ши**, **запасши́сь** денежками, переселилась в Петербург, где наняла скромную, но миленькую квартиру, отысканную для неё Паншиным, который ещё раньше её покинул О...скую губернию. В последнее время своего пребывания в О... он совершенно лишился **расположе́ния** Марьи Дмитриевны; он вдруг перестал её посещать и почти не выезжал из Лавриков. Варвара Павловна его **поработи́ла**, именно поработила: другим словом нельзя выразить её неограниченную, безвозвратную, безответную власть над ним.

Лаврецкий прожил зиму в Москве, а весною следующего года дошла до него **весть**, что Лиза **постри́глась** в Б...м монастыре, в одном из отдалённейших краёв России.

Эпилог

Прошло восемь лет. Опять настала весна... Но скажем прежде несколько слов о судьбе Михалевича, Паншина, **г-жи** Лаврецкой — и расстанемся с ними. Михалевич, после долгих **стра́нствований,** попал, наконец, на настоящее свое дело: он получил место старшего **надзира́теля** в **казённом** заведении. Он очень доволен своей судьбой, и воспитанники его «**обожа́ют**», хотя и **передра́знивают** его. Паншин сильно **подви́нулся** в чинах и **ме́тит** уже в директоры; ходит несколько **согну́вшись**: должно быть, Владимирский крест, **пожа́лованный** ему на шею, оттягивает его |

вперёд. Чиновник в нем взял решительный **переве́с** над художником; его все еще моложавое лицо пожелтело, волосы поредели, и он уже не поет, не рисует, но втайне занимается литературой: написал комедийку, вроде «пословиц», и так как теперь все пишущие непременно «выводят» кого-нибудь или что-нибудь, то и он вывел в ней кокетку и читает ее **исподтишка́** двум-трем **благоволя́щим** к нему дамам. В брак он, однако, не вступил, хотя много представлялось к тому прекрасных случаев: в этом виновата Варвара Павловна. Что касается до нее, то она по-прежнему постоянно живет в Париже: Федор Иваныч дал ей на себя **ве́ксель** и **откупи́лся** от нее, от возможности вторичного неожиданного наезда. Она постарела и потолстела, но все еще мила и **изя́щна**. У каждого человека есть свой идеал: Варвара Павловна нашла свой — в драматических произведениях **г-на Дюма́-сы́на**. Она **приле́жно** посещает театр, где выводятся на сцену **чахо́точные** и чувствительные **каме́лии**; быть г-жею Дош кажется ей верхом человеческого благополучия: она однажды объявила, что не желает для своей дочери лучшей **у́части**. Должно надеяться, что судьба избавит **mademoiselle Ada** от подобного **благополу́чия**: из румяного, **пу́хлого** ребенка она превратилась в **слабогру́дую**, бледненькую девочку; нервы ее уже расстроены. Число поклонников Варвары Павловны уменьшилось, но они не **перевели́сь**; некоторых она, вероятно, сохранит до конца своей жизни. Самым **рья́ным** из них в последнее время был некто Закурдало-Скубырников, из отставных гвардейских усоносов, человек лет тридцати восьми, необыкновенной, крепости сложения. Французские посетители салона г-жи Лаврецкой называют его «le gros taureau de l'Ukraine»(«**тучный бык** с Украины» ⟨франц.⟩); Варвара Павловна никогда не приглашает его на свои модные вечера, но он пользуется ее **благорасположе́нием** вполне.

переве́с 优势

исподтишка́ 悄悄地
благоволи́ть [未] 赏识

ве́ксель 期票
откупа́ться//откупи́ться 花钱把……打发走
изя́щный 优雅的
г-н господи́н 先生
Дюма́-сын 小仲马
приле́жно 勤奋地
чахо́точный 害病的，虚弱的
каме́лия 茶花女
у́часть 命运
mademoiselle Ada 阿达小姐
благополу́чие 幸福；顺利
пу́хлый 胖乎乎的
слабогру́дый 肺不健康的
переводи́ться//перевести́сь 绝迹
рья́ный 热心的

ту́чный 肥的
бык 公牛

благорасположе́ние 垂青

пове́ять [完]	开始散发
сия́ющий	明亮的
ла́ска	爱抚
вы́крашенный	漆好的
приве́тно	和蔼可亲地
румя́ниться// разрумя́ниться	变红
блесте́ть//блесну́ть	闪烁
кипе́ть [未]	煮沸, 沸腾
перелива́ться// перели́ться	溢出
постриже́ние	出家
племя́нница	侄女
поко́иться [未]	长眠
кла́дбище	墓地
прах	骨灰
ко́сточка	遗体
улега́ться [未]	躺下
сыро́й	潮湿的
разоря́ться//разори́ться	被破坏
а́лый	鲜红色的
оглаша́ть//огласи́ть	响彻
го́вор	说话声
лад	和谐
зубоска́л	爱取笑的人
балагу́р	爱逗乐的人
степе́нный	稳重的
расха́живать [未]	走来走去
зажире́вший	长肥的
лега́вый	猎狗的
коню́шня	马厩
инохо́дец	小走马
коренни́к	辕马
пристяжно́й	拉边套的
плетёный	编起来的
гри́ва	鬃毛

Ита́к... прошло восемь лет. Опять **пове́яло** с неба **сия́ющим** счастьем весны; опять улыбнулась она земле и людям; опять под её **ла́ской** всё зацвело, полюбило и запело. Город О... мало изменился в течение этих восьми лет; но дом Марьи Дмитриевны как будто помолодел: его недавно **вы́крашенные** стены белели **приве́тно**, и стёкла раскрытых окон **румя́нились** и **блесте́ли** на заходившем солнце; из этих окон неслись на улицу радостные лёгкие звуки звонких молодых голосов, беспрерывного смеха; весь дом, казалось, **кипе́л** жизнью и **перелива́лся** весельем через край. Сама хозяйка дома давно сошла в могилу: Марья Дмитриевна скончалась года два спустя после **постриже́ния** Лизы; и Марфа Тимофеевна недолго пережила свою **племя́нницу**; рядом **поко́ятся** они на городском **кла́дбище**. Не стало и Настасьи Карповны; верная старушка в течение нескольких лет еженедельно ходила молиться над **пра́хом** своей приятельницы... Пришла пора, и её **ко́сточки** тоже **улегли́сь** в **сыро́й** земле. Но дом Марьи Дмитриевны не поступил в чужие руки, не вышел из её рода, гнездо не **разори́лось**: Леночка, превратившаяся в стройную, красивую девушку, и её жених — белокурый гусарский офицер, сын Марьи Дмитриевны, только что женившийся в Петербурге и вместе с молодой женой приехавший на весну в О..., сестра его жены, шестнадцатилетняя институтка с **а́лыми** щеками и ясными глазками, Шурочка, тоже выросшая и похорошевшая — вот какая молодёжь **оглаша́ла** смехом и **го́вором** стены калитинского дома. Всё в нём изменилось, всё стало под **лад** новым обитателям. Безбородые дворовые ребята, **зубоска́лы** и **балагу́ры**, заменили прежних **степе́нных** стариков; там, где некогда важно **расха́живала зажире́вшая** Роска, две **ляга́вых** собаки бешено возились и прыгали по диванам; на **коню́шне** завелись поджарые **инохо́дцы**, лихие **коренни́ки**, рьяные **пристяжны́е** с **плетёными гри́вами**, донские **верховы́е** кони; часы завтрака, обеда, ужина **перепу́тались** и смешались; пошли, по выражению соседей, «порядки небывалые».

В тот вечер, о котором зашла у нас речь, обитатели калитинского дома (старшему из них, жениху Леночки, было всего двадцать четыре года) занимались немногосложной, но, судя по их дружному хохотанью, весьма для них забавной игрой: они бегали по комнатам и ловили друг друга; собаки тоже бегали и **лаяли**, и висевшие в **клетках** перед окнами **канарейки наперерыв** драли горло, усиливал всеобщий **гам** звонкой **трескотнёй** своего **яростного щебетанья**. В самый **разгар** этой **оглушительной потехи** к воротам подъехал загрязнённый **тарантас**, и человек лет сорока пяти, в дорожном платье, вылез из него и остановился в изумленье. Он постоял некоторое время неподвижно, **окинул** дом внимательным взором, вошел через калитку на двор и медленно взобрался на крыльцо. В передней никто его не встретил; но дверь залы быстро распахнулась — из нее, вся раскрасневшаяся, **выскочила** Шурочка, и мгновенно, вслед за ней, с звонким криком выбежала вся молодая **ватага**. Она внезапно остановилась и затихла при виде незнакомого; но светлые глаза, устремлённые на него, глядели так же ласково, свежие лица не перестали смеяться. Сын Марьи Дмитриевны подошел к гостю и **приветливо** спросил его, что ему угодно?

— Я Лаврецкий, — промолвил гость.

Дружный крик **раздался** ему в ответ — и не потому, чтобы вся эта молодёжь очень обрадовалась приезду отдалённого, почти забытого родственника, а просто потому, что она готова была шуметь и радоваться при всяком удобном случае. Лаврецкого тотчас окружили: Леночка, как старинная знакомая, первая назвала себя, уверила его, что ещё бы немножко — и она **непременно** его бы узнала, и представила ему всё остальное общество, называя каждого, даже жениха своего, уменьшительными именами. Вся толпа двинулась через столовую в гостиную. Обои в обеих комнатах были другие, но

верховой 供骑乘的
перепутываться// перепутаться 混乱, 紊乱

лаять <未> 叫
клетка 笼子
канарейка 金丝雀
наперерыв 抢着, 争着
гам 喧哗
трескотня 叽叽喳喳
яростный 强烈的
щебетание 啁啾声
разгар 极盛时期
оглушительный 震耳欲聋的
потеха 嬉戏
тарантас 四轮马车
окидывать//окинуть 环视, 打量
выскакивать// выскочить 突然出现
ватага 一群

приветливо 有礼貌地

раздаваться//раздаться 响起

непременно 一定地

уцеле́ть [完] 完整无缺	
пя́льцы 绣花绷子	
чи́нно 守规矩地	
восклица́ние 呼喊	
посы́паться [完] 传来	
наперебы́в 争先恐后地	
наи́вно 天真地	
возража́ть//возрази́ть 反驳	
мосьё 先生	
сма́нивать//смани́ть 引诱, 唆使	
перегля́дываться// перегляну́ться 使眼色	
ра́зом 一下子	
егоза́ 坐不住的人	
пе́рец 辣椒	
табаке́рка 鼻烟壶	
насы́пать [完] 装入	
чиха́ть//чихну́ть 打喷嚏	
восклица́ть// воскли́кнуть 感叹	
зазвене́ть [完] 发出清脆的声音	
прити́хнуть [完] 安静下来	

мебель **уцеле́ла**; Лаврецкий узнал фортепьяно; даже **пя́льцы** у окна стояли те же, в том же положении — и чуть ли не с тем же неконченным шитьём, как восемь лет тому назад. Его усадили на покойное кресло; все **чи́нно** уселись вокруг него. Вопросы, **восклица́ния**, рассказы **посы́пались напереры́в**.

— А давно мы вас не видали, — **наи́вно** заметила Леночка, — и Варвару Павловну тоже не видали.

— Ещё бы! — поспешно подхватил её брат. — Я тебя в Петербург увёз, а Федор Иваныч все жил в деревне.

— Да, ведь с тех пор и мамаша скончалась.

— И Марфа Тимофеевна, — промолвила Шурочка.

— И Настасья Карповна, — **возрази́ла** Леночка, — и **мосьё** Лемм...

— Как? и Лемм умер? — спросил Лаврецкий.

— Да, — отвечал молодой Калитин, — он уехал отсюда в Одессу; говорят, кто-то его туда **смани́л**; там он и скончался.

— Вы не знаете, музыки после него не осталось?

— Не знаю; едва ли.

Все замолкли и **перегляну́лись**. Облачко печали налетело на все молодые лица.

— А Матроска жив, — заговорила вдруг Леночка.

— И Гедеоновский жив, — прибавил её брат.

При имени Гедеоновского **ра́зом** грянул дружный смех.

— Да, он жив и лжет по-прежнему, — продолжал сын Марьи Дмитриевны, — и вообразите, вот эта **егоза́** (он указал на институтку, сестру своей жены) вчера ему **пе́рцу** в **табаке́рку насы́пала**.

— Как он **чиха́л**! — **воскли́кнула** Леночка — и снова **зазвене́л** неудержимый смех.

— Мы о Лизе недавно имели вести, — промолвил молодой Калитин, — и опять кругом всё **прити́хло**, — ей хорошо, здоровье её теперь

поправля́ется понемногу.

— Она все в той же **оби́тели**? — спросил не без усилия Лаврецкий.

— Все в той же.

— Она к вам пишет?

— Нет, никогда; к нам через людей вести доходят.

Сделалось внезапное, глубокое молчанье; вот «тихий ангел пролетел», — подумали все.

— Не хотите ли вы в сад? — обратился Калитин к Лаврецкому, — он очень хорош теперь, хотя мы его и **запусти́ли** немножко.

Лаврецкий вышел в сад, и первое, что бросилось ему в глаза, — была та самая скамейка, на которой он некогда провел с Лизой несколько счастливых, не повторившихся мгновений; она почернела, **искриви́лась**; но он узнал её, и душу его охватило то чувство, которому нет равного и в сладости и в горести, — чувство живой грусти об исчезнувшей молодости, о счастье, которым когда-то обладал. Вместе с молодежью прошёлся он по аллеям: **ли́пы** немного постарели и выросли в последние восемь лет, тень их стала **гу́ще**; зато все **кусты́** поднялись, **мали́нник** вошёл в силу, **оре́шник** совсем **заглох**, и отовсюду пахло свежим **дро́мом**, лесом, травою, **сире́нью**.

— Вот где хорошо бы играть в четыре угла, — вскрикнула вдруг Леночка, войдя на небольшую зеленую **поля́ну**, окруженную липами, — нас, кстати, пятеро.

— А Федора Ивановича ты забыла? — заметил её брат. — Или ты себя не считаешь?

Леночка слегка покраснела.

— Да разве Федор Иванович, в его лета, может... — начала она.

— Пожалуйста, играйте, — поспешно подхватил Лаврецкий, — не обращайте внимания на меня. Мне самому будет приятнее, когда я буду знать, что я вас не **стесня́ю**. А занимать вам меня нечего; у нашего брата, старика, есть занятие, которого вы еще не ведаете и которого никакое

поправля́тся// попра́вится 改善,好转
оби́тель 住处

запуска́ть//запусти́ть 弃之不管

искривля́ться// искриви́ться 变弯曲

ли́па 椴树
гу́ще 更茂密
куст 灌木
мали́нник 悬钩子,马林果
оре́шник 榛树
гло́хнуть//загло́хнуть 衰败
дром 密林
сире́нь 丁香
поля́на 草地

стесня́ть//стесни́ть 使拘束

| приве́тливый 殷勤的
| насме́шливый 滑稽的
| почти́тельность 恭敬
| прочита́ть//проче́сть 讲授
| посыпа́ть//посы́пать 蜂拥而去
| поте́ха 开心,嬉戏,娱乐
| кла́виша 琴键
| но́та 音调,调子

| томи́тельный 令人苦闷的
| навева́ть//наве́ять 引起
| глу́хо 静悄悄,寂静无声
| сму́тный 模糊的
| бле́дный 不清楚的
| облача́ть//облачи́ть 穿上
| мона́шеский 修道士的
| ла́дан (祭祀等用的)香

| перело́м 骤变,转折

| своекоры́стный 自私自利的
| таи́ть//утаи́ть 隐瞒
| утра́чивать//утра́тить 失去
| постоя́нство 永恒,忠贞
| охо́та 喜欢,爱好

| паха́ть 耕地

развлечение заменить не может: воспоминания.

Молодые люди выслушали Лаврецкого с **приве́тливой** и чуть-чуть **насме́шливой почти́тельностью**, — точно им учитель урок **проче́л**, — и вдруг **посы́пали** от него все прочь, вбежали на поляну; четверо стало около деревьев, один на середине — и началась **поте́ха**.

А Лаврецкий вернулся в дом, вошёл в столовую, приблизился к фортепьяно и коснулся одной из **кла́виш**: раздался слабый, но чистый звук и тайно задрожал у него в сердце: этой **но́той** начиналась та вдохновенная мелодия, которой, давно тому назад, в ту же самую счастливую ночь, Лемм, покойный Лемм, привел его в такой восторг. Потом Лаврецкий перешёл в гостиную и долго не выходил из неё: в этой комнате, где он так часто видал Лизу, живее возникал перед ним её образ; ему казалось, что он чувствовал вокруг себя следы её присутствия; но грусть о ней была **томи́тельна** и не легка: в ней не было тишины, **навева́емой** смертью. Лиза еще жила где-то, **глу́хо**, далеко; он думал о ней, как о живой, и не узнавал девушки, им некогда любимой, в том **сму́тном**, **бле́дном** призраке, **облаче́нном** в **мона́шескую** одежду, окруженном дымными волнами **ла́дана**. Лаврецкий сам бы себя не узнал, если б мог так взглянуть на себя, как он мысленно взглянул на Лизу. В течение этих восьми лет совершился, наконец, **перело́м** в его жизни, тот перелом, которого многие не испытывают, но без которого нельзя остаться порядочным человеком до конца; он действительно перестал думать о собственном счастье, о **своекоры́стных** целях. Он утих и — к чему **таи́ть** правду? — постарел не одним лицом и телом, постарел душою; сохранить до старости сердце молодым, как говорят иные, и трудно и почти смешно; тот уже может быть доволен, кто не **утра́тил** веры в добро, **постоя́нства** воли, **охо́ты** к деятельности. Лаврецкий имел право быть довольным: он сделался действительно хорошим хозяином, действительно выучился **паха́ть** землю и трудился не для одного себя; он, насколько мог, обеспечил и **упрочил быт** своих крестьян.

Лаврецкий вышел из дома в сад, сел на знакомой ему скамейке — и на этом дорогом месте, перед лицом того дома, где он в последний раз **напрасно простирал** свои руки к **заветному кубку**, в котором кипит и играет золотое вино наслажденья, — он, одинокий, бездомный странник, под долетавшие до него веселые **клики** уже заменившего его молодого поколения, оглянулся на свою жизнь. Грустно стало ему на сердце, но не тяжело и не **прискорбно**: сожалеть ему было не о чем, **стыдиться** нечего. «Играйте, веселитесь, растите, молодые силы, — думал он, и не было **горечи** в его думах, — жизнь у вас впереди, и вам легче будет жить: вам не придётся, как нам, **отыскивать** свою дорогу, бороться, падать и вставать среди **мрака**; мы **хлопотали** о том, как бы **уцелеть** — и сколько из нас не уцелело! — а вам **надобно** дело делать, работать, и **благословение** нашего брата, старика, будет с вами. А мне, после сегодняшнего дня, после этих ощущений, остается отдать вам последний **поклон** — и хотя с печалью, но без зависти, без всяких темных чувств сказать, в виду конца, в виду ожидающего бога: «Здравствуй, одинокая старость! **Догорай**, бесполезная жизнь!»»

Лаврецкий тихо встал и тихо **удалился**; его никто не заметил, никто не удерживал; весёлые клики сильнее прежнего раздавались в саду за зеленой **сплошной** стеной высоких лип. Он сел в тарантас и велел кучеру ехать домой и не **гнать** лошадей.

«И конец? — спросит, может быть, неудовлетворенный читатель. — А что же сталось потом с Лаврецким? С Лизой?» Но что сказать о людях, еще живых, но уже **сошедших** с земного **поприща**, зачем возвращаться к ним? Говорят, что Лаврецкий посетил тот отдалённый монастырь, куда скрылась Лиза, — увидел ее. **Перебираясь** с **клироса** на клирос, она прошла близко мимо него, прошла ровной, **торопливо-**

упрочивать//упрочить 确立
быт 日常生活

напрасно 枉然地
простирать//простереть 伸(出)
заветный 宝贵的
кубок 酒杯
клик 呼声
прискорбно 痛苦
стыдиться//постыдиться 感到羞愧
горечь 苦妻
отыскивать//отыскать 找到
мрак 黑暗,绝望
хлопотать//похлопотать 奔走,忙碌
уцелеть [完] 得到保全
надобно 同 надо
благословение 祝福
поклон 鞠躬,问候
догорать//догореть 烧完,熄灭

удалиться//удаляться 离开
сплошной 无间隙的
гнать//гонять 赶

сходить//сойти 走下,离开
поприще 领域,舞台
перебираться//перебраться 到……去
клирос 唱诗席
торопливо 着急地

похо́дка 步伐
ресни́цы 睫毛
исхуда́лый 消瘦的
сжа́тый 紧握的
чётки 念珠
прижима́ться//
　　прижа́ться 紧贴

смиренной **похо́дкой** монахини — и не взглянула на него; только **ресни́цы** обращённого к нему глаза чуть-чуть дрогнули, только еще ниже наклонила она свое **исхуда́лое** лицо — и пальцы **сжа́тых** рук, перевитые **чётками**, еще крепче **прижа́лись** друг к другу. Что подумали, что почувствовали оба? Кто узнает? Кто скажет? Есть такие мгновения в жизни, такие чувства... На них можно только указать — и пройти мимо.

Наводящие вопросы:

1. Что такое скрытое психологическое описание? Найдите примеры в романе И.С. Тургенева «Дворянское гнездо» и проанализируйте.
2. На основе чего были близки Лавренский и Лиза? О чем это говорит?
3. Какие духовные качества видит Лавренский в Лизе?
4. Почему Лиза отказалась от предложения Пашина?
5. Почему Лиза решила скрыться в монастыре?
6. Какой образ жизни Лавренский выбрал после скрытия Лизы в монастырь?
7. Нашли ли оба героя утешение в своих аскетических образах жизни?
8. Как вы смотрите на мировоззрение И.С. Тургенева, выраженное в этом романе?

Иван Александрович Гончаров

伊凡·亚历山大洛维奇·冈察洛夫（Иван Александрович Гончаров，1812—1891），俄罗斯著名文学家，生于辛比尔斯克一个贵族兼商人家庭。莫斯科大学语文系毕业后到政府部门工作。1848年结识别林斯基，不赞同后者的革命激进观点，别林斯基也认为他的创作平淡庸俗。1852—1855年随远洋考察船到过西欧、远东等地，使其对俄罗斯生活形成开阔的观察视角。1856—1860年间担任国民教育部图书审查官，撰写了很多反对"虚无主义"和"唯物主义"的文章。冈察洛夫的主要作品有长篇小说《平凡的故事》（*Обыкновенная история*）、《奥勃洛莫夫》（*Обломов*）和《悬崖》（*Обрыв*）。三部小说中作家完  成了对俄罗斯农奴制结束时的社会风貌描写以及对俄罗斯民族性格的探索。晚期写有文学评论性文章和著作。冈察洛夫作品以现实主义手法描写农奴制改革前后的俄罗斯乡村生活，叙事舒缓平稳。作家崇尚传统的价值观念，对安逸宁静的生活既有田园诗般的讴歌，也有批判性的分析，认为正是这种凝滞的社会生活使人在发生巨变的时代中无所适从，从而形成慵懒和耽于幻想的性格。"奥勃洛莫夫"成为俄罗斯文学中"多余人"画廊中新的形象，"奥勃洛莫夫现象"（*обломовщина*）成为新旧时代交替中典型的社会文化现象。其作品在探索社会生活和俄罗斯民族性格上所具有的深远意义，使作家跻身于俄罗斯文学大师之林。

Обломов (отрывки)

导 读

文化批评（культурная критика）：文化分析不仅是传统的社会批评，还包括更广阔的内涵，将构成人类生存的地理、历史、民俗等自然及人文生态因素都包含在内，通过对个人化日常生活及民族习俗的描写，揭示民族文化的总体精神特征。

请思考，如何从文化批评的角度描述奥勃洛莫夫性格的典型意义？"奥勃洛莫夫现象"反映出俄罗斯民族文化哪些特征？

уголóк угол的指小，角落
скалá 岩崖
прóпасть 深渊
дремýчий 茂密的
грандиóзный 宏伟的
угрю́мый <转> 阴森的
смущáться//смутúться
　<旧> 不安起来
рóбость 胆怯
необозрúмы 一望无际的
пеленá 覆盖物
измýченный 精疲力竭的
рёв 吼叫
бéшеный 疯狂的
раскáт 轰鸣声
нéжить [未]使舒服
твердúть [未]反复地说
обречённый 注定灭亡的
пронзúтельный 刺耳的
щебетáть 啁啾声
бессúльный 无力的
вопль 哀号

отрáдный 令人愉快的
колебáние 动荡

ядовúто 恶狠狠地
издевáться [未]嘲笑
отвáжный 勇敢的

грóзный 残酷的
кóготь 爪

брéнный 易逝的

Сон Обломова

<...>

Где мы? В какой благословенный **уголóк** земли перенёс нас сон Обломова? Что за чудный край!

Нет, правда, там моря, нет высоких гор, **скал** и **пропастéй**, ни **дремýчих** лесов — нет ничего **грандиóзного**, дикого и **угрю́мого**.

Да и зачем оно, это дикое и грандиозное? Море, например? Бог с ним! Оно наводит только грусть на человека: глядя на него, хочется плакать. Сердце **смущáется рóбостью** перед **необозрúмой пеленóй** вод, и не на чем отдохнуть взгляду, **измýченному** однообразием бесконечной картины.

Рёв и **бéшеные раскáты** валов не **нéжат** слабого слуха: они всё **твердят** свою, от начала мира одну и ту же песнь мрачного и неразгаданного содержания; и всё слышится в ней один и тот же стон, одни и те же жалобы будто **обречённого** на мýку чудовища да чьи-то **пронзúтельные**, зловещие голоса. Птицы не **щебéчут** вокруг; только безмолвные чайки, как осуждённые, уныло носятся у прибрежья и кружатся над водой.

Бессúлен рёв зверя перед этими **вóплями** природы, ничтожен и голос человека, и сам человек так мал, слаб, так незаметно исчезает в мелких подробностях широкой картины! От этого, может быть, так и тяжело ему смотреть на море.

Нет, Бог с ним, с морем! Самая тишина и неподвижность его не рождают **отрáдного** чувства в душе: в едва заметном **колебáнии** водяной массы человек всё видит ту же необъятную, хотя и спящую, силу, которая подчас так **ядовúто издевáется** над его гордой волей и так глубоко хоронит его **отвáжные** замыслы, все его хлопоты и труды.

Горы и пропасти созданы тоже не для увеселения человека. Они **грóзны**, страшны, как выпущенные и устремлённые на него **кóгти** и зубы дикого зверя; они слишком живо напоминают нам **брéнный** состав наш и держат в страхе и

ПРОЗА

тоске за жизнь. И небо там, над скалами и пропастями, кажется таким далёким и недосягаемым, как будто оно **отступи́лось** от людей.

Не таков мирный уголок, где вдруг очутился наш герой.

Небо там, кажется, напротив, ближе жмётся к земле, но не с тем, чтоб **мета́ть** сильнее стрелы, а разве только, чтоб обнять её покрепче, с любовью: оно распростёрлось так невысоко над головой, как родительская надёжная **кро́вля**, чтоб уберечь, кажется, избранный уголок от всяких **невзго́д**.

Солнце там ярко и жарко светит около полугода и потом удаляется оттуда не вдруг, точно нехотя, как будто **обора́чивается** назад взглянуть ещё раз или два на любимое место и подарить ему осенью, среди **нена́стья**, ясный, тёплый день.

Горы там как будто только модели тех страшных где-то воздвигнутых гор, которые ужасают воображение. Это ряд **отло́гих холмо́в**, с которых приятно кататься, **резвя́сь**, на спине или, сидя на них, смотреть в раздумье на заходящее солнце.

Река бежит весело, шаля и играя; она то разольётся в широкий пруд, то стремится быстрой **ни́тью**, или **присмире́ет**, будто задумавшись, и чуть-чуть ползёт по камешкам, выпуская из себя по сторонам резвые ручьи, под **журча́нье** которых сладко **дре́млется**.

Весь уголок **вёрст** на пятнадцать или на двадцать вокруг представлял ряд живописных **этю́дов**, весёлых, улыбающихся пейзажей. **Песча́ные** и отлогие берега светлой речки, подбирающийся с холма к воде мелкий **куста́рник**, **искривлённый овра́г** с ручьём на дне и берёзовая роща — всё как будто было нарочно **при́брано** одно к одному и мастерски нарисовано.

Измученное волнениями или вовсе незнакомое с ними сердце так и просится **спря́таться** в этот забытый всеми уголок и жить никому не ведомым счастьем. Всё **сули́т** там покойную, долговременную жизнь до **желтизны́** волос и незаметную, сну

недосяга́емый 达不到的

отступа́ться // отступи́ться 放弃

жмётся → жа́ться 贴近

мета́ть // метну́ть 抛, 掷

кро́вля 家, 房顶
невзго́да 苦难, 不幸

обора́чиваться // обороти́ться 扭头, 转身
нена́стье 阴雨天

отло́гий 有缓坡的
холм 小山
резви́ться [未] 嬉戏, 玩耍

нить ⟨转⟩ 纽带, 脉络
присмире́ть [完] 安静下来
журча́ние 潺潺声, 淙淙声
дрема́ться [未] 昏昏欲睡
верста́ 俄里
этю́д 绘画习作
песча́ный 多沙的
куста́рник 灌木丛
искривлённый 弯曲的
овра́г 沟壑, 峡谷
при́бранный 收拾得整齐的
пря́таться // спря́таться 躲避
сули́ть // посули́ть 预示
желтизна́ 黄色

невозмути́мый 平静的	

подобную смерть.

Правильно и **невозмути́мо** совершается там годовой круг.

По указанию календаря наступит в марте весна, побегут грязные ручьи с холмов, оттает земля и **задыми́тся** тёплым паром; скинет крестьянин **полушу́бок**, выйдет в одной рубашке на воздух и, прикрыв глаза рукой, долго любуется солнцем, с удовольствием пожимая плечами; потом он потянет **опроки́нутую** вверх дном **теле́гу** то за одну, то за другую **огло́блю** или осмотрит и ударит ногой праздно лежащую под навесом **соху́**, готовясь к обычным трудам.

Не возвращаются внезапные вьюги весной, не **засыпа́ют** полей и не ломают снегом деревьев.

Зима, как **непристу́пная**, холодная красавица, выдерживает свой характер вплоть до **узако́ненной** поры тепла; не **дра́знит** неожиданными **о́ттепелями** и не гнёт в три дуги **неслы́ханными** морозами; всё идёт обычным, предписанным природой общим порядком.

В ноябре начинается снег и мороз, который к **Креще́нью** усиливается до того, что крестьянин, выйдя на минуту из избы, **вороти́тся** непременно с **и́неем** на бороде; а в феврале чуткий нос уж чувствует в воздухе мягкое веянье близкой весны.

Но лето, лето особенно **упои́тельно** в том краю. Там надо искать свежего, сухого воздуха, напоенного — не лимоном и не **ла́вром**, а просто запахом **полы́ни**, сосны и **черёмухи**; там искать ясных дней, слегка жгучих, но не **паля́щих** лучей солнца и почти в течение трёх месяцев безо́блачного неба.

Как пойдут ясные дни, то и длятся недели три-четыре; и вечер тёпел там, и ночь душна. Звёзды так приветливо, так дружески мигают с небес.

Дождь ли пойдёт — какой благотворный летний дождь! **Хлы́нет** бойко, обильно, весело запрыгает, точно крупные и жаркие слёзы внезапно обрадованного человека; а только перестанет — солнце уже опять с ясной улыбкой

задыми́ться 开始冒烟
полушу́бок 短皮外衣

опроки́нутый 倒置的
теле́га 大车
огло́бля 车辕
соха́ 木犁
вью́га 暴风雪
засыпа́ть//засы́пать 撒上
непристу́пный 傲慢不可接近的
узако́ненный 习以为常的
дразни́ть [未] 戏弄
о́ттепель 解冻
неслы́ханный 前所未闻的
Креще́нье 主显节 (通常在一月下旬)
вороти́ться [完] 返回
и́ней 霜
упои́тельный 令人陶醉的
лавр 月桂
полы́нь 艾蒿
черёмуха 稠李
жгу́чий 炽热的
паля́щий 炎热的
безо́блачный 无云的

хлы́нуть 喷涌而出; 淋下
бо́йко 活泼地

любви осматривает и сушит поля и **приго́рки**; и вся страна опять улыбается счастьем в ответ солнцу.

Радостно приветствует дождь крестьянин: «Дождичек **вы́мочит**, солнышко высушит!» — говорит он, подставляя с наслаждением под тёплый ливень лицо, плечи и спину.

Грозы не страшны, а только благотворны там: бывают постоянно в одно и то же **устано́вленное** время, не забывая почти никогда **ильина́ дня**, как будто для того, чтоб поддержать известное **преда́ние** в народе. И число и сила ударов, кажется, всякий год одни и те же, точно как будто из **казны́** отпускалась на год на весь край известная мера электричества.

Ни страшных бурь, ни разрушений не слыхать в том краю.

<...>

Но главною заботою была кухня и обед. Об обеде совещались целым домом; и **престаре́лая** тётка приглашалась к совету. Всякий предлагал своё блюдо: кто суп с **потроха́ми**, кто лапшу или желудок, кто рубцы, кто красную, кто белую **подли́вку** к соусу.

Всякий совет принимался в соображение, обсуждался обстоятельно и потом принимался или отвергался по окончательному приговору хозяйки.

На кухню посылались **беспреста́нно** то Настасья Петровна, то Степанида Ивановна напомнить о том, прибавить это или отменить то, отнести сахару, мёду, вина для кушанья и посмотреть, всё ли положит повар, что отпущено.

Забота о пище была первая и главная жизненная забота в Обломовке. Какие теля́та **утучня́лись** там к годовым праздникам! Какая птица воспитывалась! Сколько тонких соображений, сколько занятий и забот в ухаживанье за нею! **Индейки** и цыплята, **назнача́емые** к именинам и другим торжественным дням, **отка́рмливались оре́хами**; гусей лишали **моцио́на**, заставляли висеть в мешке неподвижно за несколько дней до

приго́лок 小山丘

выма́чивать//вы́мочить 淋湿

устано́вленный 规定的
ильин день 伊利亚节（俄历7月20日，民间称为"雷神节"）
преда́ние 传说，老规矩
казна́ 政府机关

престаре́лый 老的
потроха́ 供食用的动物内脏
подли́вка <口>（向做好的菜肴上浇的）调料汁

беспреста́нно 不停地

теля́та 牛犊
утучня́ться//утучни́ться 变得肥胖
инде́йка 火鸡
назнача́ть//назна́чить 指定
отка́рмливаться//откорми́ться 养肥

орех 坚果
моцион 遛放(畜、禽)
заплывать//заплыть 挂膘
суетиться [未]忙乱
муравьиный 像蚂蚁一样的(指勤劳、繁忙、顽强等)
униматься//уняться 停止
раздаваться//раздаться 响起
амбар 粮仓
стон 呻吟,哀号
кровопролитие 屠杀
исполинский пирог 特大的馅饼
начинка 馅
треск 破裂声
неустрашимый 英勇无畏的
окаменелость окаманелый 的名词,变硬的
археолог 考古学家
дрянной 坏透的
черепок 小瓦罐

знойный 炎热的
струиться [未]流淌,散发
шелохнуться [完] 颤动
вымереть//вымирать 死尽
прожужжать [完] 嗡嗡地飞过
храпеть [未] 打鼾
заваливаться//завалиться <俗> 躺下
воцаряться//воцариться <转> 笼罩,弥漫

праздника, чтоб они **заплыли** жиром. Какие запасы были там варений, солений, печений! Какие мёды, какие квасы варились, какие пироги пеклись в Обломовке!

И так до полудня всё **суетилось** и заботилось, всё жило такою полною, **муравьиною**, такою заметною жизнью.

В воскресенье и в праздничные дни тоже не **унимались** эти трудолюбивые муравьи: тогда стук ножей на кухне **раздавался** чаще и сильнее; баба совершала несколько раз путешествие из **амбара** в кухню с двойным количеством муки и яиц; наптичьем дворе было более **стонов** и **кровопролитий**. Пекли исполинский пирог, который сами господа ели ещё на другой день; на третий и четвёртый день остатки поступали в девичью; пирог доживал до пятницы, так что один совсем чёрствый конец, без всякой **начинки**, доставался, в виде особой милости, Антипу, который, перекрестясь, с **треском неустрашимо** разрушал эту любопытную **окаменелость**, наслаждаясь более сознанием, что это господский пирог, нежели самым пирогом, как **археолог**, с наслаждением пьющий **дрянное** вино из **черепка** какой-нибудь тысячелетней посуды.

А ребёнок всё смотрел и всё наблюдал своим детским, ничего не пропускающим умом. Он видел, как после полезно и хлопотливо проведённого утра наставал полдень и обед.

Полдень **знойный**; на небе ни облачка. Солнце стоит неподвижно над головой и жжёт траву. Воздух перестал **струиться** и висит без движения. Ни дерево, ни вода не **шелохнутся**; над деревней и полем лежит невозмутимая тишина — всё как будто **вымерло**. Звонко и далеко раздаётся человеческий голос в пустоте. В двадцати саженях слышно, как пролетит и **прожужжит** жук, да в густой траве кто-то всё **храпит**, как будто кто-нибудь **завалился** туда и спит сладким сном.

И в доме **воцарилась** мёртвая тишина. Наступил час всеобщего послеобеденного сна.

ПРОЗА

Ребёнок видит, что и отец, и мать, и старая тётка, и свита — все **разбрелись** по своим углам; а у кого не было его, тот шёл на **сеновал**, другой в сад, третий искал прохлады в **сенях**, а иной, прикрыв лицо платком от мух, засыпал там, где **сморила** его жара и повалил громоздкий обед. И садовник растянулся под кустом в саду, подле своей пешни, и кучер спал на **конюшне**.

Илья Ильич заглянул в **людскую**: в людской все легли **вповалку**, по лавкам, по полу и в сенях, предоставив ребятишек самим себе; ребятишки ползают по двору и роются в песке. И собаки далеко залезли в конуры, благо не на кого было **лаять**.

Можно было пройти по всему дому **насквозь** и не встретить ни души; легко было **обокрасть** всё кругом и свезти со двора на подводах: никто не помешал бы, если б только водились воры в том краю.

Это был какой-то **всепоглощающий**, ничем **непобедимый** сон, истинное подобие смерти. Всё мертво, только из всех углов несётся разнообразное храпенье на все тоны и лады.

Изредка кто-нибудь вдруг поднимет со сна голову, посмотрит бессмысленно, с удивлением, на обе стороны и перевернётся на другой бок или, не открывая глаз, **плюнет** спросонья и, **почавкав** губами или поворчав что-то под нос себе, опять заснёт.

А другой быстро, без всяких предварительных приготовлений, вскочит обеими ногами с своего ложа, как будто боясь потерять драгоценные минуты, схватит кружку с квасом и, подув на плавающих там мух, так, чтоб их отнесло к другому краю, отчего мухи, до тех пор неподвижные, сильно начинают **шевелиться**, в надежде на улучшение своего положения, промочит горло и потом падает опять на постель как подстреленный.

А ребёнок всё наблюдал да наблюдал.

<...>

В Обломовке верили всему: и **оборотням**, и **мертвецам**. Расскажут ли им, что копна сена

разбредаться// разбрестись<口>走散
сеновал 干草棚
громоздкий 庞大的
сень 荫
сма́ривать//смори́ть 使昏昏欲睡
коню́шня 马厩
людска́я 仆人住的屋子
вповалку 横七竖八地躺着

ла́ять 叫
насквозь <口,转>完全
обкра́дывать//обкрасть 偷盗

всепоглоща́ющий 吞没一切的
непобеди́мый 不可战胜的

плева́ть//плю́нуть 吐痰
поча́вкать[完]<口> 吧嗒一阵嘴

шевели́ться// пошевельну́ться 颤动
о́боротень (迷信、传说中)会变化的人(鬼,妖怪)
мертве́ц <转>半死半活的人

копна́	一垛
бара́н	野山羊

наки́дываться// наки́нуться	突然冲着……
усомни́ться[完]	怀疑起来

балага́н <旧>	(集市、娱乐场所)临时搭起的戏台
разбо́йник	强盗,土匪
безотчётный	无意识的,不知不觉的

трепета́ть [未]	内心颤抖
зарони́ть[完]<转>	惹起
бледне́ть//побледне́ть	(脸色)变得苍白

та́мошний	当地的
окре́стный	邻近的
пасио́н	(旧俄及其他一些国家的公立或私立的)寄宿学校

золоту́ха <旧>	淋巴结核

бало́вник	淘气的孩子
капри́з	任性,乖戾

разгуливала по полю, — они не задумаются и поверят; пропустит ли кто-нибудь слух, что вот это не **бара́н**, а что-то другое или что такая-то Марфа или Степанида — ведьма, они будут бояться и барана, и Марфы: им и в голову не придёт спросить, отчего баран стал не бараном, а Марфа сделалась ведьмой, да еще **наки́нутся** и на того, кто бы вздумал **усомни́ться** в этом, — так сильна вера в чудесное в Обломовке!

Илья Ильич и увидит после, что просто устроен мир, что не встают мертвецы из могил, что великанов, как только они заведутся, тотчас сажают в **балага́н**, а **разбо́йников** — в тюрьму; но если пропадает самая вера в призраки, то остается какой-то осадок страха и **безотчётной** тоски.

Узнал Илья Ильич, что нет бед от чудовищ, а какие есть — едва знает, и на каждом шагу всё ждёт чего-то страшного и боится. И теперь ещё, оставшись в тёмной комнате или увидя покойника, он **трепе́щет** от зловещей, в детстве **заро́ненной** в душу тоски; смеясь над страхами своими поутру, он опять **бледне́ет** вечером.

Далее Илья Ильич вдруг увидел себя мальчиком лет тринадцати или четырнадцати.

Он уж учился в селе Верхлёве, верстах в пяти от Обломовки, у **та́мошнего** управляющего, немца Штольца, который завёл небольшой **пансио́н** для детей **окре́стных** дворян.

У него был свой сын, Андрей, почти одних лет с Обломовым, да ещё отдали ему одного мальчика, который почти никогда не учился, а больше страдал **золоту́хой**, всё детство проходил постоянно с завязанными глазами или ушами да плакал всё втихомолку о том, что живёт не у бабушки, а в чужом доме, среди злодеев, что вот его и приласкать-то некому и никто любимого пирожка не испечёт ему.

Кроме этих детей, других ещё в пансионе пока не было.

Нечего делать, отец и мать посадили **бало́вника** Илюшу за книгу. Это стоило слёз, воплей, **капри́зов**. Наконец отвезли.

Немец был человек дельный и строгий, как почти все немцы. Может быть, у него Илюша и успел бы выучиться чему-нибудь хорошенько, если б Обломовка была верстах в пятистах от Верхлёва. А то как выучиться? Обаяние обломовской атмосферы, образа жизни и привычек **простиралось** и на Верхлёво; ведь оно тоже было некогда Обломовкой; там, кроме дома Штольца, всё дышало тою же первобытной ленью, простотою нравов, тишиною и неподвижностью.

простираться// простереться 延伸, 扩及

нрав[常用复数] 风俗, 习俗

Ум и сердце ребёнка исполнились всех картин, сцен и нравов этого быта прежде, нежели он увидел первую книгу. А кто знает, как рано начинается развитие умственного зерна в детском мозгу? Как **уследить** за рождением в младенческой душе первых понятий и впечатлений?

услеживать//уследить 注意观察

Может быть, когда дитя ещё едва выговаривало слова, а может быть, ещё вовсе не выговаривало, даже не ходило, а только смотрело на всё тем **пристальным** немым детским взглядом, который взрослые называют **тупым**, оно уж видело и угадывало значение и связь явлений окружающей его сферы, да только не признавалось в этом ни себе, ни другим.

пристальный 专注的
тупой 迟钝的

Может быть, Илюша уж давно замечает и понимает, что говорят и делают при нём: как батюшка его, в плисовых панталонах, в коричневой **суконной** ваточной куртке, день-деньской только и знает, что ходит из угла в угол, заложив руки назад, нюхает **табак** и сморкается, а матушка переходит от кофе к чаю, от чая к обеду; что родитель и не вздумает никогда поверить, сколько копен **скошено** или сжато, и взыскать за упущение, а подай-ка ему не скоро носовой платок, он накричит о беспорядках и поставит вверх дном весь дом.

суконный 用呢子做的

табак 烟丝

косить//скосить 割
носовой платок 手帕

Может быть, детский ум его давно решил, что так, а не иначе следует жить, как живут около него взрослые. Да и как иначе прикажете решить ему? А как жили взрослые в Обломовке?

Делали ли они себе вопрос: зачем дана жизнь? Бог весть. И как отвечали на него? Вероятно, никак: это казалось им очень просто и ясно.

томи́тельный 令人痛苦的	Не слыхивали они о так называемой многотрудной жизни, о людях, носящих томи́тельные заботы в груди, снующих зачем-то из угла в угол по лицу земли или отдающих жизнь вечному, нескончаемому труду.
	Плохо верили обломовцы и душевным тревогам; непринимали за жизнь круговорота вечных стремлений куда-то, к чему-то; боялись, как огня, увлечения страстей; и как в другом месте тело у людей быстро **сгора́ло** от **вулкани́ческой** работы внутреннего, душевного огня, так душа обломовцев мирно, без помехи **утопа́ла** в мягком теле.
сгора́ть//сгоре́ть 烧尽 вулкани́ческий <转>强烈的 утопа́ть//утону́ть 陷入 клейми́ть//заклейми́ть 留下痕迹 неду́г 痛苦的心情 убы́ток 亏损, 损失	Не **клейми́ла** их жизнь, как других, ни преждевременными морщинами, ни нравственными разрушительными ударами и **неду́гами**.
	Добрые люди понимали ее не иначе как идеалом покоя и бездействия, нарушаемого по временам разными неприятными случайностями, как-то: болезнями, убы́тками, ссорами и, между прочим, трудом.
пра́отец 祖先	Они сносили труд как наказание, наложенное ещё на **пра́отцев** наших, но любить не могли, и где был случай, всегда от него избавлялись, находя это возможным и должным.
	Они никогда не смущали себя никакими туманными умственными или нравственными вопросами: оттого всегда и цвели здоровьем и весельем, оттого там жили долго; мужчины в сорок лет походили на юношей; старики не боролись с трудной, мучительной смертью, а, дожив до невозможности, умирали как будто
укра́дкой 悄悄的	**укра́дкой**, тихо застывая и незаметно испуская последний вздох. Оттого и говорят, что прежде был крепче народ.
	Да, в самом деле крепче: прежде не торопились объяснять ребёнку значения жизни и приготовлять его к ней, как к чему-то мудрёному и нешуточному;
томи́ть [未] 使痛苦 глода́ть <转>(思想、感情等)折磨	не **томи́ли** его над книгами, которые рождают в голове тьму вопросов, а вопросы **гло́жут** ум и сердце и сокращают жизнь.
	Норма жизни была готова и преподана им родителями, а те приняли её, тоже готовую, от

дедушки, а дедушка от прадедушки, с заветом **блюсти** её целость и **неприкосновенность**, как огонь Весты. Как что делалось при дедах и отцах, так делалось при отце Ильи Ильича, так, может быть, делается ещё и теперь в Обломовке.

О чём же им было задумываться и чем волноваться, что узнавать, каких целей добиваться?

Ничего не нужно: жизнь, как покойная река, текла мимо их; им оставалось только сидеть на берегу этой реки и наблюдать неизбежные явления, которые по очереди, без зову, представали пред каждого из них.

И вот воображению спящего Ильи Ильича начали так же по очереди, как живые картины, открываться сначала три главные акта жизни, **разыгрывавшиеся** как в его семействе, так у родственников и знакомых: родины, свадьба, похороны.

Потом потянулась пёстрая процессия весёлых и печальных подразделений её: крестин, именин, семейных праздников, **заговенья**, **розговенья**, шумных обедов, родственных съездов, приветствий, поздравлений, официальных слёз и улыбок.

Всё отправлялось с такою точностью, так важно и торжественно.

Ему представлялись даже знакомые лица и мины их при разных обрядах, их заботливость и суета. Дайте им какое хотите **щекотливое сватовство**, какую хотите торжественную свадьбу или **именины** — справят по всем правилам, без малейшего **упущения**. Кого где посадить, что и как подать, кому с кем ехать в церемонии, примету ли соблюсти — во всём этом никто никогда не делал ни малейшей ошибки в Обломовке.

Ребёнка ли выходить не сумеют там? Стоит только взглянуть, каких розовых и увесистых **купидонов** носят и водят за собой тамошние матери. Они на том стоят, чтоб дети были толстенькие, беленькие и здоровенькие.

Они отступятся от весны, знать её не захотят, если не **испекут** в начале её жаворонка. Как им не знать и не исполнять этого?

блюсти [未]遵守
неприкосновенность 不可侵犯

разыгрываться//
 разыграться 玩得兴起

заговенье 斋戒期前最后一次荤食日.
розговенье 开斋日

щекотливый 需谨慎对待的
сватовство 求婚
именины 命名节,生日
упущение 疏忽

купидон 美少年

печь//испечь 烤好
жаворонок 云雀

гна́ть [未] 赶去	
кише́ть [未] 熙熙攘攘	
коренно́й 根本的	
бью́щийся 易碎的	
апа́тия 冷漠	
тяготи́ться [未] 感到苦恼	
загрыза́ть//загры́зть 折磨	
напра́шиваться//напроси́ться 涌出	
расхлёбывать//расхлеба́ть 共同喝尽	
беготня́ 奔走	
повора́чиваться//поверну́ться 麻利地做事	
сопе́ть [未] 发呼哧声	
дрема́ть [未] 打瞌睡	
зева́ть [未] 打哈欠	

Тут вся их жизнь и наука, тут все их скорби и радости: оттого они и **го́нят** от себя всякую другую заботу и печаль и не знают других радостей; жизнь их **кише́ла** исключительно этими **коренны́ми** и неизбежными событиями, которые и задавали бесконечную пищу их уму и сердцу.

Они, с **бью́щимся** от волнения сердцем, ожидали обряда, пира, церемонии, а потом, окрестив, женив или похоронив человека, забывали самого человека и его судьбу и погружались в обычную **апа́тию**, из которой выводил их новый такой же случай — именины, свадьба и т. п.

<...>

Видит Илья Ильич во сне не один, не два такие вечера, но целые недели, месяцы и годы так проводимых дней и вечеров.

Ничто не нарушало однообразия этой жизни, и сами обломовцы не **тяготи́лись** ею, потому что и не представляли себе другого житья-бытья; а если б и смогли представить, то с ужасом отвернулись бы от него.

Другой жизни и не хотели, и не любили бы они. Им бы жаль было, если б обстоятельства внесли перемены в их быт, какие бы то ни были. Их **загрызёт** тоска, если завтра не будет похоже на сегодня, а послезавтра на завтра.

Зачем им разнообразие, перемены, случайности, на которые **напра́шиваются** другие? Пусть же другие и **расхлёбывают** эту чашу, а им, обломовцам, ни до чего и дела нет. Пусть другие и живут, как хотят.

Ведь случайности, хоть бы и выгоды какие-нибудь, беспокойны: они требуют хлопот, забот, **беготни́**, не посиди на месте, торгуй или пиши — словом, **повора́чивайся**, шутка ли!

Они продолжали целые десятки лет **сопе́ть**, **дрема́ть** и **зева́ть** или заливаться добродушным смехом от деревенского юмора, или, собираясь в кружок, рассказывали, что кто видел ночью во сне.

Если сон был страшный — все задумывались,

боялись не шутя; если **пророческий** — все непритворно радовались или печалились, смотря по тому, **горестное** или утешительное снилось во сне. Требовал ли сон **соблюдения** какой-нибудь приметы, тотчас для этого принимались деятельные меры.

Не это, так играют в дураки, в свои **козыри**, а по праздникам с гостями в бостон, или раскладывают гранпасьянс, гадают на **червонного** короля да на **трефовую** даму, предсказывая **марьяж**.
<…>

пророческий	预言的, 有先见之明的
горестный	充满悲伤的
соблюдение	遵守
козырь	(扑克牌戏) 王牌
червонный	赤色的
трефовый	梅花的
марьяж	<旧> 婚事, 婚礼

Наводящие вопросы:

1. Чтобы понять характер Обломова, необходимо вслед за автором обратиться к его истокам. Вместе с героем, задающим себе вопрос: «Отчего я... такой?..», перенесемся в благодатную Обломовку, возникшую сладостным видением в сне Ильи Ильича. Обращайте внимание на культурную атмосферу в Обломовке. Чем она характеризуется?
2. Чем отличается в начале описание пейзажа? Какой контраст в этом описание и к чему приведет?
3. К чему люди привыкают и чего боятся в жизни?
4. Чем отличается пространство и время статического образа жизни в Обломовке?
5. Объясните с точки культурной критики формирования мировоззрения Обломова и растолкуйте, что такое явление Обломовщины? Можно ли сказать, что она представляет другую стороны русского характера?

Николай Гаврилович Чернышевский

尼古拉·加夫里诺维奇·车尔尼雪夫斯基（Николай Гаврилович Чернышевский,1828—1889），俄国著名文学评论家，革命民主主义思想家，政论小说作家，生于萨拉托夫的一个神职人员家庭。14岁前，受到笃信宗教的父亲的影响，饱读经书。1847年考入在萨拉托夫神学院，后以优异的成绩考入彼得堡大学哲学系。大学期间，热衷于社会政治问题，受到革命思想影响，相信傅立叶的空想社会主义。1853起到彼得堡，先后成为《祖国纪事》(Отечественные Записки)和《现代人(Современник)》两家杂志的撰稿人。撰写了大量文学评论文章，同时写有多部哲学、历史、经济方面的著作，认为"人是一定阶级的代表"。他是革命激进组织"人民意志"的精神领袖。1862年被捕，在监禁期间完成了长篇小说《怎么办？》(Что делать?)，书中提倡"合理的利己主义思想"，塑造了"新人"形象，在当时社会特别是年轻人中产生巨大影响。1864年因革命活动被判7年苦役并终身流放到西伯利亚。主要作品有《艺术对现实的审美关系》(Эстетические отношения искусства к действительности)、《俄国文学果戈理时期概观》(Очерки гоголевского периода русской литературы)、《资本与劳动》(Капитал и труд)等。他继承别林斯基文学评论传统，认为文学是社会政治经济生活的反映，与此后的文学评论家杜勃罗留波夫一起被称为"革命民主主义文学评论家"。

Что делать? (отрывки)

导　读

1. 乌托邦 (Утопия)：
乌托邦小说是文学体裁之一，其基本内容是描写美好但不存在的理想社会，属西方自文艺复兴以来重要的文学体裁。这种小说带有哲理论说特点，对社会问题的论说和描述具有主观化和简单化的特点，描写规范化的社会生活，突出有节制的平衡的理性生活。乌托邦小说在创作手法上多采用梦幻等形式。

2. 合理的利己主义 (разумный эгоизм)：其核心内容是运用理性，趋利避害。

请思考，《怎么办？》中的乌托邦小说因素是如何体现的？其文学史意义何在？合理的利己主义体现在哪些方面？

ГЛАВА ТРЕТЬЯ
ЗАМУЖЕСТВО И ВТОРАЯ ЛЮБОВЬ

I

Прошло три месяца после того, как Верочка **вырвалась** из подвала. Дела Лопуховых шли хорошо. Он уже имел порядочные уроки, достал работу у какого-то книгопродавца — перевод учебника географии. Вера Павловна также имела два урока, хотя **незавидных**, но и не очень плохих. Вдвоем они получили уже рублей восемьдесят в месяц; на эти деньги нельзя жить иначе, как очень небогато, но все-таки испытать им нужды не досталось, средства их **понемногу** увеличивались, и они рассчитывали, что месяца еще через четыре или даже скорее они могут уже **обзавестись** своим хозяйством (оно так и было потом).

Порядок их жизни устроился, конечно, не совсем в том виде, как **полушутя**, полусерьезно устраивала его Вера Павловна в день своей фантастической **помолвки**, но все-таки очень похоже на то. Старик и старуха, у которых они поселились, много толковали между собою о том, как странно живут молодые, — будто вовсе и не молодые, — даже не муж и жена, а так, точно не знаю кто.

— Значит, как сам вижу и ты, Петровна, рассказываешь, на то похоже, как бы сказать, она ему сестра была али он ей брат.

— Нашел чему **приравнять**! между братом да сестрой никакой **церемонности** нет; а у них как? он встанет, пальто наденет и сидит, ждет, покуда самовар принесешь. Сделает чай, **кликнет** ее, она тоже уж одета выходит. Какие тут брат с сестрой? А ты так скажи: вот бывает тоже, что небогатые люди, по бедности, живут два семейства в одной квартире, — вот этому можно приравнять.

— И как это, Петровна, чтобы муж к жене войти не мог: значит, не одета, нельзя. Это на что похоже?

— А ты то лучше скажи, как они вечером-то расходятся. Говорит: прощай, миленький, спокойной перегоро́дка 隔壁

пригла́живать //
  пригла́дить 捋头发，梳头发

погоди́ть [完]<口>等一下
пла́тьишко<口>外套
натя́гивать//натяну́ть 用力套上，使劲穿上

расто́лко́вывать//
  растолкова́ть 解释清楚

диви́ться [未] 惊讶，奇怪

заведе́нье <旧>同
  заведе́ние 习惯，规矩
се́кта 教派

взду́маться[完]<口>（忽然）想起，想到
суда́рыня<旧>太太，夫人

ночи! Разойдутся, оба по своим комнатам сидят, книжки читают, он тоже пишет. Ты слушай, что раз было. Легла она спать, лежит, читает книжку; только слышу через **перегоро́дку**-то — на меня тоже что-то сна не было, — слышу, встает. Только, что же ты думаешь? Слышу, перед зеркалом стала, значит, волоса **пригла́дить**. Ну, вот как есть, точно к гостям выйти собирается. Слышу, пошла. Ну, и я в коридор вышла, стала на стул, гляжу в его-то комнату через стекло. Слышу, подошла. «Можно войти, миленький?» А он: «Сейчас, Верочка, минутку **погоди́**». Лежал тоже. **Пла́тьишко натяну́л**, пальто: ну, думаю, галстук подвязывать станет: нет, галстука не подвязал, оправился, говорит: «Теперь можно, Верочка». — «Я, говорит, вот в этой книжке не понимаю, ты **растолку́й**». Он сказал. «Ну, говорит, извини, миленький, что я тебя побеспокоила». А он говорит: «Ничего, Верочка, я так лежал, ты не помешала». Ну, она и ушла.

— Так и ушла?
— Так и ушла.
— И он ничего?

— И он ничего. Да ты не тому **диви́сь**, что ушла, а ты тому дивись: оделась, пошла; он говорит: погоди; оделся, тогда говорит: войди. Ты про это говори: какое это **заведе́нье**?

— А вот что, Петровна: это **се́кта** такая, значит; потому что есть всякие секты.

— Оно похоже на то. Смотри, что верно твое слово.

Другой разговор.

— Данилыч, а ведь я ее спросила про ихнее заведенье. Вы, говорю, не рассердитесь, что я вас спрошу: вы какой веры будете? — Обыкновенно какой, русской, говорит. — А супружник ваш? — Тоже, говорит, русской. — А секты никакой не изволите содержать? — Никакой, говорит; а вам почему так **взду́малось**? — Да вот почему, **суда́рыня**, барыней ли, барышней ли, не знаю, как вас назвать: вы с муженьком-то живете ли? — засмеялась; живем, говорит.

— Засмеялась?

— Засмеялась: живем, говорит. Так отчего же у вас заведенье такое, что вы неодетая не видите его, точно вы с ним не живете? — Да это, говорит, для того, что зачем же **растрёпанной** показываться? А секты тут никакой нет. — Так что же такое? говорю. — А для того, говорит, что так-то любви больше и **размолвок** нет.

— А это точно, Петровна, что на правду похоже. Значит, всегда в своем виде.

— Да она еще какое слово сказала: ежели, говорит, я не хочу, чтобы другие меня в **безобразии** видели, так мужа-то я больше люблю, значит, к нему-то и вовсе не приходится, не умывшись, на глаза лезть.

— А и это на правду похоже, Петровна: отчего же на чужих-то жен **зарятся**? Оттого, что их в наряде видят, а свою в безобразии. Так в Писании говорится, в **притчах** Соломоних. **Премудрейший** царь был.

II

Хорошо шла жизнь Лопуховых. Вера Павловна была всегда весела. Но однажды, — это было месяцев через пять после свадьбы, — Дмитрий Сергеич, возвратившись с урока, нашел жену в каком-то особенном настроении духа: в ее глазах сияла и гордость и радость. Тут Дмитрий Сергеич припомнил, что уже несколько дней можно было замечать в ней признаки приятной тревоги, улыбающегося **раздумья**, нежной гордости.

— Друг мой, у тебя есть какое-то веселье: что же ты не поделишься со мною?

— Кажется, есть, мой милый, но погоди еще немного: скажу тебе тогда, когда это будет верно. Надобно подождать еще несколько дней. А это будет мне большая радость. Да и ты будешь рад, я знаю; и Кирсанову и Мерцаловым понравится.

— Но что же такое?

— А ты забыл, мой миленький, наш уговор: не расспрашивать? Скажу, когда будет верно.

<...>

XXIX ОСОБЕННЫЙ ЧЕЛОВЕК

<... >**Задатки** в прошлой жизни были; но чтобы стать таким особенным человеком, конечно, главное — натура. За несколько времени перед тем, как вышел он из университета и отправился в свое **поместье**, потом в странствование по России, он уже принял оригинальные принципы и в материальной, и в нравственной, и в умственной жизни, а когда он возвратился, они уже развились в **законченную** систему, которой он придерживался **неуклонно**. Он сказал себе: «Я не пью ни капли вина. Я не прикасаюсь к женщине». — А натура была **кипучая**. «Зачем это? Такая крайность вовсе не нужна». — «Так нужно. Мы требуем для людей полного наслаждения жизнью, — мы должны своею жизнью свидетельствовать, что мы требуем этого не для удовлетворения своим личным страстям, не для себя лично, а для человека вообще, что мы говорим только по принципу, а не по **пристрастию**, по убеждению, а не по личной надобности».

Поэтому же он стал и вообще вести самый суровый образ жизни. Чтобы сделаться и продолжать быть Никитушкою Ломовым, ему нужно было есть **говядины**, много говядины, — и он ел ее много. Но он жалел каждой копейки на какую-нибудь пищу, кроме говядины; говядину он велел хозяйке брать самую отличную, нарочно для него самые лучшие куски, но остальное ел у себя дома все только самое дешевое. Отказался от белого хлеба, ел только черный за своим столом. По целым неделям у него не бывало во рту куска сахару, по целым месяцам никакого фрукта, ни куска **телятины** или **пулярки**. На свои деньги он не покупал ничего подобного: «Не имею права тратить деньги на **прихоть**, без которой могу обойтись», — а ведь он воспитан был на роскошном столе и имел тонкий вкус, как видно было по его замечаниям о блюдах; когда он обедал у кого-нибудь за чужим столом, он ел с удовольствием многие из блюд, от которых отказывал себе в своем столе, других не ел и за чужим столом. Причина различения была основательная: «То, что ест, хотя по временам, простой народ, и я могу есть при случае. Того, что никогда недоступно простым людям, и я не должен есть! Это нужно мне для того, чтобы хотя несколько чувствовать, насколько **стеснена́** их жизнь сравнительно с моею». Поэтому, если подавались фрукты, он абсолютно ел яблоки, абсолютно не ел **абрико́сов**; апельсины ел в Петербурге, не ел в провинции, — видите, в Петербурге простой народ ест их, а в провинции не ест. **Пашт́еты** ел, потому что «хороший пирог не хуже паштета, и слоеное **те́сто** знакомо простому народу», но сардинок не ел. Одевался он очень бедно, хоть любил **изя́щество**, и во всем остальном вел **спарта́нский** образ жизни; например, не допускал **тюфяка́** и спал на **во́йлоке**, даже не разрешая себе свернуть его вдвое.

Было у него **угрыз́ение** совести, — он не бросил курить: «Без сигары не могу думать; если действительно так, я прав; но, быть может, это слабость воли». А дурных сигар он не мог курить, — ведь он воспитан был в **аристократи́ческой** обстановке. Из четырехсот рублей его расхода до ста пятидесяти выходило у него на сигары. «**Гну́сная** слабость», как он выражался. Только она и давала некоторую возможность **отбива́ться** от него: если уж начнет слишком доезжать своими **обличе́ниями**, доезжаемый скажет ему: «Да ведь совершенство невозможно, — ты же куришь», — тогда Рахметов приходил в двойную силу обличения, но большую половину **укори́зн** обращал уже на себя, обличаемому все-таки доставалось меньше, хоть он не вовсе забывал его из-за себя.

Он успевал делать страшно много, потому что и в распоряжении времени положил на себя точно такое же **обузда́ние** прихотей, как в материальных вещах. Ни четверти часа в месяц не пропадало у него на развлечение, отдыха ему не было нужно. «У меня занятия разнообразны;

стесня́ть//стесни́ть 束缚、限制

абрико́с 杏

пашт́ет 酥皮肉饼

те́сто 油酥点心

изя́щество 雅致
спарта́нский 斯巴达式的
тюфя́к 床垫
во́йлок 毡子

угрыз́ение 受折磨，谴责

аристократи́ческий 贵族的

гну́сный 可恶的
отбива́ться//отби́ться 还击，击退
обличе́ние 揭露，指摘

укори́зна 责备

обузда́ние 抑制，约束

	перемена занятия есть отдых». В кругу приятелей, сборные пункты которых находились у Кирсанова и Лопухова, он бывал никак не чаще того, сколько нужно, чтобы остаться в тесном отношении к нему: «Это нужно; ежедневные случаи доказывают пользу иметь тесную связь с каким-нибудь кругом людей, — **надобно** иметь под руками всегда открытые источники для разных справок». Кроме как в собраниях этого кружка, он никогда ни у кого не бывал иначе, как по делу, и ни пятью минутами больше, чем нужно по делу; и у себя никого не принимал и не допускал оставаться иначе, как на том же правиле; он без **околичностей** объявлял гостю: «Мы переговорили о вашем деле; теперь позвольте мне заняться другими делами, потому что я должен дорожить временем».
на́добно<旧,俗>同 надо	
околи́чность 绕弯儿, 兜圈子	
перерожде́ние 转变	В первые месяцы своего **перерождения** он почти все время проводил в чтении; но это продолжалось лишь немного более полгода: когда он увидел, что приобрел систематический образ мыслей в том духе, принципы которого нашел справедливыми, он тотчас же сказал себе: «Теперь чтение стало делом второстепенным; я с этой стороны готов для жизни», — и стал отдавать книгам только время, свободное от других дел, а такого времени оставалось у него мало. Но, несмотря на это, он расширял круг своего знания
изуми́тельный 惊人的 быстрота́ 速度	с **изумительною быстротою**: теперь, когда ему было двадцать два года, он был уже человеком очень замечательно основательной учености. Это потому, что он и тут поставил себе правилом: роскоши и прихоти — никакой; исключительно то, что нужно. А что нужно? Он говорил: «По каждому предмету капитальных сочинений очень немного; во всех остальных только повторяется,
разжижа́ться // разжиди́ться 变稀, 冲淡 по́ртится // испо́ртится 腐坏, 变坏	**разжижа́ется**, **по́ртится** то, что все гораздо полнее и яснее заключено в этих немногих сочинениях. Надобно читать только их; всякое другое чтение — только напрасная трата времени. <...>
	Гимнастика, работа для упражнения силы, чтения — были личными занятиями Рахметова;

но по его возвращении в Петербург они брали у него только четвертую долю его времени, остальное время он занимался чужими делами или ничьими в особенности делами, постоянно соблюдая то же правило, как в чтении: не тратить времени над второстепенными делами и с второстепенными людьми, заниматься только капитальными, от которых уже и без него изменяются второстепенные дела и руководимые люди. Например, вне своего круга он знакомился только с людьми, имеющими влияние на других. Кто не был авторитетом для нескольких других людей, тот никакими способами не мог даже войти в разговор с ним. Он говорил: «Вы меня извините, мне некогда», — и отходил. Но точно так же никакими средствами не мог избежать знакомства с ним тот, с кем он хотел познакомиться. Он просто являлся к вам и говорил, что ему было нужно, с таким **предисло́вием**: «Я хочу быть знаком с вами; это нужно. Если вам теперь не время, назначьте другое». На мелкие ваши дела он не обращал никакого внимания, хотя бы вы были ближайшим его знакомым и упрашивали его **вни́кнуть** в ваше затруднение: «Мне некогда», — говорил он и **отвора́чивался**. Но в важные дела вступался, когда это было нужно, по его мнению, хотя бы никто этого не желал: «Я должен», — говорил он. Какие вещи он говорил и делал в этих случаях, уму **непостижи́мо**. <...>

<...>

За год перед тем как во второй и, вероятно, окончательный раз пропал из Петербурга, Рахметов сказал Кирсанову: «Дайте мне порядочное количество **ма́зи** для **заживле́ния** ран от острых орудий». Кирсанов дал огромнейшую банку, думая, что Рахметов хочет отнести лекарство в какую-нибудь **арте́ль пло́тников** или других мастеровых, которые часто подвергаются **поре́зам**. На другое утро хозяйка Рахметова в страшном испуге прибежала к Кирсанову: «**Ба́тюшка-ле́карь**, не знаю, что с моим **жильцо́м** сделалось: не выходит долго из своей комнаты, дверь запер, я

предисло́вие 开场白

вника́ть//вни́кнуть 琢磨, 研究
отвора́чиваться// отвороти́ться 扭过脸去, 转过身去
непостижи́мый 令人不解的

ма́зь 软膏
заживле́ние 愈合
арте́ль 合作社
пло́тник 木匠
поре́з 割破的伤口

ба́тюшка-ле́карь 医生老爷
жиле́ц 住户, 房客

щель缝隙

безжалостный残酷无情的
поскакать[完]跳起来
отпирать//отпереть开(锁), 拉开(门)
спина后背
облитый布满, 满是
натыканный插, 扎
с-исподи底面朝上
остриё尖, 尖端
высовываться//
　высунуться探出头来
полвершка半俄寸
неправдоподобно异乎寻常的

простоплатный衣着寒碜的

забавный滑稽可笑的

очаровываться//
　очароваться<口>入迷, 迷上
скудный贫乏的, 缺少的

проницательный敏锐的, 聪慧的

заглянула в **щель**: он лежит весь в крови: я как закричу, а он мне говорит сквозь дверь: „Ничего, Аграфена Антоновна". Какое ничего! Спаси, батюшка-лекарь, боюсь смертного случаю. Ведь он такой до себя **безжалостный**». Кирсанов **поскакал**. Рахметов **отпер** дверь с мрачною широкою улыбкою, и посетитель увидел вещь, от которой и не Аграфена Антоновна могла развести руками: **спина** и бока всего белья Рахметова (он был в одном белье) были **облиты** кровью, под кроватью была кровь, войлок, на котором он спал, также в крови; в войлоке были **натыканы** сотни мелких гвоздей шляпками **с-исподи, остриями** вверх, они **высовывались** из войлока чуть не на **полвершка**; Рахметов лежал на них ночь. «Что это такое, помилуйте, Рахметов», — с ужасом проговорил Кирсанов. «Проба. Нужно. **Неправдоподобно**, конечно; однако же на всякий случай нужно. Вижу, могу». Кроме того, что видел Кирсанов, видно из этого также, что хозяйка, вероятно, могла бы рассказать много разного любопытного о Рахметове; но в качестве простодушной и **простоплатной** старуха была без ума от него, и уж, конечно, от нее нельзя было бы ничего добиться. Она и в этот-то раз побежала к Кирсанову потому только, что сам Рахметов дозволил ей это для ее успокоения: она слишком плакала, думая, что он хочет убить себя.

　　<...>

　　Да, смешные это люди, как Рахметов, очень **забавны**. Это я для них самих говорю, что они смешны, говорю потому, что мне жалко их; это я для тех благородных людей говорю, которые **очаровываются** ими: не следуйте за ними, благородные люди, говорю я, потому что **скуден** личными радостями путь, на который они зовут вас; но благородные люди не слушают меня и говорят: нет, не скуден, очень богат, а хоть бы и был скуден в ином месте, так не длинно же оно, у нас достанет силы пройти это место, выйти на богатые радостью, бесконечные места. Так видишь ли, **проницательный** читатель, это я не для тебя, а для другой части публики говорю, что такие люди, как Рахметов, смешны. А тебе, проницательный читатель, я скажу, что это недурные люди; а то ведь ты, пожалуй, и не поймешь сам-то; да, недурные люди. Мало их, но ими расцветает жизнь всех; без них она **заглохла** бы, **прокисла** бы; мало их, но они дают всем людям дышать, без них люди **задохнулись** бы. Велика масса честных и добрых людей, а таких людей мало; но они в ней — теин в чаю, букет в благородном вине; от них ее сила и аромат; это цвет лучших людей, это двигатели двигателей, это соль соли земли.

глохнуть//заглохнуть 萧条，凋敝
прокисать//прокиснуть 腐化，变酸
задыхаться//задохнуться 喘不过气来

Наводящие вопросы:

1. Герои романа «Что делать?» предлагают новую форму «идеальной любви» как новой жизни. Насколько это реально?
2. Обращение между этой новой супруги «мой друг», вместо обычного «милый», стало популярной среди людей, стремящихся к «идеальной любви». Какой смысл автор хочет выразить в этом обращении?
3. В образе Рахметова запечатлены наиболее существенные стороны характера зарождавшегося в России типа профессионального революционера. Какие особенности такого типа «новых людей»?
4. Выражение «соль соли земли» — взятое из Библии, когда речь идет о истинно верующих. Здесь говорится о «новых людях». Согласны ли вы с таким мнением?
5. Как вы относитесь к аскетическому образу жизни, выраженному в образе Рахметова? Можно ли сказать, что «новые люди» — это создатели новой религии?

ГЛАВА ЧЕТВЕРТАЯ. ВТОРОЕ ЗАМУЖЕСТВО
XVI ЧЕТВЕРТЫЙ СОН ВЕРЫ ПАВЛОВНЫ
<…>

6
Теперь ты знаешь, кто я; узнай, что я...
Во мне наслаждение чувства, которое было в **Астарте**: она **родоначальница** всех нас, других цариц, сменявших ее. Во мне **упоение созерцанием** красоты, которое было в **Афродите**. Во мне **благоговение** перед чистотою, которое было в

Астарта 阿施塔特（古腓尼基神话中丰产女神、母爱和爱情女神）
родоначальница 始祖
упоение 陶醉状态
созерцание 静观；直观
Афродита 阿佛洛狄忒（希腊神话中爱与美的女神）
благоговение 景仰，尊敬

непоро́чности 纯洁无瑕	«Непоро́чности».

Но во мне все это не так, как было в них, а полнее, выше, сильнее. То, что было в «Непорочности», соединяется во мне с тем, что было в Астарте, и с тем, что было в Афродите. И, соединяясь во мне с другими силами, каждая из этих сил становится могущественнее и лучше от союза. Но больше, еще гораздо больше могущества и прелести дается каждой из этих сил во мне тем новым, что есть во мне, чего не было ни в одной из прежних цариц. Это новое во мне то, чем я отличаюсь от них, — равноправность любящих, равное отношение между ними, как людьми, и от этого одного нового все во мне много, о, много прекраснее, чем было в них.

принадле́жность <旧>财产

Когда мужчина признает равноправность женщины с собою, он отказывается от взгляда на нее, как на свою **принадле́жность**. Тогда она любит его, как он любит ее, только потому, что хочет любить, если же она не хочет, он не имеет никаких прав над нею, как и она над ним. Поэтому во мне свобода.

От равноправности и свободы и то мое, что было в прежних царицах, получает новый характер, высшую прелесть, прелесть, какой не знали до меня, перед которой ничто всё, что знали до меня.

влече́ние 吸引；爱情

упое́ние 陶醉

До меня не знали полного наслаждения чувства, потому что без свободного **влече́ния** обоих любящих ни один из них не имеет светлого **упое́ния**. До меня не знали полного наслаждения созерцанием красоты, потому что, если красота открывается не по свободному влечению, нет светлого упоения ее созерцанием. Без свободного влечения и наслаждение и восхищение мрачны перед тем, каковы они во мне.

Моя непорочность чище той «Непорочности», которая говорила только о чистоте тела: во мне чистота сердца. Я свободна, потому во мне нет обмана, нет притворства: я не скажу слова, которого не чувствую, я не дам поцелуя, в котором нет симпатии.

Но то, что во мне новое, что даёт высшую прелесть тому, что было в прежних царицах, оно само по себе составляет во мне прелесть, которая выше всего. Господин **стеснён** при **слуге**, слуга стеснён перед господином; только с равным себе вполне свободен человек. С низшим скучно, только с равным полное веселье. Вот почему до меня и мужчина не знал полного счастья любви; того, что он чувствовал до меня, не стоило называть счастьем, это было только минутное **опьянение**. А женщина, как жалка была до меня женщина! Она была тогда подвластным, рабствующим лицом; она была в **боязни**, она до меня слишком мало знала, что такое любовь: где боязнь, там нет любви...

Поэтому, если ты хочешь одним словом выразить, что такое я, это слово — равноправность. Без него наслаждение телом, восхищение красотою скучны, мрачны, **гадки**; без него нет чистоты сердца, есть только обман чистотою тела. Из него, из равенства, и свобода во мне, без которой нет меня.

Я всё сказала тебе, что ты можешь сказать другим, всё, что я теперь. Но теперь царство моё ещё мало, я ещё должна беречь своих от **клеветы** не знающих меня, я ещё не могу высказывать всю мою волю всем. Я скажу её всем, когда моё царство будет над всеми людьми, когда все люди будут прекрасны телом и чисты сердцем, тогда я открою им всю мою красоту. Но ты, твоя судьба, особенно счастлива; тебя я не **смущу**, тебе я не **поврежу**, сказавши, чем буду я, когда не немногие, как теперь, а все будут достойны признавать меня своею царицею. Тебе одной я скажу тайны моего будущего. Клянись молчать и слушай.

8

— О любовь моя, теперь я знаю всю твою волю; я знаю, что она будет; но как же она будет? Как тогда будут жить люди?

— Я одна не могу рассказать тебе этого, для этого мне нужна помощь моей старшей сестры, —

стеснённый 感到拘束的
слуга 奴仆

опьянение 心醉神迷

боязнь 恐惧, 害怕

гадкий 令人厌恶的

клевета 污蔑, 诽谤

смущать // смутить 使为难, 使受窘
повреждать // повредить 使受损害

влады́чица <雅>主宰	той, которая давно являлась тебе. Она моя **владычица** и слуга моя. Я могу быть только тем, чем она делает меня; но она работает для меня. Сестра, приди на помощь.
	Является сестра своих сестёр, невеста своих женихов.
	— Здравствуй, сестра, — говорит она царице, — здесь и ты, сестра? — говорит она Вере Павловне. — Ты хочешь видеть, как будут жить люди, когда царица, моя воспитанница, будет царствовать над всеми? Смотри.
ни́ва 田地,庄稼地 ро́ща 小树林 изоби́льный 富饶的 пшени́ца 小麦 ко́лос 穗 оранжере́я 温室	Здание, громадное, громадное здание, каких теперь лишь по нескольку в самых больших столицах, — или нет, теперь ни одного такого! Оно стоит среди **нив** и лугов, садов и **рощ**. Нивы — это наши хлеба, только не такие, как у нас, а густые, густые, **изоби́льные**, изобильные. Неужели это **пшеница**? Кто ж видел такие колосья? Кто ж видел такие зерна? Только в **оранжере́е** можно бы теперь вырастить такие **ко́лосья** с такими зернами. Поля — это наши поля; но такие цветы теперь только в цветниках у
апельси́нный 橙子的 абрико́с 杏 коло́нна 柱子 ли́па 椴树 клён 槭树 вяз 榆树	нас. Сады, лимонные и **апельси́нные** деревья, персики и **абрико́сы**, — как же они растут на открытом воздухе? О, да это **коло́нны** вокруг них, это они открыты на лето; да, это оранжереи, раскрывающиеся на лето. Рощи — это наши рощи: дуб и **ли́па, клён** и **вяз**, — да, рощи те же, как теперь; за ними очень заботливый уход, нет в них ни одного больного дерева, но рощи те же, — только они и остались те же, как теперь. Но это здание, — что ж это, какой оно архитектуры? теперь нет такой; нет, уж есть один намёк на неё, — дворец, который стоит на Сайденгамском
чугу́н 铸铁 оболо́чка 外壳 громадне́йший 巨大的,高大的 футля́р 匣子	холме: **чугу́н** и стекло, чугун и стекло — только. Нет, не только: это лишь **оболо́чка** здания, это его наружные стены; а там, внутри, уж настоящий дом, **громадне́йший** дом: он покрыт этим чугунно-хрустальным зданием, как **футля́ром**; оно образует вокруг него широкие галереи по всем этажам. Какая лёгкая архитектура этого внутреннего
просте́нок 窗间墙	дома, какие маленькие **просте́нки** между окнами,

а окна огромные, широкие, во всю **вышину́** этажей! его каменные стены — будто ряд **пиля́стров**, составляющих **ра́му** для окон, которые выходят на галерею. Но какие это полы и **потолки́**? Из чего эти двери и рамы окон? Что это такое? серебро? **пла́тина**? да и мебель почти вся такая же, — мебель из дерева тут лишь **капри́з**, она только для разнообразия, но из чего ж вся остальная мебель, потолки и полы? «Попробуй подвинуть это кресло», — говорит старшая царица. Эта металлическая мебель легче нашей **оре́ховой**. Но что ж это за металл? Ах, знаю теперь, Саша показывал мне такую **доще́чку**, она была легка, как стекло, и теперь уж есть такие **серьги́, бро́шки**; да, Саша говорил, что, рано или поздно, **алюми́ний** заменит собою дерево, может быть, и камень. Но как же все это богато! Везде алюминий и алюминий, и все промежутки окон одеты огромными зеркалами. И какие ковры на полу! Вот в этом зале половина пола открыта, тут и видно, что он из алюминия. «Ты видишь, тут он **ма́товый**, чтобы не был слишком скользок, — тут играют дети, а вместе с ними и большие; вот и в том зале пол тоже без ковров, — для танцев». И повсюду южные деревья и цветы; весь дом — громадный зимний сад.

Но кто же живет в этом доме, который великолепнее дворцов? «Здесь живет много, очень много; иди, мы увидим их». Они идут на балкон, выступающий из верхнего этажа галереи. Как же Вера Павловна не заметила прежде? «По этим нивам рассеяны группы людей; везде мужчины и женщины, старики, молодые и дети вместе. Но больше молодых; стариков мало, старух еще меньше, детей больше, чем стариков, но все-таки не очень много. Больше половины детей осталось дома заниматься хозяйством: они делают почти все по хозяйству, они очень любят это; с ними несколько старух. А стариков и старух очень мало потому, что здесь очень поздно становятся ими, здесь здоровая и спокойная жизнь; она сохраняет свежесть». Группы, работающие

вышина́ 高度
пиля́стра 壁柱
ра́ма 框，架
потоло́к 天花板

пла́тина 白金
капри́з 随心所欲的要求

оре́ховый 用核桃木制的
доще́чка 一小块很薄的木板
серьга́ 耳环
бро́шка 同брошь, 胸针
алюми́ний 铝

ма́товый 毛的

жать//сжать 收割
сноп 一捆

знóйный 酷热的
раскúдывать//раскúнуть 铺开，撑开
пóлог 帐子

по-пáнски 贵族老爷式地

кушáнье 菜肴，食物

сервирóвка 餐具
алюмúний 铝
хрустáль 水晶，精致玻璃

на нивах, почти все поют; но какой работою они заняты? Ах, это они убирают хлеб. Как быстро идет у них работа! Но еще бы не идти ей быстро, и еще бы не петь им! Почти все делают за них машины — и **жнут**, и вяжут **снопы́**, и отвозят их, — люди почти только ходят, ездят, управляют машинами; и как они удобно устроили себе; день **знóен**, но им, конечно, ничего: над тою частью нивы, где они работают, **раскúнут** огромный **пóлог**; как подвигается работа, подвигается и он, — как они устроили себе прохладу! Еще бы им не быстро и не весело работать, еще бы им не петь! Этак и я стала бы жать! И всё песни, всё песни, — незнакомые, новые; а вот припомнили и нашу; знаю ее:

Будем жить с тобой **по-пáнски**;
Эти люди — нам друзья,
Что душе твоей угодно,
Всё добуду с ними я...

Но вот работа кончена, все идут к зданию. «Войдём опять в зал, посмотрим, как они будут обедать», — говорит старшая сестра. Они входят в самый большой из огромных зал. Половина его занята столами, — столы уж накрыты, — сколько их! Сколько же тут будет обедающих? Да человек тысяча или больше: «Здесь не все; кому угодно, обедают особо, у себя»; те старухи, старики, дети, которые не выходили в поле, приготовили все это: «готовить **кушáнье**, заниматься хозяйством, прибирать в комнатах — это слишком лёгкая работа для других рук, — говорит старшая сестра, — ею следует заниматься тем, кто еще не может или уже не может делать ничего другого». Великолепная **сервирóвка**. Всё **алюмúний** и **хрустáль**; по средней полосе широких столов расставлены вазы с цветами; блюда уж на столе, вошли работающие, все садятся за обед, и они, и готовившие обед. «А кто ж будет прислуживать?» — «Когда? во время стола? Зачем? Ведь всего пять-шесть блюд: те, которые должны быть горячие, поставлены на таких местах, что не остынут; видишь, в углублениях — это ящики с **кипятко́м**, — говорит старшая сестра. — Ты хорошо живёшь, ты любишь хороший стол, часто у тебя бывает такой обед?» — «Несколько раз в год». — «У них это обыкновенный: кому угодно, тот имеет лучше, какой угодно, но тогда особый расчёт; а кто не требует себе особенного против того, что делается для всех, с тем нет никакого расчёта. И все так: то, что могут по средствам своей компании все, за то нет расчётов; за каждую особую вещь или **при́хоть** — расчёт».

«Неужели ж это мы? неужели это наша земля? Я слышала нашу песню, они говорят по-русски». — «Да, ты видишь невдалеке реку — это Ока; эти люди мы, ведь с тобою я, русская!» — «И ты всё это сделала?» — «Это всё сделано для меня, и я одушевляла делать это, я одушевляю совершенствовать это, но делает это вот она, моя старшая сестра, она работница, а я только наслаждаюсь». — «И все так будут жить?» — «Все, — говорит старшая сестра, — для всех вечная весна и лето, вечная радость. Но мы показали тебе только конец, моей половины дня, работы, и начало ее половины; — мы еще посмотрим на них вечером, через два месяца».

<...>

10

Они входят в дом. Опять такой же громаднейший, великолепный зал. Вечер в полном своем просторе и веселье, прошло уж три часа после заката солнца: самая пора веселья. Как ярко освещен зал, чем же? — нигде не видно ни **канделя́бров**, ни **люстр**; ах, вот что! — в куполе зала большая площадка из **ма́тового** стекла, через нее льется свет, — конечно, такой он и должен быть: совершенно, как солнечный, белый, яркий и мягкий, — ну да, это электрическое освещение. В зале около тысячи человек народа, но в ней могло бы свободно быть втрое больше. <...>

У них вечер, будничный, обыкновенный вечер, они каждый вечер так веселятся и танцуют; но когда же я видела такую энергию веселья? но

кипято́к 开水，沸水

при́хоть 任性的要求

канделя́бр 枝形烛台
лю́стра 枝形吊灯
ма́товый 半透明的

вдо́воль 充分地，尽情地	как и не иметь их веселью энергии, неизвестной нам? — Они поутру наработались. Кто не наработался **вдо́воль,** тот не приготовил нерв, чтобы чувствовать полноту веселья. И теперь веселье простых людей, когда им удается веселиться, более радостно, живо и свежо, чем наше; но у наших простых людей скудны средства для веселья, а здесь средства богаче, нежели у нас; и веселье наших простых людей смущается воспоминанием неудобств и лишений, бед и страданий, смущается предчувствием того же впереди, — это мимолетный час забытья нужды и горя, — а разве нужда и горе могут быть забыты вполне? разве песок пустыни не заносит? разве
миа́змы ‹文›腐烂物散发出的有毒气体 клочо́к 小片，小块	**миа́змы** болота не заражают и небольшого **клочка́** хорошей земли с хорошим воздухом, лежащего между пустынею и болотом? А здесь нет ни воспоминаний, ни опасений нужды или горя; здесь только воспоминания вольного труда в охоту, довольства, добра и наслаждения, здесь и ожидания только все того же впереди. Какое же сравнение! И опять: у наших рабочих людей нервы только крепки, потому способны выдерживать много веселья, но они у них грубы, не
восприи́мчивый 敏感的	**восприи́мчивы.** А здесь: нервы и крепки, как у наших рабочих людей, и развиты, впечатлительны, как у нас; приготовленность к веселью, здоровая, сильная жажда его, какой нет у нас, какая дается только могучим здоровьем и физическим трудом, в этих людях соединяется со всею тонкостью ощущений, какая есть в нас; они имеют все наше нравственное развитие вместе с физическим развитием крепких наших рабочих людей: понятно, что их веселье, что их наслаждение, их
сла́достный 令人愉悦的，甜蜜的	страсть — все живее и сильнее, шире и **сла́достнее,** чем у нас. Счастливые люди!

Нет, теперь еще не знают, что такое настоящее веселье, потому что еще нет такой жизни, какая нужна для него, и нет таких людей. Только такие люди могут вполне веселиться и знать весь восторг наслажденья! Как они цветут здоровьем и силою, как стройны и **грациозны** они, как энергичны и выразительны их черты! Все они — счастливые красавцы и красавицы, ведущие вольную жизнь труда и наслаждения, — счастливцы, счастливцы!

<...>

Я царствую здесь. Здесь всё для меня! Труд — заготовление свежести чувств и сил для меня, веселье — приготовления ко мне, отдых после меня. Здесь я — цель жизни, здесь я — вся жизнь».

11

«В моей сестре, царице, высшее счастие жизни, — говорит старшая сестра, — но ты видишь, здесь всякое счастье, какое кому надобно. Здесь все живут, как лучше кому жить, здесь всем и каждому — полная воля, вольная воля.

То, что мы показали тебе, не скоро будет в полном своем развитии, какое видела теперь ты. Сменится много поколений, прежде чем вполне осуществится то, что ты предощущаешь. Нет, не много поколений: моя работа идет теперь быстро, все быстрее с каждым годом, но все-таки ты еще не войдешь в это полное царство моей сестры; по крайней мере, ты видела его, ты знаешь будущее. Оно светло, оно прекрасно. Говори же всем: вот что в будущем, будущее светло и прекрасно. Любите его, стремитесь к нему, работайте для него, приближайте его, переносите из него в настоящее, сколько можете перенести: настолько будет светла и добра, богата радостью и наслаждением ваша жизнь, насколько вы умеете перенести в нее из будущего. Стремитесь к нему, работайте для него, приближайте его, переносите из него в настоящее все, что можете перенести».

грациозный 优雅的; 婀娜多姿的

Наводящие вопросы:

1. В 6-ой части четвертого сна Веры выражена идеально счастливая любовь, которую не знали женщины предыдущих времен, так как эта основана на равноправности и свободы. Видите ли вы здесь родоначальник феминизма(女性主义)?
2. Хрустальный дворец как символ идеального общества описан в четвертом сне Веры. Найдите его и скажите, чем оно отличается и какие особенности у него?
3. Описание «райского сада» в этой части носит идиллический характер. Такая картина вас привлекает?
4. Будничная жизнь во сне Веры отличается радостью и наслаждением. Как люди там работают? Такая жизнь вас удовлетворяет?
5. Расскажите, какие духовные качества у будущих людей? Реально ли такое описание?

Михаил Евграфович Салтыков-Щедрин

米哈伊尔·叶夫格拉福维奇·萨尔蒂科夫—谢德林（Михаил Евграфович Салтыков-Щедрин, 1826—1889），俄国著名讽刺小说家，出生于特维尔省一个地主家庭。1844年，从皇村中学毕业后进入陆军部办公厅任职，深切感受到彼得堡官场生活中的虚伪、做作和无聊。文学创作受到别林斯基和赫尔岑的影响，追求空想社会主义等民主思潮。其两部中篇小说《矛盾》(Противоречия)和《错综复杂的事件》(Запутанное дело)，尖锐讽刺了社会的不平等，遭到了官方查禁并被流放8年。1856年回到彼得堡，将自己的流放见闻写成《外省散记》(Губернские очерки)，对农奴制进行了辛辣讽刺，被认为"动摇了帝国的根基"。1863年起到具有民主进步特点的杂志《现代人》(Современник)和《祖国纪事》(Отечественные записки)从事编辑工作。他一生创作了多部杰出的讽刺小说，代表作品有《一个城市的历史》(Истории одного города)和《戈洛夫廖夫老爷们》(Господа Головлевы)。萨尔蒂科夫—谢德林被认为是俄罗斯文学史上继果戈理之后伟大的讽刺作家，以小说、寓言等多种形式揭露现实生活的庸俗和丑陋，针砭俄国社会的种种问题。其寓言故事的创作取得很高成就，被称为"讽刺百科全书"。

Премудрый пискарь

导 读

一、故事层：

聪明的鲍鱼一生恪守明哲保身的人生哲学。请思考，这种人生观的局限性和普遍性何在？

二、叙事层：

寓言(басня)是将抽象的概念通过具体的形象表达出来的故事，经常以动物的形象表达特定的人物性格或社会现象。寓言故事中最典型的修辞特征是使用"伊索寓言式的语言"(Эзопов язык)，即借助寓言曲折地表达思想。

Прему́дрый писка́рь

Жил-был писка́рь. И отец и мать у него были умные; **помале́ньку** да полегоньку **а́ридовы ве́ки** в реке прожили и ни в уху ни к **щу́ке** в **хайло́** не попали. И сыну то же заказали. «Смотри, сынок, — говорил старый пискарь, умирая, — коли хочешь жизнью **жуи́ровать**, так **гляди́ в о́ба!»**

А у молодого пискаря **ума́ пала́та** была. Начал он этим умом раскидывать и видит: куда ни обернётся — везде ему **мат**. Кругом, в воде, всё большие рыбы плавают, а он всех меньше; всякая рыба его **заглота́ть** может, а он никого заглотать не может. Да и не понимает: зачем глотать? Рак может его **клешнёй** пополам перерезать, водяная **блоха́** — в хребет **впи́ться** и до смерти замучить. Даже свой брат пискарь — и тот, как увидит, что он **комара́ излови́л**, целым **ста́дом** так и бросятся отнимать. Отнимут и начнут друг с дружкой драться, только комара задаром **растреплю́т**.

А человек? — что это за **ехи́дное** создание такое! каких **ка́верз** он ни выдумал, чтоб его, пискаря, напрасною смертью **погубля́ть**! И **невода́**, о и сети, и **ве́рши**, и норота, и, наконец... **уду́**! Кажется, что может быть глупее уды? — Нитка, на нитке крючок, на крючке — червяк или муха надеты... Да и надеты-то как?.. в самом, можно сказать, неестественном положении! А между тем именно на уду всего больше пискарь и ловится!

Отец-старик не раз его насчет уды́ **предостерега́л**. «Пуще всего берегись уды! — говорил он, — потому что хоть и глупейший это **снаря́д**, да ведь с нами, пискарями, что глупее, то вернее. Бросят нам муху, словно нас же **приголу́бить** хотят; ты в нее **вце́пишься** — ан в мухе-то смерть!»

Рассказывал также старик, как однажды он чуть-чуть в уху не угодил. Ловили их в ту пору целою **арте́лью**, во всю ширину реки невод растянули, да так версты с две по дну **во́локом** и волокли. Страсть, сколько рыбы тогда попалось! И щуки́, и **о́куни**, и **головли́**, и плотва́, и гольцы́ —

прему́дрый 聪明绝顶的
писка́рь=песка́рь 鮈鱼
помале́ньгу 凑合
щу́ка 狗鱼
а́ридовы ве́ки 很多年
хайло́ 鱼的嘴
жуи́ровать [未] 恣意生活
гляде́ть в о́ба 时刻警惕
ума́ пала́та 非常聪明
мат 绝路
загла́дывать // заглота́ть 吞下
клешня́ 蟹
блоха́ 跳蚤
впива́ться // впи́ться 叮
кома́р 蚊子
излавливать // излови́ть 捉住
ста́до 成群
растрёпывать // растрепа́ть 撕扯
ехи́дный 阴险的
ка́верза 鬼点子,诡计
погубля́ть [未] 致死
не́вод 大鱼网
ве́рша 捕鱼篓
уда́ 鱼竿

предостега́ть // предостере́чь 警告
снаря́д 器具
приголу́блтвать // приголу́бить <口>抚爱
вцепля́ться // вцепи́тьс 咬住

арте́ль 一群人
во́лок <方> 一种捕鱼网
о́кунь 鲈鱼
голо́вль 大头鱼

даже лещей-лежебоков из **ти́ны** со дна поднимали! А пискарям так и счет потеряли. И каких страхов он, старый пискарь, **натерпе́лся**, покуда его по реке волокли, — это ни в сказке сказать, ни пером описать. Чувствует, что его везут, а куда — не знает. Видит, что у него с одного боку — щука, с другого — окунь; думает: вот-вот, сейчас, или та, или другой его съедят, а они — не трогают... «В ту пору не до еды, брат, было!» У всех одно на уме: смерть пришла! а как и почему она пришла — никто не понимает. Наконец стали крылья у невода сводить, выволокли его на берег и начали рыбу из мотни в траву валить. Тут-то он и узнал, что такое уха. **Трепеще́тся** на песке что-то красное; серые облака от него вверх бегут; а жарко таково, что он сразу **разомле́л**. И без того без воды **то́шно**, а тут еще поддают... Слышит — «костёр», говорят. А на «костре́» на этом черное что-то положено, и в нем вода, точно в озере, во время бури, **ходуно́м хо́дит**. Это — «**котёл**», говорят. А под конец стали говорить: вали в «котёл» рыбу — будет «уха»! И начали туда нашего брата валить. **Шва́ркнет** рыбак рыбину : та сначала **окунётся**, потом, как **полоу́мная**, выскочит, потом опять окунется — и **присмире́ет**. «Ухи», значит, отведала. Валили-валили сначала без разбора, а потом один старичок глянул на него и говорит: «Какой от него, от малыша, **прок** для ухи! пущай в реке порастет!» Взял его под **жа́бры**, да и пустил в вольную воду. А он, не будь глуп, **во все лопа́тки** — домой! Прибежал, а пискариха его из норы ни жива ни мертва выглядывает...

И что же! сколько ни толковал старик в ту пору, что такое уха и в чем она заключается, однако и **подне́сь** в реке редко кто **здра́вые** понятия об ухе имеет!

Но он, пискарь-сын, отлично запомнил поучения пискаря-отца, да и на ус себе **намота́л**. Был он пискарь просвещенный, умеренно либеральный, и очень твердо понимал, что жизнь прожить — не то, что **му́товку облиза́ть**. «Надо так прожить,

плотва́ 石斑鱼
голе́ц 红点鲑
ти́на 淤泥
натерпе́ться [完]饱经, 力尽

трепета́ться [未]抖动

разомлева́ть//разомле́ть 感觉无力
то́шный 令人腻烦的, 折磨人的
ходуно́м хо́дит 焦虑不安地忙碌着
котёл 锅
шва́ркать//шва́ркнуть 扔, 抛
окука́ться//окуну́ться 沉浸
полоу́мный 疯人
присмире́ть [完] 安静下来
про́к 好处

жа́бра 鳃
во все лопа́тки 飞快地, 拼命(逃跑等)

подне́сь <旧>直到如今
здра́вый 正确的

мота́ть//намота́ть 缠绕
му́товка 搅拌棒
обли́зывать//облиза́ть 舔干净

нора́ 洞

долби́ть//продолби́ть 凿
лопу́х 牛蒡
осо́ка 苔草
выдо́лбливать//
 вы́долбить 凿出，挖出
впо́ру <口> 合身

моцио́н 散步

промысля́ть//промы́слить
 捕获

бука́шка 小甲虫
кора́ 树皮
шаба́ш 收工，结束
кусо́к 一块食物

задрёмывать//задрема́ть
 打盹

вы́сунуться 探出身子，露出
 头来
щурёнок 狗鱼
околдо́вывать//
 околдова́ть 着魔法
костяно́й 算盘珠似的
пошеве́ливаться [未] 时而
 微动

чтоб никто не заметил, — сказал он себе, — а не то как раз пропадёшь!» — и стал устраиваться. Первым делом **нору** для себя такую придумал, чтоб ему забраться в нее было можно, а никому другому — не влезть! **Долбил** он носом эту нору целый год и сколько страху в это время принял, ночуя то в иле, то под водяным **лопухо́м**, то в **осо́ке**. Наконец, однако, **вы́долбил** на славу. Чисто, аккуратно — именно только одному поместиться **впо́ру**. Вторым делом, насчет житья своего решил так: ночью, когда люди, звери, птицы и рыбы спят — он будет **моцио́н** делать, а днём — станет в норе сидеть и дрожать. Но так как пить-есть все-таки нужно, а жалованья он не получает и прислуги не держит, то будет он выбегать из норы около полден, когда вся рыба уж сыта, и, бог даст, может быть, козявку-другую и промыслит. А ежели не **промы́слит**, так и голодный в норе заляжет, и будет опять дрожать. Ибо лучше не есть, не пить, нежели с сытым желудком жизни лишиться.

Так он и поступал. Ночью моцион делал, в лунном свете купался, а днём забирался в нору и дрожал. Только в полдни выбежит кой-чего похватать — да что в полдень промыслишь! В это время и комар под лист от жары прячется, и **бука́шка** под **кору́** хоронится. Поглотает воды — и **шаба́ш**!

Лежит он день-деньской в норе, ночей не досыпает, **куска́** не доедает, и все-то думает: «Кажется, что я жив? ах, что-то завтра будет?»

Задрёмлет, грешным делом, а во сне ему снится, что у него выигрышный билет и он на него двести тысяч выиграл. Не помня себя от восторга, перевернется на другой бок — глядь, ан у него целых полрыла из норы **вы́сунулось**... Что, если б в это время **щурёнок** поблизости был! ведь он бы его из норы-то вытащил!

Однажды проснулся он и видит: прямо против его норы стоит рак. Стоит неподвижно, словно **околдо́ванный**, вытаращив на него **костяны́е** глаза. Только усы по течению воды **пошеве́ливаются**.

Вот когда он страху набрался! И целых полдня, **покуда** совсем не стемнело, этот рак его **поджидал**, а он тем временем всё дрожал, всё дрожал.

В другой раз, только что успел он перед **зорькой** в нору воротиться, только что сладко **зевнул**, в **предвкушении** сна, — глядит, откуда ни возьмись, у самой норы щука стоит и зубами **хлопает**. И тоже целый день его **стерегла**, словно видом его одним сыта была. А он и щуку надул: не вышел из коры, да и шабаш.

И не раз, и не два это с ним случалось, а **почесть** что каждый день. И каждый день он, дрожа, победы и **одоления** одерживал, каждый день восклицал: «Слава тебе, Господи! жив!»

Но этого мало: он не женился и детей не имел, хотя у отца его была большая семья. Он рассуждал так: «Отцу шутя можно было прожить! В то время и щуки были добрее, и окуни на нас, **мелюзгу́**, не **зарились**. А хотя однажды он и попал было в уху, так и тут нашелся старичок, который его вызволил! А нынче, как рыба-то в реках **повывелась**, и пискари в честь попали. Так уж тут не до семьи, а как бы только самому прожить! »

И прожил премудрый пискарь таким родом с лишком сто лет. Всё дрожал, всё дрожал. Ни друзей у него, ни родных, ни он к кому, ни к нему кто. В карты не играет, вина не пьёт, табаку не курит, за красными девушками не гоняется — только дрожит да одну думу думает: «Слава Богу! кажется, жив! »

Даже щуки, под конец, и те стали его хвалить: «Вот, **кабы** все так жили — то-то бы в реке тихо было!» Да только они это нарочно говорили; думали, что он на похвалу-то отрекомендуется — вот, мол, я! тут его и хлоп! Но он и на эту штуку не поддался, а еще раз своею мудростью козни врагов победил.

Сколько прошло годов после ста лет — неизвестно, только стал премудрый пискарь помирать. Лежит в норе и думает: «Слава богу, я своею смертью помираю, так же, как умерли мать

шепну́ть//шепта́ть低声说，耳语
переводи́ться//перевести́сь <口>绝迹

слéпнуть//ослéпнуть瞎了眼
сýмерки昏暗

измельча́ть [完]变瘦
вырожда́ться//вы́родиться退化

охо́та愿望

проноси́ться//пронести́сь (回忆)闪过

приюти́ть [完]收留

и отец». И вспомнились ему тут щучьи слова: «Вот кабы все так жили, как этот премудрый пискарь живет...» А ну-тка, в самом деле, что бы тогда было?

Стал он раскидывать умом, которого у него была палата, и вдруг ему словно кто **шепну́л**: «Ведь этак, пожалуй, весь пискарий род давно **перевёлся** бы!»

Потому что, для продолжения пискарьего рода, прежде всего нужна семья, а у него её нет. Но этого мало: для того, чтоб пискарья семья укреплялась и процветала, чтоб члены её были здоровы и бодры, нужно, чтоб они воспитывались в родной стихии, а не в норе, где он почти **ослéп** от вечных **сýмерек**. Необходимо, чтоб пискари достаточное питание получали, чтоб не чуждались общественности, друг с другом хлеб-соль бы водили и друг от друга добродетелями и другими отличными качествами заимствовались. Ибо только такая жизнь может совершенствовать пискарью породу и не дозволит ей **измельча́ть** и **вы́родиться** в снетка.

Неправильно полагают те, кои думают, что лишь те пискари могут считаться достойными гражданами, кои, обезумев от страха, сидят в норах и дрожат. Нет, это не граждане, а по меньшей мере бесполезные пискари. Никому от них ни тепло, ни холодно, никому ни чести, ни бесчестия, ни славы, ни бесславия... живут, даром место занимают да корм едят.

Всё это представилось до того отчётливо и ясно, что вдруг ему страстная **охо́та** пришла: «Вылезу-ка я из норы да гоголем по всей реке проплыву!» Но едва он подумал об этом, как опять испугался. И начал, дрожа, помирать. Жил — дрожал, и умирал — дрожал.

Вся жизнь мгновенно перед ним **пронесла́сь**. Какие были у него радости? кого он утешил? кому добрый совет подал? кому доброе слово сказал? кого **приюти́л**, обогрел, защитил? кто слышал об нем? кто об его существовании вспомнит?

И на все эти вопросы ему пришлось отвечать:

ПРОЗА

«Никому, никто».

Он жил и дрожал — только и всего. Даже вот теперь: смерть у него на носу, а он всё дрожит, сам не знает, из-за чего. В норе у него темно, тесно, повернуться негде, ни солнечный луч туда не заглянет, ни теплом не пахнет. И он лежит в этой сырой мгле, незрячий, **измождённый**, никому не нужный, лежит и ждёт: когда же наконец голодная смерть окончательно освободит его от бесполезного существования?

Слышно ему, как мимо его норы **шмыгают** другие рыбы — может быть, как и он, пискари — и ни одна не поинтересуется им. Ни одной на мысль не придёт: «Дай-ка, спрошу я у премудрого пискаря, каким он **манером умудрился** с лишком сто лет прожить, и ни щука его не заглотала, ни рак клешнёй не **перешиб**, ни рыболов на уду не поймал?» Плывут себе мимо, а может быть, и не знают, что вот в этой норе премудрый пискарь свой жизненный процесс завершает!

И что всего обиднее: не слыхать даже, чтоб кто-нибудь премудрым его называл. Просто говорят: «Слыхали вы про **остолопа**, который не ест, не пьёт, никого не видит, ни с кем хлеба-соли не водит, а всё только **распостылую** свою жизнь бережёт?» А многие даже просто дураком и **срамцом** его называют и удивляются, как таких идолов вода терпит.

Раскидывал он таким образом своим умом и **дремал**. То есть не то что дремал, а забываться уж стал. Раздались в его ушах предсмертные шёпоты, разлилась по всему телу **истома**. И привиделся ему тут прежний **соблазнительный** сон. Выиграл будто бы он двести тысяч, вырос на целых **поларшина** и сам щук глотает.

А покуда ему это снилось, рыло его, помаленьку да полегоньку, целиком из норы и **высунулось**.

И вдруг он исчез. Что тут случилось — щука ли его заглотала, рак ли клешнёй перешиб, или сам он своею смертью умер и всплыл на поверхность, — свидетелей этому делу не было. Скорее всего — сам умер, потому что какая **сласть**

измождённый 极度虚弱

шмыгать [未] 来去匆匆，匆忙地走，跑（爬、游、飞 等）

манер 方式，方法
умудряться // умудриться 变聪明起来
перешибать // перешибить 打断

остолоп 傻瓜，笨蛋

распостылый 最令人讨厌的

срамец 不知羞耻的人

дремать [未] 打盹

истома 倦意
соблазнительный 诱人的，令人神往的
поларшин 半俄尺

высунуться [完] 探出身子

сласть 甜味，香甜

| хво́рый 多病的 | щуке глотать **хво́рого**, умирающего пискаря, да к тому же еще и премудрого? |

1883

 Наводящие вопросы:

1. Какие были у пискаря радости? Какую пользу он принес окружающему?
2. Кому добрый совет подал? Ко́ го он приютил, обогрел, затащил?
3. Кто слышал об нем? Кто об его существовании вспомнит?
4. Всю жизнь пескарь и не жил фактически, а пришла неминуемая смерть, и понял он всю абсурдность своего существования, а не жизни. Довольны ли вы такой жизнью?
5. «Эзопов язык» помогает понять глубокий образ действительности, а значит, лучше понять саму жизнь. Какие социальные проблемы обличает автор эзоповым языком?

Лев Николаевич Толстой

列夫·尼古拉耶维奇·托尔斯泰(Лев Николаевич Толстой, 1828—1910)，俄罗斯伟大的作家、思想家，生于图拉的贵族家庭，在庄园Ясная Поляна长大。1844年到喀山大学读书，受到西方启蒙思想家的影响，后中断学业致力于改善农民生活。曾在高加索参军服役，多次参加作战。退伍后曾到欧洲考察其社会和教育制度，回国后在其领地创办学校。他在高加索军队服役时开始从事文学创作，婚后的宁静生活为作家创作提供了保障，然而思想危机始终伴随着作家。早期服役时曾染上贵族军官荒淫的生活习气，后执着于道德探索，亲自务农，践行简朴的生活。晚年思想发生转变，与贵族生活决裂，提倡建立在基督教思想基础上的博爱、道德自我完善以及不以暴力抗恶等学说，即著名的托尔斯泰主义(Толстовщина)。早期代表作为自传式三部曲《童年》(Детство)、《少年》(Отрочество)以及《塞瓦斯托波尔故事集》(Севастопольские рассказы)。中后期著名长篇小说有《战争与和平》(Война и мир)、《安娜·卡列尼娜》(Анна Каренина)及《复活》(Воскресение)，著名中篇小说有《伊凡·伊里伊奇之死》(Смерть Ивана Ильича)、《谢尔盖神父》(Отец Сергий)等。托尔斯泰在这些作品中探讨俄国社会问题，在宏阔的历史的背景中展现生活的全景图，思考人民在历史发展中的作用；在诸多婚恋故事中展开对爱情家庭问题的思考，强调对精神道德的追求。其对人心理复杂性的动态描写被称为"心灵辩证法"(Диалектика души)。其创作达到了俄国现实主义文学的顶峰，对世界文学产生了巨大的影响。

Анна Каренина (отрывки)

导读

一、故事层：

吉蒂经历的感情变故与安娜陷入的情感欲望风暴都改变了她们的生活和命运。请思考，爱情在安娜的生活中占据什么地位？呈现出何种力量？

二、叙事层：

心灵辩证法(диалектика души)——详尽地描写人物思想、意识、情感、感觉从产生到发展的全部过程以及这些心理体验之间的相互联系和彼此转化，如从爱转化为恨，或者由好感发展到爱情的种种心理过程。

Часть первая

XXIII

Вронский с Кити прошёл несколько туров **вальса**. После вальса Кити подошла к матери и едва успела сказать несколько слов с Нордстон, как Вронский уже пришел за ней для первой **кадрили**. Во время кадрили ничего значительного не было сказано, шел **прерывистый** разговор то о Корсунских, муже и жене, которых он очень **забавно** описывал, как милых сорокалетних детей, то о будущем общественном театре, и только один раз разговор затронул её за живое, когда он спросил о Левине, тут ли он, и прибавил, что он очень понравился ему. Но Кити и не ожидала большего от кадрили. Она ждала с **замиранием** сердца **мазурки**. Ей казалось, что в мазурке всё должно решиться. То, что он во время кадрили не пригласил её на мазурку, не тревожило ее. Она была уверена, что она танцует мазурку с ним, как и на прежних балах, и пятерым отказала мазурку, говоря, что танцует. Весь бал до последней кадрили был для Кити волшебным **сновидением** радостных цветов, звуков и движений. Она не танцевала, только когда чувствовала себя слишком усталою и просила отдыха. Но, танцуя последнюю кадриль с одним из скучных юношей, которому нельзя было отказать, ей случилось быть **vis-a-vis** с Вронским и Анной. Она не сходилась с Анной с самого приезда и тут вдруг увидала её опять совершенно новою и неожиданною. Она **увидала** в ней столь знакомую ей самой черту **возбуждения** от успеха. Она видела, что Анна пьяна вином возбуждаемого ею восхищения. Она знала это чувство и знала его признаки и видела их на Анне — видела дрожащий, **вспыхивающий блеск** в глазах и улыбку счастья и возбуждения, невольно **изгибающую** губы, и отчетливую **грацию**, верность и легкость движений.

«Кто? — спросила она себя. — Все или один?» И, не помогая мучившемуся юноше, с которым она танцевала, в разговоре, **нить** которого он упустил и не мог поднять, и **нару́жно** подчиняясь весело-громким **повели́тельным** крикам Корсунского, то бросающего всех в **grand rond**, то в **chaine**, она наблюдала, и сердце её сжималось больше и больше. «Нет, это не любованье толпы **опьяни́ло** ее, а восхищение одного. И этот один? неужели это он?» Каждый раз, как он говорил с Анной, в глазах её вспыхивал радостный блеск, и улыбка счастья изгибала её **румя́ные** губы. Она как будто делала усилие над собой, чтобы не выказывать этих признаков радости, но они сами собой выступали на её лице. «Но что он?» Кити посмотрела на него и ужаснулась. То, что Кити так ясно представлялось в зеркале её лица, она увидела на нем. Куда делась его всегда спокойная, твердая **мане́ра** и **беспе́чно** спокойное выражение лица? Нет, он теперь каждый раз, как обращался к ней, немного **сгиба́л** голову, как бы желая пасть пред ней, и во взгляде его было одно выражение **поко́рности** и страха. «Я не **оскорби́ть** хочу, — каждый раз как будто говорил его взгляд, — но спасти себя хочу, и не знаю как». На лице его было такое выражение, которого она никогда не видала прежде.

Они говорили об общих знакомых, вели самый ничтожный разговор, но Кити казалось, что всякое сказанное ими слово решало их и её судьбу. И странно то, что хотя они действительно говорили о том, как смешон Иван Иванович своим французским языком, и о том, что для Елецкой можно было бы найти лучше **па́ртию**, а между тем эти слова имели для них значение, и они чувствовали это так же, как и Кити. Весь бал, весь свет, всё закрылось туманом в душе Кити. Только пройденная ею строгая школа воспитания поддерживала её и заставляла делать то, чего от нее требовали, то есть танцевать, отвечать на вопросы, говорить, даже улыбаться. Но пред началом мазурки, когда уже стали расставлять стулья и некоторые пары двинулись из маленьких в большую залу, на Кити нашла минута отчаяния

нить 思路
нару́жно 表面上
повели́тельный 命令的
grand rond 大圓圈
chaine 链型
опьяня́ть//опьяни́ть 灌醉

румя́ный 红色的

мане́ра 举止
беспе́чный 无忧无虑的
сгиба́ть//согну́ть 使垂下

поко́рность 服从
оскорбля́ть//оскорби́ть 侮辱

па́ртия 配偶

и ужаса. Она отказала пятерым и теперь не танцевала мазурки. Даже не было надежды, чтоб её пригласили, именно потому, что она имела слишком большой успех в свете, и никому в голову не могло прийти, чтоб она не была приглашена до сих пор. Надо было сказать матери, что она больна, и уехать домой, но на это у нее не было силы. Она чувствовала себя убитою.

Она зашла в глубь маленькой гостиной и опустилась на кресло. Воздушная юбка платья поднялась облаком вокруг её тонкого **стана**; одна **обнажённая**, худая, нежная девичья рука, бессильно **опущенная**, утонула в **складках** розового **тюника**; в другой она держала **веер** и быстрыми, короткими движениями **обмахивала** свое разгорячённое лицо. Но, вопреки этому виду **бабочки**, только что **уцепившейся** за травку и готовой, вот-вот **вспорхнув**, развернуть **радужные** крылья, страшное отчаяние **щемило** ей сердце.

«А может быть, я ошибаюсь, может быть, этого не было?»

И она опять вспоминала все, что она видела.

— Кити, что ж это такое? — сказала **графиня** Нордстон, по **ковру** неслышно подойдя к ней. — Я не понимаю этого.

У Кити дрогнула нижняя губа; она быстро встала.

— Кити, ты не танцуешь мазурку?

— Нет, нет, — сказала Кити дрожащим от слез голосом.

— Он при мне звал её на мазурку, — сказала Нордстон, зная, что Кити поймет, кто он и она. — Она сказала: разве вы не танцуете с княжной Щербацкой?

— Ах, мне всё равно! — отвечала Кити.

Никто, кроме её самой, не понимал её положения, никто не знал того, что она вчера отказала человеку, которого она, может быть, любила, и отказала потому, что верила в другого.

Графиня Нордстон нашла Корсунского, с которым она танцевала мазурку, и велела ему пригласить Кити.

стан 身躯, 体态
обнажённый 裸露的
опущенный 下垂的
складка 褶子
тюник 舞裙
веер 扇子
обмахивать//обмахнуть 扇风
бабочка 蝴蝶
уцепляться//уцепиться <俗>一步不离地跟着
вспархивать//вспорхнуть 轻快地跳起
радужный 彩虹的
щемить [未] 使愁闷
графиня 伯爵夫人
ковёр 地毯

Кити танцевала в первой паре, и, к её счастью, ей не надо было говорить, потому что Корсунский все время бегал, **распоряжаясь** по своему хозяйству. Вронский с Анной сидели почти против неё. Она видела их своими **дальнозоркими** глазами, видела их и вблизи, когда они сталкивались в парах, и чем больше она видела их, тем больше убеждалась, что несчастие её **свершилось**. Она видела, что они чувствовали себя **наедине** в этой полной зале. И на лице Вронского, всегда столь твердом и независимом, она видела то поразившее её выражение потерянности и покорности, похожее на выражение умной собаки, когда она виновата.

Анна улыбалась, и улыбка передавалась ему. Она задумывалась, и он становился серьезен. Какая-то **сверхъестественная** сила притягивала глаза Кити к лицу Анны. Она была прелестна в своем простом черном платье, прелестны были её полные руки с **браслетами**, прелестна твердая шея с ниткой **жемчуга**, прелестны **вьющиеся** волосы расстроившейся прически, прелестны **грациозные** легкие движения маленьких ног и рук, прелестно это красивое лицо в своем оживлении; но было что-то ужасное и жестокое в её прелести.

Кити любовалась ею ещё более, чем прежде, и все больше и больше страдала. Кити чувствовала себя **раздавленною**, и лицо её выражало это. Когда Вронский увидал её, столкнувшись с ней в мазурке, он не вдруг узнал её — так она изменилась.

— Прекрасный бал! — сказал он ей, чтобы сказать что-нибудь.

— Да, — отвечала она.

В середине мазурки, повторяя сложную фигуру, вновь выдуманную Корсунским, Анна вышла на середину круга, взяла двух **кавалеров** и подозвала к себе одну даму и Кити. Кити испуганно смотрела на неё, подходя. Анна, **прищурившись**, смотрела на неё и улыбнулась, пожав ей руку. Но заметив, что лицо Кити только выражением **отчаяния** и удивления ответило на

распоряжаться// распорядиться 管理

дальнозоркий 视力好的

совершаться// совершиться 发生, 实现

наедине 只有两个人

сверхъестественный 超自然的, 神奇的
браслет 手镯
жемчуг 珍珠
вьющийся 蜷曲的
грациозный 优雅的

раздавленный 感到压抑

кавалер 男伴

прищуриваться// прищуриться 眯起眼睛
отчаяние 绝望

бесовский 魔鬼的
прелестный 美好的

её улыбку, она отвернулась от нее и весело заговорила с другою дамой.

«Да, что-то чуждое, **бесовское** и **прелестное** есть в ней», — сказала себе Кити.

Анна не хотела оставаться ужинать, но хозяин стал просить ее.

— Полно, Анна Аркадьевна, — заговорил Корсунский, забирая её **обнажённую** руку под рукав своего **фрака**. — Какая у меня идея **котильона**! Un bijou!

обнажённый 裸露的
фрак 燕尾服
котильон 科季里昂舞
Un bijou 美极啦
понемножку <口> 一点点

И он **понемножку** двигался, стараясь увлечь ее. Хозяин улыбался одобрительно.

— Нет, я не останусь, — ответила Анна улыбаясь; но, несмотря на улыбку, и Корсунский и хозяин поняли по **решительному** тону, с каким она отвечала, что она не останется.

решительный 坚决的

— Нет, я и так в Москве танцевала больше на вашем одном бале, чем всю зиму в Петербурге, — сказала Анна, оглядываясь на подле неё стоявшего Вронского. — Надо отдохнуть перед дорогой.

— А вы решительно едете завтра? — спросил Вронский.

— Да, я думаю, — отвечала Анна, как бы удивляясь смелости его вопроса; но неудержимый дрожащий блеск глаз и улыбки обжег его, когда она говорила это.

Анна Аркадьевна не осталась ужинать и уехала.

XXIX

«Ну, все кончено, и слава богу!» — была первая мысль, пришедшая Анне Аркадьевне, когда она простилась в последний раз с братом, который до третьего звонка **загораживал** собою дорогу в вагоне. Она села на свой диванчик, рядом с Аннушкой, и огляделась в **полусвете** спального вагона. «Слава богу, завтра увижу Сережу и Алексея Александровича, и пойдет моя жизнь, хорошая и привычная, по-старому».

Все в том же духе **озабоченности**, в котором она находилась весь этот день, Анна с удовольствием и **отчётливостью** устроилась в дорогу; своими маленькими ловкими руками она **отперла** и заперла красный мешочек, достала **подушечку**, положила себе на **колени** и, аккуратно **закутав** ноги, спокойно **уселась**. Больная дама укладывалась уже спать. Две другие дамы заговаривали с ней, и толстая старуха **укутывала** ноги и выражала замечания о **топке**. Анна ответила несколько слов дамам, но, не предвидя интереса от разговора, попросила Аннушку достать **фонарик**, **прицепила** его к ручке кресла и взяла из своей сумочки **разрезной** ножик и английский роман. Первое время ей не читалось. Сначала мешала **возня** и ходьба; потом, когда тронулся поезд, нельзя было не прислушаться к звукам; потом снег, бивший в левое окно и налипавший на стекло, и вид закутанного, мимо прошедшего **кондуктора**, занесенного снегом с одной стороны, и разговоры о том, какая теперь страшная метель на дворе, развлекали её внимание. Далее всё было то же и то же; та же **тряска** с **постукиваньем**, тот же снег в окно, те же быстрые переходы от парового жара к холоду и опять к жару, то же **мелькание** тех же лиц в **полумраке** и те же голоса, и Анна стала читать и понимать читаемое. Аннушка уже дремала, держа красный мешочек на коленах широкими руками в перчатках, из которых одна была прорвана. Анна Аркадьевна читала и понимала, но ей неприятно было читать, то есть

загора́живать//
 загороди́ть 挡住去路
полусве́т 昏暗的灯光

озабо́ченность 忧虑
отчётливость 清晰
отпира́ть//отпере́ть 打开

поду́шечка 小枕头
коле́но 膝盖,膝部
ку́тать//заку́тать 包裹
уса́живаться//усе́сться 坐下
уку́тывать//уку́тать 裹住
то́пка 暖气

фона́рик 小灯
прицепля́ть//прицепи́ть 挂上
разрезно́й 切割用的
возня́ <口> 喧嚣

конду́ктор 列车员

тря́ска 颠簸
посту́кивание 敲击
мелька́ние 闪烁
полумра́к 昏暗

следить за отражением жизни других людей. Ей слишком самой хотелось жить. Читала ли она, как героиня романа ухаживала за больным, ей хотелось ходить неслышными шагами по комнате больного; читала ли она о том, как член парламента говорил речь, ей хотелось говорить эту речь; читала ли она о том, как **ле́ди** Мери ехала верхом за стаей и **дразни́ла** невестку и удивляла всех своею смелостью, ей хотелось это делать самой. Но делать нечего было, и она, перебирая своими маленькими руками гладкий ножичек, **уси́ливалась** читать.

Герой романа уже начинал достигать своего английского счастия, **бароне́тства** и имения, и Анна желала с ним вместе ехать в это имение, как вдруг она почувствовала, что ему должно быть стыдно и что ей стыдно этого самого. Но чего же ему стыдно? «Чего же мне стыдно?» — спросила она себя с оскорбленным удивлением. Она оставила книгу и откинулась на **спи́нку** кресла, крепко сжав в обеих руках разрезной ножик. Стыдного ничего не было. Она перебрала все свои московские воспоминания. Все были хорошие, приятные. Вспомнила бал, вспомнила Вронского и его влюбленное покорное лицо, вспомнила все свои отношения с ним: ничего не было стыдного. А вместе с тем на этом самом месте воспоминаний чувство стыда усиливалось, как будто какой-то внутренний голос именно тут, когда она вспомнила о Вронском, говорил ей: «Тепло, очень тепло, горячо». «Ну что же? — сказала она себе решительно, пересаживаясь в кресле. — Что же это значит? Разве я боюсь взглянуть прямо на это? Ну что же? Неужели между мной и этим офицером-мальчиком существуют и могут существовать какие-нибудь другие отношения, кроме тех, что бывают с каждым знакомым?» Она **презри́тельно** усмехнулась и опять взялась за книгу, но уже решительно не могла понимать того, что читала. Она провела разрезным ножом по стеклу, потом приложила его гладкую и холодную поверхность к щеке и

ле́ди 夫人
дразни́ть[未] 招惹, 戏弄

уси́ливаться//уси́литься
尽力要
бароне́тство 爵位

спи́нка 靠背

презри́тельно 鄙薄地

чуть вслух не засмеялась от радости, вдруг беспричинно овладевшей ею. Она чувствовала, что **не́рвы** её, как **стру́ны**, натягиваются все **ту́же** и туже на какие-то **зави́нчивающиеся ко́лышки**. Она чувствовала, что глаза её раскрываются больше и больше, что пальцы на руках и ногах нервно движутся, что в груди что-то давит дыхание и что все образы и звуки в этом колеблющемся полумраке с необычайною яркостью поражают ее. На неё **беспреста́нно** находили минуты сомнения, вперед ли едет вагон, или назад, или вовсе стоит. Аннушка ли **по́дле** неё, или чужая? «Что там, на ручке, шуба ли это, или зверь? И что сама я тут? Я сама или другая?» Ей страшно было **отдава́ться** этому **забы́тью**. Но что-то втягивало в него, и она по **произво́лу** могла отдаваться ему и воздерживаться. Она поднялась, чтоб **опо́мниться**, откинула **плед** и сняла **пелери́ну** теплого платья. На минуту она опомнилась и поняла, что вошедший худой мужик в длинном **на́нковом** пальто, на котором недоставало **пу́говицы**, был **истопни́к**, что он смотрел на **термо́метр**, что ветер и снег ворвались за ним в дверь; но потом опять всё смешалось... Мужик этот с длинною талией принялся **грызть** что-то в стене, старушка стала протягивать ноги во всю длину вагона и наполнила его черным облаком; потом что-то страшно **заскрипе́ло** и застучало, как будто **раздира́ли** кого-то; потом красный огонь ослепил глаза, и потом всё закрылось стеной. Анна почувствовала, что она **провали́лась**. Но всё это было не страшно, а весело. Голос **оку́танного** и **занесённого** снегом человека прокричал что-то ей над ухом. Она поднялась и опомнилась; она поняла, что подъехали к станции и что это был кондуктор. Она попросила Аннушку подать ей снятую пелерину и платок, надела их и направилась к двери.

— Выходить изволите? — спросила Аннушка.

— Да, мне подышать хочется. Тут очень жарко.

И она **отвори́ла** дверь. Метель и ветер **рвану́лись** ей навстречу и **заспо́рили** с ней о двери. И это ей

не́рв 神经系统
струна́ 弦
туго́й 拉紧的
зави́нчиваться [未] 拧紧
ко́лышек 弦轴

беспреста́нно 不断地,一再重复地

по́дле <旧> 在旁边

отдава́тья//отда́ться 沉缅于,醉心于
забы́ть 恍惚,不省人事
произво́л 个人意愿
опо́мниться [完] 清醒过来
плед 毛毯
пелери́на 短披肩
на́нковый 粗布的
пу́говица 纽扣
истопни́к 锅炉工人
термо́метр 温度计
грызть [未] 咬,啃

заскрипе́ть [完] 开始发出嘎吱声
раздира́ть//разодра́ть 撕碎
прова́ливаться//
 провали́ться 陷入,落入
оку́танный 裹严实的
занесённый 盖满……的

отворя́ть//отвори́ть 打开
рвану́ться [完] 猛力一冲
заспо́рить [完] 争执起来

засвиста́ть [完] 发出呼啸声

крыле́чко крыльцо́ 的指小表爱, 台阶

показалось весело. Она отворила дверь и вышла. Ветер как будто только ждал её, радостно **засвиста́л** и хотел подхватить и унести её, но она сильной рукой взялась за холодный столбик и, придерживая платье, спустилась на платформу и зашла за вагон. Ветер был силен на **крыле́чке**, но на платформе за вагонами было затишье. С наслаждением, полной грудью, она вдыхала в себя снежный, морозный воздух и, стоя подле вагона, оглядывала платформу и освещённую станцию.

XXX

рва́ться [未] 冲向, 奔向
свисте́ть // сви́стнуть 打口哨, 发啸声

затиха́ть // зати́хнуть 沉寂
поры́в 一阵 (狂风)
скри́пнуть [完] 发出吱吱声

сгиба́ть // согну́ть 使弯曲

молото́к 锤子
депе́ша 电报

обвя́занный 裹紧的
папиро́са 烟卷

му́фта 套筒

Страшная буря **рва́лась** и **свисте́ла** между колесами вагонов по столбам из-за угла станции. Вагоны, столбы, люди, все, что было видно, — было занесено с одной стороны снегом и заносилось все больше и больше. На мгновенье буря **затиха́ла**, но потом опять налетала такими **поры́вами**, что, казалось, нельзя было противостоять ей. Между тем какие-то люди бегали, весело переговариваясь, **скрипя** по доскам платформы и беспрестанно отворяя и затворяя большие двери. **Со́гнутая** тень человека проскользнула под её ногами, и послышались стуки **молотка́** по железу. «**Депе́шу** дай!» — раздался сердитый голос с другой стороны из бурного мрака. «Сюда пожалуйте! N28!» — кричали еще разные голоса, и, занесенные снегом, пробегали **обвя́занные** люди. Какие-то два господина с огнем **папиро́с** во рту прошли мимо ее. Она вздохнула еще раз, чтобы надышаться, и уже вынула руку из **му́фты**, чтобы взяться за столбик и войти в вагон, как еще человек в военном пальто подле нее самой **заслонил** ей **колеблющийся** свет фонаря. Она оглянулась и в ту же минуту узнала лицо Вронского. **Приложив** руку к **козырьку**, он **наклонился** пред ней и спросил, не нужно ли ей чего-нибудь, не может ли он служить ей? Она довольно долго, ничего не отвечая, вглядывалась в него и, несмотря на тень, в которой он стоял, видела, или ей казалось, что видела, и выражение его лица и глаз. Это было опять то выражение **почтительного** восхищения, которое так подействовало на нее вчера. Не раз говорила она себе эти последние дни и сейчас только, что Вронский для неё один из сотен вечно одних и тех же, повсюду встречаемых молодых людей, что она никогда не позволит себе и думать о нём; но теперь, в первое мгновенье встречи с ним, её охватило чувство радостной гордости. Ей не нужно было спрашивать, зачем он тут. Она знала это так же верно, как если б он сказал ей, что он тут для того, чтобы быть там, где она.

— Я не знала, что вы едете. Зачем вы едете? — сказала она, опустив руку, которою взялась было за столбик. И **неудержимая** радость и **оживление** сияли на её лице.

— Зачем я еду? — повторил он, глядя ей прямо в глаза. — Вы знаете, я еду для того, чтобы быть там, где вы, — сказал он, — я не могу иначе.

И в это же время, как бы **одолев** препятствие, ветер посыпал снег с крыш вагонов, **затрепал** каким-то железным **оторванным** листом, и впереди **плачевно** и мрачно **заревел** густой **свисток паровоза**. Весь ужас метели показался ей еще более прекрасен теперь. Он сказал то самое, чего желала её душа, но чего она боялась **рассудком**. Она ничего не отвечала, и на лице её он видел борьбу.

— Простите меня, если вам неприятно то, что я сказал, — заговорил он покорно.

Он говорил **учтиво**, почтительно, но так твердо и упорно, что она долго не могла ничего ответить.

заслонять//заслонить 挡住
колеблющийся 摇动的
прилагать//приложить 贴着
козырёк 帽檐
наклоняться//наклониться 弯腰, 鞠躬
почтительный 恭敬的

неудержимый 抑制不住的
оживление 振奋

одолевать//одолеть 克服
затрепать [完]<口> 开始吹动
отрывать//оторвать 扯掉
плачевно 可悲地
зареветь [完] 嚎叫
свисток 汽笛
паровоз 火车头
рассудок 理智

учтивый 恭敬的

вскри́кивать//вскри́кнуть 叫喊
тще́тно 徒劳地
всма́триваться//всмотре́ться 注视

возобновля́ться//возобнови́ться 重新开始,恢复
порыва́ться//порва́ться 断开
натя́нутый 紧张的
грёза 幻想
жгу́чий 灼热的
возбужда́ющий 使人兴奋的
задрёмывать//задрема́ть 打盹
обступа́ть//обступи́ть 涌现

представи́тельный 体面的
поража́ть//порази́ть 使惊讶
хрящ 软骨
подпира́ть//подпере́ть 支撑
упо́рный 固执的

— Это дурно, что вы говорите, и я прошу вас, если вы хороший человек, забудьте, что вы сказали, как и я забуду, — сказала она наконец.

— Ни одного слова вашего, ни одного движения вашего я не забуду никогда и не могу...

— Довольно, довольно! — **вскри́кнула** она, **тще́тно** стараясь придать строгое выражение своему лицу, в которое он жадно **всма́тривался**. И, взявшись рукой за холодный столбик, она поднялась на ступеньки и быстро вошла в сени вагона. Но в этих маленьких сенях она остановилась, обдумывая в своем воображении то, что было. Не вспоминая ни своих, ни его слов, она чувством поняла, что этот минутный разговор страшно сблизил их; и она была испугана и счастлива этим. Постояв несколько секунд, она вошла в вагон и села на свое место. То волшебное напряженное состояние, которое её мучало сначала, не только **возобнови́лось**, но усилилось и дошло до того, что она боялась, что всякую минуту **порвётся** в ней что-то слишком **натя́нутое**. Она не спала всю ночь. Но в том напряжении и тех **грёзах**, которые наполняли её воображение, не было ничего неприятного и мрачного; напротив, было что-то радостное, **жгу́чее** и **возбужда́ющее**. К утру Анна **задрема́ла**, сидя в кресле, и когда проснулась, то уже было бело, светло и поезд подходил к Петербургу. Тотчас же мысли о доме, о муже, о сыне и заботы предстоящего дня и следующих **обступи́ли** ее.

В Петербурге, только что остановился поезд и она вышла, первое лицо, обратившее её внимание, было лицо мужа. «Ах, боже мой! отчего у него стали такие уши?» — подумала она, глядя на его холодную и **представи́тельную** фигуру и особенно на **порази́вшие** её теперь **хрящи́** ушей, **подпира́вшие** поля круглой шляпы. Увидав ее, он пошел к ней навстречу, сложив губы в привычную ему насмешливую улыбку и прямо глядя на нее большими усталыми глазами. Какое-то неприятное чувство щемило ей сердце, когда она встретила его **упо́рный** и усталый взгляд, как будто она ожидала увидеть его другим. В особенности поразило её чувство недовольства собой, которое она испытала при встрече с ним. Чувство то было давнишнее, знакомое чувство, похожее на состояние **притворства**, которое она испытывала в отношениях к мужу; но прежде она не замечала этого чувства, теперь она ясно и больно сознала его.

притворство 假装

— Да, как видишь, нежный муж, нежный, как на другой год женитьбы, сгорал желанием увидеть тебя, — сказал он своим медлительным тонким голосом и тем тоном, который он всегда почти употреблял с ней, тоном насмешки над тем, кто бы в самом деле так говорил.

— Сережа здоров? — спросила она.

— И это вся награда, — сказал он, — за мою **пылкость**? Здоров, здоров...

пылкость 热情

Наводящие вопросы:

1. С чем связана мысль Анны «Ну, всё кончено, и слава Богу»?
2. Почему у Анны появляется чувство стыда при воспоминании о Вронском? Было ли основание для такого стыда? Как понять беспричинную радость, которая овладела Анной вопреки ее стыду?
3. Отчего глагол «опомниться» повторяется в тексте трижды? В каком состоянии находятся рассудок и душа Анны?
4. Обратите внимание на мотив метели. Сколько раз описана метель? Как связано отношение Анны к метели с ее внутренним движением?
5. Каково душевное состояние Анны в момент встречи с Вронским?
6. Что заметила Анна в муже, когда она приехала домой в Петербург? Почему внешность мужа вызвала у Анны отвращение?
7. Проанализируйте отрывок «Чувство то было давнишнее, знакомое чувство, похожее на состояние притворства, которое она испытывала в отношениях к мужу; но прежде она не замечала этого чувства, теперь она ясно и больно сознала его». О чем это говорит?

19世纪俄罗斯经典文学作品选读

Смерть Ивана Ильича (отрывки)

导 读

一、故事层：

本作品主题是死亡将被忽视的生命意义呈现出来。请思考，伊万·伊里奇的生活从哪种角度看完美无缺？他的生活有什么缺憾？

二、叙事层：

全知视角(точка зрения всезнающего автора)又称为非聚焦视角，是传统的无所不知的视角类型，指叙述者或人物可以从所有的角度观察被叙述的事物，并且可以自由地转换位置，仿佛高高在上的上帝，可以观察到故事的全过程，也可以窥视人的内心。托尔斯泰小说以全知视角为主要叙事方式，注意其小说中宏阔的视野和稳健的节奏。

I

В большом здании судебных учреждений во время перерыва заседания по делу Мельвинских члены и **прокурор** сошлись в кабинете Ивана Егоровича Шебек, и зашел разговор о знаменитом красовском деле. Федор Васильевич **разгорячился**, доказывая **неподсудность**, Иван Егорович стоял на своем, Петр же Иванович, не вступив сначала в спор, не принимал в нем участия и просматривал только что поданные «**Ведомости**».

— Господа! — сказал он, — Иван Ильич-то умер.

— Неужели?

— Вот, читайте, — сказал он Федору Васильевичу, подавая ему свежий, **пахучий** ещё номер.

В черном **ободке** было напечатано: «Прасковья Федоровна Головина с душевным **прискорбием** извещает родных и знакомых о **кончине** возлюбленного супруга своего, члена Судебной палаты, Ивана Ильича Головина, последовавшей 4-го февраля сего 1882 года. **Вынос** тела в пятницу, в час **пополудни**».

Иван Ильич был сотоварищ собравшихся господ, и все любили его. Он болел уже несколько недель; говорили, что болезнь его неизлечима. Место оставалось за ним, но было соображение о

прокурор 检察长

разгорячаться //
разгорячиться 激动起来
неподсудность 无司法管辖权
ведомости 公报

пахучий 发出强烈气味的

ободок 框
прискорбие 悲痛
кончина〈雅〉逝世，长眠

вынос 出殡
пополудни 下午

том, что в случае его смерти Алексеев может быть назначен на его место, на место же Алексеева — или Винников, или Штабель.

Так что, услыхав о смерти Ивана Ильича, первая мысль каждого из господ, собравшихся в кабинете, была о том, какое значение может иметь эта смерть на перемещения или повышения самих членов или их знакомых.

«Теперь, наверно, получу место Штабеля или Винникова, — подумал Федор Васильевич. — Мне это и давно обещано, а это повышение составляет для меня восемьсот рублей прибавки, кроме **канцеля́рии**».

канцеля́рия 车马费
шу́рин 内弟

«Надо будет попросить теперь о переводе **шу́рина** из Калуги, — подумал Петр Иванович. — Жена будет очень рада. Теперь уж нельзя будет говорить, что я никогда ничего не сделал для её родных».

— Я так и думал, что ему не подняться, — вслух сказал Петр Иванович. — Жалко.

— Да что у него, собственно, было?

— Доктора не могли определить. То есть определяли, но различно. Когда я видел его последний раз, мне казалось, что он поправится.

— А я так и не был у него с самых праздников. Все собирался.

— Что, у него было **состоя́ние**?

— Кажется, что-то очень небольшое у жены. Но что-то **ничто́жное**.

состоя́ние 财产

ничто́жный 很少

— Да, надо будет поехать. Ужасно далеко жили они.

— То есть от вас далеко. От вас всё далеко.

— Вот, не может мне простить, что я живу за рекой, — улыбаясь на Шебека, сказал Петр Иванович. И заговорили о дальности городских расстояний, и пошли в заседание.

Кроме вызванных этой смертью в каждом соображении о перемещениях и возможных изменениях по службе, могущих последовать от этой смерти, самый факт смерти близкого знакомого вызвал во всех, узнавших про нее, как всегда, чувство радости о том, что умер он, а не я.

надобно 同 надо
панихи́да 祭悼
вдова́ 遗孀
соболе́знование 同情，痛心

правове́дение 法学

о́круг 区
фрак 礼服
каре́та 四轮马车
изво́зчик 出租马车
пере́дняя 前厅
ве́шалка 衣帽架
глазе́товый 用织金缎做的
гроб 棺材
ки́сточка 小璎珞
ки́сточка 穗子
порошо́к 粉
галу́н 饰带
подми́гивать //
   подмигну́ть 使眼色
распоряжа́ться //
   распоряди́ться 安排
бакенба́рды 长鬓角
торже́ственность 庄重
игри́вость 顽皮
соль 俏皮 风趣

повинти́ть [完] 玩文特牌

«Каково, умер; а я вот нет», — подумал или почувствовал каждый. Близкие же знакомые, так называемые друзья Ивана Ильича, при этом подумали невольно и о том, что теперь им **надобно** исполнить очень скучные обязанности приличия и поехать на **панихи́ду** и к **вдове́** с визитом **соболе́знования**.

Ближе всех были Федор Васильевич и Петр Иванович.

Петр Иванович был товарищем по училищу **правове́дения** и считал себя обязанным Иваном Ильичом.

Передав за обедом жене известие о смерти Ивана Ильича и соображения о возможности перевода шурина в их **о́круг**, Петр Иванович, не ложась отдыхать, надел **фрак** и поехал к Ивану Ильичу.

У подъезда квартиры Ивана Ильича стояла **каре́та** и два **изво́зчика**. Внизу, в **пере́дней** у **ве́шалки** прислонена была к стене **глазе́товая** крышка **гро́ба** с **ки́сточками** и начищенным **порошко́м галу́ном**. Две дамы в черном снимали шубки. Одна, сестра Ивана Ильича, знакомая, другая — незнакомая дама. Товарищ Петра Ивановича, Шварц, сходил сверху и, с верхней ступени увидав, входившего, остановился и **подмигну́л** ему, как бы говоря: «Глупо **распоряди́лся** Иван Ильич: то ли дело мы с вами».

Лицо Шварца с английскими **бакенба́рдами** и вся худая фигура во фраке имела, как всегда, изящную **торже́ственность**, и эта торжественность, всегда противоречащая характеру **игри́вости** Шварца, здесь имела особенную **соль**. Так подумал Петр Иванович.

Петр Иванович пропустил вперед себя дам и медленно пошел за ними на ле́стницу. Шварц не стал сходить, а остановился наверху. Петр Иванович понял зачем: он, очевидно хотел сговориться, где **повинти́ть** нынче. Дамы прошли на лестницу к вдове, а Шварц, с серьезно сложенными, крепкими губами и игривым взглядом, движением бровей показал Петру Ивановичу направо, в комнату **мертвеца**.

Пётр Иванович вошел, как всегда это бывает, с недоумением о том, что ему там надо будет делать. Одно он знал, что **креститься** в этих случаях никогда не мешает. Насчёт того, что нужно ли при этом и **кланяться**, он не совсем был уверен и потому выбрал среднее: войдя в комнату, он стал креститься и немножко как будто кланяться. Насколько ему позволяли движения рук и головы, он вместе с тем оглядывал комнату. Два молодые человека, один **гимназист**, кажется, **племянники**, крестясь, выходили из комнаты. Старушка стояла неподвижно. И дама с странно поднятыми бровями что-то ей говорила шёпотом. **Дьячок в сюртуке**, бодрый, решительный, читал что-то громко с выражением, исключающим всякое противоречие; буфетный **мужик** Герасим, пройдя перед Петром Ивановичем легкими шагами, что-то посыпал по полу. Увидав это, Пётр Иванович тотчас же почувствовал легкий запах **разлагающегося трупа**. В последнее свое посещение Ивана Ильича Пётр Иванович видел этого мужика в кабинете; он исполнял должность **сиделки**, и Иван Ильич особенно любил его. Пётр Иванович все крестился и слегка кланялся по серединному направлению между гробом, дьячком и образами на столе в углу. Потом, когда это движение крещения рукою показалось ему уже слишком продолжительно, он приостановился и стал разглядывать мертвеца.

Мертвец лежал, как всегда лежат мертвецы, особенно тяжело, по-мертвецки, утонувши **окоченевшими** членами в **подстилке** гроба, с навсегда **согнувшеюся** головой на подушке, и **выставлял**, как всегда выставляют мертвецы, свой желтый **восковой** лоб с **взлизами** на **ввалившихся** висках и **торчащий** нос, как бы **надавивший** на верхнюю губу. Он очень переменился, ещё похудел с тех пор, как Пётр Иванович не видал его, но, как у всех мертвецов,

мертвец 死人

креститься [未,完] 画十字

кланяться//поклониться 躬躬

гимназист 中学生
племянник 侄儿
дьячок 诵经员
сюртук 常礼服

мужик 庄稼汉

разлагаться//разложиться 腐烂, 腐朽
труп 尸体

сиделка 看护人

коченеть//окоченеть 变僵硬
подстилка 垫子
гнуться//согнуться 垂下
выставлять//выставить 伸出
восковой 蜡黄的
взлиза 秃鬓角
вваливаться//ввалиться 深陷

торча́ть [未] 高耸	
нада́вливать//надави́ть 压	
неуме́стный 不合时宜的	
поспе́шно 匆匆	
цили́ндр 大礼帽	
чистопло́тный 整洁的	
элега́нтный 文雅的	
удруча́ть//удручи́ть 使沉重	
инциде́нт 事件	
щелкану́ть [完] 发出噼啪声	
распеча́тывать//распеча́тать 拆开	
коло́да 一副纸牌	
лаке́й 仆人	
винти́ть [未]<口>玩文特牌	
кру́жево 花边	

лицо его было красивее, главное — значительнее, чем оно было у живого. На лице было выражение того, что то, что нужно было сделать, сделано, и сделано правильно. Кроме того, в этом выражении был ещё упрёк или напоминание живым. Напоминание это показалось Петру Ивановичу **неуме́стным** или, по крайней мере, до него не касающимся. Что-то ему стало неприятно, и потому Петр Иванович ещё раз **поспе́шно** перекрестился и, как ему показалось, слишком поспешно, несообразно с приличиями, повернулся и пошел к двери. Шварц ждал его в проходной комнате, расставив широко ноги и играя обеими руками за спиной своим **цили́ндром**. Один взгляд на игривую, **чистопло́тную** и **элега́нтную** фигуру Шварца освежил Петра Ивановича. Петр Иванович понял, что он, Шварц, стоит выше этого и не поддается **удруча́ющим** впечатлениям. Один вид его говорил: **инциде́нт** панихиды Ивана Ильича никак не может служить достаточным поводом для признания порядка заседания нарушенным, то есть что ничто не может помешать нынче же вечером **щелкану́ть**, **распеча́тывая** её, **коло́дой** карт, в то время как **лаке́й** будет расставлять четыре необожженные свечи; вообще нет основания предполагать, чтобы инцидент этот мог помешать нам провести приятно и сегодняшний вечер. Он и сказал это шепотом проходившему Петру Ивановичу, предлагая соединиться на партию у Федора Васильевича. Но, видно, Петру Ивановичу была не судьба **винти́ть** нынче вечером. Прасковья Федоровна, невысокая, жирная женщина, несмотря на все старания устроить противное, все-таки расширявшаяся от плеч книзу, вся в черном, с покрытой **кру́жевом** головой и с такими же странно поднятыми бровями, как и та дама, стоявшая против гроба, вышла из своих покоев с другими дамами и, проводив их в дверь мертвеца, сказала:

— Сейчас будет панихида; пройдите.

Шварц, неопределенно поклонившись, остановился, очевидно, не принимая и не отклоняя этого предложения. Прасковья Федоровна, узнав Петра Ивановича, вздохнула, подошла к нему вплоть, взяла его за руку и сказала:

— Я знаю, что вы были истинным другом Ивана Ильича... — и посмотрела на него, ожидая от него соответствующие этим словам действия.

Петр Иванович знал, что как там надо было креститься, так здесь надо было пожать руку, вздохнуть и сказать: «Поверьте!». И он так и сделал. И, сделав это, почувствовал, что результат получился желаемый: что он тронут и она тронута.

— Пойдемте, пока там не началось; мне надо поговорить с вами, — сказала вдова. — Дайте мне руку.

Петр Иванович подал руку, и они направились во внутренние комнаты, мимо Шварца, который печально подмигнул Петру Ивановичу: «Вот те и винт! Уж не **взыщите**, другого партнера возьмем. **Нешто** впятером, когда отделаетесь», — сказал его игривый взгляд.

Петр Иванович вздохнул ещё глубже и печальнее, и Прасковья Федоровна благодарно пожала ему руку. Войдя в её обитую розовым **кретоном** гостиную с пасмурной лампой, они сели у стола: она на диван, а Петр Иванович на расстроившийся **пружинами** и неправильно подававшийся под его сиденьем **низенький пуф**. Прасковья Федоровна хотела предупредить его, чтобы он сел на другой стул, но нашла это предупреждение не соответствующим своему положению и **раздумала**. Садясь на этот пуф, Петр Иванович вспомнил, как Иван Ильич устраивал эту гостиную и советовался с ним об этом самом розовом с зелеными листьями кретоне. Садясь на диван и проходя мимо стола (вообще вся гостиная была полна вещиц и мебели), вдова **зацепилась** черным кружевом черной **мантилий** за **резьбу** стола. Петр Иванович приподнялся, чтобы **отцепить**, и освобожденный

взыскивать//взыскать 追究

нешто 只有

кретон 印花饰布
пружина 弹簧
низенький 矮矮的
пуф 矮椅子

раздумывать//раздумать 放弃(原有)打算

зацепляться//зацепиться 挂住
мантилья 披肩
резьба 雕花
отцеплять//отцепить 摘下,硬拽出来

пуф 烟囱	
подта́лкивать// подтолкну́ть 弹向	
бунтова́ться [未] 造反	
бати́стовый 麻纱	
охлажда́ть//охлади́ть 使冷静	
насу́пливаться// насу́питься 眉头紧锁	
кла́дбище 墓地	

под ним **пуф** стал волноваться и **подта́лкивать** его. Вдова сама стала отцепля́ть свое кружево, и Петр Иванович опять сел, придавив **бунтова́вшийся** под ним пуф. Но вдова не все отцепила, и Петр Иванович опять поднялся, и опять пуф забунтовал и даже щелкнул. Когда все это кончилось, она вынула чистый **бати́стовый** платок и стала плакать. Петра же Ивановича охлади́л эпизод с кружевом и борьба с пуфом, и он сидел **насу́пившись**. Неловкое это положение перервал Соколов, буфетчик Ивана Ильича, с докладом о том, что место на **кла́дбище** то, которое назначила Прасковья Федоровна, будет стоить двести рублей. Она перестала плакать и, с видом жертвы взглянув на Петра Ивановича, сказала по-французски, что ей очень тяжело. Петр Иванович сделал молчаливый знак, выражавший несомненную уверенность в том, что это не может быть иначе.

— Курите, пожалуйста, — сказала она великодушным и вместе убитым голосом и занялась с Соколовым вопросом о цене места. Петр Иванович, закуривая, слышал, что она очень обстоятельно расспросила о разных ценах земли и определила ту, которую следует взять. Кроме того, окончив о месте, она **распоряди́лась** и о **пе́вчих**. Соколов ушел.

распоряжа́ться// распоряди́ться 吩咐; 安排	
пе́вчий 唱诗班	
пе́пел 烟灰	
пе́пельница 烟灰缸	
притво́рство 假装	
утеша́ть//уте́шить 安慰	
встря́хиваться// встряхну́ться 振奋	
зашевели́ться [完] 动弹起来	

— Я все сама делаю, — сказала она Петру Ивановичу, отодвигая к одной стороне альбомы, лежавшие на столе; и, заметив, что **пе́пел** угрожал столу, не мешкая подвинула Петру Ивановичу **пе́пельницу** и проговорила: — Я нахожу **притво́рством** уверять, что я не могу от горя заниматься практическими делами. Меня, напротив, если может что не **уте́шить** … а развлечь, то это — заботы о нем же. — Она опять достала платок, как бы собираясь плакать, и вдруг, как бы пересиливая себя, **встряхну́лась** и стала говорить спокойно:

— Однако у меня дело есть к вам.

Петр Иванович поклонился, не давая расходиться пружинам пуфа, тотчас же **зашевели́вшимся** под ним.

— В последние дни он ужасно страдал.

— Очень страдал? — спросил Петр Иванович.

— Ах, ужасно! Последние не минуты, а часы он не переставая кричал. Трое суток сряду он, не переводя голосу, кричал. Это было невыносимо. Я не могу понять, как я вынесла это; за тремя дверьми слышно было. Ах! что я вынесла!

— И неужели он был в памяти? — спросил Петр Иванович.

— Да, — прошептала она, — до последней минуты. Он простился с нами за четверть часа до смерти и ещё просил увести Володю.

Мысль о страдании человека, которого он знал так близко, сначала веселым мальчиком, школьником, потом взрослым партнером, несмотря на неприятное сознание притворства своего и этой женщины, вдруг ужаснула Петра Ивановича. Он увидал опять этот лоб, нажимавший на губу нос, и ему стало страшно за себя.

«Трое суток ужасных страданий и смерть. Ведь это сейчас, всякую минуту может наступить и для меня», — подумал он, и ему стало на мгновение страшно. Но тотчас же, он сам не знал как, ему на помощь пришла обычная мысль, что это случилось с Иваном Ильичом, а не с ним и что с ним этого случиться не должно и не может; что, думая так, он поддается мрачному настроению, чего не следует делать, как это, очевидно было по лицу Шварца. И, сделав это **рассужде́ние**, Петр Иванович успокоился и с интересом стал расспрашивать подробности о кончине Ивана Ильича, как будто смерть была такое приключение, которое свойственно только Ивану Ильичу, но совсем не свойственно ему.

После разных разговоров о подробностях действительно, ужасных физических страданий, перенесенных Иваном Ильичам (подробности эти узнавал Петр Иванович только по тому, как мучения Ивана Ильича действовали на нервы Прасковьи Федоровны), вдова, очевидно, нашла

рассужде́ние 推断

сморка́ться// вы́сморкаться 擤鼻涕	

нужным перейти к делу.

— Ах, Петр Иванович, как тяжело, как ужасно тяжело, как ужасно тяжело, — и она опять заплакала.

Петр Иванович вздыхал, и ждал, когда она **вы́сморкается**. Когда она высморкалась, он сказал:

— Поверьте... — и опять она разговорилась и высказала то, что было, очевидно, её главным делом к нему; дело это состояло в вопросах о том, как бы по случаю смерти мужа достать денег от **казны́**. Она сделала вид, что спрашивает у Петра Ивановича совета о пенсионе: но он видел, что она уже знает до мельчайших подробностей и то, чего он не знал: все то, что можно вытянуть от казны по случаю этой смерти; но что ей хотелось узнать, нельзя ли как-нибудь вытянуть ещё побольше денег. Петр Иванович постарался выдумать такое средство, но, подумав несколько и из приличия **побрани́в** наше правительство за его **ска́редность**, сказал, что, кажется, больше нельзя. Тогда она вздохнула и, очевидно, стала придумывать средство избавиться от своего посетителя. Он понял это, затушил **папиро́ску**, встал, пожал руку и пошел в переднюю.

В столовой с часами, которым Иван Ильич так рад был, что купил в брикабраке (на **распрода́же** старинных вещей), Петр Иванович встретил **свяще́нника** и ещё несколько знакомых, приехавших на панихиду, и увидал знакомую ему красивую **ба́рышню**, дочь Ивана Ильича. Она была вся в черном. Талия её, очень тонкая, казалась ещё тоньше. Она имела мрачный, решительный, почти гневный вид. Она поклонилась Петру Ивановичу, как будто он был в чем-то виноват. За дочерью стоял с таким же обиженным видом знакомый Петру Ивановичу богатый молодой человек, судебный следователь, её жених, как он слышал. Он уныло поклонился им и хотел пройти в комнату мертвеца, когда из-под лестницы показалась

казна́ 公家

побрани́ть [完] 骂一阵
ска́редность 吝啬

папиро́ска 烟卷

распрода́жа 清仓
свяще́нник 神职人员

ба́рышня 小姐

фигурка гимназистика-сына, ужасно похожего на Ивана Ильича. Это был маленький Иван Ильич, каким Петр Иванович помнил его в Правоведении. Глаза у него были и заплаканные и такие, какие бывают у нечистых мальчиков в тринадцать — четырнадцать лет. Мальчик, увидав Петра Ивановича, стал сурово и стыдливо морщиться. Петр Иванович кивнул ему головой и вошел в комнату мертвеца. Началась панихида — свечи, стоны, **ладан**, слезы, **всхлипыванья**. Петр Иванович стоял нахмурившись, глядя на ноги перед собой. Он не взглянул ни разу на мертвеца и до конца не поддался расслабляющим влияниям и один из первых вышел. В передней никого не было. Герасим, буфетный мужик, выскочил из комнаты покойника, **перешвырял** своими сильными руками все шубы, чтобы найти шубу Петра Ивановича, и подал её.

— Что, брат Герасим? — сказал Петр Иванович, чтобы сказать что-нибудь. — Жалко?

— Божья воля. Все там же будем, — сказал Герасим, **оскаливая** свои белые, сплошные мужицкие зубы, и, как человек **в разгаре** усиленной работы, живо отворил дверь, кликнул кучера, подсадил Петра Ивановича и прыгнул назад к крыльцу, как будто придумывая, что бы ему ещё сделать.

Петру Ивановичу особенно приятно было дохнуть чистым воздухом после запаха ладана, трупа и **карболовой кислоты**.

— Куда прикажете? — спросил кучер.

— Не поздно. Заеду ещё к Федору Васильевичу.

И Петр Иванович поехал. И действительно, застал их при конце первого **роббера**, так что ему удобно было вступить пятым.

II

Прошедшая история жизни Ивана Ильича была самая простая и обыкновенная и самая ужасная.

Иван Ильич умер сорока пяти лет, членом Судебной палаты. Он был сын чиновника, сделавшего в Петербурге по разным министерствам

ладан (宗教仪式用的) 香
всхлипывание 啜泣声

перешвырять [完] 抛来抛去

оскаливать//оскалить 露出

в разгаре 正在兴头上

карболовая кислота 碳酸

роббер 一局

и **департáментам** ту карьеру, которая доводит людей до того положения, в котором хотя и ясно оказывается, что исполнять какую-нибудь существенную должность они не **годя́тся**, они все-таки по своей долгой и прошедшей службе и своим чинам не могут быть **вы́гнаны** и потому получают выдуманные **фикти́вные** места и нефиктивные тысячи, от шести до десяти, с которыми они и доживают до глубокой старости.

Таков был **та́йный сове́тник**, ненужный член разных ненужных учреждений, Илья Ефимович Головин.

У него было три сына, Иван Ильич был второй сын. Старший делал такую же карьеру, как и отец, только по другому министерству, и уж близко подходил к тому служебному возрасту, при котором получается эта **ине́рция жа́лованья**. Третий сын был неудачник. Он в разных местах везде **напо́ртил** себе и теперь служил по железным дорогам: и его отец, и братья, и особенно их жены не только не любили встречаться с ним, но без крайней необходимости и не вспоминали о его существовании. Сестра была за **баро́ном** Грефом, таким же петербургским чиновником, как и его **тесть**. Иван Ильич был le phenix de la famille (гордость семьи), как говорили. Он был не такой холодный и **аккура́тный**, как старший, и не такой **отча́янный**, как **меньшо́й**. Он был середина между ними — умный, живой, приятный и приличный человек. Воспитывался он вместе с меньшим братом в Правоведении. Меньшой не кончил и был выгнан из пятого класса, Иван же Ильич хорошо кончил курс. В Правоведении уже он был тем, чем он был **впосле́дствии** всю свою жизнь: человеком способным, весело добродушным и общительным, но строго исполняющим то, что он считал своим долгом; долгом же он своим считал все то, что считалось таковым наивысше поставленными людьми. Он не был **заи́скивающим** ни мальчиком, ни потом взрослым человеком, но у него с самых молодых

ПРОЗА

лет было то, что он, как муха к свету, тянулся к наивысше поставленным в свете людям, усваивал себе их приемы, их взгляды на жизнь и с ними устанавливал дружеские отношения. Все увлечения детства и молодости прошли для него, не оставив больших следов; он отдавался и **чу́вственности** и **тщесла́вию**, и — под конец, в высших классах — **либера́льности**, но все в известных пределах, которые верно указывало ему его чувство.

чу́вственность 情欲
тщесла́вие 虚荣
либера́льность 自由主义

Были в Правоведении совершены им поступки, которые прежде представлялись ему большими **га́достями** и **внуша́ли** ему **отвраще́ние** к самому себе, в то время, как он совершал их; но впоследствии, увидав, что поступки эти были совершаемы и высоко стоящими людьми и не считались ими дурными, он не то что признал их хорошими, но совершенно забыл их и нисколько не огорчался воспоминаниями о них.

га́дость 丑陋行为
внуши́ть // внуша́ть 唤起
отвраще́ние 厌恶, 憎恶

<...>

Жизнь Ивана Ильича и в новом городе сложилась очень приятно: **фронди́рующее** против **губерна́тора** общество было дружное и хорошее; жалованья было больше, и немалую приятность в жизни прибавил тогда вист, в который стал играть Иван Ильич, имевший способность играть в карты весело, быстро соображая и очень **то́нко**, так что в общем он всегда был в выигрыше.

фронди́ровать [未] 反对
губерна́тор 省长

то́нко 细致地

После двух лет службы в новом городе Иван Ильич встретился с своей будущей женой. Прасковья Федоровна Михель была самая привлекательная, умная, блестящая девушка того кружка, в котором **враща́лся** Иван Ильич. В числе других **заба́в** и **отдохнове́ний** от трудов следователя Иван Ильич установил игривые, легкие отношения с Прасковьей Федоровной.

враща́ться [未] 交往
заба́ва 娱乐
отдохнове́ние 休息

Иван Ильич, будучи чиновником особых поручений, вообще танцевал; судебным же следователем он уже танцевал как исключение. Он танцевал уже в том смысле, что хоть и по новым учреждениям и в пятом классе, но если дело коснется танцев, то могу доказать, что в этом роде я могу лучше других. Так, он изредка в конце вечера танцевал с Прасковьей Федоровной и преимущественно во время этих танцев и победил Прасковью Федоровну. Она влюбилась в него. Иван Ильич не имел ясного, определенного **намерения** жениться, но когда девушка влюбилась в него, он задал себе этот вопрос: «В самом деле, отчего же и не жениться?» — сказал он себе.

намере́ние 打算，意图

Девица Прасковья Федоровна была хорошего дворянского рода, недурна; было маленькое состояньице. Иван Ильич мог рассчитывать на более блестящую партию, но и эта была партия хорошая. У Ивана Ильича было его жалованье, у ней, он надеялся, будет столько же. Хорошее родство; она — милая, хорошенькая и вполне порядочная женщина. Сказать, что Иван Ильич женился потому, что он полюбил свою невесту и нашел в ней сочувствие своим взглядам на жизнь, было бы так же несправедливо, как и сказать то, что он женился потому, что люди его общества **одобря́ли** эту партию. Иван Ильич женился по обоим соображениям: он делал приятное для себя, приобретая такую жену, и вместе с тем делал то, что наивысше поставленные люди считали правильным.

одобря́ть//одо́брить 认可

И Иван Ильич женился.

Самый процесс женитьбы и первое время **бра́чной** жизни, с **супру́жескими ла́сками**, новой мебелью, новой посудой, новым бельем, до **бере́менности** жены прошло очень хорошо, так что Иван Ильич начинал уже думать, что женитьба не только не нарушит того характера жизни легкой, приятной, веселой и всегда **прили́чной** и **одобря́емой** обществом, который Иван Ильич считал свойственным жизни вообще, но ещё **усугуби́т** его. Но тут, с первых месяцев беременности жены, явилось что-то такое новое, неожиданное, неприятное, тяжелое и неприличное, чего нельзя было ожидать и от чего никак нельзя было отделаться.

бра́чный 婚姻的
супру́жеский 夫妇的
ла́ска 爱抚
бере́менность 怀孕

прили́чный 适当的
одобря́ть//одо́брить 赞许

усугубля́ть//усугуби́ть 加强

Жена без всяких поводов, как казалось Ивану Ильичу, de gaîtй de coeur (умышленно, нарочно), как он говорил себе, начала нарушать приятность и приличие жизни: она без всякой причины **ревновала** его, требовала от него ухаживанья за собой, **придиралась** ко всему и делала ему неприятные и грубые сцены.

Сначала Иван Ильич надеялся освободиться от неприятности этого положения тем самым легким и приличным отношением к жизни, которое **выручало** его прежде, — он пробовал **игнорировать** расположение духа жены, продолжал жить по-прежнему легко и приятно: приглашал к себе друзей составлять партию, пробовал сам уезжать в клуб или к приятелям. Но жена один раз с такой энергией начала **грубыми** словами ругать его и так упорно продолжала ругать его всякий раз, когда он не исполнял её требований, очевидно, твердо решившись не переставать до тех пор, пока он не **покорится**, то есть не будет сидеть дома и не будет так же, как и она, **тосковать**, что Иван Ильич **ужаснулся**. Он понял, что супружеская жизнь — по крайней мере, с его женою — не содействует всегда приятностям и приличию жизни, а, напротив, часто нарушает их, и что поэтому необходимо оградить себя от этих нарушений. И Иван Ильич стал отыскивать средства для этого. Служба было одно, что **импонировало** Прасковье Федоровне, и Иван Ильич посредством службы и **вытекающих** из неё обязанностей стал бороться с женой, **выгораживая** свой независимый мир.

С рождением ребенка, попытками **кормления** и различными неудачами при этом, с болезнями действительными и воображаемыми ребенка и матери, в которых от Ивана Ильича требовалось участие, но в которых он ничего не мог понять, потребность для Ивана Ильича выгородить себе мир вне семьи стала ещё более **настоятельна**.

По мере того, как жена становилась **раздражительнее** и требовательнее, и Иван Ильич все более и более **переносил** центр

ревновать//
 приревновать 猜忌
придираться//
 придраться 挑剔,责难

выручать//выручить 搭救,拯救
игнорировать[未,完]故意不理会

грубый 粗野的

покоряться//покориться 听从,屈服
тосковать [未]发愁,忧郁
ужасаться//ужаснуться 胆战心惊

импонировать [未]使人敬仰
вытекать//вытечь 流出,由……而来的
выгораживать//
 выгородить 庇护,隔断
кормление 喂食

настоятельный 坚决的
раздражительный 脾气暴躁的
переносить//перенести 迁移,转入

	тяжести своей жизни в службу. Он стал более любить службу и стал более **честолюбив**, чем он был прежде.
честолюби́вый 虚荣心重的	

Очень скоро, не далее как через год после женитьбы, Иван Ильич понял, что супружеская жизнь, представляя некоторые удобства в жизни, в сущности есть очень сложное и тяжелое дело, по отношению которого, для того чтобы исполнять свой долг, то есть вести приличную, одобряемую обществом жизнь, нужно выработать — определенное отношение, как и к службе.

И такое отношение к супружеской жизни выработал себе Иван Ильич. Он требовал от семейной жизни только тех удобств домашнего обеда, хозяйки, постели, которые она могла дать ему, и, главное, того приличия внешних форм, которые определялись общественным мнением. В остальном же он искал веселой приятности и, если находил их, был очень благодарен; если же встречал **отпо́р** и **ворчли́вость**, то тотчас же уходил в свой отдельный, выгороженный им мир службы и в нем находил приятности.

отпо́р 反击，反抗
ворчли́вость 埋怨，不满

Ивана Ильича ценили как хорошего **служа́ку**, и через три года сделали **това́рищем** прокурора. Новые обязанности, важность их, возможность привлечь к суду и посадить всякого в **остро́г**, **публи́чность** речей, успех, который в этом деле имел Иван Ильич, — все это ещё более привлекало его к службе.

служа́ка 老练热诚的职员
това́рищ 副职
остро́г 监狱
публи́чность 共识

Пошли дети. Жена становилась все **ворчли́вее** и сердитее, но выработанные Иваном Ильичом отношения к домашней жизни делали его почти **непроница́емым** для её ворчливости.

ворчли́вый 好埋怨的；不满的

непроница́емый 深奥莫测的

После семи лет службы в одном городе Ивана Ильича перевели на место прокурора в другую губернию. Они переехали, денег было мало, и жене не понравилось то место, куда они переехали. Жалованье было хоть и больше прежнего, но жизнь была дороже; кроме того, умерло двое детей, и потому семейная жизнь стала ещё неприятнее для Ивана Ильича.

ПРОЗА

Прасковья Федоровна во всех случавшихся **невзгодах** в этом новом месте жительства упрекала мужа. Большинство предметов разговора между мужем и женой, особенно воспитание детей, **наводило** на вопросы, по которым были воспоминания ссор, и ссоры всякую минуту готовы были **разгораться**. Оставались только те редкие периоды **влюблённости**, которые находили на супругов, но продолжались недолго. Это были **островки**, на которые они приставали на время, но потом опять пускались в море **затаённой вражды**, выражавшейся в **отчуждении** друг от друга. Отчуждение это могло бы огорчать Ивана Ильича, если бы он считал, что это не должно так быть, но он теперь уже признавал это положение не только нормальным, но и целью всей деятельности в семье. Цель его состояла в том, чтобы все больше и больше освобождать себя от этих неприятностей и придать им характер **безвредности** и приличия; и он достигал этого тем, что он все меньше и меньше проводил время с семьею, а когда был вынужден это делать, то старался обеспечивать свое положение **присутствием** посторонних лиц. Главное же то, что у Ивана Ильича была служба. В служебном мире сосредоточился для него весь интерес жизни. И интерес этот **поглощал** его. Сознание своей власти, возможности **погубить** всякого человека, которого он захочет погубить, важность, даже внешняя, при его входе в суд и встречах с **подчинёнными**, успех свой перед высшими и подчиненными и, главное, мастерство свое ведения дел, которое он чувствовал, — все это радовало его и вместе с беседами с товарищами, обедами и вистом наполняло его жизнь. Так что вообще жизнь Ивана Ильича продолжала идти так, как он считал, что она должна была идти: приятно и прилично.

Так прожил он ещё семь лет. Старшей дочери было уже шестнадцать лет, ещё один

невзгода 艰难, 痛苦

наводить//навести 勾起
разгораться//разгореться 激烈起来
влюблённость 钟情
островок 小岛
затаённый 隐藏的, 阴沉的
вражда 仇恨
отчуждение 疏远

безвредность 无害性

присутствие 出席, 在场

поглощать//поглотить 使全神贯注
губить//погубить 杀害

подчинённый 下属, 部下

гимнази́ст 中学生
раздо́р 不和睦，纠纷
назло́ 故意作对

силлоги́зм 三段论
Кизеве́тер 基泽韦捷尔，俄
　　国历史学家、社会学家
Кай 盖尤斯

ку́чер 马车夫
го́ресть 悲伤，伤心
ко́жанный 皮的
поло́ска 条纹
шурша́ть [未]沙沙作响
шёлк 丝
скла́дка 褶子
бунтова́ть [未]暴动

ребенок умер, и оставался мальчик-**гимнази́ст**, предмет **раздо́ра**. Иван Ильич хотел отдать его в Правоведение, а Прасковья Федоровна **назло́** ему отдала в гимназию. Дочь училась дома и росла хорошо, мальчик тоже учился недурно.

VI

Иван Ильич видел, что он умирает, и был в постоянном отчаянии.

В глубине души Иван Ильич знал, что он умирает, но он не только не привык к этому, но просто не понимал, никак не мог понять этого.

Тот пример **силлоги́зма**, которому он учился в логике **Кизеве́тера**: **Кай** — человек, люди смертны, потому Кай смертен, казался ему во всю его жизнь правильным только по отношению к Каю, но никак не к нему. То был Кай — человек, вообще человек, и это было совершенно справедливо; но он был не Кай и не вообще человек, а он всегда был совсем, совсем особенное от всех других существо; он был Ваня с мама, папа, с Митей и Володей, с игрушками, **ку́чером**, с няней, потом с Катенькой, со всеми радостями, **го́рестями**, восторгами детства, юности, молодости. Разве для Кая был тот запах **ко́жаного поло́сками** мячика, который так любил Ваня! Разве Кай целовал так руку матери и разве для Кая так **шурша́л шёлк скла́док** платья матери? Разве он **бунтова́л** за пирожки в Правоведении? Разве Кай так был влюблен? Разве Кай так мог вести заседание?

И Кай точно смертен, и ему правильно умирать, но мне, Ване, Ивану Ильичу, со всеми моими чувствами, мыслями, — мне это другое дело. И не может быть, чтобы мне следовало умирать. Это было бы слишком ужасно.

Так чувствовалось ему.

«Если б и мне умирать, как Каю, то я так бы и знал это, так бы и говорил мне внутренний голос, но ничего подобного не было во мне; и я и все мои друзья — мы понимали, что это совсем не так, как с Каем. А теперь вот что! — говорил он себе. — Не может быть. Не может быть, а есть. Как же это? Как понять это?»

И он не мог понять и старался **отогна́ть** эту мысль, как ложную, неправильную, болезненную, и **вы́теснить** её другими, правильными, здоровыми мыслями. Но мысль эта, не только мысль, но как будто действительность, приходила опять и становилась перед ним.

И он призывал по очереди на место этой мысли другие мысли, в надежде найти в них **опо́ру**. Он пытался возвратиться к прежним ходам мысли, которые **заслоня́ли** для него прежде мысль о смерти. Но — странное дело — все то, что прежде заслоняло, скрывало, уничтожало сознание смерти, теперь уже не могло производить этого действия. Последнее время Иван Ильич большей частью проводил в этих попытках восстановить прежние ходы чувства, заслонявшего смерть. То он говорил себе: «Займусь службой, ведь я жил же ею». И он шел в суд, отгоняя от себя всякие сомнения; вступал в разговоры с товарищами и садился, по старой привычке **рассе́янно**, задумчивым взглядом окидывая толпу и обеими исхудавшими руками опираясь на ручки дубового **кре́сла**, так же, как обыкновенно, **перегиба́ясь** к товарищу, подвигая дело, **перешёптываясь**, и потом, вдруг вскидывая глаза и прямо усаживаясь, произносил известные слова и начинал дело. Но вдруг в середине боль в боку, не обращая никакого внимания на период развития дела, начинала свое сосущее дело. Иван Ильич прислушивался, отгонял мысль о ней, но она продолжала свое, и она приходила и становилась прямо перед ним и смотрела на него, и он **столбене́л**, огонь тух в глазах, и он начинал опять спрашивать себя: «Неужели только она правда?» И товарищи и подчиненные с удивлением и огорчением видели, что он, такой блестящий, тонкий судья, **пу́тался**, делал ошибки. Он **встря́хивался**, старался **опо́мниться** и кое-как доводил до конца заседание и возвращался домой с грустным сознанием, что не может по-старому судейское

отгоня́ть//отогна́ть 赶走

вытесня́ть//вы́теснить 挤走

опо́ра 依据
заслоня́ть//заслони́ть 把(念头)排开

рассе́янно 漫不经心地
кре́сло 安乐椅
перегиба́ться//перегну́ться 侧过(身子)
перешёптываться//перешепну́ться 小声转告

столбене́ть//остолбене́ть 发呆, 呆住

пу́таться [未] 混乱, 搞乱
встря́хиваться//встряхну́ться 抖擞精神
опо́мниться [完] 清醒过来

ши́рма 屏风	его дело скрыть от него то, что он хотел скрыть; что судейским делом он не может избавиться от неё. И что было хуже всего — это то, что она отвлекала его к себе не затем, чтобы он делал что-нибудь, а только для того, чтобы он смотрел на неё, прямо ей в глаза, смотрел на неё и, ничего не делая, невыразимо мучился.

И, спасаясь от этого состояния, Иван Ильич искал утешения, других **ширм**, и другие ширмы являлись и на короткое время как будто спасали его, но тотчас же опять не столько разрушались, сколько **просвечивали**, как будто она проникала через всё, и ничто не могло **заслонить** её.

просве́чивать//
 просвети́ть 照透
заслоня́ть//заслони́ть 挡住，遮住
ядови́то 恶狠狠地

Бывало, в это последнее время он войдёт в гостиную, убранную им, — в ту гостиную, где он упал, для которой он, — как ему **ядовито** смешно было думать, — для устройства которой он пожертвовал жизнью, потому что он знал, что болезнь его началась с этого ушиба, — он входил и видел, что на **лакированном** столе был **рубец**, прорезанный чем-то. Он искал причину: и находил её в **бронзовом** украшении альбома, отогнутом на краю. Он брал альбом, дорогой, им составленный с любовью, **подосадовал** на **неряшливость** дочери и её друзей, — то **разорвано**, то карточки **перевернуты**. Он приводил это старательно в порядок, загибал опять украшение.

лакиро́ванный 涂上漆的
рубе́ц 割痕，刻痕
бро́нзовый 青铜色的
подоса́довать [完]抱怨
неря́шливость 粗心，草率
разо́рванный 撕破的
переверну́тый 颠倒的

Потом ему приходила мысль весь этот etablissement (**сооружение**) с альбомами переместить в другой угол, к цветам. Он звал лакея: или дочь, или жена приходили на помощь; они не соглашались, противоречили, он спорил, сердился; но все было хорошо, потому что он не помнил о ней, её не видно было.

сооруже́ние 设备，用品

Но вот жена сказала, когда он сам передвигал: «Позволь, люди сделают, ты опять себе сделаешь вред», и вдруг она **мелькнула** через ширмы, он увидал её. Она мелькнула, он ещё надеется, что она **скроется**, но невольно он прислушался к боку, — там сидит все то же, все так же **ноет**, и он уже не может забыть, и она **явственно**

мелька́ть//мелькну́ть 闪现
скрыва́ться//скры́ться 消失
ныть [未] 疼痛
я́вственно 清晰地

глядит на него из-за цветов. К чему все?

«И правда, что здесь, на этой гардине, я, как на **штурме**, потерял жизнь. Неужели? Как ужасно и как глупо! Это не может быть! Не может быть, но есть».

Он шел в кабинет, ложился и оставался опять один с нею, с глазу на глаз с нею, а делать с нею нечего. Только смотреть на неё и **холодеть**.

VII

Как это сделалось на третьем месяце болезни Ивана Ильича, нельзя было сказать, потому что это делалось шаг за шагом, незаметно, но сделалось то, что и жена, и дочь, и сын его, и **прислуга**, и знакомые, и доктора, и, главное, он сам — знали, что весь интерес в нём для других состоит только в том, скоро ли, наконец, он **опростает** место, освободит живых от **стеснения**, производимого его присутствием, и сам освободится от своих **страданий**.

Он спал меньше и меньше; ему давали **опиум** и начали **прыскать морфином**. Но эта не **облегчало** его. **Тупая** тоска, которую он испытывал в **полуусыплённом** состоянии, сначала только облегчала его как что-то новое, но потом она стала так же или ещё более мучительна, чем **откровенная** боль.

Ему готовили особенные кушанья по предписанию врачей; но кушанья эти все были для него безвкуснее и безвкуснее, **отвратительнее** и отвратительнее.

Для **испражнений** его тоже были сделаны особые **приспособления**, и всякий раз это было мученье. Мученье от нечистоты, неприличия и запаха, от сознания того, что в этом должен участвовать другой человек.

Но в этом самом неприятном деле и явилось утешение Ивану Ильичу. Приходил всегда выносить за ним буфетный мужик Герасим.

Герасим был чистый, свежий, **раздобревший** на городских **харчах** молодой мужик. Всегда весёлый, ясный. Сначала вид этого, всегда чисто, по-русски одетого человека, делавшего

штурма 冲锋

холодеть//похолодеть 打寒颤

прислуга 女仆

опрастывать//опростать 腾出
стеснение 压制,妨碍
страдание 痛苦
опиум 鸦片
прыскать//прыснуть 喷,洒
морфин 吗啡
облегчать//облегчить 减轻(痛苦)
тупой 隐隐地,不剧烈的
полуусыплённый 半睡眠的
откровенный 明显的
отвратительный 令人厌恶的,很糟的
испражнение 排便
приспособление 装置

раздобревший 发胖的
харчи 伙食

проти́вный	令人憎恶的
смуща́ть//смути́ть	使难为情
су́дно	便壶
пантало́ны	裤子
вали́ться//повали́ться	倒下
обнажённый	裸露的
му́скул	肌肉
ля́жка	大腿
сапоги́	靴子
поско́нный	粗麻布的
фарту́к	围裙
си́тцевый	印花布的
засу́ченный	卷起的
оскорбля́ть//оскорби́ть	侮辱
сия́ющий	发光的
прома́хиваться//промахну́ться	做错，弄错
изво́лить [未]	想要
блесну́ть [完]	闪一下
ло́вкий	灵巧的
усыла́ть//усла́ть	打发走
нажима́ть//нажа́ть	挤，压

это **проти́вное** дело, **смуща́л** Ивана Ильича.

Один раз он, встав с **су́дна** и не в силах поднять **пантало́ны**, **повали́лся** на мягкое кресло и с ужасом смотрел на свои **обнажённые**, с резко обозначенными **му́скулами**, бессильные **ля́жки**.

Вошёл в толстых сапогах, распространяя вокруг себя приятный запах дегтя от **сапо́г** и свежести зимнего воздуха, легкой сильной поступью Герасим, в **поско́нном** чистом **фарту́ке** и чистой **си́тцевой** рубахе, с **засу́ченными** на голых, сильных, молодых руках рукавами, и, не глядя на Ивана Ильича, — очевидно, сдерживая, чтобы не **оскорби́ть** больного, радость жизни, **сия́ющую** на его лице, — подошел к судну.

— Герасим, — слабо сказал Иван Ильич.

Герасим вздрогнул, очевидно, испугавшись, не **промахну́лся** ли он в чём, и быстрым движением повернул к больному свое свежее, доброе, простое, молодое лицо, только что начинавшее обрастать бородой.

— Что **изво́лите**?

— Тебе, я думаю, неприятно это. Ты извини меня. Я не могу.

— Помилуйте-с. — И Герасим **блесну́л** глазами и оскалил свои молодые белые зубы. — Отчего же не потрудиться? Ваше дело больное.

И он **ло́вкими**, сильными руками сделал своё привычное дело и вышел, легко ступая. И через пять минут, так же легко ступая, вернулся.

Иван Ильич всё так же сидел в кресле.

— Герасим, — сказал он, когда тот поставил чистое, обмытое судно, — пожалуйста, помоги мне, поди сюда. — Герасим подошёл. — Подними меня. Мне тяжело одному, а Дмитрия я **усла́л**.

Герасим подошел; сильными руками, так же, как он легко ступал, обнял, ловко, мягко поднял и подержал, другой рукой подтянул панталоны и хотел посадить. Но Иван Ильич попросил его свести его на диван. Герасим, без усилия и как будто не **нажима́я**, свел его, почти неся, к дивану и посадил.

— Спасибо. Как ты ловко, хорошо... все делаешь.

Герасим опять улыбнулся и хотел уйти. Но Ивану Ильичу так хорошо было с ним, что не хотелось отпускать.

— Вот что: подвинь мне, пожалуйста, стул этот. Нет, вот этот, под ноги. Мне легче, когда у меня ноги выше.

Герасим принёс стул, поставил не **сту́кнув**, **враз** опустил его ровно до полу и поднял ноги Ивана Ильича на стул; Ивану Ильичу показалось, что ему легче стало в то время, как Герасим высоко поднимал его ноги.

— Мне лучше, когда ноги у меня выше, — сказал Иван Ильич. — Подложи мне вон ту подушку.

Герасим сделал это. Опять поднял ноги и положил. Опять Ивану Ильичу стало лучше, пока Герасим держал его ноги. Когда он опустил их, ему показалось хуже.

— Герасим, — сказал он ему, — ты теперь занят?

— Никак нет-с, — сказал Герасим, выучившийся у городских людей говорить с господами.

— Тебе что делать надо ещё?

— Да мне что ж делать? Всё переделал, только **дров наколо́ть** на завтра.

— Так подержи мне так ноги повыше, можешь?

— Отчего же, можно. — Герасим поднял ноги выше, и Ивану Ильичу показалось, что в этом положении он совсем не чувствует боли.

— А дрова-то как же?

— Не извольте беспокоиться. Мы успеем.

Иван Ильич велел Герасиму сесть и держать ноги и поговорил с ним. И — странное дело — ему казалось, что ему лучше, пока Герасим держал его ноги.

С тех пор Иван Ильич стал иногда звать Герасима и заставлял его держать себе на плечах ноги и любил говорить с ним. Герасим делал это легко, **охо́тно**, просто и с добротой, которая **умиля́ла** Ивана Ильича. Здоровье, сила, бодрость

сту́кать//сту́кнуть 敲, 碰
враз 一下子

дров 木柴
нака́лывать//наколо́ть 劈

охо́тно 乐意地
умиля́ть//умили́ть 使深受感动

	жизни во всех других людях оскорбляла Ивана Ильича; только сила и бодрость жизни Герасима не **огорчáла**, а успокаивала Ивана Ильича.
огорчáть//огорчи́ть 使伤心, 使难过	Главное мучение Ивана Ильича была ложь, — та, всеми почему-то признанная ложь, что он только болен, а не умирает, и что ему надо только быть спокойным и лечиться, и тогда что-то выйдет очень хорошее. Он же знал, что, что бы ни делали, ничего не выйдет, кроме ещё более мучительных страданий и смерти. И его мучила эта ложь, мучило то, что не хотели признаться в том, что все знали и он знал, а хотели лгать над ним по случаю ужасного его положения и хотели и заставляли его самого принимать участие в этой лжи. Ложь, ложь эта, совершаемая над ним накануне его смерти,
долженствовáть [未] 应当 низводи́ть//низвести́ <旧>带来, 导致 осетри́на 鲟鱼肉 на волоске́ от 濒于 врáть//соврáть 撒谎	ложь, **долженствующая низвести** этот страшный торжественный акт его смерти до уровня всех их визитов, гардин, **осетри́ны** к обеду... была ужасно мучительна для Ивана Ильича. И — странно — он много раз, когда они над ним проделывали свои штуки, был **на волоске́ от** того, чтобы закричать им: перестаньте **врáть**, и вы знаете и я знаю, что я умираю, так перестаньте, по крайней мере, врать. Но никогда он не имел духа сделать этого. Страшный, ужасный акт его умирания, он видел, всеми окружающими его был низведён на степень случайной неприятности, отчасти неприличия (вроде того, как обходятся с человеком, который, войдя в гостиную, распространяет от себя дурной запах), тем самым «приличием», которому он служил всю свою жизнь; он видел, что никто не пожалеет его, потому что никто не хочет даже понимать его положения. Один только Герасим понимал это положение и жалел его. И потому Ивану Ильичу хорошо было только с Герасимом. Ему хорошо было, когда
напролёт 连续地 вы́сыпаться//вы́спаться 睡够	Герасим, иногда целые ночи **напролёт**, держал его ноги и не хотел уходить спать, говоря: «Вы не извольте беспокоиться, Иван Ильич, **вы́сплюсь** ещё»; или когда он вдруг, переходя

на «ты», прибавлял: «**Кабы** ты не больной, а то отчего же не послужить?» Один Герасим не лгал, по всему видно было, что он один понимал, в чём дело, и не считал нужным скрывать этого, и просто жалел **исчахшего**, слабого **барина**. Он даже раз прямо сказал, когда Иван Ильич **отсылал** его:

— Все умирать будем. Отчего же не потрудиться? — сказал он, выражая этим то, что он не **тяготится** своим трудом именно потому, что несёт его для умирающего человека и надеется, что и для него кто-нибудь в его время понесёт тот же труд.

Кроме этой лжи, или вследствие её, мучительнее всего было для Ивана Ильича то, что никто не жалел его так, как ему хотелось, чтобы его жалели: Ивану Ильичу в иные минуты, после долгих страданий, больше всего хотелось, как ему ни совестно бы было признаться в этом, — хотелось того, чтоб его, как дитя больное, пожалел бы кто-нибудь. Ему хотелось, чтоб его **приласкали**, поцеловали, поплакали бы над ним, как **ласкают** и **утешают** детей. Он знал, что он важный член, что у него **седеющая** борода и что потому это невозможно; но ему все-таки хотелось этого. И в отношениях с Герасимом было что-то близкое к этому, и потому отношения с Герасимом утешали его. Ивану Ильичу хочется плакать, хочется, чтоб его ласкали и плакали над ним, и вот приходит товарищ, член Шебек, и, вместо того чтобы плакать и **ласкаться**, Иван Ильич делает серьёзное, строгое, глубокомысленное лицо и по инерции говорит своё мнение о значении **кассационного** решения и упорно настаивает на нём. Эта ложь вокруг него и в нём самом более всего отравляла последние дни жизни Ивана Ильича.

IX

Поздно ночью вернулась жена. Она вошла на цыпочках, но он **услыхал** ее: открыл глаза и поспешно закрыл опять. Она хотела **услать** Герасима и сама сидеть с ним. Он открыл глаза

кабы 要是

исчахший 虚弱的
барин 老爷
отсылать//отослать 派, 打发
тяготиться [未]感到受累

приласкать [完]爱抚
ласкать [未]爱抚,抚摸
утешать//утешить 安慰
седеющий 变白的

ласкаться//приласкаться 表示亲爱

кассационный 上诉的

услыхать [完]听见
усылать//услать 打发走

и сказал:

— Нет. Иди.
— Ты очень страдаешь?
— Все равно.
— Прими **опиума**.

Он согласился и выпил. Она ушла.

Часов до трех он был в мучительном **забытьи**. Ему казалось, что его с болью **суют** куда-то в узкий черный **мешок** и глубокий, и все дальше **просовывают**, и не могут просунуть. И это ужасное для него дело совершается с страданием. И он и боится, и хочет **провалиться** туда, и борется, и помогает. И вот вдруг он **оборвался** и упал, и очнулся. Все тот же Герасим сидит в ногах на постели, дремлет спокойно, терпеливо. А он лежит, подняв ему на плечи **исхудалые** ноги в **чулках**; свеча та же с **абажуром**, и та же непрекращающаяся боль.

— Уйди, Герасим, — прошептал он.
— Ничего, посижу-с.
— Нет. Уйди.

Он снял ноги, лег **боком** на руку, и ему стало жалко себя. Он подождал только того, чтоб Герасим вышел в соседнюю комнату, и не стал больше удерживаться и заплакал, как дитя. Он плакал о беспомощности своей, о своем ужасном одиночестве, о жестокости людей, о жестокости Бога, об отсутствии Бога. «Зачем ты все это сделал? Зачем привел меня сюда? За что, за что так ужасно мучаешь меня?..» Он и не ждал ответа и плакал о том, что нет и не может быть ответа. Боль поднялась опять, но он не **шевелился**, не звал. Он говорил себе: «Ну еще, ну бей! Но за что? Что я сделал тебе, за что?»

Потом он затих, перестал не только плакать, перестал дышать и весь стал внимание: как будто он **прислушивался** не к голосу, говорящему звуками, но к голосу души, к ходу мыслей, поднимавшемуся в нем.

— Чего тебе нужно? — было первое ясное,

могущее быть выражено словами понятие, которое, он услышал. — Что тебе нужно? Чего тебе нужно? — повторил он себе. — Чего? — Не страдать. Жить, — ответил он.

И опять он весь предался вниманию такому напряженному, что даже боль не **развлекала** его.

развлекать//развлечь 分散注意力

— Жить? Как жить? — спросил голос души.

— Да, жить, как я жил прежде: хорошо, приятно.

— Как ты жил прежде, хорошо и приятно? — спросил голос. И он стал перебирать в воображении лучшие минуты своей приятной жизни. Но — странное дело — все эти лучшие минуты приятной жизни казались теперь совсем не тем, чем казались они тогда. Все — кроме первых воспоминаний детства. Там, в детстве, было что-то такое действительно приятное, с чем можно бы было жить, если бы оно вернулось. Но того человека, который испытывал это приятное, уже не было: это было как бы воспоминание о каком-то другом.

Как только начиналось то, чего результатом был **теперешний** он, Иван Ильич, так все казавшиеся тогда радости теперь на глазах его **таяли** и превращались во что-то **ничтожное** и часто **гадкое**.

теперешний 现在的
таять//растаять 融化
ничтожний 微小的
гадкий 令人厌恶的

И чем дальше от детства, чем ближе к настоящему, тем ничтожнее и **сомнительнее** были радости. Начиналось это с Правоведения. Там было ещё кое-что истинно хорошее: там было веселье, там была дружба, там были надежды. Но в высших классах уже были реже эти хорошие минуты. Потом, во время первой службы у губернатора, опять появились хорошие минуты: это были воспоминания о любви к женщине. Потом все это **смешалось**, и ещё меньше стало хорошего. Далее ещё меньше хорошего, и что дальше, то меньше.

сомнительный 可疑的

смешаться//сместиться 混乱, 颠倒

Женитьба... так **нечаянно**, и разочарование, и запах изо рта жены, и чувственность, **притворство**! И эта мёртвая служба, эти заботы

нечаянно 无心地, 意外地

притворство 假装

равноме́рно 同样

отгоня́ть//отгона́ть 赶走

при́став 监察员
провозглаша́ть//
　провозгласи́ть 宣布
зло́ба 愤恨，仇恨

возвра́т 恢复

о деньгах, итак год, и два, и десять, и двадцать — и все то же. И что дальше, то мертвее. Точно **равноме́рно** я шел под гору, воображая, что иду на гору. Так и было. В общественном мнении я шел на гору, и ровно настолько из-под меня уходила жизнь... И вот готово, умирай!

Так что ж это? Зачем? Не может быть. Не может быть, чтоб так бессмысленна, гадка была жизнь? А если точно она так гадка и бессмысленна была, так зачем же умирать, и умирать страдая? Что-нибудь не так.

«Может быть, я жил не так, как должно?» — приходило ему вдруг в голову. «Но как же не так, когда я делал все как следует?» — говорил он себе и тотчас же **отгоня́л** от себя это единственное разрешение всей зага́дки жизни и смерти, как что-то совершенно невозможное.

«Чего ж ты хочешь теперь? Жить? Как жить? Жить, как ты живёшь в суде, когда судебный **при́став провозглаша́ет**: «Суд идет!..» Суд идёт, идёт суд, — повторил он себе. — Вот он, суд! Да я же не виноват! — вскри́кнул он с **зло́бой**. — За что?» И он перестал плакать и, повернувшись лицом к стене, стал думать все об одном и том же: зачем, за что весь этот ужас?

Но сколько он ни думал, он не нашёл ответа. И когда ему приходила, как она приходила ему часто, мысль о том, что все это происходит оттого, что он жил не так, он тотчас вспоминал всю правильность своей жизни и отгонял эту странную мысль.

XII

С этой минуты начался тот три дня не перестававший крик, который так был ужасен, что нельзя было за двумя дверями без ужаса слышать его. В ту минуту, как он ответил жене, он понял, что он пропал, что **возвра́та** нет, что пришёл конец, совсем конец, а сомнение так и не разрешено, так и остается сомнением.

— У! Уу! У! — кричал он на разные интонации. Он начал кричать: «Не хочу!» — и так продолжал кричать на букву «у».

Все три дня, в продолжение которых для него не было времени, он **барахтался** в том чёрном мешке, в который **просовывала** его невидимая непреодолимая сила. Он бился, как бьется в руках **палача** приговоренный к смерти, зная, что он не может спастись; и с каждой минутой он чувствовал, что, несмотря на все усилия борьбы, он ближе и ближе становился к тому, что ужасало его. Он чувствовал, что мученье его и в том, что он **всовывается** в эту черную **дыру**, и ещё больше в том, что он не может **пролезть** в нее. Пролезть же ему мешает признанье того, что жизнь его была хорошая. Это-то **оправдание** своей жизни **цепляло** и не пускало его вперед и больше всего мучало его.

Вдруг какая-то сила толкнула его в грудь, в бок, ещё сильнее сдавила ему дыхание, он провалился в дыру, и там, в конце дыры, **засветилось** что-то. С ним сделалось то, что бывало с ним в вагоне железной дороги, когда думаешь, что едешь вперед, а едешь назад, и вдруг узнаешь настоящее направление.

— Да, всё было не то, — сказал он себе, — но это ничего. Можно, можно сделать «то». Что ж «то»? — опросил он себя и вдруг затих.

Это было в конце третьего дня, за час до его смерти. В это самое время гимназистик тихонько **прокрался** к отцу и подошел к его постели. Умирающий все кричал **отчаянно** и **кидал** руками. Рука его попала на голову гимназистика. Гимназистик схватил её, прижал к губам и заплакал.

В это самое время Иван Ильич провалился, увидал свет, и ему открылось, что жизнь его была не то, что надо, но что это можно ещё поправить. Он спросил себя: что же «то», и затих, прислушиваясь. Тут он почувствовал, что руку его целует кто-то. Он открыл глаза и взглянул на сына. Ему стало жалко его. Жена подошла к нему. Он взглянул на нее. Она с открытым ртом и с **неотёртыми** слезами на

барáхтаться [未]挣扎
просóвываться//
　просýнуться 伸入, 探入
палáч 刽子手

всóвываться//всýнуться
　卷入
дырá 洞
пролезáть//пролéзть 钻
　进去
оправдáние 辩解, 辩白
цепля́ть [未]挂住, 绊住

засвéчиваться//
　засвети́ться 开始发光

прокрáдываться//
　прокрáсться 溜进
отчáянно 充满绝望地
кидáть//ки́нуть 甩, 扔

неотёртый 未擦掉的

носу и щеке, с отчаянным выражением смотрела на него. Ему жалко стало её.

«Да, я мучаю их, — подумал он. — Им жалко, но им лучше будет, когда я умру». Он хотел сказать это, но не в силах был выговорить. «Впрочем, зачем же говорить, надо сделать», — подумал он. Он указал жене взглядом на сына и сказал:

— Уведи... жалко... и тебя... — Он хотел сказать ещё «прости», но сказал «пропусти», и, не в силах уже будучи поправиться, махнул рукою, зная, что поймёт тот, кому надо.

И вдруг ему стало ясно, что то, что томило его и не выходило, что вдруг всё выходит сразу, и с двух сторон, с десяти сторон, со всех сторон. Жалко их, надо сделать, чтобы им не больно было. Избавить их и самому избавиться от этих страданий. «Как хорошо и как просто, — подумал он. — А боль? — спросил он себя, — Ее куда? Ну-ка, где ты, боль?»

Он стал прислушиваться.
«Да, вот она. Ну что ж, пускай боль».
«А смерть? Где она?»

Он искал своего прежнего привычного страха смерти и не находил его. Где она? Какая смерть? Страха никакого не было, потому что и смерти не было.

Вместо смерти был свет.
— Так вот что! — вдруг вслух проговорил он. — Какая радость!

Для него все это произошло в одно мгновение, и значение этого мгновения уже не изменялось. Для присутствующих же **агония** его продолжалась ещё два часа. В груди его **клокотало** что-то; **измождённое** тело его **вздрагивало**. Потом реже и реже стало **клокотанье** и **хрипение**.

— Кончено! — сказал кто-то над ним.

Он услыхал эти слова и повторил их в своей душе. «Кончена смерть, — сказал он себе. — Ее нет больше».

Он **втянул** в себя воздух, остановился на половине **вздоха**, **потянулся** и умер.

агóния 垂死, 濒死
клокотáть [未] 汹涌, 翻滚
измождённый 衰竭的
вздрáгивать//вздрóгнуть 战栗, 抽搐
клокотáнье 呼哧声
хрипéние 嘶哑声
втя́гивать//втянýть 吸入
вздох 呼吸(一下)
потя́гиваться//потянýться 伸开

Наводящие вопросы:

1. Как люди узнали о смерти Ивана Ильича и какая реакция на эту новость? Чем отличается начало повести?
2. Каким человеком был Иван Ильич?
3. Какое выражение на лице мертвеца и о чем это говорит?
4. Как вы понимаете выражение «прошедшая история жизни Ивана Ильича была самая обыкновенная и самая ужасная»?
5. О чем говорит женитьба Ивана Ильича?
6. Как вы понимаете силлогизм «Кай человек, люди смертны, потому Кай смертен»? Какое значение имеет это выражение для раскрытия смысла повести?
7. Почему люди говорят ложь о болезни Ивана Ильича? Помогает ли ложь Ивану Ильичу?
8. Почему только Герасим может утешать Ивана Ильича?
9. Какое значение имеет смерть по мнению автора?
10. Какую художественную особенность имеет эта повесть?

Федор Михайлович Достоевский

费奥多尔·米哈伊洛维奇·陀思妥耶夫斯基(Федор Михайлович Достоевский,1821—1881),俄罗斯著名文学家。生于莫斯科一个军医家庭,母亲是虔诚的基督徒。少年时到彼得堡军事工程学院学习。1845年完成处女作《穷人》(Бедные люди)。早期代表作有《双重人格》(Двойник)、《白夜》(Белые ночи)等。1849—1859年,因为参加激进组织——彼得拉舍夫斯基小组而被流放到西伯利亚,先后近10年,后回到彼得堡。此时的代表作有《被侮辱与被损害的》(Униженные и оскорбленные)、《死屋手记》(Запись из мертвого дома)等。1864年作
家发表《地下室手记》(Запись из подполья),被誉为存在主义哲学之杰作,此后,开始深入地探索人性问题。1880年在普希金纪念碑落成典礼上发表著名的演说(Пушкинская речь),认为俄罗斯民族负有向全世界传福音的神圣使命,从而将俄罗斯民族极度神圣化。后期著名小说《罪与罚》(Преступление и наказание)、《白痴》(Идиот)、《群魔》(Бесы)、《少年》(Подросток)、《卡拉马佐夫兄弟》(Братья Карамазовы)等被称为伟大的五部小说,在揭示人性奥秘的同时,全面展开对基督教信仰问题的思考。其小说以多条情节交错展开、多种思想相互对话而著称,被称为思想小说、复调小说等。作家因其创作中对人类精神存在之复杂性的深刻揭示而被称为20世纪现代主义哲学和文学的鼻祖。

Преступление и наказание (отрывки)

导 读

一、故事层:

主题:罪与罚、苦难与救赎(страдание и спасение)是基督教文学的重要组成部分,也是陀思妥耶夫斯基小说中的核心主题。请思考,拉斯柯尔尼科夫的杀人动机是什么?犯罪后的惩罚表现在哪些方面?犯罪后的人如何获得救赎?苦难的意义是什么?

二、叙事层:

复调小说(полифония)与对话(диалог):根据巴赫金的理论阐释,陀思妥耶夫斯基小说中每个主人公都发出自己思想的声音,这些思想相互对话、交锋,这些声音构成了复调,使每种世界观都充分地呈现出来。请思考,这部小说中作家如何呈现不同的世界观?

Часть I

I

В начале июля, в чрезвычайно жаркое время, под вечер, один молодой человек вышел из своей **каморки**, которую нанимал от жильцов в С-м переулке, на улицу и медленно, как бы в **нерешимости**, отправился к К-ну мосту.

Он благополучно избегнул встречи с своею хозяйкой на лестнице. Каморка его приходилась под самою **кровлей** высокого пятиэтажного дома и походила более на шкаф, чем на квартиру. Квартирная же хозяйка его, у которой он нанимал эту каморку с обедом и **прислугой**, **помещалась** одною лестницей ниже, в отдельной квартире, и каждый раз, при выходе на улицу, ему непременно надо было проходить мимо хозяйкиной кухни, почти всегда **настежь** отворенной на лестницу. И каждый раз молодой человек, проходя мимо, чувствовал какое-то болезненное и **трусливое** ощущение, которого стыдился и от которого **морщился**. Он был должен кругом хозяйке и боялся с нею встретиться.

Не то чтоб он был так труслив и **забит**, совсем даже напротив; но с некоторого времени он был в раздражительном и напряжённом состоянии, похожем на **ипохондрию**. Он до того углубился в себя и уединился от всех, что боялся даже всякой встречи, не только встречи с хозяйкой. Он был **задавлен** бедностью; но даже стеснённое положение перестало в последнее время **тяготить** его. **Насущными** делами своими он совсем перестал и не хотел заниматься. Никакой хозяйки, в сущности, он не боялся, что бы та ни замышляла против него. Но останавливаться на лестнице, слушать всякий **вздор** про всю эту обыденную **дребедень**, до которой ему нет никакого дела, все эти **приставания** о платеже, угрозы, жалобы, и при этом самому **изворачиваться**, извиняться, лгать, — нет уж, лучше **проскользнуть** как-нибудь кошкой по лестнице и **улизнуть**, чтобы никто не видал.

кредито́рша 女债主

покуша́ться//покуси́ться 企图,蓄意

аксио́ма 明显的道理

те́шить [未] 使开心,安慰

па́че <旧> 更,甚于
нищета́ 赤贫
врождённый 天生的
метла́ 扫帚
вымета́ть//вы́мести 扫出去
пите́йное 饮料

ба́рка (内河货运) 平底木驳船

Впрочем, на этот раз страх встречи с своею **кредито́ршей** даже его самого поразил по выходе на улицу.

«На какое дело хочу **покуси́ться** и в то же время каких пустяков боюсь! — подумал он с странною улыбкой. — Гм... да... всё в руках человека, и всё-то он мимо носу проносит, единственно от одной трусости... это уж **аксио́ма**... Любопытно, чего люди больше всего боятся? Нового шага, нового собственного слова они всего больше боятся... А впрочем, я слишком много болтаю. Оттого и ничего не делаю, что болтаю. Пожалуй, впрочем, и так: оттого болтаю, что ничего не делаю. Это я в этот последний месяц выучился болтать, лёжа по целым суткам в углу и думая... о царе Горохе. Ну зачем я теперь иду? Разве я способен на *это*? Разве *это* серьёзно? Совсем не серьёзно. Так, ради фантазии сам себя **те́шу**; игрушки! Да, пожалуй что и игрушки!»

<...>

II

<...>

— Милостивый государь, — начал он почти с торжественностию, — бедность не порок, это истина. Знаю я, что и пьянство не добродетель, и это тем **па́че**. Но **нищета́**, милостивый государь, нищета — порок-с. В бедности вы ещё сохраняете своё благородство **врождённых** чувств, в нищете же никогда и никто. За нищету даже и не палкой выгоняют, а **метло́й вымета́ют** из компании человеческой, чтобы тем оскорбительнее было; и справедливо, ибо в нищете я первый сам готов оскорблять себя. И отсюда **пите́йное**! Милостивый государь, месяц назад тому супругу мою избил господин Лебезятников, а супруга моя не то что я! Понимаете-с? Позвольте еще вас спросить, так, хотя бы в виде простого любопытства: изволили вы ночевать на Неве, на сенных **ба́рках**?

— Нет, не случалось, — отвечал Раскольников.

— Это что такое?

— Ну-с, а я оттуда, и уже пятую ночь-с...

Он налил стаканчик, выпил и задумался.

Действительно, на его платье и даже в волосах кое-где виднелись **прилипшие былинки** сена. Очень вероятно было, что он пять дней не раздевался и не умывался. Особенно руки были грязны, жирные, красные, с чёрными **ногтями**.

Его разговор, казалось, возбудил общее, хотя и ленивое внимание. Мальчишки за стойкой стали **хихикать**. Хозяин, кажется, **нарочно** сошёл из верхней комнаты, чтобы послушать «**забавника**», и сел **поодаль**, лениво, но важно **позёвывая**. Очевидно, Мармеладов был здесь давно известен. Да и наклонность к **витиеватой** речи приобрёл, вероятно, вследствие привычки к частым **кабачным** разговорам с различными незнакомцами. Эта привычка обращается у иных пьющих в потребность, и преимущественно у тех из них, с которыми дома обходятся строго и которыми **помыкают**. Оттого-то в пьющей компании они и стараются всегда как будто **выхлопотать** себе оправдание, а если можно, то даже и уважение.

— Забавник! — громко проговорил хозяин. — А для-ча не работаешь, для-ча не служите, **коли** чиновник?

— Для чего я не служу, милостивый государь, — подхватил Мармеладов, исключительно обращаясь к Раскольникову, как будто это он ему задал вопрос, — для чего не служу? А разве сердце у меня не болит о том, что я **пресмыкаюсь втуне**? Когда господин Лебезятников, тому месяц назад, супругу мою собственноручно избил, а я лежал пьяненькой, разве я не страдал? Позвольте, молодой человек, случалось вам... гм... ну хоть испрашивать денег **взаймы** безнадёжно?

— Случалось... то есть как безнадёжно?

— То есть безнадёжно вполне-с, заранее зная, что из сего ничего не выйдет. Вот вы знаете, например, заранее и **доскональнo**, что **сей** человек, сей благонамереннейший и наиполезнейший гражданин, ни за что вам денег не даст, ибо зачем, спрошу я, он даст? Ведь он знает же, что я не отдам. Из сострадания? Но господин Лебезятников, следящий за новыми мыслями,

прили́пший 黏着的
были́нка 草茎

но́готь 指甲

хихи́кать//хихи́кнуть 嘿嘿笑，窃笑
наро́чно 故意，有意
заба́вник <口>好逗笑的人
поо́даль 在稍远处
позёвывать [未] <口> 不断地打呵欠
витиева́тый 矫揉造作的
каба́чный <旧,俗>小酒馆里的
помыка́ть [未]任意压制
выхлопа́тывать// вы́хлопотать 谋求到

ко́ли <旧,俗>假如，要是

пресмыка́ться [未]过贫困生活
втуне́ <旧,文>白白地

взаймы́ [副]借，贷

доскона́льно 详细地
сей <旧,文>这，此

намéдни <旧,俗> 不久以前	объяснял **намéдни**, что сострадание в наше время даже наукой воспрещено и что так уже делается в Англии, где политическая экономия. Зачем же, спрошу я, он даст? И вот, зная вперед, что не даст, вы всё-таки отправляетесь в путь и...
	— Для чего же ходить? — прибавил Раскольников.
	— А коли не к кому, коли идти больше некуда! Ведь надобно же, чтобы всякому человеку хоть куда-нибудь можно было пойти. Ибо бывает такое время, когда непременно надо хоть куда-нибудь да пойти! Когда единородная дочь моя в первый раз по жёлтому билету пошла, и я тоже тогда пошёл... (ибо дочь моя по жёлтому билету живёт-с...) — прибавил он в скобках, с некоторым беспокойством смотря на молодого человека. — Ничего, милостивый государь, ничего!
фы́ркать//фы́ркнуть 噗哧地笑	— поспешил он тотчас же, и по-видимому спокойно, заявить, когда **фы́ркнули** оба мальчишки за стойкой и улыбнулся сам хозяин. — Ничего-с! Сим покиванием глав не смущаюсь, ибо уже всем всё известно и всё тайное становится явным; и не с презрением, а со смирением к сему отношусь. Пусть! пусть! «**Се человек!**» Позвольте, молодой человек: можете ли вы... Но нет, изъяснить сильнее и изобразительнее: не *можете ли вы*, а *осмелитесь ли вы*, **взирая** в сей час на меня, сказать утвердительно, что я не свинья?
Се человек! 你们看这个人。出自《圣经·约翰福音》	
взира́ть [未] <旧> 看,望	
	Молодой человек не отвечал ни слова.
солидно 庄重地 пережида́ть//пережда́ть 等(若干时间)	— Ну-с, — продолжал оратор, **солидно** и даже с усиленным на этот раз достоинством **переждав** опять последовавшее в комнате хихиканье. — Ну-с, я пусть свинья, а она дама! Я звериный образ имею, а Катерина Ивановна, супруга моя, — особа образованная и урождённая штаб-офицерская дочь. Пусть, пусть я **подлец**, она же и сердца высокого, и чувств, **облагороженных** воспитанием, исполнена. А между тем... о, если б она пожалела меня! Милостивый государь, милостивый государь, ведь надобно же, чтоб у всякого человека было хоть одно такое место, где бы и его пожалели! А Катерина Ивановна дама хотя и великодушная, но несправедливая... И хотя я и сам понимаю, что когда она и **вихры** мои **дерёт**, то дерёт их не
подлец 无耻之徒 облагороженный 高尚的,完善的	

иначе как от жалости сердца (ибо, повторяю без смущения, она дерёт мне **вихры**, молодой человек, — подтвердил он с **сугубым** достоинством, услышав опять хихиканье), но, боже, что если б она хотя один раз... Но нет! нет! всё сие втуне, и нечего говорить! нечего говорить!.. ибо и не один раз уже бывало желаемое, и не один уже раз жалели меня, но... такова уже черта моя, а я прирождённый **скот**!

— Ещё бы! — заметил, **зевая**, хозяин.

Мармеладов решительно **стукнул кулаком** по столу.

— Такова уж черта моя! Знаете ли, знаете ли вы, государь мой, что я даже **чулки** её пропил? Не **башмаки-с**, ибо это хотя сколько-нибудь походило бы на порядок вещей, а чулки, чулки ее пропил-с! **Косыночку** её из **козьего пуха** тоже пропил, дареную, прежнюю, её собственную, не мою; а живём мы в холодном угле, и она в эту зиму простудилась и кашлять пошла, уже кровью. Детей же маленьких у нас трое, и Катерина Ивановна в работе с утра до ночи, **скребёт** и моет и детей **обмывает**, ибо к чистоте с **измалетства** привыкла, а с грудью слабою и к **чахотке наклонною**, и я это чувствую. Разве я не чувствую? И чем более пью, тем более и чувствую. Для того и пью, что в питии сем сострадания и чувства ищу. Не веселья, а единой **скорби** ищу... Пью, ибо сугубо страдать хочу! — И он, как бы в **отчаянии**, **склонил** на стол голову.

— Молодой человек, — продолжал он, **восклоняясь** опять, — в лице вашем я читаю как бы некую скорбь. Как вошли, я прочёл её, а потому тотчас же и обратился к вам. Ибо, сообщая вам историю жизни моей, не на **позорище** себя выставлять хочу перед сими **празднолюбцами**, которым и без того всё известно, а чувствительного и образованного человека ищу. Знайте же, что супруга моя в благородном губернском дворянском институте воспитывалась и при выпуске с **шалью** танцевала при губернаторе и при прочих лицах, за что золотую медаль и похвальный лист получила. Медаль... ну медаль-то продали... уж

вихры [复] <口> 竖立的短发
драть [未] <口> 揪（耳朵、头发，作为惩罚）
сугубый 不同一般的，特别的
скот 牲畜
зевать // зевнуть 打哈欠
стукать // стукнуть 敲，锤
кулак 拳头
чулки 长筒袜
башмаки [复] 矮帮皮鞋
косыночка 三角围巾
козий 山羊的
скрести [未] 擦、刷（干净）
обывать // обмыть 洗净，洗刷干净
измалетства <俗> 儿童时代
чахотка 肺痨，肺病
наклонный <旧> 易感染（某种病）的
скорбь 悲痛，悲恸
отчаяние 绝望，悲观失望
склонять // склонить 低下，使垂下
восклоняться // восклониться <旧>（身躯、腰背等）挺直
позорище <旧>（令人感到羞辱的）景象，场面
празднолюбец <旧> 懒汉，喜欢游手好闲的人
шаль 披肩，披巾

сунду́к (大) 箱子
наибеспрерывне́йший 不间断地，连续不停地
раздо́р 争执，纠纷

прах <旧> 尘土，灰烬
непрекло́нный <文> 倔强的，不屈不挠的

вдова́ 寡妇

пехо́тный 步兵的
карти́шка <俗> ка́рта 的指小，纸牌
доподли́нно <口> 确实地，真正地
кори́ть [未] <口> 责备，责怪

зве́рский 野兽的，凶残的

приключе́ние 离奇，惊险的事
чересчу́р [副] <口> 太，过于
вдове́ц 鳏夫

рыда́ть [未] 痛哭
ми́лостивый 仁慈的，发慈悲的

давно... гм... похвальный лист до сих пор у ней в **сундуке́** лежит, и ещё недавно его хозяйке показывала. И хотя с хозяйкой у ней **наибеспрерывне́йшие раздо́ры**, но хоть перед кем-нибудь погордиться захотелось и сообщить о счастливых минувших днях. И я не осуждаю, не осуждаю, ибо сие последнее у ней и осталось в воспоминаниях её, а прочее всё пошло **пра́хом**! Да, да; дама горячая, гордая и **непрекло́нная**. Пол сама моет и на чёрном хлебе сидит, а неуважения к себе не допустит. Оттого и господину Лебезятникову грубость его не захотела спустить, и когда прибил её за то господин Лебезятников, то не столько от побоев, сколько от чувства в постель слегла. **Вдово́й** уже взял её, с троими детьми, мал мала меньше. Вышла замуж за первого мужа, за офицера **пехо́тного**, по любви, и с ним бежала из дому родительского. Мужа любила чрезмерно, но в **карти́шки** пустился, под суд попал, с тем и помер. Бивал он её под конец; а она хоть и не спускала ему, о чём мне **доподли́нно** и по документам известно, но до сих пор вспоминает его со слезами и меня им **кори́т**, и я рад, я рад, ибо хотя в воображениях своих зрит себя когда-то счастливой... И осталась она после него с тремя малолетними детьми в уезде далёком и **зве́рском**, где и я тогда находился, и осталась в такой нищете безнадёжной, что я хотя и много видал **приключе́ний** различных, но даже и описать не в состоянии. Родные же все отказались. Да и **горда́** была, **чересчу́р** горда... И тогда-то, милостивый государь, тогда я, тоже **вдове́ц**, и от первой жены четырнадцатилетнюю дочь имея, руку свою предложил, ибо не мог смотреть на такое страдание. Можете судить потому, до какой степени её бедствия доходили, что она, образованная и воспитанная и фамилии известной, за меня согласилась пойти! Но пошла! Плача и **рыда́я**, и руки ломая — пошла! Ибо некуда было идти. Понимаете ли, понимаете ли вы, **ми́лостивый** государь, что значит, когда уже некуда больше идти? Нет! Этого вы ещё не понимаете... И целый год я обязанность свою исполнял **благочестиво** и свято и не касался сего (он **ткнул** пальцем на **полуштоф**), ибо чувство имею. Но и сим не мог **угодить**; а тут места лишился, и тоже не по вине, а по изменению в **штатах**, и тогда **прикоснулся**!.. Полтора года уже будет назад, как **очутились** мы наконец, после **странствий** и многочисленных бедствий, в сей великолепной и украшенной многочисленными памятниками столице. И здесь я место достал... Достал и опять потерял. Понимаете-с? Тут уже по собственной вине потерял, ибо черта моя наступила... Проживаем же теперь в углу, у хозяйки Амалии Федоровны Липпевехзель, а чем живём и чем платим, не **ведаю**. Живут же там многие и кроме нас... **Содом**-с, безобразнейший... гм... да... А тем временем возросла и дочка моя, от первого брака, и что только вытерпела она, дочка моя, от **мачехи** своей, возрастая, о том я умалчиваю. Ибо хотя Катерина Ивановна и **преисполнена** великодушных чувств, но дама горячая и **раздражённая**, и **оборвёт**... Да-с! Ну да нечего вспоминать о том! Воспитания, как и представить можете, Соня не получила. Пробовал я с ней, года четыре тому, географию и всемирную историю проходить; но как я сам был **некрепок**, да и приличных к тому руководств не имелось, ибо какие имевшиеся книжки... гм!.. ну, их уже теперь и нет, этих книжек, то тем и кончилось всё обучение. На Кире Персидском остановились. Потом, уже достигнув зрелого возраста, прочла она несколько книг содержания романического, да недавно ещё, через посредство господина Лебезятникова, одну книжку — «Физиологию» Льюиса, изволите знать-с? — с большим интересом прочла и даже нам **отрывочно** вслух сообщала: вот и всё её просвещение. Теперь же обращусь к вам, милостивый государь мой, сам от себя с вопросом **приватным**: много ли может, по-вашему, бедная, но честная девица честным трудом заработать?.. Пятнадцать копеек в день, сударь, не заработает, если честна и не имеет особых талантов, да и то **рук не покладая** работавши! Да и то **статский**

благочестиво 虔诚的
тыкать//ткнуть <口> 插入, 戳
полуштоф <旧>= полштофа 半俄升装的瓶酒
угождать//угодить 使满意
штат 人员
прикасаться// прикоснуться 触一下, 碰一下
очутиться [完] 不知不觉走到 (某处)
странствие (长时间的远途的) 旅行
содом <口> 混乱
ведать [未] <旧> 知道, 晓得
мачеха 继母
преисполненный <文> 充满……的, 满是……的
раздражённый 易怒的
обрывать//оборвать 使住口; 骤然停止

некрепкий 不坚定的

отрывочно 断断续续地

приватный <旧> 非正式的, 私人的
не покладая рук 孜孜不倦, 毫不懈息的
статский советник 五等文官

полдю́жины 半打，六个
голла́ндский 荷兰的
зато́пать [完]<口> 踩起脚来
обзыва́ть//обозва́ть <口> 骂
косяко́м <口> 歪着，斜着
лома́ть ру́ки 绞着双手（表示极大的痛苦，激动等）
пятно́ 斑点，红晕
щека́ 面颊
де́скать <俗> 据说
дармое́дка <口> 吃闲饭的人，寄生虫
ко́рка (面包)硬皮
кро́ткий 温顺的，温和的
белоку́ренький белосо́к 的指小表爱，浅色头发的
ли́чико лицо́ 的指小表爱，脸
злонаме́ренный <文> 恶意的
наве́дываться// наве́даться <口> 去访问，拜访
э́дак <口，俗> 大约，大概
пересме́шка <口> 讥笑
здра́вый 健全的，合理的
рассу́док 理性，判断力
бурну́сик бурну́с 的指小表爱，斗篷
слове́чко сло́во 的指小表爱，话语
вы́молвить [完]<口> 说出
драдеда́мовый <旧> 一种特细的呢子
вздра́гивать// вздро́гнуть 颤抖，战栗
да́веча <旧，俗> 方才，不久以前

сове́тник Клопшток, Иван Иванович, — изволили слышать? — не только денег за шитьё полдю́жины голла́ндских рубах до сих пор не отдал, но даже с обидой погнал её, зато́пав ногами и обозва́в неприлично, под видом будто бы рубашечный ворот сшит не по мерке и косяко́м. А тут ребятишки голодные... А тут Катерина Ивановна, ру́ки лома́я, по комнате ходит, да красные пя́тна у ней на щека́х выступают, — что в болезни этой и всегда бывает: «Живешь, де́скать, ты, дармое́дка, у нас, ешь и пьешь, и теплом пользуешься», а что тут пьешь и ешь, когда и ребятишки-то по три дня ко́рки не видят! Лежал я тогда... ну, да уж что! лежал пьяненькой-с, и слышу, говорит моя Соня (безответная она, и голосо́к у ней такой кро́ткий... белоку́ренькая, ли́чико всегда бледненькое, худенькое), говорит: «Что ж, Катерина Ивановна, неужели же мне на такое дело пойти?» А уж Дарья Францевна, женщина злонаме́ренная и полиции многократно известная, раза три через хозяйку наве́дывалась. «А что ж, — отвечает Катерина Ивановна, в пересме́шку, — чего беречь? Эко сокро́вище!» Но не вините, не вините, милостивый государь, не вините! Не в здра́вом рассу́дке сие сказано было, а при взволно́ванных чувствах, в болезни и при плаче детей не евших, да и сказано более ради оскорбле́ния, чем в точном смысле... Ибо Катерина Ивановна такого уж характера, и как расплачутся дети, хоть бы и с голоду, тотчас же их бить начинает. И вижу я, э́дак часу в шестом, Сонечка встала, надела платочек, надела бурну́сик и с квартиры отправилась, а в девятом часу и назад обратно пришла. Пришла, и прямо к Катерине Ивановне, и на стол перед ней тридцать целко́вых молча выложила. Ни слове́чка при этом не вы́молвила, хоть бы взглянула, а взяла только наш большой драдеда́мовый зеленый платок (общий такой у нас платок есть, драдедамовый), накрыла им совсем голову и лицо и легла на кровать, лицом к стенке, только плечики да тело всё вздра́гивают... А я, как и да́веча, в том же виде лежал-с... И видел я тогда, молодой человек, видел я, как затем Катерина Ивановна, также ни слова не говоря, подошла к Сонечкиной постельке и весь вечер в ногах у ней на коленках простояла, ноги ей целовала, встать не хотела, а потом так обе и заснули вместе, обнявшись... обе... обе... да-с... а я... лежал пьяненькой-с.

Мармеладов замолчал, как будто голос у него **пресёкся**. Потом вдруг поспешно налил, выпил и **крякнул**.

— С тех пор, государь мой, — продолжал он после некоторого молчания, — с тех пор, по одному неблагоприятному случаю и по **донесению неблагонамеренных** лиц, — чему особенно способствовала Дарья Францовна, за то будто бы, что ей в **надлежащем почтении манкировали**, — с тех пор дочь моя, Софья Семеновна, желтый билет принуждена была получить, и уже вместе с нами по случаю сему не могла оставаться. Ибо и хозяйка, Амалия Федоровна, того допустить не хотела (а сама же прежде Дарье Францевне способствовала), да и господин Лебезятников... гм... Вот за Соню-то и вышла у него эта история с Катериною Ивановной. Сначала сам добивался от Сонечки, а тут и **в амбицию** вдруг **вошли**: «Как, дескать, я, такой просвещенный человек, в одной квартире с **таковскою** буду жить?» А Катерина Ивановна не спустила, вступилась... ну и произошло... И заходит к нам Сонечка теперь более в сумерки, и Катерину Ивановну облегчает, и средства посильные доставляет... Живет же на квартире у **портного** Капернаумова, квартиру у них снимает, а Капернаумов **хром** и **косноязычен**, и всё многочисленнейшее семейство его тоже косноязычное. И жена его тоже косноязычная... В одной комнате помещаются, а Соня свою имеет особую, с **перегородкой**... Гм, да... Люди беднейшие и косноязычные... да... Только встал я тогда поутру-с, одел **лохмотья** мои, **воздел** руки к небу и отправился к его **превосходительству** Ивану Афанасьевичу. Его превосходительство Ивана Афанасьевича изволите знать?.. Нет? Ну

пресекаться//пресечься 中止

крякать//крякнуть 发出咳咳声(表示沮丧)

донесение 情报；告发

неблагонамеренный <旧>不怀好意，居心巨测的

надлежащий 应有的

почтение 尊敬

манкировать <未，完>对……漫不经心，轻视

войти в амбицию <俗> 大发脾气，恼羞成怒

таковский <俗,讽,蔑>那样的

портной 裁缝

хромой 跛的，瘸的

косноязычный 发音不清楚的

перегородка 隔墙，隔板

лохмотья [复]破烂衣衫

воздел руки <旧,文>举起双臂（表示愤慨、祈求、呼吁正义等）

превосходительство 大人，阁下

воск 蜡	
яко <旧> 好像，如同	

лобызать//облобызать <旧> 吻
прах <诗> 尘土
взаправду <俗> 当真
сановник (旧俄的) 高官，显贵
воротиться [完] <俗> 返回
зачислять//зачислить 录用

первенец 头生子

жребий <诗> 命运

скверный 可憎的

отвращение 憎恶
омерзение 极端厌恶

гадкий 讨厌的
подлый 卑鄙的

проклятие 负担，苦事

так Божия человека не знаете! Это — **воск**... воск перед лицом господним; **яко** тает воск!.. Даже прослезились, изволив всё выслушать. «Ну, говорит, Мармеладов, раз уже ты обманул мои ожидания... Беру тебя еще раз на личную свою ответственность, — так и сказали, — помни, дескать, ступай!» **Облобызал** я **прах** ног его, мысленно, ибо **взаправду** не дозволили бы, бывши **сановником** и человеком новых государственных и образованных мыслей; **воротился** домой, и как объявил, что на службу опять **зачислен** и жалование получаю, господи, что тогда было!..

<...>

IV

<...>

А мать? Да ведь тут Родя, бесценный Родя, **первенец**! Ну как для такого первенца хотя бы и такою дочерью не пожертвовать! О милые и несправедливые сердца! Да чего: тут мы и от Сонечкина **жребия**, пожалуй что, не откажемся! Сонечка, Сонечка Мармеладова, вечная Сонечка, пока мир стоит! Жертву-то, жертву-то обе вы измерили ли вполне? Так ли? Под силу ли? В пользу ли? Разумно ли? Знаете ли вы, Дунечка, что Сонечкин жребий ничем не **сквернее** жребия с господином Лужиным? «Любви тут не может быть», — пишет мамаша. А что, если, кроме любви-то, и уважения не может быть, а напротив, уже есть **отвращение**, **презрение**, **омерзение**, что же тогда? А и выходит тогда, что опять, стало быть, «чистоту наблюдать» придется. Не так, что ли? Понимаете ли, понимаете ли вы, что значит сия чистота? Понимаете ли вы, что Лужинская чистота всё равно, что и Сонечкина чистота, а может быть, даже и хуже, **гаже**, **подлее**, потому что у вас, Дунечка, всё-таки на излишек комфорта расчет, а там просто-запросто о голодной смерти дело идет! «Дорого, дорого стоит, Дунечка, сия чистота!» Ну, если потом не под силу станет, раскаетесь? **Скорби**-то сколько, грусти, **проклятий**, слез-то, скрываемых ото всех, сколько, потому что не Марфа же вы Петровна? А с матерью что тогда будет? Ведь она уж и теперь неспокойна, мучается; а тогда, когда всё ясно увидит? А со мной?.. Да что же вы в самом деле обо мне-то подумали? Не хочу я вашей жертвы, Дунечка, не хочу, мамаша! Не бывать тому, пока я жив, не бывать, не бывать! Не принимаю!»

Он вдруг **очнулся** и остановился.

очну́ться [完]清醒过来

«Не бывать? А что же ты сделаешь, чтоб этому не бывать? Запретишь? А право какое имеешь? Что ты им можешь обещать в свою очередь, чтобы право такое иметь? Всю судьбу свою, всю будущность им посвятить, *когда кончишь курс и место достанешь?* Слышали мы это, да ведь **это буки**, а теперь? Ведь тут надо теперь же что-нибудь сделать, понимаешь ты это? А ты что теперь делаешь? **Обира́ешь** их же. Ведь деньги-то им под сторублевый пенсион да под господ Свидригайловых под **закла́д** достаются! От Свидригайловых-то, от Афанасия-то Ивановича Вахрушина чем ты их убережешь, миллионер будущий, Зевес, их судьбою располагающий? Через десять-то лет? Да в десять-то лет мать успеет **осле́пнуть** от **косы́нок**, а пожалуй что и от слез; от поста **исча́хнет**; а сестра? Ну, придумай-ка, что может быть с сестрой через десять лет **али** в эти десять лет? Догадался?»

это бу́ки <俗>这还得走着瞧

обира́ть//обобра́ть <旧, 俗>或者

закла́д <旧, 口>抵押品

сле́пнуть//осле́пнуть 瞎了眼睛
косы́нка 围巾
исча́хнуть [完]憔悴已极
али <旧, 俗>或者

Так мучил он себя и **поддра́знивал** этими вопросами, даже с каким-то наслаждением. Впрочем, все эти вопросы были не новые, не внезапные, а старые, **наболе́вшие**, давнишние. Давно уже как они начали его **терза́ть** и истерзали ему сердце. Давным-давно как зародилась в нем вся эта теперешняя тоска, нарастала, накоплялась и в последнее время созрела и концентрировалась, приняв форму ужасного, дикого и фантастического вопроса, который замучил его сердце и ум, **неотрази́мо** требуя разрешения. Теперь же письмо матери вдруг как громом в него ударило. Ясно, что теперь надо было не тосковать, не страдать пассивно, одними рассуждениями о том, что вопросы неразрешимы, а непременно что-нибудь сделать, и сейчас же, и поскорее. Во что бы то ни стало надо решиться, хоть на

подра́знивать//
  поддразни́ть
  <口>挑逗, 招惹
наболе́вший亟待解决的
терза́ть//истерза́ть折磨

неотрази́мо不可避免地

что-нибудь, или...

«Или отказаться от жизни совсем! — вскричал он вдруг в **исступлении**, — Послушно принять судьбу, как она есть, раз навсегда, и задушить в себе всё, отказавшись от всякого права действовать, жить и любить!»

«Понимаете ли, понимаете ли вы, милостивый государь, что значит, когда уже некуда больше идти? — вдруг припомнился ему вчерашний вопрос Мармеладова, — ибо надо, чтобы всякому человеку хоть куда-нибудь можно было пойти...»

Вдруг он вздрогнул: одна, тоже вчерашняя, мысль опять пронеслась в его голове. Но вздрогнул он не оттого, что пронеслась эта мысль. Он ведь знал, он *предчувствовал*, что она непременно «пронесётся», и уже ждал ее; да и мысль эта была совсем не вчерашняя. Но разница была в том, что месяц назад, и даже вчера еще, она была только мечтой, а теперь... теперь явилась вдруг не мечтой, а в каком-то новом, грозном и совсем незнакомом ему виде, и он вдруг сам сознал это... Ему стукнуло в голову, и потемнело в глазах.

<...>

VI

<...>

— Позволь, я тебе серьёзный вопрос задать хочу, — **загорячился** студент. — Я сейчас, конечно, пошутил, но смотри: с одной стороны, глупая, бессмысленная, **ничтожная**, злая, больная старушонка, никому не нужная и, напротив, всем вредная, которая сама не знает, для чего живёт, и которая завтра же сама собой умрёт. Понимаешь? Понимаешь?

— Ну, понимаю, — отвечал офицер, внимательно **уставясь** в горячившегося товарища.

— Слушай дальше. С другой стороны, молодые, свежие силы, **пропадающие даром** без поддержки, и это тысячами, и это всюду! Сто, тысячу добрых дел и **начинаний**, которые можно устроить и поправить на старухины деньги, обречённые в монастырь! Сотни, тысячи, может

исступле́ние 狂怒

загоряч́иться [完] 激动起来
ничто́жный 卑微的, 渺小的

устав́ляться//устав́иться <口> 盯住, 凝视
пропада́ть//пропа́сть 白费, 落空
да́ром <口> 白费地, 无益地
начина́ние <文> 创举

быть, существований, направленных на дорогу; десятки семейств спасенных от нищеты, от **разложения**, от гибели, от **разврата**, от **венерических** больниц, — и всё это на её деньги. Убей её и возьми её деньги, с тем чтобы с их помощью посвятить потом себя на служение всему человечеству и общему делу: как ты думаешь, не **загладится** ли одно, **крошечное** преступленьице тысячами добрых дел? За одну жизнь — тысячи жизней, спасённых от **гниения** и разложения. Одна смерть и сто жизней взамен — да ведь тут **арифметика**! Да и что значит на общих весах жизнь этой **чахоточной**, глупой и злой старушонки? Не более как жизнь **вши**, **таракана**, да и того не стоит, потому что старушонка вредна. Она чужую жизнь заедает: она **намедни** Лизавете палец со зла **укусила**; чуть-чуть не отрезали!

— Конечно, она недостойна жить, — заметил офицер, — но ведь тут природа.

— Эх, брат, да ведь природу поправляют и направляют, а без этого пришлось бы **потонуть** в **предрассудках**. Без этого ни одного бы великого человека не было. Говорят: «долг, совесть», — я ничего не хочу говорить против долга и совести, — но ведь как мы их понимаем? Стой, я тебе еще задам один вопрос. Слушай!

— Нет, ты стой; я тебе задам вопрос. Слушай!

— Ну!

— Вот ты теперь говоришь и ораторствуешь, а скажи ты мне: убьёшь ты *сам* старуху или нет?

— Разумеется, нет! Я для справедливости... Не во мне тут и дело...

— А по-моему, коль ты сам не решаешься, так нет тут никакой и справедливости! Пойдём ещё **партию**!

Раскольников был в чрезвычайном волнении. Конечно, всё это были самые обыкновенные и самые частые, не раз уже слышанные им, в других только формах и на другие темы, молодые разговоры и мысли. Но почему именно теперь пришлось ему выслушать именно такой разговор и такие мысли, когда в собственной голове его

разложение 瓦解, 衰败
разврат 摇荡, 道德败坏
венерический 性病的

заглаживаться // загладиться (罪) 得到赎免
крошечный <口> 很小的
гниение 腐烂
арифметика 算数
чахоточный <口> 痨病样的
вша <俗> 同 вошь 虱子
таракан 蟑螂
намедни <俗> 不久以前
укусить [完] 咬伤
тонуть // потонуть 溺死

предрассудок 偏见, 成见

партия (牌戏、棋类等的) 一局, 一盘

заро́дыш 萌芽	только что зародились... *такие же точно мысли?* И почему именно сейчас, как только он вынес **заро́дыш** своей мысли от старухи, как раз и попадает он на разговор о старухе?.. Странным всегда казалось ему это совпадение. Этот ничтожный **тракти́рный** разговор имел чрезвычайное на него влияние при дальнейшем развитии дела: как будто действительно было тут какое-то **предопределе́ние**, указание...
тракти́рный 小饭馆的	
предопределе́ние <旧> 命运,定数	
	<...>
казуи́стика 诡辩,强词夺理	<...>А между тем, казалось бы, весь анализ, в смысле нравственного разрешения вопроса, был уже им покончен: **казуи́стика** его **вы́точилась**, как **бри́тва**, и сам в себе он уже не находил сознательных возражений. Но в последнем случае он просто не верил себе и упрямо, рабски, искал возражений по сторонам и **о́щупью**, как будто кто его принуждал и тянул к тому. Последний же день, так нечаянно наступивший и всё разом порешивший, подействовал на него почти совсем механически: как будто его кто-то взял за руку и потянул за собой, неотразимо, слепо, с неестественною силой, без возражений. Точно он попал **клочко́м** одежды в колесо машины, и его начало в нее втягивать.
вы́точиться <俗> 磨快,磨亮	
бри́тва 剃刀	
о́щупью [副] 用手摸着	
клочко́м клок 的指小, 小块、小片	
	<...>

 Наводящие вопросы:

1. Был в каком состоянии Раскольников в начале романа?
2. Какое состояние у Катерины Ивановны из рассказа Мармеладова?
3. Чем отличается Соня Мармеладова?
4. Кто сможет пожалеть Мармеладова?
5. Как вы понимаете «Сонечкин жребий ничем не сквернее жребия с господином Лужиным»?
6. Какое заключение можно сделать из разговора студента и офицера в трактире?
7. Его решение совершить убийство самостоятельное или принужденное? Что привело его к преступлению?

Часть V

IV

Раскольников был деятельным и **бо́дрым** адвокатом Сони против Лужина, несмотря на то что сам носил столько собственного ужаса и страдания в душе. Но, выстрадав столько утром, он точно рад был случаю переменить свои впечатления, становившиеся невыносимыми, не говоря уже о том, насколько личного и сердечного заключалось в стремлении его **заступи́ться** за Соню. Кроме того, у него было в виду и страшно тревожило его, особенно минутами, предстоящее свидание с Соней: он *должен* был объявить ей, кто убил Лизавету, и предчувствовал себе страшное **муче́ние**, и точно **отма́хивался** от него руками. И потому, когда он воскликнул, выходя от Катерины Ивановны: «Ну, что вы скажете теперь, Софья Семеновна?», то, очевидно, находился еще в каком-то внешне **возбуждённом** состоянии бодрости, вызова и недавней победы над Лужиным. Но странно случилось с ним. Когда он дошел до квартиры Капернаумова, то почувствовал в себе внезапное **обесси́ление** и страх. В раздумье остановился он перед дверью с странным вопросом: «Надо ли сказывать, кто убил Лизавету?» Вопрос был странный, потому что он вдруг, в то же время, почувствовал, что не только нельзя не сказать, но даже и отдалить эту минуту, хотя на время, невозможно. Он еще не знал, почему невозможно; он только *почувствовал* это, и это мучительное сознание своего бессилия перед необходимостию почти **придави́ло** его. Чтоб уже не рассуждать и не мучиться, он быстро отворил дверь и с порога посмотрел на Соню. Она сидела, **облокотя́сь** на столик и закрыв лицо руками, но, увидев Раскольникова, поскорей встала и пошла к нему навстречу, точно ждала его.

— Что бы со мной без вас-то было! — быстро проговорила она, сойдясь с ним среди комнаты. Очевидно, ей только это и хотелось поскорей сказать ему. Затем и ждала.

Раскольников прошёл к столу и сел на стул, с

бо́дрый 精神抖擞的

заступа́ться//
 заступи́ться 替……辩护

муче́ние 痛苦
отма́хивался//
 отмахну́ться 赶走，摆（手）

возбуждённый 高昂的，激愤的

обесси́ление 软弱无力

отдаля́ть//отдали́ть 摆脱

прида́вливать//
 придави́ть 使抑郁不欢，使受压抑
облока́чиваться//
 облокоти́ться 用肘支撑身体

точь-в-точь <口>	一模一样地
упира́ться//упере́ться <转>	取决于……
сопричастный <文>	与……有关的
да́веча <俗>	不久以前
сглупа́ <俗>	因一时糊涂
отту́дова <俗>	同отту́да
вски́дываться// вски́нулася	颤抖，微动不安起来
манти́лька <口>	披肩
раздражи́тельно	愤怒地
брюзгли́во	不满地
упря́тывать// упря́тать <口>	关进(监狱等)
остро́г <旧>	监狱
рассе́янно	心不在焉地
подвёртываться// подверну́ться	偶然遇见

которого она только что встала. Она стала перед ним в двух шагах, **точь-в-точь** как вчера.

— Что, Соня? — сказал он и вдруг почувствовал что голос его дрожит: — ведь всё дело-то **упира́лось** на «общественное положение и **сопри́частные** тому привычки». Поняли вы **да́веча** это?

Страдание выразилось в лице ее.

— Только не говорите со мной как вчера! — прервала она его. — Пожалуйста, уж не начинайте. И так мучений довольно...

Она поскорей улыбнулась, испугавшись, что, может быть, ему не понравится упрёк.

— Я **сглупа́**-то **отту́дова** ушла. Что там теперь? Сейчас было хотела идти, да всё думала, что вот... вы зайдёте.

Он рассказал ей, что Амалия Ивановна гонит их с квартиры и что Катерина Ивановна побежала куда-то «правды искать».

— Ах, Боже мой! — **вски́нулась** Соня, — пойдёмте поскорее...

И она схватила свою **манти́льку**.

— Вечно одно и то же! — вскричал **раздражи́тельно** Раскольников. — У вас только и в мыслях, что они! Побудьте со мной.

— А... Катерина Ивановна?

— А Катерина Ивановна, уж конечно, вас не минует, зайдёт к вам сама, коли уж выбежала из дому, — **брюзгли́во** прибавил он. — Коли вас не застанет, ведь вы же останетесь виноваты...

Соня в мучительной нерешимости присела на стул. Раскольников молчал, глядя в землю и что-то обдумывая.

— Положим, Лужин теперь не захотел, — начал он, не взглядывая на Соню. — Ну а если б он захотел или как-нибудь в расчеты входило, ведь он бы **упря́тал** вас в **остро́г**-то, не случись тут меня да Лебезятникова! А?

— Да, — сказала она слабым голосом, — да! — повторила она, **рассе́янно** и в тревоге.

— А ведь я и действительно мог не случиться! А Лебезятников, тот уже совсем случайно **подверну́лся**.

Соня молчала.

— Ну а если б в острог, что тогда? Помните, что я вчера говорил?

Она опять не ответила. Тот переждал.

— А я думал, вы опять закричите: «Ах, не говорите, перестаньте!» — засмеялся Раскольников, но как-то с **натугой**. — Что ж, опять молчание? — спросил он через минуту. — Ведь надо же о чём-нибудь разговаривать? Вот мне именно интересно было бы узнать, как бы вы разрешили теперь один «вопрос», как говорит Лебезятников. (Он как будто начинал путаться.) Нет, в самом деле, я серьёзно. Представьте себе, Соня, что вы знали бы все намерения Лужина заранее, знали бы (то есть наверно), что через них погибла бы совсем Катерина Ивановна, да и дети; вы тоже, *в* **придачу** (так как вы себя ни за что считаете, так в *придачу*). Полечка также... потому ей та же дорога. Ну-с; так вот: если бы вдруг всё это теперь на ваше решение отдали: тому или тем жить на свете, то есть Лужину ли жить и делать **мерзости**, или умирать Катерине Ивановне? То как бы вы решили: кому из них умереть? Я вас спрашиваю.

Соня с беспокойством на него посмотрела: ей что-то особенное послышалось в этой нетвердой и к чему-то издалека подходящей речи.

— Я уже предчувствовала, что вы что-нибудь такое спросите, — сказала она, **пытливо** смотря на него.

— Хорошо, пусть; но, однако, как же бы решить-то?

— Зачем вы спрашиваете, чему быть невозможно? — с **отвращением** сказала Соня.

— Стало быть, лучше Лужину жить и делать мерзости! Вы и этого решить не осмелились?

— Да ведь я божьего промысла знать не могу... И к чему вы спрашиваете, чего нельзя спрашивать? К чему такие пустые вопросы? Как может случиться, чтоб это от моего решения зависело? И кто меня тут судьёй поставил: кому жить, кому не жить?

<...>

натуга <俗> 费大劲儿

в придачу 除此以外

мерзости 卑鄙的事

пытливо 探询地，寻根问底地

отвращение 憎恶，嫌恶

прошепта́ть[完]小声说 во́пль高叫,大声喊叫	— Угадала? — **прошепта́л** он наконец. — Господи! — вырвался ужасный **во́пль** из груди ее. Бессильно упала она на постель, лицом в подушки. Но через мгновение быстро приподнялась, быстро придвинулась к нему, схватила его за обе руки и, крепко сжимая их, как в тисках, тонкими своими пальцами, стала опять неподвижно, точно
прикле́иваться// прикле́иться粘上 ула́вливать//улови́ть 察觉到	**прикле́ившись**, смотреть в его лицо. Этим последним, отчаянным взглядом она хотела высмотреть и **улови́ть** хоть какую-нибудь последнюю себе надежду. Но надежды не было; сомнения не оставалось никакого; всё было *так*! Даже потом, впоследствии, когда она припоминала эту минуту, ей становилось и странно, и чудно: почему именно она так *сразу* увидела тогда, что нет уже никаких сомнений? Ведь не могла же она сказать, например, что она что-нибудь в этом роде предчувствовала? А между тем, теперь, только что он сказал ей это, ей вдруг и показалось, что и действительно она как будто *это* самое и предчувствовала.
	— Полно, Соня, довольно! Не мучь меня! —
страда́льчески痛苦地	**страда́льчески** попросил он. Он совсем, совсем не так думал открыть ей, но вышло *так*.
вска́кивать//вскочи́ть (急忙)站起,跳起 по́дле<旧,文>在近旁 прикаса́ться// прикосну́ться轻轻触及 пронза́ть//пронзи́ть刺穿	Как бы себя не помня, она **вскочи́ла**, и ломая руки, дошла до средины комнаты; но быстро воротилась и села опять **по́дле** него, почти **прикаса́ясь** к нему плечом к плечу. Вдруг, точно **пронзённая**, она вздрогнула, вскрикнула и бросилась, сама не зная для чего, перед ним на колени. — Что вы, что вы это над собой сделали! — отчаянно проговорила она и, вскочив с колен, бросилась ему на шею, обняла его и крепко-крепко сжала его руками.
отша́тываться// отшатну́ться急忙躲开	Раскольников **отшатну́лся** и с грустною улыбкой посмотрел на нее: — Странная какая ты, Соня, — обнимаешь и целуешь, когда я тебе сказал *про это*. Себя ты не помнишь.
исступле́ние狂怒,狂暴	— Нет, нет тебя несчастнее никого теперь в целом свете! — воскликнула она, как в **исступле́нии**, не слыхав его замечания и вдруг заплакала

навзрыд, как в **истерике**.

Давно уже незнакомое ему чувство волной **хлынуло** в его душу и разом **размягчило** ее. Он не сопротивлялся ему: две слезы выкатились из его глаз и повисли на **ресницах**.

— Так не оставишь меня, Соня? — говорил он, чуть не с надеждой смотря на нее.

— Нет, нет; никогда и нигде! — вскрикнула Соня, — за тобой пойду, всюду пойду! О Господи!.. Ох, я несчастная!.. И зачем, зачем я тебя прежде не знала! Зачем ты прежде не приходил! О Господи!

<...>

Он поворотился к ней, грустно посмотрел на нее и взял ее за руки.

— Ты опять права, Соня. Это всё ведь **вздор**, почти одна **болтовня**! Видишь: ты ведь знаешь, что у матери моей почти ничего нет. Сестра получила воспитание, случайно, и осуждена таскаться в **гувернантках**. Все их надежды были на одного меня. Я учился, но содержать себя в университете не мог и на время принужден был выйти. Если бы даже и так тянулось, то лет через десять, через двенадцать (если б обернулись хорошо обстоятельства) я всё-таки мог надеяться стать каким-нибудь учителем или чиновником, с тысячью рублями жалованья... (Он говорил как будто **заученное**.) А к тому времени мать высохла бы от забот и от горя, и мне всё-таки не удалось бы успокоить ее, а сестра... ну, с сестрой могло бы еще и хуже случиться!.. Да и что за охота всю жизнь мимо всего проходить и от всего отвертываться, про мать забыть, а сестрину обиду, например, **почтительно перенесть**? Для чего? Для того ль, чтоб, их **схоронив**, новых **нажить** — жену да детей, и тоже потом без **гроша** и без куска оставить? Ну... ну, вот я и решил, завладев старухиными деньгами, употребить их на мои первые годы, не муча мать, на обеспечение себя в университете, на первые шаги после университета, — и сделать всё это широко, **радикально**, так чтоб уж совершенно всю новую карьеру устроить

навзрыд 抽噎着
истерика 歇斯底里发作
хлынуть [完] 迅猛流淌
размягчать // размягчить 使……心肠变软
ресница 睫毛

вздор 胡说，胡诌
болтовня <口> 闲扯

гувернантка 家庭女教师

заученное 习惯性的，机械的

почтительно 恭恭敬敬地
перенесть <旧，口> 同 перенести
хоронить // схоронить 埋葬
наживать // нажить <俗> 活(时间不长)
грош <俗> 钱
радикально 彻底地

дота́скиваться// дотащи́ться<口>勉强达到	
поника́ть//пони́кнуть 低下,低垂	
во́шь虱子	
га́дкий可憎的	
зловре́дный极有害的	
вла́ть//совра́ть 撒谎	
лихора́дочный<转>十分激动的,慌张的	
бре́дить[未]说胡话,发呓语	
броди́ть[未]<文>掠过	
прогля́дывать// прогляну́ть流露出	
кружи́ться[未]旋转,晕	
зави́стливый嫉妒的	
ме́рзкий令人厌恶的	
мсти́тельный好报复的	
накло́нный<旧>喜好,倾向	
зара́з<俗>一下子,同时	

и на новую, независимую дорогу стать... Ну... ну, вот и всё... Ну, разумеется, что я убил старуху, — это я худо сделал... ну, и довольно!

В каком-то бессилии **дотащи́лся** он до конца рассказа и **пони́к** головой.

— Ох, это не то, не то, — в тоске восклицала Соня, — и разве можно так... нет, это не так, не так!

— Сама видишь, что не так!.. А я ведь искренно рассказал, правду!

— Да какая ж это правда! О Господи!

— Я ведь только **во́шь** убил, Соня, бесполезную, **га́дкую**, **зловре́дную**.

— Это человек-то вошь!

— Да ведь и я знаю, что не вошь, — ответил он, странно смотря на нее. — А впрочем, я **вру**, Соня, — прибавил он, — давно уже вру... Это всё не то; ты справедливо говоришь. Совсем, совсем, совсем тут другие причины!.. Я давно ни с кем не говорил, Соня... Голова у меня теперь очень болит.

Глаза его горели **лихора́дочным** огнем. Он почти начинал **бре́дить**; беспокойная улыбка **броди́ла** на его губах. Сквозь возбужденное состояние духа уже **прогля́дывало** страшное бессилие. Соня поняла, как он мучается. У ней тоже голова начинала **кружи́ться**. И странно он так говорил: как будто и понятно что-то, но... «но как же! Как же! О Господи!» И она ломала руки в отчаянии.

— Нет, Соня, это не то! — начал он опять, вдруг поднимая голову, как будто внезапный поворот мыслей поразил и вновь возбудил его, — это не то! А лучше... предположи (да! этак действительно лучше!), предположи, что я самолюбив, **зави́стлив**, зол, **ме́рзок**, **мсти́телен**, ну... и, пожалуй, еще **накло́нен** к сумасшествию. (Уж пусть всё **зара́з**! Про сумашествие-то говорили прежде, я заметил!) Я вот тебе сказал давеча, что в университете себя содержать не мог. А знаешь ли ты, что я, может, и мог? Мать прислала бы, чтобы внести, что надо, а на сапоги,

ПРОЗА

платье и на хлеб я бы и сам заработал; наверно! Уроки выходили; по **полти́ннику** предлагали. Работает же Разумихин! Да я **озли́лся** и не захотел. Именно озлился (это слово хорошее!). Я тогда, как **пау́к**, к себе в угол **заби́лся**. Ты ведь была в моей **канурé**, видела... А знаешь ли, Соня, что низкие **потолки́**, и тесные комнаты душу и ум теснят! О, как ненавидел я эту кануру! А всё-таки выходить из нее не хотел. Нарочно не хотел! По суткам не выходил и работать не хотел, и даже есть не хотел, всё лежал. Принесет Настасья — поем, не принесет — так и день пройдет; нарочно со зла не спрашивал! Ночью огня нет, лежу в темноте, а на свечи не хочу заработать. Надо было учиться, я книги распродал; а на столе у меня, на записках да на тетрадях, на палец и теперь пыли лежит. Я лучше любил лежать и думать. И всё думал... И всё такие у меня были сны, странные, разные сны, нечего говорить какие! Но только тогда начало мне тоже **мере́щиться**, что... Нет, это не так! Я опять не так рассказываю! Видишь, я тогда всё себя спрашивал: зачем я так глуп, что если другие глупы и коли я знаю уж наверно, что они глупы, то сам не хочу быть умнее? Потом я узнал, Соня, что если ждать, пока все станут умными, то слишком уж долго будет... Потом я еще узнал, что никогда этого и не будет, что не переменятся люди, и не переделать их никому, и труда не стоит тратить! Да, это так! Это их закон... Закон, Соня! Это так!.. И я теперь знаю, Соня, что кто крепок и силен умом и духом, тот над ними и **властели́н**! Кто много посмеет, тот у них и прав. Кто на большее может **плю́нуть**, тот у них и законодатель, а кто больше всех может посметь, тот и всех правее! Так **досе́ле** велось и так всегда будет! Только **слепо́й** не разглядит!

Раскольников, говоря это, хоть и смотрел на Соню, но уж не заботился более: поймет она или нет. Лихорадка вполне охватила его. Он был в каком-то мрачном восторге. (Действительно, он слишком долго ни с кем не говорил!) Соня поняла, что этот мрачный **катихи́зис** стал его

полти́нник <口>50戈比

озли́ться[完]<俗>生气
пау́к 蜘蛛
забива́ться//заби́ться <口>躲入
канура́<旧>同 конура́ 陋室
потоло́к 天花板

мере́щиться// помере́щиться<口>仿佛听见、看见

властели́н <旧,雅>统治者,主宰
плева́ть//плю́нуть <转,俗>唾弃,瞧不起
досе́ле <旧>至今
слепо́й 盲人,瞎子

катихи́зис<旧>同 катехи́зис 基本论点

верой и законом.

— Я догадался тогда, Соня, — продолжал он восторженно, — что власть дается только тому, кто посмеет наклониться и взять ее. Тут одно только, одно: стоит только посметь! У меня тогда одна мысль выдумалась, в первый раз в жизни, которую никто и никогда еще до меня не выдумывал! Никто! Мне вдруг ясно, как солнце, представилось, что как же это ни единый до сих пор не посмел и не смеет, проходя мимо всей этой **нелепости**, взять просто-запросто всё за хвост и **стряхнуть** к черту! Я... я захотел осмелиться и убил... я только осмелиться захотел, Соня, вот вся причина!

— О молчите, молчите! — вскрикнула Соня, **всплеснув** руками. — От бога вы отошли, и вас бог поразил, **дьяволу** предал!..

— Кстати, Соня, это когда я в темноте-то лежал и мне всё представлялось, это ведь дьявол смущал меня? а?

— Молчите! Не смейтесь, **богохульник**, ничего, ничего-то вы не понимаете! О Господи! Ничего-то, ничего-то он не поймет!

— Молчи, Соня, я совсем не смеюсь, я ведь и сам знаю, что меня черт **тащил**. Молчи, Соня, молчи! — повторил он мрачно и настойчиво. — Я всё знаю. Всё это я уже передумал и перешептал себе, когда лежал тогда в темноте... Всё это я сам с собой переспорил, до последней малейшей черты, и всё знаю, всё! И так надоела, так надоела мне тогда вся эта болтовня! Я всё хотел забыть и вновь начать, Соня, и перестать болтать! И неужели ты думаешь, что я как дурак пошел, **очертя голову**? Я пошел как умник, и это-то меня и **сгубило**! И неужели ты думаешь, что я не знал, например, хоть того, что если уж начал я себя спрашивать и допрашивать: имею ль я право власть иметь? — то, стало быть, не имею права власть иметь. Или что если задаю вопрос: вошь ли человек? — то, стало быть, уж не вошь человек для меня, а вошь для того, кому этого и в голову не заходит и кто прямо без вопросов идет... Уж если я столько дней промучился: пошел ли бы Наполеон или нет? так ведь уж ясно чувствовал, что я не Наполеон... Всю, всю муку всей этой болтовни я выдержал, Соня, и всю ее с плеч стряхнуть пожелал: я захотел, Соня, убить без **казуистики**, убить для себя, для себя одного! Я лгать не хотел в этом даже себе! Не для того, чтобы матери помочь, я убил — **вздор**! Не для того я убил, чтобы, получив средства и власть, сделаться **благодетелем** человечества. Вздор! Я просто убил; для себя убил, для себя одного; а там стал ли бы я чьим-нибудь благодетелем или всю жизнь, как паук, ловил бы всех в паутину и из всех живые соки **высасывал**, мне, в ту минуту, всё равно должно было быть!.. И не деньги, главное, нужны мне были, Соня, когда я убил; не столько деньги нужны были, как другое... Я это всё теперь знаю... Пойми меня: может быть, тою же дорогой идя, я уже никогда более не повторил бы убийства. Мне другое надо было узнать, другое толкало меня под руки: мне надо было узнать тогда, и поскорей узнать, вошь ли я, как все, или человек? Смогу ли я переступить, или не смогу? Осмелюсь ли **нагнуться** и взять или нет? **Тварь** ли я дрожащая или *право* имею...

— Убивать? Убивать-то право имеете? — всплеснула руками Соня.

— Э-эх, Соня! — вскрикнул он раздражительно, хотел было что-то ей возразить, но **презрительно** замолчал. — Не прерывай меня, Соня! Я хотел тебе только одно доказать: что черт-то меня тогда потащил, а уж после того мне объяснил, что не имел я права туда ходить, потому что я такая же точно вошь, как и все! Насмеялся он надо мной, вот я к тебе и пришел теперь! Принимай гостя! Если б я не вошь был, то пришел ли бы я к тебе? Слушай: когда я тогда к старухе ходил, я только *попробовать* сходил... Так и знай!

— И убили! Убили!

— Да ведь как убил-то? Разве так убивают? Разве так идут убивать, как я тогда шел! Я тебе когда-нибудь расскажу, как я шел... Разве я старушонку убил? Я себя убил, а не старушонку!

казуистика 狡辩，强词夺理
вздор 胡说
благодетель <旧，讽> 行善的人

высасывать//высосать 吸出，吮出

нагибаться//нагнуться 低垂，俯身
тварь <旧，俗> 有生命之物

презрительно 鄙夷地

ухло́пывать//ухло́пать <俗>打死, 杀死	Тут так-таки разом и **ухлопал** себя, навеки!.. А старушонку эту черт убил, а не я... Довольно, довольно, Соня, довольно! Оставь меня, — вскричал он вдруг в **судорожной** тоске, — оставь меня!

су́дорожный 突发的, 猛然的
облока́чиваться//облокоти́ться 支撑, 靠着
кле́щи [复] 钳子
сти́скивать//сти́снуть 挤, 压
э́кий <口> 真, 多么
во́пль 高叫, 大声喊叫
безобра́зно 极难看的, 丑陋的
засверка́ть [完] 闪烁发光
изумле́ние 非常惊讶
оскверня́ть//оскверни́ть 亵渎

припа́док (疾病)发作

Тут так-таки разом и **ухлопал** себя, навеки!.. А старушонку эту черт убил, а не я... Довольно, довольно, Соня, довольно! Оставь меня, — вскричал он вдруг в **судорожной** тоске, — оставь меня!

Он **облокотился** на колена и, как в **клещах**, **стиснул** себе ладонями голову.

— **Экое** страдание! — вырвался мучительный **вопль** у Сони.

— Ну, что теперь делать, говори! — спросил он, вдруг подняв голову и с **безобразно** искаженным от отчаяния лицом смотря на нее.

— Что делать! — воскликнула она, вдруг вскочив с места, и глаза ее, доселе полные слез, вдруг **засверкали**. — Встань! (Она схватила его за плечо; он приподнялся, смотря на нее почти в **изумлении**.) Поди сейчас, сию же минуту, стань на перекрестке, поклонись, поцелуй сначала землю, которую ты **осквернил**, а потом поклонись всему свету, на все четыре стороны, и скажи всем, вслух: «я убил!» Тогда Бог опять тебе жизни пошлет. Пойдешь? Пойдешь? — спрашивала она его, вся дрожа, точно в **припадке**, схватив его за обе руки, крепко стиснув их в своих руках и смотря на него огневым взглядом.

<...>

 Наводящие вопросы:

1. Почему Раскольников терзал Соню, напоминая о безвыходности ее жизни? Как Соня откликнулась не его вопросы? Какое миропонимание у Сони?
2. Какая Соня обратилась к Раскольникову, узнав, что он совершил убийство?

Какой глубокий смысл в ее обращении?
3. *В чем глубокая причина преступления Раскольникова? Что он хочет утвердить?*
4. *Какой вариант Соня предложила Раскольникову для выхода из состояния отчаяния?*

Эпилог

II.

Он был болен уже давно; но не ужасы **каторжной** жизни, не работы, не пища, не **бритая** голова, не **лоскутное** платье **сломили** его: о! что ему было до всех этих мук и **истязаний**! Напротив, он даже рад был работе: измучившись на работе физически, он по крайней мере добывал себе несколько часов спокойного сна. И что значила для него пища — эти пустые щи с **тараканами**? Студентом, во время прежней жизни, он часто и того не имел. Платье его было тепло и приспособлено к его образу жизни. **Кандалов** он даже на себе не чувствовал. Стыдиться ли ему было своей бритой головы и **половинчатой** куртки? Но пред кем? Пред Соней? Соня боялась его, и пред нею ли было ему стыдиться?

А что же? Он стыдился даже и пред Соней, которую мучил за это своим презрительным и грубым обращением. Но не бритой головы и кандалов он стыдился: его гордость сильно была **уязвлена**; он и заболел от уязвлённой гордости. О, как бы счастлив он был, если бы мог сам обвинить себя! Он бы снёс тогда всё, даже стыд и **позор**. Но он строго судил себя, и ожесточенная совесть его не нашла никакой особенно ужасной вины в его прошедшем, кроме разве простого **промаху**, который со всяким мог случиться. Он стыдился именно того, что он, Раскольников, погиб так слепо, безнадежно, глухо и глупо, по какому-то приговору слепой судьбы, и должен смириться и покориться пред «бессмыслицей» какого-то приговора, если хочет сколько-нибудь успокоить себя.

Тревога **беспредметная** и бесцельная в

каторжный 苦役般的
бритый 剃光头发的
лоскутный 用碎布做的
сламывать//сломить 压垮
истязание 残酷折磨

таракан 蟑螂

кандалы [复]镣铐
половинчатый <口>双色组成的

уязвлять//уязвить (精神上)伤害,刺伤

позор 耻辱

промах 失算,失策

беспредметный 空洞的

настоящем, а в будущем одна беспрерывная жертва, которою ничего не приобреталось, — вот что предстояло ему на свете. И что в том, что чрез восемь лет ему будет только тридцать два года и можно снова начать ещё жить! Зачем ему жить? Что иметь в виду? К чему стремиться? Жить, чтобы существовать? Но он тысячу раз и прежде готов был отдать своё существование за идею, за надежду, даже за фантазию. Одного существования всегда было мало ему; он всегда хотел большего. Может быть, по одной только силе своих желаний он и счёл себя тогда человеком, которому более разрешено, чем другому.

И хотя бы судьба послала ему **раскаяние** — **жгучее** раскаяние, разбивающее сердце, оттоняющее сон, такое раскаяние, от ужасных мук которого **мерещится петля и омут**! О, он бы обрадовался ему! Муки и слёзы — ведь это тоже жизнь. Но он не раскаивался в своём преступлении.

По крайней мере, он мог бы злиться на свою глупость, как и злился он прежде на безобразные и глупейшие действия свои, которые довели его до **острога**. Но теперь, уже в остроге, *на свободе*, он вновь обсудил и обдумал все прежние свои поступки и совсем не нашёл их так глупыми и безобразными, как казались они ему в то **роковое** время, прежде.

«Чем, чем, — думал он, — моя мысль была глупее других мыслей и теорий, роящихся и сталкивающихся одна с другой на свете, с тех пор как этот свет стоит? Стоит только посмотреть на дело совершенно независимым, широким и избавленным от обыденных влияний взглядом, и тогда, конечно, моя мысль окажется вовсе не так... странною. О отрицатели и мудрецы в **пятачок** серебра, зачем вы останавливаетесь на полдороге!

Ну, чем мой поступок кажется им так безобразен? — говорил он себе. — Тем, что он — **злодеяние**? Что значит слово «злодеяние»? Совесть моя спокойна. Конечно, сделано уголовное преступление; конечно, нарушена буква закона и пролита кровь, ну и возьмите за букву закона мою голову... и довольно! Конечно, в таком случае даже многие благодетели человечества, не наследовавшие власти, а сами ее захватившие, должны бы были быть казнены при самых первых своих шагах. Но те люди вынесли свои шаги, и потому *они правы*, а я не вынес и, стало быть, я не имел права разрешить себе этот шаг.»

Вот в чём одном признавал он свое преступление: только в том, что не вынес его и сделал **я́вку с пови́нною**.

Он страдал тоже от мысли: зачем он тогда себя не убил? Зачем он стоял тогда над рекой и предпочел явку с повинною? Неужели такая сила в этом желании жить и так трудно **одоле́ть** его? Одолел же Свидригайлов, боявшийся смерти?

Он с мучением задавал себе этот вопрос и не мог понять, что уж и тогда, когда стоял над рекой, может быть, предчувствовал в себе и в убеждениях своих глубокую ложь. Он не понимал, что это предчувствие могло быть предвестником будущего перелома в жизни его, будущего воскресения его, будущего нового взгляда на жизнь.

Он скорее допускал тут одну только **тупу́ю** тягость **инсти́нкта**, которую не ему было порвать и через которую он опять-таки был не в силах перешагнуть (за слабостию и ничтожностию). Он смотрел на каторжных товарищей своих и удивлялся: как тоже все они любили жизнь, как они дорожили ею! Именно ему показалось, что в остроге ее еще более любят и ценят, и более дорожат ею, чем на свободе. Каких страшных мук и истязаний не перенесли иные из них, например **бродя́ги**! Неужели уж столько может для них значить один какой-нибудь луч солнца, **дрему́чий** лес, где-нибудь в неведомой **глуши́** холодный **ключ**, отмеченный еще с третьего года и о свидании с которым **бродя́га** мечтает, как о свидании с любовницей, видит его во сне, зелёную травку кругом его, поющую птичку в кусте? Всматриваясь дальше, он видел примеры,

я́вка с пови́нною 出面认罪

одолева́ть//одоле́ть 控制，支配

тупы́й 愚蠢的，隐约的
инсти́нкт 本能

бродя́га 流浪者
дрему́чий 茂密的
глушь 密林深处
ключ 泉
бродя́га 流浪的人

еще более необъяснимые.

В остроге, в окружающей его среде, он, конечно, многого не замечал, да и не хотел совсем замечать. Он жил, как-то опустив глаза: ему **омерзительно** и невыносимо было смотреть. Но под конец многое стало удивлять его, и он, как-то поневоле, стал замечать то, чего прежде и не подозревал. Вообще же и наиболее стала удивлять его та страшная, та непроходимая пропасть, которая лежала между ним и всем этим людом. Казалось, он и они были разных наций. Он и они смотрели друг на друга недоверчиво и **неприязненно**. Он знал и понимал общие причины такого разъединения; но никогда не допускал он прежде, чтоб эти причины были на самом деле так глубоки и сильны. В остроге были тоже ссыльные поляки, политические преступники. Те просто считали весь этот люд за **невежд** и **хлопов** и презирали их свысока; но Раскольников не мог так смотреть: он ясно видел, что эти невежды во многом гораздо умнее этих самых поляков. Были тут и русские, тоже слишком презиравшие этот народ, — один бывший офицер и два семинариста; Раскольников ясно замечал и их ошибку.

Его же самого не любили и избегали все. Его даже стали под конец ненавидеть — почему? Он не знал того. Презирали его, смеялись над ним, смеялись над его преступлением те, которые были гораздо его преступнее.

— Ты барин! — говорили ему. — Тебе ли было с **топором** ходить; не барское вовсе дело.

На второй неделе великого поста пришла ему очередь **говеть** вместе с своею **казармой**. Он ходил в церковь и молился вместе с другими. Из-за чего, он и сам не знал того, — произошла однажды ссора; все разом напали на него с **остервенением**.

— Ты **безбожник**! Ты в бога не веруешь! — кричали ему. — Убить тебя надо.

Он никогда не говорил с ними о боге и о вере, но они хотели убить его, как безбожника; он молчал и не возражал им. Один каторжный бросился было на него в решительном **исступлении**; Раскольников ожидал его спокойно и молча: бровь его не **шевельнулась**, ни одна черта его лица не дрогнула. **Конвойный** успел вовремя стать между ним и убийцей — не то пролилась бы кровь.

Неразрешим был для него еще один вопрос: почему все они так полюбили Соню? Она у них не **заискивала**; встречали они ее редко, иногда только на работах, когда она приходила на одну минутку, чтобы повидать его. А между тем все уже знали ее, знали и то, что она *за ним* последовала, знали, как она живет, где живет. Денег она им не давала, особенных услуг не оказывала. Раз только, на рождестве, принесла она на весь острог **подаяние**: пирогов и **калачей**. Но мало-помалу между ними и Соней завязались некоторые более близкие отношения: она писала им письма к их родным и отправляла их на почту. Их родственники и родственницы, приезжавшие в город, оставляли, по указанию их, в руках Сони вещи для них и даже деньги. Жены их и любовницы знали ее и ходили к ней. И когда она являлась на работах, приходя к Раскольникову, или встречалась с партией арестантов, идущих на работы, — все снимали шапки, все кланялись: «Матушка, Софья Семеновна, мать ты наша, нежная, болезная!» — говорили эти грубые, **клеймёные** каторжные этому маленькому и худенькому созданию. Она улыбалась и **откланивалась**, и все они любили, когда она им улыбалась. Они любили даже ее походку, оборачивались посмотреть ей вслед, как она идет, и хвалили ее; хвалили ее даже за то, что она такая маленькая, даже уж не знали, за что похвалить. К ней даже ходили лечиться.

Он пролежал в больнице весь конец поста и Святую. Уже выздоравливая, он припомнил свои сны, когда еще лежал в жару и **бреду**. Ему **грезилось** в болезни, будто весь мир осужден в жертву какой-то страшной, неслыханной и

исступление 狂怒
шевелиться шевельнуться
动弹一下
конвойный 押送人员

заискивать [未] <旧> 巴结

подаяние 周济；施舍
калач <方> 白面包

клеймёный <旧> (身上)
有烙印的
откланиваться //
откланяться 鞠躬还礼

бред 梦话
грезиться //

пригрéзиться 梦见
моровáя я́зва <旧> 造成大批死亡的瘟疫

трихи́на 旋毛虫
микроскопи́ческий <口> 特别小的

беснова́тый <口> 狂怒的

непоколеби́мый <文> 坚定不移的
заражённый 染上毒的

коло́ться [未] 厮杀
бить в наба́т 敲警钟

ремесло́ 行业

ку́ча 一堆

невиданной **моровóй я́зве**, идущей из глубины Азии на Европу. Все должны были погибнуть, кроме некоторых, весьма немногих, избранных. Появились какие-то новые **трихи́ны**, существа **микроскопи́ческие**, вселявшиеся в тела людей. Но эти существа были духи, одаренные умом и волей. Люди, принявшие их в себя, становились тотчас же **беснова́тыми** и сумасшедшими. Но никогда, никогда люди не считали себя так умными и **непоколеби́мыми** в истине, как считали **заражённые**. Никогда не считали непоколебимее своих приговоров, своих научных выводов, своих нравственных убеждений и верований. Целые селения, целые города и народы заражались и сумасшествовали. Все были в тревоге и не понимали друг друга, всякий думал, что в нем одном заключается истина, и мучился, глядя на других, бил себя в грудь, плакал и ломал себе руки. Не знали, кого и как судить, не могли согласиться, что считать злом, что добром. Не знали, кого обвинять, кого оправдывать. Люди убивали друг друга в какой-то бессмысленной злобе. Собирались друг на друга целыми армиями, но армии, уже в походе, вдруг начинали сами терзать себя, ряды расстраивались, воины бросались друг на друга, **коло́лись** и резались, кусали и ели друг друга. В городах целый день били в **наба́т**: созывали всех, но кто и для чего зовет, никто не знал того, а все были в тревоге. Оставили самые обыкновенные **ремёсла**, потому что всякий предлагал свои мысли, свои поправки, и не могли согласиться; остановилось земледелие. Кое-где люди сбегались в **ку́чи**, соглашались вместе на что-нибудь, клялись не расставаться, — но тотчас же начинали что-нибудь совершенно другое, чем сейчас же сами предполагали, начинали обвинять друг друга, дрались и резались. Начались пожары, начался голод. Все и всё погибало. Язва росла и подвигалась дальше и дальше. Спастись во всём мире могли только несколько человек, это были чистые и избранные, предназначенные начать новый род людей и новую жизнь, обновить и очистить землю, но никто и нигде не видал этих людей, никто не слыхал их слова и голоса.

Раскольникова мучило то, что этот бессмысленный бред так грустно и так мучительно отзывается в его воспоминаниях, что так долго не проходит впечатление этих горячешных **грёз**. Шла уже вторая неделя после Святой; стояли теплые, ясные, весенние дни; в арестантской палате отворили окна (**решётчатые**, под которыми ходил часовой). Соня, во всё время болезни его, могла только два раза его навестить в палате; каждый раз надо было испрашивать разрешения, а это было трудно. Но она часто приходила на **госпитальный** двор, под окна, особенно под вечер, а иногда так только, чтобы постоять на дворе минутку и хоть издали посмотреть на окна палаты. Однажды, под вечер, уже совсем почти выздоровевший Раскольников заснул; проснувшись, он **нечаянно** подошел к окну и вдруг увидел вдали, у госпитальных ворот, Соню. Она стояла и как бы чего-то ждала. Что-то как бы **пронзило** в ту минуту его сердце; он вздрогнул и поскорее отошел от окна. В следующий день Соня не приходила, на третий день то же; он заметил, что ждет ее с беспокойством. Наконец его выписали. Придя в острог, он узнал от арестантов, что Софья Семеновна заболела, лежит дома и никуда не выходит.

Он был очень беспокоен, посылал о ней справляться. Скоро узнал он, что болезнь ее не опасна. Узнав в свою очередь, что он об ней так тоскует и заботится, Соня прислала ему записку, написанную карандашом, и уведомляла его, что ей гораздо легче, что у ней пустая, легкая простуда и что она скоро, очень скоро, придет повидаться с ним на работу. Когда он читал эту записку, сердце его сильно и больно билось.

День опять был ясный и теплый. Ранним утром, часов в шесть, он отправился на работу, на берег реки, где в **сарае** устроена была **обжигательная** печь для **алебастра** и где толкли его. Отправилось туда всего три работника. Один из арестантов

грёза 幻想

решётчатый 有栅栏的

госпитальный 医院的, 病院的

нечаянно 无意地

пронзать//пронзить 刺穿

сарай 棚子
обжигательный 用于烧制的

алеба́стр 石膏	

дрова́ [复] 木柴

бревно́ 原木
окре́стность 四周

облива́ть//обли́ть (光线) 洒满
необозри́мой 一望无际的
кочево́й 游牧人
ю́рта 帐篷
Авраа́м <宗> 亚伯拉罕 (基督教圣经故事中犹太人的始祖)
ста́до 群
созерца́ние 深入内省

бурну́с <旧> 19世纪的一种肥袖女大衣，斗篷
осу́нуться [完] 消瘦得很厉害

трепета́ть [未] 战战兢兢

взял конвойного и пошел с ним в крепость за каким-то инструментом; другой стал изготовлять **дрова** и накладывать в печь. Раскольников вышел из сарая на самый берег, сел на складенные у сарая **бревна** и стал глядеть на широкую и пустынную реку. С высокого берега открывалась широкая **окрестность**. С дальнего другого берега чуть слышно доносилась песня. Там, в **облитой** солнцем **необозримой** степи, чуть приметными точками чернелись **кочевые юрты**. Там была свобода, и жили другие люди, совсем не похожие на здешних, там как бы само время остановилось, точно не прошли еще века **Авраама** и **стад** его. Раскольников сидел, смотрел неподвижно, не отрываясь; мысль его переходила в грезы, в **созерцание**; он ни о чем не думал, но какая-то тоска волновала его и мучила.

    Вдруг подле него очутилась Соня. Она подошла едва слышно и села с ним рядом. Было еще очень рано, утренний холодок еще не смягчился. На ней был ее бедный, старый **бурнус** и зеленый платок. Лицо ее еще носило признаки болезни, похудело, побледнело, **осунулось**. Она приветливо и радостно улыбнулась ему, но, по обыкновению, робко протянула ему свою руку.

    Она всегда протягивала ему свою руку робко, иногда даже не подавала совсем, как бы боялась, что он оттолкнет ее. Он всегда как бы с отвращением брал ее руку, всегда точно с досадой встречал ее, иногда упорно молчал во всё время ее посещения. Случалось, что она **трепетала** его и уходила в глубокой скорби. Но теперь их руки не разнимались; он мельком и быстро взглянул на нее, ничего не выговорил и опустил свои глаза в землю. Они были одни, их никто не видел. Конвойный на ту пору отворотился.

    Как это случилось, он и сам не знал, но вдруг что-то как бы подхватило его и как бы бросило к ее ногам. Он плакал и обнимал ее колени. В первое мгновение она ужасно испугалась, и всё лицо ее помертвело. Она вскочила с места и, задрожав, смотрела на него. Но тотчас же, в тот же миг она всё поняла. В глазах ее засветилось бесконечное счастье; она поняла, и для нее уже не было сомнения, что он любит, бесконечно любит ее и что настала же наконец эта минута...

Они хотели было говорить, но не могли. Слезы стояли в их глазах. Они оба были бледны и худы; но в этих больных и бледных лицах уже сияла заря обновленного будущего, полного воскресения в новую жизнь. Их воскресила любовь, сердце одного заключало бесконечные источники жизни для сердца другого.

Они положили ждать и терпеть. Им оставалось еще семь лет; а до тех пор столько нестерпимой муки и столько бесконечного счастия! Но он воскрес, и он знал это, чувствовал вполне всем обновившимся существом своим, а она — она ведь и жила только одною его жизнью!

Вечером того же дня, когда уже заперли казармы, Раскольников лежал на **нарах** и думал о ней. В этот день ему даже показалось, что как будто все каторжные, бывшие враги его, уже глядели на него иначе. Он даже сам заговаривал с ними, и ему отвечали ласково. Он припомнил теперь это, но ведь так и должно было быть: разве не должно теперь всё измениться?

Он думал об ней. Он вспомнил, как он постоянно ее мучил и терзал ее сердце; вспомнил ее бедное, худенькое личико, но его почти и не мучили теперь эти воспоминания: он знал, какою бесконечною любовью **искупит** он теперь все ее страдания.

Да и что такое эти все, *все* муки прошлого! Всё, даже преступление его, даже приговор и ссылка, казались ему теперь, в первом порыве, каким-то внешним, странным, как бы даже и не с ним случившимся фактом. Он, впрочем, не мог в этот вечер долго и постоянно о чем-нибудь думать, сосредоточиться на чем-нибудь мыслью; да он ничего бы и не разрешил теперь сознательно; он только чувствовал. Вместо **диалектики** наступила жизнь, и в сознании должно было выработаться что-то совершенно другое.

на́ры [复] 监狱的板床

искупа́ть//искупи́ть 赎

диале́ктика 辩证法; 辩论口才

Ла́зарь 圣经中乞丐拉撒路

захва́рывать//захвора́ть <口>生病

досе́ле <旧>迄今

Под поду́шкой его лежало Евангелие. Он взял его машинально. Эта книга принадлежала ей, была та самая, из которой она читала ему о воскресении **Ла́заря**. В начале каторги он думал, что она замучит его религией, будет заговаривать о Евангелии и навязывать ему книги. Но, к величайшему его удивлению, она ни разу не заговаривала об этом, ни разу даже не предложила ему Евангелия. Он сам попросил его у ней незадолго до своей болезни, и она молча принесла ему книгу. До сих пор он ее и не раскрывал.

Он не раскрыл ее и теперь, но одна мысль промелькнула в нем: «разве могут ее убеждения не быть теперь и моими убеждениями? Ее чувства, ее стремления, по крайней мере…»

Она тоже весь этот день была в волнении, а в ночь даже опять **захвора́ла**. Но она была до того счастлива, что почти испугалась своего счастия. Семь лет, *только семь лет!* В начале своего счастия, в иные мгновения, они оба готовы были смотреть на эти семь лет, как на семь дней. Он даже и не знал того, что новая жизнь не даром же ему достается, что ее надо еще дорого купить, заплатить за нее великим, будущим подвигом…

Но тут уж начинается новая история, история постепенного обновления человека, история постепенного перерождения его, постепенного перехода из одного мира в другой, знакомства с новою, **досе́ле** совершенно неведомою действительностью. Это могло бы составить тему нового рассказа, — но теперешний рассказ наш окончен.

Наводящие вопросы:

1. *Признал ли в первые дни на каторге Раскольников свое преступление?*
2. *Как каторжники ненавидели Раскольникову, называя его «безбожником»? Почему они тепло и вежливо относились к Соне?*
3. *Во время какое праздника он увидел сон? Какое символическое значение для духовного воскресения Раскольникова имеет этот праздник?*

3. Какое глубокий смысл сон Раскольникова на раскрывает? Какую функция этот сон выполняет для всего романа?
4. Откуда и в чём выражается духовная сила Сони?
5. Что привело Раскольникова к воскресению?
6. Согласны ли Вы с мнением, что Достоевский мрачный писатель?

Сон смешного человека (отрывки)

Фантастический рассказ

导 读

一、故事层：

从主题来说，这部短篇小说几乎包含了陀思妥耶夫斯基创作的全部主题：受难的孩童、人类的欲望与堕落、犯罪与救赎，等等。它被巴赫金称为陀思妥耶夫斯基创作的"百科全书"。

二、叙事层：

这部小说被作家称为"幻想小说"（фантастический рассказ）。从幻想小说的特点看，小说中有超自然的因素，及"荒唐人"梦中出现的另一个星球上的生活，既迥异于现实，又与现实有着深刻的内在联系。

请思考：作家是如何界定现实与虚幻的？小说中有哪些主题？是如何体现的？

I

Я **смешно́й** человек. Они меня называют теперь сумасшедшим. Это было бы повышение в **чи́не**, если б я всё ещё не оставался для них таким же смешным, как и прежде. Но теперь уж я не сержусь, теперь они все мне милы, и даже когда они смеются надо мной — и тогда чем-то даже особенно милы. Я бы сам смеялся с ними, — не то что над собой, а их любя, если б мне не было так грустно, на них глядя. Грустно потому, что они не знают истины, а я знаю истину. Ох как тяжело одному знать истину! Но они этого не поймут. Нет, не поймут.

А прежде я **тоскова́л** очень оттого, что казался смешным. Не казался, а был. Я всегда был смешон, и знаю это, может быть, с самого моего рождения. Может быть, я уже семи лет знал, что я смешон. Потом я учился в школе, потом в университете и что же — чем больше я учился,

смешно́й 荒唐的

чин 官级

тоскова́ть [未] 忧郁，发愁

	тем больше я научался тому, что я смешон. Так что для меня вся моя университетская наука как бы для того только и существовала под конец, чтобы доказывать и объяснять мне, по мере того как я в неё углублялся, что я смешон. Подобно как в науке, шло и в жизни. С каждым годом
нараста́ть//нарасти́ 增强	**нараста́ло** и укреплялось во мне то же самое сознание о моём смешном виде во всех отношениях. Надо мной смеялись все и всегда. Но не знали они никто и не догадывались о том, что если был человек на земле, больше всех знавший про то, что я смешон, так это был сам я, и вот это-то было для меня всего обиднее, что они этого не знают, но тут я сам был виноват: я всегда был так горд, что ни за что и никогда не хотел никому в этом признаться. Гордость эта росла во мне с годами, и если б случилось так, что я хоть перед кем бы то ни было позволил бы себе признаться, что я смешной, то, мне кажется, я тут
раздробля́ть// раздроби́ть 打碎, 击碎 револьве́р 左轮手枪 о́трочество <文>少年时代	же, в тот же вечер, **раздроби́л** бы себе голову из **револьве́ра**. О, как я страдал в моём **о́трочестве** о том, что я не выдержу и вдруг как-нибудь признаюсь сам товарищам. Но с тех пор как я стал молодым человеком, я хоть и узнавал с каждым годом всё больше и больше о моём ужасном качестве, но почему-то стал немного спокойнее. Именно почему-то, потому что я и до сих пор не могу определить почему. Может быть, потому что в душе моей нарастала страшная тоска по одному обстоятельству, которое было уже бесконечно выше всего меня: именно — это было постигшее меня одно убеждение в том, что на свете везде *всё равно*.
предчу́вствовать [未]预感	Я очень давно **предчу́вствовал** это, но полное убеждение явилось в последний год как-то вдруг. Я вдруг почувствовал, что мне *всё равно* было бы, существовал ли бы мир или если б нигде ничего не было. Я стал слышать и чувствовать всем существом моим, что *ничего при мне не было*. Сначала мне всё казалось, что зато было многое прежде, но потом я догадался, что и прежде ничего тоже не было, а только почему-то казалось. Мало-помалу я убедился, что и никогда

ничего не будет. Тогда я вдруг перестал сердиться на людей и почти стал не **примечать** их. Право, это обнаруживалось даже в самых мелких пустяках: я, например, случалось, иду по улице и **натыкаюсь** на людей. И не то чтоб от **задумчивости**: об чем мне было думать, я совсем перестал тогда думать: мне было всё равно. И добро бы я разрешил вопросы; о, ни одного не разрешил, а сколько их было? Но мне стало *всё равно*, и вопросы все **удалились**.

И вот, после того уж, я узнал истину. Истину я узнал в прошлом ноябре, и именно третьего ноября, и с того времени я каждое мгновение моё помню. Это было в мрачный, самый мрачный вечер, какой только может быть. Я возвращался тогда в одиннадцатом часу вечера домой, и именно, помню, я подумал, что уж не может быть более мрачного времени. Даже в физическом отношении. Дождь лил весь день, и это был самый холодный и мрачный дождь, какой-то даже грозный дождь, я это помню, с **явной враждебностью** к людям, а тут вдруг, в одиннадцатом часу, перестал, и началась страшная **сырость**, сырее и холоднее, чем когда дождь шёл, и ото всего шел какой-то **пар**, от каждого камня на улице и из каждого переулка, если заглянуть в него в самую **глубь**, подальше, с улицы. Мне вдруг представилось, что если б **потух** везде газ, то стало бы **отраднее**, а с газом грустнее сердцу, потому что он всё это освещает. Я в этот день почти не обедал и с раннего вечера просидел у одного инженера, а у него сидели ещё двое приятелей. Я всё молчал и, кажется, им надоел. Они говорили об чем-то вызывающем и вдруг даже **разгорячились**. Но им было всё равно, я это видел, и они горячились только так. Я им вдруг и высказал это: «Господа, ведь вам, говорю, всё равно». Они не обиделись, а все надо мной засмеялись. Это оттого, что я сказал без всякого упрека, и просто потому, что мне было всё равно. Они и увидели, что мне всё равно, и им стало весело.

примечать//приметить <口>注意到

натыкаться//наткнуться <口>意外碰(撞)到……上

задумчивость 沉思

удаляться//удалиться 离去, 离开

явный 公开的, 公然的
враждебность 敌意

сырость 潮湿
пар 雾气

глубь 深处

потухать//потухнуть 熄灭
газ 此处指街灯
отрадный 愉快的

горячиться//разгорячиться 激动

разо́рванный 破碎的
бездо́нный 无底的

при́стально 聚精会神地

заряжа́ть//заряди́ть 装子弹
улуча́ть//улучи́ть 抽出（时间）

ло́коть 胳膊肘
дро́жки [复] 轻便敞篷马车
изво́зчик 马车夫

мелька́ть//мелькну́ть 闪现
дёргать//дергану́ть 拉，扯
отры́висто 断断续续地
озно́б 寒战

Когда я на улице подумал про газ, то взглянул на небо. Небо было ужасно темное, но явно можно было различить **разо́рванные** облака, а между ними **бездо́нные** черные пятна. Вдруг я заметил в одном из этих пятен звёздочку и стал **при́стально** глядеть на нее. Это потому, что эта звёздочка дала мне мысль: я положил в эту ночь убить себя. У меня это было твердо положено ещё два месяца назад, и как я ни беден, а купил прекрасный револьвер и в тот же день **заряди́л** его. Но прошло уже два месяца, а он всё лежал в ящике; но мне было до того всё равно, что захотелось наконец **улучи́ть** минуту, когда будет не так всё равно, для чего так — не знаю. И, таким образом, в эти два месяца я каждую ночь, возвращаясь домой, думал, что застрелюсь. Я всё ждал минуты. И вот теперь эта звёздочка дала мне мысль, и я положил, что это будет *непременно* уже в эту ночь. А почему звёздочка дала мысль — не знаю.

И вот, когда я смотрел на небо, меня вдруг схватила за **ло́коть** эта девочка. Улица уже была пуста, и никого почти не было. Вдали спал на **дро́жках изво́зчик**. Девочка была лет восьми, в платочке и в одном платьишке, вся мокрая, но я запомнил особенно ее мокрые разорванные башмаки и теперь помню. Они мне особенно **мелькну́ли** в глаза. Она вдруг стала **дёргать** меня за локоть и звать. Она не плакала, но как-то **отры́висто** выкрикивала какие-то слова, которые не могла хорошо выговорить, потому что вся **дрожа́ла** мелкой дрожью в **озно́бе**. Она была отчего-то в ужасе и кричала отчаянно: «Мамочка! Мамочка!» Я обернул было к ней лицо, но не сказал ни слова и продолжал идти, но она бежала и дергала меня, и в голосе ее прозвучал тот звук, который у очень испуганных детей означает отчаяние. Я знаю этот звук. Хоть она и не договаривала слова, но я понял, что ее мать где-то помирает, или что-то там с ними случилось, и она выбежала позвать кого-то, найти что-то, чтоб помочь маме. Но я не пошел за ней, и, напротив, у меня явилась вдруг мысль **прогнать** ее. Я сначала ей сказал, чтоб она **отыскала городового**. Но она вдруг сложила ручки и, **всхлипывая**, задыхаясь, всё бежала **сбоку** и не покидала меня. Вот тогда-то я **топнул** на неё и крикнул. Она прокричала лишь: «Барин, барин!..» — но вдруг бросила меня и **стремглав** перебежала улицу: там показался тоже какой-то прохожий, и она, видно, бросилась от меня к нему.

   Я поднялся в мой пятый этаж. Я живу от хозяев, и у нас номера. Комната у меня бедная и маленькая, а окно **чердачное**, полукруглое. У меня **клеёнчатый** диван, стол, на котором книги, два стула и покойное кресло, старое-престарое, но зато **вольтеровское**. Я сел, зажег свечку и стал думать. Рядом, в другой комнате, за **перегородкой**, продолжался **содом**. Он шел у них ещё с третьего дня. Там жил отставной капитан, а у него были гости — человек шесть **стрюцких**, пили водку и играли в **штос** старыми картами. В прошлую ночь была драка, и я знаю, что двое из них долго **таскали** друг друга за волосы. Хозяйка хотела жаловаться, но она боится капитана ужасно. Прочих жильцов у нас в номерах всего одна маленькая ростом и худенькая дама, из **полковых**, приезжая, с тремя маленькими и заболевшими уже у нас в номерах детьми. И она и дети боятся капитана до **обмороку** и всю ночь **трясутся** и крестятся, а с самым маленьким ребёнком был от страху какой-то **припадок**. Этот капитан, я наверно знаю, останавливает иной раз прохожих на Невском и просит на бедность. На службу его не принимают, но, странное дело (я ведь к тому и рассказываю это), капитан во весь месяц, с тех пор как живёт у нас, не **возбудил** во мне никакой досады. От знакомства я, конечно, **уклонился** с самого начала, да ему и самому скучно со мной стало с первого же раза, но сколько бы они ни кричали за своей перегородкой и сколько бы их там ни было, — мне всегда всё равно. Я сижу всю ночь и, право, их не слышу, — до того о них забываю. Я ведь каждую ночь не

прогонять//прогнать 赶走
отыскивать//отыскать 找到
городовой (旧俄的)警士
всхлипывать//всхлипнуть 啜泣,哽咽
сбоку 在旁边,从侧面
топнуть 跺脚
стремглав 飞速地
чердачный 阁楼上的
клеёнчатый 漆布制成的
вольтеровское кресло 安乐椅
перегородка 隔壁
содом <口>嘈杂,喧嚣

стрюцкий <旧,俗>卑贱的人
штос 什托斯(纸牌游戏)
таскать [未]<口>揪疼,扯疼

полковой 军团的

обморок 昏厥,晕厥
трястись//тряхнуться 颤抖,哆嗦
припадок (疾病)发作

возбуждать//возбудить 引起
укляняться//уклониться 避开,逃避

бродить [未] 模糊地出现

сплю до самого рассвета и вот уже этак год. Я просиживаю всю ночь у стола в креслах и ничего не делаю. Книги читаю я только днём. Сижу и даже не думаю, а так, какие-то мысли **бродят**, а я их пускаю на волю. Свечка сгорает в ночь вся. Я сел у стола тихо, вынул револьвер и положил перед собою. Когда я его положил, то, помню, спросил себя: «Так ли?», и совершенно утвердительно ответил себе: «Так». То есть застрелюсь. Я знал, что уж в эту ночь застрелюсь наверно, но сколько ещё просижу до тех пор за столом, — этого не знал. И уж конечно бы застрелился, если б не та девочка.

II

да́веча <旧,俗> 不久以前

пра́здный 空洞的,无聊的

раздража́ть// раздражи́ть 激怒
рассужде́ние 推论

Видите ли: хоть мне и было всё равно, но ведь боль-то я, например, чувствовал. Ударь меня кто, и я бы почувствовал боль. Так точно и в нравственном отношении: случись что-нибудь очень жалкое, то почувствовал бы жалость, так же как и тогда, когда мне было ещё в жизни не всё равно. Я и почувствовал жалость **да́веча**: уж ребёнку-то я бы непременно помог. Почему ж я не помог девочке? А из одной явившейся тогда идеи: когда она дергала и звала меня, то вдруг возник тогда передо мной вопрос, и я не мог разрешить его. Вопрос был **пра́здный**, но я рассердился. Рассердился вследствие того вывода, что если я уже решил, что в нынешнюю ночь с собой покончу, то, стало быть, мне всё на свете должно было стать теперь, более чем когда-нибудь, всё равно. Отчего же я вдруг почувствовал, что мне не всё равно и я жалею девочку? Я помню, что я ее очень пожалел; до какой-то даже странной боли и совсем даже невероятной в моём положении. Право, я не умею лучше передать этого тогдашнего моего мимолётного ощущения, но ощущение продолжалось и дома, когда уже я засел за столом, и я очень был **раздражён**, как давно уже не был. **Рассужде́ние** текло за рассуждением. Представлялось ясным, что если я человек, и ещё не нуль, и пока не обратился в нуль, то живу, а следовательно, могу страда́ть,

ПРОЗА

сердиться и ощущать стыд за свои поступки. Пусть. Но ведь если я убью себя, например, через два часа, то что мне девочка и какое мне тогда дело и до стыда, и до всего на свете? Я обращаюсь в нуль, в нуль абсолютный. И неужели сознание о том, что я сейчас *совершенно* не буду существовать, а стало быть, и ничто не будет существовать, не могло иметь ни малейшего влияния ни на чувство жалости к девочке, ни на чувство стыда после сделанной **подлости**? Ведь я потому-то и затопал и закричал диким голосом на несчастного ребенка, что, «**дескать**, не только вот не чувствую жалости, но если и бесчеловечную подлость сделаю, то теперь могу, потому что через два часа всё угаснет». Верите ли, что потому закричал? Я теперь почти убежден в этом. Ясным представлялось, что жизнь и мир теперь как бы от меня зависят. Можно сказать даже так, что мир теперь как бы для меня одного и сделан: застрелюсь я, и мира не будет, по крайней мере для меня. Не говоря уже о том, что, может быть, и действительно ни для кого ничего не будет после меня, и весь мир, только лишь угаснет моё сознание, угаснет тотчас как призрак, как **принадлежность** лишь одного моего сознания, и **упразднится**, ибо, может быть, весь этот мир и все эти люди — я-то сам один и есть. Помню, что, сидя и рассуждая, я **обёртывал** все эти новые вопросы, теснившиеся один за другим, совсем даже в другую сторону и выдумывал совсем уж новое. Например, мне вдруг представилось одно странное **соображение**, что если б я жил прежде на луне или на Марсе и сделал бы там какой-нибудь самый срамный и бесчестный поступок, какой только можно себе представить, и был там за него **поруган** и **обесчещен** так, как только можно ощутить и представить лишь разве иногда во сне, в **кошмаре**, и если б, **очутившись** потом на земле, я продолжал бы сохранять сознание о том, что сделал на другой планете, и, кроме того, знал бы, что уже туда ни за что и никогда не возвращусь, то, смотря с земли на луну, — было бы мне *всё*

подлость 卑鄙行为

дескать <俗>据他(们)说

принадлежность 附属品
упраздняться//упраздниться 不复存在
обёртывать//обернуть 翻转

соображение 想法, 推测

поругать [完] 责骂
бесчестить//обесчестить 使受侮辱
кошмар 噩梦, 梦魇
очутившись [完] 不知不觉走到(某处)

беси́ться//взбеси́ться <口>大发脾气

отдаля́ть//отдали́ть 推迟
вы́стрел 射击
ворча́ть [未] 嘟囔
доруѓиваться//
доруѓа́ться<俗> 叫骂
неприме́тно 不知不觉地
ювели́рский 珠宝般的
переска́кивать//
перескочи́ть 闪过

хи́трый 巧妙的

непостижи́мый 不可思议的
хорони́ть//схорони́ть 埋葬

хлопота́ть//похлопота́ть 忙碌

дразни́ть [未] 逗弄

превозноси́ть//
превознести́ <文>吹捧
гаси́ть//погаси́ть 结束

равно или нет? Ощущал ли бы я за тот поступок стыд или нет? Вопросы были праздные и лишние, так как револьвер лежал уже передо мною, и я всем существом моим знал, что *это* будет наверно, но они горячили меня, и я **беси́лся**. Я как бы уже не мог умереть теперь, чего-то не разрешив предварительно. Одним словом, эта девочка спасла меня, потому что я вопросами **отдали́л вы́стрел**. У капитана же между тем стало тоже всё утихать: они кончили в карты, устраивались спать, а пока **ворча́ли** и лениво **доруѓивались**. Вот тут-то я вдруг и заснул, чего никогда со мной не случалось прежде, за столом в креслах. Я заснул совершенно мне **неприме́тно**. Сны, как известно, чрезвычайно странная вещь: одно представляется с ужасающею ясностью, с **ювели́рски**-мелочною отделкой подробностей, а через другое **переска́киваешь**, как бы не замечая вовсе, например, через пространство и время. Сны, кажется, стремит не рассудок, а желание, не голова, а сердце, а между тем какие **хитре́йшие** вещи проделывал иногда мой рассудок во сне! Между тем с ним происходят во сне вещи совсем **непостижи́мые**. Мой брат, например, умер пять лет назад. Я иногда его вижу во сне: он принимает участие в моих делах, мы очень заинтересованы, а между тем я ведь вполне, во всё продолжение сна, знаю и помню, что брат мой помер и **схо́ронен**. Как же я не дивлюсь тому, что он хоть и мёртвый, а все-таки тут подле меня и со мной **хлопо́чет**? Почему разум мой совершенно допускает всё это? Но довольно. Приступаю к сну моему. Да, мне приснился тогда этот сон, мой сон третьего ноября! Они **дра́знят** меня теперь тем, что ведь это был только сон. Но неужели не всё равно, сон или нет, если сон этот возвестил мне Истину? Ведь если раз узнал истину и увидел её, то ведь знаешь, что она истина и другой нет и не может быть, спите вы или живёте. Ну и пусть сон, и пусть, но эту жизнь, которую вы так **превозноси́те**, я хотел **погаси́ть** самоубийством, а сон мой, сон мой, — о, он возвестил мне новую,

великую, **обновлённую**, сильную жизнь!
Слушайте.

III

Я сказал, что заснул незаметно и даже как бы продолжая рассуждать о тех же материях. Вдруг приснилось мне, что я беру револьвер и, сидя, наставляю его прямо в сердце — в сердце, а не в голову; я же положил прежде непременно застрелиться в голову и именно в правый **висок**. Наставив в грудь, я подождал секунду или две, и свечка моя, стол и стена передо мною вдруг задвигались и **заколыхались**. Я поскорее выстрелил.

Во сне вы падаете иногда с высоты, или **режут** вас, или бьют, но вы никогда не чувствуете боли, кроме разве если сами как-нибудь действительно **ушибётесь** в кровати, тут вы почувствуете боль и всегда почти от боли проснётесь. Так и во сне моём: боли я не почувствовал, но мне представилось, что с выстрелом моим всё во мне **сотряслось** и всё вдруг потухло, и стало кругом меня ужасно черно. Я как будто **ослеп** и **онемел**, и вот я лежу на чем-то твердом, протянутый, **навзничь**, ничего не вижу и не могу сделать ни малейшего движения. Кругом ходят и кричат, **басит** капитан, **визжит** хозяйка, — и вдруг опять перерыв, и вот уже меня несут в закрытом гробе. И я чувствую, как **колыхается гроб**, и рассуждаю об этом, и вдруг меня в первый раз поражает идея, что ведь я умер, совсем умер, знаю это и не сомневаюсь, не вижу и не движусь, а между тем чувствую и рассуждаю. Но я скоро **мирюсь** с этим и, по обыкновению, как во сне, принимаю действительность без спору.

И вот меня **зарывают** в землю. Все уходят, я один, совершенно один. Я не движусь. Всегда, когда я прежде **наяву** представлял себе, как меня похоронят в могиле, то собственно с могилой соединял лишь одно ощущение сырости и холода. Так и теперь я почувствовал, что мне очень холодно, особенно концам пальцев на ногах, но больше ничего не почувствовал.

обновлённый 焕然一新的

висок 太阳穴

заколыхаться [完] 晃动

резать // зарезать 砍，杀

ушибаться // ушибиться 碰伤，碰疼
сотрясаться // сотрястись (受到) 震动
слепнуть // ослепнуть 失明
неметь // онеметь 变哑
навзничь 仰面地
басить [未] <口> 用低沉的声音说话
визжать // визгнуть 尖声叫喊
колыхаться // колыхнуться 轻轻摆动
гроб 棺材
мириться // помириться 容忍
зарывать // зарыть 掩埋

наяву 确实，真正地

проса́чиваться//
　　просочи́ться 渗透

негодова́ние 愤怒

пу́ля 弹头, 子弹
ка́пать//ка́пнуть 滴落
взыва́ть//воззва́ть 恳求

мстить//отомсти́ть 报复
неле́пость 荒唐

постига́ть//пости́гнуть
　　临到……头上

смолка́ть//смо́лкнуть
　　不再说话

неруши́мо 牢不可破地
разверза́ться//
　　разве́рзнуться<文>裂
　　开, 张开
раска́пывать//
　　раскопа́ть 掘开
прозрева́ть//прозре́ть
　　<文>恍然大悟

замира́ть//замере́ть 停
　　下, 静下来
переска́кивать//
　　перескочи́ть 跳过, 跳
　　越

Я лежал и, странно, — ничего не ждал, без спору принимая, что мёртвому ждать нечего. Но было сыро. Не знаю, сколько прошло времени, — час или несколько дней, или много дней. Но вот вдруг на левый закрытый глаз мой упала **просочи́вшаяся** через крышу гроба капля воды, за ней через минуту другая, затем через минуту третья, и так далее, и так далее, всё через минуту. Глубокое **негодова́ние** загорелось вдруг в сердце моём, и вдруг я почувствовал в нём физическую боль: «Это рана моя, — подумал я, — это выстрел, там **пу́ля**...» А капля всё **ка́пала**, каждую минуту и прямо на закрытый мой глаз. И я вдруг **воззва́л**, не голосом, ибо был недвижим, но всем существом моим к властителю всего того, что совершалось со мною:

— Кто бы ты ни был, но если ты есть и если существует что-нибудь разумнее того, что теперь совершается, то дозволь ему быть и здесь. Если же ты **мстишь** мне за неразумное самоубийство моё — безобразием и **неле́постью** дальнейшего бытия, то знай, что никогда и никакому мучению, какое бы ни **пости́гло** меня, не сравниться с тем презрением, которое я буду молча ощущать, хотя бы в продолжение миллионов лет мученичества!..

Я воззвал и **смолк**. Целую почти минуту продолжалось глубокое молчание, и даже ещё одна капля упала, но я знал, я беспредельно и **неруши́мо** знал и верил, что непременно сейчас всё изменится. И вот вдруг **разве́рзлась** могила моя. То есть я не знаю, была ли она раскрыта и **раско́пана**, но я был взят каким-то тёмным и неизвестным мне существом, и мы очутились в пространстве. Я вдруг **прозре́л**: была глубокая ночь, и никогда, никогда ещё не было такой темноты! Мы неслись в пространстве уже далеко от земли. Я не спрашивал того, который нёс меня, ни о чём, я ждал и был горд. Я уверял себя, что не боюсь, и **замира́л** от восхищения при мысли, что не боюсь. Я не помню, сколько времени мы неслись, и не могу представить: совершалось всё так, как всегда во сне, когда **переска́киваешь** через пространство и время и через законы бытия и рассудка и останавливаешься лишь на точках, о которых **грезит** сердце. Я помню, что вдруг увидал в темноте одну звёздочку. «Это **Сириус**?» — спросил я, вдруг не удержавшись, ибо я не хотел ни о чём спрашивать. — «Нет, это та самая звезда, которую ты видел между облаками, возвращаясь домой», — отвечало мне существо, уносившее меня. Я знал, что оно имело как бы **лик** человеческий. Странное дело, я не любил это существо, даже чувствовал глубокое **отвращение**. Я ждал совершенного **небытия** и с тем выстрелил себе в сердце. И вот я в руках существа, конечно, не человеческого, но которое *есть*, существует: «А, стало быть, есть и за гробом жизнь!» — подумал я с странным легкомыслием сна, но сущность сердца моего оставалась со мною во всей глубине: «И если надо *быть* снова, — подумал я, — и жить опять по чьей-то **неустранимой** воле, то не хочу, чтоб меня победили и унизили!» — «Ты знаешь, что я боюсь тебя, и за то презираешь меня», — сказал я вдруг моему **спутнику**, не удержавшись от унизительного вопроса, в котором заключалось признание, и ощутив, как **укол булавки**, в сердце моём унижение моё. Он не ответил на вопрос мой, но я вдруг почувствовал, что меня, не презирают, и надо мной не смеются, и даже не сожалеют меня, и что путь наш имеет цель, неизвестную и таинственную и касающуюся одного меня. Страх нарастал в моём сердце. Что-то **немо**, но с мучением сообщалось мне от моего молчащего спутника и как бы **проницало** меня. Мы неслись в тёмных и неведомых пространствах. Я давно уже перестал видеть знакомые глазу **созвездия**. Я знал, что есть такие звёзды в небесных пространствах, от которых лучи доходят на землю лишь в тысячи и миллионы лет. Может быть, мы уже пролетали эти пространства. Я ждал чего-то в страшной, измучившей моё сердце **тоске**. И вдруг какое-то знакомое и в высшей степени **зовущее** чувство сотрясло меня: я увидел вдруг наше

грезить [未] 幻想，憧憬
Сириус 天狼星

лик <旧，雅> 面孔
отвращение 厌恶
небытия <文> 虚无，无生命

неустранимый 难以消除的

спутник 伙伴
укол 刺痛
булавка 大头针

немо 悄悄地
проницать [未]<旧，文> 渗过，穿透

созвездие 星座

тоска 忧愁，忧虑
зовущий 诱人的

солнце! Я знал, что это не могло быть *наше* солнце, породившее *нашу* землю, и что мы от нашего солнца на бесконечном расстоянии, но я узнал почему-то, всем существом моим, что это совершенно такое же солнце, как и наше, повторение его и двойник его. Сладкое, **зовущее** чувство зазвучало восторгом в душе моей: родная сила света, того же, который родил меня, **отозвалась** в моём сердце и **воскресила** его, и я ощутил жизнь, прежнюю жизнь, в первый раз после моей могилы.

— Но если это — солнце, если это совершенно такое же солнце, как наше, — вскричал я, — то где же земля? — И мой спутник указал мне на звёздочку, **сверкавшую** в темноте **изумрудным блеском**. Мы неслись прямо к ней.

— И неужели возможны такие повторения во вселенной, неужели таков природный закон?.. И если это там земля, то неужели она такая же земля, как и наша... совершенно такая же, несчастная, бедная, но дорогая и вечно любимая и такую же мучительную любовь рождающая к себе в самых неблагодарных даже детях своих, как и наша?.. — вскрикивал я, сотрясаясь от неудержимой, **восторженной** любви к той родной прежней земле, которую я покинул. Образ бедной девочки, которую я обидел, **промелькнул** передо мною.

— Увидишь всё, — ответил мой спутник, и какая-то печаль послышалась в его слове.

Но мы быстро приближались к планете. Она росла в глазах моих, я уже **различал** океан, **очертания** Европы, и вдруг странное чувство какой-то великой, святой **ревности** возгорелось в сердце моём: «Как может быть подобное повторение и для чего? Я люблю, я могу любить лишь ту землю, которую я оставил, на которой остались **брызги** крови моей, когда я, неблагодарный, выстрелом в сердце моё погасил мою жизнь. Но никогда, никогда не переставая любить ту землю, и даже в ту ночь, расставаясь с ней, я, может быть, любил её мучительнее, чем когда-либо. Есть ли мучение на этой новой земле? На нашей земле мы истинно можем любить лишь с мучением и только через мучение! Мы иначе не умеем любить и не знаем иной любви. Я хочу мучения, чтоб любить. Я хочу, я жажду в сию минуту целовать, **обливаясь** слезами, лишь одну ту землю, которую я оставил, и не хочу, не принимаю жизни ни на какой иной!..»

Но спутник мой уже оставил меня. Я вдруг, совсем как бы для меня незаметно, стал на этой другой земле в ярком свете солнечного, прелестного как рай дня. Я стоял, кажется, на одном из тех островов, которые составляют на нашей земле Греческий **архипелаг**, или где-нибудь на прибрежье **материка**, прилегающего к этому архипелагу. О, всё было точно так же, как у нас, но, казалось, всюду сияло каким-то праздником и великим, святым и достигнутым наконец торжеством. Ласковое изумрудное море тихо **плескало** о берега и **лобызало** их с любовью, явной, видимой, почти **сознательной**. Высокие, прекрасные деревья стояли во всей **роскоши** своего цвета, а бесчисленные листочки их, я убежден в том, приветствовали меня тихим, ласковым своим шумом и как бы выговаривали какие-то слова любви. **Мурава** горела яркими **ароматными** цветами. Птички стадами перелетали в воздухе и, не боясь меня, садились мне на плечи и на руки и радостно били меня своими милыми, **трепетными крылышками**. И наконец, я увидел и узнал людей счастливой земли этой. Они пришли ко мне сами, они окружили меня, целовали меня. Дети солнца, дети своего солнца, — о, как они были прекрасны! Никогда я не видывал на нашей земле такой красоты в человеке. Разве лишь в детях наших, в самые первые годы их возраста, можно бы было найти отдаленный, хотя и слабый **отблеск** красоты этой. Глаза этих счастливых людей **сверкали** ясным блеском. Лица их сияли разумом и каким-то **восполнившимся** уже до спокойствия сознанием, но лица эти были весёлы; в словах и

обливаться//облиться 满是,布满

архипелаг 群岛
материк 大陆
плескать//плеснуть 发出拍击声
лобызать <旧,讽> 同 лобзать 吻
сознательный 有知觉的,有意识的

роскошь 富饶,繁茂

мурава 青草
ароматный 芳香的

трепетный 颤动的
крылышко крыло 的指小表爱,翅膀

отблеск 反光
сверкать//сверкнуть 闪烁
восполняться//восполниться 补充上,填补上

осквернённый 被玷污的
грехопадение 堕落,犯罪
предание 传说,故事
грешить//согрешить 犯罪
прародитель 祖先

сгонять//согнать 驱除

невинный 纯洁无暇的
изливаться//излиться 表露出来

прогрессист 进步人士
гнусный 令人厌恶的

восполняться//восполниться 吸收,增加
проникновение 洞察力

голосах этих людей звучала детская радость. О, я тотчас же, при первом взгляде на их лица, понял всё, всё! Это была земля, не **осквернённая грехопадением**, на ней жили люди **несогрешившие**, жили в таком же раю, в каком жили, по **преданиям** всего человечества, и наши согрешившие **прародители**, с тою только разницею, что вся земля здесь была повсюду одним и тем же раем. Эти люди, радостно смеясь, теснились ко мне и ласкали меня; они увели меня к себе, и всякому из них хотелось успокоить меня. О, они не расспрашивали меня ни о чём, но как бы всё уже знали, так мне казалось, и им хотелось **согнать** поскорее страдание с лица моего.

IV

Видите ли что, опять-таки: ну, пусть это был только сон! Но ощущение любви этих **невинных** и прекрасных людей осталось во мне навеки, и я чувствую, что их любовь **изливается** на меня и теперь оттуда. Я видел их сам, их познал и убедился, я любил их, я страдал за них потом. О, я тотчас же понял, даже тогда, что во многом не пойму их вовсе; мне, как современному русскому **прогрессисту** и **гнусному** петербуржцу, казалось неразрешимым то, например, что они, зная столь много, не имеют нашей науки. Но я скоро понял, что знание их **восполнялось** и питалось иными **проникновениями**, чем у нас на земле, и что стремления их были тоже совсем иные. Они не желали ничего и были спокойны, они не стремились к познанию жизни так, как мы стремимся сознать её, потому что жизнь их была восполнена. Но знание их было глубже и высшее, чем у нашей науки; ибо наука наша ищет объяснить, что такое жизнь, сама стремится сознать её, чтоб научить других жить; они же и без науки знали, как им жить, и это я понял, но я не мог понять их знания. Они указывали мне на деревья свои, и я не мог понять той степени любви, с которою они смотрели на них: точно они говорили с себе подобными существами. И знаете, может быть, я не ошибусь, если скажу, что они говорили с ними! Да, они нашли их язык, и убеждён, что те понимали их. Так смотрели они и на всю природу — на животных, которые жили с ними мирно, не **нападали** на них и любили их, побеждённые их же любовью. Они указывали мне на звёзды и говорили о них со мною о чём-то, чего я не мог понять, но я убеждён, что они как бы чем-то **соприкасались** с небесными звёздами, не мыслию только, а каким-то живым путём. О, эти люди и не добивались, чтоб я понимал их, они любили меня и без того, но зато я знал, что и они никогда не поймут меня, а потому почти и не говорил им о нашей земле. Я лишь целовал при них ту землю, на которой они жили, и без слов обожал их самих, и они видели это и давали себя **обожать**, не стыдясь, что я их обожаю, потому что много любили сами. Они не страдали за меня, когда я, в слезах, порою целовал их ноги, радостно зная в сердце своём, какою силой любви они мне ответят. Порою я спрашивал себя в удивлении: как могли они, всё время, не **оскорбить** такого как я и ни разу не возбудить в таком как я чувство ревности и зависти? Много раз я спрашивал себя, как мог я, **хвастун** и **лжец**, не говорить им о моих познаниях, о которых, конечно, они не имели понятия, не желать удивить их ими, или хотя бы только из любви к ним? Они были резвы и веселы как дети. Они **блуждали** по своим прекрасным рощам и лесам, они пели свои прекрасные песни, они питались легкою пищею, плодами своих деревьев, мёдом лесов своих и молоком их любивших животных. Для пищи и для одежды своей они трудились лишь немного и слегка. У них была любовь и рождались дети, но никогда я не замечал в них порывов того *жестокого* **сладострастия**, которое постигает почти всех на нашей земле, всех и всякого, и служит единственным источником почти всех грехов нашего человечества. Они радовались являвшимся у них детям как новым участникам в их **блаженстве**. Между ними не было ссор и не было ревности, и они не понимали

нападать//напасть 攻击

соприкасаться//соприкоснуться 打交道,交往

обожать [未] 尊崇,崇拜

оскорблять//оскорбить 侮辱,凌辱
хвастун<口>吹牛大王
лжец 撒谎的人

блуждать [未] 漫游,徘徊

сладострастие 强烈的欲望

блаженство 无上幸福,极乐

благословля́ть//
 благослови́ть 祝福
напу́тствовать [未,完]
 致临别赠言
умножа́ть//умно́жить
 增加
созерца́тельный <文>沉
 静的

безотчётно 不知不觉地

насу́щный 重要的

хор 合唱

сла́вить//сла́вить 赞美,
 颂扬

вылива́ться//вы́литься
 流露出

даже, что это значит. Их дети были детьми всех, потому что все составляли одну семью. У них почти совсем не было болезней, хоть и была смерть; но старики их умирали тихо, как бы засыпая, окружённые прощавшимися с ними людьми, **благословля́я** их, улыбаясь им и сами **напу́тствуемые** их светлыми улыбками. Скорби, слёз при этом я не видал, а была лишь **умно́жившаяся** как бы до восторга любовь, но до восторга спокойного, восполнившегося, **созерца́тельного**. Подумать можно было, что они соприкасались ещё с умершими своими даже и после их смерти и что земное единение между ними не прерывалось смертию. Они почти не понимали меня, когда я спрашивал их про вечную жизнь, но, видимо, были в ней до того убеждены **безотчётно**, что это не составляло для них вопроса. У них не было храмов, но у них было какое-то **насу́щное**, живое и беспрерывное единение с Целым вселенной; у них не было веры, зато было твёрдое знание, что когда восполнится их земная радость до пределов природы земной, тогда наступит для них, и для живущих и для умерших, ещё большее расширение соприкосновения с Целым вселенной. Они ждали этого мгновения с радостию, но не торопясь, не страдая по нём, а как бы уже имея его в предчувствиях сердца своего, о которых они сообщали друг другу. По вечерам, отходя ко сну, они любили составлять согласные и стройные **хоры́**. В этих песнях они передавали все ощущения, которые доставил им отходящий день, **сла́вили** его и прощались с ним. Они славили природу, землю, море, леса. Они любили слагать песни друг о друге и хвалили друг друга как дети, это были самые простые песни, но они **вылива́лись** из сердца и проницали сердца. Да и не в песнях одних, а, казалось, и всю жизнь свою они проводили лишь в том, что любовались друг другом. Это была какая-то влюблённость друг в друга, всецелая, всеобщая. Иных же их песен, торжественных и восторженных, я почти не понимал вовсе. Понимая слова, я никогда не мог проникнуть во всё их значение. Оно оставалось как бы недоступно моему уму, зато сердце моё как бы проникалось им безотчетно и всё более и более. Я часто говорил им, что я всё это давно уже прежде предчувствовал, что вся эта радость и слава сказывалась мне ещё на нашей земле зовущею тоскою, доходившею подчас до нестерпимой скорби; что я предчувствовал всех их и славу их в снах моего сердца и в мечтах ума моего, что я часто не мог смотреть, на земле нашей, на заходящее солнце без слез... Что в **ненависти** моей к людям нашей земли заключалась всегда тоска: зачем я не могу **ненавидеть** их, не любя их, зачем не могу не прощать их, а в любви моей к ним тоска: зачем не могу любить их, не ненавидя их? Они слушали меня, и я видел, что они не могли представить себе то, что я говорю, но я не жалел, что им говорил о том: я знал, что они понимают всю силу тоски моей о тех, кого я покинул. Да, когда они глядели на меня своим милым проникнутым любовью взглядом, когда, я чувствовал, что при них и моё сердце становилось столь же невинным и **правдивым**, как и их сердца, то и я не жалел, что не понимаю их. От ощущения полноты жизни мне захватывало дух, и я молча молился на них.

О, все теперь смеются мне в глаза и уверяют меня, что и во сне нельзя видеть такие подробности, какие я передаю теперь, что во сне моём я видел или прочувствовал лишь одно ощущение, порождённое моим же сердцем в **бреду**, а подробности уже сам сочинил проснувшись. И когда я открыл им, что, может быть, в самом деле так было, — боже, какой смех они подняли мне в глаза и какое я им доставил веселье! О да, конечно, я был побеждён лишь одним ощущением того сна, и оно только одно **уцелело** в до крови раненном сердце моём: но зато действительные образы и формы сна моего, то есть те, которые я в самом деле видел в самый час моего **сновидения**, были восполнены до такой гармонии, были до того **обаятельны** и прекрасны, и до того были истинны, что, проснувшись, я,

ненависть 憎恨
ненавидеть [未]憎恨

правдивый 诚实的

бред 谵妄, 呓语, 梦话

уцелеть [完]保留下来

сновидение 梦境
обаятельный 迷人的

стушёвываться//
  стушева́ться <口> 变得模糊
принуждённый 被迫的
искажа́ть//изкази́ть 曲解

гре́зиться//пригре́зиться 想象, 梦见
капри́зный 变化无常, 变幻莫测
ничто́жный 微小的, 渺小的
открове́ние 灵感, 启示
развраща́ть//
  разврати́ть 使道德败坏

грехопаде́ние 堕落
скве́рный 可憎的
трихи́на 旋毛虫
чума́ 鼠疫
заража́ть//зарази́ть 使……传染上
коке́тство 卖弄风情, 娇媚地

бры́згать//бры́знуть 流出

конечно, не в силах был воплотить их в слабые слова наши, так что они должны были как бы **стушева́ться** в уме моём, а стало быть, и действительно, может быть, —я сам, бессознательно, **принуждён** был сочинить потом подробности и, уж конечно, **искази́в** их, особенно при таком страстном желании моём поскорее и хоть сколько-нибудь их передать. Но зато как же мне не верить, что всё это было? Было, может быть, в тысячу раз лучше, светлее и радостнее, чем я рассказываю? Пусть это сон, но всё это не могло не быть. Знаете ли, я скажу вам секрет: всё это, быть может, было вовсе не сон. Ибо тут случилось нечто такое, нечто до такого ужаса истинное, что это не могло бы **пригре́зиться** во сне. Пусть сон мой породило сердце моё, но разве одно сердце моё в силах было породить ту ужасную правду, которая потом случилась со мной? Как бы мог я её один выдумать или пригрозить сердцем? Неужели же мелкое сердце моё и **капри́зный**, **ничто́жный** ум мой могли возвыситься до такого **открове́ния** правды! О, судите сами: я до сих пор скрывал, но теперь доскажу и эту правду. Дело в том, что я... **разврати́л** их всех!

V

Да, да, кончилось тем, что я развратил их всех! Как это могло совершиться — не знаю, не помню ясно. Сон пролетел через тысячелетия и оставил во мне лишь ощущение целого. Знаю только, что причиною **грехопаде́ния** был я. Как **скве́рная трихи́на**, как атом **чумы́**, **заража́ющий** целые государства, так и я заразил собой всю эту счастливую, безгрешную до меня землю. Они научились лгать и полюбили ложь и познали красоту лжи. О, это, может быть, началось *невинно*, с шутки, с **коке́тства**, с любовной игры, в самом деле, может быть, с атома, но этот атом лжи проник в их сердца и понравился им. Затем быстро родилось сладострастие, сладострастие породило ревность, ревность — жестокость... О, не знаю, не помню, но скоро, очень скоро **бры́знула** первая кровь: они удивились и ужаснулись, и стали **расходи́ться**, **разъединя́ться**. Явились союзы, но уже друг против друга. Начались **уко́ры**, упрёки. Они узнали стыд и стыд возвели в **доброде́тель**. Родилось понятие о чести, и в каждом союзе поднялось своё **зна́мя**. Они стали **му́чить** животных, и животные удалились от них в леса и стали им врагами. Началась борьба за разъединение, за **обособле́ние**, за личность, за моё и твоё. Они стали говорить на разных языках. Они познали скорбь и полюбили скорбь, они жаждали мучения и говорили, что Истина достигается лишь мучением. Тогда у них явилась наука. Когда они стали злы, то начали говорить о **бра́тстве** и гуманности и поняли эти идеи. Когда они стали преступны, то **изобрели́** справедливость и предписали себе целые **ко́дексы**, чтоб сохранить её, а для обеспечения кодексов поставили **гильоти́ну**. Они чуть-чуть лишь помнили о том, что потеряли, даже не хотели верить тому, что были когда-то невинны и счастливы. Они смеялись даже над возможностью этого прежнего их счастья и называли его мечтой. Они не могли даже представить его себе в формах и образах, но, странное и чудесное дело: утратив всякую веру в бывшее счастье, назвав его сказкой, они до того захотели быть невинными и счастливыми вновь, опять, что пали перед желанием сердца своего, как дети, **обоготвори́ли** это желание, настроили храмов и стали молиться своей же идее, своему же «желанию», в то же время вполне веруя в неисполнимость и неосуществимость его, но со слезами обожая его и поклоняясь ему. И однако, если б только могло так случиться, чтоб они возвратились в то невинное и счастливое состояние, которое они утратили, и если б кто вдруг им показал его вновь и спросил их хотят ли они возвратиться к нему? — то они наверно бы отказались. Они отвечали мне: «Пусть мы лживы, злы и несправедливы, мы знаем это и плачем об этом, и мучим себя за это сами, и **истяза́ем** себя и наказываем больше, чем даже, может быть, тот милосердый Судья,

расходи́ться//
   разойти́сь 产生分歧
разъединя́ться//
   разъедини́ться 分散
уко́р 责备
доброде́тель 美德
зна́мя 旗帜, 旗号
му́чить [未] 折磨, 虐待
обособле́ние 独立

бра́тство 兄弟般的情谊
изобрета́ть//
   изобрести́ <口> 想出

ко́декс 法典
гильоти́на 断头台

обоготворя́ть//
   обоготвори́ть 崇拜

истяза́ть [未] 残忍虐待

отыскивать//отыскать 找到	который будет судить нас и имени которого мы не знаем. Но у нас есть наука, и через неё мы **отыщем** вновь истину, но примем её уже сознательно. Знание выше чувства, сознание жизни — выше жизни. Наука даст нам премудрость, премудрость откроет законы, а знание законов счастья — выше счастья». Вот что говорили они, и после слов таких каждый возлюбил себя больше всех, да и не могли они иначе сделать. Каждый стал столь ревнив к своей личности, что изо всех
умалять//умалить <文> 贬低, 轻视	сил старался лишь унизить и **умалить** ее в других, и в том жизнь свою полагал. Явилось рабство, явилось даже добровольное рабство: слабые подчинялись охотно сильнейшим, с тем только, чтобы те помогали им давить ещё слабейших, чем они сами. Явились **праведники**,
праведник 正人君子	которые приходили к этим людям со слезами и говорили им об их гордости, о потере меры и гармонии, об утрате ими стыда. Над ними смеялись или побивали их каменьями. Святая кровь лилась на порогах храмов. Зато стали появляться люди, которые начали придумывать: как бы всем вновь так соединиться, чтобы каждому, не переставая любить себя больше всех, в то же время не мешать никому другому, и жить таким образом всем вместе как бы и в согласном обществе. Целые войны поднялись из-за этой идеи. Все воюющие твердо верили в то же время, что наука, премудрость и чувство самосохранения заставят наконец человека соединиться в согласное и разумное общество, а потому пока, для ускорения дела, «премудрые» старались
истреблять//истербить 消灭	поскорее **истребить** всех «непремудрых» и не понимающих их идею, чтоб они не мешали торжеству её. Но чувство самосохранения стало быстро ослабевать, явились **гордецы** и **сладострастники**,
гордец 傲慢的人 сладострастник 淫徒 приобретение 获得 самоубийство 自杀	которые прямо потребовали всего иль ничего. Для **приобретения** всего прибегалось к злодейству, а если оно не удавалось — к **самоубийству**. Явились религии с культом
саморазрушения 自我毁灭	небытия и **саморазрушения** ради вечного успокоения в ничтожестве. Наконец эти люди

устали в бессмысленном труде, и на их лицах появилось страдание, и эти люди **провозгласи́ли**, что страдание есть красота, ибо в страдании лишь мысль. Они **воспе́ли** страдание в песнях своих. Я ходил между ними, ломая руки, и плакал над ними, но любил их, может быть, ещё больше, чем прежде, когда на лицах их ещё не было страдания и когда они были невинны и столь прекрасны. Я полюбил их **осквернённую** ими землю ещё больше, чем когда она была раем, за то лишь, что на ней явилось горе. Увы, я всегда любил горе и скорбь, но лишь для себя, для себя, а об них я плакал, жалея их. Я простирал к ним руки, в отчаянии обвиняя, проклиная и презирая себя. Я говорил им, что всё это сделал я, я один, что это я им принёс **развра́т**, **зара́зу** и ложь! Я умолял их, чтоб они **распя́ли** меня на кресте, я учил их, как сделать крест. Я не мог, не в силах был убить себя сам, но я хотел принять от них муки, я жаждал мук, жаждал, чтоб в этих муках пролита была моя кровь до капли. Но они лишь смеялись надо мной и стали меня считать под конец за **юро́дивого**. Они **опра́вдывали** меня, они говорили, что получили лишь то, чего сами желали, и что всё то, что есть теперь, не могло не быть. Наконец, они объявили мне, что я становлюсь им опасен и что они посадят меня в сумасшедший дом, если я не замолчу. Тогда скорбь вошла в мою душу с такою силой, что сердце моё стеснилось, и я почувствовал, что умру, и тут... ну, вот тут я и проснулся.

* * *

Было уже утро, то есть ещё не рассвело, но было около шестого часу. Я **очну́лся** в тех же креслах, свечка моя догорела вся, у капитана спали, и кругом была редкая в нашей квартире тишина. Первым делом я вскочил в чрезвычайном удивлении; никогда со мной не случалось ничего подобного, даже до **пустяко́в** и мелочей: никогда ещё не засыпал я, например, так в моих креслах. Тут вдруг, пока я стоял и приходил в себя, —

провозглаша́ть// провозгласи́ть 宣布
воспева́ть//воспе́ть <雅>歌颂,讴歌

оскверня́ть// оскверни́ть <文>亵渎,玷污

развра́т 荒淫
зара́за 传染病
распина́ть//распя́ть 把……钉在十字架上

юро́дивый<口>疯癫的,傻的
опра́вдывать// оправда́ть 为……辩护

очну́ться [完]睡醒

пустя́к <口>琐事

про́поведь 布道

пропове́довать [未]布道

вдруг мелькнул передо мной мой револьве́р, готовый, заря́женный, — но я в один миг оттолкнул его от себя! О, теперь жизни и жизни! Я поднял руки и воззвал к вечной истине; не воззвал, а заплакал; восторг, неизмеримый восторг поднимал всё существо моё. Да, жизнь, и — **про́поведь**! О проповеди я порешил в ту же минуту и, уж конечно, на всю жизнь! Я иду **пропове́довать**, я хочу проповедовать, — что? Истину, ибо я видел её, видел своими глазами, видел всю её славу!

сбива́ться//сби́ться 搞错

коль 同 коли<旧,俗>如果

оты́скивать//отыска́ть 发现,探寻

мудре́ц 智者
разбо́йник 强盗

И вот с тех пор я и проповедую! Кроме того — люблю всех, которые надо мной смеются, больше всех остальных. Почему это так — не знаю и не могу объяснить, но пусть так и будет. Они говорят, что я уж теперь **сбива́юсь**, то есть **коль** уж и теперь сбился так, что ж дальше-то будет? Правда истинная: я сбиваюсь, и, может быть, дальше пойдёт ещё хуже. И, уж конечно, собьюсь несколько раз, пока **отыщу́**, как проповедовать, то есть какими словами и какими делами, потому что это очень трудно исполнить. Я ведь и теперь всё это как день вижу, но послушайте: кто же не сбивается! А между тем ведь все идут к одному и тому же, по крайней мере все стремятся к одному и тому же, от **мудреца́** до последнего **разбо́йника**, только разными дорогами. Старая это истина, но вот что тут новое: я и сбиться-то очень не могу. Потому что я видел истину, я видел и знаю, что люди могут быть прекрасны и счастливы, не потеряв способности жить на земле. Я не хочу и не могу верить, чтобы зло было нормальным состоянием людей. А ведь они все только над этой верой-то моей и смеются. Но как мне не веровать: я видел истину, — не то что изобрёл умом, а видел, видел, и *живой образ* её наполнил душу мою навеки. Я видел её в такой восполненной целости, что не могу поверить, чтоб её не могло быть у людей. Итак, как же я

уклоня́ться//уклони́ться 背离,偏离

собьюсь? **Уклоню́сь**, конечно, даже несколько раз, и буду говорить даже, может быть, чужими словами, но ненадолго: живой образ того, что я видел, будет всегда со мной и всегда меня поправит и направит. О, я **бодр**, я свеж, я иду, иду, и хотя бы на тысячу лет. Знаете, я хотел даже скрыть вначале, что я **развратил** их всех, но это была ошибка, — вот уже первая ошибка! Но истина **шепнула** мне, что я лгу, и охранила меня и направила. Но как устроить рай — я не знаю, потому что не умею передать словами. После сна моего потерял слова. По крайней мере, все главные слова, самые нужные. Но пусть: я пойду и всё буду говорить, **неустанно**, потому что я всё-таки видел **воочию**, хотя и не умею пересказать, что я видел. Но вот этого **насмешники** и не понимают: «Сон, **дескать**, видел, бред, **галлюцинацию**». Эх! **Неужто** это **премудро**? А они так гордятся! Сон? Что такое сон? А наша-то жизнь не сон? Больше скажу: пусть, пусть это никогда не **сбудется** и не бывать раю (ведь уже это-то я понимаю!), — ну, а я всё-таки буду проповедовать. А между тем так это просто: в один бы день, *в один бы час* — всё бы сразу устроилось! Главное — люби других как себя, вот что главное, и это всё, больше ровно ничего не надо: тотчас найдёшь как устроиться. А между тем ведь это только — старая истина, которую **биллион** раз повторяли и читали, да ведь не **ужилась** же! «Сознание жизни выше жизни, знание законов счастья — выше счастья» — вот с чем бороться надо! И буду. Если только все захотят, то сейчас всё устроится.

———

А ту маленькую девочку я отыскал... И пойду! И пойду!

бо́дрый 精神饱满的

развраща́ть//разврати́ть 使堕落

шепта́ть//шепну́ть 低声说

неуста́нно 孜孜不倦地
воо́чию <文> 亲眼 (看见)
насме́шник 嘲笑人的人
де́скать <俗> 他们说
галлюцина́ция 幻觉
неу́жто <俗> 难道
прему́дро 极有智慧的
сбыва́ться//сбы́ться 实现

биллио́н 十亿
ужива́ться//ужи́ться 住下来,留下了

Наводящие вопросы:

1. Обращайте внимание на начало и последние части рассказа, и скажите, какое изменение произошло с смешным человеком? С чем это связано?
2. Как представитель страдающих детей, какую роль исполняет в духовного обновления смешного человека маленькая девочка, которой отказал он в просьбе помочь ее маме?
3. Даже впадая в райский мир другой планеты, смешной человек не может забыть свою землю. В чём глубокая причина?
4. Обращайте внимание на то, что история падения чистых людей другой планеты перекликается с описанием падения человечества в Библии, в первых главах бытия, и с историей цивилизации. Объясните, как это выражено? О чём это говорит?
5. о каком заблуждении говорят выражения «Знание выше чувства, сознание жизни — выше жизни. Наука даст нам премудрость, премудрость откроет законы, а знание законов счастья — выше счастья»?
6. Почему автор дает название этого произведения «фантастический рассказ»? О чём это говорит?

Антон Павлович Чехов

安东·巴甫洛维奇·契诃夫（Антон Павлович Чехов，1860—1904），俄国著名短篇小说家和戏剧家。出生于塔干罗格的一个小商人家庭。契诃夫16岁时因父亲破产沦落到赤贫的境地，备尝人间辛酸。1880年代，契诃夫开始文学创作生涯，一生创作短篇小说、小品文等700多篇。早期代表作有《一个官员之死》(Смерть чиновника)、《变色龙》(Хамелеон)、《草原》(Степь)、《第六病室》(Палата No.6)、《套中人》(Человек в футляре)、《醋栗》(Крыжовник)等，表达了作家对庸俗社会的批判、对底层平民生存境遇的关注以及对未来新生活的憧憬和向往。他的后期小说因其心理表征与抒情性被称为"心理抒情小说"。其创作使俄国短篇小说在结构和功能等方面取得了长足的发展。他被誉为世界级短篇小说巨匠，与莫泊桑和欧·亨利并称为"世界三大短篇小说家"。在戏剧方面，契诃夫的代表作有《海鸥》(Чайка)、《万尼亚舅舅》(Дядя Ваня)、《三姐妹》(Три сестры)、《樱桃园》(Вишневый сад)，这些剧作探讨生活的悖论、人们内心的隔绝以及人在世界存在的荒诞性等主题，艺术手法上表现为淡化情节，追求抒情性和象征性，这些创新对20世纪俄国乃至世界现代戏剧的发展产生了深远的影响。

Крыжовник

导读

一、故事层：

主题：悖论 (パародокс)，它指生活中现实存在但不合逻辑的现象。如小说中主人公梦想着拥有庄园并过上田园诗般的乡间生活，但实现了的梦想却完全没有了诗意。请思考，为什么实现美好梦想的过程中人会发生异化？

二、叙事层：

叙事框架为故事中套故事（рассказ в рассказе）。请思考，这篇小说中内故事与外故事有何内在联系？

крыжо́вник 醋栗
обкла́дывать//обложи́ть 遮住
па́смурный 阴天的
нависа́ть//нави́снуть 挂在
ветерина́рный 兽医的
утомля́ться//утоми́ться 疲劳
ветряна́я ме́льница 风车
холм 小山

и́ва 柳树
грома́дный 辽阔的

гу́сеница 毛虫

кро́ткий 温和的
заду́мчивый 陷入沉思的
прони́кнутый 充满

сара́й 棚子

протя́жно 拖长声音地
вздыха́ть//вздохну́ть 叹气
тру́бочка 烟斗
обложно́й 连绵的
разду́мье 沉思

мо́крый 潮湿的
поджима́ть//поджа́ть 蜷缩
умиле́ние 温柔亲切

ско́шенный 收割过的
забира́ть//забра́ть 偏向
то́поль 白杨
амба́р 谷仓
заблесте́ть[完] 闪闪发光
плёс 水域

Крыжо́вник

Еще с раннего утра всё небо **обложи́ли** дождевые тучи; было тихо, не жарко и скучно, как бывает в серые **па́смурные** дни, когда над полем давно уже **нави́сли** тучи, ждёшь дождя, а его нет. **Ветерина́рный** врач Иван Иваныч и учитель гимназии Буркин уже **утоми́лись** идти, и поле представлялось им бесконечным. Далеко впереди еле были видны **ветряны́е ме́льницы** села Мироносицкого, справа тянулся и потом исчезал далеко за селом ряд **холмо́в**, и оба они знали, что это берег реки, там луга, зелёные **и́вы**, усадьбы, и если стать на один из холмов, то оттуда видно такое же **грома́дное** поле, телеграф и поезд, который издали похож на ползущую **гу́сеницу**, а в ясную погоду оттуда бывает виден даже город. Теперь, в тихую погоду, когда вся природа казалась **кро́ткой** и **заду́мчивой**, Иван Иваныч и Буркин были **прони́кнуты** любовью к этому полю и оба думали о том, как велика, как прекрасна эта страна.

— В прошлый раз, когда мы были в **сара́е** у старосты Прокофия, — сказал Буркин, — вы собирались рассказать какую-то историю.

— Да, я хотел тогда рассказать про своего брата.

Иван Иваныч **протя́жно вздохну́л** и закурил **тру́бочку**, чтобы начать рассказывать, но как раз в это время пошёл дождь. И минут через пять лил уже сильный дождь, **обложно́й**, и трудно было предвидеть, когда он кончится. Иван Иваныч и Буркин остановились в **разду́мье**; собаки, уже **мо́крые**, стояли, **поджа́в** хвосты, и смотрели на них с **умиле́нием**.

— Нам нужно укрыться куда-нибудь, — сказал Буркин. — Пойдёмте к Алёхину. Тут близко.

— Пойдёмте.

Они свернули в сторону и шли все по **ско́шенному** полю, то прямо, то **забира́я** направо, пока не вышли на дорогу. Скоро показались **то́поли**, сад, потом красные крыши **амба́ров**; **заблесте́ла** река, и открылся вид на широкий **плёс** с **ме́льницей** и белою **купа́льней**. Это было Софьино, где жил

Алёхин.

Мельница работала, **заглушая** шум дождя; **плотина** дрожала. Тут около **телег** стояли мокрые лошади, **понурив** головы, и ходили люди, накрывшись **мешками**. Было **сыро**, грязно, неуютно, и вид у плёса был холодный, злой. Иван Иваныч и Буркин испытывали уже чувство **мокроты**, нечистоты, неудобства во всём теле, ноги **отяжелели** от грязи, и когда, пройдя плотину, они поднимались к **господским** амбарам, то молчали, точно сердились друг на друга.

В одном из амбаров шумела **веялка**; дверь была открыта, и из неё **валила** пыль. На пороге стоял сам Алёхин, мужчина лет сорока, высокий, полный, с длинными волосами, похожий больше на профессора или художника, чем на **помещика**. На нём была белая, давно не мытая **рубаха** с **верёвочным пояском**, вместо брюк **кальсоны**, и на сапогах тоже **налипли** грязь и **солома**. Нос и глаза были черны от пыли. Он узнал Ивана Иваныча и Буркина и, по-видимому, очень обрадовался.

— Пожалуйте, господа, в дом, — сказал он, улыбаясь. — Я сейчас, **сию минуту**.

Дом был большой, двухэтажный. Алёхин жил внизу, в двух комнатах со **сводами** и с маленькими окнами, где когда-то жили **приказчики**; тут была обстановка простая, и пахло **ржаным** хлебом, дешёвою водкой и **сбруей**. Наверху же, в **парадных** комнатах, он бывал редко, только когда приезжали гости. Ивана Иваныча и Буркина встретила в доме **горничная**, молодая женщина, такая красивая, что они оба **разом** остановились и поглядели друг на друга.

— Вы не можете себе представить, как я рад видеть вас, господа, — говорил Алёхин, входя за ними в переднюю. — Вот не ожидал! Пелагея, — обратился он к горничной, — дайте гостям переодеться во что-нибудь. Да кстати и я переоденусь. Только надо сначала пойти помыться, а то я, кажется, с весны не мылся. Не хотите ли, господа, пойти в купальню, а тут пока приготовят.

мéльница 磨坊
купáльня 浴棚
заглушáть//заглушить 淹没
плотина 水坝
телéга 大车
понýривать//понýрить 垂下
мешóк 麻袋
сы́ро 潮湿
мокрóта <口>潮湿
тяжелéть//отяжелéть 变得沉重
плотина 堤坝
амбáр 谷仓
госпóдский 主人的
вéялка 筛谷机
валить//повалить 滚滚升起,大量冒出
помéщик 地主
рубáха 衬衫
верёвочный пояс 腰带绳
кальсóны 男式长衬裤
налипáть//налипнуть 沾上
солóма 干草
сию́ минýту 马上
свод 拱顶
прикáзчик <旧>管家
ржанóй 黑麦做的
сбрýя 马具
парáдный 正面的
гóрничная 女仆
рáзом 一下子

деликáтный 娇弱的
прóстынь <口>同
протыня, 毛巾

Красивая Пелагея, такая **деликáтная** и на вид такая мягкая, принесла **прóстыни** и мыло, и Алёхин с гостями вошел в купальню.

— Да, давно я уже не мылся, — говорил он, раздеваясь. — Купальня у меня, как видите, хорошая, отец еще строил, но мыться как-то всё некогда.

Он сел на ступеньке и намылил свои длинные волосы и шею, и вода около него стала коричневой.

— Да, признаюсь... — проговорил Иван Иваныч значительно, глядя на его голову.

— Давно я уже не мылся... — повторил Алёхин **конфýзливо** и ещё раз намылился, и вода около него стала темно-синей, как **черни́ла**.

конфýзливо 难为情地
черни́ла 墨水
нарýжу 向外
взмáхивать//взмахнýть 挥动
качáться//качнýться 摇晃
ныря́ть//нырнýть 扎猛子, 潜入水中
дно 河底
мужи́к 农夫

Иван Иваныч вышел **нарýжу**, бросился в воду с шумом и поплыл под дождём, широко **взмáхивая** руками, и от него шли волны, и на волнах **качáлись** белые лилии; он доплыл до самой середины плёса и **нырнýл**, и через минуту показался на другом месте и поплыл дальше, и всё нырял, стараясь достать **дна**. «Ах, боже мой... — повторял он, наслаждаясь. — Ах, боже мой...» Доплыл до мельницы, о чём-то поговорил там с **мужикáми** и повернул назад, и на середине плёса лёг, подставляя свое лицо под дождь. Буркин и Алёхин уже оделись и собрались уходить, а он всё плавал и нырял.

— Ах, боже мой... — говорил он. — Ах, **гóсподи поми́луй**.

гóсподи поми́луй 上帝保佑

— Будет вам! — крикнул ему Буркин.

зажигáть//зажéчь 燃起
халáт 长袍

Вернулись в дом. И только когда в большой гостиной наверху **зажгли́** лампу, и Буркин и Иван Иваныч, одетые в шелковые **халáты** и теплые туфли, сидели в креслах, а сам Алёхин, умытый, **причёсанный**, в новом **сюртýке**, ходил по гостиной, видимо, с наслаждением ощущая тепло, чистоту, сухое платье, лёгкую обувь, и когда красивая Пелагея, бесшумно **ступáя** по **ковру́** и мягко улыбаясь, подавала на **поднóсе** чай с вареньем, только тогда Иван Иваныч приступил к рассказу, и казалось, что его слушали не один только Буркин и Алёхин, но также старые и

причёсанный 梳好头的
сюртýк 常礼服
ступáть//ступи́ть 走
ковёр 地毯
поднóс 托盘

молодые дамы и военные, спокойно и строго глядевшие из золотых **рам**.

— Нас два брата, — начал он, — я, Иван Иваныч, и другой — Николай Иваныч, года на два помоложе. Я пошел по учёной части, стал **ветеринаром**, а Николай уже с девятнадцати лет сидел в **казённой палате**. Наш отец Чимша-Гималайский был из **кантонистов**, но, выслужив офицерский чин, оставил нам **потомственное дворянство** и **именьишко**. После его смерти именьишко у нас **оттягали** за долги, но, как бы ни было, детство мы провели в деревне на воле. Мы, всё равно как крестьянские дети, дни и ночи проводили в поле, в лесу, **стерегли** лошадей, **драли лыко**, ловили рыбу, и прочее тому подобное... А вы знаете, кто хоть раз в жизни поймал **ерша** или видел осенью **перелётных дроздов**, как они в ясные, прохладные дни носятся **стаями** над деревней, тот уже не городской житель, и его до самой смерти будет **потягивать** на волю. Мой брат **тосковал** в казённой палате. Годы проходили, а он всё сидел на одном месте, писал всё те же бумаги и думал всё об одном и том же, как бы в деревню. И эта тоска у него мало-помалу **вылилась** в определенное желание, в мечту купить себе маленькую усадебку где-нибудь на берегу реки или озера.

Он был добрый, кроткий человек, я любил его, но этому желанию **запереть** себя на всю жизнь в собственную усадьбу я никогда не сочувствовал. Принято говорить, что человеку нужно только три **аршина** земли. Но ведь три аршина нужны **трупу**, а не человеку. И говорят также теперь, что если наша **интеллигенция** имеет **тяготение** к земле и стремится в усадьбы, то это хорошо. Но ведь эти усадьбы те же три аршина земли. Уходить из города, от борьбы, от житейского шума, уходить и **прятаться** у себя в усадьбе — это не жизнь, это эгоизм, **лень**, это своего рода **монашество**, но монашество без **подвига**. Человеку нужно не три аршина земли,

рама 框

ветеринар 兽医
казённая палата 省税务局
кантонист 世袭兵
потомственный 世袭的
дворянство 贵族身份
именьишко имение 小份田产
оттягать [完]<俗>打官司判给

стеречь [未]看守
драть [未]剥掉
лыко 树皮
ёрш 鲈鱼
перелётный 南飞越冬的
дрозд 鸫鸟
стая 一群
потягивать [未]不时地向往
тосковать [未]感到烦闷
выливаться//вылиться 成为

запирать//запереть 锁上

аршин 俄尺
труп 尸体
интеллигенция 知识分子
тяготение 向往

прятаться//спрятаться 藏起来
лень 懒惰
монашество 修士生活
подвиг 功绩

простóр 辽阔的空间	
канцелярия 办公室	
лáвочка 小凳	
пáшня 耕地	
прото́чный 活水的	
пруд 池塘	
скворéчня 椋鸟窝	
карáсь 鲫鱼	
штýка 玩意儿	
ýточка 小鸭子	
чертить//начертить 画草图	
имéние 庄园	
бáрский 老爷式的	
людскáя 仆人住的屋子	
огорóд 菜园	
скýпо 吝啬地	
жáдничать//пожáдничать 贪婪	
прятать//спрятать 保存	
кóли 如果	
задавáться//задáться 对自己提出	

не усадьба, а весь земной шар, вся природа, где на **просто́ре** он мог бы проявить все свойства и особенности своего свободного духа.

Брат мой Николай, сидя у себя в **канцеля́рии**, мечтал о том, как он будет есть свои собственные щи, от которых идет такой вкусный запах по всему двору, есть на зеленой травке, спать на солнышке, сидеть но целым часам за воротами на **ла́вочке** и глядеть на поле и лес. Сельскохозяйственные книжки и всякие эти советы в календарях составляли его радость, любимую духовную пищу; он любил читать и газеты, но читал в них одни только объявления о том, что продаются столько-то десятин **па́шни** и луга с усадьбой, рекой, садом, мельницей, с **прото́чными пруда́ми**. И рисовались у него в голове дорожки в саду, цветы, фрукты, **скворе́чни**, караси́ в прудах и, знаете, всякая эта **шту́ка**. Эти воображаемые картины были различны, смотря по объявлениям, которые попадались ему, но почему-то в каждой из них непременно был крыжовник. Ни одной усадьбы, ни одного поэтического угла он не мог себе представить без того, чтобы там не было крыжовника.

«— Деревенская жизнь имеет свои удобства, — говорил он, бывало. — Сидишь на балконе, пьёшь чай, а на пруде твои **у́точки** плавают, пахнет так хорошо и... и крыжовник растёт».

Он **черти́л** план своего **име́ния**, и всякий раз у него на плане выходило одно и то же: а) **ба́рский** дом, b) **людска́я**, с) **огоро́д**, d) крыжовник. Жил он **ску́по**: недоедал, недопивал, одевался бог знает как, словно нищий, и всё копил и клал в банк. Страшно **жа́дничал**. Мне было больно глядеть на него, и я кое-что давал ему и посылал на праздниках, но он и это **пря́тал**. Уж **ко́ли зада́лся** человек идеей, то ничего не поделаешь.

Годы шли, перевели его в другую **губе́рнию**, **мину́ло** ему уже сорок лет, а он всё читал объявления в газетах и копил. Потом, слышу, женился. Всё с той же целью, чтобы купить себе усадьбу с крыжовником, он женился на старой, некрасивой **вдове́**, без всякого чувства, а только потому, что у нее **води́лись** деньжо́нки. Он и с ней тоже жил скупо, держал ее **впро́голодь**, а деньги ее положил в банк на свое имя. Раньше она была за **почтме́йстером** и привыкла у него к пирогам и к **нали́вкам**, а у второго мужа и хлеба черного не видала вдоволь; стала **ча́хнуть** от такой жизни да года через три взяла и отдала богу душу. И конечно брат мой ни одной минуты не подумал, что он виноват в ее смерти. Деньги, как водка, делают человека **чудако́м**. У нас в городе умирал купец. Перед смертью приказал подать себе тарелку меду и съел все свои деньги и **вы́игрышные биле́ты** вместе с мёдом, чтобы никому не досталось. Как-то на вокзале я осматривал **гурты́**, и в это время один **бары́шник** попал под **локомоти́в** и ему **отре́зало** ногу. Несём мы его в приёмный покой, кровь льёт — страшное дело, а он всё просит, чтобы ногу его отыскали, и всё беспокоится; в сапоге на отрезанной ноге двадцать рублей, как бы не пропали.

— Это вы уж **из друго́й о́перы**, — сказал Буркин.

— После смерти жены, — продолжал Иван Иваныч, подумав полминуты, — брат мой стал высматривать себе имение. Конечно, хоть пять лет высматривай, но всё же в конце концов ошибёшься и купишь совсем не то, о чем мечтал. Брат Николай через **комиссионе́ра**, с переводом долга, купил сто двенадцать десятин с барским домом, с людской, с парком, но ни фруктового сада, ни крыжовника, ни прудов с уточками; была река, но вода в ней цветом как кофе, потому что по одну сторону имения **кирпи́чный** завод, а по другую — **костопа́льный**. Но мой Николай Иваныч мало печалился; он выписал себе двадцать **кусто́в** крыжовника, посадил и **за́жил** помещиком.

В прошлом году я поехал к нему **прове́дать**.

губе́рния 省
ми́нуть [完]满……岁
вдова́ 寡妇
води́ться [未]有
деньжо́нки де́ньги 的指小，钱
впро́голодь <口>吃不饱的
почтме́йстер 邮政局长
нали́вка 果酒
ча́хнуть//зача́хнуть 憔悴

чуда́к 怪人

вы́игрышный биле́т 彩票
гурт 畜群
бары́шник <旧>牲口贩子
локомоти́в 机车
отре́зать//отреза́ть 轧断

из друго́й о́перы 跑题了

комиссионе́р 代理人

кирпи́чный 制砖的
костопа́льный 烧兽骨的
куст 一株
зажи́ть [完]开始过……生活
прове́дывать//прове́дать 探望

пу́стошь	荒原
гимала́йский	喜马拉雅山的
тож	同тоже
кана́ва	水沟
забо́р	围墙
и́згородь	篱笆
ры́жий	红褐色的
ла́ять	[未]狗叫
куха́рка	厨娘
голоно́гий	赤脚的
одея́ло	毯子
располне́ть	[完]发胖
брюзгнуть//обрюзгнуть	皮肤松弛；浮肿
хрю́кать//хрю́кнуть	(猪等)哼哼叫
седо́й	有白头发的
сла́ва бо́гу	感谢上帝
обжива́ться//обжи́ться	<口>住惯
суди́ться	[未]打官司
высо́коблагоро́дие	旧俄对官员的尊称
соли́дно	郑重地
со́да	苏打
касто́рка	蓖麻油
моле́бен	祈祷
потра́ва	糟蹋(庄稼)
сы́тость	吃饱
пра́здность	无所事事
самомне́ние	自负
на́глый	蛮横无理的

Пое́ду, ду́маю, посмотрю́, как и что там. В пи́сьмах свои́х брат называ́л свое́ име́ние так: Чумбаро́клова **Пу́стошь**, **Гимала́йское тож**. Прие́хал я в «Гимала́йское тож» по́сле полу́дня. Бы́ло жа́рко. Везде́ **кана́вы**, **забо́ры**, **и́згороди**, понаса́жены ряда́ми ёлки — и не зна́ешь, как прое́хать во двор, куда́ поста́вить ло́шадь. Иду́ к до́му, а навстре́чу мне **ры́жая** соба́ка, то́лстая, похо́жая на свинью́. Хо́чется ей **ла́ять**, да лень. Вы́шла из ку́хни **куха́рка**, **голоно́гая**, то́лстая, то́же похо́жая на свинью́, и сказа́ла, что ба́рин отдыха́ет по́сле обе́да. Вхожу́ к бра́ту, он сиди́т в посте́ли, коле́ни покры́ты **одея́лом**; постаре́л, **располне́л**, **обрю́зг**; щёки, нос и гу́бы тя́нутся вперёд, — того́ и гляди́, **хрю́кнет** в одея́ло.

Мы обняли́сь и всплакну́ли от ра́дости и от гру́стной мы́сли, что когда́-то бы́ли мо́лоды, а тепе́рь о́ба **се́ды** и умира́ть пора́. Он оде́лся и повёл меня́ пока́зывать своё име́ние.

— Ну, как ты тут пожива́ешь? — спроси́л я.

— Да ничего́, **сла́ва бо́гу**, живу́ хорошо́.

Это уж был не пре́жний ро́бкий бедня́га-чино́вник, а настоя́щий поме́щик, ба́рин. Он уж **обжи́лся** тут, привы́к и вошёл во вкус; ку́шал мно́го, в ба́не мы́лся, полне́л, уже́ **суди́лся** с о́бществом и с обо́ими заво́дами и о́чень обижа́лся, когда́ мужики́ не называ́ли его́ «ва́ше **высо́коблагоро́дие**». И о душе́ свое́й забо́тился **соли́дно**, по-ба́рски, и до́брые дела́ твори́л не про́сто, а с ва́жностью. А каки́е до́брые дела́? Лечи́л мужико́в от всех боле́зней **со́дой** и **касто́ркой** и в день свои́х имени́н служи́л среди́ дере́вни благода́рственный **моле́бен**, а пото́м ста́вил полведра́, ду́мал, что так ну́жно. Ах, э́ти ужа́сные полведра́! Сего́дня то́лстый поме́щик тащи́т мужико́в к зе́мскому нача́льнику за **потра́ву**, а за́втра, в торже́ственный день, ста́вит им полведра́, а они́ пьют и крича́т «ура́» и пья́ные кла́няются ему́ в но́ги. Переме́на жи́зни к лу́чшему, **сы́тость**, **пра́здность** развива́ют в ру́сском челове́ке **самомне́ние**, са́мое **на́глое**. Никола́й Ива́ныч, кото́рый когда́-то в казённой пала́те боя́лся да́же для себя́ ли́чно име́ть со́бственные взгляды, теперь говорил одни только истины, и таким тоном, точно министр: «Образование необходимо, но для народа оно преждевременно», «**телéсные** наказания вообще вредны, но в некоторых случаях они полезны и незаменимы».

телéсный 身体的

— Я знаю народ и умею с ним обращаться, — говорил он. — Меня народ любит. Стоит мне только пальцем **шевельнýть**, и для меня народ сделает всё, что захочу.

шевелѝть//шевельнýть 微动

И всё это, заметьте, говорилось с умной, доброю улыбкой. Он раз двадцать повторил: «мы, дворяне», «я, как дворянин»; очевидно, уже не помнил, что дед наш был мужик, а отец — солдат. Даже наша фамилия Чимша-Гималайский, в сущности **несообрáзная**, казалась ему теперь звучной, **знáтной** и очень приятной.

несообрáзный 古怪的
знáтный 显贵的

Но дело не в нем, а во мне самом. Я хочу вам рассказать, какая перемена произошла во мне в эти немногие часы, пока я был в его усадьбе. Вечером, когда мы пили чай, кухарка подала к столу полную тарелку крыжовнику. Это был не купленный, а свой собственный крыжовник, собранный в первый раз с тех пор, как были посажены кусты. Николай Иваныч засмеялся и минуту глядел на крыжовник, молча, со слезами, — он не мог говорить от волнения, потом положил в рот одну ягоду, поглядел на меня с **торжествóм** ребенка, который наконец получил свою любимую игрушку, и сказал:

торжествó 喜悦

— Как вкусно!
И он с жадностью ел и всё повторял:
— Ах, как вкусно! Ты попробуй!

Было жёстко и **кѝсло**, но, как сказал Пушкин, «**тьмы** истин нам дороже нас **возвышáющий** обман». Я видел счастливого человека, **завéтная** мечта которого осуществилась так очевидно, который достиг цели в жизни, получил то, что хотел, который был доволен своею судьбой, самим собой. К моим мыслям о человеческом счастье всегда почему-то **примéшивалось** что-то грустное, теперь же, при виде счастливого человека,

кѝслый 酸的
тьма <口> 很多
возвышáть//возвы́сить 使变得高尚
завéтный 极宝贵的

примéшиваться// примешáться 掺杂

отча́яние 绝望
стла́ть//постла́ть 铺上

соображáть//сообрази́ть 领悟，明白
подавля́ющий 令人压抑的
на́глость 蛮横无理
неве́жество 无知
скотоподо́бие 牲畜般的生活
вырожде́ние 退化，堕落
лицеме́рие 虚假
враньё <口>假话
возмуща́ться//возмути́ться 气愤
прови́зия 食物
чепуха́ 胡扯
кла́дбище 墓地
кули́са 舞台侧幕
протестова́ть [未] 抗议

бре́мя 压迫
гипно́з 麻木不仁

молото́чек 小锤
стук 敲击声
ко́готь 爪子
стряса́ться//стрясти́сь <口>降临

оси́на 欧洲山杨
обстоя́ть [未] 处于……情况

мною овладело тяжелое чувство, близкое к **отча́янию**. Особенно тяжело было ночью. Мне **постла́ли** постель в комнате рядом с спальней брата, и мне было слышно, как он не спал и как вставал и подходил к тарелке с крыжовником и брал по ягодке. Я **соображáл**: как, в сущности, много довольных, счастливых людей! Какая это **подавля́ющая** сила! Вы взгляните на эту жизнь: **на́глость** и праздность сильных, **неве́жество** и **скотоподо́бие** слабых, кругом бедность невозможная, теснота, **вырожде́ние**, пьянство, **лицеме́рие**, **враньё**... Между тем во всех домах и на улицах тишина, спокойствие; из пятидесяти тысяч живущих в городе ни одного, который бы вскрикнул, громко **возмути́лся**. Мы видим тех, которые ходят на рынок за **прови́зией**, днем едят, ночью спят, которые говорят свою **чепуху́**, женятся, стареют, благодушно тащат на **кла́дбище** своих покойников; но мы не видим и не слышим тех, которые страдают, и то, что страшно в жизни, происходит где-то за **кули́сами**. Всё тихо, спокойно, и **протесту́ет** одна только немая статистика: столько-то с ума сошло, столько-то вёдер выпито, столько-то детей погибло от недоедания... И такой порядок, очевидно, нужен; очевидно, счастливый чувствует себя хорошо только потому, что несчастные несут свое **бре́мя** молча, и без этого молчания счастье было бы невозможно. Это общий **гипно́з**. Надо, чтобы за дверью каждого довольного, счастливого человека стоял кто-нибудь с **молото́чком** и постоянно напоминал бы **сту́ком**, что есть несчастные, что как бы он ни был счастлив, жизнь рано или поздно покажет ему свои **ко́гти**, **стрясётся** беда — болезнь, бедность, потери, и его никто не увидит и не услышит, как теперь он не видит и не слышит других. Но человека с молоточком нет, счастливый живёт себе, и мелкие житейские заботы волнуют его слегка, как ветер **оси́ну**, — и всё **обстои́т** благополучно.

В ту ночь мне стало понятно, как я тоже был доволен и счастлив, — продолжал Иван Иваныч, вставая. — Я тоже за обедом и на охоте поучал, как жить, как **ве́ровать**, как управлять народом. Я тоже говорил, что ученье свет, что образование необходимо, но для простых людей пока довольно одной **грамоты**. Свобода есть благо, говорил я, без неё нельзя, как без воздуха, но надо подождать. Да, я говорил так, а теперь спрашиваю: во имя чего ждать? — спросил Иван Иваныч, сердито глядя на Буркина. — Во имя чего ждать, я вас спрашиваю? Во имя каких соображений? Мне говорят, что не всё сразу, всякая идея осуществляется в жизни постепенно, в свое время. Но кто это говорит? Где доказательства, что это справедливо? Вы ссылаетесь на естественный порядок вещей, на законность явлений, но есть ли порядок и законность в том, что я, живой, мыслящий человек, стою надо **рвом** и жду, когда он зарастет сам или затянет его **илом**, в то время как, быть может, я мог бы **перескочить** через него или построить через него мост? И опять-таки, во имя чего ждать? Ждать, когда нет сил жить, а между тем жить нужно и хочется жить!

Я уехал тогда от брата рано утром, и с тех пор для меня стало **невыносимо** бывать в городе. Меня **угнетают** тишина и спокойствие, я боюсь смотреть на окна, так как для меня теперь нет более тяжелого **зрелища**, как счастливое семейство, сидящее вокруг стола и пьющее чай. Я уже стар и не **гожусь** для борьбы, я неспособен даже **ненавидеть**. Я только **скорблю** душевно, **раздражаюсь**, **досадую**, по ночам у меня горит голова от **наплыва** мыслей, и я не могу спать... Ах, если б я был молод!

Иван Иваныч прошелся в волнении из угла в угол и повторил:

— Если б я был молод!

Он вдруг подошел к Алёхину и стал пожимать ему то одну руку, то другую.

— Павел Константиныч, — проговорил он **умоляющим** голосом, — не успокаивайтесь, не давайте **усыплять** себя! Пока молоды, сильны, **бодры**, не уставайте делать добро! Счастья нет и не должно его быть, а если в жизни есть смысл и цель, то смысл этот и цель вовсе не в нашем счастье, а в чем-то более разумном и великом.

веровать [未] 信仰

грамота 识字

ров 沟
ил 淤泥
перескакивать//
  перескочить 跳过

невыносимо 不能忍受地
угнетать//угнести 使压抑
зрелище 场景
годиться [未] 合适
ненавидеть [未] 憎恨
скорбеть [未] 悲痛
раздражаться//
  раздражиться 恼怒
досадовать [未] 懊恼
наплыв (思想、感情等) 大
  量涌现

умоляющий 恳求的
усыплять//усыпить 使麻
  木不仁
бодрый 精神饱满的

Делайте добро!

И всё это Иван Иваныч проговорил с жалкой, **прося́щею** улыбкой, как будто просил лично для себя.

Потом все трое сидели в креслах, в разных концах гостиной, и молчали. Рассказ Ивана Иваныча не удовлетворил ни Буркина, ни Алёхина. Когда из золотых рам глядели генералы и дамы, которые в **су́мерках** казались живыми, слушать рассказ про беднягу-чиновника, который ел крыжовник, было скучно. Хотелось почему-то говорить и слушать про **изя́щных** людей, про женщин. И то, что они сидели в гостиной, где всё — и **лю́стра** в **чехле́**, и кресла, и **ковры́** под ногами — говорило, что здесь когда-то ходили, сидели, пили чай вот эти самые люди, которые глядели теперь из рам, и то, что здесь теперь бесшумно ходила красивая Пелагея, — это было лучше всяких рассказов.

Алёхину сильно хотелось спать; он встал по хозяйству рано, в третьем часу утра, и теперь у него **слипа́лись** глаза, но он боялся, как бы гости не стали без него рассказывать что-нибудь интересное, и не уходил. Умно ли, справедливо ли было то, что только что говорил Иван Иваныч, он не **внима́л**; гости говорили не о **крупе́**, не о **се́не**, не о **дёгте**, а о чем-то, что не имело прямого отношения к его жизни, и он был рад и хотел, чтобы они продолжали...

— Однако пора спать, — сказал Буркин, поднимаясь. — Позвольте пожелать вам спокойной ночи.

Алёхин простился и ушёл к себе вниз, а гости остались наверху. Им обоим отвели на ночь большую комнату, где стояли две старые деревянные кровати с **резны́ми** украшениями и в углу было **распя́тие** из **слоно́вой ко́сти**; от их постелей, широких, прохладных, которые постилала красивая Пелагея, приятно пахло свежим **бельём**.

Иван Иваныч молча разделся и лёг.

— Господи, прости нас грешных! — проговорил он и укрылся с головой.

От его трубочки, лежавшей на столе, сильно

пахло табачным **перега́ром**, и Буркин долго не спал и всё никак не мог понять, откуда этот тяжёлый запах.

Дождь **стуча́л** в окна всю ночь.

перега́р <口> 烤糊的气味

стуча́ть//постуча́ть 敲打

 Наводящие вопросы:

1. Лирическое описание пейзажа в тексте занимает видное место. Как оно действует на персонажей? Какое значение оно имеет для раскрытия темы рассказа?
2. Конструкция повествования этого произведения отличается тем, что это рассказ в рассказе. Как перекликается внешний рассказ с внутренним?
3. Какое чувство передает выражение «кто хоть раз в жизни поймал ерша или видел осенью перелётных дроздов, как они в ясные, прохладные дни носятся стаями над деревней, тот уже не городской житель, и его до самой смерти будет потягивать на волю»?
4. Приобрести собственную усадьбу с крыжовником стало для Ивана Иваныча заветной местой. Как он осуществил эту мечту? Какое изменение произошло в этом процессе? Как вы понимаете тему отчуждения человека в этом персонаже?
5. Когда Иван Иваныч приступил к рассказу, «и казалось, что его слушали не один только Буркин и Алёхин, но также старые и молодые дамы и военные, спокойно и строго глядевшие из золотых рам». А к концу «рассказ Ивана Иваныча не удовлетворил ни Буркина, ни Алёхина. Когда из золотых рам глядели генералы и дамы, которые в сумерках казались живыми, слушать рассказ про беднягу-чиновника, который ел крыжовник, было скучно». Два места перекликаются. Какую художественную функцию выполняет такое описание? Какую эмоцию передают эти выражения?
6. Как вы понимаете выражение «Счастья нет и не должно быть»?
7. Как вы понимаете выражение «Тьмы истин нам дороже нас возвышающий обман»? Как оно перекликается с описанием реальной жизни во внутреннем и во внешнем рассказах?
8. Какая реакция у Алёхина и Буркина на рассказ Ивана Иваныча? Отчего Буркин долго не мог спать? Как вы понимаете особенность коммуникации человека у Чехова?
9. Как последнее выражение произведения «Дождь стучал в окна всю ночь» перекликается с началом текста? Какое глубокое ощущение оно передаёт?
10. Какое символическое значение имеет крыжовник?

ДРАМА

戏剧理论导读

戏剧(драма)是对一个完整、有一定长度的行动的摹仿,它是通过动作和冲突呈现生活情景的艺术。鉴赏戏剧作品可以从戏剧体裁和戏剧的构成要素入手,理解戏剧的创作特点。

一、戏剧从体裁上分,主要有悲剧(трагедия)、喜剧(комедия)、悲喜剧(трагикомедия)等。

悲剧(трагедия):尖锐的冲突和不可调和的矛盾构成悲剧的核心,在势均力敌的冲突中往往以一方的毁灭为结局,强烈的人物性格和残酷的命运是悲剧着力表现的内容。悲剧大致分为命运悲剧、性格悲剧、社会悲剧和存在悲剧。悲剧唤起的是崇高感情,是对美好事物毁灭的惋惜同情和悲悯。如奥斯特洛夫斯基的《大雷雨》,对卡捷琳娜在反抗社会家庭对个性的压抑、追求自由爱情时经历的毁灭性命运报以同情,对其真诚善良给予肯定。

喜剧(комедия):生活中荒唐、丑陋的现象是喜剧的表现内容,幽默和讽刺是喜剧惯用的手法。喜剧揭露并批判生活中的丑陋现象,唤起人理性的反思。如果戈理的喜剧《钦差大臣》,剧作对以县城市长为首的市侩们徇私舞弊、趋炎附势的行径进行了夸张漫画式的展示,对这些人物内心的丑陋进行了辛辣的讽刺和揭露。

悲喜剧(трагикомедия):将悲剧性的情节以喜剧方式表现出来,对生活本身的矛盾复杂性进行反思,对人性弱点既报以善意的同情,又给予批判性讽刺。如契诃夫的戏剧《海鸥》,每个人的生活都富有悲剧性,引起人们同情,但剧作又暴露出他们各自的局限和人性弱点,从而引发人深刻的思考。

二、戏剧的构成要素

戏剧的本质特征常常表现为动作性、紧张性、集中性、曲折性等。与诗歌和小说相比,戏剧是动作的艺术,其语言中充满动作。戏剧中没有小说中的叙述语言,人物的性格塑造、情节的展开等都要在对话中展开,通过动作完成。戏剧受到时间和空间的限制,需要在特定的时间内完成,情节、矛盾冲突等更加浓缩紧凑,造成的情绪更加紧张。戏剧总是充满各种悬念和转机,不论是外在的还是内心的变化,都使戏剧富有曲折性。

构成戏剧的核心概念,主要有动作(действие)、对话(диалог)、悬念(интрига, завязка)、冲突(конфликт)、高潮(кульминация)、结局(развязка)等。

1. 行动动作(действие, поступки)是戏剧人物的行为以及相互关系、构成情节的重要内容。行动与动作这两个概念往往相互交叉和重叠。一般来说,行动强调动作的完整性和概括性,接近于事件;而动作强调具体性,接近于表演。动作有外在的和内在的,外部动作主要指肢体动作,内部动作则是台词等体现的人物内心活动。无论外部动作还是内部动作,都要表达确定的意义。动作的基本要素有表现人物思想以及感情情绪的行动、手势、表情等(如本书所选剧作中很多括号内的提示),动作构成剧情发展的有机部分,推动剧情的发展,也揭示人物内心感受。

2. 停顿 (пауза)是动作的另一种表现形式,以沉默作为一种生动、富有表现力的动作,表示出明确的心理状态。如《钦差大臣》(«Ревизор»)中最后一场,也称为"哑场"(немая сцена):当邮政局长读完赫列斯塔科夫(Хлестаков)的信,所有官员都知道他是假冒的钦差大臣,知道自己被嘲弄了,他们既懊恼不已,又彼此奚落。此时突然传来消息说,钦差大臣到了,请市长去参见。从市长到官员,所有人都吓呆了。这个场景以无声的动作表现了在场的每个人复杂的内心感受:因为被骗而懊恼,因为徇私舞弊而怕受到处罚,因为面对良心而悔恨交加……正是停顿使这个结尾充分揭示出作家的创作思想,显示出作家讽刺的力度。

3. 语言 (язык):戏剧的语言不同于小说的叙述语言,需要将小说中的叙述性语言转换为戏剧台词,对人物性格的刻画、心理分析、事件经过都通过台词完成。戏剧语言需要蕴含动作,将过去和将来都体现于当下、现在。戏剧语言主要有对话 (диалог)、独白 (монолог)、旁白 (реплика)等。

a) 对话 (диалог)指两个或多个人物之间的话语交流。它不仅应该体现人物潜在的意愿,而且应该对谈话的另一方具有一定的冲击力或影响力,使人物思想感情发生改变、整个事件发生改变,并推动情节的发展。如:

Кабанова. Да во всём, мой друг! Мать чего глазами не увидит, так у неё сердце вещу́н, она сердцем может чувствовать. Аль жена тебя, что ли, отводит от меня, уж не знаю.

Кабанов. Да нет, маменька! что вы, помилуйте!

Катерина. Для меня, маменька, всё одно, что родная мать, что ты, да и Тихон тоже тебя любит.

Кабанова. Ты бы, кажется, могла и помолчать, коли тебя не спрашивают. Не заступайся, матушка, не обижу небось! Ведь он мне тоже сын; ты этого не забывай! Что ты выскочила в глазах-то поюли́ть! Чтобы видели, что ли, как ты мужа любишь? Так знаем, знаем, в глазах-то ты это всем доказываешь.

Варвара (*про себя*). Нашла место наставления читать.

Катерина. Ты про меня, маменька, напрасно это говоришь. Что при людях, что без людей, я всё одна, ничего я из себя не доказываю.

Кабанова. Да я об тебе и говорить не хотела; а так, к слову пришлось.

Катерина. Да хоть и к слову, за что ж ты меня обижаешь?

Кабанова. Экая важная птица! Уж и обиделась сейчас.

Катерина. Напра́слину-то терпеть кому ж приятно!

《大雷雨》(«Гроза»)的这个片段中,对话展现了一幅家庭画面:身为家长的卡巴诺瓦(Кабанова)在训斥儿子时,指桑骂槐地挖苦儿媳卡捷琳娜(Катерина)。同时此片段也表现了剧中每个人物的性格特点：婆婆卡巴诺瓦的专横跋扈，儿子卡巴诺夫(Кабанов)的唯唯诺诺，儿媳卡捷琳娜的坦诚直率，小姑瓦尔瓦拉(Варвара)的暗中逆反，都得到鲜明的体现。

b) 独白(монолог)指主人公的自言自语，是其心理活动的外现方式，是揭示人物内心冲突的重要手段。如：

Катерина (одна). Куда теперь? Домой идти? Нет, мне что домой, что в могилу — всё равно. Да, что домой, что в могилу!... что в могилу! В могиле лучше... Под деревцом могилушка... как хорошо!.. Солнышко её греет, дождичком её мочит... весной на ней травка вырастет, мягкая такая... птицы прилетят на дерево, будут петь, детей выведут, цветочки расцветут: жёлтенькие, красненькие, голубенькие... всякие (задумывается), всякие... Так тихо, так хорошо! Мне как будто легче! А о жизни и думать не хочется. Опять жить? Нет, нет, не надо... нехорошо! И люди мне противны, и дом мне противен, и стены противны! Не пойду туда! Нет, нет, не пойду...

这个片段是《大雷雨》(《Гроза》)中卡捷琳娜在投河自杀前的独白，表达了她走投无路的绝望心境和渴望以死获得解脱的心情。

c) 旁白(реплика)是某个人物与其他人物交往时的"自语"。旁白的作用在于展示人物的内心秘密，表现人物"心口不一"的状态。旁白不仅是揭示人物内心隐秘的手段，还起着布局的作用。如上文对白中插入的旁白：

Варвара (про себя). Нашла место наставления читать.

这里的旁白即是瓦尔瓦拉对母亲的反感性评价。

4. 情境(драматический узел, обстоятельство)：戏剧情境是指展现性格的环境，是特定时空下的社会环境、特殊事件及人物关系等。它促使人物内心情感、意愿显明出来，是戏剧冲突爆发和发展的契机。如在《钦差大臣》中，外省县城的官场生活中充满贪赃枉法、营私舞弊，钦差大臣要微服出访的传闻让所有官员都感到不安，害怕他们的行径被披露，所以，他们要想方设法找到这个钦差大臣并竭力讨好奉承他，以期得到庇护。而此时彼得堡来的花花公子吻合了他们的想象，这就构成了全剧展开的情境。

5. 冲突(конфликт)指戏剧中性格、情境、生活观点或道德原则的矛盾对立。戏剧冲突不同于生活中的矛盾，是对各种生活矛盾的高度概括浓缩，具有典型性。冲突有外在冲突和内在冲突。

外在冲突是可见的，可以是性格冲突、社会冲突。如《大雷雨》(《Гроза》)中婆婆卡巴诺瓦专横跋扈的性格和专制暴戾的家长作风，与卡捷琳娜坦诚直率的性格和渴望个性自由的价值追求之间，构成强烈的冲突。

内在的冲突往往是隐蔽的，发生在人物的内心，或者发生在不可见的更深层面。如《大雷雨》中卡捷琳娜在对鲍里斯(Борис)的爱情，既在爱情中获得自由的舒畅，也因这种爱情与信仰、义务相抵牾而有深重的罪恶感，这是发生在她内心的冲突。再如《海鸥》(《Чайка》)中所有人物在现实生活处境与内心向往之间的冲突，是存在层面的冲突，需要深入思考才能理解。

喜剧中的冲突则是另外一种形式，呈现为嘲笑讽刺，发生在剧中反面人物与观众之间，如《钦差大臣》(«Ревизор»)中赫列斯塔科夫(Хлестаков)以及市长等人的种种丑陋行径与观众心中产生的道德感和价值评价之间的对立，以"笑"(смех)的形式爆发出来。

6. 悬念 (интрига, завязка)是指人们对戏剧中人物命运、情节变化的期待的心情。悬念产生于悬而未决的冲突。如《大雷雨》中，卡捷琳娜因为在家庭中受尽婆婆挖苦虐待，她不堪侮辱而渴望自由的性格将如何发展？她爱上鲍里斯后命运将如何？这些都构成了悬念。再如，《海鸥》第一幕中每个人都对自己的生活不满意，都在"渴望"理想的生活、创作和爱情，这种渴望是否能得到满足？人的命运将发生何种变化？这些都构成悬念。

7. 高潮 (кульминация)指矛盾对立的双方交往冲突的最高点。如《大雷雨》第四幕第六场中，卡捷琳娜因为在丈夫出外时与鲍里斯幽会而充满有罪恶感，倍受内心的折磨，雷电交加之际，她的内心冲突达到极点，将大雷雨视为对自己的惩罚，而向丈夫和婆婆承认自己的罪过并昏倒，达到了冲突的高潮。

8. 结局 (развязка)是戏剧情境的结束，是戏剧动作发展的必然结果。如在《大雷雨》中戏剧的结局是卡捷琳娜投河自尽，这也是所有矛盾和冲突发展的必然结果。

其他舞台要素：

情景说明、舞台提示(ремарка)——它指的是剧作者根据演出需要，提供给导演和演员的说明性的文字，交待剧情发生的时间、地点、服装、道具、布景以及人物的表情、动作、上下场等。这些说明对情节的发展有一定的作用。这部分内容一般出现在每一幕(场)的开端、结尾和对话中间，用括号括起来。如果戈理的《钦差大臣》(«Ревизор»)中开始部分用大段说明性文字交待人物特征、最后一场的"哑场"(немая сцена)中对场景及人物动作的提示等。

掌握了戏剧的体裁和形式特征，再结合具体文本的思想主题，就可以从整体上把握戏剧的创作特点，获得丰富的审美享受。

Николай Васильевич Гоголь

尼古拉·瓦西里耶维奇·果戈理（Николай Васильевич Гоголь, 1809—1852），俄罗斯19世纪著名作家、剧作家和思想家，生于乌克兰外省地主家，父亲热爱戏剧创作，母亲是虔诚的东正教徒。果戈理中学毕业后来到彼得堡，先后做过公务员和彼得堡大学教师。1831—1832年间发表《狄康卡近乡夜话》(Вечера на хуторе близ Диканьки)后成名，结识普希金等作家，开始致力于文学创作。1836年由于喜剧《钦差大臣》(Ревизор)演出受到误解而出国，先后在欧洲旅行12年，期间，作家经历了巨大的精神危机，最终焚毁《死魂灵》第二部手稿。作家早期代表作有中短篇小说集《彼得堡故事集》(Петербургские повести)和《密尔戈罗德》(Миргород)等，中期作品有喜剧《钦差大臣》(Ревизор)等，后期有被作家称为长诗的长篇小说《死魂灵》(Мёртвые души)以及《与友人书简选》(Выбранные места из переписки с друзьями)等。果戈理的创作被别林斯基归入"自然派"——现实主义文学，然而，作家的创作风格多样，富有怪诞和夸张的想象，兼具浪漫主义和现实主义特点。作家以讽刺的手法揭露生活的庸俗，并因人的精神麻木而痛苦，他的嘲讽是"含泪的笑"，是从其宗教道德观点出发看到的世界。其创作对现代文学具有很深的影响。

Ревизор (отрывки)

КОМЕДИЯ В ПЯТИ ДЕЙСТВИЯХ

На зеркало **неча пенять**,
коли **рожа** крива.
Народная пословица

неча <方>不必，不要
пенять <口>埋怨，抱怨
рожа <俗>嘴脸

ДЕЙСТВУЮЩИЕ ЛИЦА

Антон Антонович Сквозник-Дмухановский — **городничий**.
Анна Андреевна — жена его.
Марья Антоновна — дочь его.
Лука Лукич Хлопов — смотритель училищ.
Жена его.
Аммос Фёдор Ляпкин-Тяпкинм — судья.
Артемий Филиппович Земляника — **попечитель**

городничий 市长

попечитель 监督官

богоуго́дных заведений.
Ива́н Кузьми́ч Шпе́кин — **почтме́йстер**.
Пётр Ива́нович Добчи́нский ⎫ городские **поме́щики**.
Пётр Ива́нович Бо́бчинский ⎭
Ива́н Александрович Хлестако́в — чино́вник из Петербу́рга.
О́сип — слуга́ его́.
Христиа́н Ива́нович Ги́бнер — уе́здный **ле́карь**.
Фёдор Андре́евич Люлюко́в ⎫
Ива́н Ла́заревич Растако́вский ⎬ **отста́вные** чино́вники, **почётные** ли́ца в го́роде.
Степа́н Ива́нович Коро́бкин ⎭
Степа́н Ильи́ч Уховёртов — ча́стный **при́став**.
Свистуно́в ⎫
Пугови́цын ⎬ **полице́йские**.
Держимо́рда ⎭
Абду́лин — купе́ц.
Февро́нья Петро́вна Пошлёпкина — **сле́сарша**.
Жена́ **у́нтер-офице́ра**.
Ми́шка — слуга́ городни́чего.
Слуга́ **тракти́рный**.
Го́сти и го́стьи, купцы́, **меща́не**, **проси́тели**.

ХАРАКТЕРЫ И КОСТЮМЫ
Замеча́ния для госпо́д актёров.

Городни́чий, уже́ постаре́вший на слу́жбе и о́чень неглу́пый по-сво́ему челове́к. Хотя́ и **взя́точник**, одна́ко ведёт себя́ о́чень **соли́дно**; дово́льно **сурьёзен**; не́сколько да́же **резонёр**; говори́т ни гро́мко, ни ти́хо, ни мно́го, ни ма́ло. Его́ ка́ждое сло́во значи́тельно. Черты́ лица́ его́ гру́бы и жёстки, как у вся́кого, нача́вшего тяжёлую слу́жбу с ни́зших чино́в. Перехо́д от стра́ха к ра́дости, от ни́зости к высокоме́рию дово́льно быстр, как у челове́ка с гру́бо разви́тыми скло́нностями души́. Он оде́т, по обыкнове́нию, в своём **мунди́ре** с **петли́цами** и в **ботфо́ртах** со шпо́рами. Во́лосы на нём **стри́женые**, с **про́седью**.

А́нна Андре́евна, жена́ его́, провинциа́льная **коке́тка**, ещё не совсе́м пожилы́х лет, воспи́танная вполови́ну на рома́нах и альбо́мах, вполови́ну на

богоуго́дный 慈善的
почтме́йстер 邮政局长

поме́щик 地主

ле́карь <旧,俗> 医生
отставно́й 退伍的, 退职的
почётный 名誉的, 受尊敬的

при́став 警察所长

полице́йский 警察
сле́сарша 钳工的妻子
у́нтер-офице́р 士官
тракти́рный 旅店的, 小酒店的
меща́нин 小市民
проси́тель 递呈子的人, 上访者

взя́точник 受贿者
соли́дно 庄重地
сурьёзный <旧> 同 серьёзный
резонёр 好说教的人

мунди́р 制服, 礼服
петли́ца 领章, 袖章
ботфо́рты 高筒皮靴
стри́женый 剪短的
про́седь 花白头发
коке́тка 卖弄风情的女人

кладова́я 食品储藏室
де́вичья 女仆居住的房间
тщесла́вие 虚荣心

ме́лочь 小事，琐事
вы́говор 责备
насме́шка 嘲笑，讥讽

канцеля́рия 办公室

соображе́ние 想法，见解
отры́вистый 断断续续的

сурьёзно <旧>=серьёзно

суро́вый 严肃的

плут 滑头，狡猾的人
поно́шенный 破旧的
сюрту́к 常礼服

брюшко́ <口> 大肚子

развя́зный 举止随便的

вольноду́мный 充满自由思想的
дога́дка 推测，猜想
ми́на 脸色，神情
хрип 带有嘶哑声的嗓音
сап <口> 鼾声，呼噜声

хлопотах в своей **кладово́й** и **де́вичьей**. Очень любопытна и при случае выказывает **тщесла́вие**. Берёт иногда власть над мужем потому только, что тот не находится что отвечать ей. Но власть эта распространяется только на **ме́лочи** и состоит в **вы́говорах** и **насме́шках**. Она четыре раза переодевается в разные платья в продолжение пьесы.

Хлестаков, молодой человек лет 23-х, тоненький, худенький; несколько приглуповат и, как говорят, без царя в голове. Один из тех людей, которых в **канцеля́риях** называют пустейшими. Говорит и действует без всякого **соображе́ния**. Он не в состоянии остановить постоянного внимания на какой-нибудь мысли. Речь его **отры́виста**, и слова вылетают из уст его совершенно неожиданно. Чем более исполняющий эту роль покажет чистосердечия и простоты, тем более он выиграет. Одет по моде.

Осип, слуга, таков, как обыкновенно бывают слуги несколько пожилых лет. Говорит сурьёзно, смотрит несколько вниз, резонёр и любит себе самому читать нравоучения для своего барина. Голос его всегда почти ровен, в разговоре с барином принимает **суро́вое**, отрывистое и несколько даже грубое выражение. Он умнее своего барина и потому скорее догадывается, но не любит много говорить и молча **плут**. Костюм его — серый или синий **поно́шенный сюрту́к**.

Бобчинский и Добчинский, оба низенькие, коротенькие, очень любопытные; чрезвычайно похожи друг на друга. Оба с небольшими **брюшка́ми**. Оба говорят скороговоркою и чрезвычайно много помогают жестами и руками. Добчинский немножко выше и сурьезнее Бобчинского, но Бобчинский **развя́знее** и живее Добчинского.

Ля́пкин-Тя́пкин, судья, человек, прочитавший пять или шесть книг, и потому несколько **вольноду́мен**. Охотник большой на **дога́дки**, и потому каждому слову своему даёт вес. Представляющий его должен всегда сохранять в лице своём значительную **ми́ну**. Говорит басом с продолговатой растяжкой, **хри́пом** и **са́пом** — как старинные часы, которые прежде **шипят**, а потом уже бьют.

Земляника, попечитель богоугодных заведений, очень толстый, **неповоротливый** и **неуклюжий** человек, но при всем том **проныра** и плут. Очень **услужлив** и **суетлив**.

Почтмейстер, простодушный до наивности человек.

Прочие роли не требуют особых изъяснений. Оригиналы их всегда почти находятся пред глазами.

Господа актёры особенно должны обратить внимание на последнюю сцену. Последнее произнесённое слово должно произвесть электрическое потрясение на всех разом, вдруг. Вся группа должна переменить положение в один миг ока. Звук изумления должен вырваться у всех женщин разом, как будто из одной груди. От несоблюдения сих замечаний может исчезнуть весь эффект.

ДЕЙСТВИЕ ПЕРВОЕ
Комната в доме городничего.

Явление первое
Городничий, попечитель богоугодных заведений, смотритель училищ, судья, частный пристав, лекарь, два квартальных.

Городничий. Я пригласил вас, господа, с тем чтобы сообщить вам пренеприятное известие. К нам едет ревизор.

Аммос Фёдор. Как ревизор?

Артемий Филиппович. Как ревизор?

Городничий. Ревизор из Петербурга, **инкогнито**. И ещё с секретным предписаньем.

Аммос Фёдор. Вот-те на!

Артемий Филиппович. Вот не было заботы, так подай!

Лука Лукич. Господи Боже! ещё и с секретным предписаньем!

Городничий. Я как будто предчувствовал: сегодня мне всю ночь снились какие-то две необыкновенные крысы. Право, этаких я никогда не видывал: чёрные, неестественной величины! пришли, **понюхали** — и пошли прочь. Вот я вам

кум 干亲家
благоде́тель <旧>恩人
уведомля́ть//уве́домить
通知，告知

предосторо́жность 预防

толсте́ть//потолсте́ть
发胖
скры́пка 小提琴

прочту письмо, которое получил я от Андрея Ивановича Чмыхова, которого вы, Артемий Филиппович, знаете. Вот что он пишет: «Любезный друг, **кум** и **благоде́тель** (*бормочет вполголоса, пробегая скоро глазами*)... и «**уве́домить** тебя». А! вот: «Спешу, между прочим, уведомить тебя, что приехал чиновник с предписанием осмотреть всю губернию и особенно наш уезд (*значительно поднимает палец вверх*). Я узнал это от самых достоверных людей, хотя он представляет себя частным лицом. Так как я знаю, что за тобою, как за всяким, водятся грешки, потому что ты человек умный и не любишь пропускать того, что плывет в руки...» (*остановясь*) ну, здесь свои... «то советую тебе взять **предосторо́жность**, ибо он может приехать во всякий час, если только уже не приехал и не живёт где-нибудь инкогнито... Вчерашнего дни я...» Ну, тут уж пошли дела семейные: «...сестра Анна Кириловна приехала к нам со своим мужем; Иван Кирилович очень **потолсте́л** и всё играет на **скры́пке**...» — и прочее и прочее. Так вот какое обстоятельство!

Аммос Фёдор. Да, обстоятельство такое... необыкновенно, просто необыкновенно. Что-нибудь недаром.

Лука Лукич. Зачем же, Антон Антонович, отчего это? зачем к нам ревизор?

Городничий. Зачем! Так уж, видно, судьба. (*Вздохнув.*) До сих пор, благодарение богу, подбирались к другим городам. Теперь пришла очередь к нашему.

Аммос Фёдор. Я думаю, Антон Антонович, что здесь тонкая и больше политическая причина. Это значит вот что: Россия... да... хочет вести войну, и министерия-то, вот видите, и подослала чиновника, чтобы узнать, нет ли где измены.

Городничий. Эк куда хватили! Ещё и умный человек. В уездном городе измена! Что он, пограничный, что ли? Да отсюда, хоть три года скачи, ни до какого государства не доедешь.

Аммос Фёдор. Нет, я вам скажу, вы не того... Вы не... Начальство имеет тонкие виды: даром, что далеко, а оно себе мотает на ус.

Городничий. Мотает или не мотает, а я вас, господа, **предуведомил**. Смотрите! по своей части я кое-какие распоряженья сделал, советую и вам. Особенно вам, Артемий Филиппович! Без сомнения, проезжающий чиновник захочет прежде всего осмотреть **подведомственные** вам богоугодные заведения — и потому вы сделайте так, чтобы всё было прилично: **Колпаки** были бы чистые, и больные не походили бы на **кузнецо́в**, как обыкновенно они ходят по-домашнему.

Артемий Филиппович. Ну, это ещё ничего. Колпаки, пожалуй, можно надеть и чистые.

Городничий. Да, и тоже над каждой кроватью надписать по-латыни или на другом каком языке… это уж по вашей части, Христиан Иванович, — всякую болезнь, когда кто заболел, которого дня и числа… Не хорошо, что у вас больные такой крепкий табак курят, что всегда **расчиха́ешься**, когда войдёшь. Да и лучше, если б их было меньше: тотчас отнесут к дурному смотрению или к **неиску́сству** врача.

Артемий Филиппович. О! насчёт врачеванья мы с Христианом Ивановичем взяли свои меры: чем ближе к натуре, тем лучше; лекарств дорогих мы не употребляем. Человек простой: если умрёт, то и так умрёт; если выздоровеет, то и так выздоровеет. Да и Христиану Ивановичу затруднительно было б с ними изъясняться; он по-русски ни слова не знает.

Христиан Иванович издаёт звук, отчасти похожий на букву и и несколько на е.

Городничий. Вам тоже посоветовал бы, Аммос Фёдор, обратить внимание на **присутственные** места. У вас там в **передней**, куда обыкновенно являются просители, **сторожа́** завели домашних гусей с маленькими гусенками, которые так и **шныря́ют** под ногами. Оно, конечно, домашним хозяйством заводиться всякому похвально, и почему ж сторожу и не завесть его? только, знаете, в таком месте неприлично… я и прежде хотел вам это заметить, но всё как-то позабывал.

предуведомля́ть // предуве́домить <旧>预先通知

подве́домственный 属……管辖的
колпа́к 尖顶帽, 椭圆帽
кузнецо́в =кузнец <旧,俗>铁匠

расчиха́ться [完]<口>接连打起喷嚏来

неиску́сство <旧>没有本领, 不会干

прису́тственный 用于办公的
пере́дняя 前厅, 外厅
сторожа́ <旧>守卫人员
шныря́ть // шырну́ть <口>乱钻

дУ́рно 恶劣地
дрянь <口> 无用的东西
шкап <旧,俗> 同шкаф 柜子
арáпник 短柄长鞭

свéдущий 学识渊博的
винокýренный 酿酒的

чеснóк 大蒜

ушибáть//ушибúть 碰伤

рознь <旧> 差别,不同
бóрзый 轻捷的,迅速的
щенóк 小狗儿

шаль 披巾

Аммос Фёдор. А вот я их сегодня же велю всех забрать на кухню. Хотите, приходите обедать.

Городничий. Кроме того, **дурно**, что у вас высушивается в самом присутствии всякая **дрянь** и над самым **шкапом** с бумагами охотничий **арапник**. Я знаю, вы любите охоту, но всё на время лучше его принять, а там, как проедет ревизор, пожалуй, опять его можете повесить. Также заседатель ваш... он, конечно, человек **сведущий**, но от него такой запах, как будто бы он сейчас вышел из **винокуренного** завода — это тоже нехорошо. Я хотел давно об этом сказать вам, но был, не помню, чем-то развлечен. Есть против этого средства, если уже это действительно, как он говорит, у него природный запах. Можно ему посоветовать есть лук, или **чеснок**, или что-нибудь другое. В этом случае может помочь разными медикаментами Христиан Иванович.

Христиан Иванович издаёт тот же звук.

Аммос Фёдор. Нет, этого уже невозможно выгнать: он говорит, что в детстве мамка его **ушибла**, и с тех пор от него отдает немного водкою.

Городничий. Да я так только заметил вам. Насчёт же внутреннего распоряжения и того, что называет в письме Андрей Иванович грешками, я ничего не могу сказать. Да и странно говорить. Нет человека, который бы за собою не имел каких-нибудь грехов. Это уже так Самим Богом устроено, и волтерианцы напрасно против этого говорят.

Аммос Фёдор. Что ж вы полагаете, Антон Антонович, грешками? Грешки грешкам **рознь**. Я говорю всем открыто, что беру взятки, но чем взятки? **Борзыми щенками**. Это совсем иное дело.

Городничий. Ну, щенками или чем другим — всё взятки.

Аммос Фёдор. Ну нет, Антон Антонович. А вот, например, если у кого-нибудь шуба стоит пятьсот рублей, да супруге **шаль**.

Городничий. Ну, а что из того, что вы берёте взятки борзыми щенками? Зато вы в бога не веруете; вы в церковь никогда не ходите; а я по крайней мере в вере тверд и каждое воскресенье бываю в церкви. А вы... О, я знаю вас: вы если начнёте говорить о **сотворении** мира, просто волосы **дыбом** поднимаются.

Аммос Фёдор. Да ведь сам собою дошёл, собственным умом.

Городничий. Ну, в ином случае много ума хуже, чем бы его совсем не было. Впрочем, я так только **упомянул** об уездном суде; а по правде сказать, вряд ли кто когда-нибудь заглянет туда: это уж такое завидное место, сам Бог ему **покровительствует**. А вот вам, Лука Лукич, так, как смотрителю учебных заведений, нужно позаботиться особенно насчёт учителей. Они люди, конечно, учёные и воспитывались в разных **коллегиях**, но имеют очень странные поступки, натурально неразлучные с учёным званием. Один из них, например, вот этот, что имеет толстое лицо... не вспомню его фамилии, никак не может обойтись без того, чтобы, взошедши на кафедру, не сделать **гримасу**. Вот этак (*делает гримасу*), и потом начнёт рукою из-под галстука **утюжить** свою бороду. Конечно, если он ученику сделает такую рожу, то оно ещё ничего: может быть, оно там и нужно так, об этом я не могу судить, но вы посудите сами, если он сделает это посетителю, — это может быть очень **худо**: господин ревизор или другой кто может принять это на свой счёт. Из этого чёрт знает что может произойти.

Лука Лукич. Что ж мне, право, с ним делать? Я уж несколько раз ему говорил. Вот ещё на днях, когда зашёл было в класс наш предводитель, он скроил такую рожу, какой я никогда ещё не видывал. Он-то её сделал от доброго сердца, а мне выговор: зачем вольнодумные мысли **внушаются** юношеству.

Городничий. То же я должен вам заметить и об учителе по исторической части. Он учёная голова — это видно, и сведений **нахватал** тьму, но только объясняет с таким **жаром**, что не помнит себя. Я раз слушал его: ну, покамест

сотворение 创造
дыбом 竖立着，直竖起来

упоминать//упомянуть 顺便提及

покровительствовать [未] 保护，袒护

коллегия <旧>学校

гримаса 鬼脸，怪相
утюжить [未]<口>抚弄

худо <口>坏事，不幸

внушаться [未] 灌输

нахватывать//нахватать <口>抓到，捉到
жар <转>激情，热情

词汇注释:

ассири́яне (古代)亚述人
вавило́няне 巴比伦人

убы́ток 亏损, 损失
казна́ <旧>官产, 公产, 财产

щади́ть // пощади́ть 吝惜, 顾惜

прокля́тый 极可恶的, 该死的
голу́бчик <口>亲爱的

ту́рки 土耳其人

га́дить // нага́дить <俗> 危害, 暗中使坏

говорил об **ассири́янах** и **вавило́нянах** — ещё ничего, а как добрался до Александра Македонского, то я не могу вам сказать, что с ним сделалось. Я думал, что пожар, ей-богу! сбежал с кафедры и что силы есть хвать стулом об пол. Оно, конечно, Александр Македонский герой, но зачем же стулья ломать? от этого **убы́ток казне́**.

Лука Лукич. Да, он горяч; я ему это несколько раз уже замечал… Говорит: Как хотите, для науки я жизни не **пощажу́**.

Городничий. Да, таков уже неизъяснимый закон судеб: умный человек — или пьяница, или рожу такую состроит, что хоть святых выноси.

Лука Лукич. Не приведи бог служить по учёной части, всего боишься. Всякий мешается, всякому хочется показать, что он тоже умный человек.

Городничий. Это бы ещё ничего. Инкогнито **прокля́тое**! Вдруг заглянет: а, вы здесь, **голу́бчики**! А кто, скажет, здесь судья? — Ляпкин-Тяпкин. — А подать сюда Ляпкина-Тяпкина! А кто попечитель богоугодных заведений? — Земляника. А подать сюда Землянику! Вот что худо!

Явление второе
Те же и почтмейстер.

Почтмейстер. Объясните, господа, что? какой чиновник едет?

Городничий. А вы разве не слышали?

Почтмейстер. Слышал от Петра Ивановича Бобчинского. Он только что был у меня в почтовой конторе.

Городничий. Ну, что? Как вы думаете об этом?

Почтмейстер. А что думаю? война с **ту́рками** будет.

Аммос Фёдор. В одно слово! я сам то же думал.

Городничий. Да, оба пальцем в небо попали!

Почтмейстер. Право, война с турками. Это всё француз **га́дит**.

Городничий. Какая война с турками! просто

нам плохо будет, а не туркам. Это уже известно: у меня письмо.

Почтмейстер. А если так, то — не будет войны с турками.

Городничий. Ну что же, как вы, Иван Кузьмич?

Почтмейстер. Да что я? Как вы, Антон Антонович?

Городничий. Да что я? Страху-то нет, а так, немножко... Купечество да гражданство меня **смущáет**. Говорят, что я им солоно пришёлся, а я, вот ей-богу, если и взял с иного, то, право, без всякой ненависти. Я даже думаю (*берёт его под руку и отводит в сторону*), я даже думаю, не было ли на меня какого-нибудь **донóса**. Зачем же в самом деле к нам ревизор? Послушайте, Иван Кузьмич, нельзя ли вам, для общей нашей пользы, всякое письмо, которое прибывает к вам в почтовую контору, входящее и исходящее, — знаете, этак немножко распечатать и прочитать: не содержится ли в нём какого-нибудь **донесéния** или просто переписки. Если же нет, то можно опять запечатать; впрочем, можно даже и так отдать письмо, распечатанное.

Почтмейстер. Знаю, знаю... Этому не учите, это я делаю не то чтоб из предосторожности, а больше из любопытства: смерть люблю узнать, что есть нового на свете. Я вам скажу, что это преинтересное чтение! Иное письмо с наслажденьем прочтёшь — так описываются разные **пассáжи**... а назидательность какая... Лучше, чем в Московских ведомостях!Городничий. Ну что ж, скажите: ничего не начитывали о каком-нибудь чиновнике из Петербурга?

Почтмейстер. Нет, о петербургском ничего нет; а о костромских и саратовских много говорится. Жаль, однако ж, что вы не читаете писем: есть прекрасные места. Вот недавно один **порýчик** пишет к приятелю и описал бал в самом **игрúвом**... очень, очень хорошо: «Жизнь моя, милый друг, течёт, — говорит, — в **эмпирéях**: барышень много, музыка играет, **штандáрт**

смущáть//смутúть 使惊惶不安

донóс 告密

донесéние 告发，告密

пассáж <旧> 片段

порýчик (旧俄陆军) 中尉
игрúвый 快活的

эмпирéй 仙境
штандáрт 军旗

скачет...» — с большим, с большим чувством описал. Я нарочно оставил его у себя. Хотите, прочту?

Городничий. Ну, теперь не до того. Так сделайте милость, Иван Кузьмич: если на случай попадётся жалоба или донесение, то без всяких рассуждений задерживайте.

Почтмейстер. С большим удовольствием.

Аммос Фёдор. Смотрите, достанется вам когда-нибудь за это.

Почтмейстер. Ах, батюшки!

Городничий. Ничего, ничего. Другое дело, если бы вы из этого публичное что-нибудь сделали, но ведь это дело семейственное.

Аммос Фёдор. Да, нехорошее дело **завари́лось**! А я, признаюсь, шёл было к вам, Антон Антонович, с тем, чтобы **попо́тчевать** вас собачонкою. Родная сестра тому **кобелю́**, которого вы знаете. Ведь вы слышали, что Чептович с Варховинским затеяли **тя́жбу**, и теперь мне роскошь: травлю зайцев на землях и у того и у другого.

Городничий. Батюшки, не милы мне теперь ваши зайцы: у меня инкогнито проклятое сидит в голове. Так и ждёшь, что вот отворится дверь и — **шасть**...

Явление третье

*Те же, Бобчинский и Добчинский, оба входят **запыха́вшись**.*

Бобчинский. Чрезвычайное происшествие!
Добчинский. Неожиданное известие!
Все. Что, что такое?
Добчинский. **Непредви́денное** дело: приходим в гостиницу...
Бобчинский (*перебивая*). Приходим с Петром Ивановичем в гостиницу...
Добчинский (*перебивая*). Э, позвольте, Пётр Иванович, я расскажу.
Бобчинский. Э, нет, позвольте уж я... позвольте, позвольте... вы уж и **сло́га** такого не имеете...
Добчинский. А вы **собьётесь** и не припомните всего.

зава́риваться// завари́ться <口>搞出, 发生
по́тчевать//попо́тчевать <口>请客,敬客
кобе́ль<口>公狗
тя́жба <旧>打官司

ша́сть <俗>突然出现

запыха́ться [未]<口>气喘吁吁

непредви́денный 意想不到的

слог <旧>准确鲜明的表达能力
сбива́ться//сби́ться 说话走题, 跑调

ДРАМА

Бобчинский. Припомню, ей-богу, припомню. Уж не мешайте, пусть я расскажу. Не мешайте! Скажите, господа, сделайте милость, чтоб Пётр Иванович не мешал.

Городничий. Да говорите, ради бога, что такое? У меня сердце не на месте. Садитесь, господа! возьмите стулья! Пётр Иванович, вот вам стул!

(*Все усаживаются вокруг обоих Петров Ивановичей.*)

Ну, что, что такое?

Бобчинский. Позвольте, позвольте: я все по порядку. Как только имел я удовольствие выйти от вас после того, как вы изволили смутиться полученным письмом, да-с, — так я тогда же забежал... уж, пожалуйста, не перебивайте, Пётр Иванович! Я уж всё, всё, всё знаю-с. Так я, вот изволите видеть, забежал к Коробкину. А не заставши Коробкина-то дома, **заворотил** к Растаковскому, а не заставши Растаковского, зашёл вот к Ивану Кузьмичу, чтобы сообщить ему полученную вами новость, да, идучи оттуда, встретился с Петром Ивановичем...

заворáчивать//заворотúть <口>顺便拐到

Добчинский (*перебивая*). Возле **будки**, где продаются пироги.

бýдка 亭

Бобчинский. Возле будки, где продаются пироги. Да встретившись с Петром Ивановичем, и говорю ему: «Слышали ли вы о новости-та, которую получил Антон Антонович из достоверного письма?» А Пётр Иванович уж услыхали об этом от **ключницы** вашей Авдотьи, которая, не знаю, за чем-то была послана к Филиппу Антоновичу Почечуеву.

ключница <旧> 女管家

Добчинский (*перебивая*). За **бочонком** для французской водки.

бочóнок 桶

Бобчинский (*отводя его руки*). За бочонком для французской водки. Вот мы пошли с Петром-то Ивановичем к Почечуеву... Уж вы, Пётр Иванович... энтого... не перебивайте, пожалуйста не перебивайте!.. Пошли к Почечуеву, да на дороге Пётр Иванович говорит: «Зайдём, — говорит, — в **трактир**. В **желудке**-то у меня... с утра я ничего

трактúр <旧> 小酒馆
желýдок 胃

313

сёмга 鲑鱼	
недурно́й 不坏的	
нару́жность 外貌，相貌	
партикуля́рный 日常穿的	
физионо́мия 脸，面孔	
тракти́рщик <旧>小酒馆老板	
пребо́йкий 很活泼的	
пришепётывать [未]<口> 卷舌音过重	
аттестова́ть [未,完] 评价	
вразумля́ть // вразуми́ть 使明白过来	

не ел, так желудочное трясение...» — да-с, в желудке-то у Петра Ивановича... «А в трактир, — говорит, — привезли теперь свежей **сёмги**, так мы закусим». Только что мы в гостиницу, как вдруг молодой человек...

Добчинский (*перебивая*). **Недурно́й нару́жности**, в **партикуля́рном** платье...

Бобчинский. Недурной наружности, в партикулярном платье, ходит этак по комнате, и в лице этакое рассуждение... **физионо́мия**... Поступки...и здесь (*вертит рукою около лба*) много, много всего. Я будто предчувствовал и говорю Петру Ивановичу: «Здесь что-нибудь неспроста-с». Да. А Пётр-то Иванович уж мигнул пальцем и подозвали **тракти́рщика**-с, трактирщика Власа: у него жена три недели назад тому родила, и такой **пребо́йкий** мальчик, будет так же, как и отец, содержать трактир. Подозвавши Власа, Пётр Иванович и спроси его потихоньку: «Кто, — говорит, — этот молодой человек?» — а Влас и отвечает на это: «Это, — говорит... »Э, не перебивайте, Пётр Иванович, пожалуйста, не перебивайте; вы не расскажете, ей-богу не расскажете: вы **пришепётываете**; у вас, я знаю, один зуб во рту со свистом... «Это, — говорит, — молодой человек, чиновник», — да-с, — «едущий из Петербурга, а по фамилии, — говорит, Иван Александрович Хлестаков-с, а едет, — говорит, — в Саратовскую губернию и, — говорит, — престранно себя **аттесту́ет**: другую уж неделю живёт, из трактира не едет, забирает всё на счёт и ни копейки не хочет платить». Как сказал он мне это, а меня так вот свыше и **вразуми́ло**. «Э!» — говорю я Петру Ивановичу...

Добчинский. Нет, Пётр Иванович, это я сказал: «э!»

Бобчинский. Сначала вы сказали, а потом и я сказал. «Э! — сказали мы с Петром Ивановичем. — А с какой стати сидеть ему здесь, когда дорога ему лежит в Саратовскую губернию?» Да-с! А вот он-то и есть этот чиновник.

Городничий. Кто, какой чиновник?

Бобчинский. Чиновник-та, о котором изволили получить **нотацию**, — ревизор.

Городничий (*в страхе*). Что вы, Господь с вами! это не он.

Добчинский. Он! и денег не платит и не едет, кому же б быть, как не ему? И **подорожная** прописана в Саратов.

Бобчинский. Он, он, ей-богу он... Такой **наблюдательный**: всё обсмотрел. Увидел, что мы с Петром-то Ивановичем ели семгу, — больше потому, что Пётр Иванович насчёт своего желудка... да. Так он и в тарелки к нам заглянул. Меня так и проняло страхом.

Городничий. Господи, помилуй нас, грешных! Где же он там живёт?

Добчинский. В пятом номере, под лестницей.

Бобчинский. В том самом номере, где прошлого года подрались проезжие офицеры.

Городничий. И давно он здесь?

Добчинский. А недели две уж. Приехал на Василья Египтянина.

Городничий. Две недели! (*В сторону.*) Батюшки, **сватушки**! Выносите, святые угодники! В эти две недели высечена унтер-офицерская жена! **арестантам не** выдавали **провизии**! На улицах **кабак**, нечистота! **Позор**! поношенье! (*Хватается за голову.*)

Артемий Филиппович. Что ж, Антон Антонович? ехать **парадом** в гостиницу.

Аммос Фёдор. Нет, нет! Вперёд пустить голову, **духовенство**, купечество; вот и в книге Деяния Иоанна Масона...

Городничий. Нет, нет; позвольте уж мне самому. Бывали трудные случаи в жизни, сходили, ещё даже и спасибо получал. **Авось** Бог вынесет и теперь. (*Обращаясь к Бобчинскому.*) Вы говорите, он молодой человек?

Бобчинский. Молодой, лет двадцати трёх или четырёх с небольшим.

Городничий. Тем лучше: молодого скорее **пронюхаешь**. Беда, если старый чёрт, а молодой весь наверху. Вы, господа, приготовляйтесь по

нотация 教训

подорожная 驿马使用证

наблюдательный 善于观察的

сватушки 我的天啊!
арестант <旧>囚犯
провизия 食物
кабак <口>像小酒馆似的脏乱
позор 耻辱
парад 列队行进
духовенство 神职人员

авось <口>但愿, 也许

пронюхивать// пронюхать 详细了解

315

наве́дываться// наве́даться <口>访问，拜访 уго́дно 乐意	своей части, а я отправлюсь сам или вот хоть с Петром Ивановичем, приватно, для прогулки, **наве́даться**, не терпят ли проезжающие неприятностей. Эй, Свистунов!

Свистунов. Что **уго́дно**?

Городничий. Ступай сейчас за частным приставом; или нет, ты мне нужен. Скажи там кому-нибудь, чтобы как можно поскорее ко мне частного пристава, и приходи сюда.(*Квартальный бежит впопыхах.*)

Артемий Филиппович. Идём, идём, Аммос Фёдор.В самом деле может случиться беда.

Аммос Фёдор. Да вам чего бояться? Колпаки чистые надел на больных, да и концы в воду.

Артемий Филиппович. Какое колпаки! Больным велено габерсуп давать, а у меня по всем коридорам несёт такая капуста, что береги только нос.

Аммос Фёдор. А я на этот счёт покоен. В самом деле, кто зайдет в уездный суд? А если и заглянет в какую-нибудь бумагу, так он жизни не будет рад. Я вот уж пятнадцать лет сижу на судейском стуле, а как загляну в докладную записку — а! только рукой махну. Сам **Соломо́н** |
| Соломо́н 所罗门王 | не разрешит, что в ней правда и что неправда. (*Судья, попечитель богоугодных заведений, смотритель училищ и почтмейстер уходят и в дверях сталкиваются с возвращающимся квартальным.*)

Явление четвертое
Городничий, Бобчинский, Добчинский и |
| кварта́льный <口><旧> 城市警察分局局长
дро́жки 轻便敞篷马车 | **кварта́льный**.

Городничий. Что, **дро́жки** там стоят?

Квартальный. Стоят.

Городничий. Ступай на улицу... или нет, постой!ступай принеси... да другие-то где? неужели ты только один? ведь я приказывал, чтобы и Прохоров был здесь. Где Прохоров?

Квартальный. Прохоров в частном доме, да только к делу не может быть употреблён.

Городничий. Как так? |
| мертве́цкий 死人般的
уша́т 双把儿木桶 | **Квартальный.** Да так: привезли его поутру **мертве́цки**. Вот уже два **уша́та** воды вылили, до |

сих пор не **протрезвился**.

Городничий (*хватаясь за голову*). Ах, боже мой, боже мой! ступай скорее на улицу, или нет — беги прежде в комнату, слышь! и принеси оттуда **шпагу** и новую шляпу. Ну, Пётр Иванович, поедем!

Бобчинский. И я, и я... позвольте и мне, Антон Антонович!

Городничий. Нет, нет, Пётр Иванович, нельзя, нельзя! Неловко, да и на дрожках не **поместимся**.

Бобчинский. Ничего, ничего, я так: петушком, петушком побегу за дрожками. Мне бы только немножко в **щёлочку**-та, в дверь этак посмотреть, как у него эти поступки...

Городничий (*принимая шпагу, к квартальному*). Беги сейчас возьми **десятских**, да пусть каждый из них возьмёт... Эк шпага как **исцарапалась**! Проклятый купчишка Абдулин — видит, что у городничего старая шпага, не прислал новой. О, **лукавый** народ! А так, **мошенники**, я думаю, там уж просьбы из-под полы и готовят. Пусть каждый возьмёт в руки по улице... чёрт возьми, по улице — по **метле**! и вымели бы всю улицу, что идёт к трактиру, и вымели бы чисто... Слышишь? Да смотри: ты! ты! я знаю тебя: ты там кумаешься да **крадёшь** в **ботфорты** серебряные **ложечки**, — смотри, у меня ухо **востро**!.. Что ты сделал с купцом Черняевым — а? он тебе на мундир дал два **аршина сукна**, а ты стянул всю штуку. Смотри! не по **чину** берёшь! Ступай!

Явление пятое
Те же и частный пристав.

Городничий. А, Степан Ильич! Скажите, ради бога: куда вы **запропастились**? На что это похоже?

Частный пристав. Я был тут сейчас за воротами.

Городничий. Ну, слушайте же, Степан Ильич! Чиновник-то из Петербурга приехал. Как вы там распорядились?

протрезвляться// протрезвиться 清醒过来

шпа́га 刺剑, 长剑

помеща́ться// помести́ться 坐得下

щёлочка <表小> 缝隙

деся́тский (旧俄由农民中选出的) 甲长

исцара́пываться// исцара́паться 满是擦伤

лука́вый 阴险狡猾的

моше́нник 骗子

метла́ 扫帚

кра́сть//укра́сть 偷

ботфо́рты 高筒皮靴

ло́жечка <表小> 小勺

востро́ 尖锐, 锋利

арши́н 俄尺

сукно́ 呢子

чин <旧> 礼仪

запропасти́ться [完]<俗> (某物) 放到不知什么地方去了

тротуа́р 人行道	**Ча́стный при́став.** Да так, как вы приказывали. Квартального Пуговицына я послал с десятскими подчищать **тротуа́р**.
Городни́чий. А Держиморда где?
Ча́стный при́став. Держиморда поехал на пожарной трубе.
Городни́чий. А Прохоров пьян?
Ча́стный при́став. Пьян.
Городни́чий. Как же вы это так допустили?
Ча́стный при́став. Да бог его знает. Вчерашнего дня случилась за городом драка, — поехал туда для порядка, а возвратился пьян.
благоустро́йство 整齐
размётывать//размета́ть 拆掉
забо́р 围墙,栅栏
ве́ха 路标,界标
плани́ро́вка 规划,布局
сор (细碎的)垃圾	**Городни́чий.** Послушайте ж, вы сделайте вот что: квартальный Пуговицын... он высокого роста, так пусть стоит для **благоустро́йства** на мосту. Да **размета́ть** наскоро старый **забо́р**, что возле сапожника, и поставить соломенную **ве́ху**, чтоб было похоже на **плани́ро́вку**. Оно чем больше ломки, тем больше означает деятельности градоправителя. Ах, боже мой! я и позабыл, что возле того забора навалено на сорок телег всякого **со́ру**. Что это за скверный город: только где-нибудь поставь какой-нибудь памятник или просто забор — чёрт их знает откудова и нанесут всякой дряни! (*Вздыхает.*) Да если приезжий чиновник будет спрашивать службу: довольны ли? — чтобы говорили: «Всем довольны, ваше благородие»,а который будет недоволен, то ему после дам такого неудовольствия... О, ох, хо, хо, х!
гре́шный 有罪的
футля́р 匣,盒,箱
бе́стия <口>骗子
во́ск 蜡,蜂蜡	**гре́шен**, во многом грешен. (*Берёт вместо шляпы* **футля́р**.), дай только боже, чтобы сошло с рук поскорее, а там-то я поставлю уж такую свечу, какой ещё никто не ставил: на каждую **бе́стию** купца наложу доставить по три пуда **во́ску**. О, боже мой, боже мой! Едем, Пётр Иванович! (*Вместо шляпы хочет надеть бумажный футляр.*)
Ча́стный при́став. Антон Антонович, это коробка, а не шляпа.
Городни́чий (*бросая коробку*). Коробка так коробка. чёрт с ней! Да если спросят, отчего не выстроена церковь при богоугодном заведении, на которую назад тому пять лет была

ассигнована сумма, то не позабыть сказать, что начала строиться, но сгорела. Я об этом и **рапорт** представлял. А то, пожалуй, кто-нибудь, позабывшись, **сдуру** скажет, что она и не начиналась. Да сказать Держиморде, чтобы не слишком давал воли **кулакам** своим; он, для порядка, всем ставит фонари под глазами — и правому и виноватому. Едем, едем, Пётр Иванович! (*Уходит и возвращается.*) Да не выпускать солдат на улицу безо всего: эта дрянная **гарниза** наденет только сверх рубашки мундир, а внизу ничего нет.(*Все уходят.*)

Явление шестое

Анна Андреевна и Марья Антоновна вбегают на сцену.

Анна Андреевна. Где ж, где ж они? Ах, боже мой.. (*Отворяя дверь.*) Муж! Антоша! Антон! (*Говорит скоро.*) А всё ты, а всё за тобой. И пошла **копаться**: «я **булавочку**, я **косынку**» (*Подбегает к окну и кричит.*) Антон, куда, куда? что, приехал? ревизор? с усами! с какими усами?

Голос городничего. После, после, матушка.

Анна Андреевна. После? Вот новости — после! Я не хочу после... Мне только одно слово: что он, полковник? А? (*С пренебрежением.*) Уехал. Я тебе вспомню это! А всё эта: «Маменька, маменька, погодите, зашпилю сзади косынку; я сейчас». Вот тебе и сейчас! Вот тебе ничего и не узнали! А всё проклятое кокетство; услышала, что почтмейстер здесь, и давай пред зеркалом **жеманиться**: и с той стороны, и с этой стороны подойдет. Воображает, что он за ней **волочится**, а он просто тебе делает гримасу, когда ты отвернёшься.

Марья Антоновна. Да что ж делать, маменька? Всё равно чрез два часа мы всё узнаем.

Анна Андреевна. Чрез два часа! покорнейше благодарю. Вот **одолжила** ответом! Как ты не догадалась сказать, что чрез месяц ещё лучше можно узнать! (*Свешивается в окно.*)Эй, Авдотья! А! Что, Авдотья, ты слышала, там приехал кто-то.. Не слышала? Глупая какая! Машет руками? пусть машет, а ты всё бы таки его расспросила. Не

ассигновать[未,完]拨款
рапорт报告

сдуру <口>由于愚蠢

кулак拳头

гарниза <旧><藐>驻防军士兵

копаться [未]<口>翻寻
булавочка 别针
косынка(妇女用的)三角头巾

жеманиться [未]<口>装模作样

волочиться [未]<口>轻浮地追逐女人

одолжать//одолжить <旧>使……感激

свешиваться//свеситься <口>把身子探过,俯过

могла этого узнать! в голове чепуха, всё женихи сидят. А? Скоро уехали! да ты бы побежала за дрожками. Ступай, ступай сейчас! Слышишь, побеги расспроси: куда поехали, да расспроси хорошенько, что за приезжий, каков он, слышишь! Подсмотри в щелку и узнай всё, и глаза какие: чёрные или нет, и сию же минуту возвращайся назад, слышишь! Скорее, скорее, скорее, скорее! *(Кричит до тех пор, пока не опускается занавес. Так занавес и закрывает их обеих, стоящих у окна.)*

<...>

ДЕЙСТВИЕ ПЯТОЕ
Та же комната.

Явление восьмое
*Те же и почтмейстер **впопыхáх**, с распечатанным письмом в руке.*

Почтмейстер. Удивительное дело, господа! Чиновник, которого мы приняли за ревизора, был не ревизор.

Все. Как не ревизор?

Почтмейстер. Совсем не ревизор, я узнал это из письма.

Городничий. Что вы? что вы? из какого письма?

Почтмейстер. Да из собственного его письма. Приносят ко мне на почту письмо. Взглянул на адрес — вижу: «в Почтамтскую улицу». Я так и **обомлéл**. «Ну, — думаю себе, — верно, нашёл беспорядки по почтовой части и уведомляет начальство». Взял да и распечатал.

Городничий. Как же вы?..

Почтмейстер. Сам не знаю, неестественная сила **побудúла**. Призвал было уже курьера, с тем чтобы отправить его с **эштафéтой**, но любопытство такое одолело, какого ещё никогда не чувствовал. Не могу, не могу, слышу, что не могу, тянет, так вот и тянет. В одном ухе так вот и слышу: «Эй, не распечатывай! пропадёшь, как курица»; а в другом словно бес какой шепчет: «Распечатай, распечатай, распечатай!» И как придавил **сургýч** — по жилам огонь, а распечатал — мороз, ей-богу мороз. И руки дрожат, и всё помутилось.

Городничий. Да как же вы осмелились распечатать письмо такой **уполномо́ченной** особы?

Почтме́йстер. В том-то и штука, что он не уполномоченный и не особа!

Городничий. Что ж он, по-вашему, такое?

Почтме́йстер. Ни сё ни то; чёрт знает что такое!

Городничий (*запа́льчиво*). Как ни сё ни то? Как вы смеёте назвать его ни тем ни сем, да ещё и чёрт знает чем? Я вас под арест...

Почтме́йстер. Кто? Вы?

Городничий. Да, я.

Почтме́йстер. Коротки руки!

Городничий. Знаете ли, что он женится на моей дочери, что я сам буду **вельмо́жа**, что я в самую Сибирь **законопа́чу**.

Почтме́йстер. Эх, Антон Антонович! что Сибирь, далеко Сибирь. Вот лучше я вам прочту. Господа! позвольте прочитать письмо?

Все. Читайте, читайте!

Почтме́йстер (*читает*). «Спешу уведомить тебя, душа Тряпичкин, какие со мной чудеса. На дороге **обчи́стил** меня кругом **пехо́тный** капитан, так что трактирщик хотел уже было посадить в тюрьму; как вдруг, по моей петербургской физиономии и по костюму, весь город принял меня за генерал-губернатора. И я теперь живу у городничего, **жуи́рую**, волочусь **напропалу́ю** за его женой и дочкой; не решился только, с которой начать, думаю, прежде с матушки, потому что, кажется, готова сейчас на все услуги. Помнишь, как мы с тобой бедствовали, обедали **нашерамы́жку** и как один раз было **конди́тер** схватил меня за **воротни́к** по поводу съеденных пирожков на счёт доходов аглицкого короля; теперь совсем другой оборот. Все мне дают взаймы сколько угодно. Оригиналы страшные. От смеху ты бы умер. Ты, я знаю, пишешь статейки; помести их в свою литературу.

уполномо́ченный 特派员

запа́льчиво 气愤地

вельмо́жа <旧>大官
законопа́чивать//
  законопа́тить <俗>送
  去服苦役

обчища́ть//обчи́стить
  <转>(打纸牌时)使输光
пехо́тный 步兵的

жуи́ровать [未]<旧>恣意
  享乐
напропалу́ю <口>毫无顾
  忌地

нашерамы́жку <俗>自己
  不花钱
конди́тер <旧>糖果点心
  店老板
воротни́к 领子

си́вый 瓦灰色的 ме́рин 骗过的公马	Во-первых: городничий — глуп, как **си́вый ме́рин**...»
Городничий. Не может быть! Там нет этого.
Почтмейстер (*показывает письмо*). Читайте сами!
Городничий (*читает*). «Как сивый мерин». Не может быть, вы это сами написали.
Почтмейстер. Как же бы я стал писать?
Артемий Филиппович. Читайте!
Лука Лукич. Читайте!
Почтмейстер (*продолжая читать*). «Городничий глуп, как сивый мерин...»
Городничий. О, чёрт возьми! нужно ещё повторять! как будто оно там и без того не стоит.
Почтмейстер (*продолжая читать*). Хм... хм... хм... хм... «сивый мерин. Почтмейстер тоже добрый человек...» (*Оставляя читать.*) Ну, тут обо мне тоже он неприлично выразился.
Городничий. Нет, читайте!
Почтмейстер. Да к чему ж?..
Городничий. Нет, чёрт возьми, когда уж читать, так читать! Читайте всё!
Артемий Филиппович. Позвольте, я прочитаю. (*Надевает очки и читает.*) «Почтмейстер точь-в-точь департаментский сторож Михеев; должно быть, также, **подлец**, пьёт горькую».
подле́ц 卑鄙人 скве́рный 令人厌恶的 высека́ть//вы́сечь 鞭笞	**Почтмейстер** (*к зрителям*). Ну, **скве́рный** мальчишка, которого надо **вы́сечь**; больше ничего!
заика́ться [未] 口吃	**Артемий Филиппович** (*продолжая читать*). «Надзиратель над богоугодным заведе...и...и...и...» (*Заика́ется.*)
Коробкин. А что ж вы остановились?
Артемий Филиппович. Да нечеткое перо... впрочем, видно, что **негодя́й**.
негодя́й 卑鄙的人	**Коробкин.** Дайте мне! Вот у меня, я думаю, получше глаза. (*Берёт письмо.*)
Артемий Филиппович (*не давая письма*). Нет, это место можно пропустить, а там дальше **разбо́рчиво**.
разбо́рчиво 清晰地	**Коробкин.** Да позвольте, уж я знаю.
Артемий Филиппович. Прочитать я и сам

прочитаю; далее, право, всё разборчиво.

Почтмейстер. Нет, всё читайте! ведь прежде всё читано.

Все. Отдайте, Артемий Филиппович, отдайте письмо! (*Коробкину.*) Читайте!

Артемий Филиппович. Сейчас. (*Отдаёт письмо.*) Вот, позвольте... (*Закрывает пальцем.*) Вот отсюда читайте.

(*Все приступают к нему.*)

Почтмейстер. Читайте, читайте! **вздор**, всё читайте!

вздор 胡说，胡诌

Коробкин (*читая*). «Надзиратель за богоугодным заведением Земляника — совершенная свинья в **ермо́лке**».

ермо́лка 小圆便帽

Артемий Филиппович (*к зрителям*). И **неостроу́мно**! Свинья в ермолке! где ж свинья бывает в ермолке?

неостроу́мно 不巧妙地

Коробкин (*продолжая читать*). «Смотритель училищ **проту́хнул наскво́зь** луком».

проту́хать//проту́хнуть 发出难闻的味

наскво́зь <转><口> 彻底，完全

Лука Лукич (*к зрителям*). Ей-богу, и в рот никогда не брал луку.

Аммос Фёдор (*в сторону*). Славу богу, хоть, по крайней мере обо мне нет!

Коробкин (*читает*). «Судья...»

Аммос Фёдор. Вот тебе на! (*Вслух.*) Господа, я думаю, что письмо длинно. Да и чёрт ли в нём: дрянь этакую читать.

Лука Лукич. Нет!

Почтмейстер. Нет, читайте!

Артемий Филиппович. Нет уж, читайте!

Коробкин (*продолжает*). «Судья Ляпкин-Тяпкин в сильнейшей степени **моветон**...»(*Останавливается.*) Должно быть, французское слово.

моветон 不体面的人

Аммос Фёдор. А чёрт его знает, что оно значит! ещё хорошо, если только мошенник, а может быть, и того ещё хуже.

Коробкин (*продолжая читать*). «А впрочем, народ гостеприимный и добродушный. Прощай, душа Тряпичкин. Я сам, по примеру твоему, хочу заняться литературой. Скучно, брат, так жить, хочешь наконец пищи для души. Вижу: точно нужно чем-нибудь высоким заняться. Пиши ко мне в Саратовскую губернию, а оттуда в деревню Подкатиловку. (*Переворачивает письмо и читает адрес.*) Его благородию, милостивому государю, Ивану Васильевичу Тряпичкину, в Санкт-Петербурге, в Почтамтскую улицу, в доме под №97, поворотя на двор, в 3 этаже направо».

Одна из дам. Какой **реприма́нд** неожиданный!

Городничий. Вот когда **заре́зал**, так зарезал! убит, убит, совсем убит! Ничего не вижу. Вижу какие-то свиные **ры́ла** вместо лиц, а больше ничего... **Вороти́ть**, воротить его!(*Машет рукою.*)

Почтмейстер. Куды воротить! Я, как нарочно, приказал смотрителю дать самую лучшую тройку; чёрт угораздил дать и вперед предписание.

Жена Коробкина. Вот уж точно, вот беспримерная **конфу́зия**!

Аммос Фёдор. Однако ж, чёрт возьми, господа! он у меня взял триста рублей взаймы.

Артемий Филиппович. У меня тоже триста рублей.

Почтмейстер (*вздыхает*). Ох! и у меня триста рублей.

Бобчинский. У нас с Петром Ивановичем шестьдесят пять-с на ассигнации-с. Да-с.

Аммос Фёдор (*в недоумении расставляет руки*). Как же это, господа? как это, в самом деле, мы так **оплоша́ли**?

Городничий (*бьёт себя по лбу*). Как я ? нет, как я, старый дурак? Выжил, глупый баран, из ума!.. Тридцать лет живу на службе; ни один купец, ни подрядчик не мог провести; мошенников над мошенниками обманывал, **пройдо́х** и плутов таких, что весь свет готовы обворовать, **поддева́л на уду**; трёх губернаторов обманул!.. Что губернатор! (*махнул рукой*) нечего и говорить про губернаторов...

Анна Андреевна. Но это не может быть, Антоша: он **обручи́лся** с Машенькой...

Городничий (*в сердцах*). Обручился! Кукиш с маслом — вот тебе обручился! Лезет мне в глаза с обрученьем!.. (*В* **исступле́нии**.) Вот смотрите, смотрите, весь мир, всё христианство, все смотрите,

ДРАМА

как одурачен городничий! Дурака ему, дурака, старому подлецу!(*Грозит самому себе кулаком.*) Эх ты, **толстоно́сый**! **Сосу́льку**, **тря́пку** принял за важного человека! Вон он теперь по всей дороге заливает колокольчиком! Разнесёт по всему свету историю; мало того что пойдёшь в **посме́шище** — найдётся **щелкопёр**, **бумагомара́ка**, в комедию тебя вставит. Вот что обидно: чина, звания не пощадит, и будут все скалить зубы и бить в ладоши. Чему смеётесь? Над собою смеётесь!.. Эх вы!.. (*Стучит со злости ногами об пол.*) Я бы всех этих бумагомарак! У! щелкоперы, либералы проклятые! чёртово **се́мя**! — узлом бы вас всех завязал, в муку бы стер вас всех да чёрту в **подкла́дку**! в шапку туды ему!..(*Суёт кулаком и бьёт каблуком в пол. После некоторого молчания.*) До сих пор не могу прийти в себя. Вот, **по́длинно**, если бог хочет наказать, так отнимет прежде разум. Ну что было в этом **вертопра́хе** похожего на ревизора? Ничего не было. Вот просто ни на полмизинца не было похожего — и вдруг все: ревизор! ревизор! Ну кто первый выпустил, что он ревизор? Отвечайте!

Артемий Филиппович (*расставляя руки*). Уж как это случилось, хоть убей, не могу объяснить. Точно туман какой-то ошеломил, чёрт попутал.

Аммос Фёдор. Да кто выпустил , вот кто выпустил: эти молодцы!(*Показывает на Добчинского и Бобчинского.*)

Бобчинский. Ей-ей, не я! и не думал...

Добчинский. Я ничего, совсем ничего...

Артемий Филиппович. Конечно, вы! Лука Лукич. Разумеется. Прибежали как сумасшедшие из трактира: «Приехал, приехал и денег не плотит...» Нашли важную птицу!

Городничий. Натурально, вы! **спле́тники** городские, **лгуны́** проклятые!

Артемий Филиппович. Чтоб вас чёрт побрал с вашим ревизором и рассказами.

Городничий. Только рыскаете по городу да смущаете всех, **трещо́тки** проклятые! **Спле́тни**

толстоно́сый 大鼻子的
сосу́лька <俗><讽>没出息的人
тря́пка <口>窝囊废
посме́шище 笑柄
щелкопёр <旧>蹩脚作家
бумагомара́ка <旧><口> 无聊的文人，粗制滥造的作者

се́мя <口>坏种，劣种

подкла́дка 衬里

по́длинно <旧>真的
вертопра́х <口>轻佻的男人

спле́тник 散布流言蜚语的人
лгун 撒谎者
трещо́тка <转><口>喋喋不休的人
спле́тня 谣言

325

пачку́н<蔑><骂>坏蛋	сеете, сороки короткохвостые! **Аммос Фёдор**. **Пачку́ны** проклятые! **Лука Лукич**. Колпаки!
сморчки́ 羊肚菌	**Артемий Филиппович**. **Сморчки́** короткобрюхие! (*Все обступают их.*) **Бобчинский**. Ей-богу, это не я, это Пётр Иванович. Добчинский. Э, нет, Пётр Иванович, вы ведь первые того… **Бобчинский**. А вот и нет; первые-то были вы.

Явление последнее
Те же и жандарм.

Жандарм. Приехавший по именному повелению из Петербурга чиновник требует вас сей же час к себе. Он остановился в гостинице.

(*Произнесённые слова поражают, как громом, всех. Звук изумления единодушно излетает из дамских уст; вся группа, вдруг переменивши положение, остаётся в **окаменении**.*)

немая сцена

окамене́ние 化石	*Городничий посередине в виде **столба́**, с **распростёртыми** руками и закинутою назад головою. По правую сторону его: жена и дочь с*
столб 柱子, 杆子 распростёртый 伸开的	***устремившимся** к нему движеньем всего тела; за ними почтмейстер, превратившийся в вопросительный знак, обращённый к зрителям; за ним Лука Лукич, потерявшийся самым невинным образом; за ним, у самого края сцены, три дамы, гостьи, **прислонившиеся** одна к другой с самым сатирическим выраженьем лица, относящимся прямо к семейству городничего. По левую сторону городничего: Земляника, наклонивший голову несколько **набок**, как будто к чему-то прислушивающийся; за ним судья с **растопыренными** руками, присевший почти до земли и сделавший движенье губами, как бы хотел посвистать или произнесть: «Вот тебе, бабушка, и Юрьев день!» За ним Коробкин, обратившийся к зрителям с **прищуренным** глазом и **едким** намёком на городничего; за ним, у самого края сцены, Бобчинский и Добчинский с устремившимися движеньями рук друг к другу, разинутыми ртами и **выпученными** друг на*
устремля́ться // устреми́ться 奔去	
прислоня́ться // прислони́ться 靠着……站点	
на́бок 歪着 растопы́ривать // растопы́рить <口> 笨拙地张开, 撑开	
прищу́ривать // прищу́рить <旧> 稍微眯上眼 е́дкий 挖苦的, 讥讽的 вы́пученный 过分突出的	

друга глазами. Прочие гости остаются просто столбами. Почти полторы минуты окаменевшая группа сохраняет такое положение. Занавес опускается

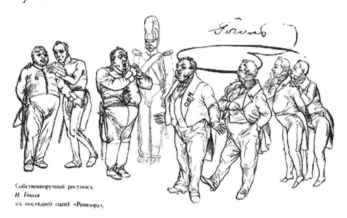

Собственноручный рисунок
Н. Гоголя
к последней сцене «Ревизора».

 Наводящие вопросы:

1. В основе сюжета комедии лежит распространенная на тот момент ситуация для уездных городов: взяточничество(行贿), казнокрадство (贪污) и лихоимство(受贿) чиновников. После известия о том, что в город едет ревизор, все чиновники живут в атмосфере всеобщего страха и в связи с этим обнаруживают свои самые низкие и отвратительные человеческие качества: к мнимому ревизору выстраиваются очереди из взяточников, которые, чтобы прикрыть свои преступления, одаривают его деньгами.

   Какова завязка действия? Почему, на Ваш взгляд, Хлестакову удается выдать себя за ревизора?

2. Как уездные чиновники реагируют на новость о том, что скоро приедет ревизор?
3. Какую роль играет случай в комедии?
4. Есть ли в этой комедии положительный герой по Гоголю?
5. Обратите внимание на последнюю сцену и объясните, что такое немая сцена? Какое значение она имеет в развитии сюжета и восприятии произведения в целом?

Александр Николаевич Островский

亚历山大·尼古拉耶维奇·奥斯特洛夫斯基（Александр Николаевич Островский, 1823—1886），俄罗斯著名剧作家。出生于莫斯科一个富裕的律师家庭，中学期间开始对戏剧产生强烈兴趣，1840年进入莫斯科大学法律系，三年后退学进入法院工作，广泛接触到各个社会阶层的矛盾冲突，为此后的戏剧创作提供了丰富的素材。1850年创作了第一部喜剧《自家人好算账》(Свои люди — сочтёмся!)，描绘了商人阶层的生活图景，被誉为商人版《死魂灵》，开启了俄罗斯"生活戏剧"的新阶段。一生创作47部剧作，代表作有《贫非罪》(Бедность не порок)、《没有陪嫁的新娘》(Бесприданница)、《代人受过》(Без вины виноватые)等。其剧目主要在莫斯科小剧院演出，小剧院因此以戏剧家的名字命名。剧作家的创作使俄罗斯民族戏剧达到很高的水准。其戏剧作品重视表现普通人的日常生活和内心世界。影响最大的剧作《大雷雨》(Гроза)是现实主义戏剧的代表作，通过女主人公追求爱情、自由并与旧式家庭发生冲突的悲剧，表现了宗法制社会对人性的压抑，以及女主人公强烈的忏悔意识，从而将创作主题从现实的"大雷雨"扩展到人内心的风暴。奥斯特洛夫斯基的创作是俄罗斯民族戏剧发展史上的一个里程碑，被誉为"俄罗斯戏剧之父"。

Гроза (отрывки)

ДРАМА В ПЯТИ ДЕЙСТВИЯХ

ЛИЦА:

Савел Прокофьевич Дико́й — купец, значительное лицо в городе [1].

Борис Григорьевич — племянник его, молодой человек, **поря́дочно** образованный.

поря́дочный 不错的，相当好的

вдова́ 寡妇

Марфа Игнатьевна Кабанова (Кабаниха) — богатая купчиха, **вдова́**.

Тихон Иваныч Кабанов — её сын.

Катерина — жена его.

---

[1] Все лица, кроме Бориса, одеты по-русски.

Варвара — сестра Тихона.

Кулигин — мещанин, **часовщи́к-самоу́чка**, отыскивающий **перпетуум-моби́ле**.

Ваня Кудряш — молодой человек, **конто́рщик** Дикова.

Шапкин — мещанин.

Феклуша — странница.

Глаша — девка в доме Кабановой.

Барыня с двумя **лаке́ями** — старуха 70-ти лет, полусумасшедшая.

Городские жители обоего пола.

Действие происходит в городе Калиново, на берегу Волги, летом. Между 3 и 4 действиями проходит 10 дней.

часовщи́к 钟表匠
самоу́чка 自学成才
перпетуум-моби́ле 永动机
конто́рщик 事务员

лаке́й 仆人

ДЕЙСТВИЕ ПЕРВОЕ

*Общественный сад на высоком берегу Волги, за Волгой сельский вид. На сцене две **скаме́йки** и несколько кустов.*

скаме́йка 长椅, 长凳

Явление первое

Кулигин сидит на скамье и смотрит за реку. Кудряш и Шапкин прогуливаются.

Кулигин (*поёт*). «Среди **доли́ны** ровныя, на **гла́дкой** высоте...» (*Перестаёт петь.*) Чудеса, истинно надобно сказать, что чудеса! Кудряш! Вот, братец ты мой, пятьдесят лет я каждый день гляжу за Волгу и все наглядеться не могу.

доли́на 谷, 谷地
гла́дкий 平坦的, 平整的

Кудряш. А что?

Кулигин. Вид необыкновенный! Красота! Душа радуется.

Кудряш. Не́што!

Кулигин. Восторг! А ты «**не́што**»! **Пригляде́лись** вы, либо не понимаете, какая красота в природе разлита.

Кудряш. Ну, да ведь с тобой что **толкова́ть**! Ты у нас **анти́к**, химик.

Кулигин. Меха́ник, самоучка-механик.

Кудряш. Всё одно.

не́што 没什么; 好
пригля́дываться//
    пригляде́ться 仔细观察
толкова́ть [未] 谈论, 讨论
анти́к <转> 思想陈旧的人
меха́ник 机器匠, 机械师

Молчание.

Кулигин (*показывает в сторону*). Посмотри-ка, брат Кудряш, кто это там так руками **разма́хивает**?

разма́хивать [未] 挥舞, 来回摆动

	Кудряш. Это? Это Дико́й племянника ругает.
	Кулигин. Нашёл место!
	Кудряш. Ему везде место. Боится, что ль, он кого! Достался ему на жертву Борис Григорьич, вот он на нём и ездит.
	Шапкин. Уж такого-то ругателя, как у нас Савел Прокофьич, поискать ещё! Ни за что человека **оборвёт**.
обрыва́ть//оборва́ть 粗暴指责,使……住口	**Кудряш**. Пронзительный мужик!
	Шапкин. Хороша тоже и Кабаниха.
	Кудряш. Ну, да та хоть, по крайности, всё под видом благочестия, а этот как с цепи **сорва́лся**!
срыва́ться//сорва́ться 挣脱	**Шапкин**. **Уня́ть**-то его некому, вот он и воюет!
унима́ть//уня́ть 迫使停止蛮横行为	**Кудряш**. Мало у нас парней-то на мою стать, а то бы мы его озорничать-то **отучи́ли**.
оту́чивать//отучи́ть 使戒除,使抛弃	**Шапкин**. А что бы вы сделали?
	Кудряш. Постращали бы хорошенько.
	Шапкин. Как это?
вчетверо́м 四人一起 впятеро́м 五人一起 шёлковый <转,口>听话的 пи́кнуть [完]强一句嘴,说个不字	**Кудряш**. **Вчетверо́м** этак, **впятеро́м** в переулке где-нибудь поговорили бы с ним с глазу на глаз, так он бы **шёлковый** сделался. А про нашу науку-то и не **пи́кнул** бы никому, только бы ходил да оглядывался.
	Шапкин. Недаром он хотел тебя в солдаты-то отдать.
	Кудряш. Хотел, да не отдал, так это всё одно что ничего. Не отдаст он меня: он чует носом-то своим, что я свою голову дёшево не продам. Это он вам страшен-то, а я с ним разговаривать умею.
	Шапкин. Ой ли!
грубия́н <口>粗野无礼的人	**Кудряш**. Что тут: ой ли! Я **грубия́н** считаюсь; за что ж он меня держит? Стало быть, я — ему нужен. Ну, значит, я его и не боюсь, а пущай же он меня боится.
	Шапкин. Уж будто он тебя и не ругает?
спуска́ть//спусти́ть <口>纵容,饶恕 плева́ть//плю́нуть 唾	**Кудряш**. Как не ругать! Он без этого дышать не может. Да не **спуска́ю** и я: он слово, а я — десять; **плю́нет**, да и пойдёт. Нет, уж я перед ним рабствовать не стану.
	Кулигин. С него, что ль, пример брать! Лучше уж стерпеть.
	Кудряш. Ну, вот, коль ты умён, так ты его

прежде **учли́вости**-то выучи, да потом и нас учи. Жаль, что дочери-то у него подростки, больших-то ни одной нет.

Шапкин. А то что бы?

Кудряш. Я б его уважил. Больно лих я на девок-то!

Проходят Дико́й и Борис. Кулигин снимает шапку.

Шапкин (*Кудряшу*). Отойдём к стороне: ещё привяжется, пожалуй.

Отходят.

Явление второе
Те же, Дико́й и Борис.

Дикой. **Баклу́ши** ты, что ль, **би́ть** сюда приехал? **Дармое́д**! **Пропади́** ты **про́падом**!

Борис. Праздник; что дома-то делать!

Дикой. Найдёшь дело, как захочешь. Раз тебе сказал, два тебе сказал: «Не смей мне навстречу попадаться»; тебе всё неймётся! Мало тебе места-то? Куда ни поди, тут ты и есть! **Тьфу** ты, **прокля́тый**! Что ты, как столб, стоишь-то? Тебе говорят аль нет?

Борис. Я и слушаю, что ж мне делать ещё!

Дикой (*посмотрев на Бориса*). Провались ты! Я с тобой и говорить-то не хочу, с **езуи́том**. (*Уходя.*) Вот навязался! (*Плюёт и уходит.*)

Явление третье
Кулигин, Борис, Кудряш и Шапкин.

Кулигин. Что у вас, **су́дарь**, за дела с ним? Не поймём мы никак. **Охо́та** вам жить у него да брань переносить.

Борис. Уж какая охота, Кулигин! Неволя.

Кулигин. Да какая же неволя, сударь, позвольте вас спросить? Коли можно, сударь, так скажите нам.

Борис. Отчего ж не сказать? Знали бабушку нашу, Анфису Михайловну?

Кулигин. Ну, как не знать!

Кудряш. Как не знать!

Борис. Батюшку она ведь **невзлюби́ла** за то, что он женился на **благоро́дной**. По этому-то

учли́вость<旧,方>谦恭，彬彬有礼

би́ть баклу́ши <转>游手好闲

дармое́д <口>吃闲饭的人

пропади́ про́падом 真该死！

тьфу 呸

прокля́тый 该死的

езуи́т 伪善者，狡诈的人

су́дарь<旧>先生，老爷

охо́та 愿意，想

невзлюби́ть [完]不喜欢

благоро́дный [阴]贵族

случаю батюшка с матушкой и жили в Москве. Матушка рассказывала, что она трёх дней не могла ужиться с роднёй, уж очень ей дико казалось.

Кулигин. Ещё бы не дико! Уж что говорить! Большую привычку нужно, сударь, иметь.

Борис. Воспитывали нас родители в Москве хорошо, ничего для нас не жалели. Меня отдали в **Коммерческую** академию, а сестру в **пансион**, да оба вдруг и умерли в **холеру**, мы с сестрой сиротами и остались. Потом мы слышим, что и бабушка здесь умерла и оставила **завещание**, чтобы дядя нам заплатил часть, какую следует, когда мы придём в совершеннолетие, только с условием.

Кулигин. С каким же, сударь?

Борис. Если мы будем к нему **почтительны**.

Кулигин. Это значит, сударь, что вам наследства вашего не видать никогда.

Борис. Да нет, этого мало, Кулигин! Он прежде **наломается** над нами, наругается всячески, как его душе угодно, а кончит всё-таки тем, что не даст ничего или так, какую-нибудь малость. Да ещё станет рассказывать, что из милости дал, что и этого бы не следовало.

Кудряш. Уж это у нас в купечестве такое заведение. Опять же, хоть бы вы и были к нему почтительны, нешто кто ему **запретит** сказать-то, что вы непочтительны?

Борис. Ну да. Уж он и теперь поговаривает иногда: «У меня свои дети, за что я чужим деньги отдам? Через это я своих обидеть должен!»

Кулигин. Значит, сударь, плохо ваше дело.

Борис. Кабы я один, так бы ничего! Я бы бросил всё да уехал. А то сестру жаль. Он было и её выписывал, да матушкины родные не пустили, написали, что больна. Какова бы ей здесь жизнь была — и представить страшно.

Кудряш. Уж само собой. Нешто они обращение понимают!

Кулигин. Как же вы у него живёте, сударь, на каком положении?

Борис. Да ни на каком. «Живи, говорит, у меня, делай, что прикажут, а **жалованья**, что положу». То есть через год разочтёт, как ему будет угодно.

жалованье 薪俸, 薪水

Кудряш. У него уж такое заведение. У нас никто и пикнуть не смей о жалованье, **изругает** на чём свет стоит. «Ты, говорит, почему знаешь, что я на уме держу? Нешто ты мою душу можешь знать? А может, я приду в такое расположение, что тебе пять тысяч дам». Вот ты и поговори с ним! Только ещё он во всю свою жизнь ни разу в такое-то расположение не приходил.

изругать [完] 破口大罵

Кулигин. Что ж делать-то, сударь! Надо стараться **угождать** как-нибудь.

угождать // угодить 討好

Борис. В том-то и дело, Кулигин, что никак невозможно. На него и свои? — то никак угодить не могут; а уж где ж мне?

Кудряш. Кто ж ему угодит, коли у него вся жизнь основана на **ругательстве**? А уж пуще всего из-за денег; ни одного расчёта без брани не обходится. Другой рад от своего отступиться, только бы он **унялся**. А беда, как его поутру кто-нибудь рассердит! Целый день ко всем **придирается**.

ругательство 責罵

униматься // уняться 停止吵鬧, 安靜下來

придираться // придраться 挑剔, 責備

Борис. Тётка каждое утро всех со слезами умоляет: «Батюшки, не рассердите! **Голубчики**, не рассердите!»

голубчик 親愛的

Кудряш. Да нешто убережёшься! Попал на базар, вот и конец! Всех мужиков переругает. Хоть в убыток проси, без брани всё-таки не отойдёт. А потом и пошёл на весь день.

Шапкин. Одно слово: воин!

Кудряш. Ещё какой воин-то!

Борис. А вот беда-то, когда его обидит такой человек, которого он обругать не смеет; тут уж домашние держись!

Кудряш. Батюшки! Что смеху-то было! Как-то его на Волге на перевозе **гусар** обругал. Вот чудеса-то творил!

гусар 驃騎兵

Борис. А каково домашним-то было! После этого две недели все прятались по **чердакам** да по **чуланам**.

чердак 閣樓, 頂樓
чулан 貯藏室

разгу́л 狂饮，纵酒	**Кулигин.** Что это? Никак, народ от вечерни тронулся?
кла́няться//поклони́ться 鞠躬	*Проходят несколько лиц в глубине сцены.*
	Кудряш. Пойдём, Шапкин, в **разгу́л**! Что тут стоять-то?
	Кла́няются и уходят.
	Борис. Эх, Кулигин, больно трудно мне здесь без привычки-то! Все на меня как-то дико смотрят, точно я здесь лишний, точно мешаю им. Обычаев я здешних не знаю. Я понимаю, что всё это наше русское, родное, а всё-таки не привыкну никак.
	Кулигин. И не привыкнете никогда, сударь.
	Борис. Отчего же?
меща́нство 小市民阶层	**Кулигин.** Жестокие нравы, сударь, в нашем городе, жестокие! В **меща́нстве**, сударь, вы ничего, кроме грубости да бедности **наго́льной**, не увидите. И никогда нам, сударь, не выбиться из этой коры! Потому что честным трудом никогда не заработать нам больше насущного хлеба. А у кого деньги, сударь, тот старается бедного **закабали́ть**, чтобы на его труды даровые ещё больше денег **нажива́ть**. Знаете, что ваш дядюшка, Савел Прокофьич, городничему отвечал? К городничему мужички пришли жаловаться, что он ни одного из них путём не разочтёт. **Городни́чий** и стал ему говорить: «Послушай, говорит, Савел Прокофьич, рассчитывай ты мужиков хорошенько! Каждый день ко мне с жалобой ходят!» Дядюшка ваш **потрепа́л** городничего по плечу да и говорит: «Стоит ли, ваше высокоблагородие, нам с вами об таких пустяках разговаривать! Много у меня в год-то народу перебывает; вы то поймите: не доплачу я им по какой-нибудь копейке на человека, а у меня из этого тысячи составляются, так оно мне и хорошо!» Вот как, сударь! А между собой-то, сударь, как живут! Торговлю друг у друга **подрыва́ют**, и не столько из **коры́сти**, сколько из зависти. Враждуют друг на друга;
наго́льный <转，口>赤裸裸的	
закабаля́ть//закабали́ть 奴役，使成为奴隶	
нажива́ть//нажи́ть 赚钱	
городни́чий 市长	
потрепа́ть [完] <口> 拍拍	
подрыва́ть//подорва́ть 损害	
коры́сть 利益，好处	

залучают в свои высокие-то хоромы пьяных приказных, таких, сударь, приказных, что и виду-то человеческого на нём нет, **обличье**-то человеческое истеряно. А те им, за малую благостыню на **гербовых** листах злостные **кляузы** строчат на ближних. И начнётся у них, сударь, суд да дело, и **несть** конца мучениям. Судятся, судятся здесь да в губернию поедут, а там уж их и ждут да от радости руками плещут. Скоро сказка сказывается, да не скоро дело делается; водят их, водят, **волочат** их, волочат, а они ещё и рады этому волоченью, того только им и надобно. «Я, говорит, потрачусь, да уж и ему станет в копейку». Я было хотел всё это стихами изобразить...

Борис. А вы умеете стихами?

Кулигин. По-старинному, сударь. Поначитался-таки Ломоносова, Державина... Мудрец был Ломоносов, испытатель природы... А ведь тоже из нашего, из простого звания.

Борис. Вы бы и написали. Это было бы интересно.

Кулигин. Как можно, сударь! Съедят, живого **проглотят**. Мне уж и так, сударь, за мою **болтовню** достаётся; да не могу, люблю разговор рассыпать! Вот ещё про семейную жизнь хотел я вам, сударь, рассказать; да когда-нибудь в другое время. А тоже есть что послушать.

Входят Феклуша и другая женщина.

Феклуша. Бла-алепие, милая, бла-алепие! Красота дивная! Да что уж говорить! В **обетованной земле** живёте! И купечество всё народ благочестивый, добродетелями многими украшенный! Щедростью и подаяниями многими! Я так довольна, так, матушка, довольна, по горлушко! За наше **неоставление** им ещё больше щедрот приумножится, а особенно дому Кабановых.

Уходят.

Борис. Кабановых?

ханжа́ <□> 伪君子	**Кулигин.** Ханжа́, сударь! Нищих оделяет, а домашних **зае́ла** совсем.
заеда́ть//зае́сть 使极痛苦	*Молчание.*

Только б мне, сударь, перепету-мобиль найти!

Борис. Что ж бы вы сделали?

Кулигин. Как же, сударь! Ведь англичане миллион дают; я бы все деньги для общества и употребил, для поддержки. Работу надо дать мещанству-то. А то руки есть, а работать нечего.

Борис. А вы надеетесь найти перпетуум-мобиле?

Кулигин. Непременно, сударь! Вот только бы теперь на модели деньжонками **раздобы́ться**. Прощайте, сударь! (*Уходит.*)

раздобыва́ться// раздобы́ться <□> 搞到

Явление четвёртое

Борис (*один*). Жаль его разочаровывать-то! Какой хороший человек! Мечтает себе и счастлив. А мне, видно, так и **загуби́ть** свою молодость в этой **трущо́бе**. Уж ведь совсем убитый хожу, а тут ещё **дурь** в голову лезет! Ну, к чему пристало! мне ли уж нежности заводить? Загнан, забит, а тут ещё **сду́ру-то** влюбляться вздумал. Да в кого! В женщину, с которой даже и поговорить-то никогда не удастся. (*Молчание.*) А всё-таки нейдёт она у меня из головы, хоть ты что хочешь. Вот она! Идёт с мужем, ну и **свекро́вь** с ними! Ну не дурак ли я! Погляди из-за угла, да и ступай домой. (*Уходит.*)

губи́ть//загуби́ть <□> 毁掉，毁坏

трущо́ба 偏僻地方

дурь <□> 糊涂想法

сду́ру <□> 因一时糊涂

свекро́вь 婆婆

Спротивоположной стороны входят Кабанова, Кабанов, Катерина и Варвара.

Явление пятое

Кабанова, Кабанов, Катерина и Варвара.

Кабанова. Если ты хочешь мать послушать, так ты, как приедешь туда, сделай так, как я тебе приказывала.

Кабанов. Да как же я могу, маменька, вас **ослу́шаться**!

Кабанова. Не очень-то **ны́нче** старших уважают.

Варвара. (*про себя*). Не уважишь тебя, как же!

ослу́шиваться// ослу́шаться <□> 不听话

ны́нче <□> 现在，现今

Кабанов. Я, кажется, маменька, из вашей воли ни на шаг.

Кабанова. Поверила бы я тебе, мой друг, кабы своими глазами не видала да своими ушами не слыхала, каково теперь стало почтение родителям от детей-то! Хоть бы то-то помнили, сколько матери болезней от детей переносят.

Кабанов. Я, маменька...

Кабанова. Если родительница что когда и обидное, по вашей гордости, скажет, так, я думаю, можно бы перенести! А, как ты думаешь?

Кабанов. Да когда же я, маменька, не переносил от вас?

Кабанова. Мать стара, глупа; ну, а вы, молодые люди, умные, не должны с нас, дураков, и **взыскивать**.

Кабанов (*вздыхая в сторону*). Ах ты, господи! (*Матери*.) Да смеем ли мы, маменька, подумать!

Кабанова. Ведь от любви родители и строги-то к вам бывают, от любви вас и **бранят-то**, всё думают добру научить. Ну, а это нынче не нравится. И пойдут детки-то по людям **славить**, что мать **ворчунья**, что мать проходу не даёт, со свету сживает. А, сохрани господи, каким-нибудь словом **снохе́** не угодить, ну и пошёл разговор, что свекровь заела совсем.

Кабанов. Нешто, маменька, кто говорит про вас?

Кабанова. Не слыхала, мой друг, не слыхала, лгать не хочу. Уж кабы я слышала, я бы с тобой, мой милый, тогда не так заговорила. (*Вздыхает*.) Ох, грех тяжкий! Вот долго ли **согрешить-то**! Разговор близкий сердцу пойдёт, ну и согрешишь, рассердишься. Нет, мой друг, говори, что хочешь, про меня. Никому не закажешь говорить: в глаза не посмеют, так за глаза станут.

Кабанов. Да **отсохни язык**...

Кабанова. Полно, полно, не божись! Грех! Я уж давно вижу, что тебе жена милее матери. С тех пор как женился, я уж от тебя прежней любви не вижу.

Кабанов. В чём же вы, маменька, это видите?

взы́скивать//взыска́ть
追究

брани́ть//вы́бранить
责骂

сла́вить[未]<口>传说（多为坏话）

ворчу́нья <口>爱发牢骚的人

сноха́ 儿媳妇

греши́ть//согреши́ть
犯罪, 作孽

отсо́хни язы́к<俗>叫我的舌头烂掉

вещу́н 预言家

поюли́ть [完]迎合讨好一阵子

напра́слина <口>冤枉

де́нно и но́щно 日日夜夜地

Кабанова. Да во всём, мой друг! Мать чего глазами не увидит, так у неё сердце **вещу́н**, она сердцем может чувствовать. Аль жена тебя, что ли, отводит от меня, уж не знаю.

Кабанов. Да нет, маменька! что вы, помилуйте!

Катерина. Для меня, маменька, всё одно, что родная мать, что ты, да и Тихон тоже тебя любит.

Кабанова. Ты бы, кажется, могла и помолчать, коли тебя не спрашивают. Не заступайся, матушка, не обижу небось! Ведь он мне тоже сын; ты этого не забывай! Что ты выскочила в глазах-то **поюли́ть**! Чтобы видели, что ли, как ты мужа любишь? Так знаем, знаем, в глазах-то ты это всем доказываешь.

Варвара (*про себя*). Нашла место наставления читать.

Катерина. Ты про меня, маменька, напрасно это говоришь. Что при людях, что без людей, я всё одна, ничего я из себя не доказываю.

Кабанова. Да я об тебе и говорить не хотела; а так, к слову пришлось.

Катерина. Да хоть и к слову, за что ж ты меня обижаешь?

Кабанова. Экая важная птица! Уж и обиделась сейчас.

Катерина. Напра́слину-то терпеть кому ж приятно!

Кабанова. Знаю я, знаю, что вам не по нутру мои слова, да что ж делать-то, я вам не чужая, у меня об вас сердце болит. Я давно вижу, что вам воли хочется. Ну что ж, дождётесь, поживёте и на воле, когда меня не будет. Вот уж тогда делайте что хотите, не будет над вами старших. А может, и меня вспомянете.

Кабанов. Да мы об вас, маменька, **де́нно и но́щно** бога молим, чтобы вам, маменька, бог дал здоровья и всякого благополучия и в делах успеху.

Кабанова. Ну, полно, перестань, пожалуйста. Может быть, ты и любил мать, пока был холостой. До меня ли тебе; у тебя жена молодая.

Кабанов. Одно другому не мешает-с: жена

само по себе, а к родительнице я само по себе почтение имею.

Кабанова. Так променяешь ты жену на мать? Ни в жизнь я этому не поверю.

Кабанов. Да для чего же мне менять-с? Я обеих люблю.

Кабанова. Ну да, да, так и есть, размазывай! Уж я вижу, что я вам помеха.

Кабанов. Думайте как хотите, на всё есть ваша воля; только я не знаю, что я за несчастный такой человек на свет рождён, что не могу вам угодить ничем.

Кабанова. Что ты сиротой-то **прикидываешься**! Что ты **нюни-то распустил**? Ну, какой ты муж? Посмотри ты на себя! Станет ли тебя жена бояться после этого?

Кабанов. Да зачем же ей бояться? С меня и того довольно, что она меня любит.

Кабанова. Как зачем бояться! Как зачем бояться! Да ты **рехнулся**, что ли? Тебя не станет бояться, меня и подавно. Какой же это порядок-то в доме будет? Ведь ты, чай, с ней в законе живёшь. Али, по-вашему, закон ничего не значит? Да уж коли ты такие дурацкие мысли в голове держишь, ты бы при ней-то, по крайней мере, не болтал да при сестре, при девке; ей тоже замуж идти: этак она твоей **болтовни** наслушается, так после муж-то нам спасибо скажет за науку. Видишь ты, какой ещё ум-то у тебя, а ты ещё хочешь своей волей жить.

Кабанов. Да я, маменька, и не хочу своей волей жить. Где уж мне своей волей жить!

Кабанова. Так, по-твоему, нужно всё лаской с женой? Уж и не прикрикнуть на неё, и не пригрозить?

Кабанов. Да я, маменька...

Кабанова (*горячо*). Хоть любовника заводи! А! И это, может быть, по-твоему, ничего? А! Ну, говори!

Кабанов. Да, ей-богу, маменька...

Кабанова (*совершенно хладнокровно*). Дурак! (*Вздыхает.*) Что с дураком и говорить! только

прикидываться//
  прикинуться
  <口>假装成（某种样子）

нюни-то распустить
  <口>哭鼻子

рехнуться [完]<俗>发疯

болтовня<口>废话，闲扯

грех один!

Молчание.

Я домой иду.

Кабанов. И мы сейчас, только раз-другой по **бульвару** пройдём.

Кабанова. Ну, как хотите, только ты смотри, чтобы мне вас не дожидаться! Знаешь, я не люблю этого.

Кабанов. Нет, маменька! Сохрани меня господи!

Кабанова. То-то же! (*Уходит.*)

Явление шестое

Те же без Кабановой.

Кабанов. Вот видишь ты, вот всегда мне за тебя достаётся от маменьки! Вот жизнь-то моя какая!

Катерина. Чем же я-то виновата?

Кабанов. Кто ж виноват, я уж не знаю.

Варвара. Где тебе знать!

Кабанов. То всё приставала: «Женись да женись, я хоть бы поглядела на тебя, на женатого»! А теперь поедом ест, проходу не даёт — всё за тебя.

Варвара. Так нешто она виновата! Мать на неё нападает, и ты тоже. А ещё говоришь, что любишь жену. Скучно мне глядеть-то на тебя. (*Отворачивается.*)

Кабанов. Толкуй тут! Что ж мне делать-то?

Варвара. Знай своё дело — молчи, коли уж лучше ничего не умеешь. Что стоишь — **переминаешься**? По глазам вижу, что у тебя на уме-то.

Кабанов. Ну, а что?

Варвара. Известно что. К Савелу Прокофьичу хочется, выпить с ним. Что, не так, что ли?

Кабанов. Угадала, брат.

Катерина. Ты, Тиша, скорей приходи, а то маменька опять браниться станет.

Варвара. Ты **проворней**, в самом деле, а то знаешь ведь!

Кабанов. Уж как не знать!

Варвара. Нам тоже не велика охота из-за тебя брань-то принимать.

Кабанов. Я мигом. Подождите! (*Уходит.*)

Явление седьмое

Катерина и Варвара.

Катерина. Так ты, Варя, жалеешь меня?

Варвара (*глядя в сторону*). Разумеется, жалко.

Катерина. Так ты, стало быть, любишь меня? (*Крепко целует.*)

Варвара. За что ж мне тебя не любить-то!

Катерина. Ну, спасибо тебе! Ты милая такая, я сама тебя люблю до смерти.

Молчание.

Знаешь, мне что в голову пришло?

Варвара. Что?

Катерина. Отчего люди не летают!

Варвара. Я не понимаю, что ты говоришь.

Катерина. Я говорю: отчего люди не летают так, как птицы? Знаешь, мне иногда кажется, что я птица. Когда стоишь на горе, так тебя и тянет лететь. Вот так бы разбежалась, подняла руки и полетела. Попробовать нешто теперь? (*Хочет бежать.*)

Варвара. Что ты выдумываешь-то?

Катерина (*вздыхая*). Какая я была **рéзвая**! Я у вас **завя́ла** совсем.

Варвара. Ты думаешь, я не вижу?

Катерина. Такая ли я была! Я жила, ни об чём не **тужи́ла**, точно птичка на воле. Маменька во мне души не чаяла, **наряжа́ла** меня, как куклу, работать не принуждала; что хочу, бывало, то и делаю. Знаешь, как я жила в девушках? Вот я тебе сейчас расскажу. Встану я, бывало, рано; коли летом, так схожу на ключок, умоюсь, принесу с собою водицы и все, все цветы в доме **по́лью**. У меня цветов было много-много. Потом пойдём с маменькой в церковь, все и **стра́нницы** — у нас полон дом был странниц да богомолок. А придём

рéзвый 欢快的
завядáть//завя́нуть 丧失活力

тужи́ть [未]<口>悲伤

наряжáть//наряди́ть 打扮

поль 杆

стрáнница 朝圣者

бáрхат 天鹅绒

столб 柱子

кипарис 柏树

из церкви, сядем за какую-нибудь работу, больше по **бáрхату** золотом, а странницы станут рассказывать: где они были, что видели, жития разные, либо стихи поют. Так до обеда время и пройдёт. Тут старухи уснуть лягут, а я по саду гуляю. Потом к вечерне, а вечером опять рассказы да пение. Таково хорошо было!

Варвара. Да ведь и у нас то же самое.

Катерина. Да здесь всё как будто из-под неволи. И до смерти я любила в церковь ходить! Точно, бывало, я в рай войду, и не вижу никого, и время не помню, и не слышу, когда служба кончится. Точно как всё это в одну секунду было. Маменька говорила, что все, бывало, смотрят на меня, что со мной делается! А знаешь: в солнечный день из купола такой светлый **столб** вниз идёт, и в этом столбе ходит дым, точно облака, и вижу я, бывало, будто ангелы в этом столбе летают и поют. А то, бывало, девушка, ночью встану — у нас тоже везде лампадки горели — да где-нибудь в уголке и молюсь до утра. Или рано утром в сад уйду, ещё только солнышко восходит, упаду на колена, молюсь и плачу, и сама не знаю, о чём молюсь и о чём плачу; так меня и найдут. И об чём я молилась тогда, чего просила — не знаю; ничего мне не надобно, всего у меня было довольно. А какие сны мне снились, Варенька, какие сны! Или храмы золотые, или сады какие-то необыкновенные, и всё поют невидимые голоса, и **кипарисом** пахнет, и горы и деревья будто не такие, как обыкновенно, а как на образах пишутся. А то будто я летаю, так и летаю по воздуху. И теперь иногда снится, да редко, да и не то.

Варвара. А что же?

Катерина (*помолчав*). Я умру скоро.

Варвара. Полно, что ты!

Катерина. Нет, я знаю, что умру. Ох, девушка, что-то со мной недоброе делается, чудо какое-то. Никогда со мной этого не было. Что-то во мне такое необыкновенное. Точно я снова жить начинаю, или... уж и не знаю.

Варвара. Что же с тобой такое?

Катерина (*берёт её за руку*). А вот что, Варя: быть греху какому-нибудь! Такой на меня страх, такой-то на меня страх! Точно я стою над **пропастью** и меня кто-то туда толкает, а удержаться мне не за что. (*Хватается за голову рукой.*)

Варвара. Что с тобой? Здорова ли ты?

Катерина. Здорова... Лучше бы я больна была, а то нехорошо. Лезет мне в голову мечта какая-то. И никуда я от неё не уйду. Думать стану — мыслей никак не соберу, молиться — не отмолюсь никак. Языком **лепечу** слова, а на уме совсем не то: точно мне **лукавый** в уши шепчет, да всё про такие дела нехорошие. И то мне представляется, что мне самое себя совестно сделается. Что со мной? Перед бедой перед какой-нибудь это! Ночью, Варя, не спится мне, всё **мерещится** шёпот какой-то: кто-то так ласково говорит со мной, точно **голубит** меня, точно голубь воркует. Уж не снятся мне, Варя, как прежде, **райские** деревья да горы; а точно меня кто-то обнимает так горячо-горячо, и ведёт меня куда-то, и я иду за ним, иду...

Варвара. Ну?

Катерина. Да что же это я говорю тебе: ты — девушка.

Варвара (*оглядываясь*). Говори! Я хуже тебя.

Катерина. Ну, что ж мне говорить? Стыдно мне.

Варвара. Говори, нужды нет!

Катерина. Сделается мне так душно, так душно дома, что бежала бы. И такая мысль придёт на меня, что, кабы моя воля, каталась бы я теперь по Волге, на лодке, с песнями, либо на тройке на хорошей, обнявшись...

Варвара. Только не с мужем.

Катерина. А ты почём знаешь?

Варвара. Ещё бы не знать!..

Катерина. Ах, Варя, грех у меня на уме! Сколько я, бедная, плакала, чего уж я над собой не делала! Не уйти мне от этого греха. Никуда не

про́пасть 深渊

лепета́ть//пролепета́ть 含糊不清地说

лука́вый 阴险狡诈的；恶魔，魔鬼

мере́щиться//помере́щиться 仿佛看见

голу́бить [未] <民歌> 抚爱，怜爱

ра́йский 天堂般的

уйти. Ведь это нехорошо, ведь это страшный грех, Варенька, что я другого люблю?

Варвара. Что мне тебя судить! У меня свои грехи есть.

Катерина. Что же мне делать! Сил моих не хватает. Куда мне **деваться**; я от тоски что-нибудь сделаю над собой!

Варвара. Что ты! Что с тобой! Вот погоди, завтра братец уедет, подумаем; может быть, и видеться можно будет.

Катерина. Нет, нет, не надо! Что ты! Что ты! Сохрани господи!

Варвара. Чего ты так испугалась?

Катерина. Если я с ним хоть раз увижусь, я убегу из дому, я уж не пойду домой ни за что на свете.

Варвара. А вот погоди, там увидим.

Катерина. Нет, нет, и не говори мне, я и слушать не хочу!

Варвара. А что за охота **сохнуть-то**! Хоть умирай с тоски, пожалеют, что ль, тебя! Как же, дожидайся. Так какая ж неволя себя мучить-то!

Входит барыня с палкой и два лакея в треугольных шляпах сзади.

Явление восьмое

Те же и барыня.

Барыня. Что, красавицы? Что тут делаете? Молодцов поджидаете, **кавалеров**? Вам весело? Весело? Красота-то ваша вас радует? Вот красота-то куда ведёт. (*Показывает на Волгу.*) Вот, вот, в самый **омут**!

Варвара улыбается.

Что смеётесь! Не радуйтесь! (*Стучит палкой.*) Всё в огне гореть будете **неугасимом**. Все в **смоле** будете кипеть **неутолимой**! (*Уходя.*) Вон, вон куда красота-то ведёт! (*Уходит.*)

деваться//деться <口> 消失不见

сохнуть//высохнуть (因病、劳累、心事) 消瘦

кавалер <俗> 爱慕者

омут 深渊

неугасимый <雅> 永不熄灭的
смола 焦油
неутолимый 强烈的

Явление девятое

Катерина и Варвара.

Катерина. Ах, как она меня испугала! я дрожу вся, точно она пророчит мне что-нибудь.

Варвара. На свою бы тебе голову, старая **карга́**!

Катерина. Что она сказала такое, а? Что она сказала?

Варвара. Вздор всё. Очень нужно слушать, что она городит. Она всем так пророчит. Всю жизнь смолоду-то грешила. Спроси-ка, что об ней порасскажут! Вот умирать-то и боится. Чего сама-то боится, тем и других пугает. Даже все мальчишки в городе от неё прячутся, — грозит на них палкой да кричит (*передразнивая*): «Все гореть в огне будете!»

Катерина (*зажмуриваясь*). Ах, ах, перестань! У меня сердце упало.

Варвара. Есть чего бояться! Дура старая...

Катерина. Боюсь, до смерти боюсь! Всё она мне в глазах мерещится.

Молчание.

Варвара (*оглядываясь*). Что это братец нейдёт, вон, никак, гроза заходит.

Катерина (*с ужасом*). Гроза! Побежим домой! Поскорее!

Варвара. Что ты, с ума, что ли, сошла! Как же ты без братца-то домой покажешься?

Катерина. Нет, домой, домой! Бог с ним!

Варвара. Да что ты уж очень боишься: ещё далеко гроза-то.

Катерина. А коли далеко, так, пожалуй, подождём немного; а право бы, лучше идти. Пойдём лучше!

Варвара. Да ведь уж коли чему быть, так и дома не спрячешься.

Катерина. Да всё-таки лучше, всё покойнее; дома-то я к образам да богу молиться!

Варвара. Я и не знала, что ты так грозы боишься. Я вот не боюсь.

карга́ <俗>老妖婆

Катерина. Как, девушка, не бояться! Всякий должен бояться. Не то страшно, что убьёт тебя, а то, что смерть тебя вдруг застанет, как ты есть, со всеми твоими грехами, со всеми помыслами лукавыми. Мне умереть не страшно, а как я подумаю, что вот вдруг я явлюсь перед богом такая, какая я здесь с тобой, после этого разговору-то, вот что страшно. Что у меня на уме-то! Какой грех-то! страшно **вы́молвить**!

вы́молвить [完]<口>说出

Гром.

Ах!

Кабанов входит.

Варвара. Вот братец идёт. (*Кабанову.*) Беги скорей!

Гром.

Катерина. Ах! Скорей, скорей!

ДЕЙСТВИЕ ЧЕТВЁРТОЕ

*На первом плане узкая галерея со сводами старинной, начинающей разрушаться постройки; кой-где трава и кусты за **а́рками** берег и вид на Волгу.*

а́рка 拱门

<...>

Явление третье

Варвара и потом Борис.
Варвара. Кажется, он!

Борис проходит в глубине сцены.
Сс-сс!
Борис оглядывается.
Поди сюда. (*Манит рукой.*)
Борис входит.
Что нам с Катериной-то делать? Скажи на милость!

Борис. А что?

Варвара. Беда ведь, да и только. Муж приехал, ты знаешь ли это? И не ждали его, а он приехал.

Борис. Нет, я не знал.

Варвара. Она просто сама не своя сделалась.

Борис. Видно, только я и пожил десять деньков, пока его не было. Уж теперь и не увидишь её!

Варвара. Ах ты какой! Да ты слушай! Дрожит вся, точно её **лихора́дка** бьёт; бледная такая, **ме́чется** по дому, точно чего ищет. Глаза как у **поме́шанной**! **Да́веча** утром плакать принялась, так и рыдает. Батюшки мои! что мне с ней делать?

Борис. Да, может быть, пройдёт это у неё!

Варвара. Ну, уж едва ли. На мужа не смеет глаз поднять. Маменька замечать это стала, ходит да всё на неё **ко́сится**, так змеёй и смотрит; а она от этого ещё хуже. Просто мука глядеть-то на неё! Да и я боюсь.

Борис. Чего же ты боишься?

Варвара. Ты её не знаешь! Она ведь чудная какая-то у нас. От неё всё станется! Таких дел наделает, что...

Борис. Ах, боже мой! Что же делать-то? Ты бы с ней поговорила хорошенько. Неужли уж нельзя её уговорить?

Варвара. Пробовала. И не слушает ничего. Лучше и не подходи.

Борис. Ну, как же ты думаешь, что она может сделать?

Варвара. А вот что: **бу́хнет** мужу в ноги, да и расскажет всё. Вот чего я боюсь.

Борис (*с испугом*). Может ли это быть!

Варвара. От неё всё может быть.

Борис. Где она теперь?

Варвара. Сейчас с мужем на бульвар пошли, и маменька с ними. Пройди и ты, коли хочешь. Да нет, лучше не ходи, а то она, пожалуй, и вовсе растеряется.

Вдали удары грома.

Никак, гроза? (*Выглядывает.*) Да и дождик. А вот и народ повалил. Спрячься там где-нибудь, а я тут на виду стану, чтоб не подумали чего.

Входят несколько лиц разного звания и пола.

лихора́дка 寒热

мета́ться//метну́ться 乱窜

поме́шанный 神经错乱的

да́веча <旧,俗>方才

коси́ться//покоси́ться 斜视

буха́ть//бухну́ть 扑通跌下

Явление четвёртое

Разные лица и потом Кабанова, Кабанов, Катерина и Кулигин.

1-й. Должно быть, бабочка-то очень боится, что так торопится спрятаться.

Женщина. Да уж как ни прячься! Коли кому на роду написано, так никуда не уйдёшь.

Катерина (*вбегая*). Ах! Варвара! (*Хватает её за руку и держит крепко.*)

Варвара. Полно, что ты!

Катерина. Смерть моя!

Варвара. Да ты одумайся! Соберись с мыслями!

Катерина. Нет! Не могу. Ничего не могу. У меня уж очень сердце болит.

Кабанова (*входя*). То-то вот, надо жить-то так, чтобы всегда быть готовой ко всему; страху-то бы такого не было.

Кабанов. Да какие ж, маменька, у неё грехи такие могут быть особенные? Все такие же, как и у всех у нас, а это так уж она от природы боится.

Кабанова. А ты почём знаешь? Чужая душа потёмки.

Кабанов (*шутя*). Уж разве без меня что-нибудь, а при мне, кажись, ничего не было.

Кабанова. Может быть, и без тебя.

Кабанов (*шутя*). Катя, **кайся**, брат, лучше, коли в чём грешна. Ведь от меня не скроешься: нет, **шалишь**! Всё знаю!

Катерина (*смотрит в глаза Кабанову*). Голубчик мой!

Варвара. Ну что ты пристаёшь! Разве не видишь, что ей без тебя тяжело.

Борис выходит из толпы и раскланивается с Кабановым.

Катерина (*вскрикивает*). Ах!

Кабанов. Что ты испугалась! Ты думала, чужой? Это знакомый! Дядюшка здоров ли?

Борис. Слава богу!

Катерина (*Варваре*). Чего ему ещё надо от меня?.. Иль ему мало этого, что я так мучаюсь. (*Приклоняясь к Варваре, рыдает.*)

каяться//покаяться 忏悔

шалить[未]<口> 办不到

ДРАМА

Варвара (*громко, чтобы мать слышала*). Мы с ног сбились, не знаем, что делать с ней; а тут ещё посторонние лезут! (*Делает Борису знак, тот отходит к самому выходу.*)

Кулигин (*выходит на середину, обращаясь к толпе*). Ну чего вы боитесь, скажите на милость! Каждая теперь травка, каждый цветок радуется, а мы прячемся, боимся, точно напасти какой! Гроза убьёт! Не гроза это, а благодать! Да, благодать! У вас всё гроза! Северное сияние **загорится** — любоваться бы надобно да **дивиться** премудрости: «С полночных стран встаёт заря»! А вы ужасаетесь да придумываете, к войне это или к мору. **Комета** ли идёт — не отвел бы глаз! красота! звёзды-то уж пригляделись, всё одни и те же, а это обновка; ну смотрел бы да любовался! А вы боитесь и взглянуть-то на небо, дрожь вас берёт! Изо всего-то вы себе пугал наделали. Эх, народ! Я вот не боюсь. Пойдёмте, сударь!

Борис. Пойдёмте! Здесь страшнее!

Уходят.

Явление пятое
Те же без Бориса и Кулигина.

Кабанова. Ишь какие **рацеи** развёл! Есть что послушать, уж нечего сказать! Вот времена-то пришли, какие-то учители появились. Коли старик так рассуждает, чего уж от молодых-то требовать!

Женщина. Ну, всё небо обложило. Ровно шапкой, так и накрыло.

1-й. Эко, братец ты мой, точно **клубком** туча-то **вьётся**, ровно что в ней там живое ворочается. А так на нас и ползёт, так и ползёт, как живая!

2-й. Уж ты помяни моё слово, что эта гроза даром не пройдёт. Верно тебе говорю: потому знаю. Либо уж убьёт кого-нибудь, либо дом сгорит; вот увидишь: потому, смотри! какой цвет необнакновенный!

Катерина (*прислушиваясь*). Что они говорят? Они говорят, что убьёт кого-нибудь.

загора́ться//загоре́ться 出现亮光
диви́ться//подиви́ться 惊讶
коме́та 彗星

раце́я <旧, 口> 长篇大论的教训

клубо́к 线团
виться [未] 打卷

Кабанов. Известно: так городят зря, что в голову придёт.

Кабанова. Ты не осуждай постарше себя! Они больше твоего знают. У старых людей на все приметы есть. Старый человек на ветер слова не скажет.

Катерина (*мужу*). Тиша, я знаю, кого убьёт.

Варвара (*Катерине тихо*). Ты уж хоть молчи-то!

Кабанов. Ты почём знаешь?

Катерина. Меня убьёт. Молитесь тогда за меня.

Входит барыня с лакеями. Катерина с криком прячется.

Явление шестое

Те же и барыня.

Барыня. Что прячешься! Нечего прятаться! Видно, боишься: умирать-то не хочется! Пожить хочется! Как не хотеться! видишь, какая красавица! Ха, ха, ха! Красота! А ты молись богу, чтоб отнял красоту-то! Красота-то ведь погибель наша! Себя погубишь, людей соблазнишь, вот тогда и радуйся красоте-то своей. Много, много народу в грех введёшь! **Вертопра́хи** на **поеди́нки** выходят, **шпа́гами ко́лют** друг друга. Весело! Старики старые, благочестивые, об смерти забывают, соблазняются на красоту-то! А кто отвечать будет? За всё тебе отвечать придётся. В омут лучше с красотой-то! Да скорей, скорей!

Катерина прячется.

Куда прячешься, глупая! От бога-то не уйдёшь!

Удар грома.

Все в огне гореть будете в неугасимом! (*Уходит.*)

Катерина. Ах! Умираю!

Варвара. Что ты мучаешься-то, в самом деле! Стань к сторонке да помолись: легче будет.

Катерина (*подходит к стене и опускается на колени, потом быстро вскакивает*).Ах! Ад! Ад!

вертопра́х <口> 轻浮的男人

поеди́нок 决斗
шпа́га 长剑
коло́ть // кольну́ть 刺

Геéнна огненная!

Кабанова, Кабанов и Варвара окружают её.

Всё сердце изорвалось! Не могу я больше терпеть! Матушка! Тихон! Грешна я перед богом и перед вами! Не я ли клялась тебе, что не взгляну ни на кого без тебя! Помнишь, помнишь! А знаешь ли, что я, **беспу́тная**, без тебя делала? В первую же ночь я ушла из дому...

Кабанов (*растерявшись, в слезах дергает её за рукав*). Не надо, не надо! не говори! Что ты! Матушка здесь!

Кабанова (*строго*). Ну, ну, говори, коли уж начала.

Катерина. И все-то десять ночей я гуляла... (*Рыдает*).

Кабанов хочет обнять её.

Кабанова. Брось её! С кем?

Варвара. Врёт она, она сама не знает, что говорит.

Кабанова. Молчи ты! Вот оно что! Ну, с кем же?

Катерина. С Борисом Григорьевичем.

Удар грома.

Ах! (*Падает без чувств на руки мужа.*)

Кабанова. Что, сынок! Куда воля-то ведёт! Говорила я, так ты слушать не хотел. Вот и дождался!

ДЕЙСТВИЕ ПЯТОЕ

Декора́ция первого действия. Сумерки.

Явление первое

Кулигин (сидит на лавочке), Кабанов (идёт по бульвару).

Кулигин (*поёт*).
Ночною темнотою покрылись небеса.
Все люди для покою закрыли уж глаза...и пр.
(*Увидав Кабанова.*) Здравствуйте, сударь! Далеко ли изволите?

Кабанов. Домой. Слышал, братец, дела-то

геéнна 地狱

беспу́тный 放荡的

декора́ция 布景

расстро́йство 混乱	наши? Вся, братец, семья в **расстро́йство** пришла. **Кулигин.** Слышал, слышал, сударь. **Кабанов.** Я в Москву ездил, ты знаешь? На дорогу-то маменька читала, читала мне наставления-то, а я как выехал, так загулял. Уж очень рад, что на волю-то вырвался. И всю дорогу пил, и в Москве всё пил, так это кучу, что на-поди! Так, чтобы уж на целый год **отгуля́ться**. Ни разу про дом-то и не вспомнил. Да хоть бы и вспомнил-то, так мне бы и в ум не пришло, что делается. Слышал?
отгу́ливаться// отгуля́ться <俗> 玩够	
	Кулигин. Слышал, сударь. **Кабанов.** Несчастный я теперь, братец, человек! Так ни за что я погибаю, ни за грош!
круто́й 严厉的, 专横的	**Кулигин.** Маменька-то у вас больно **крута́**. **Кабанов.** Ну да. Она-то всему и причина. А я за что погибаю, скажи ты мне на милость? Я вот зашёл к Дикому, ну, выпили; думал —легче будет, нет, хуже, Кулигин! Уж что жена против меня сделала! Уж хуже нельзя...
мудрёный 深奥难懂的	**Кулигин. Мудрёное** дело, сударь. Мудрено вас судить.
зака́пывать//закопа́ть 埋葬	**Кабанов.** Нет, постой! Уж на что ещё хуже этого. Убить её за это мало. Вот маменька говорит: её надо живую в землю **закопа́ть**, чтобы она казнилась! А я её люблю, мне её жаль пальцем тронуть. Побил немножко, да и то маменька приказала. Жаль мне смотреть-то на неё, пойми ты это, Кулигин. Маменька её поедом ест, а она, как тень какая, ходит безответная. Только плачет да тает, как **воск**. Вот я и убиваюсь, глядя на неё.
воск 蜡	
	Кулигин. Как бы нибудь, сударь, ладком дело-то сделать! Вы бы простили ей, да и не поминали никогда. Сами-то, чай, тоже не без греха! **Кабанов.** Уж что говорить! **Кулигин.** Да уж так, чтобы и под пьяную руку не попрекать. Она бы вам, сударь, была хорошая жена; гляди — лучше всякой. **Кабанов.** Да пойми ты, Кулигин: я-то бы ничего, а маменька-то... разве с ней сговоришь!..

Кулигин. Пора бы уж вам, сударь, своим умом жить.

Кабанов. Что ж мне, разорваться, что ли! Нет, говорят, своего-то ума. И, значит, живи век чужим. Я вот возьму да последний-то, какой есть, пропью; пусть маменька тогда со мной, как с дураком, и **ня́нчится**.

Кулигин. Эх, сударь! Дела, дела! Ну, а Борис-то Григорьич, сударь, что?

Кабанов. А его, **подлеца́**, в Тяхту, к китайцам. Дядя к знакомому купцу какому-то посылает туда на контору. На три года его туды.

Кулагин. Ну, что же он, сударь?

Кабанов. Ме́чется тоже, плачет. Накинулись мы **да́веча** на него с дядей, уж ругали, ругали, — молчит. Точно дикий какой сделался. Со мной, говорит, что хотите, делайте, только её не мучьте! И он к ней тоже жалость имеет.

Кулигин. Хороший он человек, сударь.

Кабанов. Собрался совсем, и лошади уж готовы. Так тоскует, беда! Уж я вижу, что ему проститься хочется. Ну, да мало ли чего! Будет с него. Враг ведь он мне, Кулигин! Расказнить его надобно на части, чтобы знал...

Кулигин. Врагам-то прощать надо, сударь!

Кабанов. Поди-ка, поговори с маменькой, что она тебе на это скажет. Так, братец Кулигин, всё наше семейство теперь **врозь расши́блось**. Не то что родные, а точно **во́роги** друг другу. Варвару маменька точила-точила, а та не стерпела, да и была такова, — взяла да и ушла.

Кулигин. Куда ушла?

Кабанов. Кто её знает. Говорят, с Кудряшом с Ванькой убежала, и того также нигде не найдут. Уж это, Кулигин, надо прямо сказать, что от маменьки; потому стала её тиранить и на замок запирать. «Не запирайте, говорит, хуже будет!» Вот так и вышло. Что ж мне теперь делать, скажи ты мне? Научи ты меня, как мне жить теперь? Дом мне опостылел, людей совестно, за дело возмусь — руки отваливаются. Вот теперь домой иду: на радость, что ль, иду?

ня́нчиться [未]<转, 口>照顾、照看

подле́ц 卑鄙小人, 下流的人

мета́ться [未] 不知所措
да́веча <俗, 旧> 不久以前

врозь 分开
расшиба́ться //
  расшиби́ться <俗, 旧> 打碎
во́рог <旧, 雅> 仇敌, 仇人

Входит Глаша.

Глаша. Тихон Иваныч, батюшка!

Кабанов. Что ещё?

Глаша. Дома у нас нездорово, батюшка!

Кабанов. Господи! Так уж одно к одному! Говори, что там такое?

Глаша. Да хозяюшка ваша...

Кабанов. Ну что ж? Умерла, что ль?

Глаша. Нет, батюшка; ушла куда-то, не найдём нигде. Сбились с ног искамши.

Кабанов. Кулигин, надо, брат, бежать искать её. Я, брат, знаешь, чего боюсь? Как бы она с тоски-то на себя руки не наложила! Уж так тоскует, так тоскует, что ах! На неё-то глядя, сердце рвётся. Чего же вы смотрели-то? Давно ль она ушла-то?

Глаша. Недавнушко, батюшка! Уж наш грех, недоглядели. Да и то сказать: на всякий час не **остережёшься**.

Кабанов. Ну, что стоишь-то, беги!

Глаша уходит.

И мы пойдём, Кулигин!

Уходят.

Сцена несколько времени пуста. С противоположной стороны выходит Катерина и тихо идёт по сцене.

Явление второе

Катерина (*одна*). Нет, нигде нет! Что-то он теперь, бедный, делает? Мне только проститься с ним, а там... а там хоть умирать. За что я его в беду ввела? Ведь мне не легче от того! Погибать бы мне одной! А то себя погубила, его погубила, себе бесчестье — ему вечный **покор**! Да! Себе бесчестье — ему вечный покор. (*Молчание.*) Вспомнить бы мне, что он говорил-то? Как он жалел-то меня? Какие слова-то говорил? (*Берёт себя за голову.*) Не помню, всё забыла. Ночи, ночи мне тяжелы! Все пойдут спать, и я пойду; всем ничего, а мне — как в могилу. Так страшно в потёмках! Шум какой-то сделается, и поют, точно

остерега́ться//остере́чься
叫……提防

поко́р 耻辱；责难

кого хоронят; только так тихо, чуть слышно, далеко-далеко от меня …Свету-то так рада сделаешься! А вставать не хочется: опять те же люди, те же разговоры, та же мука. Зачем они так смотрят на меня? Отчего это нынче не убивают? Зачем так сделали? Прежде, говорят, убивали. Взяли бы да и бросили меня в Волгу; я бы рада была. «Казнить-то тебя, — говорят, — так с тебя грех снимется, а ты живи да мучайся своим грехом». Да уж измучилась я! Долго ль ещё мне мучиться? Для чего мне теперь жить? Ну, для чего? Ничего мне не надо, ничего мне не мило, и свет божий не мил! А смерть не приходит. Ты её **кли́чешь**, а она не приходит. Что ни увижу, что ни услышу, только тут (*показывает на сердце*) больно. Ещё кабы с ним жить, может быть, радость бы какую я и видела… Что ж: уж всё равно, уж душу свою я ведь погубила. Как мне по нем скучно! Ах, как мне по нем скучно! Уж коли не увижу я тебя, так хоть услышь ты меня издали! Ветры буйные, перенесите вы ему мою печаль-тоску! Батюшки, скучно мне, скучно! (*Подходит к берегу и громко, во весь голос.*) Радость моя, жизнь моя, душа моя, люблю тебя! Откликнись! (*Плачет*)

кли́кать//кли́кнуть <俗> 叫, 喊

Входит Борис.

Явление третье
Катерина и Борис.

Борис (*не видя Катерины*). Боже мой! Ведь это её голос! Где же она? (*Оглядывается.*)

Катерина (*подбегает к нему и падает на шею*). Увидела-таки я тебя! (*Плачет на груди у него.*)

Молчание.

Борис. Ну, вот и поплакали вместе, привёл бог.

Катерина. Ты не забыл меня?

Борис. Как забыть, что ты!

Катерина. Ах, нет, не то, не то! Ты не сердишься?

Борис. За что мне сердиться?

Катерина. Ну, прости меня! Не хотела я тебе зла сделать; да в себе не вольна была. Что говорила, что делала, себя не помнила.

Борис. Полно, что ты! что ты!

Катерина. Ну, как же ты? Теперь-то ты как?

Борис. Еду.

Катерина. Куда едешь?

Борис. Далеко, Катя, в Сибирь.

Катерина. Возьми меня с собой отсюда!

Борис. Нельзя мне, Катя. Не по своей я воле еду: дядя посылает, уж и лошади готовы; я только отпросился у дяди на минуточку, хотел хоть с местом-то тем проститься, где мы с тобой виделись.

Катерина. Поезжай с богом! Не **тужи́** обо мне. Сначала только разве скучно будет тебе, бедному, а там и позабудешь.

Борис. Что обо мне-то толковать! Я — вольная птица. Ты-то как? Что свекровь-то?

Катерина. Мучает меня, запирает. Всем говорит и мужу говорит: «Не верь ей, она хитрая». Все и ходят за мной целый день и смеются мне прямо в глаза. На каждом слове всё тобой попрекают.

Борис. А муж-то?

Катерина. То ласков, то сердится, да пьёт всё. Да постыл он мне, постыл, ласка-то его мне хуже побоев.

Борис. Тяжело тебе, Катя?

Катерина. Уж так тяжело, так тяжело, что умереть легче!

Борис. Кто ж это знал, что нам за любовь нашу так мучиться с тобой! Лучше б бежать мне тогда!

Катерина. На беду я увидала тебя. Радости видела мало, а горя-то, горя-то что! Да ещё впереди-то сколько! Ну, да что думать о том, что будет! Вот теперь тебя видела, этого они у меня не отнимут; а больше мне ничего не надо. Только ведь мне и нужно было увидать тебя. Вот мне теперь гораздо легче сделалось; точно гора с плеч

тужи́ть [未] <民诗>
伤感,悲伤

свалилась. А я всё думала, что ты на меня сердишься, **проклина́ешь** меня...

Борис. Что ты, что ты!

Катерина. Да нет, всё не то я говорю; не то я хотела сказать! Скучно мне было по тебе, вот что, ну, вот я тебя увидала...

Борис. Не застали б нас здесь!

Катерина. Постой, постой! Что-то я тебе хотела сказать! Вот забыла! Что-то нужно было сказать! В голове-то всё путается, не вспомню ничего.

Борис. Время мне, Катя!

Катерина. Погоди, погоди!

Борис. Ну, что же ты сказать-то хотела?

Катерина. Сейчас скажу. (*Подумав.*) Да! Поедешь ты дорогой, ни одного ты нищего так не пропускай, всякому подай да прикажи, чтоб молились за мою грешную душу.

Борис. Ах, кабы знали эти люди, каково мне прощаться с тобой! Боже мой! Дай бог, чтоб им когда-нибудь так же сладко было, как мне теперь. Прощай, Катя! (*Обнимает и хочет уйти.*) Злодеи вы! Изверги! Эх, кабы сила!

Катерина. Постой, постой! Дай мне поглядеть на тебя в последний раз. (*Смотрит ему в глаза.*) Ну, будет с меня! Теперь бог с тобой, поезжай. Ступай, скорее ступай!

Борис (*отходит несколько шагов и останавливается*). Катя, нехорошо что-то! Не задумала ли ты чего? Измучусь я дорогой-то, думавши о тебе.

Катерина. Ничего, ничего. Поезжай с богом!

Борис хочет подойти к ней.

Не надо, не надо, довольно!

Борис (*рыдая*). Ну, бог с тобой! Только одного и надо у бога просить, чтоб она умерла поскорее, чтоб ей не мучиться долго! Прощай! (*Кланяется.*)

Катерина. Прощай!

Борис уходит. Катерина провожает его глазами и стоит несколько времени задумавшись.

проклина́ть//прокля́сть
诅咒

Явление четвёртое

Катерина (*одна*). Куда теперь? Домой идти? Нет, мне что домой, что в могилу — всё равно. Да, что домой, что в могилу!··· что в могилу! В могиле лучше... Под деревцом могилушка... как хорошо!.. Солнышко её греет, дождичком её мочит... весной на ней травка вырастет, мягкая такая... птицы прилетят на дерево, будут петь, детей выведут, цветочки расцветут: жёлтенькие, красненькие, голубенькие... всякие (*задумывается*), всякие... Так тихо, так хорошо! Мне как будто легче! А о жизни и думать не хочется. Опять жить? Нет, нет, не надо... нехорошо! И люди мне противны, и дом мне противен, и стены противны! Не пойду туда! Нет, нет, не пойду... Придёшь к ним, они ходят, говорят, а на что мне это? **Ах**, темно стало! И опять поют где-то! Что поют? Не разберёшь... Умереть бы теперь... Что поют? Всё равно, что смерть придёт, что сама... а жить нельзя! Грех! Молиться не будут? Кто любит, тот будет молиться... Руки крест-накрест складывают... в гробу? Да, так... я вспомнила. А поймают меня да **воротят** домой насильно... Ах, скорей, скорей! (*Подходит к берегу. Громко.*) Друг мой! Радость моя! Прощай! (*Уходит.*)

Входят Кабанова, Кабанов, Кулигин и работник с фонарем.

Явление пятое

Кабанов, Кабанова и Кулигин.

Кулигин. Говорят, здесь видели.

Кабанов. Да это верно?

Кулигин. Прямо на неё говорят.

Кабанов. Ну, слава богу, хоть живую видели-то.

Кабанова. А ты уж испугался, расплакался! Есть о чём. Не беспокойся: ещё долго нам с ней **маяться** будет.

Кабанов. Кто ж это знал, что она сюда пойдёт! Место такое людное. Кому в голову придёт здесь прятаться.

Кабанова. Видишь, что она делает! Вот какое **зе́лье**! Как она характер-то свой хочет выдержать!

С разных сторон собирается народ с фонарями.

Один из народа. Что, нашли?

Кабанова. То-то что нет. Точно провалилась куда.

Несколько голосов. Эка **при́тча**! Вот **ока́зия**-то! И куда б ей деться!

Один из народа. Да найдётся!

Другой. Как не найтись!

Третий. Гляди, сама придёт.

Голоса за сценой. «Эй, лодку!»

Кулигин (*с берега*). Кто кричит? Что там?

Голос: «Женщина в воду бросилась!»

Кулигин и за ним несколько человек убегают.

Явление шестое

Те же, без Кулигина.

Кабанов. Батюшки, она ведь это! (*Хочет бежать.*)

Кабанова удерживает его за руку.

Маменька, пустите, смерть моя! Я её вытащу, а то так и сам... Что мне без неё!

Кабанова. Не пущу, и не думай! Из-за неё да себя губить, стоит ли она того! Мало она нам страму-то наделала, ещё что затеяла!

Кабанов. Пустите!

Кабанова. Без тебя есть кому. Прокляну, коли пойдёшь!

Кабанов (*падая на колени*). Хоть взглянуть-то мне на неё!

Кабанова. Вытащут: взглянешь.

Кабанов (*встаёт. К народу*). Что, голубчики, не видать ли чего?

1-й. Темно внизу-то, не видать ничего.

Шум за сценой.

2-й. Словно кричат что-то, да ничего не разберёшь.

зе́лье <旧, 口> 狐狸精

при́тча <口> 怪事
ока́зия <旧, 口> 意外事

1-й. Да это Кулигина голос.
2-й. Вон с фонарём по берегу ходят.
1-й. Сюда идут. Вон и её несут.

Несколько народу возвращается.

Один из возвратившихся. Молодец Кулигин! Тут близехонько в **омуто́чке** у берега! с огнём-то оно в воду-то далеко видно: он платье и увидал и вытащил её.

Кабанов. Жива?

Другой. Где уж жива! Высоко бросилась-то: тут обрыв, да, должно быть, на **я́корь** попала, ушиблась, бедная! А точно, ребяты, как живая! Только на виске маленькая ранка, и одна только, как есть одна, **ка́пелька** крови.

Кабанов бросается бежать; навстречу ему Кулигин с народом несут Катерину.

ЯВЛЕНИЕ СЕДЬМОЕ

Те же и Кулигин.

Кулигин. Вот вам ваша Катерина. Делайте с ней, что хотите! Тело её здесь, возьмите его; а душа теперь не ваша: она теперь перед судией, который милосерднее вас! (*Кладёт на землю и убегает.*)

Кабанов (*бросается к Катерине*). Катя! Катя!

Кабанова. Полно! Об ней плакать-то грех!

Кабанов. Маменька, вы её погубили, вы, вы, вы...

Кабанова. Что ты? Аль себя не помнишь? Забыл, с кем говоришь?

Кабанов. Вы её погубили! Вы! Вы!

Кабанова (*сыну*). Ну, я с тобой дома поговорю. (*Низко кланяется народу.*) Спасибо вам, люди добрые, за вашу услугу!

Все кланяются.

Кабанов. Хорошо тебе, Катя! А я-то зачем остался жить на свете да мучиться! (*Падает на труп жены.*)

омуто́чек 漩涡

я́корь 锚

ка́пелька ка́пля的指小，一丁点

Наводящие вопросы:

1. В действии первом описывается деспотическая атмосфера царяшая в городе Калиново, а также раскрываются характеры персонажей и основные конфликты драмы.
   К какому выводу можно прийти об особенностях города Калиноно из диалога между Кулигиным и Кудряшем в первом явлении? Какая атмосфера царит в жизни города?
2. Какие характеры у Кабанова и его матери Кабановой? Какое давление они оказывали на Катерину?
3. Какой у Катерины характер? Что можно ожидать от столкновения ее характера с деспотичной асмосферой в семье и в городе?
4. Какое символическое значение имеет приближающая гроза?
5. Какие основные конфликты в драме «Гроза»?
6. Чего Катерина ожидала от своего любимого Бориса? Сможет ли он выручить её из мучения? Почему?
7. Какие факторы способствуют достижению кулминации драмы в четвёртом действии?
8. В пятом действии наступает развязка драмы, в нем решаются судьбы всех персонажей. Соответсвуют ли эти развязки с логическим развитием действия и описываемой социальной ситуацией?
9. В чем трагедия Катерины? Могла ли она избежать своей гибели? Согласны ли вы с выражением Добролюбова, что Катерина как луч света в тёмном царстве?

Антон Павлович Чехов

安东·巴甫洛维奇·契诃夫(Антон Павлович Чехов, 1860—1904),俄国著名短篇小说家和戏剧家,出生于塔干罗格的一个小商人家庭。契诃夫16岁时因父亲破产沦落到赤贫的境地,备尝人间辛酸。1880年代,契诃夫开始文学创作生涯,一生创作短篇小说、小品文等700多篇。早期代表作有《一个官员之死》(Смерть чиновника)、《变色龙》(Хамелеон)、《草原》(Степь)、《第六病室》(Палата No.6)、《套中人》(Человек в футляре)、《醋栗》(Крыжовник)等,表达了作家对庸俗社会的批判、对底层平民生存境遇的关注以及对未来新生活的憧憬和向往。他的后期小说因其心理表征与抒情性被称为"心理抒情小说"。其创作使俄国短篇小说在结构和功能等方面取得了长足的发展,被誉为世界级短篇小说巨匠,与莫泊桑和欧·亨利并称为"世界三大短篇小说家"。在戏剧方面,契诃夫的代表作《海鸥》(Чайка)、《万尼亚舅舅》(Дядя Ваня)、《三姐妹》(Три сестры)、《樱桃园》(Вишневый сад)探讨生活的悖论、人们内心的隔绝以及人在世界存在的荒诞性等主题,艺术手法上表现为淡化情节,追求抒情性和象征性,这些创新对20世纪俄国乃至世界现代戏剧的发展产生深远的影响。

Чайка (отрывки)

КОМЕДИЯ В ЧЕТЫРЕХ ДЕЙСТВИЯХ

ДЕЙСТВУЮЩИЕ ЛИЦА

Ирина Николаевна Аркадина — по мужу Треплева, актриса.

Константин Гаврилович Треплев — её сын, молодой человек.

Пётр Николаевич Сорин, её брат.

Нина Михайловна Заречная — молодая девочка, дочь богатого помещика.

поручик 中尉
управляющий 管家

Илья Афанасьевич Шамраев — поручик в отставке, управляющий у Сорина.

Полина Андреевна — его жена.

Маша, его дочь.

беллетрист 文艺小说家

Борис Алексеевич Тригорин — беллетрист.

Евгений Сергеевич Дорн — врач.

Семён Семёнович Медведенко — учитель.
Яков — работник.
Повар.
Горничная.
Действие происходит в усадьбе Сорина.
— Между третьим и четвёртым действием проходит два года.

Действие первое

*Часть парка в имении Сорина. Широкая **аллея**, ведущая по направлению от зрителей в глубину парка к озеру, **загорожена эстрадой, наскоро сколоченной** для домашнего спектакля, так что озера совсем не видно. Налево и направо у эстрады **кустарник**. Несколько стульев, столик.*

*Только что зашло солнце. На эстраде за опущенным **занавесом** Яков и другие работники; слышатся **кашель** и стук. Маша и Медведенко идут слева, возвращаясь с прогулки.*

Медведенко. Отчего вы всегда ходите в чёрном?

Маша. Это **траур** по моей жизни. Я несчастна.

Медведенко. Отчего? (*В раздумье.*) Не понимаю... Вы здоровы, отец у вас хотя и небогатый, но с **достатком**. Мне живётся гораздо тяжелее, чем вам. Я получаю всего двадцать три рубля в месяц, да ещё вычитают с меня в **эмеритуру**, а всё же я не ношу траура.

Садятся.

Маша. Дело не в деньгах. И **бедняк** может быть счастлив.

Медведенко. Это в теории, а на практике выходит так: я, да мать, да две сестры и братишка, а жалованья всего 23 рубля. Ведь есть и пить надо? Чаю и сахару надо? Табаку надо? Вот тут и **вертись**.

Маша (*оглядываясь на эстраду*). Скоро начнётся спектакль.

Медведенко. Да. Играть будет Заречная, а пьеса сочинения Константина Гавриловича. Они влюблены друг в друга, и сегодня их души сольются в стремлении дать один и тот же

аллея 小径
загораживать//
 загородить 围住
эстрада 舞台
наскоро <口> 匆忙地
скалачивать//сколотить
 钉合,组建
кустарник 灌木丛
занавес 帷幕
кашель 咳嗽

траур 服丧

достаток 富足

эмеритура 退休储金会

бедняк 穷人

вертеться [未] 忙碌

соприкоснове́ние 联系

верста́ 俄里
индифференти́зм 漠不关心

ню́хать//ню́хну́ть 闻，嗅
таба́к 烟草
протя́гивать//протяну́ть 递给，拉过
одолжа́йтесь <旧> 请用吧

филосо́фствовать [未] 高谈阔论
лохмо́тья 破衣烂衫
побира́ться [未]<口> 乞讨

трость 手杖

спанье́ 睡眠
прилипа́ть//прили́пнуть 粘上
че́реп 头骨
разби́тый <口> 筋疲力尽的

распоряжа́ться//распоряди́ться 吩咐
отвя́зывать//отвяза́ть 解开，松开
выть [未] 嗥叫

художественный образ. А у моей души и у вашей нет общих точек **соприкосновения**. Я люблю вас, не могу от тоски сидеть дома, каждый день хожу пешком шесть **вёрст** сюда да шесть обратно и встречаю один лишь **индифферентизм** с вашей стороны. Это понятно. Я без средств, семья у меня большая... Какая охота идти за человека, которому самому есть нечего?

Маша. Пустяки. (*Нюхает табак.*) Ваша любовь трогает меня, но я не могу отвечать взаимностью, вот и всё. (*Протягивает* ему табакерку.) **Одолжайтесь**.

Медведенко. Не хочется.

Пауза.

Маша. Душно, должно быть ночью будет гроза. Вы всё **философствуете** или говорите о деньгах. По-вашему, нет большего несчастья, как бедность, а по-моему, в тысячу раз легче ходить в **лохмотьях** и **побираться**, чем... Впрочем, вам не понять этого...

Входят справа Сорин и Треплев.

Сорин (*опираясь на трость*). Мне, брат, в деревне как-то не того, и, понятная вещь, никогда я тут не привыкну. Вчера лёг в десять и сегодня утром проснулся в девять с таким чувством, как будто от долгого **спанья** у меня мозг **прилип** к **черепу** и всё такое. (*Смеётся.*) А после обеда нечаянно опять уснул, и теперь я весь **разбит**, испытываю кошмар, в конце концов...

Треплев. Правда, тебе нужно жить в городе. (*Увидев Машу и Медведенка.*) Господа, когда начнётся, вас позовут, а теперь нельзя здесь. Уходите, пожалуйста.

Сорин (*Маше*). Марья Ильинична, будьте так добры, попросите вашего папашу, чтобы он **распорядился отвязать** собаку, а то она **воет**. Сестра опять всю ночь не спала.

Маша. Говорите с моим отцом сами, а я не стану. Увольте, пожалуйста. (*Медведенку.*) Пойдёмте!

Медведенко (*Треплеву*). Так вы перед началом пришлите сказать.

Оба уходят.

ДРАМА

Сорин. Значит, опять всю ночь будет выть собака. Вот история, никогда в деревне я не жил, как хотел. Бывало, возьмёшь отпуск на 28 дней и приедешь сюда, чтобы отдохнуть и всё, но тут тебя так **доймут** всяким **вздором**, что уж с первого дня хочется вон. (*Смеётся.*) Всегда я уезжал отсюда с удовольствием... Ну, а теперь я в отставке, деваться некуда? в конце концов. Хочешь — не хочешь, живи...

Яков (*Треплеву*). Мы, Константин Гаврилыч, купаться пойдём.

Треплев. Хорошо, только через десять минут будьте на местах. (*Смотрит на часы.*) Скоро начнется.

Яков. Слушаю. (*Уходит.*)

Треплев (*окидывая взглядом эстраду*). Вот тебе и театр. Занавес, потом первая **кулиса**, потом вторая и дальше пустое пространство. **Декораций** никаких. Открывается вид прямо на озеро и на горизонт. Поднимем занавес ровно в половине девятого, когда взойдёт луна.

Сорин. Великолепно.

Треплев. Если Заречная опоздает, то, конечно, пропадёт весь эффект. Пора бы уж ей быть. Отец и **мачеха стерегут** её, и вырваться ей из дому так же трудно, как из тюрьмы. (*Поправляет дяде галстук.*) Голова и борода у тебя **взлохмачены**. Надо бы постричься, что ли...

Сорин (*расчёсывая бороду*). Трагедия моей жизни. У меня и в молодости была такая **наружность**, будто я **запоем** пил и всё. Меня никогда не любили женщины. (*Садясь.*) Отчего сестра не в духе?

Треплев. Отчего? Скучает. (*Садясь рядом.*) Ревнует. Она уже и против меня, и против спектакля, и против моей пьесы, потому что её беллетристу может понравиться Заречная. Она не знает моей пьесы, но уже ненавидит её.

Сорин (*смеётся*). Выдумаешь, право...

Треплев. Ей уже досадно, что вот на этой маленькой сцене будет иметь успех Заречная, а не она. (*Посмотрев на часы.*) Психологический

донима́ть//доня́ть 使厌烦
вздор 废话

оки́дыват//оки́нуть 环视,打量
кули́са 侧幕
декора́ция 布景

ма́чеха 继母
стере́чь [未]盯着,看管
вырыва́ться//вы́рваться 挣脱,离开
взлохма́ченный 蓬乱的
расчёсывать//расчеса́ть 梳平,梳通
нару́жность 外貌
запо́ем<口>不停地

курьёз 有趣的事
рыда́ть [未]痛哭
отхва́тывать//отвхати́ть <俗>干净利落地干某事

восторга́ться [未]赞叹
La dame aux camelias 茶花女
чад 醉意, 陶醉
дурма́н 麻醉剂
зли́ться//разозли́ться 发怒
суеве́рный 迷信的
взаймы́ 借, 贷

обрыва́ть//оборва́ть 摘下
лепесто́к 花瓣

руди́на 因循守旧
предрассу́док 偏见
жрец <转, 讽> 为艺术、科学献身的人
пиджа́к 上衣
по́шлый 庸俗的
выу́живать//вы́удить 骗取
удобопоня́тный 容易理解的
Мопассан 莫泊桑
Эйфелева башня 埃菲尔铁塔

курьёз — моя мать. Бесспорно талантлива, умна, способна **рыда́ть** над книжкой, **отхва́тит** тебе всего Некрасова наизусть, за больными ухаживает, как ангел; но попробуй похвалить при ней Дузе! Ого-го! Нужно хвалить только её одну, нужно писать о ней, кричать, **восторга́ться** её необыкновенною игрой в «La dame aux camelias» или в «Чад жизни», но так как здесь, в деревне, нет этого **дурма́на**, то вот она скучает и **зли́тся**, и все мы — её враги, все мы виноваты. Затем, она **суеве́рна**, боится трёх свечей, тринадцатого числа. Она скупа. У неё в Одессе в банке семьдесят тысяч — это я знаю наверное. А попроси у неё **взаймы́**, она станет плакать.

Сорин. Ты вообразил, что твоя пьеса не нравится матери, и уже волнуешься и всё. Успокойся, мать тебя обожает.

Треплев (*обрыва́я* у цветка *лепестки́*). Любит — не любит, любит — не любит, любит — не любит. (*Смеётся.*) Видишь, моя мать меня не любит. Ещё бы! Ей хочется жить, любить, носить светлые кофточки, а мне уже двадцать пять лет, и я постоянно напоминаю ей, что она уже не молода. Когда меня нет, ей только тридцать два года, при мне же сорок три, и за это она меня ненавидит. Она знает также, что я не признаю театра. Она любит театр, ей кажется, что она служит человечеству, святому искусству, а по-моему, современный театр — это **рути́на**, **предрассу́док**. Когда поднимается занавес и при вечернем освещении, в комнате с тремя стенами, эти великие таланты, **жрецы́** святого искусства изображают, как люди едят, пьют, любят, ходят, носят свои **пиджа́ки**; когда из **по́шлых** картин и фраз стараются **вы́удить** мораль — маленькую, **удобопоня́тную**, полезную в домашнем обиходе; когда в тысяче вариаций мне подносят всё одно и то же, одно и то же, одно и то же, — то я бегу и бегу, как **Мопассан** бежал от **Эйфелевой башни**, которая давила ему мозг своей пошлостью.

Сорин. Без театра нельзя.

Треплев. Нужны новые формы. Новые формы

нужны, а если их нет, то лучше ничего не нужно. (*Смотрит на часы.*) Я люблю мать, сильно люблю; но она ведёт **бестолковую** жизнь, вечно носится с этим беллетристом, имя её постоянно треплют в газетах, — и это меня **утомляет**. Иногда же просто во мне говорит эгоизм обыкновенного смертного; бывает жаль, что у меня мать известная актриса, и, кажется, будь это обыкновенная женщина, то я был бы счастливее. Дядя, что может быть отчаяннее и глупее положения: бывало, у неё сидят в гостях **сплошь** всё знаменитости, артисты и писатели, и между ними только один я — ничто, и меня терпят только потому, что я её сын. Кто я? Что я? Вышел из третьего курса университета по обстоятельствам, как говорится, от редакции не зависящим, никаких талантов, денег ни гроша, а по паспорту я — киевский **мещанин**. Мой отец ведь киевский мещанин, хотя тоже был известным актёром. Так вот, когда, бывало, в её гостиной все эти артисты и писатели обращали на меня своё милостивое внимание, то мне казалось, что своими взглядами они измеряли моё ничтожество, — я угадывал их мысли и страдал от унижения...

Сорин. Кстати, скажи, пожалуйста, что за человек этот беллетрист? Не поймёшь его. Всё молчит.

Треплев. Человек умный, простой, немножко, знаешь, **меланхоличный**. Очень порядочный. Сорок лет будет ему ещё не скоро, но он уже знаменит и сыт, сыт по горло... Что касается его писаний, то... как тебе сказать? Мило, талантливо... но... после Толстого или **Зола** не захочешь читать Тригорина.

Сорин. А я, брат, люблю литераторов. Когда-то я страстно хотел двух вещей: хотел жениться и хотел стать литератором, но не удалось ни то, ни другое. Да. И маленьким литератором приятно быть, в конце концов.

Треплев (*прислушивается*). Я слышу шаги... (*Обнимает дядю.*) Я без неё жить не могу... Даже звук её шагов прекрасен... Я счастлив безумно.

бестолковый 糊涂的

утомлять//утомить 使厌倦

сплошь 满, 全

мещанин 小市民

меланхоличный 忧郁的

Зола 左拉

367

гнать [未] 赶；驾驶 жать//сжать 握	
глазки [复] 眼	
гренадёр 掷弹兵 прокурор 检察官 превосходительство 阁下 противный 令人厌恶的	
богема 浪荡派	
вяз 榆树	
умолять//умолить 恳求	

(*Быстро идёт навстречу Нине Заречной, которая входит.*) Волшебница, мечта моя...

Нина (*взволнованно*). Я не опоздала... Конечно, я не опоздала...

Треплев (*целуя её руки*). Нет, нет, нет...

Нина. Весь день я беспокоилась, мне было так страшно! Я боялась, что отец не пустит меня... Но он сейчас уехал с мачехой. Красное небо, уже начинает восходить луна, и я **гнала** лошадь, гнала. (*Смеётся.*) Но я рада. (*Крепко* ***жмёт*** *руку Сорина.*)

Сорин (*смеётся*). **Глазки**, кажется, заплаканы... Ге-ге! Нехорошо!

Нина. Это так... Видите, как мне тяжело дышать. Через полчаса я уеду, надо спешить. Нельзя, нельзя, бога ради не удерживайте. Отец не знает, что я здесь.

Треплев. В самом деле, уже пора начинать, надо идти звать всех.

Сорин. Я схожу и всё. Сию минуту. (*Идёт вправо и поёт.*) «Во Францию два **гренадёра**...» (*Оглядывается.*) Раз так же вот я запел, а один товарищ **прокурора** и говорит мне: «А у вас, ваше **превосходительство**, голос сильный...» Потом подумал и прибавил: «Но... **противный**». (*Смеётся и уходит.*)

Нина. Отец и его жена не пускают меня сюда. Говорят, что здесь **богема**... боятся, как бы я не пошла в актрисы... А меня тянет сюда к озеру, как чайку... моё сердце полно вами. (*Оглядывается.*)

Треплев. Мы одни.

Нина. Кажется, кто-то там...

Треплев. Никого.

Поцелуй.

Нина. Это какое дерево?

Треплев. Вяз.

Нина. Отчего оно такое тёмное?

Треплев. Уже вечер, темнеют все предметы. Не уезжайте рано, **умоляю** вас.

Нина. Нельзя.

Треплев. А если я поеду к вам, Нина? Я всю ночь буду стоять в саду и смотреть на ваше окно.

Нина. Нельзя, вас заметит **сторож**. Трезор ещё не привык к вам и будет **лаять**.

Треплев. Я люблю вас.

Нина. Тсс..

Треплев (*услышая шаги*). Кто там? Вы, Яков?

Яков (*за эстрадой*). Точно так.

Треплев. **Становитесь** по местам. Пора. Луна восходит?

Яков. Точно так.

Треплев. **Спирт** есть? **Сера** есть? Когда покажутся красные глаза, нужно, чтобы пахло серой. (*Нине.*) Идите, там всё приготовлено. Вы волнуетесь?..

Нина. Да, очень. Ваша мама — ничего, её я не боюсь, но у вас Тригорин... Играть при нём мне страшно и стыдно... Известный писатель... Он молод?

Треплев. Да.

Нина. Какие у него чудесные рассказы!

Треплев (*холодно*). Не знаю, не читал.

Нина. В вашей пьесе трудно играть. В ней нет живых лиц.

Треплев. Живые лица! Надо изображать жизнь не такою, как она есть, и не такою, как должна быть, а такою, как она представляется в мечтах.

Нина. В вашей пьесе мало действия, одна только **читка**. И в пьесе, по-моему, непременно должна быть любовь...

Оба уходят за эстраду.
Входят Полина Андреевна и Дорн.

Полина Андреевна. Становится сыро. Вернитесь, наденьте **калоши**.

Дорн. Мне жарко.

Полина Андреевна. Вы не бережёте себя. Это **упрямство**. Вы — доктор и отлично знаете, что вам вреден сырой воздух, но вам хочется, чтобы я страдала; вы нарочно просидели вчера весь вечер на **террасе**...

Дорн (*напевает*). «Не говори, что молодость **сгубила**».

сторож 看守者
лаять [未]叫，吠

тсс 噓

стать//становиться 集合

спирт 酒精
сера 硫磺

читка 朗诵

калоша 防水橡胶鞋

упрямство 固执

терраса 凉台，露台

губить//сгубить 毁掉

Полина Андреевна. Вы были так увлечены разговором с Ириной Николаевной... вы не замечали холода. Признайтесь, она вам нравится...

Дорн. Мне 55 лет.

Полина Андреевна. Пустяки, для мужчины это не старость. Вы прекрасно сохранились и ещё нравитесь женщинам.

Дорн. Так что же вам **угодно**?

Полина Андреевна. Перед актрисой вы все готовы падать **ниц**. Все!

Дорн (*напевает*). «Я вновь пред тобою...» Если в обществе любят артистов и относятся к ним иначе, чем, например, к купцам, то это в порядке вещей. Это — идеализм.

Полина Андреевна. Женщины всегда влюблялись в вас и вешались на шею. Это тоже идеализм?

Дорн (*пожав плечами*). Что ж? В отношениях женщин ко мне было много хорошего. Во мне любили главным образом превосходного врача. Лет десять-пятнадцать назад, вы помните, во всей губернии я был единственным порядочным **акушёром**. Затем всегда я был честным человеком.

Полина Андреевна (*хватает его за руку*). Дорогой мой!

Дорн. Тише. Идут.

Входят Аркадина под руку с Сориным, Тригорин, Шамраев, Медведенко и Маша.

Шамраев. В 1873 году в Полтаве на ярмарке она играла изумительно. Один восторг! Чудно играла! Не **изволите** ли также знать, где теперь **комик** Чадин, Павел Семёныч? В Расплюеве был **неподражаем**, лучше Садовского, клянусь вам, многоуважаемая. Где он теперь?

Аркадина. Вы всё спрашиваете про каких-то **допотопных**. Откуда я знаю! (*Садится.*)

Шамраев (*вздохнув*). Пашка Чадин! Таких уж нет теперь. Пала сцена, Ирина Николаевна! Прежде были могучие дубы, а теперь мы видим одни только **пни**.

Дорн. Блестящих **дарований** теперь мало, это правда, но средний актёр стал гораздо выше.

Шамраев. Не могу с вами согласиться. Впрочем, это дело вкуса. **De gustibus aut bene, aut nihil.**

Треплев выходит из-за эстрады.

Аркадина (*сыну*). Мой милый сын, когда же начало?

Треплев. Через минуту. Прошу терпения.

Аркадина (*читает из «Гамлета»*). «Мой сын! Ты очи обратил мне внутрь души, и я увидела её в таких кровавых, в таких смертельных **язвах** — нет спасенья!»

Треплев (*из «Гамлета»*). «И для чего ж ты поддалась **пороку**, любви искала в бездне преступленья?»

За эстрадой играют в рожок.

Господа, начало! Прошу внимания!

Пауза.

Я начинаю. (*Стучит палочкой и говорит громко.*) О вы, почтенные, старые тени, которые носитесь в ночную пору над этим озером, **усыпите** нас, и пусть нам **приснится** то, что будет через двести тысяч лет!

Сорин. Через двести тысяч лет ничего не будет.

Треплев. Так вот пусть изобразят нам это ничего.

Аркадина. Пусть. Мы спим.

Поднимается занавес; открывается вид на озеро; луна над горизонтом, отражение её в воде; на большом камне сидит Нина Заречная, вся в белом.

Нина. Люди, львы, орлы и **куропатки**, **рогатые** олени, гуси, пауки, молчаливые рыбы, **обитавшие** в воде, морские звёзды и те, которых нельзя было видеть глазом, — словом, все жизни, все жизни, все жизни, свершив печальный круг,

дарование	才干, 天赋
De gustibus aut bene, aut nihil	趣味各有高低
Гамлет	哈姆雷特
язва	溃疡, 重伤
порок	罪恶
рожок	号角
усыплять//усыпить	催眠
сниться//присниться	梦见
куропатка	鹌鹑
рогатый	有角的
обитать [未]	居住

напра́сно	徒劳地
жура́вль	鹤
жук	金龟子
ли́повый	椴树的
ро́ща	小树林
прах	尘土
Це́зарь	凯撒
пия́вка	水蛭
инсти́нкт	本能
боло́тный	沼泽的
декаде́нтский	颓废派的
уста́	<诗,旧>双唇
блужда́ть	[未]流浪
трепета́ние	心脏颤动
дья́вол	恶魔
вселе́нная	宇宙
коло́дец	井

угасли… Уже тысячи веков, как земля не носит на себе ни одного живого существа, и эта бедная луна **напра́сно** зажигает свой фонарь. На лугу уже не просыпаются с криком **жура́вли**, и майских **жуко́в** не бывает слышно в **ли́повых ро́щах**. Холодно, холодно, холодно. Пусто, пусто, пусто. Страшно, страшно, страшно.

Пауза.

Тела живых существ исчезли в **пра́хе**, и вечная материя обратила их в камни, в воду, в облака, а души их всех слились в одну. Общая мировая душа — это я… я… Во мне душа и Александра Великого, и **Це́заря**, и Шекспира, и Наполеона, и последней **пия́вки**. Во мне сознания людей слились с **инсти́нктами** животных, и я помню все, все, и каждую жизнь в себе самой я переживаю вновь.

*Показываются **боло́тные** огни.*

Аркадина (*тихо*). Это что-то **декаде́нтское**.
Треплев (*умоляюще и с упреком*). Мама!
Нина. Я одинока. Раз в сто лет я открываю **уста́**, чтобы говорить, и мой голос звучит в этой пустоте уныло, и никто не слышит… И вы, бледные огни, не слышите меня… Под утро вас рождает гнилое болото, и вы **блужда́ете** до зари, но без мысли, без воли, без **трепета́ния** жизни. Боясь, чтобы в вас не возникла жизнь, отец вечной материи, **дья́вол**, каждое мгновение в вас, как в камнях и в воде, производит обмен атомов, и вы меняетесь непрерывно. Во **вселе́нной** остается постоянным и неизменным один лишь дух.

Пауза.

Как пленник, брошенный в пустой глубокий **коло́дец**, я не знаю, где я и что меня ждёт. От меня не скрыто лишь, что в упорной, жестокой борьбе с дьяволом, началом материальных сил, мне суждено победить, и после того материя и дух сольются в гармонии прекрасной и наступит царство мировой воли. Но этот будет, лишь когда мало-помалу, через длинный ряд тысячелетий, и луна, и светлый **Сириус**, и земля обратятся в пыль... А до тех пор ужас, ужас...

Пауза; на фоне озера показываются две красных точки.

Вот приближается мой могучий противник, дьявол. Я вижу его страшные, **багровые** глаза...

Аркадина. Серой пахнет. Это так нужно?

Треплев. Да.

Аркадина (*смеётся*). Да, это эффект.

Треплев. Мама!

Нина. Он скучает без человека...

Полина Андреевна (*Дорну*). Вы сняли шляпу. Наденьте, а то простудитесь.

Аркадина. Это доктор снял шляпу перед дьяволом, отцом вечной материи.

Треплев (*вспылив, громко*). Пьеса кончена! Довольно! Занавес!

Аркадина. Что же ты сердишься?

Треплев. Довольно! Занавес! Подавай занавес! (*Топнув ногой.*) Занавес!

Занавес опускается.

Виноват! Я выпустил из вида, что писать пьесы и играть на сцене могут только немногие избранные. Я нарушил **монополию**! Мне... я... (*Хочет еще что-то сказать, но машет рукой и уходит влево.*)

Аркадина. Что с ним?

Сорин. Ирина, нельзя так, матушка, обращаться с молодым самолюбием.

Аркадина. Что же я ему сказала?

Сорин. Ты его обидела.

Аркадина. Он сам предупредил, что это шутка, и я относилась к его пьесе, как у шутке.

Сорин. Всё-таки...

Аркадина. Теперь оказывается, что он написал великое произведение! Скажите пожалуйста! Стало быть, устроил он этот спектакль и надушил серой не для шутки, а для демонстрации... Ему хотелось поучить нас, как надо писать и что нужно играть...

сириус 天狼星

багровый 深红色的

вспылить [完]<口>突然大发脾气

топать//топнуть 踩(脚)

монополия 垄断, 独占

373

| вылазка 攻击
| шпилька 刻薄话
| капризный 任性的

| бред 呓语，梦话

| претензия 自以为是

| Юпитер〈罗神〉朱庇特
| （最高的天神）

| совокупность 总和

| Jeune premier'om 主角
| кумир 偶像

Наконец, это становится скучно. Эти постоянные **вылазки** против меня и **шпильки**, воля ваша, надоедят хоть кому! **Капризный**, самолюбивый мальчик.

Сорин. Он хотел доставить тебе удовольствие.

Аркадина. Да? Однако же вот он не выбрал какой-нибудь обыкновенной пьесы, а заставил нас прослушать этот декадентский **бред**. Ради шутки я готова слушать и бред, но ведь тут **претензии** на новые формы, на новую эру в искусстве. А, по-моему, никаких тут новых форм нет, а просто дурной характер.

Тригорин. Каждый пишет так, как хочет и как может.

Аркадина. Пусть он пишет, как хочет и как может, только пусть оставит меня в покое.

Дорн. Юпитер, ты сердишься...

Аркадина. Я не Юпитер, а женщина. (*Закуривает.*) Я не сержусь, мне только досадно, что молодой человек так скучно проводит время. Я не хотела его обидеть.

Медведенко. Никто не имеет основания отделять дух от материи, так как, быть может, самый дух есть **совокупность** материальных атомов. (*Живо, Тригорину.*) А вот, знаете ли, описать бы в пьесе и потом сыграть на сцене, как живёт наш брат — учитель. Трудно, трудно живётся!

Аркадина. Это справедливо, но не будем говорить ни о пьесах, ни об атомах. Вечер такой славный! Слышите, господа, поют? (*Прислушивается.*) Как хорошо!

Полина Андреевна. Это на том берегу.

Пауза.

Аркадина (*Тригорину*). Сядьте возле меня. Лет 10-15 назад, здесь, на озере, музыка и пение слышались, непрерывно почти каждую ночь. Тут на берегу шесть помещьчьих усадеб. Помню, смех, шум, стрельба, и всё романы, романы... **Jeune premier'om и кумиром** всех этих шести усадеб был тогда вот, рекомендую (кивает на Дорна), доктор Евгений Сергеич. И теперь он очарователен, но тогда был **неотразим**. Однако меня начинает мучть совесть. За что я обидела моего бедного мальчика? Я непокойна. (*Громко.*) Костя! Сын! Костя!

Маша. Я пойду поищу его.

Аркадина. Пожалуйста, милая.

Маша (*идёт влево*). Ау! Константин Гаврилович!.. Ау! (*Уходит.*)

Нина (*выходя из-за эстрады*). Очевидно, продолжения не будет, мне можно выйти. Здравствуйте! (*Целуется с Аркадиной и Полиной Андреевной.*)

Сорин. Браво! браво!

Аркадина. Браво, браво! Мы любовались. С такою наружностью, с таким чудным голосом нельзя, **грешно** сидеть в деревне. У вас должен быть талант. Слышите? Вы обязаны поступить на сцену!

Нина. О, это моя мечта! (*Вздохнув.*) Но она никогда не осуществится.

Аркадина. Кто знает! Вот позвольте вам представить: Тригорин, Борис Алексеевич.

Нина. Ах, я так рада…(**Сконфузившись**.) Я всегда вас читаю…

Аркадина (*усаживая её возле*). Не конфузьтесь, милая. Он **знаменитость**, но у него простая душа. Видите, он сам сконфузился.

Дорн. Полагаю, теперь можно поднять занавес, а то жутко.

Шамраев (*громко*). Яков, подними-ка, братец, занавес!

Занавес поднимается.

Нина (*Тригорину*). Не правда ли, странная пьеса?

Тригорин. Я ничего не понял. Впрочем, смотрел я с удовольствием. Вы так искренно играли. И декорация была прекрасная.

Пауза.

Должно быть, в этом озере много рыбы.

Нина. Да.

Тригорин. Я люблю удить рыбу. Для меня нет больше наслаждения, как сидеть под вечер на

неотразимый 无法抵挡的

грешно <口> 不好

конфузиться// сконфузиться 害羞，腼腆

знаменитость 名人

поплавóк 鱼漂	берегу и смотреть на **поплавóк**.

Нина. Но, я думаю, кто испытал наслаждение творчества, для того уже все другие наслаждения не существуют.

Аркадина (*смеясь*). Не говорите так. Когда ему говорят хорошие слова, то он **провáливается**.

провáливаться//
провали́ться 发窘
до 长音阶的第一音
бас 男低音
синодáльный 圣会议合唱团的

октáва <床>八度

Шамраев. Помню, в Москве в оперном театре однажды знаменитый Сильва взял нижнее **до**. А в это время, как нарочно, сидел на галерее **бас** из наших **синодáльных** певчих, и вдруг, можете себе представить наше крайнее изумление, мы слышим в галерее: «Браво, Сильва!» — целою **октáвой** ниже... Вот этак (*низким баском*): браво, Сильва... Театр так и замер.

Пауза.

Дорн. Тихий ангел пролетел.

Нина. А мне пора. Прощайте.

Аркадина. Куда? Куда так рано? Мы вас не пустим.

Нина. Меня ждёт папа.

Аркадина. Какой он, право... (*Целуются.*) Ну, что делать. Жаль, жаль вас отпускать.

Нина. Если бы вы знали, как мне тяжело уезжать!

крóшка 小宝贝

Аркадина. Вас бы проводил кто-нибудь, моя **крóшка**.

Нина (*испуганно*). О нет, нет!

Сорин (*ей, умоляюще*). Останьтесь!

Нина. Не могу, Пётр Николаевич.

Сорин. Останьтесь на один час и всё. Ну, что, право...

Нина (*подумав, сквозь слёзы*). Нельзя! (*Пожимает руку и быстро уходит.*)

завещáть [未, 完] 将……作为遗产留给……

Аркадина. Несчастная девушка в сущности. Говорят, её покойная мать **завещáла** мужу всё своё громадное состояние, всё до копейки, и теперь эта девочка осталась ни с чем, так как отец её уже завещал всё своей второй жене. Это **возмути́тельно**.

возмути́тельно 令人气愤的
скоти́на 畜生

Дорн. Да, её папенька порядочная-таки **скоти́на**, надо отдать ему полную справедливость.

Сорин (*потирáя озя́бшие руки*). Пойдёмте-ка,

ДРАМА

господа, и мы, а то становится сыро. У меня ноги болят.

Аркадина. Они у тебя, как деревянные, едва ходят. Ну, пойдём, старик злосчастный. (*Берёт его под руку.*)

Шамраев (*подавая руку жене*). Мадам?

Сорин. Я слышу, опять воет собака. (*Шамраеву.*) Будьте добры, Илья Афанасьевич, прикажите отвязать её.

Шамраев. Нельзя, Пётр Николаевич, боюсь, как бы воры в **амбáр** не **забрáлись**. Там у меня просо. (*Идущему рядом Медведенку.*) Да, на целую октаву ниже: «Браво, Сильва!» А ведь не певец, простой синодальный певчий.

Медведенко. А сколько **жáлованья** получает синодальный певчий?

Все уходят, кроме Дорна.

Дорн (*один*). Не знаю, быть может, я ничего не понимаю или сошёл с ума, но пьеса мне понравилась. В ней что-то есть. Когда это девочка говорила об одиночестве и потом, когда показались красные глаза дьявола, у меня от волнения дрожали руки. **Свежó**, наивно... Вот, кажется, он идёт. Мне хочется наговорить ему побольше приятного.

Треплев (*входит*). Уже нет никого.

Дорн. Я здесь.

Треплев. Меня по всему парку ищет Машенька. **Несносное** создание.

Дорн. Константин Гаврилович, мне ваша пьеса чрезвычайно понравилась. Странная она какая-то, и конца я не слышал, и всё-таки впечатление сильное. Вы талантливый человек, вам надо продолжать.

*Треплев крепко жмёт ему руку и обнимает **порывисто**.*

Фуй, какой **нервный**. Слёзы на глазах... Я что хочу сказать? Вы взяли сюжет из области отвлечённых идей. Так и следовало, потому что художественное произведение непременно должно

потирáть//потерéть 不时地轻轻摩擦
озябáть//озябнуть 冻僵

амбáр 粮仓, 仓库
забирáться//забрáться 钻入, 潜入

жáлованье 薪金

свежó 感到冷

несносный 令人难以忍耐的

порывисто 激动地
фуй <旧> 唉
нервный 神经质的

выражать какую-нибудь большую мысль. Только то прекрасно, что серьёзно. Как вы бледны!

Треплев. Так вы говорите — продолжать?

Дорн. Да... Но изображайте только важное и вечное. Вы знаете, я прожил свою жизнь разнообразно и со вкусом, я доволен, но если бы мне пришлось испытать подъём духа, какой бывает у художников во время творчества, то, мне кажется, я презирал бы свою материальную **оболо́чку** и всё, что этой оболочке **сво́йственно**, и уносился бы от земли подальше в высоту.

Треплев. Виноват, где Заречная?

Дорн. И вот ещё что. В произведении должна быть ясная, определённая мысль. Вы должны знать, для чего пишете, иначе, если пойдёте по этой живописной дороге без определённой цели, то вы **заблуди́тесь** и ваш талант погубит вас.

Треплев (*нетерпеливо*). Где Заречная?

Дорн. Она уехала домой.

Треплев (*в отчаянии*). Что же мне делать? Я хочу её видеть... Мне
необходимо её видеть... Я поеду...

Маша входит.

Дорн (*Треплеву*). Успокойтесь, мой друг.

Треплев. Но всё-таки я поеду. Я должен поехать.

Маша. Идите, Константин Гаврилович, в дом. Вас ждёт ваша мама. Она непокойна.

Треплев. Скажите ей, что я уехал. И прошу вас всех, оставьте меня в покое! Оставьте! Не ходите за мной!

Дорн. Но, но, но, милый... нельзя так... Нехорошо.

Треплев (*сквозь слёзы*). Прощайте, доктор. Благодарю... (*Уходит.*)

Дорн (*вздохнув*). Молодость, молодость!

Маша. Когда нечего больше сказать, то говорят: молодость, молодость...(*Нюхает табак.*)

Дорн (*берёт у неё табакерку и швыряет в кусты*). Это **га́дко**!

Пауза.

В доме, кажется, играют. Надо идти.

Маша. **Погодите.**

Дорн. Что?

Маша. Я ещё раз хочу вам сказать. Мне хочется поговорить... (*Волнуясь.*) Я не люблю своего отца... но к вам лежит моё сердце. Почему-то я всею душой чувствую, что вы мне близки...Помогите же мне, помогите, а то я сделаю глупость, я насмеюсь над своею жизнью, **испорчу** её... Не могу дольше...

Дорн. Что? В чём помочь?

Маша. Я страдаю. Никто, никто не знает моих страданий! (*Кладет ему голову на грудь, тихо.*) Я люблю Константина.

Дорн. Как все нервны! Как все нервны! И сколько любви... О, **колдовское** озеро! (*Нежно.*) Но что же я могу сделать, дитя моё? Что? Что?

Занавес

Действие второе

Треплев (*входит без шляпы, с ружьём и с убитою чайкой*).Вы одни здесь?

Нина. Одна.

Треплев кладет у её ног чайку.

Что это значит?

Треплев. Я имел **подлость** убить сегодня эту чайку. Кладу у ваших ног.

Нина. Что с вами? (*Поднимает чайку и глядит на неё.*)

Треплев (*после паузы*). Скоро таким же образом я убью самого себя.

Нина. Я вас не узнаю.

Треплев. Да, после того, как я перестал узнавать вас. Вы изменились ко мне, ваш взгляд холоден, моё присутствие стесняет вас.

Нина. В последнее время вы стали **раздражительны**, выражаетесь всё непонятно, какими-то символами. И вот эта чайка тоже, по-видимому, символ, но, простите, я не понимаю...

погодить [未] 等一等

портить//испортить 弄坏,糟蹋

колдовской 迷人的

подлость 可耻行为

раздражительный 易怒的,敏感的

(*Кладет чайку на скамью.*) Я слишком проста, чтобы понимать вас.

Треплев. Это началось с того вечера, когда так глупо провалилась моя пьеса. Женщины не прощают неуспеха. Я всё сжег, всё до последнего клочка. Если бы вы знали, как я несчастлив! Ваше **охлаждéние** страшно, невероятно, точно я проснулся и вижу вот, будто это озеро вдруг **вы́сохло** или **утекло́** в землю. Вы только что сказали, что вы слишком просты, чтобы понимать меня. О, что тут понимать?! Пьеса не понравилась, вы презираете моё вдохновение, уже считаете меня **заурядным**, ничтожным, каких много... (*Топнув ногой.*) Как это я хорошо понимаю, как понимаю! У меня в мозгу точно **гвоздь**, будь он проклят вместе с моим самолюбием, которое сосёт мою кровь, сосёт, как змея... (*Увидев Тригорина, который идёт, читая книжку.*) Вот идёт истинный талант; ступает, как Гамлет, и тоже с книжкой. (*Дразнит.*) «Слова, слова, слова...» Это солнце ещё не подошло к вам, а вы уже улыбаетесь, взгляд ваш **раста́ял** в его лучах. Не стану мешать вам. (*Уходит быстро.*)

Тригорин (*записывая в книжку*). Нюхает табак и пьёт водку... Всегда в чёрном. Её любит учитель...

Нина. Здравствуйте, Борис Алексеевич!

Тригорин. Здравствуйте. Обстоятельства неожиданно сложились так, что, кажется, мы сегодня уезжаем. Мы с вами едва ли ещё увидимся когда-нибудь. А жаль, мне приходится не часто встречать молодых девушек, молодых и интересных, я уже забыл и не могу себе ясно представить, как чувствуют себя в 18-19 лет, и потому у меня в повестях и рассказах молодые девушки обыкновенно **фальши́вы**. Я бы вот хотел хоть один час побыть на вашем месте, чтобы узнать, как вы думаете, и вообще что вы за штучка.

Нина. А я хотела бы побывать на вашем месте.

Тригорин. Зачем?

Нина. Чтобы узнать, как чувствует себя известный талантливый писатель. Как чувствуется известность?

охлаждéние 冷漠,冷淡

высыхáть//вы́сохнуть 干涸

утекáть//утéчь 流出,流走

заурядный 平庸的

гвоздь 钉子

раста́ивать//раста́ять 融化

фальши́вый 不真实的

Как вы ощущаете то, что вы известны?

Тригорин. Как? Должно быть, никак. Об этом я никогда не думал.

(*Подумав.*) Что-нибудь из двух: или вы **преувеличиваете** мою известность, или же вообще она никак не ощущается.

Нина. А если читаете про себя в газетах?

Тригорин. Когда хвалят, приятно, а когда бранят, то потом два дня чувствуешь себя не в духе.

Нина. Чудный мир! Как я завидую вам, если бы вы знали! **Жребий** людей различен. Одни едва влачат своё скучное, незаметное существование, все похожие друг на друга, все несчастные; другим же, как, например, вам, — вы один из миллиона, — выпала на долю жизнь интересная, светлая, полная значения... вы счастливы...

Тригорин. Я? (*Пожимая плечами.*) Гм... Вы вот говорите об известности, о счастье, о какой-то светлой, интересной жизни, а для меня все эти хорошие слова, простите, всё равно, что **мармела́д**, которого я никогда не ем. Вы очень молоды и очень добры.

Нина. Ваша жизнь прекрасна!

Тригорин. Что же в ней особенно хорошего? (*Смотрит на часы.*) Я должен сейчас идти и писать. Извините, мне некогда... (*Смеётся.*) Вы, как говорится, наступили на мою самую любимую **мозо́ль**, и вот я начинаю волноваться и немного сердиться. Впрочем, давайте говорить. Будем говорить о моей прекрасной, светлой жизни... Ну-с, с чего начнём? (*Подумав немного.*) Бывают **наси́льственные** представления, когда человек день и ночь думает, например, всё о луне, и у меня есть своя такая луна. День и ночь **одолева́ет** меня одна неотвязная мысль: я должен писать, я должен писать, я должен... Едва кончил повесть, как уже почему-то должен писать другую, потом третью, после третьей четвертую... Пишу непрерывно, как на перекладных, и иначе не могу. Что же тут прекрасного и светлого, я вас спрашиваю? О, что за дикая жизнь! Вот я с вами, я

преувели́чивать// преуыели́чить 夸大

жре́бий<转,诗>命运

мармела́д 水果软糖

мозо́ль 鸡眼;<俗>触及某人的痛处

наси́льственный 迫不得已的

одолева́ть//одоле́ть 克服,控制

волнуюсь, а между тем каждое мгновение помню, что меня ждёт неоконченная повесть. Вижу вот облако, похожее на рояль. Думаю: надо будет упомянуть где-нибудь в рассказе, что плыло облако, похожее на рояль. Пахнет **гелиотро́пом**. Скорее **мота́ю** на ус: **прито́рный** запах, **вдо́вий цвет**, упомянуть при описании летнего вечера. Ловлю себя и вас на каждой фразе, на каждом слове и спешу скорее запереть все эти фразы и слова в свою литературную **кладову́ю**: **аво́сь** пригодится! Когда кончаю работу, бегу в театр или удить рыбу; тут бы и отдохнуть, забыться, ан — нет, в голове уже ворочается тяжёлое **чугу́нное** ядро — новый сюжет, и уже тянет к столу, и надо спешить опять писать и писать. И так всегда, всегда, и нет мне покоя от самого себя, и я чувствую, что съедаю собственную жизнь, что для меда, который я отдаю кому-то в пространство, я обираю **пыль** с лучших своих цветов, рву самые цветы и топчу их корни. Разве я не сумасшедший? Разве мои близкие и знакомые держат себя со мною, как со здоровым? «Что пописываете? Чем нас подарите?» Одно и то же, одно и то же, и мне кажется, что это внимание знакомых, похвалы, восхищение, — все это обман, меня обманывают, как больного, и я иногда боюсь, что вот-вот **подкраду́тся** ко мне сзади, схватят и повезут, как Поприщина, в сумасшедший дом. А в те годы, в молодые, лучшие годы, когда я начинал, моё писательство было одним **сплошны́м** мучением. Маленький писатель, особенно когда ему не везёт, кажется себе **неуклю́жим**, неловким, лишним, нервы у него напряжены, издерганы; неудержимо бродит он около людей, причастных к литературе и к искусству, непризнанный, никем не замечаемый, боясь прямо и смело глядеть в глаза, точно страстный игрок, у которого нет денег. Я не видел своего читателя, но почему-то в моём воображении он представлялся мне недружелюбным, недоверчивым. Я боялся публики, она была страшна мне, и когда мне приходилось ставить свою новую пьесу, то

гелиотро́п 天芥菜
мота́ть//намота́ть 缠绕
прито́рный 甜蜜的
вдо́вий цвет 灰暗的颜色
кладова́я 蕴藏,储藏
аво́сь 也许,说不定

чугу́нный 沉重的

пыль 花粉

подкра́дываться//
  подкра́сться 悄悄走近

сплошно́й 完全的

неуклю́жий 笨拙的

мне казалось всякий раз, что **брюне́ты** враждебно настроены, а **блонди́ны** холодно равнодушны. О, как это ужасно! Какое это было мучение!

Нина. Позвольте, но разве вдохновение и самый процесс творчества не дают вам высоких, счастливых минут?

Тригорин. Да. Когда пишу, приятно. И **корректу́ру** читать приятно. Но... едва вышло из печати, как я не выношу, и вижу уже, что оно не то, ошибка, что его не следовало бы писать вовсе, и мне досадно, на душе **дря́нно**... (*Смеясь.*) А публика читает: «Да, мило, талантливо... Мило, но далеко до Толстого», или: «Прекрасная вещь, но «Отцы и дети» Тургенева лучше». И так до гробовой доски всё будет только мило и талантливо, мило и талантливо — больше ничего, а как умру, знакомые, проходя мимо могилы, будут говорить: «Здесь лежит Тригорин. Хороший был писатель, но он писал хуже Тургенева».

Нина. Простите, я отказываюсь понимать вас. Вы просто **избало́ваны** успехом.

Тригорин. Каким успехом? Я никогда не нравился себе. Я не люблю себя как писателя. Хуже всего, что я в каком-то чаду и часто не понимаю, что я пишу... Я люблю вот эту воду, деревья, небо, я чувствую природу, она возбуждает во мне страсть, **непреодоли́мое** желание писать. Но ведь я не пейзажист только, я ведь ещё гражданин, я люблю родину, народ, я чувствую, что если я писатель, то я обязан говорить о народе, об его страданиях, об его будущем, говорить о науке, о правах человека и прочее и прочее, и я говорю обо всем, тороплюсь, меня со всех сторон подгоняют, сердятся, я мечусь из стороны в сторону, как лисица, **затра́вленная** псами, вижу, что жизнь и наука все уходят вперёд и вперёд, а я всё отстаю и отстаю, как мужик, опоздавший на поезд, и в конце концов чувствую, что я умею писать только пейзаж, а во всём остальном я фальшив, и фальшив до мозга костей.

блюне́т 黑发男子
блонди́н 黄发男子

корректу́ра 校对, 校样

дрянно́й 很坏的, 恶劣的

избало́ванный 被宠坏的

непреодоли́мый 不可抗拒的

затра́вленный 被追得筋疲力尽的

Нина. Вы заработались, и у вас нет времени и охоты сознать своё значение. Пусть вы недовольны собою, но для других вы велики и прекрасны! Если бы я была таким писателем, как вы, то я отдала бы толпе всю свою жизнь, но сознавала бы, что счастье её только в том, чтобы **возвышаться** до меня, и она возила бы меня на **колеснице**.

Тригорин. Ну, на колеснице... **Агаме́мнон** я, что ли?

Оба улыбнулись.

Нина. За такое счастье, как быть писательницей или артисткой, я перенесла бы нелюбовь близких, нужду, разочарование, я жила бы под крышей и ела бы только ржаной хлеб, страдала бы от недовольства собою, от сознания своих несовершенств, но зато бы уж я потребовала славы... настоящей, шумной славы... (*Закрывает лицо руками.*) Голова кружится... **Уф**!..

<...>
Между третьим и четвёртым действием проходит два года.

Действие четвертое

Одна из гостиных в доме Сорина, обращенная Константином Треплевым в рабочий кабинет. Направо и налево двери, ведущие во внутренние **покои**, *Прямо стеклянная дверь на террасу. Кроме обычной гостиной, в правом углу письменный стол, возле левой двери турецкий диван, шкаф с книгами, книги на окнах, на стульях. — Вечер. Горит одна лампа под* **колпаком** *Полумрак. Слышно, как шумят деревья и воет ветер в трубах.*

Стучит сторож.

Медведенко и Маша входят.

Маша (*окликает*). Константин Гаврилыч! Константин Гаврилыч! (*Осматриваясь.*) Нет никого. Старик каждую минуту все спрашивает, где Костя, где Костя... Жить без него не может...

ДРАМА

Медведенко. Боится одиночества. (*Прислушиваясь.*) Какая ужасная погода! Это уже вторые сутки.

Маша (*припуска́ет огня в лампе*). На озере волны. Громадные.

Медведенко. В саду темно. Надо бы сказать, чтобы сломали в саду тот театр. Стоит голый, безобразный, как **скеле́т**, и занавеска от ветра хлопает. Когда я вчера вечером проходил мимо, то мне показалось, будто кто в нем плакал.

Маша. Ну, вот...

Пауза.

Медведенко. Поедем, Маша, домой!

Маша (*качает отрицательно головой*). Я здесь останусь ночевать.

Медведенко (*умоляюще*). Маша, поедем! Наш ребёночек **небо́сь** голоден.

Маша. Пустяки. Его Матрена покормит.

Пауза.

Медведенко. Жалко. Уже третью ночь без матери.

Маша. Скучный ты стал. Прежде, бывало, хоть пофилософствуешь, а теперь все ребёнок, домой, ребёнок, домой, — и больше от тебя ничего не услышишь.

Медведенко. Поедем, Маша!

Маша. Поезжай сам.

Медведенко. Твой отец не даст мне лошади.

Маша. Даст. Ты попроси, он и даст.

Медведенко. Пожалуй, попрошу. Значит, ты завтра приедешь?

Маша (*нюхает табак*). Ну, завтра. **Приста́л**...

Входят Треплев и Полина Андреевна; Треплев принёс ***поду́шки*** *и* ***одея́ло****, а Полина Андреевна постельное бельё: кладут на турецкий диван, затем Треплев идёт к своему столу и садится.*

Зачем это, мама?

Полина Андреевна. Пётр Николаевич просил **постла́ть** ему у Кости.

Маша. Давайте я... (*Постилает постель.*)

припуска́ть // припусти́ть <口>把(灯火)拨大, 拨亮.

скеле́т 骨头架子

небо́сь 恐怕, 想必

пристава́ть // приста́ть 纠缠不休, 惹人讨厌
поду́шка 枕头
одея́ло 毯子

постила́ть // постла́ть 铺上, 铺(床)

385

облока́чиваться//
облокоти́ться 用胳膊肘支撑身体

тёща 岳母

Поли́на Андре́евна (*вздохну́в*). Ста́рый, что ма́лый...(*Подхо́дит к пи́сьменному столу́ и, **облокоти́вшись**, смо́трит в ру́копись.*)

Па́уза.

Медве́денко. Так я пойду́. Проща́й. Ма́ша. (*Целу́ет у жены́ ру́ку.*) Проща́йте, мама́ша. (*Хо́чет поцелова́ть ру́ку у **тёщи**.*)

Поли́на Андре́евна (*доса́дливо*). Ну! Иди́ с бо́гом.

Медве́денко. Проща́йте, Константи́н Гаври́лыч.

Тре́плев молча́ подаёт ру́ку: Медве́денко ухо́дит.

Поли́на Андре́евна (*гля́дя в ру́копись*). Никто́ не ду́мал и не гада́л, что из вас, Ко́стя, вы́йдет настоя́щий писа́тель. А вот, сла́ва Бо́гу, и де́ньги ста́ли вам присыла́ть из журна́лов. (*Прово́дит руко́й по его́ волоса́м.*) И краси́вый стал... Ми́лый Ко́стя, хоро́ший, бу́дьте поласкове́е с мое́й Ма́шенькой!..

сла́вненький 招人喜欢的

Ма́ша (*постила́я*). Оста́вьте его́, ма́ма.
Поли́на Андре́евна (*Тре́плеву*). Она́ **сла́вненькая**.

Па́уза.
Же́нщине, Ко́стя, ничего́ не ну́жно, то́лько взгляни́ на неё ла́сково. По себе́ зна́ю.

Тре́плев встаёт из-за стола́ и молча́ ухо́дит.

Ма́ша. Вот и рассерди́ли. На́до бы́ло пристава́ть!
Поли́на Андре́евна. Жа́лко мне тебя́, Ма́шенька.
Ма́ша. Очень ну́жно!
Поли́на Андре́евна. Се́рдце моё за тебя́ переболе́ло. Я ведь всё ви́жу, всё понима́ю.

распуска́ть//распусти́ть 放任, 放纵

Ма́ша. Все глу́пости. Безнадёжная любо́вь — это то́лько в рома́нах. Пустяки́. Не ну́жно то́лько **распуска́ть** себя́ и всё чего́-то ждать, ждать у мо́ря пого́ды... Раз в се́рдце завела́сь любо́вь, на́до её вон. Вот обеща́ли перевести́ му́жа в друго́й уе́зд. Как перее́дем туда́, — всё забу́ду... с ко́рнем из се́рдца вы́рву.

меланхоли́ческий

*Через две комнаты играют **меланхоли́ческий** вальс.*

Полина Андреевна. Костя играет. Значит, тоскует.

Маша (*делает бесшумно два-три ту́ра вальса*). Главное, мама, перед глазами не видеть. Только бы дали моему Семёну перевод, а там, поверьте, в один месяц забуду. Пустяки всё это.

Открывается левая дверь, Дорн и Медведенко катят в кресле Сорина.

Медведенко. У меня теперь в доме шестеро. А мука семь **гри́вен пуд**.

Дорн. Вот тут и вертись.

Медведенко. Вам хорошо смеяться. Денег у вас **ку́ры не клюю́т**.

Дорн. Денег? За тридцать лет практики, мой друг, беспокойной практики, когда я не принадлежал себе ни днём, ни ночью, мне удалось скопить только две тысячи, да и те я прожил недавно за границей. У меня ничего нет.

Маша (*мужу*). Ты не уехал?

Медведенко (*виновато*). Что ж? Когда не дают лошади!

Маша (*с горькой досадой, вполголоса*). Глаза бы мои тебя не видели!

Кресло останавливается в левой половине комнаты; Полина Андреевна, Маша и Дорн садятся возле; Медведенко, опечаленный, в сторону.

Дорн. Сколько у вас перемен, однако! Из гостиной сделали кабинет.

Маша. Здесь Константину Гаврилычу удобнее работать. Он может, когда угодно, выходить в сад и там думать.

Стучит сторож.

Сорин. Где сестра?

Дорн. Поехала на станцию встречать Тригорина. Сейчас вернётся.

меланхоли́ческий 忧郁的, 愁闷的

тур 一圈 (华尔兹舞)

гри́вна <旧> 十戈比
пуд 普特 (计量单位)

ку́ры не клюю́т 有的是钱

сóда 苏打	
хи́на 奎宁	

Сорин. Если вы нашли нужным выписать сюда сестру, значит, я опасно болен. (*Помолчав.*) Вот история, я опасно болен, а между тем мне не дают никаких лекарств.

Дорн. А чего вы хотите? Валериановых капель? **Сóды**? **Хи́ны**?

Сорин. Ну, начинается философия. О, что за наказание! (*Кивнув головой на диван.*) Это для меня постлано?

Полина Андреевна. Для вас, Пётр Николаевич.

Сорин. Благодарю вас.

Дорн (*напевает*). «Месяц плывёт по ночным небесам...»

L'homme, qui a voulu 空想一场的人

Сорин. Вот хочу дать Косте сюжет для повести. Она должна называться так, «Человек, который хотел». «**L'homme, qui a voulu**». В молодости когда-то хотел я сделаться литератором — и не сделался; хотел красиво говорить — и говорил отвратительно (*дразнит себя*), «и всё? и всё? такое, того, не того»... и, бывало, резюме везёшь, везёшь, даже в **пот** ударит; хотел жениться — и не женился; хотел всегда жить в городе — и вот кончаю свою жизнь в деревне, и всё.

пот 汗水

ста́тский 文职人员

Дорн. Хотел стать действительным **ста́тским** советником — и стал.

Сорин (*смеётся*). К этому я не стремился. Это вышло само собою.

Дорн. Выражать недовольство жизнью в шестьдесят два года, согласитесь, — это не великодушно.

Сорин. Какой упрямец. Поймите, жить хочется!

Дорн. Это легкомыслие. По законам природы всякая жизнь должна иметь конец.

Сорин. Вы рассуждаете, как сытый человек. Вы сыты и потому равнодушны к жизни, вам всё равно. Но умирать и вам будет страшно.

Дорн. Страх смерти — животный страх... Надо подавлять его. Сознательно боятся смерти только верующие в вечную жизнь, которым страшно бывает своих грехов. А вы, во-первых, неверующий, во-вторых — какие у вас грехи? Вы двадцать пять лет прослужили по судебному ведомству — только всего.

Сорин (*смеётся*). Двадцать восемь...

Входит Треплев и садится на **скамеечке** *у ног Сорина. Маша всё время не отрывает от него глаз.*

Дорн. Мы мешаем Константину Гавриловичу работать.

Треплев. Нет, ничего.

Пауза.

Медведенко. Позвольте вас спросить, доктор, какой город за границей вам больше понравился?

Дорн. **Ге́нуя**.

Треплев. Почему Генуя?

Дорн. Там превосходная уличная толпа. Когда вечером выходишь из **оте́ля**, то вся улица бывает запружена народом. Движешься потом в толпе без всякой цели, туда-сюда, по **ло́маной** линии, живёшь с нею вместе, сливаешься с нею психически и начинаешь верить, что в самом деле возможна одна мировая душа, вроде той, которую когда-то в вашей пьесе играла Нина Заречная. Кстати, где теперь Заречная? Где она и как?

Треплев. Должно быть, здорова.

Дорн. Мне говорили, будто она повела какую-то особенную жизнь. В чём дело?

Треплев. Это, доктор, длинная история.

Дорн. А вы покороче.

Пауза.

Треплев. Она убежала из дому и сошлась с Тригориным. Это вам известно?

Дорн. Знаю.

Треплев. Был у неё ребёнок. Ребёнок умер. Тригорин разлюбил её и вернулся к своим прежним **привя́занностям**, как и следовало ожидать. Впрочем, он никогда не покидал прежних, а по **бесхара́ктерности** как-то ухитрился и тут и там. Насколько я мог понять из того, что мне

Ге́нуя 热那亚(意大利城市)

оте́ль 旅社, 旅馆

ло́маный 曲折的, 弯曲的

привя́занность 依恋, 眷恋
бесхара́ктерность 优柔寡断

известно, личная жизнь Нины не удалась совершенно.

Дорн. А сцена?

Треплев. Кажется, ещё хуже. **Дебюти́ровала** она под Москвой в дачном театре, потом уехала в провинцию. Тогда я не упускал её из виду и некоторое время куда она, туда и я. **Брала́сь** она все за большие роли, но играла грубо, безвкусно, с **завыва́ниями**, с резкими жестами. Бывали моменты, когда она талантливо вскрикивала, талантливо умирала, но это были только моменты.

Дорн. Значит, всё-таки есть талант?

Треплев. Понять было трудно. Должно быть, есть. Я её видел, но она не хотела меня видеть, и прислуга не пускала меня к ней в номер. Я понимал её настроение и не настаивал на свидании.

Пауза.

Что же вам ещё сказать? Потом я, когда уже вернулся домой, получал от неё письма. Письма умные, тёплые, интересные; она не жаловалась, но я чувствовал, что она глубоко несчастна; что ни строчка, то больной, **натя́нутый** нерв. И воображение немного расстроено. Она подписывалась Чайкой. В «Русалке» **Ме́льник** говорит, что он **во́рон**, так она в письмах всё повторяла, что она чайка. Теперь она здесь.

Дорн. То есть как, здесь?

Треплев. В городе, на **постоя́лом** дворе. Уже дней пять как живёт там в номере. Я было поехал к ней, и вот Марья Ильинична ездила, но она никого не принимает. Семён Семёнович уверяет, будто вчера после обеда видел её в поле, в двух верстах отсюда.

Медведенко. Да, я видел. Шла в ту сторону, к городу. Я поклонился, спросил, отчего не идёт к нам в гости. Она сказала, что придёт.

Треплев. Не придёт она.

Пауза.

Отец и мачеха не хотят её знать. Везде расставили сторожей, чтобы даже близко не допускать её к усадьбе. (*Отходит с доктором к письменному столу.*) Как легко, доктор, быть философом на бумаге и как это трудно на деле!

Сорин. Прелестная была девушка.

Дорн. Что-с?

Сорин. Прелестная, говорю, была девушка. Действительный статский советник Сорин был даже в неё влюблён некоторое время.

Дорн. Старый **ловелас**.

Слышен смех Шамраева.

Полина Андреевна. Кажется, наши приехали со станции...

Треплев. Да, я слышу маму.

Входят Аркадина, Тригорин, за ними Шамраев.

Шамраев (*входя*). Мы все стареем, **выветриваемся** под влиянием стихий, а вы, многоуважаемая, всё ещё молоды... Светлая кофточка, живость... **грация**...

Аркадина. Вы опять хотите **сглазить** меня, скучный человек!

Тригорин (*Сорину*). Здравствуйте, Пётр Николаевич! Что это вы все **хвораете**? Нехорошо! (*Увидев Машу, радостно.*) Марья Ильинична!

Маша. Узнали? (*Жмёт ему руку.*)

Тригорин. Замужем?

Маша. Давно.

Тригорин. Счастливы? (*Раскланивается с Дорном и с Медведенком, потом нерешительно подходит к Треплеву.*) Ирина Николаевна говорила, что вы уже забыли старое и перестали гневаться.

Треплев протягивает ему руку.

Аркадина (*сыну*). Вот Борис Алексеевич привёз журнал с твоим новым рассказом.

Треплев (*принимая книгу, Тригорину*). Благодарю вас. Вы очень любезны.

Садятся.

Тригорин. Вам **шлют** поклон ваши почитатели... В Петербурге и в Москве вообще заинтересованы вами, и меня все спрашивают про вас. Спрашивают: какой он, сколько лет, брюнет

ловела́с 色鬼

выве́триваться//
 выве́триться 风化，过时
гра́ция 优美，优雅
сгла́зить [完]（因夸奖等）引起不吉利的后果
хвора́ть [未] 生病

раскла́ниваться//
 раскла́няться 鞠躬

слать [未] 寄送，发

или блондин. Думают все почему-то, что вы уже немолоды. И никто не знает вашей настоящей фамилии, так как вы печатаетесь под всевдонимом. Вы таинственны, как Железная Маска.

Треплев. Надолго к нам?

Тригорин. Нет, завтра же думаю в Москву. Надо. Тороплюсь кончить повесть и затем ещё обещал дать что-нибудь в сборник. Одним словом — старая история.

*Пока они разговаривают, Аркадина и Полина Андреевна ставят среди комнаты **ломберный** стол и раскрывают его; Шамраев зажигает свечи, ставит стулья. Достают из шкафа **лото**.*

Погода встретила меня неласково. Ветер жестокий. Завтра утром, если утихнет, отправлюсь на озеро удить рыбу. Кстати, надо осмотреть сад и то место, где — помните? — играли вашу пьесу. У меня **созрел** мотив, надо только возобновить в памяти место действия.

Маша (*отцу*). Папа, позволь мужу взять лошадь! Ему нужно домой.

Шамраев (*дразнит*). Лошадь... домой... (*Строго.*) Сама видела: сейчас посылали на станцию. Не гонять же опять.

Маша. Но ведь есть другие лошади... (*Видя, что отец молчит, машет рукой.*) С вами **связываться**...

Медведенко. Я, Маша, пешком пойду. Право...

Полина Андреевна (*вздохнув*). Пешком, в такую погоду... (*Садится за ломберный стол.*) Пожалуйте, господа.

Медведенко. Ведь всего только шесть верст... Прощай... (*Целует жене руку.*) Прощайте, мамаша. (*Тёща нехотя протягивает ему для поцелуя руку.*) Я бы никого не беспокоил, но ребёночек... (*Кланяется всем.*) Прощайте... (*Уходит; походка виноватая.*)

Шамраев. Небось дойдёт. Не генерал.

Полина Андреевна (*стучит по столу*). Пожалуйте, господа. Не будем терять времени, а то скоро ужинать позовут.

ломбер 龙勃勒（纸牌游戏）
лото́ 罗托游戏

созрева́ть//созре́ть 成熟，形成

свя́зываться//связа́ться 联系

пожа́ловать [完] 请

Шамраев, Маша и Дорн садятся за стол.

Аркадина (*Тригорину*). Когда наступают длинные осенние вечера, здесь играют в лото. Вот взгляните: старинное лото, в которое ещё играла с нами покойная мать, когда мы были детьми. Не хотите ли до ужина сыграть с нами **партию**? (*Садится с Тригориным за стол.*) Игра скучная, но если привыкнуть к ней, то ничего. (*Сдаёт всем по три карты.*)

па́ртия 一局

Треплев (*перелистывая журнал*). Свою повесть прочел, а моей даже не **разре́зал**. (*Кладет журнал на письменный стол, потом направляется к левой двери; проходя мимо матери, целует её в голову.*)

разреза́ть//разре́зать 裁开

Аркадина. А ты, Костя?

Треплев. Прости, что-то не хочется… Я пройдусь (*Уходит.*)

Аркадина. **Ста́вка** — гривенник. Поставьте за меня, доктор.

ста́вка 赌注

Дорн. Слушаю-с.

Маша. Все поставили? Я начинаю… Двадцать два!

Аркадина. Есть.

Маша. Три!..

Дорн. Так-с.

Маша. Поставили три? Восемь! Восемьдесят один! Десять!

Шамраев. Не спеши.

Аркадина. Как меня в Харькове принимали, батюшки мои, до сих пор голова кружится!

Маша. Тридцать четыре!

За сценой играют меланхолический вальс.

Аркадина. Студенты **ова́цию** устроили… Три корзины, два венка и вот… (*Снимает с груди* ***брошь*** *и бросает на стол.*)

ова́ция 热烈鼓掌

брошь 胸针

Шамраев. Да, это вещь…

Маша. Пятьдесят!..

Дорн. Ровно пятьдесят?

Аркадина. На мне был удивительный туалет… Что-что, а уж одеться я не дура.

Полина Андреевна. Костя играет. Тоскует, бедный.

Шамраев. В газетах бранят его очень.

Маша. Семьдесят семь!

Аркадина. **Охо́та** обращать внимание.

Тригорин. Ему не везёт. Всё никак не может попасть в свой настоящий тон. Что-то странное, неопределённое, порой даже похожее на бред. Ни одного живого лица.

Маша. Одиннадцать!

Аркадина (*оглянувшись на Сорина*). Петруша, тебе скучно?

Пауза.
Спит.

Дорн. Спит действительный статский советник.

Маша. Семь! Девяносто!

Тригорин. Если бы я жил в такой усадьбе, у озера, то разве я стал бы писать? Я **поборо́л** бы в себе эту страсть и только и делал бы, что удил рыбу.

Маша. Двадцать восемь!

Тригорин. Поймать **ерша́** или **о́куня** — это такое блаженство!

Дорн. А я верю в Константина Гаврилыча. Что-то есть! Что-то есть! Он мыслит образами, рассказы его красочны, ярки, и я их сильно чувствую. Жаль только, что он не имеет определённых задач. Производит впечатление, и больше ничего, а ведь на одном впечатлении далеко не уедешь. Ирина Николаевна, вы рады, что у вас сын писатель?

Аркадина. Представьте, я ещё не читала. Всё некогда.

Маша. Двадцать шесть!

Треплев тихо входит и идёт к своему столу.

Шамраев (*Тригорину*). А у нас, Борис Алексеевич, осталась ваша вещь.

Тригорин. Какая?

Шамраев. Как-то Константин Гаврилыч застрелил чайку, и вы поручил мне заказать из неё **чу́чело**.

Тригорин. Не помню. (*Раздумывая.*) Не помню!

Маша. Шестьдесят шесть! Один!

Треплев (*распахивает окно, прислушивается*). Как темно! Не понимаю, отчего я испытываю такое беспокойство.

Аркадина. Костя, закрой окно, а то дует.

Треплев закрывает окно.

Маша. Восемьдесят восемь!

Тригорин. У меня **па́ртия**, господа.

Аркадина (*весело*). Браво! Браво!

Шамраев. Браво!

Аркадина. Этому человеку всегда и везде везёт. (*Встаёт.*) А теперь пойдёмте закусить чего-нибудь. Наша знаменитость не обедала сегодня. После ужина будем продолжать. (*Сыну.*) Костя, оставь свой рукописи, пойдём есть.

Треплев. Не хочу, мама, я сыт.

Аркадина. Как знаешь. (*Будит Сорина.*) Петруша, ужинать! (*Берёт Шамраева под руку.*) Я расскажу вам, как меня принимали в Харькоеве...

Полина Андреевна ту́шит на столе свечи, потом она и Дорн катят кресло. Все уходят в левую дверь; на сцене остаётся один Треплев за письменным столом.

Треплев (*собирается писать; пробегает то, что уже написано*). Я так много говорил о новых формах, а теперь чувствую, что сам мало-помалу **сполза́ю** к **рути́не**. (*Читает.*) «Афиша на заборе гласила... Бледное лицо, **обра́мленное** темными волосами...» Гласила, обрамленное... Это бездарно (*Зачёркивает.*) Начну с того, как героя разбудил шум дождя, а остальное всё вон. Описание лунного вечера длинно и изысканно. Тригорин выработал себе **приёмы**, ему легко... У него на **плоти́не** блестит **го́рлышко** разбитой бутылки и чернеет тень от мельничного колеса — вот и лунная ночь готова, а у меня и трепещущий свет, и тихое **мерца́ние** звёзд, и далёкие звуки рояля, **замира́ющие** в тихом ароматном воздухе... Это мучительно.

па́ртия 赢局

туши́ть//затуши́ть 熄灭, 扑灭

сполза́ть//сползти́ 滑下, 滑向
рути́на 陈规陋习
обрамля́ть//обра́мить 围绕
зачёркивать//зачеркну́ть 勾掉, 划掉
приём 手段, 方式
плоти́на 堤坝
го́рлышко 瓶颈
мерца́ние 颤动, 闪烁
замира́ть//замере́ть 声音越来越低

Пауза.

Да, я все больше и больше прихожу к убеждению, что дело не в старых и не в новых формах, а в том, что человек пишет, не думая ни о каких формах, пишет, потому что это свободно льется из его души.

Кто-то стучит в окно, ближайшее к столу.

Что такое? (*Глядит в окно.*) Ничего не видно... (*Отворяет стеклянную дверь и смотрит в сад.*) Кто-то пробежал вниз по ступеням. (*Окликает.*) Кто здесь?

Уходит; слышно, как он быстро идет по террасе; через полминуты возвращается с Ниной Заречной.

Нина! Нина!

Нина кладет ему голову на грудь и сдержанно **рыдает.**

(*Растроганный.*) Нина! Нина! Это вы... вы... Я точно предчувствовал, весь день душа моя томилась ужасно. (*Снимает с нее шляпу и* **тальму.**) О, моя добрая, моя **ненаглядная**, она пришла! Не будем плакать, не будем.

Нина. Здесь есть кто-то.

Треплев. Никого.

Нина. Заприте двери, а то войдут.

Треплев. Никто не войдет.

Нина. Я знаю, Ирина Николаевна здесь. Заприте двери...

Треплев (*запирает правую дверь на ключ, подходит к левой*). Тут нет замка. Я заставлю креслом. (*Ставит у двери кресло.*) Не бойтесь, никто не войдёт.

Нина (*пристально глядит ему в лицо*). Дайте я посмотрю на вас. (*Оглядываясь*) Тепло, хорошо... Здесь тогда была гостиная. Я сильно изменилась?

Треплев. Да... Вы похудели, и у вас глаза стали больше. Нина, как-то странно, что я вижу вас. Отчего вы не пускали меня к себе? Отчего вы до сих пор не приходили? Я знаю, вы здесь живёте уже почти неделю... Я каждый день ходил к вам по нескольку раз, стоял у вас под окном, как нищий.

Нина. Я боялась, что вы меня ненавидите. Мне каждую ночь всё снится, что вы смотрите на меня и не узнаёте. Если бы вы знали! С самого приезда я всё ходила тут... около озера. Около вашего дома была много раз и не решалась войти. Давайте сядем.

Садятся.

Сядем и будем говорить, говорить. Хорошо здесь, тепло уютно... Слышите — ветер? У Тургенева есть место: «Хорошо тому, кто в такие ночи сидит под кровом дома, у кого есть тёплый угол». Я — чайка... Нет, не то. (*Трёт себе лоб.*) О чем я? Да... Тургенев... «И да поможет Господь всем **бесприютным скитальцам**...» Ничего. (*Рыдает.*)

тере́ть [未] 搓, 揉
бесприю́тный 无家可归的
скита́лец 漂泊者

Треплев. Нина, вы опять... Нина!

Нина. Ничего, мне легче от этого... Я уже два года не плакала. Вчера поздно вечером я пошла посмотреть в саду, цел ли наш театр. А он до сих пор стоит. Я заплакала в первый раз после двух лет, и у меня **отлегло**, стало яснее на душе. Видите, я уже не плачу. (*Берёт его за руку.*) Итак, вы стали уже писателем... Вы писатель, я — актриса... Попали и мы с вами в **круговорот**... Жила я радостно, по-детски — проснёшься утром и запоёшь; любила вас, мечтала о славе, а теперь? Завтра рано утром ехать в Елец в третьем классе... с мужиками, а в Ельце образованные купцы будут приставать с любезностями. Груба жизнь!

отлега́ть // отле́чь 平静

кругово́рот 循环

Треплев. Зачем в Елец?

Нина. Взяла **ангажеме́нт** на всю зиму. Пора ехать.

Треплев. Нина, я **проклина́л** вас, ненавидел, рвал ваши письма и фотографии, но каждую минуту я сознавал, что душа моя привязана к вам навеки. Разлюбить вас я не в силах, Нина. С тех

ангажеме́нт 聘书
проклина́ть // прокля́сть 咒骂

397

отрыва́ть//оторва́ть 中断	пор как я потерял вас и как начал печататься, жизнь для меня невыносима, — я страдаю... Молодость мою вдруг как **оторва́ло**, и мне кажется, что я уже прожил на свете девяносто лет. Я зову вас, целую землю, по которой вы ходили; куда бы я ни смотрел, всюду мне представляется ваше лицо, эта ласковая улыбка, которая светила мне в лучшие годы моей жизни...

Нина (*растерянно*). Зачем он так говорит, зачем он так говорит?

согрева́ть//согре́ть 使感到温暖
чёрство 冷酷

Треплев. Я одинок, не **согре́т** ничьей привязанностью, мне холодно, как в подземелье, и, что бы я ни писал, всё это сухо, **чёрство**, мрачно. Останьтесь здесь, Нина, умоляю вас, или позвольте мне уехать с вами!

Нина быстро надевает шляпу и тальму.

Нина, зачем? Бога ради, Нина... (*Смотрит, как она одевается.*)

Пауза.

кали́тка 小门

Нина. Лошади мои стоят у **кали́тки**. Не провожайте, я сама дойду... (*Сквозь слезы.*) Дайте воды...

Треплев (*дает ей напиться*). Вы куда теперь?
Нина. В город.

Пауза.

Ирина Николаевна здесь?
Треплев. Да... В четверг дяде было нехорошо, мы ей телеграфировали, чтобы она приехала.

Нина. Зачем вы говорите, что целовали землю, по которой я ходила? Меня надо убить. (*Склоняется к столу.*) Я так утомилась! Отдохнуть бы... отдохнуть! (*Поднимает голову.*) Я — чайка... Нет, не то. Я — актриса. Ну да! (*Услышав смех Аркадиной и Тригорина, прислушивается, потом бежит к левой двери и смотрит в замочную* **сква́жину**.) И он здесь...

сква́жина 小洞,缝隙

(*Возвращаясь к Треплеву.*) Ну, да... Ничего... Да... Он не верил в театр, все смеялся над моими мечтами, и мало-помалу я тоже перестала верить и пала духом... А тут заботы любви, ревность, постоянный страх за маленького... Я стала мелочною, ничтожною, играла бессмысленно... Я не знала, что делать с руками, не умела стоять на сцене, не владела голосом. Вы не понимаете этого состояния, когда чувствуешь, что играешь ужасно. Я — чайка. Нет, не то... Помните, вы подстрелили чайку? Случайно пришёл человек, увидел и от нечего делать погубил... Сюжет для небольшого рассказа. Это не то... (*Трёт себе лоб.*) О чём я?.. Я говорю о сцене. Теперь уж я не так... Я уже настоящая актриса, я играю с наслаждением, с восторгом, **пьяне́ю** на сцене и чувствую себя прекрасной. А теперь, пока живу здесь, я всё хожу пешком, всё хожу и думаю, думаю и чувствую, как с каждым днем растут мои душевные силы... Я теперь знаю, понимаю, Костя, что в нашем деле — всё равно, играем мы на сцене или пишем — главное не слава, не блеск, не то, о чём я мечтала, а уменье терпеть. Умей нести свой крест и веруй. Я верую, и мне не так больно, и когда я думаю о своём призвании, то не боюсь жизни.

пьяне́ть//опьяне́ть 陶醉

Треплев (*печально*). Вы нашли свою дорогу, вы знаете, куда идёте, а я всё ещё **ношу́сь** в хаосе грёз и образов, не зная, для чего и кому это нужно. Я не верую и не знаю, в чём моё призвание.

носи́ться//нести́сь
跑来跑去, 无谓忙碌

Нина (*прислушиваясь*). Тсс... Я пойду. Прощайте. Когда я стану большою актрисой, приезжайте взглянуть на меня. Обещаете? А теперь... (*Жмёт ему руку.*) Уже поздно. Я еле на ногах стою... я **истощена́**, мне хочется есть...

истощённый 极度虚弱的

Треплев. Останьтесь, я дам вам поужинать...

Нина. Нет, нет... Не провожайте, я сама дойду... Лошади мои близко... Значит, она привезла его с собою? Что ж, всё равно. Когда увидите Тригорина, то не говорите ему ничего... Я люблю его. Я люблю его даже сильнее, чем прежде... Сюжет для небольшого рассказа... Люблю, люблю страстно, до отчаяния люблю. Хорошо было прежде, Костя! Помните? Какая ясная, тёплая, радостная, чистая жизнь, какие чувства, — чувства, похожие на нежные, изящные цветы... Помните?..

(*Читает.*) «Люди, львы, орлы и куропатки, рогатые олени, гуси, пауки, молчаливые рыбы, обитавшие в воде, морские звезды и те, которых нельзя было видеть глазом, — словом, все жизни, все жизни, все жизни, свершив печальный круг, угасли. Уже тысячи веков, как земля не носит на себе ни одного живого существа, и эта бедная луна напрасно зажигает свой фонарь. На лугу уже не просыпаются с криком журавли, и майских жуков не бывает слышно в липовых рощах...» (*Обнимает* **порывисто** *Треплева и убегает в стеклянную дверь.*)

Треплев (*после паузы*). Нехорошо, если кто-нибудь встретит её в саду и потом скажет маме. Это может огорчить маму...

В продолжение двух минут молча рвёт все свои рукописи и бросает под стол, потом отпирает правую дверь и уходит.

Дорн (*стараясь отворить левую дверь*). Странно. Дверь как будто заперта... (*Входит и ставит на место кресло.*) **Скачка с препятствиями.**

Входят Аркадина, Полина Андреевна, за ними Яков с бутылками и Маша, потом Шамраев и Тригорин.

Аркадина. Красное вино и пиво для Бориса Алексеевича ставьте сюда, на стол. Мы будем играть и пить. Давайте садиться, господа.

Полина Андреевна (*Якову*). Сейчас же подавай и чай. (*Зажигает свечи, садится за ломберный стол.*)

Шамраев (*подводит Тригорина к шкафу*). Вот вещь, о которой я **давеча** говорил... (*Достаёт из шкафа чучело чайки.*) Ваш заказ.

Тригорин (*глядя на чайку*). Не помню! (*Подумав.*) Не помню!

Направо за сценой выстрел; все **вздрагивают**.

Аркадина (*испуганно*). Что такое?

Дорн. Ничего. Это, должно быть, в моей походной аптеке что-нибудь **лопнуло**. Не беспокойтесь. (*Уходит в правую дверь, через полминуты возвращается.*) Так и есть. Лопнула

склянка с **эфиром**. (*Напевает.*) «Я вновь пред тобою стою очарован...»   эфир 乙醚

Аркадина (*садясь за стол*). Фуй, я испугалась. Это мне напомнило, как... (*Закрывает лицо руками.*) Даже в глазах потемнело...

Дорн (*перелистывая журнал, Тригорину*). Тут месяца два назад была напечатана одна статья... письмо из Америки, и я хотел вас спросить, между прочим... (*берёт Тригорина за* ***та́лию*** *и отводит к рампе*) так как я очень интересуюсь этим вопросом... (*Тоном ниже, вполголоса.*) Уведите отсюда куда-нибудь Ирину Николаевну. Дело в том, что Константин Гаврилович застрелился...   та́лия 腰

Занавес

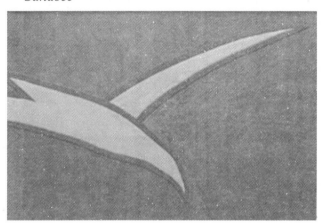

 Наводящие вопросы:

1. Перечитайте пьесу «Чайка» и подумайте, какие в ней есть конфликты? И какой среди них самый основной?
2. Попробуйте найти в тексте места с подтекстом. Особенно в использовании цитат. Какие смыслы они придают ситуациям, в которых используются?
3. Действие бывает внешнее и внутреннее. Объясните, в чём отличие действия в пьесе «Чайка»?
4. Чем отличается коммуникация героев в «Чайке»? Слушают ли друг друга собеседники?
5. Каковы общие духовные переживание у всех персонажей в этой пьесе?

6. В пьесе «Чайка» изображается поток разнородных событий, и сюжеты лишены замкнутого событийного круга, но при этом внутренне они единые и цельные. Сюжеты построены на многочисленных дург с дургом сопоставлениях персонажей и событий. Объясните, как находит выражение данная «кусочтатая» компазиция?
7. Можете ли вы найти кульминацию в «Чайке»? Чем она отличается от традиционного понятия?
8. Обратите внимание на последнюю сцену пьесы. Какую философскую идею жизни она раскрывает?
9. В чём состоит трагедия пьесы «Чайка»?
10. Почему Чехов называет свою «Чайку» комедией? В чём, на Ваш взгляд, ее комедийность?